MARIPOSAS HELADAS

Este libro se ha elaborado con papel procedente de bosques gestionados de forma sostenible, reciclado y de fuentes controladas, avalado por el sello de PEFC, la asociación más importante del mundo para la sostenibilidad forestal.

MAEVA desea contribuir al esfuerzo colectivo y permanente de proteger y preservar el medio ambiente y nuestros bosques con el compromiso de producir nuestros libros con materiales responsables.

Katarzyna Puzyńska

MARIPOSAS HELADAS

Traducción:
FRANCISCO JAVIER VILLAVERDE GONZÁLEZ

MAEVA | NOIR

Título original:
MOTYLEK

© Katarzyna Puzyńska, 2014
© Prószyński Media, 2015
© de la traducción: Francisco Javier Villaverde González, 2017
© MAEVA EDICIONES, 2017
    Benito Castro, 6
    28028 MADRID
    emaeva@maeva.es
    www.maeva.es

Este libro ha recibido la ayuda
del Instituto Polaco del Libro

ISBN: 978-84-16690-63-3
Depósito legal: M-11.190-2017

Diseño de cubierta: Elsa Suárez
Fotografía de la autora: Tatiana Jachyra
Imagen de cubierta: Arcangel Images
Preimpresión: Gráficas 4, S.A.
Impresión y encuadernación: CPi BLACK PRINT
Impreso en España / Printed in Spain

Para Balbiny y Krzyśka

I dreamed I was a butterfly, flitting around in the sky;
then I awoke. Now I wonder: Am I a man
who dreamt of being a butterfly, or am I a butterfly
dreaming that I am a man?

«Soñé ser una mariposa que revoloteaba por el cielo.
Después me desperté. Ahora me pregunto:
¿soy un hombre que ha soñado ser una mariposa?,
¿o soy una mariposa soñando que es un hombre?»

ZHUANGZI

Prólogo

Varsovia. Domingo, 30 de diciembre de 2012

La misa había terminado poco antes y la iglesia estaba ya vacía y a oscuras. El silencio solo se veía quebrado por algunos ecos lejanos. Un hombre se sentó en el primer banco, en uno de sus extremos. No quería que nadie se fijara en él, si por casualidad entraba alguien allí. Necesitaba unos momentos de intimidad.

Pensar en lo que había hecho no le dejaba vivir tranquilo. Y con la perspectiva del tiempo resultaba aún peor. Había creído que los remordimientos se le pasarían, pero no había sido así. Se podría decir que, según se sucedían los días, se sentía cada vez peor. Iba recordando más y más detalles. Recordaba con precisión cómo iba vestida ella, cómo llevaba arreglado el pelo. Recordaba su voz. Sin embargo, lo peor de todo eran sus ojos. Primero había aparecido en ellos el terror, en cuanto se dio cuenta de lo que iba a ocurrir. Después, cuando todo hubo finalizado, su mirada quedó vacía. Ya no expresaba nada. En aquellos ojos solo vio su reflejo. El reflejo de un monstruo.

El hombre se estremeció entre la oscuridad de la iglesia desierta. No sabía si era debido al frío que penetraba en el templo o a sus recuerdos. Ahora ya es demasiado tarde, pensó. Los santos de los cuadros parecían mirarlo de manera acusadora. Ahora ya es demasiado tarde, repitió mentalmente, como si quisiera convencerse a sí mismo y también a ellos. No podía cambiar lo que había hecho. No había forma de rectificarlo. Demasiado tarde. Tendría que vivir soportando el peso del peor de los pecados.

Quizá con el tiempo lograra olvidarlo. Dirigió su mirada suplicante hacia el altar, siempre iluminado por la lucecita del sagrario dorado, pero no se atrevía a pedirle abiertamente a Dios que le ayudara con aquel asunto. Eso habría sido una blasfemia.

El hombre cerró los ojos y quedó en completo silencio. Sus pensamientos erraban intranquilos. Ahora lo más importante es que nadie se entere, se dijo al final. En apariencia había tomado todas las medidas oportunas para que así fuera. Se encontraba a salvo. Al menos de momento.

PRIMERA PARTE

1

Lipowo. Martes, 15 de enero de 2013, por la mañana

Weronika Nowakowska se despertó de golpe y se frotó los ojos con gesto perezoso. Daba la impresión de que el día aún no se había puesto en marcha. Alrededor reinaba el silencio pesado de la mañana, interrumpido únicamente por el plácido resoplar del perro. La ausencia total de ruidos parecía poco natural. Llevaba solo una semana viviendo en el campo y todavía no se había acostumbrado a no oír el rumor de Varsovia al otro lado de la ventana. Los ruidos de la ciudad conformaban un trasfondo que no se advertía hasta que faltaba. No había murmullo de coches ni estrépito de tranvías. No había voces de gente que se apresura para llegar a tiempo al trabajo. Silencio.

Sacó lentamente una mano de debajo del edredón. Hacía frío. Tenía que solucionar lo de la calefacción. Quizá podría pedirle a alguien del lugar que le explicara cómo funcionaba la caldera. De momento era para ella magia negra. Pensaba que estaba un poquito aburguesada. Siempre había vivido en un bloque de pisos en el que había calefacción central. No necesitaba preocuparse, funcionaba sola. De un modo mágico.

Se levantó poco a poco, retrasando todo lo posible el momento de salir de debajo del edredón. Sintió un estremecimiento cuando sus pies tocaron el suelo frío. Tenía que encender la calefacción sin falta. Echó el aliento para ver si se convertía en vapor debido al frío, pero no ocurrió nada parecido. Quizá había exagerado. Seguro que los lugareños se habrían reído de ella si la hubieran visto en ese momento.

–¡Hola, perrito! ¿Has dormido bien? –Weronika le dio unas palmaditas en la cabeza al perro, que movió con desgana su peluda cola

11

y cerró los ojos, dejando bien claro que seguía durmiendo. Él tampoco estaba acostumbrado a levantarse tan temprano–. *Igor,* debes de ser el perro más perezoso del mundo.

Miró fuera. Al otro lado de la ventana el bosque se hundía en la blancura de la nieve. Nunca le había gustado el invierno, pero allí, en el campo, había empezado a verlo con otros ojos. Ramas llenas de nieve, huellas de animales impresas en un inmaculado manto blanco. Todo parecía muy romántico.

–Romántico –dijo resoplando mientras recogía sus rizos pelirrojos en un moño holgado. El perro torció la cabeza, como extrañado por la reacción de su dueña–. Ya ves, *Igor,* nos hemos quedado solos, tú y yo. ¡En el fin del mundo! Estoy enterrada en nieve hasta la cintura. Acompañada de un perro perezoso. ¡Es realmente muy romántico!

A lo largo de la última semana, durante las solitarias y oscuras noches rociadas con vino tinto de sabor áspero, había analizado miles de veces su decisión de separarse de su marido y comprar aquella vieja casa rústica que estaba algo deteriorada. Como si hubiera sido decisión mía, se rio para sus adentros. Como si no hubiera sido Mariusz el que decidió elegir a la primera que se cruzó con él. Pero no a mí.

Firmaron los papeles del divorcio –pura formalidad– y su ya exmarido le ingresó en la cuenta una estimable suma de dinero. Una especie de regalo de despedida a modo de compensación, como comentó él con ese irritante tono suyo de hombre de las altas esferas seguro de sí mismo. No era precisamente pobre, y se había acostumbrado a comprar cualquier cosa con dinero. Incluido el perdón de su exesposa. Pareció extrañarse de que siguiera enfadada con él.

Con ese dinero en la cuenta, Weronika podría haber comprado un piso en Varsovia y haber continuado viviendo como hasta entonces. Abrir cada día por la mañana la consulta y sonreír al siguiente paciente. Mantener la imagen de psicóloga alegre, llena de energía. Sin embargo, en su interior notaba un grito que se iba haciendo cada vez más grande, hasta que tuvo la impresión de que no aguantaba más. Al final decidió que ya era hora de seguir a esa voz interior sin importar las consecuencias.

Paradójicamente, fue su exmarido quien la ayudó a ponerse en marcha. Resultó que el padre de Radek Kojarski Júnior, un buen amigo de Mariusz, tenía en venta una finca de tres hectáreas con una casa en el pueblo de Lipowo. Aunque en principio no le hizo mucha gracia telefonear, acabó marcando el número, garabateado en un trozo de papel. Nadie había comprado la finca. Una firma, una transferencia bancaria... y se convirtió en la feliz dueña de una vieja casa rural en la región de Masuria, teniendo como vecino a Kojarski Sénior y familia. El señor Kojarski poseía al parecer una fortuna de varios miles de millones de eslotis. El dinero que ella le había pagado por la casa constituía tan solo una gota en el mar de las inversiones diarias de aquel hombre.

Al principio Mariusz se había reído de los planes de Weronika, pero ella optó por no hacerle el menor caso. Su risa ya no era asunto suyo. Más bien de Kamila, Aneta o Klaudia, o de la que estuviera con él en ese momento. Rechazó con orgullo la ayuda que le ofreció para la mudanza. Se las apañaba sola, gracias. Sí, y también se las apañaría con las reformas de la casa. Sí, ya sabía que sería un trabajo duro. Sí, se las apañaría sola con todo. ¡Sola!

Pero, entonces, ¿por qué no había podido contener las lágrimas durante las últimas noches? Se tumbaba en la cama abrazada al lanudo *Igor* y se sentía el ser más solitario del mundo.

—¡*Igor*! —gritó alejando de sí los recuerdos depresivos. El golden retriever se bajó de la cama de un salto, esperando oír su palabra favorita. «Desayuno» era un término que podía sacarlo del sueño más profundo—. ¡Basta de lamentos! Voy a dominarme. Tenemos que empezar a vivir de nuevo. Solos. ¡Lo conseguiremos!

La alegría de su voz sonaba artificial, pero de momento tenía que conformarse con eso.

El perro corrió por las escaleras hasta la cocina, en el piso de abajo. Su cola dorada desapareció de la vista. La casa estaba todavía llena de cajas sin abrir con las cosas que había traído de Varsovia. Se encontraban esparcidas entre los muebles viejos que venían incluidos con la casa. Por todas partes se extendía un ligero olor a polvo y a cerrado, típico de las casas en las que no ha vivido nadie durante mucho tiempo. Las escaleras crujieron bajo sus pies cuando bajó con cuidado al piso inferior. Algunos escalones eran un poco inseguros, pero había aprendido a evitarlos.

Un objetivo para el nuevo año, pensó mientras llenaba de comida el bol del perro. Que en realidad es un objetivo para mi nueva vida: ¡limpiar!

Sacó un yogur de la nevera y se lo comió abstraída. La casa necesitaba una limpieza a fondo, igual que su vida. *Igor* devoró su comida y corrió al recibidor a buscar la correa. Era el ritual diario: desayuno, paseo. Weronika no podía defraudarlo. El paseo de *Igor* había sido sagrado incluso cuando todo su mundo se hundía aplastado por los nombres de las sucesivas amantes de su esposo. Metió su abundante pelo bajo el gorro y se abrochó el anorak de plumas. No quería correr riesgos. En el campo hacía mucho más frío que en la ciudad.

Tal como se imaginaba, fuera reinaba un frío muy intenso. Una pared de aire congelado impedía que pasara hasta el más leve viento. Todo parecía estar inmóvil en un sueño de hielo. La nieve brillaba bajo el sol invernal, que era casi tan intenso como en verano. Weronika se sentía como si se hubiera introducido en un cuadro que mostrara un paisaje escandinavo o incluso de la lejana Siberia. Los alegres ladridos de *Igor* la sacaron de su ensimismamiento. Se dirigió con paso firme hacia el bosque. Ahora solo el movimiento podía salvarla del frío.

Su casa se hallaba sobre una loma elevada, a cierta distancia del pueblo, en la linde de un bosque del Parque Natural de Brodnica. Al otro lado del bosque, no muy extenso en aquel lugar, se encontraba la propiedad del señor Kojarski y familia. A Weronika le gustaba atravesar el bosque por el sendero que conducía a la inmensa casa de su vecino. La residencia de los Kojarski bien podía ser definida como un palacio. Tal calificación encajaba mejor con su aspecto elegante y sus gigantescas dimensiones.

El sendero, que cruzaba un bosque de abedules jóvenes, debía de resultar muy hermoso en primavera y verano, cuando los árboles están rodeados de una delicada vegetación. Más o menos a la mitad del camino había un pequeño claro circular al que Weronika había dado el nombre de Claro de las Brujas. Describía un círculo perfecto, como si hubiera sido abierto adrede por el ser humano. Solo faltaba en él una casita de chocolate.

De pronto, Weronika se dio cuenta de que no estaba sola. La despreocupación cedió paso a la inquietud. En el centro del claro había

14

un hombre ataviado con una gruesa cazadora verde y un gorro de piel. Su rostro estaba oculto por una poblada y caricaturesca barba color castaño. Si hubiera sido un poco más gordo y hubiera llevado barba blanca, lo podría haber tomado por Papá Noel.

Al verla se llevó la mano a la gorra para realizar el clásico y encantador gesto de saludo.

–Buenos días. Soy Edward Gostyński, el guardabosques –se presentó. De cerca parecía más joven de lo que en principio había pensado–. ¿Ese perro es suyo?

–Sí, es mío –reconoció con cautela. El tono de voz del hombre no presagiaba nada bueno–. Soy Weronika Nowakowska. Me he mudado aquí hace poco. Vivo en la casa que hay junto al bosque.

–Sé quién es usted –la interrumpió–. ¿No sabe que en el bosque no se puede soltar al perro de la correa?

–¿De verdad? –Decidió fingir que no conocía la existencia de tal norma, cosa que en realidad era cierta–. Acabo de llegar aquí y no sabía...

–El perro puede ahuyentar a los animales. Esto es un parque natural –dijo el guardabosques con su dignidad herida–. Sujete al perro con la correa, por favor. Esta vez no habrá mayores consecuencias, pero tenga cuidado de ahora en adelante. Ha venido usted de Varsovia, ¿verdad?

–Sí –contestó Weronika, que prefirió no preguntar cómo lo sabía. Debía irse acostumbrando a que allí todo el mundo supiera todo acerca de los demás. Era lo que ocurría en las comunidades pequeñas. Por lo visto.

–Quizá en la capital la costumbre sea otra, pero aquí respetamos las leyes. No solo los lugareños, también los forasteros como usted. Que pase un buen día –añadió el guardabosques Gostyński, aunque no pareció que sus deseos fueran demasiado sinceros.

Enganchó a *Igor* con la correa tal como le había indicado y siguió su camino sin prisas. El perro daba la impresión de sentirse desencantado por aquella repentina pérdida de libertad.

–No te preocupes, perrito, dentro de un momento podrás corretear –le aseguró Weronika con un susurro–. Pero primero vamos a dejar que se aleje el guardabosques.

El cuerpo de la monja yacía en un arcén tirado de cualquier manera, como si fuera una muñeca rota. Solo unos cientos de metros y una curva de la carretera forestal la separaban del pueblo. En varios puntos la sangre había manchado con un rojo intenso la nieve recién caída. El torso y las extremidades estaban destrozados y dejaban a la vista los órganos internos grotescamente retorcidos. Los faldones del hábito negro rodeaban el cuerpo malherido como si fueran grandes alas. Solo el rostro había quedado intacto. En él se dibujaba una expresión de sorpresa mezclada con dolor.

Un cuervo, extrañado, se posó junto al cadáver. Observó el cuerpo de la muerta con interés. Raramente se veía algo así en su bosque. El olor de la sangre resultaba tentador. Lanzó un graznido gutural para avisar a su compañera. Entre los árboles se oyó una sonora respuesta.

De repente apareció alguien en la carretera. El cuervo, decepcionado, salió volando.

Weronika Nowakowska cruzó un turbulento arroyo por un pequeño y estrecho puente. El sonido del agua resultaba agradable. Se detuvo un momento para disfrutar de la atmósfera idílica de la mañana. Un poco más adelante el bosque se aclaraba y se podía ver una finca inmensa en la que se hallaba la suntuosa residencia de los Kojarski, rodeada por un magnífico jardín que, según contaban, en verano se inundaba de flores. Lo que más le gustaba a Weronika era un laberinto enorme hecho con setos cortados con gran precisión. Durante la última semana se había quedado varias veces a la entrada del bosque sin decidirse a penetrar en los terrenos de su acaudalado vecino por miedo a molestar, pero a la vez deseando conocer aquel increíble prodigio de la jardinería.

Soltó a *Igor* de la correa. Consideró que se encontraban ya lo bastante lejos del guardabosques y su estricta interpretación de la ley.

—¡Buenos días! —Una dulce voz de chica llegó desde el lado del jardín.

Weronika se sobresaltó, asustada de nuevo por la repentina presencia de otra persona. El silencio matinal parecía pertenecerle solo a ella. Por suerte no se trata del guardabosques, rio para sus adentros. No le apetecía volver a discutir con él.

–¡Pero qué perrito tan simpático!

La mujer iba vestida con un ajustado mono de esquí para protegerse del frío. *Igor* se arrimó con descaro a ella para que lo acariciara. Los guantes rosas que cubrían sus pequeñas manos se introdujeron entre el pelaje dorado del perro, que estaba encantado con los mimos.

–Soy Blanka –se presentó la mujer, al tiempo que se arreglaba sus cabellos teñidos–. Vengo de allí. –Señaló en dirección al imponente edificio.

A pesar del frío no llevaba gorro. Weronika sospechó que era por temor a que se le estropeara su primoroso peinado. Los bordes de sus orejas estaban rojos por el frío y su mandíbula parecía temblar ligeramente.

–Soy la esposa de Ryszard Kojarski –dijo Blanka–. Aunque todos lo llaman Sénior, para diferenciarlo de su hijo, Radek. A él lo llaman Júnior. Y así queda todo claro, ¿verdad? Aunque lo de Sénior y Júnior resulta un poco aristocrático, ¿no? Para poder hablar de Júnior y Sénior lo normal sería que tuvieran el mismo nombre, pero a ellos no les importa.

La rubia finalizó su explicación con una tintineante risita.

–Sí, la recuerdo. Buenos días. Me he asustado porque no esperaba encontrarme a nadie en el bosque a estas horas –comentó Weronika, por decir algo.

No le caía muy bien la esposa de su vecino. Ya se habían encontrado una vez, cuando Weronika compró la casa. La mujer parecía de su misma edad; en cambio, Sénior Kojarski, el dueño de la propiedad, debía de andar por los sesenta. Weronika pensó que el estereotipo del ricachón con una esposa joven y atractiva quedaba así ilustrado a la perfección.

Blanka Kojarska sonrió a modo de disculpa. Su respiración era rápida e intranquila, como si le preocupara aquella situación.

–¡Qué bien que nos hemos encontrado! ¿Pasea usted a menudo por aquí? Podríamos caminar juntas un trecho. –*Igor* parecía embelesado por la vocecilla de la atractiva rubia.

Weronika se limitó a asentir por temor a que, si hablaba, Blanka notara que la idea no la entusiasmaba. Ya podía olvidarse del paseo en solitario y de la contemplación en silencio del bosque nevado.

–¡Creo que podemos tratarnos de tú! –exclamó Blanka, como si creyera haber dado con la mejor idea del mundo–. Me parece que somos de la misma edad...

–Weronika Nowakowska –dijo mientras estrechaba la pequeña mano que le había tendido.

–¡Blanka! ¿Y tú cómo te llamas, perrito? –preguntó con tono meloso la rubia dirigiéndose a *Igor*.

El perro parecía estar hechizado por completo. Como seguramente le ocurriría a cualquier otro macho en presencia de esta muñeca, pensó con acritud Weronika. Aunque enseguida sintió remordimientos. Pese a que siempre se repetía que no se debe juzgar a las personas por las apariencias, había encasillado a su vecina a la primera oportunidad.

–El perrito se llama *Igor*. –A pesar de todo, no fue capaz de evitar el tono sarcástico, algo a lo que no pareció prestar atención Blanka Kojarska, que agarró una rama carcomida y la lanzó en dirección al bosque. La rama cayó a poca distancia y se hundió en la nieve.

–No sabe... –empezó a decir Weronika. Para su sorpresa, *Igor* salió corriendo muy animado y le trajo el palo a Blanka todo orgulloso–. No sabe traer cosas...

–¡Pero qué listo eres! –dijo la rubia entusiasmada. *Igor* meneaba el rabo para expresar su satisfacción. Weronika apretó los dientes. Tenía celos hasta del perro, y eso que ahora que empezaba una nueva vida había decidido dejar de compadecerse de sí misma y librarse de los sentimientos negativos–. ¡Me encanta pasear por el bosque!

Pues no tienes pinta de que así sea, quiso comentar Weronika. En lugar de eso cerró la boca y echó a andar a paso vivo. No cabía duda de que aquella mujer la irritaba, pero también era cierto que poseía un extraño encanto.

–¡A veces hago hasta diez kilómetros! –dijo Blanka muy complacida–. Es un buen ejercicio. ¡De verdad!

Caminaron un rato en silencio, interrumpido tan solo por el sonido de sus pasos sobre la nieve.

–También doy paseos por las noches, me ayuda a dormir –continuó diciendo aquella acompañante no deseada. Su voz había cambiado de repente; ya no era un gorjeo melifluo, ahora sonaba como si Blanka fuera una viejecita cansada de la vida–. Es que a menudo tengo problemas con el sueño...

Weronika estuvo a punto de pararse, sorprendida por aquel súbito cambio. Tenía la impresión de que la rubia tonta se había esfumado y de que en su lugar había aparecido una persona totalmente distinta. La interrogó con la mirada.

–Yo también –comentó de inmediato, para animar a Blanka a seguir hablando.

Kojarska miró a Weronika con simpatía. Se balanceaba sobre uno y otro pie, expectante. A juzgar por su comportamiento, aquella parecía ser la primera vez que se encontraba con alguien que tuviera su mismo problema.

–Bueno, últimamente. –Weronika se sintió obligada a aclarar lo que había dicho–. O sea, desde que me divorcié...

–Sí, me lo han contado. –La nueva mujer que había ocupado el cuerpo de Blanka puso su mano en el hombro de Weronika, demostrándole su comprensión. Después siguieron andando despacio–. Las mujeres tenemos una vida más dura... Qué le vamos a hacer. Es nuestro destino.

–Vaya, estáis aquí. –Por la curva apareció de forma inesperada Radosław Kojarski Júnior, amigo del exmarido de Weronika–. ¡Blanka, te he buscado por todas partes!

Weronika se sintió como si estuviera de nuevo en Varsovia. Solo faltaba su esposo para que el cuadro estuviera completo. Aunque seguramente él sería la última persona que se decidiera a dar un paseo por el campo. Weronika no recordaba que alguna vez se hubiera puesto otro calzado que no fueran sus brillantes zapatos de charol. Y con esta nieve no sería la mejor elección, pensó.

–Venga, Radek, no finjas que no sabes cuál es mi ruta –dijo Blanka con coquetería. El gorjeo melifluo había vuelto.

Radek Júnior notó un escalofrío de desagrado, pero Blanka no pareció advertirlo.

–Como si no la conocieran todos... –murmuró él–. ¿Qué tal estás, Weronika? –le preguntó a Nowakowska con fingido interés.

Weronika no lo conocía muy bien, pero sospechaba que si se parecía a su marido, aunque solo fuera un poco, entonces seguro que no le interesaba nada aparte de sí mismo.

–¿Qué? –dijo Weronika distraída tras salir de su ensimismamiento.

–¿Que qué tal te las apañas? Con la nueva casa y todo eso –repitió Júnior irritado. No tenía por costumbre repetir las cosas. Se abrochó bien el abrigo, hasta arriba.

–Todo me va estupendamente. Me las apaño a las mil maravillas. Sin Mariusz la vida resulta mucho más sencilla –contestó con un tono de aparente despreocupación. Esperaba que su exmarido se enterara ese mismo día de lo que había dicho. Un pequeño comentario mordaz que ahora ya podía permitirse.

Igor se puso a dar saltitos, descontento por la falta de interés hacia él y por aquel fastidioso alto en el camino.

–Vuelve a casa. –Júnior Kojarski se dirigió a Blanka ignorando con descaro las palabras de Weronika, que aún flotaban en el aire–. Vamos a comer enseguida. Mi padre quiere que estés tú también. Ha preparado para nosotros una comida en familia. Acabo de venir de Varsovia y ya me encuentro una historia de estas.

La repulsión le hizo temblar.

–Es que últimamente no te dejas ver mucho por aquí, Radek. –Blanka lo agarró de la mano. Ella también se había olvidado de Weronika, que escuchaba su conversación sin desearlo–. Todos te echamos de menos, lo sabes.

–Tengo mucho trabajo –dijo Júnior con sequedad, y se soltó de su mano.

Blanka pareció sorprendida por ese gesto. Trató de volver a agarrarle la mano. La tensión entre ambos casi se podía palpar. Weronika pensó que a esos dos los unía algo. ¿Estaría la joven esposa liada en secreto con el hijo de su marido? Los pensamientos de Weronika empezaron a girar otra vez en torno a la infidelidad, y eso no le gustaba nada.

–Bueno, pues yo me voy. Hace frío y... y además quiero pasarme por la tienda –explicó torpemente, aunque no era necesario, porque

Júnior Kojarski iba ya camino de casa, sin hacer caso a ninguna de las dos mujeres. Blanka la miró con tristeza.

–Tenemos que vernos más a menudo. Te invito a cenar hoy aquí, ya te llamaré –comentó, y después salió corriendo tras Júnior Kojarski.

Weronika los observó un momento. Al final *Igor* le dio un empujón con la nariz: rebosaba de energía.

–Muy bien, perrito, ya vamos.

Se encaminaron de vuelta a casa a través del bosque. Cuando llegaron al Claro de las Brujas, Weronika decidió tomar el atajo que llevaba al pueblo. Haría esas compras; en realidad, sí que necesitaba algunas cosas. A *Igor* no le pasaría nada por esperar un rato fuera de la tienda. Y conociendo a Wiera, quizá incluso le dejara entrar y le diera a escondidas alguna chuchería.

El inspector Daniel Podgórski, jefe de la comisaría de Lipowo, caminaba con brío por la carretera, que acababan de limpiar de nieve, en dirección a su puesto de trabajo. El día era soleado y él estaba contento. Su buen humor no lo estropeaba ni siquiera el hecho de que por la mañana hubiera tenido que aflojarse el cinturón un agujero más. Todos los vídeos de Internet que enseñaban cómo conseguir que el abdomen luciera una atractiva «tableta de chocolate» resultaban inútiles frente a las artes culinarias de su madre. No lo podía evitar. Tenía treinta y tres años y su tripa hacía mucho que no era lisa, así que lo de las tabletas mejor olvidarlo. A fin de cuentas, si lo pensaba bien, los músculos de su abdomen nunca habían estado marcados con claridad. Hay que enfrentarse cara a cara a la verdad y aceptar la realidad, se dijo con valentía. No tenía una tripa lisa, pero en cambio sí un trabajo que le gustaba. Además podía ir dando un paseo por el tranquilo Lipowo como hacía en ese momento, silbando su canción favorita.

Los vecinos de las casas adyacentes saludaban con amabilidad cuando se cruzaban con Daniel. Después de todo, él se encargaba de velar por que el pueblo fuera tranquilo y seguro. ¿Qué más se le puede pedir a la vida? Bueno, quizá alguna cosa más, reconoció con desgana. Una esposa, hijos, un trabajo en la oficina de investigación criminal de una ciudad, enumeró ilusionado. Carraspeó para disipar esos sueños. Hay que tener cuidado con lo que uno desea. Al fin y al cabo, las cosas estaban bien tal como estaban.

A Ewelina Zaręba le quedaba media hora para abrir la peluquería que regentaba en Lipowo. Su marido, Marek, ya se había ido al trabajo y su hija aún dormía profundamente, disfrutando de los primeros días de las vacaciones de invierno. El día parecía muy hermoso y a Ewelina la esperaba mucho trabajo. Decidió darse un paseo para llenar los pulmones de aire fresco. Lo hacía a menudo.

Miró con melancolía el paquete de tabaco. Él y Marek se habían propuesto dejar de fumar. Luchó un momento consigo misma y al final se metió el paquete de tabaco en el bolsillo del abrigo, solo por si acaso. Salió y caminó por la carretera en dirección al bosque. Tenía intención de llegar hasta la curva y volver, lo justo para disponer de unos minutos de relax. Ni muchos ni pocos.

Wiera, la dueña de la tienda de Lipowo –no había más que una–, era probablemente la única persona con la que hasta entonces Weronika Nowakowska había entablado algún tipo de relación social. Si es que unas cuantas conversaciones durante las compras se podían denominar relaciones sociales. Wiera tenía algo en su forma de ser que desde el primer momento le hacía a uno sentirse como si la conociera desde mucho tiempo atrás. Al menos así lo pensaba Weronika. Los demás habitantes de Lipowo quizá tuvieran una opinión diferente, pero a ella le caía bien aquella mujer. Al parecer, la gente la llamaba bruja, según le contó la propia Wiera entre risas. Aunque a los lugareños eso no les impedía pasarse largos ratos chismorreando en la tiendecita, donde el aire olía a especias. Más de una vez Wiera le había comentado a Weronika que su tienda era el centro de la vida social del pueblo, lo cual constituía una muy buena razón para sentirse orgullosa.

Weronika ató a *Igor* delante del pequeño edificio y entró en la tienda, donde fue recibida por el tintineo de las campanillas colgadas sobre la puerta. Había que reconocer que Wiera tenía realmente un aspecto bastante original, con su pelo largo y desgreñado y sus vestidos oscuros y amplios. Weronika pensaba que solo necesitaba un sombrero adecuado y la podrían tomar por una verdadera bruja.

Wiera acababa de abrir. Nunca era muy estricta con los horarios. En la puerta incluso había colgado un cartel en el que había escrito a mano: «Abierto cuando me apetece».

La tienda estaba casi vacía, cosa poco normal. Solo había un hombre junto al mostrador. A pesar de ser invierno, su cara tenía un tono bronceado, lo cual sugería que pasaba mucho tiempo al aire libre. Wiera le entregó los productos que había pedido. El hombre le dio las gracias mientras dejaba sobre el mostrador la suma justa de dinero. Cuando se cruzó con Weronika en la entrada la saludó con un ligero ademán de cabeza, aunque ella no recordaba que se hubieran visto nunca. Le pareció que el hombre la observaba con atención. Por segunda vez aquel día pensó que seguramente en Lipowo ya todos lo sabían todo sobre ella. El misterio de las ciudades pequeñas y los pueblos.

Wiera sostenía que Weronika había causado un gran revuelo al instalarse en aquel aburrido lugar donde apenas ocurría nada. La llegada de los Kojarski, varios años antes, la habían comentado tantas veces que ya había perdido todo interés. Weronika le había dado nueva vida a los cotilleos en Lipowo.

–Hola –la saludó Wiera.

Tenía alrededor de sesenta años, pero, aunque en su pelo relucían líneas blancas, en sus ojos brillaba una energía juvenil.

–Y ese que acaba de salir es el chico de la hacienda, cuida del jardín y hace reparaciones. Sustituyó al viejo Tomczyk, porque ya no podía trabajar. –Y añadió a modo de aclaración–: Debido a su reúma. Un hombre para todo, como se suele decir.

–Gracias a ti pronto yo también lo sabré todo acerca de todos en Lipowo –dijo Weronika riendo.

En ese sentido, Wiera era una enciclopedia andante, a pesar de que llevaba poco tiempo viviendo allí.

–Es el papel que me toca desempeñar, chica, el papel que me toca. Y tú, ¿cómo es que has dejado a *Igor* fuera con el frío que hace? Que entre ahora mismo, no se le vayan a congelar las posaderas –dijo mientras agarraba una chuchería para el perro.

Igor estuvo encantado de cambiar el frío por el calor de la tienda. Más aún cuando vio que le esperaba una sorpresa en forma de trozo de carne. Se sentó en medio de la estancia y mascó la chuchería con cara de felicidad.

Las compras le ocuparon a Weronika más tiempo del que había calculado, porque Wiera se extendió en su relato de las noticias locales. Al final lo metieron todo en bolsas de plástico y Weronika salió de nuevo a la calle.

–¿La ayudo? –Delante de la tienda había un joven policía terminando de fumarse un cigarrillo. Seguramente había venido desde la comisaría, que se hallaba muy cerca. Tiró la colilla a la nieve y la pisó con el zapato. Parecía un poco avergonzado de que lo hubieran pillado fumando–. Esas bolsas parecen pesadas. Soy Marek Zaręba.

–Muchas gracias, no hace falta –le aseguró Weronika, que también se presentó.

En su interior sonrió al pensar que quizá vivir en un pueblo pequeño tuviera sus ventajas. Por un lado estaban el guardabosques, obsesionado por ceñirse a lo que decía la ley, y los vecinos raritos, la familia Kojarski. Pero por otro lado, la gente parecía allí más amable que en la ciudad.

Cargada con las compras, Weronika empezó a subir la cuesta que conducía a su nueva casa, convencida de que mudarse a Lipowo había sido una gran idea.

El inspector Daniel Podgórski sacudió bien la nieve de sus zapatos ante la puerta de la comisaría. En el interior había una temperatura agradable. Respiró profundamente.

–Hola, hijo –escuchó que le decía su madre.

Le había saludado desde detrás del escritorio de la recepción. Como de costumbre, allí todo estaba en perfecto orden. Los bolígrafos metidos en una taza alta con el dibujo de un gato sonriente; las hojas para tomar notas, en su cajita correspondiente. Y el ordenador apartado lo más lejos posible, porque su madre todavía no se fiaba de él.

Le avergonzaba un poco aquella situación: no solo vivía aún con su madre, sino que encima trabajaba con ella. Era una especie de secretaria y organizadora, y se encargaba también de traer pasteles caseros. Con ellos se había granjeado las simpatías de todos los policías que trabajaban en la pequeña comisaría. Y además Maria era la esposa de Roman Podgórski, el héroe local, el policía que había muerto en acto de servicio. Por esta razón, para todos los vecinos del pueblo resultaba evidente que ella era la persona adecuada para desempeñar la función que desempeñaba. A pesar de su aversión por los ordenadores y por cualquier novedad tecnológica. En Lipowo no necesitaban nada de todo eso.

–Hola, jefe –lo saludó Marek Zaręba, el más joven de los policías.

–Hola, Peque.

Daniel sabía perfectamente que Marek tenía bajo su uniforme aquella mítica «tableta de chocolate». Zaręba era aficionado a pasarse horas haciendo ejercicio, lo que le garantizaba la admiración generalizada del sector femenino de los habitantes de Lipowo. Pero qué más da, si de todas formas bajo el uniforme de invierno no se ve nada, se dijo Podgórski para consolarse.

–¡Ha llegado el jefe! –gritó con fuerza Marek Zaręba.

La comisaría no era muy grande, pero Daniel se sentía orgulloso de que cada policía tuviera su propio despacho. En su opinión eso daba una imagen de profesionalidad. Tenían también una sala de conferencias, que a decir verdad cumplía a menudo la función de salón social, pero eso no rebajaba su importancia.

Al poco aparecieron en el pasillo los otros dos policías, Paweł Kamiński y Janusz Rosół. Por tanto, junto a Daniel y Marek Zaręba, hacían un total de cuatro. Ni muchos ni pocos, opinaba Podgórski. Igual que en otras comisarías de la zona.

–Hoy hace un frío de la hostia, ¿eh? –gritó Paweł Kamiński sin cortarse.

Kamiński era el hijo del otro héroe local. Jan Kamiński había fallecido durante el mismo incidente que el padre de Podgórski. Desde entonces, todos en el pueblo habían estado seguros de que los hijos de aquellos dos héroes de la policía ocuparían sus puestos en la comisaría de Lipowo. Fue lo que en efecto ocurrió al cabo del tiempo, y hasta la fecha todos estaban satisfechos.

–¡En mi comisaría no quiero escuchar ese tipo de expresiones! –gritó Maria desde detrás de su escritorio–. Está completamente fuera de lugar, Paweł.

A pesar de su aspecto de bondadosa señora entrada en años, Maria Podgórska daba muestras de su particular autoridad. Paweł Kamiński balbució una breve disculpa. En su ayuda salió el joven Marek Zaręba.

–Sí, es cierto. Cuando he salido de casa he visto que había quince bajo cero. Un invierno de verdad, como debe ser.

Janusz Rosół, el mayor de todos ellos, se limitó a asentir mientras se atusaba su poblado bigote. Prefería no decir nada. Los demás ya se habían acostumbrado a su parquedad de palabras.

–¿Alguna novedad? –preguntó Daniel Podgórski, y empezó el largo proceso de quitarse las prendas de invierno.

Paweł Kamiński y Janusz Rosół negaron con la cabeza.

–En realidad no –resumió en nombre de sus colegas el siempre enérgico Marek Zaręba–. Gierot, como siempre, se emborrachó y se quedó dormido junto a la carretera. Lo llevé a casa. Con este tiempo es peligroso permanecer así en la calle. Nada más, aparte de algo de papeleo que quedó de ayer. ¡Ah, sí, jefe! En la tienda he visto a la nueva, la que vive ahí arriba, esa que quiere hacer una cuadra en el pueblo. Sabes cuál, ¿no?

–Algo he oído –contestó Podgórski como queriendo evitar el tema.

Su colega siempre intentaba emparejarlo con todas las candidatas posibles. Marek no podía comprender cómo era posible que Daniel estuviera todavía solo. Él se había casado con la peluquera del pueblo a los dieciocho años y ya iba a celebrar el décimo aniversario de boda.

–Está tremenda la tía. –Marek Zaręba pestañeó de manera teatral–. Es alta como una modelo, tiene un pelo pelirrojo precioso que destaca a lo lejos y un cuerpazo. Una belleza, y encima es de Varsovia. Wiera dice que está divorciada, así que ya sabes, Daniel: ¡a por ella!

–¡Peque, tú mejor concéntrate en tu familia! –dijo Daniel riendo–. Al parecer ha quedado algo de trabajo, ¿no? Pues cada uno ya sabe lo que tiene que hacer. Se acabó el charloteo, venga, a trabajar.

Se metió rápidamente en su despacho para no tener que seguir hablando sobre la nueva habitante del pueblo.

–Yo también la he visto. ¡Joder, qué buenísima está! Aunque quizá algo alta para mí. –Aún tuvo tiempo de escuchar las palabras de Kamiński, que estaba muy animado.

Cuando cerró la puerta, Marek y Paweł comentaban entusiasmados los rasgos de la pelirroja de Varsovia, Weronika. Janusz Rosół, como de costumbre, se había quedado a un lado retorciéndose el bigote y asintiendo apáticamente.

A veces, a Wiera le gustaba cerrar la tienda sin avisar y, sin planearlo de antemano, irse a dar un paseo por el bosque o a buscar hierbas aromáticas en el campo. No era malo introducir un elemento de incertidumbre en la aburrida vida de los habitantes de Lipowo. ¿Por qué siempre tenían que saber si la tienda estaba abierta o cerrada? Wiera no aceptaba reglas inflexibles en ninguna esfera de la vida. Y desde luego no deseaba imponer a su tienda un horario fijo, de ocho de la mañana a cuatro de la tarde. La tienda era su reino y sanseacabó. Que los demás se amoldaran. Aunque a decir verdad tampoco es que le importara demasiado si se amoldaban o no.

Cerró la tienda, a pesar de que en realidad la acababa de abrir. Echó a andar por la carretera en dirección a la linde del bosque, donde estaba el cartel de «Bienvenido a Lipowo». El alcalde estaba orgulloso de él, pero a Wiera no le parecía nada del otro mundo. ¿Cuántos como ese había visto ya? No lo recordaba. Recogió una piedra al borde de la carretera, tenía una forma curiosa. Se la metió en el bolsillo de su viejo y raído abrigo. Nunca se sabía cuándo podía resultar útil.

–Ahora empezará todo –se dijo en voz baja.

Entonces escuchó un grito prolongado que pareció la respuesta a su comentario. Venía del bosque. Poco después salió corriendo de entre los árboles una chica presa del pánico. Wiera la reconoció enseguida, se trataba de la peluquera Ewelina Zaręba, esposa del policía más joven. La tendera no tenía una opinión muy buena de ella. Había visto muchas chicas como aquella. Uñas postizas y cazadoras cortas y ceñidas. No es que eso le molestara a Wiera, simplemente consideraba estúpido arreglarse así para unos hombres que de todas formas no valían para nada. Y desde luego no había ninguna necesidad de congelarse por ellos.

La peluquera corría como una loca. El roce de la ajustada cazadora de plumas producía un ruido desagradable y Wiera se estremeció al escucharlo. Los tacones de las botas altas golpeteaban contra el pavimento embarrado de la carretera.

–Vaya unas botas que me lleva con este tiempo –dijo Wiera resoplando al verlas.

La chica se resbaló, pero al final logró conservar el equilibrio.

–Señora Wiera –balbució Ewelina–, tenemos que ir cuanto antes a por Marek o Daniel... Tenemos que traer a la policía. Ha ocurrido algo terrible.

Wiera asintió con tranquilidad. Ya había empezado.

Maria Podgórska se sentó cómodamente tras su escritorio en la recepción de la comisaría y escuchó la conversación de los policías con una sonrisa indulgente. El joven Marek Zaręba y Paweł Kamiński seguían entusiasmados con la extraordinaria belleza de la pelirroja Weronika Nowakowska. Como es lógico, cada uno la admiraba a su manera. Marek buscaba compañera para Daniel. En cuanto a las intenciones de Paweł, Maria prefería no profundizar, porque todos sabían cómo era con las mujeres. Janusz Rosół participaba de manera silenciosa en la discusión, por lo que de momento no se podía adivinar cuál era su opinión sobre la varsoviana.

Maria suspiró profundamente. Deseaba de todo corazón que su único hijo encontrara por fin a la compañera de su vida y por eso estaba contenta por el empeño que ponía Marek. Lo mejor sería que Daniel eligiera a alguna chica de buenas costumbres que viviera por la zona, pero, si no había más remedio, una varsoviana tampoco estaba mal. Podgórska se preguntaba si había cometido algún error en la educación de su hijo, en la cual había puesto todo el amor que llevaba dentro. Pero perder a su padre a una edad tan temprana era algo que sin duda había dejado huella en él. ¿Sería esa la razón de que Daniel continuara solo?

El timbre del teléfono interrumpió sus pensamientos. Contestó usando la fórmula habitual: se la conocía tan bien que podía recitarla a cualquier hora del día o de la noche.

–Anda, si eres tú, Wiera. –Maria sonrió, a pesar de que la tendera no podía verla–. Qué bien que me llamas, precisamente quería hablar contigo sobre ciertos asuntos.

Wiera la llamaba a veces para intercambiar los últimos cotilleos. Constituía un agradable paréntesis en el trabajo diario en la comisaría. Sin embargo, esta vez Maria escuchó horrorizada las palabras de la tendera. Poco a poco desapareció la sonrisa de su cara.

Colgó el auricular con cuidado.

–Hay un aviso –dijo con un tono apenas audible.

–¿Ha dicho algo, señora Maria? –El primero en aparecer en el pasillo fue el joven Marek Zaręba.

Está claro que es quien tiene mejor oído, sigue siendo un chiquillo, pensó sin venir a cuento Podgórska. No hacía tanto tiempo que Zaręba había salido de la academia de policía. Maria recordaba muy bien la sonrisa orgullosa del chico la primera vez que había atravesado el umbral de la comisaría vestido con su uniforme nuevecito.

–¿Qué ha ocurrido? –insistió Marek, como si dudara de que ella lo hubiera oído.

Mientras tanto, el resto de los policías ya se había acercado hasta la recepción. Paweł Kamiński y Daniel la miraban expectantes. Janusz Rosół se atusó el bigote con un movimiento mecánico.

–Ha llamado Wiera –explicó Maria despacio–. Ha encontrado a una monja atropellada. En el bosque, justo a la entrada del pueblo. Ewelina está allí...

–¡Mi esposa! –gritó incrédulo Marek Zaręba–. ¿Le ha pasado algo?

–Venga, Peque, vamos para allá –le dijo Daniel Podgórski agarrando su abrigo.

–Yo también voy, no me lo pierdo –lo interrumpió Paweł Kamiński frotándose las manos de satisfacción–. Seguro que ya está allí el pueblo entero. La hostia, yo también quiero verlo. No me lo pierdo por nada del mundo. Estas cosas aquí no pasan a diario.

Daniel lo atravesó con la mirada, pero Kamiński ya se había puesto su abrigo.

–Rosół, tú y Maria quedaos aquí.

Janusz asintió y se dirigió con desgana hacia su despacho.

Se había resguardado entre los árboles, apretando el teléfono móvil con las manos heladas. Su viejo Nokia resultaba ahora de lo más preciado. No tenía buena cámara, pero bastaba para sacar unas cuantas instantáneas. Unas valiosas instantáneas. Incluso diría que pueden llegar a ser valiosísimas, pensó muy satisfecha.

Seguro que en breve aparecería la policía en el lugar. Oyó que empezaba a llegar gente desde el pueblo, pero solo ella tenía todo aquello documentado. Había valido la pena deambular por los alrededores desde primera hora de la mañana.

No comprendía del todo qué era lo que había ocurrido allí. Se daría algo de tiempo para pensar sobre el asunto antes de hacer nada. Mejor no precipitarse.

La comisaría se hallaba más o menos en el centro del pueblo, así que los tres policías, bien abrigados, fueron a pie hasta el lugar del suceso. Las noticias corrían por Lipowo más rápido que en ningún otro sitio, por lo que en la carretera ya había un gran número de vecinos preocupados. Intercambiaban comentarios entre sí, mirando ya hacia el bosque, ya hacia los policías que allí se dirigían. Paweł Kamiński tenía razón, en el pueblo raras veces ocurría algo, así que ahora todos querían ver un accidente que les pertenecía. Cuando los agentes pasaron junto al cartel de bienvenida a Lipowo, seguramente ya todas las casas de la localidad contaban con un representante entre el gentío que avanzaba compacto tras las fuerzas del orden.

–Hola, chicos –los saludó con familiaridad el alcalde, que apareció de repente–. Me he encargado de que nadie tocara nada hasta que llegarais.

Soltó una carcajada, satisfecho de sí mismo, y su papada doble vibró. Su gorra gris se deslizó un poco sobre su ojo izquierdo. Con un movimiento rápido la volvió a colocar en su sitio.

–¿Dónde está Ewelina? –preguntó nervioso Marek. En ese momento no le interesaba nada más que la seguridad de su esposa.

–En la tienda de Wiera –contestó el alcalde, algo resentido porque los policías no le hubieran dedicado ningún elogio–. Por lo que tengo entendido, fue ella quien la encontró. La pobre está muy impresionada...

Marek Zaręba miró a Daniel expectante. Podgórski asintió, dándole a entender al joven policía que podía irse con su esposa. Ahora, ya mismo. Comprendía el nerviosismo de su colega y en realidad se podía ocupar él solo. Incluso aunque tuviera a Paweł Kamiński como única ayuda.

–¡Váyanse de aquí, por favor! –dijo en ese momento Kamiński, adoptando el tono de alguien experimentado en esas batallas. Los ojos le brillaban de emoción–. Dejen este asunto a las personas competentes. ¡No se acerquen demasiado, por favor!

Daniel continuó adelante, sin hacer caso al comportamiento de Paweł. Tras la curva yacía la víctima del accidente, que desde el pueblo no era visible.

–¡La hostia! Alguien le ha dado un buen golpe con el coche, ¿eh? –Paweł siguió a Daniel hasta el lugar del suceso–. ¡Ya te digo!

Podgórski sacó el teléfono. La monja estaba muerta y el responsable había huido. Era hora de pedir refuerzos a Brodnica. Se apartó un poco para poder hablar con tranquilidad, aunque las voces llenas de espanto de los vecinos sobrecogidos de Lipowo se extendían por todo el bosque. Podgórski deseaba hacerlo todo como es debido. Notó que le sudaban las manos. A pesar del frío. El fiscal Czarnecki contestó después de un momento que le pareció el más largo del mundo.

Mientras tanto, Marek Zaręba regresó con Ewelina abrazada a él. Paweł Kamiński miró con lascivia a la peluquera. La mujer se arregló el peinado corto que lucía, como si quisiera ocultarse de su mirada.

–No pinta nada bien –comentó Zaręba mirando el cuerpo de la monja atropellada.

–Lo mismo digo. Un follón de cojones –afirmó Paweł sin apartar la vista de la peluquera–. ¿Y cómo se encuentra nuestra querida señora Zaręba?

Ewelina tembló al oír la pregunta. Marek tampoco daba la impresión de estar muy contento con el excesivo interés de su colega.

Le lanzó una mirada de advertencia y abrazó con más fuerza a su esposa.

–He hablado con el fiscal Czarnecki –les interrumpió Daniel, que se acercó con paso rápido–. Nos envía a los técnicos. Nos tenemos que encargar nosotros de este asunto...

–Yo no quiero decir nada, pero nosotros... –Marek Zaręba no parecía muy convencido de que tuvieran que ser ellos cuatro solos quienes se ocuparan del desafortunado accidente de la monja–. No sé si deberíamos...

–Nosotros nos encargaremos, Peque –dijo con determinación Daniel.

A Podgórski lo asaltaron sentimientos confusos. Por un lado lo aterraba aquella muerte absurda, pero por otro experimentaba cierta satisfacción por ocuparse de un asunto más importante que la desaparición del gato de la señora Rudzka o la disputa entre Wereda y Nosowski acerca de unas lindes. El policía se avergonzó un poco de su alegría, pero desde la muerte de su padre siempre había soñado con perseguir a quienes de un modo u otro hacen daño a los demás. Y justo tenía delante su oportunidad.

–Por supuesto que nosotros nos encargaremos –lo apoyó Paweł Kamiński–. No veo que haya la menor complicación en esto. Algún mocoso habrá atropellado a la monja y luego se ha largado. No me extrañaría que hubiera sido ese endemoniado hijo de nuestro querido colega Janusz. ¡No sería la primera vez, joder! Ha sido Bartek y la banda esa de Ziętar. Recordad lo que os digo.

Daniel Podgórski se quedó junto al cuerpo de la víctima hasta que llegaron los especialistas. Tuvo ganas de tapar a la fallecida para protegerla de las miradas indiscretas de los curiosos. Seguramente para ella el pudor era importante. Pero sabía que no podía hacerlo. No se permitía tocar nada hasta que llegara el equipo de criminalistas, porque en el cuerpo podía haber huellas. Aunque lo más probable era que Paweł Kamiński estuviera en lo cierto y el asunto no albergara ningún misterio. Daniel prefería aplicarse aquello de que hombre precavido vale por dos.

No tiene por qué resultar difícil, pensó para consolarse. Sin embargo, había algo que no lo dejaba tranquilo.

2

Varsovia, 1950

Marianna llevaba ya varios meses viviendo en Varsovia. A veces echaba de menos el susurro del bosque por las noches y el dulce olor de los campos, pero aun así se sentía feliz. A pesar de las advertencias de sus familiares y amigos sobre que en la capital la pobreza se padecía incluso más que en el pueblo, ella había conseguido encontrar trabajo con bastante rapidez: cuidaba de las dos encantadoras hijas de cierta familia acaudalada. Estaba convencida de que no podía haber tenido más suerte.

Cuando salió de su pequeño pueblo, en el que todos se morían de hambre, no podía ni tan siquiera imaginar que alguien viviera con tanto lujo. Las niñas tenían un vestido diferente para cada día, y casi a diario se servía carne en la comida. La cocinera incluso le permitía comerse lo que sobraba. Su cara se había redondeado y ya no se parecía a la de la insegura chica de pueblo que era unos meses antes.

Su madre la había prevenido antes del viaje a la capital, pero el dinero que Marianna enviaba cada mes acabó por cerrarle la boca. Se escribían largas cartas, a pesar de que ninguna de las dos sabía escribir demasiado bien. Su madre le hablaba de los nuevos niños de los vecinos y Marianna describía al detalle los progresos en la reconstrucción de la capital, que las bombas alemanas habían destruido completamente.

En otoño, la patrona de Marianna se quedó embarazada otra vez. En la casa reinaba una atmósfera de alegría, a la espera del milagro que había de acontecer. Ella estaba tan contenta como los dueños de la casa. Se sentía ya parte de aquella familia y como tal la trataban todos.

Una noche la despertó un grito de dolor. La señora se sintió muy mal y hubo que ir a buscar al doctor, que llegó de inmediato. Era el mejor especialista en ginecología y obstetricia, así que disponía de coche. Marianna le abrió la puerta, pero le faltó valor para mirarle. Tan solo veía sus zapatos de charol, que brillaban a la luz de las farolas. Al final reunió fuerzas y miró tímidamente al doctor.

–Buenas noches –la saludó él con amabilidad.

Marianna hizo una leve reverencia. Le daba miedo hablar. Bajó la cabeza, turbada.

–¿Dónde está la señora? –preguntó el doctor con dulzura, queriendo animarla un poco–. ¿Se encuentra bien? He venido lo más rápido posible.

–La señora tiene dolores –balbució la joven mientras bajaba aún más la cabeza.

–Tienes unos hermosos ojos violáceos, no los escondas así –dijo el hombre.

Ella se ruborizó. Era demasiado tímida para contestar. El doctor se rio sin maldad y subió a ver a la paciente.

Unos hermosos ojos violáceos, unos hermosos ojos violáceos, se repetía Marianna en su interior. Nadie le había dicho nunca algo así. Eran las palabras más bonitas que había oído jamás. Tenía la esperanza de que el doctor volviera por allí en más ocasiones. No le deseaba nada malo a su señora, pero ¿de qué otra manera podría encontrarse con aquel elegante doctor?

Para su satisfacción, el doctor tuvo que examinar a la paciente cada vez con mayor frecuencia. La visitaba casi a diario. Miraba a Marianna con simpatía y le dedicaba inocentes piropos. Le trajo más de un regalo. A ella el corazón le latía más deprisa en cuanto escuchaba su voz.

Marianna escribía cada vez menos a su madre. Le parecía que su amistad con el doctor no sería un buen tema, y en aquellos momentos no era capaz de pensar en otra cosa.

3

Lipowo. Martes, 15 de enero de 2013, por la tarde

Weronika Nowakowska decidió empezar la limpieza de la casa por el piso de abajo. Pronto tendría que encargarse de preparar una caseta en el viejo establo que había detrás de la casa. Unos días después tenían que enviarle a *Lancelot,* su querido caballo. Aquella perspectiva la asustaba un poco, sobre todo porque, a decir verdad, aún no había nada listo. Cuando acordó la fecha con el transportista, le pareció que los trabajos irían mucho más deprisa, pero resultó que no era tan sencillo ocuparse de las obras, de la limpieza y del duelo por el matrimonio finiquitado. Demasiado para una sola persona, se dijo. Y como resultado, la caseta para el caballo no estaba preparada y el cercado tampoco. Como estaba oscureciendo, decidió encargarse de ello al día siguiente a primera hora. De todas formas, a oscuras no iba a poder hacer nada. A lo lejos escuchó una sirena, como si pasara una ambulancia, pero enseguida quedó todo en silencio. Quizá solo se lo había parecido.

Decidió centrarse en la casa. En la planta baja había una gran cocina unida a un espacioso comedor, un amplio recibidor con puertas acristaladas, un despacho y un cuarto de baño. Prácticamente todo necesitaba una reforma general. El suelo viejo chirriaba por tantos años de uso, en algunos lugares las tablas se habían combado y en otros el barniz, que en tiempos cubría el lujoso parqué, se había desgastado por completo. Por suerte, en la cocina alguien había instalado ya algunos aparatos de última tecnología –una nevera y una cocina–, pero todo lo demás dejaba mucho que desear. El comedor mostraba un aspecto algo mejor, con una hermosa mesa y un aparador del que Weronika estaba orgullosa. En el futuro, cuando tuviera más tiempo y menos problemas en la cabeza, se ocuparía de restaurar esos hermosos muebles. Siempre había soñado con tener algo así.

Tarareaba sus canciones favoritas y la limpieza iba cada vez más deprisa. En un abrir y cerrar de ojos tuvo lista la cocina, luego el comedor y el recibidor, y después se puso con el despacho. Las ventanas de la habitación daban al oeste, por lo que los tonos dorados del sol al ponerse recubrían las paredes en los días despejados. Alguien había tapado los viejos muebles con sábanas para protegerlos del polvo. Los fue destapando uno a uno y bajo las telas fueron apareciendo auténticos tesoros: muebles antiguos de bella factura, el sueño de cualquier coleccionista. Por desgracia, la mayoría necesitaba un buen repaso para recuperar el esplendor de antaño, como pasaba con los del comedor. Todo a su tiempo, pensó. Casi lamentaba que no estuviera allí Mariusz para poder alardear ante él del buen negocio que había hecho. ¿También se habría reído de ella en esta ocasión?

En el centro del despacho había un escritorio antiguo y muy sólido. Tenía muchos cajones, grandes y pequeños. Weronika los abrió todos uno por uno con la esperanza de encontrar dentro más sorpresas. Y no se llevó una decepción. Encontró unos cuantos objetos interesantes y una vieja agenda. Tocó la delicada cubierta de piel y la abrió con cuidado. Parecía un diario. Las anotaciones más antiguas procedían de mil novecientos catorce. Una auténtica joya, pensó admirada. Cuántas cosas maravillosas se pueden encontrar en una casa así.

−«Para que Weronika no la olvide le escribe Adela. Junio de mil novecientos catorce» −leyó en voz alta−. *¡Igor!* ¡Es increíble! ¡Este diario pertenecía a una tal Weronika!

El perro levantó la cabeza extrañado y la miró durante un rato. Parecía completamente indiferente ante aquella coincidencia.

−¡Es algo precioso!

Siguió leyendo entusiasmada. La mayoría de las anotaciones estaban hechas con una caligrafía muy cuidada, que hoy día ya nadie sería capaz de imitar. Alrededor, las hábiles manos de las jóvenes artistas habían dibujado flores y otros motivos ornamentales.

De repente se oyó el sonido del teléfono, que sacó a Weronika de su admiración. Tembló asustada por la súbita vuelta al presente.

Guardó el diario en el cajón y salió corriendo del despacho. No recordaba dónde había puesto el teléfono. Y encima dejó de sonar, como a mala idea. Seguramente había saltado el buzón de voz. Weronika siempre había querido desactivarlo, no soportaba escuchar mensajes grabados. Era una aversión irracional, pero no lo podía evitar.

Al final, tras unos momentos de febril búsqueda, encontró el teléfono bajo las sábanas que había dejado en el suelo del recibidor después de quitarlas de los muebles.

–¡*Igor*! ¿Has tenido algo que ver en todo esto? –Weronika miró al perro amenazadora, al tiempo que le rascaba con ternura tras la oreja. *Igor* resopló encantado con las caricias–. Bueno, vamos a ver quién ha llamado.

Por un instante se quedó parada con el teléfono en la mano, aterrorizada ante la perspectiva de que Mariusz hubiera intentado contactar con ella. A pesar de haber tomado esa misma mañana la decisión de empezar a vivir su vida, notaba que aún no estaba preparada para escuchar la voz de su exmarido. En su temblorosa mano, el teléfono parecía pesar varias toneladas. Finalmente se sobrepuso y miró la pantalla. «Tienes un mensaje en el buzón de voz», leyó. Suspiró y marcó el número indicado. Surgió la dulce voz de su vecina.

–Hola, querida. ¡Soy Blanka, Blanka Kojarska! ¡La esposa de Sénior Kojarski! No te habrás olvidado de la cena de hoy, ¿verdad, tesorito?

Weronika alzó los ojos. El gorjeo de la rubia seguía siendo exactamente igual de irritante. Cuando aquella mañana, durante el paseo, Blanka le había propuesto ir a cenar, esperaba que lo hubiera hecho solo por cortesía. Pero resultó que la señora Kojarska tenía de verdad la intención de recibirla en su casa.

–¡Iré a buscarte a eso de las seis, para que no tengas que venir sola por el bosque! –continuó diciendo Blanka–. ¡No hay necesidad de utilizar el coche, que el invierno está muy bonito! Nos vemos a las seis. ¡Besos!

Weronika miró el reloj. Horrorizada, comprobó que ya eran las cinco. La oscuridad invernal había ocultado por completo el paisaje que se veía desde la ventana. Le quedaba una hora para prepararse. Se miró en el espejo del recibidor. Los cabellos, cubiertos por una capa de polvo gris, formaban una especie de nido en lo alto de la cabeza. Se quitó la goma que los sujetaba y los rizos pelirrojos cayeron a los lados de su cara. No estaba tan mal. Peor se presentaba el tema de la vestimenta. Llevaba puesto un chándal de andar por casa que no era lo más indicado para ir de visita, y menos para cenar con una familia tan adinerada como los Kojarski. Estaba segura de que su anfitriona se pondría un conjunto de Chanel o algo de precio similar.

Subió corriendo al baño del piso superior, evitando los escalones más inestables y peligrosos. *Igor* la siguió muy contento. Quizá pensara que era una invitación a jugar y ladró con alegría. En un rincón encontró uno de sus juguetes olvidados y empezó a lanzarlo tratando de atraer la atención de Weronika. Ella ignoró sus tentativas y se metió en la ducha. El agua estaba desagradablemente fría. Otra cosa que había que arreglar. Weronika tembló de frío cuando se secó el cuerpo. Después hizo lo mismo con la cabeza, intentando al mismo tiempo pintarse los ojos.

—No ha quedado perfecto, pero tampoco es catastrófico —se dijo al final.

Salió del baño y miró el reloj. Quedaban quince minutos para que llegara Blanka. Seguro que Mariusz habría comentado la situación con el correspondiente tono jocoso. Habría dicho algo como: «Vas con retraso y aún te tienes que vestir». Weronika se encogió de hombros.

Se había prometido miles de veces que prepararía conjuntos para cada ocasión y así solo tardaría un minuto en vestirse, pero nunca lo había conseguido. Ahora era mucho peor, porque todas las piezas de su vestuario se encontraban aún en las maletas y las cajas que había traído de Varsovia. Abrió la primera que vio con la esperanza de dar con las prendas que la sacaran del apuro. Ante sus ojos apareció un jersey negro y un pantalón vaquero enrollado. Demasiado informal, pensó, aunque por otro lado es invierno y no creo que se trate de una gran recepción. Empezó a sacar la ropa y a colocarla sobre la cama. En el fondo de la caja encontró un vestido negro corto que solo usaba en ocasiones especiales.

—Si me lo pongo, podrían pensar que me he arreglado demasiado —le dijo Weronika al perro. Últimamente charlaban mucho—. Además no creo que lograra atravesar el bosque con esto puesto, y menos de noche.

Oyó que alguien llamaba a la puerta con los nudillos. Agarró el jersey y el pantalón. La primera elección es siempre la mejor, sentenció. Empezó a vestirse mientras bajaba las escaleras. En el último escalón se tropezó y se cayó de rodillas. Sintió un dolor penetrante. Lanzó un grito desgarrador.

–¿Qué ha pasado? –escuchó que decían desde fuera–. ¡Weronika! Soy Blanka. ¿Te ocurre algo?

–No, no. Estoy bien. Solo me he tropezado–. La puerta chirrió de un modo siniestro cuando la abrió. Tenía que engrasarla. Otro punto más en la lista de cosas pendientes–. ¡Pasa, por favor!

Blanka seguía llevando puesto el mono de esquí rosa. Se miró a sí misma con gesto de crítica.

–Perdón por mi aspecto, pero es que en el bosque ya sabes...

En su voz resonó la coquetería. Weronika se preguntó por un momento si Blanka estaría insinuándose como le había parecido que hacía con Júnior Kojarski, pero enseguida descartó esa idea. Estaba claro que era su manera normal de hablar.

–Me cambiaré cuando lleguemos –prometió Blanka.

–Cuida de la casa, *Igor* –le ordenó Weronika a su perro cuando cerraba la puerta. Parecía bastante desilusionado por tener que quedarse solo, pero Weronika no estaba segura de si sería bien recibido en la cena de los Kojarski.

Avanzaron entre la nieve acumulada en dirección al bosque. Alrededor reinaba la oscuridad más absoluta, tan solo iluminada por la pálida luz de la luna que se reflejaba en la nieve. Cualquier sonido parecía amplificado por el silencio y la oscuridad. Inquietante.

–¿No tienes miedo de andar de noche por el bosque? –le preguntó Weronika a su acompañante.

–Qué va, no hay nada que temer. Aquí como mucho te puedes encontrar con un corzo o con un conejo –contestó Blanka riendo–. No existe ningún peligro. Todos los días paseo durante al menos media hora. Me ayuda a combatir el insomnio. Si tú también tienes ese problema, deberías probar. En mi opinión funciona a las mil maravillas. Y créeme si te digo que ya lo he intentado con todos los métodos posibles.

En el bosque, el tono de voz de Kojarska volvió a cambiar. En la oscura vereda había aparecido la otra Blanka. Weronika no salía de su asombro al comprobar lo rápidos que eran esos cambios y cómo aquella mujer se convertía en otra persona. Hasta entonces solo se había encontrado con gente así en su consulta.

–Últimamente sufro mucho estrés –continuó Blanka sin dejar de caminar a buen ritmo. La nieve crujía bajo sus botas–. Por desgracia.

Bajó la voz, como si hablara para sí. Weronika tuvo que acelerar el paso para alcanzarla y poder escucharla.

–Hay una cosa segura: las mujeres no deberían fiarse nunca de nadie, en especial de los hombres –dijo Blanka, tras lo cual se giró de golpe.

Weronika se detuvo, asustada por ese repentino gesto. A lo lejos, entre los árboles, se oyó el ululato de un búho solitario. La luna desapareció por un momento tras las nubes y todo quedó en completa oscuridad. La negrura casi se podía palpar.

–Sí, querida –comentó Blanka mirando a Weronika a los ojos–, una solo puede confiar en sí misma.

La amplia y dulce sonrisa que apareció en su boca contrastaba muchísimo con sus palabras y el tono de su voz. Weronika empezó a preguntarse si su acompañante tendría problemas mentales. Sintió un escalofrío: estaban solas en medio del bosque y Blanka la miraba de una manera extraña. No era una sensación muy agradable. Si en este momento pidiera ayuda, nadie me oiría, pensó Weronika. Volvió a sentir un escalofrío, no sabía si por la baja temperatura o por la intranquilidad. Pero al cabo de un rato Blanka pareció tranquilizarse.

Siguieron caminando, algo más despacio.

–¿Te gusta recibir cartas? –preguntó Kojarska sin venir a cuento con lo que estaba diciendo antes.

–No lo sé –contestó Weronika desconcertada por el rápido cambio de tema–. Creo que últimamente no he recibido ninguna. Ahora la gente suele escribir correos electrónicos.

–Yo recibo muchas.

Cruzaron el Claro de las Brujas. La luna apareció por fin entre las ramas desnudas y trajo algo de claridad. Weronika estaba temblando. No le gustaba demasiado aquel paseo nocturno. Por suerte ya se estaban acercando a la linde del bosque y entre los árboles llegaban luces de la residencia de Sénior Kojarski.

–No hay nada que temer. En el bosque como mucho te puedes encontrar con un corzo –repitió Blanka, como si adivinara los pensamientos de Weronika.

Su aliento se transformaba en nubes de vaho debido al frío.

El subinspector Janusz Rosół cortaba zanahorias en rodajas. Miraba el trabajo de sus manos como si se encontrara a un lado y fuera otro el que lo estaba haciendo. Trataba de librarse de los caóticos pensamientos que tenía en la cabeza, pero no lo conseguía porque su flujo de conciencia se iba siempre asustado en la dirección equivocada.

Primera evidencia: alguien había atropellado a una monja y probablemente había huido del lugar del accidente. Paweł Kamiński había sugerido, con una sonrisa malévola en los labios, que algún mocoso habría perdido el control del coche, que habría patinado sobre la carretera nevada y se habría llevado por delante a la monja. Después se habría asustado y habría puesto pies en polvorosa. Janusz estaba casi seguro de que su compañero lo había mirado de una manera muy significativa. Rosół se había ruborizado al advertir la mirada.

Segunda evidencia: efectivamente, el hijo de Rosół había «tomado prestado» un coche durante las últimas vacaciones y había golpeado a una turista. No se podía negar de ninguna manera que el chico conducía borracho. Ahora resultaba difícil no conectar estas dos evidencias, pero Janusz no podía creer que su hijo fuera el culpable de la muerte de la monja. Esta vez no.

La comisaría había trabajado durante toda la tarde a pleno gas. Daniel Podgórski debía de querer dar una buena impresión a la gente llegada desde Brodnica. Para sorpresa de todos, incluidos los propios interesados, el fiscal Czarnecki había confiado por completo a los policías de Lipowo la tarea de encontrar al autor del accidente. Por fin Daniel había logrado lo que deseaba, pensó Rosół mientras terminaba de cortar las verduras. En su tranquilo pueblo había ocurrido algo. A Janusz eso no le gustaba. Ni lo más mínimo. Ya tenía bastante con sus propios problemas.

–¿Qué preparas?

El hijo de Janusz Rosół, que estaba a punto de cumplir los dieciocho, asomó la cabeza por la cocina, caldeada y llena de vapor. Tenía unos grandes ojos azules. Igualito que Bożena. Bartek era tan parecido a su madre que Rosół contuvo por un instante el aliento añorando a su mujer, ya fallecida. Cuando estaba con ellos... todo resultaba distinto, en casa y en el trabajo. Inspiró profundamente para calmar los latidos de su corazón apesadumbrado.

–He pensado que podríamos cenar hoy todos juntos. –El policía señaló la sopa que se estaba cociendo y se arregló nervioso el bigote–. Ewa, tú y yo. Hace mucho que no hacemos nada juntos. Estaría bien, ¿no? Como en los viejos tiempos. ¿Qué te parece?

Bartek agarró una cuchara y, tras probar un poco de sopa de la cazuela, torció el gesto.

–Ni de coña, viejo. –El chico se apartó de la frente su largo flequillo con juvenil desparpajo. Rosół envidió ese gesto en el fondo de su alma–. Yo me voy con mis colegas. Tenemos un par de asuntos pendientes.

–Te he dicho mil veces que no te dirijas a mí así –le recriminó Janusz Rosół en voz baja–. Después de todo soy tu padre.

Parecía que la sopa no había quedado como a él le hubiera gustado. Agarró la cuchara que había soltado su hijo y la probó. Se llevó una decepción. De nuevo añoró a su esposa fallecida. Hacía un caldo estupendo.

–Ya, claro. –Bartek alcanzó una de las botellas de coca-cola que había sobre la encimera de la cocina–. ¿No hay nada más fuerte? ¡Vaya una casa! Tendrías que comprar cerveza.

–Eres demasiado joven para beber. –Hasta el propio Janusz notó que había sonado poco convincente.

–¡Mira quién habla! –Bartek se rio con desdén y empezó a beber directamente de la botella–. Tú mismo eres bastante aficionado a empinar el codo, ¿eh, viejo?

Antes de que Janusz pudiera contestar, entró Ewa en la cocina. La hija tenía quince años, pero parecía mucho mayor. Quizá se debiera a su ropa. Si Bożena viera las faldas tan cortas que se pone, le daría un infarto, pensó Rosół. Se sintió culpable por permitirlo. Aunque por otro lado quizá no tuviera elección. En realidad, hacía mucho que ninguno de sus hijos le hacía caso.

—Tía, ¿has oído lo que ha dicho? —Bartek se rio a pleno pulmón, hasta se atragantó con la bebida—. Hay que joderse.

—Dame la coca-cola —la muchacha ignoró el comentario de su hermano.

Bebió de la botella y sacó de un bolsillo un pequeño espejo. Lo que vio en él no debió de gustarle, porque maldijo en voz baja y metió la mano en el bolso para sacar sus cosméticos. Empezó a arreglarse el maquillaje con mano experta. Rosół no sabía si tenía que prohibírselo o no. ¿Puede maquillarse una quinceañera? Sintió que aquel problema lo superaba. Bożena casi nunca se pintaba. Ni siquiera en su boda. Tendría que hablar con alguien sobre el tema. Quizá con el joven Marek Zaręba. Aunque su hija tenía solo diez años, así que tampoco sabría mucho de esas cosas. Rosół se sintió desamparado en su propia cocina.

—Me voy, he quedado —comentó Ewa al finalizar la minuciosa operación de pintarse los labios.

—¿Otra vez con el imbécil ese de Brodnica?

—Para que lo sepas, ahora salgo con otra persona —le dijo a su hermano haciéndole una mueca—. Es mayor que tú y tiene experiencia. Ahora soy una mujer re-fi-na-da. Ya no salgo con críos a los que solo les interesa una cosa y ni siquiera saben cómo se hace.

—¿Una mujer refinada? Todos en Lipowo saben lo que eres... —volvió a reírse Bartek. En su voz se adivinaba un tono de crueldad—. Eres una puta y ya está. Una vulgar puta. —Jugó durante un instante con esa palabra, la masticó casi como si fuera un chicle. A Janusz Rosół le entraron ganas de taparse los oídos—. Todos saben con quién te lo montas, no es ningún secreto.

—¡Bartek! ¡No le hables así a tu hermana! ¡Y no deberías usar ese lenguaje!

Rosół se sintió ridículo amenazando con el cucharón a su hijo. Bartek hacía mucho que había superado a su padre en estatura y lo miró desde lo alto. Esta vez su mirada era amenazante. Janusz ya no reconocía a su propio hijo. No era su pequeño y dulce niñito.

43

–Bueno, me largo. Me llevo el coche –soltó Bartek al irse, mientras hacía resonar las llaves del viejo Opel.

Los pensamientos de Rosół volvieron a ponerse a cien por hora. ¿Habría sido su coche el que había golpeado a la monja por la mañana? Debería echarle un vistazo. Janusz confiaba en que, si su hijo había atropellado a esa mujer, hubiera limpiado bien las huellas. Al menos eso. No soportaría que se llevaran a Bartek.

–¡Espera! ¡No te lo permito! –le gritó a su hijo por si acaso.

Se daba cuenta de que esa no era la mejor táctica que podía emplear, pero tampoco sabía qué otra cosa podía hacer. Su hijo desapareció tras la puerta, sin atender al grito de Janusz. Ewa miró a su padre con lástima.

–No me esperes... Voy a salir con mi novio. Chao.

–Chao –contestó Janusz Rosół en un susurro.

A su alrededor quedó uno de esos vacíos que solo pueden dejar los adolescentes. Miró la foto que colgaba sobre la mesa de la cocina, en la que aparecía toda la familia cuando aún vivía Bożena. Había sido hecha unos diez años antes. Bartek tenía ocho años. Miraba al objetivo con orgullo. Acababa de marcar el gol decisivo en un partido de la liga interescolar. Habían jugado contra un colegio de Brodnica, Janusz no recordaba cuál. El padre y el hijo estaban uno junto al otro, hombro con hombro. Rosół no cabía en sí de gozo de que su hijo fuera tan buen jugador. Quizá algún día llegaría a la selección polaca y la conduciría al éxito. Miró en torno al campo para ver si todos sabían que había sido su hijo el que había marcado ese magnífico gol. A su lado, en un banco de madera, estaba sentada Bożena con Ewa sobre sus rodillas. La niña, que entonces tenía cinco años, llevaba una corona de plástico en la cabeza. Era la pequeña princesa del matrimonio Rosół. Un año después su esposa ya no vivía y él se había quedado solo con dos niños pequeños y con su trabajo. Rechazó la posibilidad de dirigir la comisaría, a pesar de que le ofrecieron varias veces ese ventajoso puesto. Habrían sido demasiadas preocupaciones para él. Con el tiempo, cuando su hijo se fue apartando de él y su hija se convirtió en la reina local del sexo, empezó a sentirse desplazado y señalado por los vecinos.

En un acceso de ira incontenible, Janusz arrancó la foto de la pared y la tiró al suelo con todas sus fuerzas. El cristal del marco se rompió en pedazos pequeños y cortantes. Como todavía no se sentía aliviado, tiró la sopa hirviendo sobre el suelo cubierto por una miríada de cristales. El líquido caliente se esparció por todas partes y le quemó en las piernas. Eso tampoco hizo que se sintiera mejor. La cocina poco a poco se convirtió en un campo de batalla, con él en medio llorando con lágrimas llenas de amargura.

La idea de que lo más probable era que algún chaval hubiera atropellado a la monja volvió a pasársele por la cabeza. Si había sido así, seguramente sus hijos sabían quién lo había hecho. Janusz tenía miedo de ponerse en lo peor.

Róża Kojarska se miró con ojos críticos. Se giró varias veces. Quería valorar su cuerpo desde distintas perspectivas. Lo que vio en el elegante espejo le dio un susto de muerte.

¿Acaso había engordado?

Se echó a temblar. Un par de miradas más al espejo. Primero por un lado, luego por el otro. De perfil, por detrás, de frente, otra vez de perfil. Cerró los ojos presa del pánico. Se tocó cautelosa la zona de la tripa. La mano cumplía con desgana sus indicaciones. No quería palpar los grandes pliegues de grasa que con seguridad había allí. Finalmente se atrevió a posar la mano sobre el cuerpo. La piel parecía seca, rugosa y muerta. Abrió los ojos y volvió a mirar su imagen reflejada.

Estaba demasiado gorda, sin duda.

Al principio, Róża había planeado que durante aquella aburrida cena con la vecina comería tan solo un poco de ensalada y quizá también un trozo de pollo. Sin embargo, lo que había visto en el espejo le hizo cambiar sus intenciones. Decidió que no iba a probar bocado. A decir verdad, tampoco había tomado nada durante los últimos dos días, quizá incluso más, y su cuerpo empezaba a rebelarse, pero era capaz de soportar eso y mucho más.

También esta vez lo conseguiría.

Róża Kojarska sabía que lo que comía y su masa corporal, que no dejaba de disminuir, eran las únicas cosas que controlaba por completo. Ella y solo ella. Nadie más. Blanka en particular no tenía ninguna influencia sobre aquello. Al menos en esa cuestión era Róża quien decidía. Al menos había una cosa en la que no dependía de su suegra.

Su *suegra*. Róża se rio para sus adentros. Blanka era la esposa de Sénior Kojarski, cierto, y por eso le correspondía el solemne título de suegra, pero después de todo tenían casi la misma edad. Menuda broma, la verdad.

Oyó que alguien movía el picaporte, cosa que resultaba inútil porque siempre cerraba con llave. Valoraba su intimidad por encima de todo.

—Róża, ¿estás lista? —La voz de Júnior Kojarski sonó indiferente, como siempre. Al menos en lo que se refería a ella—. Lo suyo sería que bajáramos juntos, que por algo somos un matrimonio. No tardará en aparecer la Weronika esa.

—Un momentito —replicó Róża.

Júnior Kojarski murmuró algo ininteligible. Seguro que no estaba contento por tener que esperar a su mujer, pero fuera como fuese Róża deseaba dar buena impresión delante de todos. No podía quedar peor que Blanka, no le permitiría ganar.

Se puso un vestido negro largo. El escote llevaba delicados adornos de encaje. Se miró una vez más. Su aspecto ya era aceptable. Se echó perfume en abundancia y dio inicio al ritual de abrir la puerta: dos giros en un sentido y otros dos en el otro.

Júnior aguardaba en el pasillo con cara de pocos amigos.

—¿Por qué has tardado tanto?

Ella no se dignó contestar.

—¿Kostek está en su habitación? —quiso asegurarse su marido—. No me gustaría que nos molestara. Una cena con invitados no es lugar para los niños, aunque esta no sea una cena muy especial.

—Deberías pasar más tiempo con tu hijo —murmuró Róża irritada.

—Mi padre no pasó demasiado tiempo conmigo y me he hecho un hombre —comentó Júnior Kojarski orgulloso. No le gustaba que ella criticara sus métodos educativos, o más bien la ausencia de estos—. Kostek también se las apañará bien sin mí.

El inspector Daniel Podgórski estaba sentado en el sofá frente al televisor, preguntándose qué pasos debería dar. Era el jefe de la comisaría y sentía que la iniciativa en el caso del accidente de aquella pobre monja debería tomarla él. Había pasado medio día desde su muerte. Costaba creerlo. Daniel tenía la impresión de que había transcurrido una eternidad.

El médico del instituto de medicina legal iba a llamar cuando terminara la autopsia, por lo que de momento los policías de Lipowo no tenían nada aparte de las fotografías del rostro de la monja. Un rostro que, por una extraña casualidad, había quedado intacto a pesar de que el resto del cuerpo había sufrido importantes heridas.

Daniel agarró las fotos y las repasó durante un rato. Al final se levantó y llenó un vaso con agua del grifo. Se lo bebió con ganas, dando largos tragos. Desde que encontraron el cadáver había tenido la boca seca todo el tiempo. Notaba una presión que en realidad aún no existía. Al contrario, por el momento parecía que nadie se había preocupado demasiado por el accidente de tráfico en el que había muerto la monja. Daniel sospechaba que por eso les habían encargado el asunto precisamente a ellos. No había ningún motivo para fantasear con la idea de que el fiscal los considerara unos magníficos investigadores. Pero daba igual, él tenía la intención de aprovechar la oportunidad. Había que ponerse manos a la obra y demostrar que sabían arreglárselas sin la ayuda de los compañeros de Brodnica. Y para empezar, había convocado una reunión para la mañana siguiente.

Daniel se volvió a sentar en el sofá y miró de nuevo las fotos de la víctima. La mujer tenía los ojos semiabiertos. Parecía un poco como si durmiera, pero a la vez al mirarla se tenía la desagradable sensación de que algo no cuadraba. El policía repasó nuevamente las fotografías por un momento. Sintió que no iba a aguantar sin hacer nada hasta el día siguiente. Tenía que tomar alguna decisión.

A falta de mejores ideas, Podgórski conectó el ordenador. Desde hacía algún tiempo funcionaba la página *nuestro-lipowo.blog.onet.pl,* en la que alguien –seguramente algún vecino– describía los acontecimientos que se registraban en el pueblo. Qué raro que nadie supiera quién era el cronista. Sin duda, aquel misterio añadía encanto a esa página de cotilleos. Algún tiempo atrás, el propio Daniel había comprobado, por pura curiosidad, la dirección IP del ordenador desde el que se realizaba el blog. Le sorprendió un poco saber a qué casa pertenecía la IP. Podgórski no sabía con seguridad cuál de los inquilinos escribía los comentarios, pero tenía sus sospechas basadas en el estilo general de la página. En cualquier caso, no pensaba rebelárselo a nadie para no estropearle la diversión a la gente de Lipowo, que adoraba especular sobre la identidad del enigmático bloguero.

Daniel escribió la dirección en el buscador. Le intrigaba saber si ya habrían aparecido informaciones sobre la muerte de la monja. Por lo general, el autor de la página era sorprendentemente rápido. Todos los sucesos dignos de mención acaecidos en su pequeña comunidad encontraban eco casi de inmediato en el blog.

La página se cargaba muy despacio. Al final Daniel iba a tener que hacerse con un nuevo ordenador, porque aquel ya no valía para nada. Empezó a ponerse nervioso y sacó unos cacahuetes que guardaba en el cajón del escritorio para cuando no tuviera otra cosa que comer. Le sirvió de poca ayuda, así que conectó el reproductor de CD. Los sonidos de la música surgieron rítmicamente de los altavoces.

Dying swans, twisted wings, beauty not needed here.
Lost my love, lost my life, in this garden of fear.
I have seen many things, in a lifetime alone.
Mother love is no more, bring this savage back home.

Iron Maiden, su grupo favorito. Sonrió con los recuerdos que le traía. En la época en que era un adolescente rebelde de pelo largo iba de concierto en concierto. Fue así hasta que murió su padre, que ya nunca sabría que su hijo se había cortado el pelo y se había puesto el uniforme. Daniel se preguntaba qué habría dicho de haber vivido.

Finalmente, la página se cargó y ante los ojos de Podgórski apareció una foto de la monja. Era bastante parecida a otra que estaba en ese momento sobre su escritorio. Como de costumbre, el autor del blog no había decepcionado a sus lectores. La foto quizá no tuviera mucha calidad, pero seguro que podía satisfacer incluso a los cotillas más exigentes. Daniel supuso que el autor de la página la había hecho con un teléfono móvil. A pesar de la baja resolución, resultaba fácil advertir la mayoría de los detalles.

Por un momento, Daniel se preguntó si debería concentrarse en interrogar al presunto autor de la página sobre Lipowo antes que a cualquier otro vecino. Al final decidió que en su momento hablaría con el cronista de Lipowo en las mismas condiciones que con el resto de las personas a interrogar. Hasta entonces parecía que el bloguero sabía exactamente lo mismo que ellos. Lo único que había hecho era relatar el suceso.

Daniel bajó por la página. Junto a la fotografía habían colocado una inscripción que rezaba «Castigo Divino». Las letras eran grandes y rojas, como la sangre de la víctima. Causaba una impresión muy desagradable. A pesar de ello, o quizá precisamente por eso, Podgórski estaba convencido de que los habitantes de Lipowo contemplaban la fotografía en la intimidad de sus casas con las mejillas encendidas por la emoción. Diversión y sangre. Eso siempre atraía a la gente, también en aquel pueblo.

Así que la foto ya circula por Internet, pensó Daniel Podgórski. No sabía si era algo bueno o malo. Quizá no llegara a tener ninguna influencia en el procedimiento preliminar. Terminó de comerse los cacahuetes y apagó el ordenador. Durante un rato escuchó la música muy concentrado. Los intensos sonidos parecían penetrar directamente hasta su corazón y llenarlo de buenas vibraciones.

Al final apagó el reproductor y sacó el disco con cuidado. Mirar la página de Internet no le había resultado suficiente. Necesitaba hacer algo más para no enloquecer mientras esperaba lo que trajera el día siguiente. Decidió empezar por la cuestión más evidente: la iglesia. Después de todo, la fallecida era una monja, quizá se dirigía a la parroquia local cuando encontró la muerte. En tal caso, lo mejor sería llevarle la foto al padre Józef y preguntarle si la conocía. Daniel se maldijo por no haber pensado antes en eso. Miró la hora. Iban a dar las siete de la tarde, todavía podía hacer una visita. Además, era un representante de la ley cumpliendo con su deber.

Tembló de frío al salir a la calle. La temperatura debía de haber bajado. El aire gélido parecía que cortaba los pulmones y quemaba la piel de la cara. Daniel cerró a conciencia la puerta del apartamento que se había preparado en el sótano de la casa de su madre. Miró hacia arriba y vio que en las ventanas había luz. Lo más probable era que Maria estuviera viendo su serie favorita o bien cocinando.

Él prefirió marcharse sin decir nada. No tenía ganas de andar dando explicaciones.

Al cerrar el portón de la finca, llegó a la conclusión de que sería mucho más profesional ir con alguno de sus compañeros. El joven Marek Zaręba vivía muy cerca, pero Daniel prefirió no molestarlo. A fin de cuentas su esposa había descubierto el cadáver. Aquel día la peluquera necesitaría el apoyo de su marido. Un poco más adelante vivía el policía de mayor antigüedad, Janusz Rosół, pero algo había comentado acerca de una cena familiar que planeaba para esa noche, así que Daniel tampoco quiso recurrir a él.

Suspiró. El único que quedaba era Paweł Kamiński. No era la solución ideal, pero sí la única posible en ese momento. Además, Paweł, al parecer, tenía buena relación con el padre Józef. Siempre alardeaba de ser un parroquiano ejemplar, al menos en apariencia. Y Daniel sabía que en el pueblo a veces las apariencias contaban más que la verdad.

Camino intranquilo por la habitación. Noto que me va a dar una indigestión a pesar de que sigo obsesivamente una dieta sana. No ha ido todo según el plan y eso no me gusta nada. Nada.

No me gusta ni un pelo que algo no vaya según el plan. No me gusta ni un pelo.

El plan es el elemento clave para el éxito de toda la operación. Siempre lo digo. Todo queda aclarado. Por esa razón ahora se rebela mi estómago.

Plan, plan, plan.

Abro la nevera y coloco todos los productos en orden de menor a mayor. Después los cambio para que estén de mayor a menor. Nadie conoce mi sistema, ni siquiera la persona más cercana a mí. Reboso de orgullo por este motivo. Miro los productos colocados. Poco a poco me tranquilizo y el estómago deja de rebelarse. Sé encontrar alivio en los actos más sencillos.

Me esfuerzo por recordar todas las conversaciones de los meses anteriores, incluso de años pasados, pero mi cabeza está vacía. Finalmente decido que lo mejor que puedo hacer es continuar con todo lo que ya había sido planeado con precisión. Sé que no es bueno apartarse del camino trazado.

Yo no me apartaré. Llegaré hasta el final y haré lo que se debería haber hecho hace ya mucho.

Quizá gracias a ello reciba por fin el reconocimiento que merezco.

De nuevo me ha empezado a latir deprisa el corazón y las mandíbulas se aprietan con fuerza. Igual que en mi infancia. Siempre merecía un castigo, en cada ocasión. Pero ahora no fallaré.

Plan, plan, plan.

Abro el agua caliente en el lavabo. Me quema las manos, pero necesito estar seguro de que quedan limpias. Recuerdo todos los consejos sobre ese tema. Veo que, bajo la uña del pulgar izquierdo, hay suciedad. La irritación mezclada con el miedo se apodera de mí. ¡Podría ser sangre!

Agarro el jabón y empiezo a frotarme los dedos con todas mis fuerzas. Si me lavo bien, me daré un premio. Miraré un rato la foto. Es lo que me hace falta. Eso me tranquilizará por completo y me permitirá concentrarme en el objetivo.

Plan, plan, plan.

La casa de los Kamiński no era muy grande, pero estaba bien cuidada. En verano, la mujer de Paweł plantaba en el jardín flores que alegraban el barrio con multitud de colores. El inspector Daniel Podgórski sospechaba que de ese modo deseaba también colorear su monótona vida de ama de casa.

El policía llamó a la puerta. Dentro se oyeron los chillidos de toda una pandilla de niños. Kamiński tenía cinco. Un momento después apareció en el umbral la esposa de su compañero. Su triste rostro tenía un tono gris y estaba en parte oculto por grasientos mechones de cabellos finos. Su espalda estaba encorvada, como si soportara el peso del mundo entero.

–Ah, hola, Daniel –dijo esforzándose por hacer un comentario animado. Pero aquella alegría artificial lo único que consiguió fue empeorar su desalentadora imagen–. ¿Quieres pasar? He hecho tortitas de patata.

–No, muchas gracias, Grażyna.

Daniel rechazó la invitación a pesar de lo tentadora que le resultaba, en especial tras el rápido paseo al fresco. La mujer pareció

51

decepcionada. Daniel sintió remordimientos. Quizá no debería haber rechazado la propuesta.

–Vengo a buscar a Paweł –explicó enseguida para ocultar su indecisión–. Me gustaría que me acompañara a un interrogatorio.

Grażyna Kamińska miró a Podgórski sorprendida.

–Por lo de la monja que han atropellado hoy –aclaró Daniel con brevedad. Estaba seguro de que sabía lo del accidente.

–Paweł no está –dijo Grażyna con sequedad.

Esta vez fue Daniel quien la miró extrañado. Ella se apartó un mechón de la cara y a Podgórski le pareció ver que tenía un buen moratón en la frente.

–Ha salido –añadió, como si con eso quedara todo explicado.

–¿Dijo cuándo volvería?

–Me avisó que no lo esperara levantada.

El tono de su voz delataba un profundo desánimo. Daniel Podgórski no sabía qué contestar, así que murmuró una torpe disculpa por las molestias y siguió caminando en la oscuridad del pueblo. Notó tras él la mirada de Grażyna, pero procuró no girar la cabeza.

Pensó que quizá debería hablar con Paweł sobre la situación en su hogar, pero después no le pareció buena idea. No era asunto suyo, aunque le daba pena por Grażyna. La esposa de Paweł había sido muy hermosa en otro tiempo. Medio pueblo iba tras ella. Era rubia clara y poseía la típica belleza eslava. Una preciosidad. Ella y Daniel tenían la misma edad. Recordaba cómo la miraba durante las clases en el colegio. Llevaba unas coletas largas y gruesas que pedían a gritos que les dieran un tirón en el recreo e incluso en clase cuando no miraba el profesor. Grażyna entonces se reía, pero fruncía el ceño fingiendo enfado.

Ahora era una sombra de aquella persona, con cinco hijos y un marido que nunca paraba en casa. Daniel estaba seguro de que Paweł era en gran medida culpable del estado en que se encontraba su esposa. No pertenecía al tipo de hombre que cuida de su pareja. El cometido de Grażyna debía ser darle hijos y llevar la casa. Todos sospechaban que las demás necesidades las satisfacía en otra parte.

Con tales pensamientos en la cabeza, Podgórski cruzó el pueblo, vacío a esas horas, y llegó a la iglesia neorrománica de ladrillo rojo.

Las ventanas del templo, ahora a oscuras, resplandecían con los colores de sus hermosas vidrieras. La casa del padre Józef se hallaba en la parte de atrás. Daniel rodeó la iglesia con paso rápido. Quería resguardarse del frío cuanto antes.

Delante de la casa parroquial había un coche aparcado. Daniel no lo conocía, así que todo indicaba que el anciano sacerdote tenía invitados. Podgórski recordó que, en efecto, el cura llevaba unos dos meses anunciando que esperaba la visita de un pariente lejano, un joven seminarista de Varsovia. Probablemente se había decidido por fin a viajar a Lipowo.

El policía se paró un momento, dando saltitos por el frío. Dada la situación, pensó que tal vez debería dejar la conversación para otro momento. No era de buena educación importunar al cura si tenía invitados. Aunque, por otro lado, Daniel había hecho el esfuerzo de ir hasta allí atravesando el pueblo en una noche tan fría como aquella.

Tras sopesarlo decidió llamar a la puerta, pintada de color marrón. Un momento después apareció en el umbral la asistenta del cura, la señora Solicka, la mejor amiga de la madre de Daniel. A Podgórski siempre le habían sorprendido los cabellos violetas de la señora Solicka. Marek Zaręba le había explicado, con el tono de un experto en el tema por ser el marido de la peluquera, que estaban mal teñidos, ni más ni menos. Tiene lo que se merece por no haber querido ir a que se lo hiciera Ewelina, añadió con una sonrisa su joven compañero el día que hablaron sobre el asunto. El proceso de teñir el pelo seguía siendo para Daniel algo parecido a la magia negra.

–¡Daniel! –La señora Solicka lo saludó con efusividad–. ¿A estas horas? Maria no ha llamado para informar de tu visita. ¿Cómo no has venido en coche, con este frío y lo oscuro que está el pueblo?

–Es que me apetecía dar una vuelta –contestó con desgana Podgórski.

Nunca había sido capaz de sentir afecto por la amiga de su madre.

–Ya veo, ya. Un poco de movimiento te viene bien –murmuró la señora Solicka dándole unas palmaditas en la tripa–. ¿Verdad?

El policía tuvo que contenerse para no soltar un comentario malicioso acerca del físico de la señora. Sabía que si deseaba solucionar algo, debía actuar con profesionalidad. Criticar los encantos de la asistenta del cura no ayudaría en nada.

–Vengo a ver al padre Józef. –Lo dijo con el tono más oficial que le fue posible adoptar con aquel frío–. Es por un asunto importante.

En el cementerio situado tras la iglesia graznaban los grajos. Toda una bandada levantó el vuelo en ese momento. El ruido de sus alas se mantuvo en el aire hasta mucho después de que desaparecieran en la lejanía.

–Józef tiene ahora una visita. Ha venido a verlo un sacerdote joven, primo lejano suyo o algo así. Está aquí para descansar, el pobre es algo enfermizo. El aire de aquí seguro que le sienta estupendamente. Por lo visto tuvo algunos problemas en su parroquia. Ya se sabe cómo son las cosas en la capital –afirmó la señora Solicka con el tono de una entendida en el tema de los peligros que acechan a los curas indefensos en las grandes ciudades–. Nosotros aquí seguro que lo podemos ayudar. Y es un chico muy alegre, la verdad. A nuestro Józef le vendrá bien la compañía de alguien joven. Vosotros no soléis asomaros mucho por aquí. Muy poquitas veces, sí señor. Piotr parece caído del cielo. Tenía que haber venido hace mucho, pero no pudo ser en verano y...

Daba la impresión de que la señora Solicka podría alargar su relato durante mucho tiempo. Daniel empezó a impacientarse. Las mejillas le ardían por el frío.

–¿Puedo pasar? –la interrumpió finalmente. Notaba que los dedos se le estaban convirtiendo en carámbanos–. Hace un poco de frío aquí fuera.

–Por supuesto, por supuesto, en qué estaría pensando. No sé ni dónde tengo la cabeza. Estaba en la cocina preparando la cena, allí hace calorcito. Quería cocinar algo rico. En los últimos tiempos Józef ha adelgazado demasiado. Creo que es por la edad. Y Piotr no tiene mejor aspecto. Pero ya me encargo yo de ellos, no hay nada que temer.

La señora Solicka abrió más la puerta para dejar pasar a Daniel, que una vez dentro la cerró con alivio. En comparación con la temperatura que reinaba en la calle, el interior de la casa parecía estar al rojo vivo, aunque eso no lo molestó. Ya estaba harto de aquel frío polar. Se frotó las manos para entrar en calor cuanto antes.

–¡Jóózef! ¡Jóóóózef! –gritó la señora Solicka–. Ha venido Daniel. ¡El hijo de Maria!

No hubo ninguna reacción.

–No oye nada –comentó la señora Solicka a modo de aclaración–. Y yo tengo que patearme la casa de un lado a otro una y otra vez. No sé cómo afectará eso a mis rodillas, pero seguro que no les hace ningún bien. De eso estoy más que convencida. Y por cierto, yo tenía que hablar contigo acerca de Wiera y su tienda. Las cosas no pueden seguir así...

–Mujer, que estoy aquí por lo del accidente.

–Es verdad, es verdad. Entonces en otra ocasión. Recuerda que tengo que hablar contigo del tema. Vosotros que sois policías deberíais poder buscar una solución. No es de recibo que una rusa regente una tienda en nuestro pueblo... Y ya sabes las pintas que tiene.

Podgórski siguió a la señora Solicka hasta el salón procurando ignorar el torrente de palabras que salía de su boca. En el salón hacía aún más calor que en el pasillo. Daniel vio que el fuego ardía en la chimenea, negra por el hollín. El padre Józef no acostumbraba a encenderla. Estaba claro que había considerado la llegada de su joven pariente como una ocasión especial. De otro modo, la señora Solicka no habría permitido semejante extravagancia. Temía que pudiera provocar un incendio. Se lo había contado varias veces a Maria, y en realidad a Daniel también.

Las llamas hacían que el interior del salón, decorado a la antigua, resultara agradable y acogedor. El frío de la calle ya no parecía tan terrible. El párroco de Lipowo estaba sentado delante de la chimenea en un mullido sillón. El padre Józef era un viejecito bondadoso estimado por todos. Nadie sabía con exactitud cuántos años tenía. Algunos sospechaban que había pasado ya de los noventa, pero su rostro arrugado no ofrecía pistas claras.

El sacerdote se levantó muy tieso, apoyando todo su peso en el brazo del sillón. El joven cura que lo acompañaba se acercó rápidamente y ayudó al anciano.

–¿Daniel? –dijo el padre Józef colocándose las gafas para ver mejor al recién llegado. Hablaba a voces, como todos los duros de oído–. Qué agradable que vengas a visitarnos, querido muchacho. ¿Cómo está Maria? ¿Qué tal anda de salud?

–Buenas noches, padre. –Daniel siempre se sentía algo inseguro en presencia de aquel anciano, como si el padre Józef tuviera entre sus artríticas manos el poder de la Iglesia en su conjunto–. Mi madre se encuentra bien. Manda recuerdos

Podgórski estaba seguro de que si su madre hubiera sabido algo de esa visita le habría pedido que le transmitiera sus saludos respetuosos, así que en su opinión la mentira estaba justificada. El anciano asintió y se volvió a sentar con cuidado en el sillón.

–Hace mucho que no te veo en misa –dijo dando un suspiro.

Daniel se sonrojó ligeramente y balbució en voz baja sus justificaciones. En el pueblo todos iban a la iglesia, les gustara o no. Quizá con la excepción de Wiera, para quien los convencionalismos parecían no contar.

–¿Qué murmuras, muchacho?

–Que hemos tenido... mucho trabajo... –dijo en voz alta Daniel haciendo un esfuerzo–. Precisamente vengo por un tema de trabajo...

–¿Qué has dicho?

–Que vengo por un asunto oficial –repitió Podgórski hablando despacio y claro.

–¡Trabajo! Deja el trabajo tranquilo un momento. Te presento a Piotr. –El anciano cura señaló a su compañero. El seminarista tenía más o menos la edad de Daniel–. Piotr ha venido a descansar un poco de las fatigas que le causa cuidar de su pequeño rebaño.

–Hola. –La mano del cura estaba seca, y el gesto con el que estrechó la del policía pareció algo frío. Su rostro estaba hundido y la ropa le colgaba como si hubiera adelgazado mucho en los últimos tiempos–. Soy Podgórski, inspector Daniel Podgórski. Dirijo la comisaría local.

–Encantado de conocerlo –contestó el sacerdote amablemente y mirándolo con curiosidad.

A Podgórski le pareció que el invitado causaba buena impresión.

–Padre, vengo a verlo por cierto asunto –empezó de nuevo el policía sacando del bolsillo la foto de la monja atropellada–. Seguro que se habrá enterado del triste accidente que ha sucedido hoy en...

No pudo terminar. La puerta del salón se abrió de repente y apareció la señora Solicka. La mujer entró con una bandeja repleta de dulces.

–Traigo un delicioso pastel que acabo de hacer –explicó–. También hay té. ¡En invierno es muy importante beber té! Maria y yo siempre lo repetimos. Deberíais seguir nuestro ejemplo. La sabiduría de los mayores... Lo mejor es beber té con miel y limón, porque si te acatarras en invierno, se acabó.

La señora Solicka dejó la bandeja sobre una mesita situada junto al sillón del anciano padre Józef. Se arregló su peinado violeta, repartió platitos entre todos y, con expresión de no aceptar una negativa, sirvió a cada uno un buen trozo de pastel. Ninguno de los hombres allí presentes se atrevió a rechistar.

Se hizo el silencio. El nonagenario padre Józef masticaba con gran ruido y le costaba morder los pedazos más duros.

–Ya ves, Gienia me mima demasiado –dijo finalmente con la boca llena. Era difícil entender lo que decía–. ¿Cuál es entonces el asunto que te trae, muchacho?

–Hoy alguien ha atropellado a una monja en el pueblo –dijo al fin Podgórski. Empezaba a tener la impresión de que jamás lograría llegar al meollo de la cuestión–. He pensado que quizá usted podría identificarla. Parece ser que vino desde Brodnica en autobús, en el de las diez y cuarto, que para pasado el pueblo. Se me ocurrió que a lo mejor había venido a verlo a usted.

–No esperaba a nadie, ¿verdad, Gienia?

La señora Solicka negó con la cabeza.

–Al menos yo no sé nada de eso. Aunque ¿quién soy yo aquí? No soy más que la asistenta. Nadie me pregunta ni se me informa de nada.

El padre Józef se puso unas gafas de gruesos cristales. Su rostro no se inmutó cuando miró la macabra foto de la monja muerta. Hizo la señal de la cruz sobre la cara de la fallecida. Su mano decrépita, cubierta de manchas hepáticas, tembló levemente. La señora Solicka trató de ver algo desde el lugar en que se encontraba.

–Por desgracia no conozco a esta monja, Daniel. Qué desgracia –dijo al final el viejecito–. Cada vez hay más accidentes de tráfico. ¿Adónde va este mundo?

Nadie contestó. La pregunta se elevó en el aire cálido de la habitación y allí permaneció un instante. El sacerdote le dio la fotografía a su acompañante. El padre Piotr la miró de pasada. Luego su rostro se puso rígido en un gesto de profunda impresión.

–Es imposible –tartamudeó incrédulo–. Es absolutamente imposible –repitió examinando con más atención la foto–. No entiendo nada.

Weronika y Blanka llegaron finalmente hasta la residencia de Sénior Kojarski. Subieron por la escalera del porche, cubierta de nieve helada y resbaladiza, y se plantaron frente a la puerta de madera, adornada con un complejo mosaico de tallas de plantas y animales. Weronika no podía apartar la vista de ella. Blanka le concedió un momento para que admirara el extraordinario arte del carpintero que la había hecho.

–¡Qué bonita! –comentó al final Weronika.

Blanka asintió dándole la razón. Sus cabellos rubios brillaban a la luz del farol que colgaba en el porche.

–La puerta la hicieron de encargo. Es completamente nueva, a pesar de que parece antigua. –La anfitriona daba la impresión de estar orgullosa de su explicación–. ¡Es el estilo que se lleva!

Weronika enarcó las cejas. Qué no dirás tú, pensó divertida.

–Entra, por favor –dijo Blanka dejando pasar a su invitada.

La puerta se abrió a un recibidor muy grande con un suelo de elegantes baldosas blancas y negras. Era un amplio espacio que más bien parecía hecho para organizar en él espléndidos bailes de estilo decimonónico. Weronika se imaginó parejas girando al ritmo de alegres melodías; ellas con miriñaque, ellos con elegantes fracs. Los criados sirviendo copas de vino espumoso. Al fondo había unas amplias escaleras que conducían al piso superior. Los adornos del pasamanos eran del mismo tipo que la decoración de la hermosa puerta principal.

La distribución del interior le resultó extrañamente familiar. Weronika no pudo evitar la sensación de que la residencia de Sénior Kojarski parecía una copia de su propia casa, aunque mucho más grande y decorada con adornos más caros, por supuesto.

Todos los miembros de la familia Kojarski salieron a recibir a la invitada, pero ninguno de ellos mostró una alegría especial por la visita. Todos llevaban ropa de noche de excelente calidad. Weronika se sintió incómoda con su jersey negro y sus vaqueros ya algo pasados. Se colocó bien el abrigo un poco nerviosa.

–Este es mi esposo, Ryszard Sénior Kojarski –dijo Blanka señalando al hombre de más edad. Había pronunciado su nombre como si se tratara de un alto título nobiliario–. ¡Aunque ya lo conoces!

Sénior Kojarski tomó la mano de Weronika con el gesto autoritario de una persona acostumbrada a ser obedecida y la acercó simbólicamente a sus labios. Tenía el pelo teñido de negro y peinado hacia atrás, donde se adivinaba ya la calvicie. El tono anaranjado de la piel indicaba que le gustaba utilizar el solárium o algún otro método para broncearse de manera artificial. Su aspecto contrastaba con el elegante traje que se había puesto esa noche, de color grafito y hecho a medida.

–A Radek también lo conoces.

Blanka señaló a Júnior Kojarski, situado detrás de su padre. El único saludo que se dignó dirigir a Weronika fue una ligera inclinación de cabeza, para acto seguido presentar a la última anfitriona:

–Esta es mi esposa.

–Róża Kojarska –dijo la mujer al tiempo que se arreglaba su pelo negro, cortado por debajo de las orejas.

Traía a la mente la imagen de una Cleopatra delgadísima. Su vestido de noche negro colgaba de sus hombros como si lo hiciera de una percha de huesos. El escote pronunciado dejaba a la vista las clavículas, muy marcadas bajo la piel pálida.

–Como ya conoces a todos, voy a cambiarme en un pispás –dijo alegremente Blanka.

Caminó hacia las escaleras, moviendo las caderas con coquetería. Weronika se quedó sola con el resto de los Kojarski. Sénior y Júnior la observaron con evidente hostilidad. Solo la enjuta cara de Róża permitía atisbar una pizca de curiosidad amistosa. Weronika se sintió algo fuera de lugar.

–Tienen una casa magnífica –dijo al fin para romper el incómodo silencio. Tenía que aguantar como fuera durante la siguiente hora. Después podría marcharse con algún pretexto–. Estoy impresionada.

Nadie contestó.

–¡Incluso la sacaron en una revista! –gritó Blanka desde arriba.

Weronika miró extrañada en esa dirección. La anfitriona no había ido muy lejos. Se oyó el ruido de la cremallera del mono de esquí. Júnior Kojarski se movió intranquilo. Sénior permanecía impasible.

–¿Verdad, Ryszard? –le gritó Blanka a su marido bajando por las escaleras. Llevaba puesto un vestido rojo ajustado con un pronunciado escote. En su cuello relucía un collar de diamantes–. ¿Eh, cariñín?

Sénior Kojarski la atravesó con la mirada.

–¿Cuántas veces he de decirte que no me llames así? –preguntó alto y claro, como si le hablara a un niño pequeño.

Blanka miró a Júnior confundida, como buscando ayuda. El joven Kojarski apartó la vista de ella sin el menor disimulo.

–En fin... Sentémonos a la mesa –le dijo contrariada a Weronika–. Vamos al comedor.

Indicó la dirección con la mano. Los tacones de Blanka repiqueteaban al andar.

–He oído que tenéis un hijo –comentó Weronika cuando se quedó con la huesuda Róża al final del grupo.

–Sí. –La mujer se animó claramente. En sus ojos aparecieron chispas de entusiasmo y su blanco rostro tomó algo de color–. Se llama Kostek. Este año cumplirá los seis.

–Querida, no aburras a la invitada con la historia familiar –dijo su marido, que marchaba delante–. No ha venido para eso.

Weronika no pudo evitar la sensación de que una palabra tan agradable como «querida» había sonado en boca de Júnior como el peor de los insultos.

–Para nada, si es muy interesante. Me apetece escucharlo –le replicó Weronika con firmeza. No quería dejar que el amigo de su exmarido tomara la iniciativa–. ¿Qué me decías, Róża?

–Eso era todo lo que iba a comentar –contestó tranquilamente la raquítica mujer.

Júnior Kojarski sonrió satisfecho. Weronika sintió una profunda repulsión hacia él. Tenía unas inmensas ganas de salir de allí y cerrar tras ella la hermosa puerta de entrada. Pero había que cuidar las buenas relaciones entre vecinos. Debía aguantar un poco más.

Sénior Kojarski abrió la puerta del comedor e invitó a Weronika a sentarse a la mesa, colocada en el centro. Si el recibidor parecía enorme, el comedor era una auténtica sala de baile. La habitación era impresionantemente grande. A la derecha había una inmensa chimenea de mármol rosa donde el fuego danzaba entre gruesos troncos. Al otro lado de la estancia, algo apartado, había un amplio sofá que parecía colocado allí para que uno pudiera sentarse a reposar la comida. No había más muebles, lo que aumentaba la sensación de que la habitación era gigantesca.

Ambos hombres, padre e hijo, se sentaron a la mesa, servida con abundancia, y empezaron a comer sin esperar a las mujeres.

–¿Cuándo tienes intención de volver a Varsovia? –preguntó Sénior entre dos bocados de carne poco hecha. En su voz no se percibía ni el menor atisbo de cordialidad–. Tengo mis planes, así que me gustaría saberlo.

–No sé. Quizá dentro de un par de días –contestó su hijo con la misma frialdad–. Tú mismo quisiste que viniera, así que ahora no te quejes. Yo no pedí que se me concediera tal honor. Debes de estar muy contento aquí, *en el campo*. A solas con Blanka y Róża.

–La empresa te necesita, no sería bueno que te quedaras demasiado tiempo –replicó Sénior sin hacer caso de las palabras envenenadas de su hijo–. Y, por cierto, ya que hablamos de la empresa, he oído que tienes algunos problemas.

Júnior Kojarski se atragantó con el vino.

–Pues has oído mal.

Sénior miró a su hijo de manera significativa. Yo no cometo tales errores, parecían decir sus ojos.

–¡Qué sabrás tú! –En la voz de Júnior apareció un tono defensivo–. Vives aquí en el campo, ¿qué puedes saber?

–Querido, ¿tienes problemas en la empresa? –preguntó Róża, sentada frente a un plato vacío–. No me habías dicho nada.

Hasta ese momento los hombres parecían haberse olvidado de las demás personas con las que compartían la cena. Ambos lanzaron a la esquelética mujer una mirada asesina. Al parecer, en esa casa no se interrumpía a los hombres; al menos en una cosa padre e hijo defendían el mismo frente. Róża se encogió de hombros y volvió a posar la vista en su plato.

–Estas patatas en salsa están buenísimas. Deberías probarlas, Róża –le aconsejó Blanka con voz amable–. ¡De veras!

Róża Kojarska dejó el tenedor con gran estruendo, se levantó sin decir palabra y salió del comedor muy seria. Ni un solo cabello de su peinado de Cleopatra abandonó el sitio que le había sido asignado con exactitud.

–Si yo solo pretendía ayudarla –dijo Blanka en tono lastimero–. ¡Y cómo se ha puesto!

–Mi esposa es bastante caprichosa –explicó irritado Júnior Kojarski, y se concentró en cortar la carne que tenía en el plato. Sus dedos apretaron con fuerza los cubiertos. Al verlo, Sénior se rio discretamente de forma burlona.

Weronika contemplaba extrañada el espectáculo que se desarrollaba en la mesa. No se esperaba un comportamiento así de una familia como los Kojarski. Tenía la impresión de que se encontraba entre las páginas de una mala novela.

–¿Quieres un poco de carne? –le propuso tranquilamente Blanka como si no hubiera ocurrido nada de particular–. Está tan rica como las patatas.

–Soy vegetariana –comentó Weronika.

Tras esta confesión, Blanka pareció perder por completo el interés en su invitada. Se levantó y se sentó en la silla que había dejado libre Róża, al lado de Júnior Kojarski. Daba la impresión de que se esforzaba por mostrar su profundo escote.

–Blanka, ¿qué haces? –dijo el hombre sobresaltado. Sin embargo, no pudo evitar lanzar una mirada fugaz a los pechos de su madrastra.

Blanka lo miró sorprendida por su hostilidad. Weronika advirtió que Sénior observaba divertido la riña entre su esposa y su hijo.

–Contrólala –le espetó Júnior a su padre–. Blanka es tu esposa. Deberías tener un poco de cuidado con lo que hace.

–Antes no te molestaba, así que ahora apáñatelas como puedas. –El viejo soltó una carcajada.

En los ojos de Blanka brilló por un momento «aquella otra», la mujer de la voz triste, aunque quizá solo se lo pareció a Weronika. No estaba segura.

Siguió un embarazoso silencio.

–Tengo intención de arreglar la vieja cuadra de mi casa –dijo Nowakowska sin venir a cuento. Era la invitada y sobre ella recaía la obligación de relajar el ambiente con una conversación intrascendente.

–¿En serio? –Júnior Kojarski ni siquiera la miró. Las manos le temblaban un poco y no podía terminar de cortar un trozo de carne.

–Ryszard, podríamos enviarle a Tomek Szulc para que la ayude. Ella sola no podrá cargar con las tablas o lo que se haga en una obra. Tomek es nuestro chico para todo –añadió Blanka a modo de aclaración–. ¡Menos mal que lo has comentado, Weronika! ¡No te dejaremos sola con todo eso! ¡Cariñín, tenemos que enviarle a Tomek!

Sénior Kojarski hizo un gesto con la mano que podía significar cualquier cosa.

–Sí, sí, se lo mandaré por la mañana. –Weronika tenía la impresión de que el viejo haría lo que fuera con tal de que su atractiva esposa se callara de una vez–. Ciertamente es muy difícil que una mujer sola clave unos clavos.

Weronika estuvo a punto de decir que ya se las arreglaría sola, pero pensó en la gran cantidad de trabajo que le esperaba en la casa y en el establo. La ayuda le vendría bien, y lo cierto era que no tenía a quién pedírselo. Desde luego no pensaba dirigirse a su exmarido. Mariusz era la última persona a la que llamaría.

–Les estaría muy agradecida –dijo finalmente–. Pero no tengo con qué pagarle. –Prefirió dejarlo claro desde el principio. La mayoría de su capital se había esfumado con la compra de la finca y la casa.

–No te preocupes, querida. Ya sabemos que eres pobre. No tienes que pagarnos –dijo Blanka riendo. Bajo sus largas pestañas, sus ojos parecían mirar de manera escrutadora–. Simplemente ayudamos a una vecina, no es más que eso.

De pronto se levantó de la mesa, vertiendo algo de vino sobre el mantel.

–Basta ya de contar cosas aburridas. Ven, te enseñaré el resto de la casa.

Agarró a Weronika del brazo. Sus dedos eran sorprendentemente fuertes, algo que no encajaba con su cuerpo menudo. Subieron las escaleras y dejaron a los hombres en el comedor.

Daba la sensación de que la anfitriona no tenía la menor intención de llevar a Weronika por las diferentes estancias, sino que se dirigía a algún sitio por un motivo concreto. Caminó con paso rápido hasta que se detuvo ante una puerta cerrada en mitad de un largo pasillo. Cuando la abrió, en sus labios apareció una sonrisa fugaz.

–¡Vaya, pero si estás aquí, Róża! –dijo fingiendo sorpresa.

Róża Kojarska estaba sentada sobre una gruesa alfombra en medio de una habitación y jugaba con un niño pequeño.

–Kostek –exclamó la famélica Cleopatra dirigiéndose a su hijo–. ¿Qué se dice?

El niño se levantó del suelo.

–Buenas noches –dijo de manera poco inteligible, y miró a su madre con gesto interrogativo. Ella asintió dándole su aprobación y el niño volvió a sentarse en la alfombra satisfecho de sí mismo.

–Hemos venido a estar un rato con vosotros –comentó Blanka como si tal cosa–. Nos estábamos aburriendo abajo. Que los hombres hablen de sus negocios, nosotras nos ocuparemos de cosas de chicas, ¿eh?

Róża miró sus huesudas manos, dejando la pregunta sin respuesta. Blanka llevó a Weronika hasta el centro. Sus uñas se le clavaron dolorosamente en la piel; el jersey de lana no fue suficiente protección. Weronika se liberó en cuanto pudo de sus dedos y se sentó en la alfombra junto a Kostek.

–Qué juguetes más chulos tienes –le dijo al niño.

–Y usted tiene un pelo muy bonito –contestó devolviendo el cumplido.

Róża miró a su hijo con satisfacción. Sus ojos reflejaban ternura.

–Gracias. Eres todo un pequeño caballero.

El niño miró a Weronika como si no entendiera lo que había dicho.

–Un caballero es alguien como tu padre –le explicó su madre.

Kostek asintió, aunque seguía sin estar seguro de si lo habían halagado o todo lo contrario.

–¿Habéis oído lo del accidente? –preguntó Róża tratando de entablar conversación mientras se arreglaba su peinado estilo Cleopatra–. En *nuestro-lipowo* hay incluso fotos. Tiene muy mala pinta.

–No deberías leer esas tonterías –le reprochó Blanka–. ¿Tú has oído algo, Weronika?

Nowakowska negó con la cabeza.

–¿Qué es *nuestro-lipowo?*

–Es una página de Internet, en realidad un blog –explicó Róża animándose inesperadamente–. Ahí aparecen todas las informaciones sobre el pueblo. Se podría decir que son simples cotilleos. A veces los leo para relajarme. Espera, que te la enseño. Después podrás buscarla tú misma en casa y le echas un vistazo. Hay algunas cosas curiosas de verdad.

Se levantó de la alfombra y fue hasta el portátil que había sobre el pretil de la ventana.

–Todo esto es muy misterioso. No se sabe quién escribe el blog, pero en él aparece todo acerca de todos –continuó explicando Róża mientras encendía el ordenador–. Mirad, aquí está la foto de la monja atropellada.

Blanka y Weronika se acercaron para mirar la pantalla. La fotografía era aterradora. Al pie de esta había una frase escrita con letras de color rojo sangre que rezaba: «Castigo divino».

Blanka Kojarska miraba la foto como si estuviera hipnotizada.

4

Lipowo. Miércoles, 16 de enero de 2013, por la mañana

El oficial Marek Zaręba llevaba un ritmo constante. Notaba el agradable calor extendiéndose por todo el cuerpo. Sus músculos se habían ejercitado bien. La temperatura había subido un poco y durante la noche había nevado. Las botas se hundían en la nieve sin dificultad. Le encantaba correr en invierno de buena mañana por el bosque. No se trataba solo de un método para mantener la forma y la salud. Para él era más un tiempo de completa distensión, en el que realmente no pensaba en nada concreto. Tan solo escuchaba su respiración acompasada y el rítmico golpeteo de los pies en el suelo. Lo embargaba entonces una tranquilidad casi mística, aunque seguro que jamás reconocería ante nadie que pensaba en el *running* en esos términos.

Aquella mañana, el joven policía siguió su itinerario favorito alrededor del lago Strażym. Los turistas que iban por allí en verano desde las grandes ciudades seguramente habían advertido que ese camino era muy pintoresco. Tan pronto subía como bajaba, siguiendo siempre la línea de la orilla. En los alrededores se extendía la majestuosa panorámica de la tranquila superficie del agua. Sin embargo, para Marek era tan solo una vereda. Vivía en Lipowo desde su nacimiento y las maravillas de la naturaleza ya le resbalaban un poco. Por supuesto que se sentía orgulloso de su región, pero no se quedaba embelesado a cada paso. Tenía los pies bien plantados en el suelo, no le quedaba otra. Cuando en el decimoctavo cumpleaños de Ewelina ella le dijo que estaba embarazada, tuvo que hacer un curso acelerado de madurez. Recordaba cómo aquella noche se había ido a correr precisamente allí, por esa misma vereda. Necesitaba pensar con tranquilidad en todo lo que se le venía encima. Al final, sudoroso por la alocada carrera, llegó a la conclusión de que deseaba estar a la altura de las circunstancias. Ahora, con la perspectiva del tiempo, parecía que todo le había salido bien. Su hija ya había cumplido diez años y Marek esperaba ser para ella mejor padre que el suyo propio, al que recordaba de su infancia.

Salió a la carretera que pasaba junto a la linde del bosque y redujo un poco el ritmo para permitir que sus músculos descansaran. A pesar del frío, notaba el sudor que le caía por la espalda. Era un buen entrenamiento. La carretera avanzaba junto a la pared de árboles, despojados de sus hojas en esa época del año. A la izquierda se hallaba la inmensa propiedad de los Kojarski. En el pueblo la llamaban «la hacienda». A él personalmente no le gustaba demasiado. Excesivamente grande. Caldear semejante monstruosidad seguro que costaba un dineral. Prefería ahorrar para remodelar la peluquería de Ewelina. Aunque si fuera tan rico como ese Sénior Kojarski, su esposa no tendría que trabajar en absoluto. Se lo merecería. Ya había lavado suficientes cabezas.

Volvió a acelerar el paso y notó que el corazón se adaptaba al nuevo ritmo. Tranquilizó la respiración y se dejó llevar por un sentimiento de felicidad. Parecía que no había nadie cerca, así que cerró los ojos y corrió a ciegas por la carretera recta. Se sentía como un niño que acabara de inventarse un juego nuevo e ideal. Un juego que sin duda ningún adulto elogiaría. Abrió los brazos en cruz, como si volara.

De repente notó un golpe. Había arrollado a alguien. Abrió los ojos al instante, maldiciéndose mentalmente por su estúpida idea.

–¡Perdón! ¡Lo siento de veras!

Ante él, derribado por el ímpetu del corredor, yacía en el suelo el joven cura con unos bastones de marcha nórdica en las manos. En su rostro se dibujaba una expresión de absoluto estupor.

–Haga el favor de perdonarme, padre –repitió Marek Zaręba desconcertado–. Iba corriendo y no sé qué me ha ocurrido, pero el caso es que he cerrado los ojos y se ve que en ese momento se ha cruzado usted en mi camino.

–No ha pasado nada. –El cura se levantó a duras penas, apoyándose en los bastones, y sacudió la nieve de su abrigo negro–. Soy Piotr.

–Marek Zaręba –se presentó el joven policía. Seguía sintiéndose turbado–. Trabajo en la comisaría del pueblo.

–Vaya, ayer charlé con uno de vosotros –explicó el sacerdote–. He olvidado el apellido, pero creo que era vuestro jefe.

–Seguro que se refiere usted a Daniel Podgórski –comentó Marek extrañado. Daniel no había dicho que tuviera intención de hablar con el cura–. ¿Uno muy alto?

–Sí, sí. Pero por favor, háblame de tú, debemos de tener la misma edad, no hay por qué ser tan formal. El que lleve alzacuello no significa que sea de otro planeta –dijo el cura riendo cordialmente–. En mi parroquia todos me hablan de tú.

–Claro. –Marek Zaręba decidió que no iba a preguntar por la visita de Daniel a la iglesia. El jefe lo explicaría todo a su debido tiempo. Resultaría estúpido quedar como alguien poco informado ya desde ese momento, cuando acababan de conocerse–. ¿Has venido a ver a nuestro padre Józef?

Marek se sentía un poco raro hablándole de tú al joven sacerdote. En Lipowo, aparte de la señora Solicka, que como persona encargada de cuidar de la casa parroquial poseía ciertos privilegios, nadie se dirigía al viejo cura de otra forma que no fuera «padre Józef». Sencillamente no estaba bien visto.

–Sí, Józef es un pariente lejano –explicó el padre Piotr–. He venido a vuestro pueblo a descansar un poco. Últimamente ocurren muchas cosas en mi parroquia. En realidad, allí siempre ocurre algo. Es imposible tomarse un día de relax. Tenía la esperanza de poder alejarme un poco de todo aquello, pero veo que por desgracia los sucesos me han seguido.

–Seguramente hablas de la monja, ¿verdad? –Marek no sabía si podía hablar con el cura acerca de la investigación. Por otro lado, todo el mundo sabía ya lo del accidente del día anterior–. De la que atropellaron.

–Sí. –El padre Piotr asintió con tristeza–. La conocía.

Por la mañana, Weronika se sintió excepcionalmente bien. A pesar de la deprimente visita del día anterior a la casa de sus extravagantes vecinos, tenía la impresión de que por fin se había librado del peso del divorcio. Con sorpresa descubrió que de repente podía pensar en eso sin emociones innecesarias. Se sentía muy ligera.

Por lo general, se contentaba con comerse un yogur con muesli, pero decidió desayunar por todo lo alto. Era un día especial y quería celebrarlo. Pensó que sería buena idea preparase unos huevos revueltos con cebollinos. No era una buena cocinera, pero esperaba no tener problemas con ese plato. Encontró una sartén en una de las cajas que aún permanecían cerradas y se puso manos a la obra con entusiasmo.

De improviso oyó unos fuertes golpes en la puerta. *Igor* empezó a ladrar con alegría. Le encantaban las visitas. Por si acaso, Weronika apagó el gas, porque más de una vez había quemado la comida. Miró por la ventana de la cocina e intentó distinguir quién aguardaba en el porche, pero no vio a nadie. La persona que había llamado se encontraba fuera del campo de visión.

Abrió la puerta y asomó despacio la cabeza. En el porche estaba el hombre bronceado con el que se había cruzado el día anterior en la tienda de Wiera. «El chico de la hacienda, el hombre para todo», así lo había definido la tendera. Llevaba un plumas azul y unos pantalones de trabajo.

–Buenos días –dijo amablemente Weronika.

El hombre se quitó la gorra para saludar y empezó a arrugarla torpemente entre las manos. A ella esto la sorprendió, porque el joven no parecía vergonzoso. Su hermoso pelo era del color del trigo, llevaba barba de varios días y tenía una mirada audaz. Weronika tuvo que reconocer para sí que de inmediato le había parecido un hombre muy atractivo. Su aspecto era diametralmente opuesto al de su exmarido, que siempre iba bien afeitado y vestía con extrema elegancia.

–Soy Tomek Szulc. He venido a ver en qué puedo ayudarla –explicó el visitante–. Los Kojarski dijeron que se trataba de reformar un establo.

–¡Sí! –dijo muy excitada Weronika. Se puso eufórica. Tomek parecía en efecto un manitas. Quizá les diera tiempo a tenerlo todo preparado para cuando trajeran a *Lancelot,* es decir, el sábado–. Gracias por venir. Temo no poder con todo yo sola.

–No hay problema, de verdad.

Se quedaron un momento mirándose en silencio.

–¿Puede enseñarme el sitio y me explica lo que quiere hacer? –dijo Tomek con una sonrisa.

–¡Pues claro! –reaccionó finalmente Weronika–. Vamos al establo. Está en la parte trasera.

–Ya lo he visto –dijo él sin dejar de sonreír–. He venido por un atajo del bosque y he pasado al lado. Me he permitido echarle ya un vistazo por fuera.

Weronika se puso el gorro rápidamente para ocultar su rubor. No le gustaba nada mostrar ese tipo de reacciones. Si un hombre le parecía atractivo, aunque solo fuera un poco, enseguida se ruborizaba. Se sentía incómoda por ello, pero no era capaz de controlarlo. Mariusz muchas veces bromeaba diciendo que de inmediato sabía quién podía ser un rival para él. Lo cual no le impedía considerar que en realidad nadie estaba a su altura. Weronika no podía creer que hubo un tiempo en que ese altanero le resultaba atractivo.

Tomek la siguió en dirección al establo. Se encontraba casi pegado al bosque. Los árboles estiraban hacia él sus nudosos brazos, pero no podían alcanzarlo. Weronika se enteró por la documentación que le entregaron al comprar la propiedad que el establo había sido construido algo después que la casa, a pesar de que parecía estar en peor estado. El enlucido se había caído en muchos puntos, y en la parte principal del edificio era preciso reparar el tejado, que estaba hundido. Por el momento, *Lancelot* tendría que conformarse con lo que había.

–En sus mejores tiempos aquí cabrían más de veinte caballos –explicó ella–. Yo de momento necesito al menos una caseta para mi *Lancelot*.

En el futuro, Weronika planeaba ampliar el establo y alquilar las casetas a los propietarios de caballos de las poblaciones cercanas. En verano también podría organizar clases de equitación para los clientes de los centros turísticos que había junto al lago. Ni siquiera se dio cuenta de que le estaba contando a Tomek sus planes.

–Espero que se convierta en un buen negocio –dijo al finalizar el relato, un poco avergonzada por su franqueza. Al fin y al cabo no se conocían de nada.

–Aquí hay mucho por hacer –contestó él mirando alrededor.

En su voz se oyó ahora un ligero tono de inseguridad. Pasaron dentro. El interior del establo tampoco tenía buen aspecto. Las paredes de las casetas apenas se tenían en pie. Las gruesas tablas llevaban mucho tiempo podridas. En realidad había que ponerlo todo nuevo.

–Es cierto, hay mucho por hacer. Dentro de poco traerán a mi querido *Lancelot* desde Varsovia. No calculé bien las fechas –reconoció Weronika, que se sintió un poco estúpida. Estaba convencida de que otra vez se le habían subido los colores–. Me pareció que había menos trabajo. Aparte de la caseta vendría bien un cercado, para poder dejarlo suelto. No sé si podremos con todo. No quisiera quitarle demasiado tiempo.

–No tiene de qué preocuparse, nos las apañaremos, seguro. –Tomek Szulc le dedicó otra más de sus irresistibles y encantadoras sonrisas–. Tengo ahora un poco de trabajo en la hacienda, pero haré todo lo posible para venir a su casa a diario e ir arreglando cosas. Si por el momento solo son necesarios la caseta y el cercado, no hay motivo para alarmarse. No me llevará mucho tiempo.

–Eso sería maravilloso. Aquí todo está abierto, así que puede usted venir incluso cuando yo no esté. No se me ocurre cómo podría agradecérselo.

–No se preocupe, de verdad. A fin de cuentas es mi trabajo. –Le guiñó un ojo a Weronika, que no estaba segura de si se trataría de un intento de ligar con ella. Había estado casada cinco años con Mariusz, así que hacía mucho que no flirteaba con nadie. Como solía decir su amiga Magda, se había retirado de la circulación–. Creo que empezaré enseguida. Primero haré la caseta. Habrá que clavar unas cuantas tablas, porque estos tabiques están ya un poco estropeados. No queremos que su caballo sufra una herida o algo peor.

Empezó a observar con atención las paredes de las casetas.

–¿Se ocupará usted misma del caballo?

–Sí. Con un solo animal no hay problema. Además ya tengo algo de experiencia.

–Nunca he trabajado en un establo, pero soy de un pueblo. –Tomek se quitó el plumas y se remangó, a pesar de que en el establo hacía mucho frío. Weronika no pudo evitar lanzar una mirada fugaz a los esculturales antebrazos del joven–. Entiendo de esto.

71

–¿Es usted de Lipowo? –preguntó ella para no pensar en el cuerpo de Tomek. Me acabo de divorciar, se reprochó mentalmente. Los asuntos hombre-mujer debería dejarlos a un lado, bien lejos de mí.

–No –contestó el joven–. Soy de la zona de Toruń, aunque también de un pueblo pequeño.

–Seguro que de niño comió usted mucho pan de jengibre* –bromeó Weronika sin mucho convencimiento.

Vaya un chiste más malo, suspiró para sus adentros. Nunca era capaz de mantener una conversación ingeniosa, sobre todo cuando más empeño ponía. A pesar de ello, Tomek se rio. Quizá quería ser amable.

–Mucho, en efecto.

–Bueno, no le molesto –dijo Weronika avergonzada, y se dirigió a la salida a toda prisa.

–No se preocupe, por favor –repitió Tomek Szulc–. Creo que hoy mismo podré terminar la caseta, si es que de momento solo es necesaria una. Después haré el cercado.

Weronika le dio las gracias una vez más y se marchó.

Los cuatro policías y Maria se reunieron en la sala de conferencias, que, justo es reconocerlo, por lo general cumplía funciones de comedor. Esta vez, sin embargo, debían ocuparse de tareas más importantes que la comida. Había comenzado el segundo día de la investigación por el atropello.

El inspector Daniel Podgórski carraspeó de manera significativa y las conversaciones cesaron de inmediato. Estaban los cinco porque consideró que Maria también debía tomar parte en la reunión. En teoría era solo una oficinista, pero Daniel sabía perfectamente que su madre solía tener ideas estupendas. Quizá en aquella ocasión también se le ocurriera algo ingenioso.

Miró los rostros de sus compañeros. Los ojos del joven Marek Zaręba reflejaban expectación; el bigotudo Janusz Rosół parecía tan apático como siempre; Paweł Kamiński se agarraba la cabeza como

---

* El pan de jengibre es muy típico de la ciudad de Toruń y sus alrededores. *(N. del T.)*

si tuviera una terrible migraña. Con la luz del día, la cara de Paweł parecía ahora enfermizamente pálida. Había que reconocer que el pequeño grupo no presentaba un aspecto demasiado imponente. Pero las apariencias pueden engañar, se consoló Daniel.

–Parece ser que ya tenemos algo por donde empezar –comentó Podgórski–. Ayer por la noche visité al padre Józef y resultó que había recibido la visita de otro cura.

–El viejo Józef lleva dándonos la tabarra con lo de esa visita desde abril. ¿Qué tiene que ver con nuestro asunto?

En la voz de Paweł se notó una evidente desgana. Se avecinaba otro día más de mal humor. Daniel se preguntó si de verdad deseaba seguir aguantando aquello. Fuera o no su padre un héroe, el caso era que Paweł le sacaba de quicio. A veces le gustaría que trasladaran a Kamiński a un lugar alejado de Lipowo, o incluso, para estar seguro, a algún otro país.

–Si me permites acabar diré qué tiene que ver. –Daniel no pudo evitar mostrarse irritado. Carraspeó y continuó–: El cura joven se llama Piotr y ha venido para tratarse una enfermedad. O quizá sea simplemente para descansar, no me dieron detalles y yo de momento no los he pedido. Aunque es cierto que el hombre no tiene muy buen aspecto. Pero en fin, lo importante es que cuando le enseñé la foto, de inmediato reconoció a la monja.

–Sí –comentó Marek Zaręba–. Por lo visto era de su parroquia.

Daniel Podgórski miró a su joven compañero sorprendido. Zaręba parecía satisfecho por el efecto sorpresa que había provocado.

–Me he tropezado con él hoy en el bosque –añadió Marek a modo de aclaración–. Por eso lo sé.

Daniel asintió.

–El cura identificó a la fallecida como la hermana Monika, de una parroquia de Varsovia. El accidente tuvo lugar ayer, y hoy ya conocemos la identidad de la víctima, a pesar de que no llevaba encima ningún documento. Yo diría que es un gran avance. Ahora solo hace falta encontrar al culpable.

–No creo que haya que buscar demasiado lejos –volvió a interrumpir Paweł Kamiński con voz ligeramente ronca–. La solución más simple es siempre la mejor. Era lo que decía mi padre, y todos sabéis que él entendía de estas cosas. ¿Has hablado ya con tu hijo, Janusz? ¿Eh? ¿Has hablado?

–¿Qué insinúas? –Janusz Rosół miró a Paweł con ira y se inclinó hacia él por encima de la mesa.

Daniel volvió a notar que Rosół olía a alcohol. Empezaba a temer que su compañero tuviera un problema de ese tipo. Por desgracia era algo que en el pueblo ocurría con bastante frecuencia.

–No sería la primera vez que tu maldito hijito lía una gorda. Es lo único que digo, nada más. Sacad vuestras propias conclusiones –se rio Paweł balanceándose en la silla–. Y encima pertenece a la banda de Ziętar. Yo por mi parte sospecho que introduce drogas en las escuelas de Brodnica. Recordad mis palabras, joder.

–¡Mejor ocúpate de tus asuntos! –gritó Janusz Rosół levantándose de la silla enfurecido. Hacía mucho que no se mostraba tan vivaz–. Bartek no tiene nada que ver con todo esto. ¡Y estoy seguro de que no vende drogas! ¡No te permito que ofendas a mi familia!

Daniel Podgórski suspiró. Los forcejeos verbales no los iban a conducir a nada bueno.

–Señores –dijo en tono tranquilizador antes de que Kamiński tuviera ocasión de añadir algo–. Tenemos que centrarnos en el asunto que nos ocupa. Analicemos uno por uno los hechos en lugar de exaltarnos innecesariamente.

Rosół se sentó malhumorado, sin mirar a Kamiński. Paweł se rio burlón en respuesta a su gesto.

–Resumiendo –continuó Daniel con su análisis–. Tenemos a una monja, sor Monika. La mujer fue atropellada no muy lejos de la parada de autobús. Preguntémonos si podemos deducir algo de todo eso. Después iremos avanzando paso a paso.

Podgórski había decidido enfocar el accidente como si tuvieran entre manos un crimen, pues algo le decía que aquello no era un simple atropello. El lugar donde se cometía el delito casi siempre era clave y podía convertirse en punto de partida para posteriores reflexiones.

Kamiński alzó los ojos insatisfecho.

–¿Para qué preocuparnos por esas gilipolleces? –murmuró de modo teatral–. No es más que una pérdida de tiempo.

–Es posible que llegara en autobús. Caminaba en dirección al pueblo cuando llegó un coche por detrás –analizó la situación Marek Zaręba sin hacer caso a su compañero. El joven policía parecía el único centrado en el asunto. Quizá se sentía más implicado porque el accidente había ocurrido en su barrio–. Alguien debió de perder el control del volante y la golpeó.

Podgórski asintió.

–Exacto. De momento no tenemos motivos para sospechar que se tratara de un homicidio intencionado. Si partimos del supuesto de que todo ha ocurrido de manera fortuita, como dice el Peque, entonces centrarnos en la persona de la monja no nos aportará ningún dato. Si fue un accidente, es probable que ella no tenga la menor relación con el autor. Esto nos dificulta la tarea, porque no tenemos nada a lo que agarrarnos para empezar. Aun así, opino que deberíamos interrogar al cura de Varsovia. Es mejor que no descuidemos ninguna pista desde el comienzo de la investigación. El padre Piotr prometió venir a eso de las diez. –Daniel miró el reloj–. Estará aquí dentro de unos quince minutos. No sé si la conversación con él aportará algo. Ayer dijo que no sabía por qué razón había venido la monja a Lipowo. Parecía estar seguro de eso.

–En cualquier caso, podemos suponer que para algún asunto relacionado con él –sugirió Marek Zaręba–. ¿Para qué otra cosa pudo haberse desplazado hasta aquí? No tendría sentido. Sobre todo porque pertenecen a la misma parroquia.

Marek se levantó y se sirvió un poco de agua de la botella.

–Otra vez estoy de acuerdo contigo, Peque –reconoció Podgórski–. La primera explicación que surge es que vino a ver al padre Piotr. Pero no podemos suponer nada de antemano. Igualmente podría ser que conociera aquí a otra persona. Habrá que comprobarlo.

–Tonterías. Imagino que todos habrán visto ya la foto en *nuestro-lipowo* –intervino Paweł Kamiński–. Si otra persona la hubiera conocido, ya se habría presentado en la comisaría. O se habría presentado alguien diciendo que sabía que otro vecino la conocía. Sabéis de sobra cómo funcionan aquí esas cosas.

–No necesariamente. Por ejemplo, la gente puede pensar que eso no es relevante. A menudo ocurre, lo sabes bien.

–Tú mismo has dicho hace un momento que eso no es relevante –se volvió a burlar Kamiński–. Aunque en eso estoy de acuerdo contigo, porque en realidad no importa quién fuera esa hermanita. A mí me da que la atropelló alguien de aquí. Todos sabéis que me refiero a una persona concreta. En cualquier caso, o fue un puto accidente o fue una broma estúpida. No nos hace falta empezar ahora a examinar su pasado hasta cinco generaciones atrás. Eso es perder el puto tiempo. Y el dinero de los contribuyentes. ¿Para qué coño vamos a perder el tiempo y el dinero? A mí me da que deberíamos examinar los coches y ver si hay huellas de un golpe. Y propongo que empecemos por el coche de Janusz.

Rosół le lanzó una mirada asesina a Paweł.

–¿Y por qué no llamó sin más? –Maria Podgórska habló por primera vez aquella mañana. Su rostro reflejaba concentración. Miraba fijamente la mesa, como si no prestara atención a lo que sucedía en la habitación. Todos se volvieron hacia ella extrañados.

–¿Qué te ronda por la cabeza, mamá?

–¿Por qué no llamó sin más? –Maria repitió la pregunta–. Si yo tuviera algún asunto que solucionar con alguien, por ejemplo, de Brodnica, digamos que con Zośka Helska, que es una amiga mía –añadió a título de aclaración–. ¿La recuerdas, Daniel? Es una que tiene un perro salchicha muy viejo, todo canoso ya.

–Sí, sí –replicó Podgórski–. ¿Y?

–Pues que si tuviera algún asunto que solucionar con ella la llamaría y ya está. No cruzaría media Polonia para hablar con ella.

–Mamá, Brodnica está a quince kilómetros de aquí.

–Ya lo sé, hijo. Me refería a ella, que es el mismo caso. He hablado con Gienia Solicka, dice que el padre Piotr vino de Varsovia, y hay que recorrer media Polonia para llegar hasta aquí desde la capital. ¿Por qué la monja no llamó para decirle que venía? ¿O por qué no trató el asunto por teléfono? Para mí es extraño. No entiendo para qué vino aquí. Para una persona de su edad no resulta tan sencillo como para vosotros los jóvenes.

Se arregló el pelo, ya algo canoso.

–De momento ni siquiera podemos suponer que vino a verlo, ya lo hemos hablado.

–Creo que la señora Maria tiene razón –comentó Marek Zaręba–. Y Paweł también está en lo cierto al decir que cualquiera nos habría avisado si supiera que había venido a encontrarse con él. En el pueblo todos hablan de este asunto. Nadie habría ocultado algo así, a no ser que la propia persona tuviera asuntos sucios. ¡Habrá que presionar a Piotr! Quizá no nos lo ha contado todo.

Zaręba pronunció la palabra «presionar» con claro deleite. Daniel sonrió para sí.

–Así lo haremos –dijo–. Peque, el accidente ocurrió en tu barrio, así que hablaremos tú y yo con él. También tendremos que hablar con Ewelina.

–¿Y eso? ¿Es que Ewelina es sospechosa? –dijo airado Zaręba. Su buen humor se había esfumado en un momento.

–No, por supuesto que no –le aseguró Daniel Podgórski–. Pero ella fue quien encontró el cadáver y debemos anotar su declaración. Todo tiene que estar bien documentado, el fiscal Czarnecki fue inflexible en ese punto: nosotros nos encargamos de esto, pero tenemos que hacerlo correctamente.

–En mi humilde opinión habría que hablar con los chicos del pueblo. Estoy seguro de que ha sido alguno de ellos. Ya tuvimos aquí un accidente similar –empezó de nuevo Paweł, como si no admitiera ninguna otra solución. Daba la sensación de que obtenía algún placer poniendo nervioso a Rosół, pero esta vez Janusz tan solo murmuró algo para sí y no reaccionó ante la nueva provocación. Sus reservas de energía se habían terminado–. Es un asunto de lo más simple, ya lo he dicho. Hablemos con los niñatos, comprobemos sus coches y tendremos al culpable en un santiamén. Hay que joderse, que tenga que gastar saliva sin necesidad.

–Eso también lo haremos, por supuesto –replicó Daniel para poner paz–. Ya he preparado una lista de vecinos y la he dividido en cuatro. Cada uno de nosotros hablará con un grupo de personas. Empezaremos por eso. Debemos enterarnos de si alguien vio algo y si alguien conoce por casualidad el motivo por el que sor Monika vino a Lipowo. De paso también podéis echar un vistazo a los coches.

Repartió las listas impresas de nombres entre los policías. La casa del autor del blog *nuestro-lipowo* se la quedó él. No estaba de más investigar con discreción y tacto si el bloguero sabía algo sobre el caso. Sin levantar sospechas innecesarias de los habitantes del pueblo y del resto de los policías.

–Aún estamos esperando los resultados de la autopsia. Quizá nos ofrezcan más pistas. Al parecer llamarán cuando tengan la información, durante los próximos días. Ya veremos. Lo mejor sería poder determinar con total seguridad qué coche atropelló a la monja. Nunca se sabe qué pueden encontrar los técnicos en el cuerpo. Eso nos ayudaría a centrar la búsqueda.

–Para mí sigue siendo extraño que viajara hasta aquí –dijo Maria pensativa–. Sin ningún motivo. ¡Nada ocurre sin un motivo!

–Señora Maria, con todo respeto, pero no saquemos las cosas de quicio –comentó Paweł Kamiński–. Aquí tenemos un caso de lo más sencillo, ¿para qué complicar las cosas sin necesidad? ¿A quién le importa para qué vino? Vino y ya está, joder. Ha sido uno de nuestros niñatos. No señalo a nadie, pero en fin. Aquí no hay mucho tráfico, tenéis que reconocerlo. Por aquí pasan pocos forasteros. Lo normal es que la gente escoja la carretera principal que va a Brodnica en lugar de atravesar el bosque. De lo cual se deduce que fue alguien de aquí. Hacedme caso. Solo los lugareños pasan por esa carretera.

Daniel volvió a suspirar.

–Bartek no le ha hecho nada a nadie –dijo Janusz Rosół haciendo un esfuerzo.

–Vi a tu Bartek. ¡Anoche! Se paseaba por el pueblo con unos cuantos tipejos. No sé qué harían. Con que una cena familiar, ¿eh? Tanto que alardeabas y luego nada. Gilipolleces. Un montón de gilipolleces.

–¿Y tú qué hacías anoche en la calle con este frío? –replicó Janusz Rosół con inesperada determinación–. ¿Qué hacías ahí en lugar de estar en casa con tu familia? ¿Tú me vas a dar lecciones? ¡Tienes cinco hijos, ocúpate de ellos!

Kamiński se rio con desgana.

–Paweł tiene algo de razón –los interrumpió Marek Zaręba–. Me refiero a que es cierto que aquí no hay mucho tráfico. Yo también creo que es más fácil encontrarse con un coche local en esa entrada del pueblo. Los forasteros, por lo general, van por el otro lado.

–Muy bien. Creo que empezaremos por hablar con el padre Piotr y luego cada uno irá a preguntar a su grupo de vecinos. Si alguien ha visto algo, tendremos un punto de partida –resumió Daniel–. Después ya veremos. ¡A trabajar!

–Por fin un trabajo policial como es debido –se alegró Marek Zaręba estrujando su lista con la mano–. Voy a preparar el despacho vacío para el interrogatorio al padre Piotr. Ya era hora de que sirviera para algo esa habitación adicional.

Janusz Rosół se levantó sin decir nada y se dirigió a la salida sin mirar a Paweł, que seguía sentado en su silla. Maria se fue a su escritorio en la recepción sin dejar de darle vueltas a su idea.

Daniel Podgórski y Paweł Kamiński se quedaron a solas. Quizá había llegado el momento de intercambiar unas palabras sobre la vida conyugal de su compañero.

–Paweł –lo detuvo Daniel cuando Kamiński se levantó y apartó su silla–. ¿Qué sucede entre Grażyna y tú?

–¿Qué va a ocurrir? ¿No me digas que el viejo amor sigue vivo y que mi esposa aún te trae de cabeza? –dijo Kamiński riendo–. Un poco tarde para eso, porque, joder, ahora ella es mía.

–¿Va todo bien? –insistió Daniel ignorando la provocación–. ¿Entre vosotros?

De repente, Podgórski no estuvo seguro de lo que hacía. El moratón en la cara de la mujer no tenía por qué significar que su marido le pegaba. Podía haber muchas otras causas. Además, Daniel no lo había visto con claridad. Estaba oscuro. Quizá ni siquiera era un moratón. Si hubiera ocurrido algo suponía que Grażyna se lo habría dicho. No sabía muy bien qué hacer. Se arrepintió de haberle preguntado a Paweł.

–¿Y qué habría de ir mal? –preguntó Kamiński abiertamente.

–No sé... –dijo Daniel inseguro. Decidió volver a retomar el tema en otra ocasión. Quizá debía hablar primero con Grażyna–. Fui a buscarte anoche para que me acompañaras a la iglesia. Como no te encontré en casa, me preguntaba dónde estarías. Eso es todo.

–Había salido, jefe –replicó Kamiński soltando una risotada–. No creo que seas mi padre, que en paz descanse, para que tenga que confesarte todos mis movimientos. Dan ganas de reír. Ahora, si me permites que me centre en asuntos más importantes, me pondré a trabajar. Alguien tiene que hacerlo, cojones.

Bartek Rosół apagó el cigarrillo con la punta del zapato. La colilla, aún humeante, desapareció entre la nieve sucia, pero el chico todavía notaba en la boca el desagradable sabor de la nicotina. A decir verdad, no le gustaba fumar. Escupió y miró indeciso el edificio de ladrillo de su instituto de Brodnica. No sabía si tenía ganas de ir a clase. En realidad hacía tres días que habían empezado las vacaciones de invierno. Su voivodato había sido el primero de todo el país en comenzarlas. Pero uno de los profesores había tenido la idea de organizar clases adicionales para aquellos que no se marcharan fuera. Sería una especie de clases de refuerzo para preparar la reválida. Bartek notaba que no andaba muy fino en matemáticas y, como resultado de su buena predisposición, unida a una voluntad de trabajar nada habitual en él, había decidido asistir. A fin de cuentas nunca se podría permitir unas verdaderas clases de refuerzo privadas, porque el sueldo de su padre no alcanzaba para nada.

Aunque quizá esto ya no tenga ningún sentido, pensó Bartek escarbando en la nieve con el zapato. Prepararse para la reválida y todo lo demás. Después de lo que había sucedido el día anterior ya no sabía si algo tenía sentido. Estaba en el último curso. Si aguantaba medio año más sería libre, con el certificado académico en el bolsillo. Entonces podría hacer lo que le viniera en gana. El problema era que el chico no sabía muy bien qué le gustaría hacer. Demasiadas incógnitas.

Ante la falta de una decisión concreta sobre las clases y sobre la vida en general, optó por encender otro cigarrillo y darle una calada profunda. El humo le llenó los pulmones.

–¿Me das uno? –le preguntó una chica de baja estatura.

Ni siquiera se había dado cuenta de que se había acercado a él. Le sonaba de haberla visto en el autobús, así que debía de vivir en los alrededores de Lipowo. En cualquier caso, no era de Brodnica. Luego creyó recordar que era la hija de uno de los profesores. El de lengua o el de historia. Lo miraba con sus grandes ojos esperando una respuesta.

–Los que son como tú no deberían fumar –le espetó Bartek.

No tenía ganas de compartir su tabaco. En el paquete quedaban solo dos cigarrillos. Últimamente fumaba demasiado. Tendría que ahorrar un poco.

—¿Los que son como yo? —preguntó ella.

—Los menores —le aclaró Bartek, indiferente—. Los menores como tú.

—¿Y cómo sabes cuántos años tengo? —le replicó indignada la chica—. ¡A lo mejor soy mayor que tú!

—Ya, claro —dijo Bartek riéndose con fuerza—. No fumes, que si no, no crecerás. Y no eres muy alta que digamos.

—Tú fumas y has crecido.

—Yo soy yo.

De pronto advirtió que por el patio del instituto iba hacia ellos Ziętar y su séquito de lacayos. Sus caras de memos habían adoptado una expresión poco amistosa. El propio Ziętar no parecía muy contento. La cosa no pintaba bien. Al menos para Bartek.

—Lárgate, niña —le soltó a la chica.

—¿Me das el cigarrillo o qué? —No se daba por vencida.

—Toma. Pero desaparece, que estoy ocupado.

—Gracias. Soy Majka Bilska, por si nos vemos —dijo, y se marchó en dirección a la ciudad.

La miró durante un rato. Quizá tampoco tuviera ganas de ir a clase, o a lo mejor no había ido a Brodnica para eso. A saber. Le pareció que meneaba su pequeño trasero especialmente para él. Y le hizo efecto.

—¿Es tu chica?

La voz de Ziętar era, como de costumbre, un poco demasiado aguda. Puede hacer todo el ejercicio que quiera en su gimnasio privado, pero la voz de pito no se la cambia nadie, se rio Bartek para sus adentros. Por supuesto, jamás se atrevería a comentar eso en voz alta. Al menos no cuando Ziętar estuviera cerca.

Los guardaespaldas del fortachón se rieron como idiotas. Bartek Rosół suspiró profundamente. No podía comprender por qué en su día deseó tanto pertenecer a la banda de Ziętar. Ahora no te quejes, pensó, ya es tarde para cambiar de idea.

—Es una piba del instituto —explicó fingiendo indiferencia. Lo más importante era no dejar ver que tenía miedo—. Quería un pitillo y se lo he dado.

–Oye, tu viejo y los otros maderos andan preguntando por el pueblo. –La cara de Ziętar se encontraba pegada a la cabeza de Bartek. Su aliento resultaba muy desagradable, olía a cebolla y a chorizo, como si acabara de comer. La proximidad hizo que Bartek se sintiera aún más incómodo–. No. Me. Gusta. Eso. ¿Lo pilla tu estúpida cabeza o no?

Agarró a Bartek del abrigo. El chico no opuso resistencia. Consideró que de momento era mejor no enfrentarse a él.

–No me importa cómo lo hagas, pero que se acaben las preguntas o lo lamentarás mucho. ¿Entendido? No es bueno para mis negocios. Las ventas bajan.

–Pero si ellos no preguntan por ti. A no ser que atropellaras ayer a la vieja esa –le replicó Bartek con ímpetu, aunque la frase sonó más desafiante de lo que había planeado.

Ziętar abrió los ojos sorprendido.

–¿He oído bien, chavales? ¿Yo le salvo el culo y me lo paga así? –dijo dirigiéndose a su escolta–. Pues eso parece.

Le hizo una seña al Calvo, que era el más alto de todos. El gigante se acercó, remangándose despacio. Bartek trató de zafarse, pero Ziętar lo agarró con fuerza hasta que el Calvo terminó.

Bartek Rosół permaneció un rato tirado en el suelo, tosiendo. Notaba sangre en la boca y parecía que tenía el cuerpo entero entumecido. Estaba seguro de que volvería a tener sensibilidad y de que cuando eso ocurriera lo lamentaría.

–¿Has colocado la mercancía? –preguntó Ziętar en tono de amistosa charla, como si no hubiera ocurrido nada–. ¿La has colocado o no? Venga, díselo a Ziętar.

Bartek asintió haciendo un esfuerzo.

–Buen chico. –Ziętar le dio unas palmaditas en el hombro–. Ahora son las putas vacaciones escolares, el negocio se detiene, pero pronto te daré más. Así que prepárate. A alguien tendrás que vendérselo, me da igual a quién. Ya te las arreglarás. Chavales, volvemos al pueblo. Me estoy cagando.

Caminaron por la calle hasta el coche. Los cinco entraron como pudieron en el pequeño Fiat del Calvo. Bartek no pudo evitar sonreír, y al momento se arrepintió. Le dolía toda la cara. Al parecer ya había empezado a hincharse. Trató de levantarse del suelo, pero no le fue muy bien.

Pasó junto a él una viejecita que lo miró con desagrado.

–Ya podría ayudarme, joder, en vez de quedarse ahí mirando –gruñó Bartek.

La mujer se fue tan rápido como pudo, resbalando sobre la acera helada.

Bartek vio que volvía Majka Bilska con una bolsa en la mano. Estaba claro que solo había ido a comprar a una tienda que había allí cerca. Él se subió el cuello del abrigo. No quería que le viera la cara. La chica se acercó a él sonriendo.

–¿De qué te alegras tanto? –le espetó Bartek. Quería librarse de ella cuanto antes–. ¿Y qué demonios haces aquí? Ya han empezado las vacaciones, ¡deberías estar en casa!

–¿Siempre eres así? –preguntó Majka. Su voz sonó con el tono de un científico interesado en un caso peculiar. Fue entonces cuando advirtió en qué estado se encontraba–. Oye, ¿qué ha pasado? ¿Quién te ha hecho eso?

–¿A ti qué coño te importa? ¡Largo!

Ella no se inmutó por la reacción de Bartek. Sacó un pañuelo del bolsillo del abrigo y empezó a limpiarle la sangre de su rostro dolorido.

–¿Llamo a la policía? –preguntó sin rodeos.

–Me parece que no sabes quién soy –dijo Bartek Rosół riendo con amargura.

–Por supuesto que lo sé –contestó Majka Bilska mirándolo a los ojos–. Vi lo que hiciste.

Maria Podgórska se asomó al despacho de su hijo.

–Daniel, ha venido el padre Piotr para hablar contigo. Está con Marek en la sala de interrogatorios.

Así que ya tenemos sala de interrogatorios, se le ocurrió pensar a Daniel. Era un avance.

–Voy –contestó–. Gracias, mamá.

Cuando Podgórski entró en el despacho transformado en sala de interrogatorios, el joven Marek Zaręba y el padre Piotr estaban enfrascados en una conversación sobre las ventajas de la marcha nórdica, el *running* y, en general, de la práctica de cualquier deporte. Parecía que se entendían bien.

–Perdón si molesto –bromeó Daniel–. Buenos días, padre.

–Tutéame, por favor –propuso nuevamente Piotr.

Se dieron la mano.

–Bueno, comencemos. Vamos a grabarlo. Tenemos que incluirlo todo en el expediente –explicó brevemente Podgórski–. Espero que no te moleste, Piotr.

–No, para nada –sonrió el cura–. Mientras no tenga que escuchar después mi voz. No me gusta cómo suena en las grabaciones.

Daniel Podgórski conectó la grabadora y dijo la fecha, la hora y el lugar del interrogatorio. También citó el nombre de todos los presentes. Ya iba siendo hora de empezar.

–¿Qué tipo de relación tenías con la víctima? –preguntó Daniel en tono oficial, a pesar de que ya conocía la respuesta–. ¿La conocías?

–Sí, era la hermana Monika. Era de mi parroquia del barrio de Ursynów, en Varsovia.

–Debo entender que en ese caso os conocíais bastante bien.

–Se podría decir que sí. También trabajábamos juntos a veces en el centro de ayuda a niños de familias disfuncionales que tenemos al lado de la iglesia. A pesar de ello no teníamos una relación especialmente cercana. No nos unía la amistad. Éramos más bien como compañeros de trabajo. Naturalmente, nuestro trabajo es peculiar.

–¿Puedes decirnos algo sobre la hermana Monika? –le pidió Daniel.

–Me parece que era de Varsovia o de sus alrededores. No sé cuándo ingresó en la orden exactamente. Seguro que sintió la vocación antes que yo. No en vano me sacaba unos cuantos años. –Piotr sonrió de manera significativa–. Hacía mucho que ya estaba allí cuando ocupé mi lugar en la parroquia. Eso seguro. ¿Qué más? Era una católica ejemplar. Se implicaba mucho en los asuntos de nuestro centro de ayuda. No sé nada más de ella. Lo siento.

–¿Hay en la parroquia alguien que tuviera un contacto más cercano con ella? –Podgórski buscaba las palabras adecuadas–. ¿Alguien que pueda darnos una información más detallada?

–Yo probaría con sor Anna, que sin temor a equivocarme podríamos decir que dirige nuestra comunidad. Y además con mano dura. –El joven sacerdote se rio sin malicia–. Hasta el párroco tiembla ante ella, aunque sor Anna es una viejecita pequeña y de aspecto humilde.

Podgórski le hizo una señal a Marek para que apuntara la información.

—¿Sabes por qué sor Monika vino a Lipowo? —continuó Daniel el interrogatorio.

El cura encogió levemente sus delgados hombros.

—Reconozco que no lo sé. En vuestro lugar yo sin duda imaginaría que tenía algo que solucionar conmigo. ¡Pero no tengo ni idea de qué podría ser! Le pregunté a sor Anna anoche cuando hablamos por teléfono y tampoco lo sabía. La hermana Monika y yo no nos conocíamos mucho, y por eso me parece aún más extraño que viniera a verme desde Varsovia. Pero, por otro lado, ¿por qué otra razón podría haber venido? No entiendo nada de todo esto, nada en absoluto.

El religioso miró a los policías como si esperara que ellos tuvieran preparada la respuesta a ese interrogante.

—Si no vino a verte a ti, quizá pudo tener otras razones personales que la trajeran aquí —sugirió Marek Zaręba mordisqueando la tapa del boli—. A lo mejor tenía familia o amigos en esta zona. ¿Sabes algo de eso?

El padre Piotr negó con la cabeza.

—No. También pensé en ello. Incluso le pregunté ayer a sor Anna. Me dijo que, por lo que sabía, todos los familiares de sor Monika ya han fallecido, así que esa opción queda descartada. Todo parece indicar que seremos nosotros, es decir, nuestra parroquia, los que nos ocupemos de su entierro —añadió el cura—. A propósito, ¿cuándo podremos llevarnos el cuerpo?

—Eso no depende de nosotros —le explicó Daniel Podgórski—. En estos casos, el forense tiene que ver primero el cadáver. Él decide cuándo se lo pueden llevar.

—Comprendo. Ya sabéis dónde encontrarme. Me encargaré de todo cuando llegue el momento.

Daniel asintió para indicar su conformidad.

—Dijiste en varias ocasiones que en tu parroquia habían ocurrido bastantes cosas últimamente. ¿Podría eso tener alguna relación con la muerte de sor Monika?

–Más bien no. Al menos yo no veo relación. Lo que sucede es que tenemos mucho lío de tipo parroquial, por así decirlo. No tiene nada que ver con mafiosos ni con criminales –aclaró el padre Piotr con una sonrisa–. Debo reconocer que todo aquello me dejó agotado y decidí alejarme un poco de esos asuntos. Pensé que una semana o dos de vacaciones no causarían ningún trastorno a los fieles y a mí me permitiría descansar. Después de todo, soy una persona de carne y hueso. Tenía que haber venido en verano, pero por hache o por be no he podido venir hasta ahora. Todo el mundo necesita a veces descansar –se justificó una vez más.

Permanecieron un momento en silencio, como meditando sobre esa idea. La grabadora hacía un ruido apenas perceptible. En la calle, a lo lejos, cantó un gallo, a pesar de que el día había comenzado hacía mucho.

–¿Se te ocurre alguna cosa más? ¿Algo que pueda tener relación con el caso? Puede tratarse de cualquier dato. Necesitamos un hilo del que tirar.

–Nada de nada, lo siento. Anoche le di muchas vueltas. No pude dormir, no después de lo que había visto en la foto. No comprendo cómo alguien pudo atropellarla y dejarla así en la carretera. Como si fuera basura. ¿Qué le ocurre a este mundo? ¿Qué le pasa? Es algo que me asusta. ¿Qué le ocurre a este mundo? –repitió.

La pregunta quedó en el aire sin respuesta.

–Déjanos la dirección de tu parroquia y un número de contacto, por favor. Quizá tengamos que hablar con sor Anna.

–No quisiera que la intranquilizarais sin necesidad. Es bastante mayor.

–No te preocupes. Lo haremos solo cuando no quede más remedio. De momento nos vamos a centrar en otras pistas.

Daniel Podgórski se reprendió mentalmente. No debería haber dicho eso. Era revelar demasiado.

El cura asintió para dar las gracias.

–Sor Anna no se merece esto. La muerte de la hermana Monika ya de por sí es algo terrible. Hablar con la policía solo la pondría nerviosa inútilmente.

5

Lipowo. Miércoles, 16 de enero de 2013, por la tarde

En los alrededores había tal tranquilidad que los sonidos se propagaban muy lejos. Oía con claridad los golpes de martillo que venían del establo. Tomek estaba arreglando las paredes de la caseta. El eco agigantaba los martillazos, hasta el punto de que a Weronika le parecía que no estaba oyendo clavar clavos, sino el tambor de un ejército que en la lejanía llamaba a los soldados a la lucha. *Igor* no se enteraba de nada y dormía resollando ligeramente.

Antes del mediodía había logrado poner en orden los muebles de la planta baja y quitarles el polvo. Los cambió de sitio y todo adquirió un aspecto muy distinto. Estaba muy contenta con el resultado. La casa por fin empezaba a parecerse al lugar en el que deseaba vivir. La alegró mucho darse cuenta de que en realidad ya no necesitaba más enseres. Cuando vivía con su marido no tenía que preocuparse por los gastos, pero ahora cada céntimo era importante. Cada ahorro que hacía, hasta el más pequeño, la dejaba un paso más cerca de poner en marcha su anhelada cuadra.

En la planta baja tan solo le quedaba desempaquetar los libros, que seguían metidos en cajas. Planeaba colocarlos en el despacho, en las baldas de una gran estantería antigua. A pesar de que el mueble de madera ocupaba toda una pared, no le supondría demasiado esfuerzo.

Weronika adoraba los libros, no solo porque le gustara leerlos, sino porque en su opinión eran unos objetos muy hermosos. Llevaba mucho tiempo soñando con tener una pared repleta de libros. En su casa de Varsovia no había sido posible. Mariusz prefería los interiores modernos de formas sencillas en lugar de los cuartuchos abarrotados de accesorios innecesarios, como solía decir. Entre esos accesorios innecesarios incluía los libros. Pero eso se acabó, se dijo Weronika con una amplia sonrisa. Todo estaría organizado como *a ella* le gustaba.

Unos golpes en la puerta interrumpieron sus meditaciones.

—¡Está abierto, señor Tomek! —gritó. Esperaba que la hubiera oído. Se arregló el pelo con un gesto instintivo—. Entre. Estoy en el despacho.

Para su sorpresa, por la puerta no apareció Tomek Szulc, sino un hombre alto de barba corta. Tenía un rostro algo mofletudo y una mirada dulce y amable. Después se dio cuenta de que sujetaba entre sus manos una gorra de policía.

—Perdone que me presente así. —Parecía algo turbado por la expresión de sorpresa de Weronika—. Soy el inspector Daniel Podgórski, de la comisaría de Lipowo.

Weronika dejó el libro que sujetaba y se sacudió el polvo de las manos.

—Weronika Nowakowska —se presentó. Ella era alta, pero tuvo que levantar la cabeza para mirar al policía a los ojos. Raras veces encontraba a hombres mucho más altos que ella—. Pensé que era el señor Tomek. Me está ayudando con el establo.

—Le pido disculpas por molestarla sin avisar —insistió Daniel Podgórski—. Mi visita tiene relación con el accidente que tuvo lugar ayer a primera hora de la mañana en Lipowo, no sé si se habrá enterado usted.

—¿Se refiere a la monja atropellada? Ayer estuve cenando en casa de los Kojarski y salió el tema. También vi unas fotos en una página de Internet.

—Sí, en efecto. Me gustaría hacerle unas preguntas. Es un interrogatorio de rutina —la tranquilizó el policía—. Estamos hablando con todos los vecinos de Lipowo.

Weronika sonrió para sí. Podgórski no podía saberlo, pero durante los últimos cinco años ella había compartido su vida con un investigador de la policía judicial de la Comandancia Central de Varsovia, así que estaba acostumbrada a hablar con policías. No la impresionaban.

—Por supuesto, siéntese. —Señaló una silla grande que había junto al escritorio—. ¿Le importa que me ocupe mientras de colocar los libros? Es muy importante para mí dejarlo todo ordenado hoy sin falta. Quisiera sentirme como en mi propia casa de una vez –añadió a modo de aclaración–. Si no, estaré siempre con las cosas en las maletas.

–¿Quiere que la ayude? –le propuso Daniel Podgórski. En su voz resonó un tono de sorpresa, como si él mismo se extrañara de haber dicho algo así–. Es usted la última de mi lista y después me iba a marchar a casa. Juntos acabaremos antes, y mientras hablaremos del caso.

–Estaré encantada. ¡Gracias!

La había emocionado que le ofreciera ayuda. Apartó la cabeza para que él no advirtiera que en sus ojos habían aparecido lágrimas. Últimamente sucumbía con facilidad ante las emociones. Con demasiada facilidad. Quizá por el divorcio y el inicio de una vida del todo nueva.

–¿Ha ocurrido algo? –preguntó Daniel intranquilo.

De pronto ella rompió a llorar desconsoladamente. Las lágrimas le caían por la cara y no podía controlarlo. Las emociones se habían acumulado en su interior desde hacía mucho y habían encontrado una vía de escape en el momento menos oportuno. El policía trató de consolarla, aunque con cierta torpeza.

–Perdóneme, ya me calmo. Es solo que en estos últimos tiempos suceden muchas cosas en mi vida y no he podido contenerme. Seguro que le parezco una histérica de manual –dijo Weronika riendo mientras se secaba las lágrimas–. Lo siento...

–No diga esas cosas. Ya sé que está usted pasando... por malos momentos –comentó algo aturullado–. Aquí en el pueblo todos lo saben todo acerca de todos. Perdón por meterme en sus asuntos así. Es que Wiera dijo que... Bueno, da igual. Le haré un té. Mi madre siempre repite que el té es bueno para todo.

Daniel se rio alegremente y fue a la cocina como si conociera al detalle la distribución de la casa. Weronika le oyó preparar el té. Esos sencillos ruidos que delataban la presencia en la casa de otra persona resultaban agradables y tranquilizadores. Al rato, Daniel volvió con dos tazas de té humeante. *Igor* caminaba medio dormido tras él. No parecía sorprendido de que hubiera invitados.

–Tiene usted un perro precioso –dijo Podgórski mientras le daba el té a Weronika y rascaba a *Igor* en el lomo. El perro meneó la cola con pereza–. Lo encontré en la cocina.

–Sí, le gusta dormir allí.

El sabor del té era agradablemente dulce.

–Conozco bien esta casa –explicó Daniel Podgórski con un tono sosegado.

–¿De verdad?

–Vivo en Lipowo desde que nací –continuó Daniel–. Cuando era pequeño jugaba aquí con mis amigos. La casa llevaba mucho tiempo vacía.

–¿No estaba cerrada? ¿Se podía entrar así sin más?

–Estaba cerrada –se rio el policía–. Pero siempre conseguíamos colarnos. Después mi padre nos perseguía y, cuando nos atrapaba, nos llevaba a la comisaría. Nos reíamos un montón.

–¿Su padre también era policía?

–Sí, igual que el padre de uno de mis compañeros. Entonces había solo tres –aclaró Daniel, y dio un sorbo al té–. Ahora somos cuatro: Marek Zaręba, Paweł Kamiński, Janusz Rosół y yo.

–Seguro que su padre estará orgulloso de que usted haya seguido sus pasos –dijo ella sonriendo.

Resultaba grato charlar con aquel hombre. No es que desprendiera ese brutal atractivo masculino que siempre la había atraído tanto, pero había en él una calidez tranquilizadora y una promesa de estabilidad.

–Mi padre murió –dijo Daniel.

–Vaya, lo siento. –Weronika se sentía avergonzada–. No lo sabía, perdón...

–No pasa nada –la tranquilizó él–. Fue hace mucho.

Se quedaron un momento en silencio.

–Vamos a ver qué tenemos aquí –comentó al cabo de un rato Podgórski levantando una caja de libros.

Ella prefirió no preguntar nada acerca del padre del policía.

–Sobre todo son novelas policíacas. Me encantan.

–A mí también. Aquí es difícil conseguirlas, así que las suelo encargar por Internet. No les diga nada a mis compañeros, por favor. Bastantes motivos doy ya para hacer chistes –se rio tímidamente Daniel.

–¿Y eso por qué? ¿No puede usted leer?

–Aquí no. En Lipowo solo nos ocupamos de «cosas prácticas» –volvió a reírse, haciendo esta vez el signo de las comillas con los dedos–. Anda, yo también tengo autores escandinavos. Me pregunto cómo será la gente allí, en el norte. Nunca he estado en Suecia. En realidad nunca he salido del país. ¿Usted viaja mucho?

–Antes sí... Con mi exmarido... Pero tampoco he estado en Escandinavia. Reconozco que me gustaría ir alguna vez.

–A mí también.

Sacaron los libros de la primera caja.

–¿Vio usted algo ayer? ¿Algo anómalo? –Daniel volvió al tema de su visita–. Hablo de la monja a la que atropellaron, por supuesto.

No tenía ganas de andar haciéndole preguntas a Weronika. No en ese momento. Pero era su obligación.

–Absolutamente nada –contestó Nowakowska–. Me siento como si estuviera en una de esas novelas policíacas. Me gustaría saber algo, pero no es así. Ni siquiera pasé por allí. Estuve en la tienda de Wiera, pero fui por un atajo por el lado de los campos. En la tienda solo me encontré con Tomek Szulc, y después con un compañero suyo de la comisaría. Seguro que allí el trabajo es muy interesante.

Siempre había envidiado a Mariusz. En el fondo de su alma, había deseado siempre resolver algún crimen. A menudo su marido le dejaba echar un vistazo a la documentación y hablaba sobre los casos que estaba investigando. Eso era lo que le gustaba de él.

–Para serle sincero, aquí casi nunca pasa nada. Este es el primer accidente de este tipo. Es decir, el primero de esta gravedad. Hasta ahora ha habido varios atropellos, pero ninguna de las víctimas murió. La mayor cantidad de accidentes sucede durante las vacaciones, cuando vienen los turistas.

–Vi la foto de la mujer anoche, cuando estuve en casa de los Kojarski –repitió Weronika–. Me la enseñaron en una página sobre Lipowo. Una imagen terrible –dijo estremeciéndose.

–Sí, *nuestro-lipowo*... La página local de cotilleos.

–Una ve escenas así en las películas, pero cuando se sabe que la sangre es de verdad...

Mariusz nunca le había mostrado las fotos de las víctimas. Y quizá con razón. Desde el día anterior, Weronika no se había podido quitar de la cabeza el rostro de la monja muerta. Lo recordaba en los momentos menos adecuados.

–¿No se le ocurre nada? –insistió Podgórski–. Acerca del caso, me refiero.

–Nada. No vi nada fuera de lo común, ninguna persona sospechosa, ningún coche con manchas de sangre. Nada. Quisiera ayudar, pero por desgracia no sé cómo.

Vaciaron las siguientes cajas y colocaron los libros en las baldas. La tarea, en efecto, avanzaba mucho más rápido al hacerla entre los dos. La conversación fue por otros derroteros. Weronika se sintió muy relajada.

–¡Qué cantidad de libros tiene usted! –exclamó el policía después de silbar, una vez que hubieron llenado la estantería–. Al lado de esto mi colección resulta de lo más modesta.

Weronika sonrió, orgullosa por el cumplido.

–No me hable de usted. A fin de cuentas, ya conoce usted todos mis secretos –bromeó.

–Daniel.

–Weronika.

–Bueno, yo me voy ya para casa. Si alguna vez vuelves a necesitar ayuda, aquí me tienes –le ofreció Podgórski.

–Gracias. Desde que me he mudado a Lipowo, la gente me parece mucho más amable.

–¿Es que en Varsovia no ofrecen ayuda?

–Ayudan, ayudan. Pero aquí la cosa es diferente. Bueno, no sé –contestó sonriendo–. Quizá lo que pasaba era que estaba cansada de la gran ciudad.

–Pues yo la echo de menos. Estuve en Varsovia para hacer el curso de formación y me gustó. Bueno, pues nada, esta es mi tarjeta. Si recuerdas algo sobre el asunto de la monja, me llamas.

–De acuerdo. Gracias de nuevo por tu ayuda. ¡Y perdón por el espectáculo del principio! Me siento como una tonta.

–No te preocupes. –Daniel Podgórski sonrió de oreja a oreja, acarició a *Igor* y salió.

Ella lo vio alejarse en la oscuridad. Cerró la puerta después de verlo desaparecer en la negritud de la noche de invierno. Ya no se oían los martillazos. Al parecer, Tomek había terminado su trabajo por aquel día.

Fue al despacho para volver a contemplar su colección de libros. De pronto la asaltó la sensación de que sí había olvidado comentarle algo al policía acerca del accidente. No era algo concreto, más bien la molesta impresión de que algún detalle podría ser importante para la investigación. Y era algo que no dejaba de rondarle por la cabeza.

–¡Ewa, necesito tu ayuda ahora mismo! –Julka se había acercado a la cara dos suéteres–. ¿Con cuál estoy mejor?

–Con el rosa. –Ewa Rosół se estaba pintando con el brillo de labios. No le apetecía darse su carmín rojo favorito–. ¿Crees que este escote bastará?

Se colocó la blusa con un movimiento rápido. Su busto tenía un aspecto fabuloso. Julka, que era casi tan plana como una pared, la miraba con envidia.

–¿Es para tu hombre? –Julka suspiró melancólica.

–¿Y para quién si no? –Ewa asintió sin darle mucha importancia–. Es adulto.

Ewa Rosół sabía perfectamente que su amiga tenía envidia de su experimentado amante. Y así debe ser, pensó satisfecha. A fin de cuentas, no todas las quinceañeras podían presumir de haber hecho *eso* con un adulto. Los chicos del instituto eran otra cosa.

Incluso Ziętar, con el que Julka llevaba un año saliendo, no era nada comparado con este hombre. Al principio, Ewa envidiaba a su amiga porque Ziętar y su guardia personal tenían al pueblo entero, como quien dice, agarrado por el cuello, pero después encontró a su Hombre. Ziętar tenía unos veinticinco años, así que no había forma de que poseyera tanta experiencia como el amante de Ewa. Además, Zietar es un descerebrado, se dijo Ewa mirando a Julka con lástima. Se sentía superior a su amiga. Mucho mejor. Era una mujer refinada. Re-fi-na-da. Le encantaba esa palabra. Había mirado en Internet lo que significaba y resultaba que la definía a ella a la perfección.

–No te queda mal. Aunque si tuvieras unas tetas como las mías estaría mejor. –Julka parecía adivinar lo que pensaba su amiga sobre ella–. Últimamente está de moda el busto pequeño.

–Supongo que entre los niños –se burló Ewa Rosół–. A los hombres adultos les gusta el tamaño adecuado. Mi hombre me va a pagar una operación para que tenga unas tetas como las de una que salía en la peli que vimos el otro día.

Julka abrió mucho los ojos. No la creía.

—Estás de coña —le espetó—. ¿Tú sabes lo que cuesta eso?

Ewa se encogió de hombros. Lo de la operación era mentira, en efecto. Pero la película sí que la habían visto. Después ellos lo hicieron de la misma manera. Le dolió, pero decidió no quejarse. Por algo era una mujer refinada. Y las mujeres refinadas lo hacían así con sus hombres, por detrás.

—Por cierto —añadió Julka mientras se ponía el suéter rosa—, hoy ha estado por aquí tu viejo.

—¿Para qué?

—Para preguntar a mis padres por lo del accidente de la monja, la de las fotos que vimos en *nuestro-lipowo*, ¿recuerdas?

—¿Y? —dijo Ewa impacientándose. La aburría esa conversación, quería irse ya con su Hombre—. ¿Qué más me da?

—Todos los de la comisaría han estado dando vueltas y preguntando a los vecinos uno por uno. Tu padre ha preguntado a los míos si habían visto algo y todo eso.

—¿A ti también te ha preguntado?

Julka asintió.

—Claro.

—¿Le has dicho algo?

—¡Venga ya! Además, yo no hablo con maderos —contestó Julka, repitiendo la frase favorita de su novio—. A Ziętar no le gusta. Y dice que va a hablar con tu hermanito para que haga algo y dejen de preguntar. Hay que pararle los pies a vuestro viejo, no está bien eso de que haga lo que le venga en gana. En Lipowo es Ziętar quien manda, no la pasma.

Ewa Rosół volvió a encogerse de hombros. Se aburría. Julka siempre repetía lo que decía Ziętar. No tenía opiniones propias.

Ewa se puso más rímel. Su mirada debía ser cautivadora. El rímel nunca estaba de más, no importaba que fuera mucho. Así lo creía ella. Si alguien decía lo contrario es que esa persona no entendía el arte del maquillaje. ¡Ni un poquito!

—No se lo he dicho a Ziętar, pero yo vi algo —dijo Julka despacio.

—¿Qué? ¿Qué viste?

–Iba al bosque. Quería hacerme una foto para subir al Facebook. Una foto invernal, ¿sabes?, con la nieve y demás. Me puse mis mejores cosas, ¿sabes?, la cazadora molona y el gorro.

–¿Fuiste sin mí? –dijo Ewa apretando los dientes–. ¡Íbamos a hacernos fotos la una a la otra!

–Ya iremos, pero ¿sabes?, es que...

–Querías ser la primera, ¿verdad? –Ewa estaba furiosa. Quería ser la primera en colgar las fotos. ¡Joder!

Esta vez fue Julka la que se encogió de hombros.

–Me planté allí con mis cosas y me hice las fotos. Sola. Quedaron muy bien –comentó muy satisfecha por el efecto que causaban sus palabras–. Y vi algo. Había un coche bastante grande. Ya sabes, un todoterreno, como los que traen a veces los turistas. Uno parecido al que tienen los de la hacienda, los Kojarski.

–Ellos tienen muchos coches. ¿Más rímel?

–No, ya tengo bastante. Me refiero a uno negro, muy grande. ¿Te vas a poner la minifalda de lentejuelas?

Ewa guardó los cosméticos en el bolso.

–Sí. Hoy es un día especial. Ya llevamos casi dos meses juntos, mi Hombre y yo.

–¿Ya? ¿De veras? –preguntó Julka, incrédula–. ¿Crees que te ha preparado algo especial?

En lugar de contestar, Ewa sonrió con altivez. Julka la miró como si acabara de tomar una decisión.

–También vi quién conducía el coche –dijo.

En su rostro se dibujó una maligna satisfacción.

–¿Quién? –preguntó Ewa con interés–. ¿Viste quién atropelló a ese vejestorio?

–Conducía Bartek –contestó Julka.

–¿Qué? ¿Mi hermano? ¿Mi hermano atropelló a la monja?

Ewa no sabía qué pensar. No es que lo sintiera especialmente por aquella mujer, que de todos modos era ya vieja. Pero si alguien se enteraba, Bartek tendría serios problemas. Y su hermano, fuera como fuese, no dejaba de ser parte de su familia. En verano ya había atropellado a una turista. Podría haberle pasado lo mismo otra vez. No sería tan extraño.

–¿Se lo has dicho a mi padre? –preguntó Ewa con cautela.

–¿Bromeas? Ya te he dicho que yo no hablo con la pasma –replicó ofendida su amiga–. No abrí la boca.

–¿Y Ziętar lo sabe?

Julka se quedó en silencio.

Encendió un puro cubano. Su aroma era magnífico. Expulsó despacio el humo de sus pulmones. Se había llevado toda una caja, por si las moscas. No eran baratos, pero el dinero no importaba. Júnior Kojarski sabía que llegaría el momento en el que le vendría bien tenerlos a mano en aquel pueblucho de mala muerte.

Se sentó cómodamente en un sillón de la sala de billar. El cuero de la tapicería crujía de un modo agradable cuando él se movía. Le gustaba esa habitación, aunque estaba hasta la coronilla de la casa. Solo llevaba allí un día y medio y ya quería volver a la ciudad. Sobre todo porque había conocido a cierta mujer de lo más interesante. En el pueblo, Róża no lo dejaba en paz. Ya no soportaba a su famélica esposa, siempre tan cargante, siempre hablando del niño. Sí, de acuerdo, era hijo suyo, pero tenía asuntos más importantes en la cabeza. De los niños se encargaban las mujeres, y Júnior era un hombre al cien por cien.

Aquella reunión familiar que había preparado Sénior era una estupidez de principio a fin. Lo de organizar comidas familiares no le pegaba lo más mínimo a su padre. Júnior estaba seguro de que algo se traía entre manos, debía de haber algún motivo oculto.

Y por si tuviera pocas preocupaciones, encima no sabía cómo librarse de Blanka. Cada vez era más descarada. No se molestaba en absoluto por disimular la relación que mantenían. O, para ser más exactos, que habían mantenido. Él no estaba por la labor de continuar con aquello. Se rozaba con él y lo agarraba de la mano en los momentos más inoportunos. Róża podía ser esquelética y aburrida, pero desde luego no era tonta. No le agradaba que su esposa tuviera que contemplar los espectáculos que montaba Blanka. A fin de cuentas era su mujer, y de momento no lo había hecho tan mal. Se quedaba allí en el campo y no lo molestaba en su vida varsoviana. Eso era lo más importante.

Por otro lado, conocía a Róża mejor que nadie. Podía dar la imagen de ser una persona afligida, pero en realidad era muy fuerte, aunque seguramente nadie podría creerlo. En eso consistía el truco. Él temía que su esposa estuviera fingiendo ignorar su aventura y que, al mismo tiempo, preparara algo que lo hundiera. Júnior Kojarski llegó a la conclusión de que debía empezar a cavar trincheras para que no lo pillara desprevenido.

Blanka no solo constituía un problema en relación a Róża, sino que también podría serlo por el lado de su padre. Parecía que a Sénior ya no le interesaba su tetuda esposa, pero no era así. Eso significaba que Blanka todavía podía martirizarlo. Y un martirio era lo último que Júnior Kojarski necesitaba en ese momento, ahora que estaba a un paso de alcanzar el éxito. El viejo controlaba la fortuna familiar y el dinero siempre venía bien, sobre todo en las circunstancias actuales. Los problemas de Júnior eran pasajeros, pero necesitaba el apoyo de su padre hasta que lograra salir a flote.

Se pasó la mano por la mejilla. En el mentón había aparecido la barba de la tarde. Júnior se acercó a un espejo que colgaba en un rincón. Agarró una navaja y empezó a afeitarse despacio. Le gustaba tener la cara tersa, y en su opinión un hombre solo se podía afeitar a la perfección a navaja. A condición, claro está, de que tuviera la habilidad necesaria para manejarla. No era una herramienta para niños, solo para auténticos hombres.

Maria Podgórska empezó a prepararse para apagar el ordenador. Constituía una especie de ritual para finalizar el día de trabajo en la comisaría de Lipowo. De esa manera pretendía habituarse a aquella horrible máquina. Cada vez que lo hacía esperaba intranquila hasta que la pantalla se apagaba por completo.

Suspiró aliviada cuando la negrura sustituyó el escritorio azul de Windows. Lo había conseguido una vez más. Aún no había regresado Daniel. Todo indicaba que ya no iba a volver por la comisaría. Vio que los demás policías también se preparaban para marcharse.

–¿Cómo han ido las conversaciones con los vecinos? –les preguntó Maria–. ¿Habéis hablado ya con todos?

–A decir verdad, señora Maria, no tenemos nada. –El joven Marek Zaręba parecía desanimado. El chico seguramente esperaba que hubiera aparecido ya alguna pista concluyente. Maria sabía por experiencia que a veces había que ser paciente y esperar. A fin de cuentas, el accidente había tenido lugar hacía poco más de veinticuatro horas–. Por lo que hemos podido averiguar, nadie esperaba la llegada de la monja y nadie la conocía. Aparte de Piotr, por supuesto. Nadie vio nada. Así que no tenemos ninguna novedad.

–No te preocupes, siempre hay alguien que sabe algo, es solo cuestión de tiempo que relacione unos hechos con otros –lo consoló Maria Podgórska con una sonrisa amable. Su marido siempre volvía a casa igual de decepcionado, pero al final aparecía el esperado testigo–. En el trabajo del policía lo que más cuenta es la paciencia. No es posible que en Lipowo haya sucedido algo sin que nadie lo advirtiera. Ya sabes cómo son las cosas aquí.

Marek asintió.

–Tiene razón, señora Maria, pero es que he hablado hasta con Sokólska y con Drewniakowa y ninguna sabe nada. Ewelina les ha preguntado hoy a las clientas y tampoco.

–Tu esposa es la cotilla número uno de Lipowo. Si ella no sabe nada, es que nadie lo sabe –dijo riendo Paweł Kamiński–. Para mí que en eso consiste ese trabajo. Las peluqueras siempre están rajando.

–No empieces, Paweł. –La voz de Marek Zaręba sonó amenazante.

Janusz Rosół levantó un momento la mirada de los papeles que estaba leyendo, como queriendo dejar patente que apoyaba a Marek.

–A mí qué más me da. Todo esto me la pela –murmuró Kamiński–. Bueno, yo me voy. No pienso echar aquí ni un minuto de más. He trabajado como un mulo todo el día. Uno tiene derecho a un puto descanso.

Tras decir eso, agarró su grueso abrigo.

–¿Por qué tienes hoy tanta prisa, Paweł? –se interesó Maria.

–Tengo prisa porque debo solucionar unos asuntos *privados,* señora Maria –replicó Kamiński.

Su tono daba a entender que nadie tenía por qué meterse en su vida. Se abrochó el abrigo con un gesto rápido y salió dando un portazo.

–¿Acaso he dicho algo malo? –comentó Maria.

Marek Zaręba enarcó las cejas y suspiró ruidosamente. Janusz Rosół no dijo nada, como de costumbre.

Enciendo la lámpara supletoria. Mucha luz. Necesito mucha luz para verlo todo bien. No porque tenga miedo de la oscuridad. No es por eso, ni mucho menos.

Ya no. ¡Hace mucho que no! Hace mucho que no temo la oscuridad. Quizá a veces un poco, lo reconozco. Cuando lleve a cabo mi labor, el miedo será menor aún. Eso me dará fuerzas. Ya queda poco.

¡La cuchilla está preparada!

Limpia y afilada a la perfección. Tal como estaba planeado. Dentro de poco la usaré. Me llena la alegría de la espera. Ya no tengo ninguna duda. Soy yo quien tiene razón. Todo el mundo estaría de acuerdo. Lo que planeo está justificado, ¡plenamente!

Todo el mundo estaría de acuerdo. ¡Todo el mundo estaría de acuerdo!

Así debe ser. Me siento como una oruga que en breve se va a convertir en una criatura maravillosa. Relucirán los hermosos colores de las alas que hasta ahora estaban ocultas y así iluminarán los días monótonos y grises. Ocuparé el lugar de la Mariposa. Me convertiré en la Mariposa.

Por fin.

Pero solo con su muerte no es bastante, también cuenta el miedo. Ese será el verdadero castigo. Llevo ya un tiempo preparando a la víctima. La paciencia es ahora mi rasgo principal.

Seguramente la víctima ya sabe que está en peligro. Mira a su alrededor como un corzo asustado, pero aún no puede ver a su verdugo. Todavía no. Lo comprenderá todo a su debido tiempo.

—Pero entonces ya será demasiaaado tarde —me digo satisfecho.

Silencio. Para que nadie me oiga.

Guardo con cuidado la cuchilla.

Noto cómo la excitación atraviesa mi cuerpo. La cacería va a empezar pronto y ya casi percibo el olor de la sangre de la víctima.

Apago la lámpara supletoria. Es hora de acostarse. Todos los días a esta misma hora. Es algo que él me enseñó muy bien.

Debo descansar antes de que empiece todo.

6

Varsovia, 1951

Recibieron a los invitados en el vestíbulo de la residencia. A Marianna nunca le había gustado aquella estancia. Era demasiado grande, impersonal. Todos la miraban atentamente, sin ni siquiera tratar de ocultarlo. La joven esposa del doctor se había convertido en todo un acontecimiento entre la élite varsoviana. Aunque Marianna procuraba estar a la altura, notaba a su marido decepcionado. Cada cierto tiempo él le lanzaba miradas sombrías, pero ella no estaba segura de qué hacía mal.

–¿Así que es *usted* la que ha engatusado a Zygmunt? –le preguntó la esposa de un jefe de sección del hospital–. Hay que reconocer que ha sabido usted hacerse una posición, desde luego, pero ¿se da cuenta de cómo lo perjudica esto a él? ¿Un hombre de su posición y... *usted*?

La mujer hizo un gesto de desaprobación. Marianna miró a su esposo buscando consuelo, pero estaba charlando con el jefe de sección. Los hombres parecían haber olvidado que los acompañaban sus mujeres.

–No entiendo a qué se refiere –contestó Marianna con timidez–. Somos muy felices juntos.

La mujer se rio con maldad.

–Eres una deslenguada. ¿Lo has oído, Zygmunt? ¿Has oído cómo me ha hablado tu esposa?

–Siéntense a la mesa, por favor –dijo Zygmunt en lugar de contestar, aunque miró irritado a Marianna.

El jefe de sección se alejó y su mujer lo siguió.

–Procura no hablar demasiado –murmuró Zygmunt cuando se quedaron solos–. ¡Son personas cultas! No están acostumbradas a tratar con gente como tú.

–¿Como yo? –preguntó Marianna con inocencia y abriendo mucho sus hermosos ojos azules.

–¡Sí! ¡Como tú! –le espetó él enfadado–. He oído cómo has contestado a la esposa del jefe de sección. ¡No te atrevas a volver a hacerlo! ¿No comprendes que su marido es una persona importante? Mi carrera depende de él. Se va a jubilar y quizá yo ocupe su lugar. A menos que *tú* lo estropees todo antes. ¿Es lo que quieres?

Pasó a su lado la mujer del cirujano, que llevaba un vestido de noche rojo. Zygmunt la saludó inclinando la cabeza. Ella contestó con amabilidad, pero a Marianna ni siquiera la miró.

–No vas vestida adecuadamente –reprendió Zygmunt a su mujer–. ¡Habrase visto!

Marianna se miró en un espejo grande colgado en la pared que tenía enfrente. No comprendía la irritación de su marido, pues se había puesto su mejor vestido. Ya no se podía hacer nada por ocultar su barriga, que empezaba a estar abultada, pero a ella le pareció que su aspecto era elegante. Como se espera de la esposa de un médico.

–Ve a cambiarte ahora mismo –le ordenó.

–Pero los invitados... Creo que debería estar contigo.

–No hables tanto y vete –dijo Zygmunt apretando los dientes, al tiempo que sonreía a los invitados que llegaban–. ¡Enseguida!

Ella se sonrojó.

–O mejor ya no bajes –decidió él, de repente–. Ya tengo bastante por hoy. Todos se ríen de mí a mis espaldas.

Marianna estaba a punto de echarse a llorar. Notó que el bebé le daba una fuerte patada. Presentía que sería un niño. Se tocó la barriga con gesto tranquilizador. Todo va bien, mi pequeño.

–¿A qué esperas? –soltó su marido de mala manera.

–Ya voy. Perdóname, querido.

–Y quédate en tu habitación –le recordó Zygmunt–. No salgas hasta que no terminemos.

Marianna bajó la vista y subió las escaleras. Él tenía razón, la élite de Varsovia no era su mundo. Era de un pueblo pequeño y solo tenía estudios primarios. Durante mucho tiempo no comprendió de qué hablaban aquellos elegantes señores.

Se encerró en su dormitorio y se echó a llorar. Las voces de la velada no llegaban hasta su soledad. No se sentía bien en aquella casa. Su madre tenía razón cuando le dijo que no era buena idea casarse con un médico rico. Debería haber intuido que acabaría mal.

Abrió el armario en el que había empezado a guardar ropa de bebé. Tenía la esperanza de que cuando su hijo naciera todo se arreglaría.

7

Lipowo. Jueves, 17 de enero de 2013, por la mañana

El día comenzó con una tremenda tormenta de nieve. Por la ventana parecía que la nieve no solo caía del cielo, sino que también cruzaba en horizontal. Róża Kojarska suspiró contrariada. No le gustaba el invierno. Se puso dos jerseys y unos leotardos. Se miró un momento en el espejo para comprobar si su peinado estilo Cleopatra estaba en su sitio. El resto de su cuerpo prefería no mirarlo.

Salió de su habitación en silencio. Hacía mucho que Júnior y ella no dormían en la misma cama. Ahora ya ni siquiera compartían dormitorio. Todo por culpa de una persona: Blanka.

Fue a la habitación de su hijo.

–Nos vamos de excursión –le dijo.

Vistió al niño con ropa de abrigo, lo más cálida posible. No quería que Kostek pasara frío. Enseguida estuvieron listos.

Le daba un poco de miedo conducir bajo aquella ventisca, pero había encargado una tarta en una pastelería de Brodnica y deseaba recogerla ella misma. Debía ser una sorpresa para su suegro y su *suegra*. Róża quería preparar una fiesta estupenda por el quinto aniversario de su matrimonio, para... Bueno, tenía que cuidar hasta el último detalle, no podía pararse a discutir consigo misma.

Róża Kojarska volvió a mirar por la ventana. Solo vio una pared blanca de nieve. El bosque no se divisaba en absoluto, y el cielo gris parecía confundirse con la tormenta. Tuvo un escalofrío. Odiaba ese tiempo. Hasta Brodnica había unos quince kilómetros; se las apañaría para llegar. La carretera principal ya estaría limpia de nieve.

Pensó que lo mejor sería ir en el coche de Júnior. El potente Land Rover todoterreno de su marido le vendría de perlas. Además, si iba a Brodnica a por la tarta era solo para salvar su relación. Ella debía encargarse de todo, no podía fiarse de su esposo. Júnior no tenía la menor sensibilidad en esas cuestiones. Seguro que no se olía lo que allí se estaba cociendo.

Se puso su abrigo y, después, le puso el suyo a su hijo, al que también le colgó una bufanda larga al cuello. Si Júnior se enteraba de que había utilizado su coche se enfadaría, de eso no cabía duda. Opinaba que una mujer no debería conducir un coche tan grande. Como si la ausencia de un pene entre las piernas fuera motivo para tener que conformarse con cosas pequeñas, se rio Róża para sus adentros. Ya había conducido el Land Rover en varias ocasiones y Júnior ni se había enterado.

Tomar prestado el coche no resultaba complicado, porque todos los vehículos estaban en un mismo garaje y las llaves de cada uno se encontraban en casa, colgadas en un armarito. Bastaba abrirlo, agarrar la llave correspondiente y montarse en el coche elegido. Dentro del garaje ya no era necesario preocuparse por no hacer ruido ni por guardar las apariencias. Estaba situado en la parte trasera de la residencia y desde la casa no se oía lo que ocurría allí. Ningún miembro de la familia podría advertir que se había marchado.

Róża bajó despacio por las escaleras, haciendo el menor ruido posible. Kostek imitaba sus movimientos cautelosos, como si comprendiera la situación. Parecía que Sénior, Júnior y Blanka seguían dormidos. Al menos, todo estaba en silencio. Ni siquiera se oía a la criada. Róża miró dentro del armarito de las llaves, pero las del Land Rover Discovery no estaban. Seguramente se quedaron puestas, pensó. Además, en el garaje había una caja con llaves de repuesto de todos los coches. Quizá el último en usarlo dejó allí las llaves por equivocación. A veces pasaba eso. Con tanta nieve era normal que todos escogieran ese coche. Esperaba que al menos el depósito estuviera lleno. No tenía tiempo de ir hasta la gasolinera, bastante tarde llegaba ya a recoger la tarta.

Abrió la puerta del garaje, que chirrió levemente. No importaba. A Róża Kojarska ya no le preocupaba hacer ruido porque estaba muy lejos. Encendió la luz y comprobó sorprendida que el Land Rover no estaba.

El inspector Daniel Podgórski estaba sentado en su despacho de la comisaría. Repasaba los apuntes de los interrogatorios llevados a cabo el día anterior a los habitantes de Lipowo. Los habían preparado los demás policías y ahora los tenía sobre el escritorio. Por desgracia no arrojaban demasiada luz. Las conversaciones que él mismo había sostenido con los vecinos, y en particular con la persona que él suponía que escribía el blog *nuestro-lipowo,* tampoco habían dado frutos. Era lo que Podgórski se temía, a pesar de que en el fondo de su alma había tenido la esperanza de que las cosas resultaran distintas. No estaba seguro de qué esperaba obtener, pero de momento no tenían nada de nada.

Además no le resultaba fácil concentrarse. Sus pensamientos se iban continuamente hacia el rato que había pasado ayudando a Weronika Nowakowska. Le había causado muy buena impresión. Su belleza resultaba muy original, no tan evidente como la de la mayoría de mujeres que conocía. Pero no se trataba solo de eso. No recordaba cuándo había pasado una tarde tan agradable como aquella. Aunque no le gustara reconocerlo, la verdad era que se sentía como un adolescente enamorado. Lo último que necesitaba en ese momento. Tenía que concentrarse en la investigación, no perder el tiempo en tontos galanteos. Además, ella estaba acostumbrada a otros hombres. Daniel sospechaba que su tipo eran los empresarios de mundo que pasaban las tardes compartiendo una botella de vino caro, vestidos con corbata y traje y con cuerpos esculturales. Él, en cambio, no era más que un policía de un pueblo pequeño sin perspectivas reales de mejorar. No debía hacerse ilusiones. Tenía que concentrarse en el trabajo. Pero eso es más fácil decirlo que hacerlo, se dijo Daniel suspirando profundamente una vez más.

Estaba tratando con todas sus fuerzas de olvidarse de los ojos azules y los cabellos pelirrojos de Weronika, cuando de pronto sonó el teléfono. Daniel contestó al instante, volviendo así a la realidad. Llamaba Zbigniew Koterski, el forense, que ya había finalizado la autopsia de la monja atropellada.

—Tenéis suerte —dijo el médico después de presentarse—. Ahora hay aquí una verdadera invasión de estudiantes en prácticas y todo va tres veces más rápido que de costumbre. Muchas manos ayudando.

Hemos hecho la autopsia de vuestra monja en un tiempo récord. Enseguida os mando el informe por fax.

–¿Me lo podría resumir en pocas palabras? –le pidió Podgórski.

No tenía demasiada experiencia con ese tipo de informes y prefería discutir con el médico los resultados del examen.

–No hay problema. –Koterski se rio comprensivo–. Debo decir que este asunto me ha interesado mucho. Raras veces llegan monjas a mi mesa. Las podría contar con los dedos de una mano. La naturaleza de su ocupación hace que no esperemos muertes violentas entre ellas, ¿verdad? Más bien que fallezcan a causa de la edad. Por otro lado, un accidente de tráfico le puede suceder a cualquiera. Sin embargo, hay dos puntos que me parecen fuera de lo común. Bueno, en realidad tres.

Daniel se acomodó en su silla. Quizá por fin iba a aparecer esa pista decisiva que esperaba. Preparó una hoja de papel y un bolígrafo. Aunque el informe le llegaría enseguida, Daniel quería anotar lo que fuera relevante.

–Continúe, por favor –le pidió al médico.

–En primer lugar, resulta interesante el carácter de las heridas.

–Todo parece indicar que la monja fue atropellada por un coche. ¿Ha encontrado usted algo diferente? –preguntó Daniel extrañado.

–¿Ha visto alguna vez a una persona atropellada? –preguntó el forense en lugar de contestar.

–Sí, por supuesto. –Podgórski asintió con la cabeza, a pesar de que su interlocutor no podía verlo–. Por desgracia es algo que ha sucedido varias veces aquí, pero en esos casos sabíamos quién había sido el autor y ahora...

–Párese un momento a pensar y recuerde el aspecto de la monja, por favor –lo interrumpió el médico–. Ahora compare esa imagen con lo que recuerde de otras personas atropelladas que haya visto a lo largo de su carrera. ¿Observa alguna diferencia?

Daniel recordó en ese momento las dudas que lo asaltaron cuando vio por primera vez el cuerpo de la monja. Ahora comprendía qué era lo que no lo había dejado tranquilo durante todo ese tiempo.

–Me da la sensación de que esas otras personas no estaban tan... –Podgórski no podía encontrar la palabra adecuada–. Me da la sensación de que no estaban tan *malheridas*. Es decir, no soy un experto en el tema, pero me pareció que en el cuerpo de la monja había más lesiones de lo habitual.

–Exacto. La monja tenía muchas más lesiones de lo normal para ser un atropello, como usted dice. Una imagen muy desagradable, incluso para alguien que ve cadáveres a diario. Naturalmente, las lesiones en los accidentes de tráfico y en los atropellos pueden ser de muchos tipos, depende de la clase de vehículo, de su velocidad, de la dirección en que se moviera el peatón y de muchos otros factores. Por ejemplo, hay que recordar que incluso a una velocidad tan baja como cincuenta kilómetros por hora, las heridas que sufre un peatón atropellado por un coche pueden causarle la muerte. Pero seguro que ya sabe todo esto.

–Más o menos –comentó Podgórski.

–Al analizar los daños sufridos por los tejidos blandos, las articulaciones y los huesos de la víctima, puedo hacer una reconstrucción bastante fidedigna de cómo sucedió el accidente. Tenemos también buenos programas informáticos capaces de crear simulaciones de los siniestros. Resulta mucho más sencillo que en tiempos pasados –dijo con entusiasmo el forense–. Tras llevar a cabo la autopsia del cadáver de la víctima que nos ocupa, puedo afirmar con total seguridad que no se trató de un atropello accidental. Me atrevería incluso a decir que fue un *asesinato*.

Daniel arqueó las cejas sorprendido. Desde el principio había sospechado que aquel asunto no era lo que parecía, pero ahora que alguien se lo confirmaba oficialmente se quedó de veras desconcertado.

–¿A qué se refiere?

–Lo que le acabo de decir, ni más ni menos. Fue un asesinato. Le hemos dado muchas vueltas. Al principio supusimos, como es habitual en estos casos, que alguien había perdido el control del coche y había atropellado a una señora mayor. Pero las lesiones del cuerpo apuntan a algo totalmente distinto.

El médico se quedó callado un momento, como para aumentar la emoción. Daniel Podgórski aguardó impaciente a que continuara.

–Las lesiones del cuerpo apuntan a que cuando el coche atropelló a la monja, esta yacía boca arriba sobre la carretera –le informó el forense–. No fue golpeada por detrás, ni por delante, ni por un costado, como se podría esperar en el caso de un atropello normal. La monja *yacía* cuando todo ocurrió.

–¿Estaba aún viva?

–Probablemente sí.

–Quizá perdió el conocimiento por alguna razón –conjeturó Daniel Podgórski–. Después el conductor no la vio allí tirada y pasó por encima de ella.

–Sí, de no ser por el hecho de que el vehículo la atropelló varias veces –le aclaró el forense–. Por eso, entre otras razones, nos encontramos ante tal cantidad de heridas en el cuerpo. No soy policía y mi tarea es solo deducir por el estado del cadáver qué ha ocurrido, pero a mí personalmente me parece que se trata de una acción del todo intencionada. Como si alguien hubiera querido asegurarse de que la monja no sobreviviría. Nadie se merece una muerte así.

A Daniel le sorprendió el tono de voz del médico. Siempre le había parecido que los forenses debían de ser personas carentes de emociones, frías como el depósito de cadáveres en el que trabajaban. Estaba claro que este no era así.

–Hay un detalle al que no paro de darle vueltas. Se trata de cierta lesión... –continuó el forense–. No encaja con el resto. Pero de momento preferiría no comentarle nada en concreto, quiero estudiarlo con tranquilidad. Ya le avisaré, ¿de acuerdo?

–Bien. ¿Puede decirme algo sobre el coche?

–Las lesiones indican que debía de tratarse de un vehículo grande y pesado, aunque sin exagerar. La marca no se la puedo dar, como es lógico, pero apostaría por un todoterreno o por una camioneta. En cualquier caso, los neumáticos eran bastante anchos, unos doscientos treinta y cinco milímetros, quizá algo más.

–¿Podemos esperar que haya daños en ese vehículo?

–No he hallado restos de pintura en el cuerpo de la monja. Si el vehículo tiene la altura adecuada, quizá no encuentre en él ningún deterioro. En cambio en los neumáticos seguro que habrá huellas de sangre. Si el autor los ha lavado, habrá que utilizar luminol.

Daniel volvió a asentir. Esperaban un atropello normal y de repente se había transformado en un asesinato con premeditación.

–Ha dicho usted que había algo más.

–Pues sí. Abrimos a la señora y resulta que durante mucho tiempo debió de abusar de bebidas alcohólicas. Su hígado está muy deteriorado. Seguramente llevaba algún tiempo sin beber, porque parte de sus órganos internos se habían regenerado hasta cierto punto. Aun así, tal estado no suele verse en una monja.

–¿Está usted seguro?

Podgórski estaba cada vez más sorprendido. Asociaba a las monjas más bien con el ascetismo y la pureza de costumbres, no con la botella.

–A lo largo de mi vida he abierto a muchas víctimas del abuso del alcohol, así que sí, estoy completamente seguro. En fin, se ve que hasta en los conventos suceden estas cosas –comentó Koterski–. Por eso todo este asunto me parece tan interesante. Aquí no hay nada evidente. Ha sido una ocasión de oro para mis alumnos. Además, aún queda algo...

–¿Más todavía? –gritó Daniel Podgórski atónito.

–Le dije al principio que me interesaban tres cosas de este caso. Ya le he hablado de dos de ellas –le aclaró el médico–. El tercer detalle interesante es el hecho de que esa mujer dio a luz alguna vez, cosa que puedo afirmar con total seguridad.

La mano de Daniel Podgórski se quedó inmóvil sobre el papel. Sor Monika ya no parecía en absoluto una monja corriente.

–¿Hay manera de constatar eso? –preguntó incrédulo.

–Por supuesto que sí. Se ve enseguida, en cuanto se examina la pelvis. Sin duda esa mujer fue madre de al menos un hijo.

El forense le aseguró de nuevo que de inmediato enviaría un informe completo por fax. Podgórski le dio las gracias por hablar con él y prometió a Koterski mantenerlo informado del desarrollo de la investigación.

–Le tomo la palabra –bromeó el médico, y se despidió.

El inspector Daniel Podgórski colgó el auricular y miró sus apuntes. No esperaba recibir tales informaciones, desde luego. Se levantó pensativo para llamar a sus compañeros y comentarles las últimas noticias. Tendrían mucho que discutir.

Grażyna Kamińska miraba su imagen en el espejo. Se veía como borrosa, porque el espejo del baño estaba ya un poco sucio. Sacó un paño del armarito que había bajo el lavabo y lo limpió con cuidado. Se miró otra vez. Su aspecto no había mejorado demasiado. Se recogió el pelo en una coleta para verse mejor la cara. Los moratones apenas se distinguían ya. Se dio más base de maquillaje y se soltó el pelo. Suspiró descontenta. La cara que veía en el espejo no parecía suya. Cansada de la vida, demacrada, gris. En eso se había convertido. Podía caminar por la calle sin que nadie reparara en ella. La mujer invisible.

Y pensar que hubo un tiempo en que todos la miraban con admiración. Era muy bonita. Ahora solo quedaba una sonrisa amarga. Sus cabellos habían perdido volumen. La gruesa trenza eslava que su madre le había hecho para su boda con Paweł había desaparecido hacía mucho. Se había casado con el hijo del héroe local justo cuando acababa de iniciar su propia carrera en el cuerpo de policía. Sigue los pasos de su padre, decían todos. Él también será un héroe, repetían. Ella era muy feliz, siempre había soñado con algo así. Una coleta estrecha y unos moratones en la cara era todo lo que veía ahora en el espejo; ni rastro de su felicidad. Y estaba casi segura de que uno de sus dientes se movía un poco. Seguramente se caería. Ya le faltaba uno. Treinta años y ya empezaba a parecer más vieja que su madre.

Desde el fondo de su pequeña casa llegaban los gritos de sus dos hijos menores. Estaba cansada. Muy cansada. Se dio cuenta de que lamentaba que estuvieran de vacaciones. Si no fuera así, al menos algunos de sus hijos estarían en el colegio en ese momento. Se reprochó por pensar tal cosa. ¿Qué clase de madre era? Debería amar a sus encantadores retoños, pero por alguna razón no era capaz de conseguirlo. Cuando los miraba solo veía el rostro de su marido. Se parecían mucho a Paweł. Había momentos en que lo único que deseaba hacer era recoger sus cosas y huir de allí, abandonarlos. Pero nunca había tenido valor suficiente. Paweł estaba en lo cierto: era una cobarde.

Se puso a preparar la comida. Los niños discutían por algo en el salón, pero no la molestaban. Eso era lo más importante. Se habían acostumbrado a apañárselas por sí mismos. Estaba removiendo la sopa aguada cuando de pronto se apoderó de ella una furia inesperada. Sintió que necesitaba hacer algo solo para ella, porque si no se volvería loca. Apagó el gas y apartó la cazuela. Hoy Paweł no va a tener la comida lista esperándolo. ¡Hoy no!

Decidió irse a la peluquería. Quizá pudiera recuperar al menos su trenza eslava, aunque el precio a pagar fuera llevarse una paliza por la tarde. Le daba igual. De todas formas, él siempre encontraba un pretexto para pegarle.

Vistió a sus dos hijas pequeñas. Era mejor no dejarlas en casa.

–Venga, que nos vamos –gritó–. Los demás, portaos bien. Cuando vuelva tiene que estar todo en orden o se lo digo a vuestro padre. ¡Y ya sabéis lo que pasa entonces!

Agarró las manitas rollizas de sus hijas y tiró de ellas. Debió de hacerles daño, porque las dos se quejaron. Tenía que tranquilizarse. Inspiró profundamente varias veces. Introdujo la llave en la cerradura. La mano le temblaba de emoción y no podía girar la llave. Volvió a tomar aire y lo expulsó despacio. Con tranquilidad. Temía que si esperaba aunque fuera un momento, su coraje desaparecería y volvería a preparar la comida para su marido.

Al final lo consiguió. La cerradura chirrió y Grażyna suspiró aliviada. Ya no había marcha atrás. Metió la mano en el bolsillo para comprobar si tenía dinero, unos cuantos billetes que había logrado esconder en una vieja caja de galletas. Paweł nunca le habría dado dinero para arreglarse el pelo.

Se encaminó hacia la peluquería «Ewelina». Sabía perfectamente dónde estaba, aunque nunca había entrado. No se había atrevido. No sabía cómo funcionaba aquello, si tenía que pedir cita o no, pero daba igual porque aquel día iba a conseguir atravesar la puerta. Ewelina le había dicho una vez que siempre la esperaba. Ese momento había llegado.

Wiera decidió no abrir la tienda por la mañana. Colgó en la puerta un cartel que ponía: «Ahora mismo está cerrado. Vuelvan en otro momento», y corrió las cortinas de las ventanas, no quería que nadie viera el interior. Fue a la trastienda, donde había unas escaleras empinadas que conducían a su casa, en el piso superior. Subió por ellas a duras penas. Estaba cansada, pero primero tenía que hacer algo con la falda. Después podría descansar.

Miró la tela contrariada. Ya no se podía hacer nada por la falda. Llevaba desde el día anterior intentando por todos los medios quitar las manchas, pero la sangre no quería salir. O al menos eso le parecía.

Miró la tela otra vez, con mayor detenimiento. La falda ya tenía unos años. Para no faltar a la verdad, era muy vieja, pero Wiera le tenía cariño. Recordaba perfectamente que la llevaba puesta treinta años atrás, el día en que conoció a Łukasz. No podía tirarla así, sin más. Habría sido como deshacerse de todo un hermoso período de su vida.

Se recogió el pelo en una gruesa coleta y se remangó. Trataría de lavar la falda una vez más, a mano. Quizá tuviera más suerte que con la lavadora. Esos inventos modernos a veces fallaban.

Echó agua en un viejo barreño que le había dado su madre cuando era joven. Mi madre provenía de Ucrania, se dijo mentalmente la tendera. Wiera había nacido ya en Polonia, pero a pesar de ello durante toda su vida había añorado las estepas sobre las que cantaba su madre. Wiera no había tenido ocasión de cantarle esas canciones a un hijo suyo. Suspiró. Estrechó a su único hijo solo durante unos momentos, después del parto. Ni siquiera lo miró. Solo lo meció entre sus brazos, que le temblaban por unos sentimientos inesperados. Luego se lo llevó aquella mujer. En ese momento parecía la mejor solución, que le aseguraría al niño una vida digna. Ahora no estaba segura de si había hecho lo correcto.

Frotó la falda con todas sus fuerzas y el agua se fue volviendo cada vez más roja.

El inspector Daniel Podgórski aguardó con impaciencia a que todos los policías entraran en la sala de conferencias. La última en llegar fue Maria. Traía un plato con trozos de pastel. Lo dejó sobre la mesa y con un movimiento de cabeza invitó a los demás a que se sirvieran. Se comportaba como de costumbre, aunque a Daniel le pareció que su madre estaba preocupada por algo. Podgórski decidió hablar con ella más tarde para enterarse de qué ocurría. Pero de momento debía compartir con sus compañeros las novedades en el caso de sor Monika. El trabajo era lo primero.

–Hace un momento he hablado con el forense –dijo para empezar la reunión. Estaba seguro de que ninguno de sus compañeros esperaba oír lo que tenía que comentarles–. Ya han hecho la autopsia del cadáver de la víctima.

Todos los ojos se volvieron hacia él expectantes. Resumió lo que le había expuesto el médico. Con cada palabra que pronunciaba, los rostros de los demás policías reflejaban un estupor que iba en aumento. Incluso Janusz Rosół, que por lo general se sentaba a un lado sin demostrar mucho entusiasmo, esta vez escuchaba con verdadero interés.

Cuando Daniel terminó de contar lo que había descubierto el forense, Paweł Kamiński lanzó un significativo silbido.

–Nuestra monjita era toda una juerguista –dijo riendo–. Además de borracha, tuvo un hijo ilegítimo. ¡Menuda era, joder!

–¿Cómo sabemos que fue ilegítimo? –preguntó tranquilamente Maria.

–Bueno, quizá lo tuvo con el reverendo padre. O a lo mejor fue una inmaculada concepción.

Paweł Kamiński se rio a carcajadas de su propio chiste. Nadie lo acompañó.

–Es igualmente posible que alguna vez tuviera marido –continuó Maria inmutable–. Esas cosas ocurren.

–En todo caso sería al revés –siguió burlándose Kamiński–. Primero se hace monja y luego conoce a un hombre y deja la orden. Nunca he oído que una mujer que ha gozado de un hombre renuncie a ello por voluntad propia. Vaya gilipollez.

–Qué poco sabes de la vida, Paweł –comentó Maria Podgórska sin perder la compostura.

Agarró el plato de Kamiński y le sirvió otro trozo de pastel. Él pareció desconcertado por la ausencia total de reacción por parte de Maria. A Paweł le gustaba irritar a la gente, pero cuando no lo conseguía no sabía cómo comportarse.

Daniel Podgórski aprovechó un momento de tranquilidad para resumir la situación.

–Vamos a ver. Sabemos que sor Monika abusó del alcohol en el pasado y dio a luz al menos a un hijo. Vivía en una parroquia de Varsovia en la que se la consideraba una religiosa ejemplar y donde colaboraba en un centro de ayuda a los jóvenes. El martes

113

viajó a Lipowo, de momento no sabemos por qué razón. El padre Piotr niega que viniera a verlo a él y nadie más la esperaba, o al menos nadie reconoció tal cosa durante los interrogatorios que llevamos a cabo. En cualquier caso, el martes por la mañana la monja fue atropellada varias veces hasta la muerte. Parece que el asesino quería asegurarse de que la mujer no sobreviviera.

–¿Entonces descartamos la posibilidad de que fuera atropellada involuntariamente? –preguntó el joven Marek Zaręba–. ¿No fue un accidente?

–Eso parece, porque resulta poco probable que alguien patinara, la arrollara sin querer y después decidiera pasar sobre ella varias veces con el coche. He hablado con los de criminalística y, al parecer, en la nieve se veían huellas de neumáticos, a pesar de que lo habíamos pisoteado casi todo. La próxima vez debemos tener más cuidado –les recordó Daniel–. De todas formas, esas huellas en principio coinciden con lo que ha descubierto el forense, es decir, que las ruedas pasaron varias veces por encima del cuerpo. Y tampoco olvidemos que sor Monika desde un principio yacía en el suelo. El médico afirma que probablemente aún estaba viva en ese momento. Esto nos da pie a varias preguntas. ¿Por qué yacía en el suelo? ¿Por qué la mataron de esa forma? ¿Querían mandar un mensaje asesinándola así? Recordad que el cuerpo estaba destrozado, pero la cara quedó casi intacta, así que debemos preguntarnos si eso tiene algún significado. ¿Y el lugar donde se cometió el crimen? ¿Tiene también un significado especial? ¿Debía morir precisamente allí?

Preguntas, preguntas, preguntas, pero por desgracia pocas respuestas, se dijo Podgórski.

Marek Zaręba levantó la mano, como si estuviera en el colegio y quisiera contestar.

–¿Tienes alguna idea, Peque? –le preguntó Daniel, a quien la escena le había resultado divertida.

–Hay dos puntos que me resultan chocantes –explicó Zaręba con un tono de gran excitación–. El primero, que la cara no fue destrozada, con lo cual nos resultó fácil identificar a la mujer. El segundo, que dejaron tirada a la monja cerca de la entrada al pueblo y, aunque en esa zona no hay demasiado tráfico, era fácil suponer que alguien la encontraría enseguida.

–¿Llegarás alguna vez al final de tu encantador cuento, Peque? –se burló Paweł Kamiński.

Marek le lanzó una mirada rápida.

–En mi opinión, si alguien quisiera complicarnos el trabajo habría arrojado el cuerpo en un lugar más discreto o le habría atropellado también la cara. La habría podido destrozar sin ningún problema y entonces no la habríamos podido identificar.

–O habríamos tardado mucho más tiempo –comentó Daniel coincidiendo con él–. Es decir, que el autor no temía que descubriéramos enseguida quién era la víctima o bien no terminó lo que empezó. Quizá alguien se lo impidió o por alguna razón no tuvo tiempo de hacerlo. A lo mejor advirtió que llegaba Ewelina.

–Ewelina no vio a nadie –replicó Marek Zaręba–. Ningún coche, nada. Ni a ningún extraño.

–Precisamente por eso tendremos que interrogarla con calma. A veces no nos damos cuenta de que sí hemos visto algo. Además, descubrir el cuerpo debió de ser para ella un auténtico *shock,* quizá con el tiempo Ewelina recuerde algún detalle. –Daniel Podgórski se sirvió otro trozo de pastel. Con todas esas emociones le había entrado un hambre canina–. Tratemos de pensar en el móvil. Alguien asesinó a la hermana Monika y ahora sabemos que lo hizo con premeditación, no se puede describir de otro modo. El autor tuvo que tener algún móvil.

–Se ve que la vieja le había tocado las narices a alguien –comentó con sorna Paweł Kamiński.

–Desde luego sí que parece una venganza sangrienta –añadió el joven Marek Zaręba–. En eso estoy de acuerdo.

–¿Y a ti qué te parece, Janusz?

Rosół se retorció el bigote y miró por la ventana pensativo. Hasta ese momento había estado escuchando con atención la interesante conversación de sus compañeros. Carraspeó y le dio un trago a su té. Hoy parece completamente lúcido, se alegró Daniel en su interior. Quizá sus problemas fueran pasajeros.

–Siempre existe también la posibilidad de que la monja fuera testigo de algún delito o escuchara algo que no debía y la mataran para que no desvelara el secreto.

Todos miraron a Rosół estupefactos. Era la frase más larga que había pronunciado en varios días. Además, hasta ese momento nadie había tenido en cuenta esa posibilidad. Sonaba coherente.

–Quizá por ese motivo vino a hablar con el padre Piotr. –Maria reaccionó emocionada ante esa interpretación–. ¡Quizá no podía comentar el asunto por teléfono y por eso viajó hasta Lipowo! ¡Eso explicaría por qué el padre Piotr no sabía nada acerca de su presencia aquí! Ni él ni nadie de su parroquia. ¡Era un secreto! Vino a Lipowo sin avisar a nadie.

–Es verdad, Piotr dijo algo sobre unos problemas que tenían en Varsovia –añadió el joven Marek Zaręba siguiendo el razonamiento–. Quizá ambas cosas estén relacionadas. La monja descubrió un delito y vino a decírselo a Piotr.

–Pero Piotr comentó que se trataba solo de asuntos eclesiásticos, no lo olvidemos –les interrumpió Daniel–. ¿Estás sugiriendo que el párroco vino desde Varsovia y mató a la monja para que no revelara un oscuro secreto a Piotr?

–No bromees, Daniel, ya sabes que la gente tiene secretos de todo tipo. Incluso un párroco. No podemos descartar nada –insistió Maria–. Además, no tiene por qué ser el párroco, pudo ser otra persona.

–El padre Piotr afirma que no la conocía bien y que hablaba poco con ella. Eso se contradice con vuestra teoría de que sor Monika vino para comunicarle algún secreto. ¿Por qué precisamente a él, si no tenían amistad? No me convence.

–Quizá el asunto les concernía a ellos dos. De momento no lo sabemos.

–Bueno, dejémoslo así –comentó Daniel–. Peque, tú tienes buena relación con Piotr, quizá consigas sonsacarle con delicadeza a qué problemas de la parroquia se refería con exactitud. Tienes que ser discreto. No quiero que le reveles al padre demasiados detalles del caso. Creo que de momento sería mejor no hacer público que la monja fue asesinada.

Todos estuvieron de acuerdo.

–Todavía no he llamado a sor Anna, de la parroquia de Varsovia –continuó Podgórski–, pero tendré que hacerlo. Debemos hurgar un poco en el pasado de la víctima, tanto en el reciente como en el lejano.

En algún momento tuvo que cruzarse con el asesino. Tenemos que encontrar ese momento. También me gustaría buscar el vehículo que se usó para cometer el crimen. Janusz, encárgate tú. Buscamos un coche grande, un todoterreno o una camioneta. Debe ser bastante pesado y tener ruedas anchas, neumáticos de doscientos treinta y cinco milímetros como mínimo. Quizá haya coches robados que respondan a esta descripción. También habrá que preguntar a los vecinos si han visto un vehículo como ese. Por cierto, ¿queréis añadir algo acerca de los interrogatorios que hemos efectuado hasta ahora a los vecinos? En vuestros informes no había gran cosa.

–Creo que yo tengo algo... –empezó a decir Marek Zaręba.

No pudo terminar la frase, porque la puerta de la sala de conferencias se abrió de golpe. En el umbral apareció Júnior Kojarski, el hijo del dueño de la hacienda. Su respiración era rápida y sibilante. Parecía fuera de sí.

Grażyna Kamińska pasaba a diario junto a la peluquería de camino a la tienda y siempre se imaginaba que algún día se armaría por fin de valor y entraría. El escaparate del establecimiento estaba adornado con fotos de mujeres elegantes con hermosos peinados. Quería convertirse en una de ellas, pero nunca se había presentado la oportunidad.

¡Había llegado su gran día!

Ya desde lejos Grażyna advirtió que frente a la entrada de la peluquería de Ewelina, en un fragmento de acera limpio de nieve, había aparcado un automóvil deportivo rojo. No entendía mucho de marcas de coches ni de sus precios, pero un Mercedes parecía fuera del alcance de la peluquera de Lipowo. Seguramente estaba atendiendo a una clienta rica. Grażyna apretó los dientes. Estaba desilusionada, porque en su interior esperaba que no hubiera nadie. Pero no me voy a rendir, se dijo. No puedo hacerlo, no puedo.

Permaneció indecisa a unos pocos centímetros de la puerta. Las niñas empezaron a jugar, se dedicaron a empujar la nieve que había sido apartada para volver a ponerla en la acera. No tenía fuerzas para reaccionar de ningún modo.

De pronto se abrió la puerta de la peluquería. Grażyna se asustó y dio un respingo.

–¡Hola Grażyna! ¡Entra! –dijo Ewelina Zaręba asomándose al exterior–. Está abierto, aunque no haya colgado el cartel. ¡Hoy estoy algo distraída! No te quedes ahí, que te vas a congelar.

La peluquera era muy atractiva. Busto grande, cintura estrecha, pelo hermoso y brillante. Grażyna estaba convencida de que a Paweł le gustaba mucho, pero eso daba igual porque el joven Marek Zaręba no permitiría que nadie tocara a su esposa.

–Hola, querida –la saludó de nuevo Ewelina cuando Grażyna se decidió por fin a cruzar la puerta–. Hacía mucho que no te veía por aquí. Me alegro de que hayas encontrado tiempo. Ya sé que los niños te dan mucho trabajo.

Grażyna apreciaba esas mentiras piadosas. Sabía perfectamente que la peluquera solo pretendía animarla un poco. Y hay que reconocer que funcionó. Ewelina poseía una voz muy agradable. Hablaba con un tono lleno de entusiasmo, aunque a la vez tranquilizador. Como si supiera que por dentro Grażyna temblaba de miedo. Kamińska se fue calmando poco a poco. Ni siquiera la ira de Paweł parecía ya tan terrible.

En una butaca frente al espejo estaba sentada una clienta con el tinte aplicado en el pelo. Encima de la ropa tenía puesta una capa de plástico, para evitar las manchas. Grażyna reconoció enseguida a la bellísima esposa del millonario que vivía al otro lado del bosque, Sénior Kojarski. La rubia sujetaba en las manos una taza de café caliente. Sus uñas eran largas y del mismo color que el coche aparcado frente a la entrada. Grażyna la miró con envidia, tratando al mismo tiempo de ocultar sus manos estropeadas de tanto limpiar. Estaba convencida de que aquella mujer jamás limpiaba.

Blanka ni siquiera se dignó mirar a Grażyna.

–Grażyna, te voy a preparar un café –le propuso Ewelina–. Así entrarás en calor.

–Yo... –balbució Kamińska indecisa–. ¿Tendrías tiempo para... hacer algo con mi pelo? Seguro que no, veo que ahora estás con la señora. Yo...

–Ah, pues le acabo de poner el tinte –la tranquilizó la peluquera–, así que mientras tanto puedo encargarme de ti.

A Blanka Kojarska no pareció entusiasmarle esa idea. Miró a Grażyna con desprecio. Seguía sin dirigirle la palabra. Dejó la taza sobre una mesita y empezó a mirarse las uñas muy concentrada, como si buscara algún defecto que en realidad no había.

–Voy a llamar a tus niñas para que no se queden ahí fuera, que hace frío. Siéntate donde quieras, estás en tu casa –comentó Ewelina a pesar del disgusto mostrado por la adinerada clienta–. Enseguida me pongo contigo, te voy a dejar bien guapa.

Kamińska se quitó el abrigo despacio. Se atrevió a mirar de nuevo a la rubia. Ya la había visto en alguna ocasión. Una vez en verano, junto al lago, y después varias veces más en el pueblo. Su aspecto era fabuloso, como si viniera de otro mundo, de uno mejor. Caminaba erguida y orgullosa del brazo de su acaudalado marido. Llevaba puesto un vestido ceñido que resaltaba las virtudes de su cuerpo perfecto. Ahora, en la peluquería, a la luz de los fluorescentes y con el tinte en el pelo, Blanka parecía un poco menos inaccesible, algo más cercana y menos ideal. Grażyna incluso se fijó en que, a pesar del perfecto maquillaje, la señora Kojarska tenía ojeras y las comisuras de sus carnosos labios pintados de rojo estaban un poco agrietadas. Tras observarla un rato más advirtió también la presencia de algunas pequeñas arrugas.

Grażyna Kamińska se quedó petrificada por el inesperado descubrimiento que acababa de hacer. Cuanto más miraba la cara de la rubia, más le daba la inquietante impresión de estar contemplando su propia imagen mortificada. Blanka pareció notar la penetrante mirada de Grażyna, porque volvió de pronto su vista hacia ella y sus ojos se encontraron por un instante. La esposa de Paweł tuvo la sensación de que la rubia también se reconocía en sus ojos. El rostro de Blanka reflejó inquietud por un instante, como si temiera que la hubieran reconocido. Solo duró unos segundos y Kamińska pensó que igual eran todo imaginaciones suyas.

Las niñas entraron corriendo como locas en el establecimiento, riendo a carcajadas. El instante pasó.

–¡Qué grandes están! –comentó Ewelina Zaręba–. Cómo pasa el tiempo. ¡Mi Andżelika era tan pequeña como estas hace nada y ya tiene diez años!

Blanka Kojarska se giró y sonrió a las niñas.

–¿Quién es esta señora? –preguntó la más pequeña señalando a la rubia.

–Ola, no señales con el dedo, es de mala educación –la regañó Grażyna, y miró insegura en dirección a Kojarska.

Blanka le dedicó una amplia sonrisa a la niña.

–Yo soy Blanka –dijo con voz dulce–. ¿Quieres sentarte en mis rodillas?

Ola asintió encantada. Se subió a las rodillas de la desconocida sin ningún temor. Grażyna envidió a su hija por el valor que demostraba. Kojarska sonreía radiante.

–Tiene usted una hijita primorosa –dijo, aunque evitó mirar a Grażyna una vez más.

–Gracias. ¿Tiene usted hijos? –se atrevió a preguntar Kamińska. El tema de los niños lo conocía bien. Hablaba de ellos a diario.

–Por desgracia, no. Mi marido y yo lo intentamos, pero... creo que no puedo tener hijos –contestó Blanka. Ahora su voz era inexpresiva: la dulzura había desaparecido.

Ewelina le puso a Grażyna una capa de plástico.

–¿Qué hacemos? –preguntó recogiéndole el pelo en la nuca.

El moratón quedó por completo al descubierto. La luz del fluorescente realzó su color malva, que hasta entonces había estado oculto bajo el maquillaje. En la habitación se hizo el silencio. Hasta las niñas dejaron de jugar con unos cepillos redondos. Grażyna bajó la vista avergonzada cuando las dos mujeres observaron la mancha de su frente.

–Me caí por las escaleras –balbució Kamińska sonrojada.

Ninguna de las dos pareció creerla. Blanka la miraba fijamente. En su rostro se dibujó una mueca que desapareció tan rápido como había surgido. La mujer apartó la vista de repente, como si Grażyna tuviera alguna enfermedad contagiosa que la otra se esforzaba por evitar a cualquier precio.

–Ewelina, creo que ya es hora de que me laves la cabeza –dijo Kojarska con brusquedad.

La peluquera miró a Grażyna con gesto de disculpa y susurró que enseguida volvía con ella.

–Creo que te voy a teñir el pelo con un tono más dorado, Grażyna. Te quedará muy bien –le propuso Ewelina mientras aclaraba el pelo de la rubia.

Blanka Kojarska no parecía demasiado contenta, permaneció con los labios apretados hasta que la peluquera terminó de secarle el pelo. Cuando los rizos color dorado pálido estuvieron bien secos, se levantó sin decir una palabra, tiró el dinero sobre el mostrador y salió sin esperar a que Ewelina le diera el cambio. Se subió a su Mercedes rojo y puso en marcha el motor. Pisó demasiado el acelerador y las ruedas giraron durante un momento sin poder agarrarse al asfalto. Un momento después el coche salió disparado hacia delante.

Grażyna miró cómo se alejaba el vehículo.

–No te preocupes, Grażyna. A esa mujer le cambia el humor continuamente. Llevo ya algún tiempo atendiéndola y conozco sus reacciones –le comentó Ewelina Zaręba para tranquilizarla–. Bueno, da igual. ¡Te voy a dejar tan guapa que no te podrás reconocer!

8

*Lipowo y Brodnica. Jueves, 17 de enero de 2013,
por la tarde*

La señora Barczewska se colocó sus gafas con montura de concha. Se encontraba frente al estante del café con cara de preocupación. No podía dejar pasar un día sin beberse al menos cuatro tazas. Su nuevo médico le decía que eso no era muy bueno para la salud, pero qué podía saber él. Mientras fue paciente del viejo Romlecki jamás surgió ese tema. No tenía la menor intención de cambiar sus costumbres solo porque un jovenzuelo de la nueva escuela se lo mandara. ¡De eso nada! A su edad ya no estaba para hacer cambios. Opinaba que los cambios podían matar a una persona con mucha mayor facilidad que unas cuantas tazas de café.

Desde que en Brodnica habían construido el nuevo supermercado, las compras resultaban mucho más sencillas. Se podía encontrar todo bajo el mismo techo. Algunas de sus amigas se quejaban de que eso no era bueno porque las tiendas pequeñas de la plaza desaparecerían. A Barczewska le daba igual, ella no tenía ninguna tienda en la plaza. Que se preocuparan otros.

Además, en el supermercado había muchos tipos de café. Miró admirada el estante: un verdadero paraíso en la tierra. Esta vez decidió llevarse uno un poco más caro. Después del viaje se merecía algo bueno. También compraría unas deliciosas galletas de mantequilla que tenían expuestas en el estante contiguo. Los empleados de la tienda piensan en todo, se dijo satisfecha.

Miró a su alrededor. Como de costumbre, su marido se había quedado rezagado. ¿Por qué iba a hacer la compra con su esposo si nunca estaba con el carro cuando lo necesitaba? En algún lugar tenía que poner los productos. ¡No los iba a llevar en las manos! A su edad no podía hacer muchos esfuerzos.

–¡Zbyszek, ven aquí con el carro, hombre! –le gritó irritada a su marido–. ¿Otra vez te has quedado por ahí mirando algo? ¿Hasta cuándo quieres que te esté esperando? No podemos tardar cien años en hacer las compras. De esa sección no necesitamos nada, ¿por qué has ido por ahí?

Barczewski se acercó sin rechistar. Sabía que no tenía sentido discutir con su esposa. Ella dejó un envase de café en el carro mientras se echaba la otra mano a la espalda. Últimamente le dolía un poco.

Caminaron despacio en dirección a la caja. Por suerte había colas pequeñas, no como en verano, cuando los lagos de la zona se llenaban de turistas. Se alojaban en los hoteles o alquilaban habitaciones a particulares, pero las compras las hacían en Brodnica. Llenaban los carros hasta los topes y tardaban horas en pagar. Barczewska no soportaba a los turistas. Prefería que se quedaran en sus casas. A Brodnica solo iban a ensuciar y a comportarse como si fueran los dueños.

–Son cincuenta eslotis y ochenta y nueve céntimos –les informó la cajera con mucha amabilidad.

Zbyszek sacó la cartera y le entregó a la cajera un billete de cien eslotis.

–Espera, que tengo los ochenta y nueve –le dijo su esposa.

Para qué cargar con monedas si las podía dar en la caja. Las monedas sueltas eran para ella demasiado pesadas. Empezó a contar los ochenta y nueve céntimos despacio. Era mejor no confundirse, seguro que la cajera les engañaría si le dieran de más.

El hombre que estaba detrás de ellos en la cola carraspeó con impaciencia.

–¿A qué viene tanta prisa? ¿No ves que estoy contando? –le espetó Barczewska.

Los jóvenes se comportaban como unos maleducados. En sus tiempos las cosas eran diferentes. Y por culpa de todo aquello se había confundido y tendría que empezar de nuevo a contar.

Los policías miraron a Júnior Kojarski, que venía muy nervioso. Resoplaba con una ira incontenible y miraba a un lado y a otro.

–Señor Kojarski, ¿le ha ocurrido algo? –preguntó Maria sorprendida–. Parece usted muy agitado.

Júnior volvió a resoplar de rabia.

–¡Que me han robado el coche! ¡Eso es lo que ha pasado! –gritó. De su boca saltaba saliva hacia todas partes. Paweł Kamiński, que estaba sentado más cerca de la puerta, se apartó asqueado–. ¿Y esto es un pueblo tranquilo? ¡Pues me cago en esta puta tranquilidad! Uno piensa que su coche está seguro aquí y resulta que es peor que dejarlo en Varsovia. ¡Joder!

Maria se estremeció al escuchar las palabrotas.

–Cálmese, por favor, y cuéntenos todo lo que ha sucedido –le pidió Daniel Podgórski sin alterarse.

Júnior Kojarski lo miró con cara de pocos amigos. Parecía que iba a estallar de ira.

–¿Cómo quiere que me calme? Tú estás ahí sentado sobre tu culo gordo y diciendo tonterías, ¡pero a mí me han robado el coche! ¿De qué me vale la policía? En este pueblucho de mierda nada funciona como es debido. ¡Policía! ¡Menuda broma!

Maria recogió sus cosas y se marchó. No le gustaban esos espectáculos.

–Si no me equivoco, tiene usted varios coches. Díganos cuál le han robado –preguntó con frialdad Daniel Podgórski–. También le recuerdo que se encuentra usted en una comisaría de policía. Aquí hay que respetar ciertas normas de comportamiento.

–El *mío*, es el que han robado. Me han levantado el Land Rover, joder. El Land Rover Discovery. –La voz de Kojarski se convirtió en un desagradable falsete. Los exabruptos sonaban de una manera extraña en boca de un hombre vestido con un abrigo tan elegante–. Ha desaparecido de mi garaje. ¿Tienes idea de lo que vale ese cacharro, eh? ¿Tienes idea?

–Me lo imagino –contestó Podgórski con sequedad. Miró de pasada a sus compañeros. Todos parecían estar pensando en lo mismo: un Land Rover, un todoterreno grande, ruedas grandes y anchas.

–¡Exijo que se inicie la búsqueda inmediatamente! –Júnior Kojarski dio un puñetazo en la pared–. Traed a la policía de la ciudad, porque vosotros no valéis para esto.

–Señor Kojarski, cálmese. Es la última vez que se lo advierto –contestó con tranquilidad Daniel. Empezaba a estar harto de los gritos–. Díganos cuándo ha descubierto el robo, por favor.

–Mi esposa quería ir esta mañana a la ciudad. –El hombre suavizó un poco el tono–. El coche no estaba. Me lo acaba de decir hace un momento. Y pensar que han ido a robar justo mi coche. El garaje está lleno de coches deportivos y van y eligen el mío. ¡Si en realidad es el que menos llama la atención!

Podgórski tenía la impresión de que Kojarski se iba a echar a llorar como un niño al que le han quitado su juguete favorito.

–De acuerdo. Paweł, ¿podrías anotar todas las informaciones? –Daniel se dirigió a Kamiński. Tenía la esperanza de que si trataban el asunto de manera oficial, aquel hombre que estaba fuera de sí se calmaría un poco. Kamiński agarró una libreta y un bolígrafo con una obediencia inusual en él–. Quizá desee usted sentarse. Nos será más fácil concretar los hechos.

Júnior Kojarski se sentó con desgana junto a la mesa.

–En primer lugar: ¿había indicios de que hubieran forzado la puerta del garaje?

–No –dijo Kojarski–. El garaje estaba cerrado por dentro. No hemos entrado allí desde que llegué de Varsovia el lunes. Hasta hoy no he advertido que no estaba el coche. Es decir, lo ha descubierto mi esposa. ¡Ya lo he dicho! ¡Ni siquiera sé desde cuándo falta! ¡Hay que joderse! No sé nada. ¡Lo que sí sé es que vosotros tenéis que recuperarlo! ¡Ni siquiera he terminado de pagarlo! ¡Mierda!

Paseó la mirada por la habitación como inconsciente, hasta que fue a posarse en la foto de la monja atropellada, que se encontraba sobre la mesa entre otros papeles. Se estremeció al ver la imagen.

–¿Existe la posibilidad de que alguien de la casa se llevara el coche y no lo volviera a dejar en su sitio? –Daniel recogió la foto de la fallecida y la guardó en una carpeta–. Es un todoterreno, con tanta nieve seguro que se circula con él mejor que con otros coches.

–Cualquiera de nosotros se lo pudo llevar, es cierto –comentó Júnior Kojarski con un tono más sosegado–. Guardamos las llaves en un armarito.

Daniel advirtió que en la voz de Júnior había aparecido una pizca de indecisión y que en su rostro se había dibujado una expresión extraña, como si Kojarski de repente se hubiera dado cuenta de algo desagradable,

–¿Sabe qué? Olvidémoslo todo –dijo el hombre con una inesperada amabilidad, como si tratara de suavizar la situación–. Perdón por haber sido tan brusco. Últimamente trabajo demasiado. No era necesario por mi parte mostrar tal reacción. Creo que todo ha sido un malentendido. Hablaré con mi familia. Tiene usted razón, es posible que uno de ellos se lo llevara y lo aparcara en otro sitio. ¡Cómo no he caído en ello! Qué tonto he sido. –Se golpeó en la frente con la palma de la mano–. Creo que se debe al cansancio acumulado. Una tontería. Me he vuelto muy distraído. No se molesten. Gracias por la ayuda.

–Entonces, ¿va a denunciar el robo o no? –preguntó Paweł Kamiński impacientándose. Continuaba con la libreta y el boli en la mano, listo para apuntar su declaración.

–Tengo la situación controlada –repitió Júnior Kojarski, seguro de sí mismo–. De momento no voy a denunciar nada. No se preocupen, yo me encargo de todo. Ha sido una estupidez por mi parte. Les doy las gracias. Hasta la vista.

Se levantó y salió con rapidez, dejando tras de sí un aroma a colonia cara.

–¿Un Land Rover? –preguntó Paweł Kamiński arqueando las cejas–. ¿Qué os parece?

Nadie contestó.

Weronika se puso a ordenar el piso de arriba. La planta baja había ido bastante bien, solo quedaba la parte superior de la casa. Poco a poco todo iba tomando forma y se parecía cada vez más a la idea que ella tenía. En el piso superior descubrió más muebles formidables. Se sentía como si hubiera ganado la lotería. Cuando se decidió a comprar la casa, se encontraba tan desconsolada tras el desmoronamiento de su matrimonio con Mariusz que ni siquiera había tenido fuerzas para examinarla detenidamente. A decir verdad, solo le echó un vistazo a las fotos. Era cierto que los Kojarski le habían asegurado que la casa estaba bien amueblada, pero lo que esperaba encontrar eran más bien trastos viejos sin ningún valor. En cambio, se veía rodeada de hermosísimas antigüedades a las que tan solo había que dedicar un poco de trabajo para que volvieran a lucir en todo su esplendor. Y eso era algo que ella podía hacer, pues adoraba la restauración de muebles. Un año antes había comprado un libro sobre ese tema y después puso a prueba sus habilidades en Varsovia. Pero su marido enseguida se quejó de que no le parecía atractivo aquel estilo y se vio obligada a abandonar su recién adquirida afición. Ya era hora de volver a intentarlo.

Escuchó martillazos. Miró por la ventana de su dormitorio y vio que Tomek Szulc estaba clavando tablas para el cercado de *Lancelot*. Al parecer se había puesto a trabajar sin siquiera ir a saludar. Iban a traer a *Lancelot* dos días después, el sábado. Weronika suspiró aliviada. Parecía que todo iba a estar dispuesto a tiempo. Tomek le había venido como caído del cielo. También tendría que pedirle que hiciera algo con la calefacción, porque no funcionaba.

De repente la asaltaron remordimientos por el hecho de que Tomek Szulc estuviera trabajando sin que ella le hubiera dado ninguna recompensa. Entró indecisa en la cocina. No le pagaba, pero al menos podría prepararle algo de comida. Esa era la costumbre en situaciones similares, sobre todo en el campo, o al menos esa era su impresión.

Abrió la nevera. El pastel que había comprado la última vez que había ido a la tienda de Wiera le pareció lo más apropiado. Resultaba difícil creerlo, pero eso había sido antes del accidente de la monja, por lo que el pastel tenía ya dos días. En cualquier caso, seguía en perfecto estado. Lo olió insegura y no la defraudó. Cortó unos trozos y los colocó en un plato. Sonrió satisfecha. Quizá no fuera tan mala ama de casa.

Se puso el abrigo y salió al porche. No paraba de nevar. Como esto siga así, las carreteras se van a poner impracticables, pensó Weronika. Por no hablar del camino forestal que llevaba a su casa. Su coche de momento permanecía en el garaje esperando a que el tiempo mejorara. Hasta entonces no había tenido necesidad de moverlo.

–Hola, Tomek. He pensado que quizá tenga usted ganas de hacer un descanso. Tengo un pastel y puedo preparar té. Así podría usted entrar un poco en calor.

–Con mucho gusto, gracias. Es usted muy amable –dijo Tomek Szulc dejando a un lado las herramientas–. Casi he terminado. Ya le dije que no había de qué preocuparse. Estará listo antes de que traigan su caballo.

La sonrisa del joven hizo que Weronika volviera a sonrojarse. Se sentía otra vez como una quinceañera de piernas delgadas a la que el chico más guapo de la clase le había dedicado una mirada.

Se estremeció. Sus pensamientos la llevaron a la agradable tarde que había pasado el día anterior con el policía. Junto a él no se había sentido tensa, lo cual era una novedad.

Tomek Szulc caminó en dirección a la casa. Se sacudió de nieve las botas y, como un caballero, abrió la puerta para dejar pasar a Weronika.

–Usted primero, señora –dijo haciéndose a un lado.

Su voz varonil, profunda y suave, le hizo soltar una risita involuntariamente.

–Parece usted un poco tensa –comentó mientras la ayudaba a quitarse el abrigo. Se comportaba como si hubiera sido él quien la había invitado a ella a su casa.

–No, ¿por qué? –mintió Weronika.

–Está usted muy bonita cuando se ruboriza. –Tomek le rozó con mucha delicadeza la mejilla.

Weronika sonrió nerviosa.

–Pase a la cocina –susurró ella–. He preparado la merienda.

Había mucha nieve por todas partes. Era un escándalo que en Brodnica no la limpiaran con más efectividad. Si su salud se lo permitiera, la señora Barczewska habría agarrado la pala y ella misma la habría quitado. Pero con lo que le dolían las articulaciones eso resultaba imposible, aunque sí podría ocuparse de coordinar el trabajo. Entendía mucho de esos temas. Carraspeó satisfecha de sí misma.

El semáforo se puso en rojo y frenaron. Observó cómo el conductor de un viejo Fiat 126 intentaba aparcar en la acera. Por suerte ellos tenían su propia plaza de aparcamiento y no tenían que atormentarse como aquel pobre, pensó aliviada Barczewska. Ya se había encargado ella de que estuviera lista. Zbyszek la había limpiado de nieve antes de marcharse, así que era posible que pudieran aparcar sin problemas. Habían pasado los últimos cuatro días en Bydgoszcz, visitando a su hija, pero la señora Barczewska estaba convencida de que su plaza les estaba esperando. Era una mujer demasiado importante en la comunidad como para que alguien se atreviera a quitársela.

–¡Zbyszek, no vayas tan deprisa! La calzada está muy resbaladiza –le aconsejó a su marido–. Deberías enderezar el respaldo de tu asiento, esa postura no es buena. ¡Te va a doler la espalda, ya lo verás! Y lo tendrás merecido. ¿Qué harías tú sin mí? ¡Eres como un niño perdido en la niebla!

El señor Barczewski corrigió su postura sin decir una palabra. Últimamente hablaba cada vez menos. Tendré que preguntarle por qué, se dijo ella. Pero de momento centraba toda su atención en la carretera. ¿Quién mejor que ella para vigilar por si surgía algún imprevisto? Avanzaban despacio por las calles nevadas. Solo pudo respirar aliviada cuando apareció a lo lejos su bloque.

–¡Es un escándalo que no limpien bien las carreteras! –gritó cuando las ruedas de su coche se hundieron en la nieve al entrar en la calle interior.

–Pero, querida, si no para de nevar, nadie tiene la culpa –comentó su marido.

Tras algunas maniobras logró liberar el coche.

–¡Nadie tiene la culpa! Eres demasiado indulgente, Zbyszek. Hasta diría que eres un crédulo. Lo que ocurre es que a nadie le apetece trabajar. ¡Lo que hay que ver en estos tiempos! –dijo Barczewska indignada. Cada vez se sentía más irritada. Quería llegar a casa y tomarse un café–. Yo no sé mucho, pero voy a hablar en la comunidad sobre este asunto. ¡Les voy a decir lo que pienso! ¿Qué es eso de que uno no pueda ni entrar en su propia calle? ¡A dónde vamos a llegar!

Miró con curiosidad por la ventanilla. Sus vecinos planeaban comprar un coche nuevo. Paluchowa había presumido mucho por teléfono. Estaría bien ver su nueva adquisición y darles su opinión. Después de todo, Barczewska entendía bastante de coches.

–¿Está ocupada nuestra plaza? –preguntó de repente su marido, muy extrañado.

–¡Imposible! –gritó Barczewska fuera de sí–. ¡Por todos los santos, no puede ser, alguien ha ocupado nuestra plaza!

¡Las compras en el maletero, ella cansada del viaje y alguien había aparcado en su plaza! Bastaba marcharse fuera unos días para que alguien se encargara de introducir nuevas costumbres. Ella desde un principio había dicho que era mejor esperar al verano para ir a Bydgoszcz, o al menos a la primavera. O Alina podría haber viajado a Brodnica a verlos.

–¿Qué está pasando aquí? ¡Esto es un escándalo!

Salió del coche y dio un portazo. Su marido se reía por lo bajo viendo cómo la mujer daba vueltas nerviosa alrededor del Land Rover. Por fin alguien se había atrevido a ocupar el sitio sagrado de su esposa. Aún seguía riéndose cuando aparcó dos plazas más adelante. A esas horas no había problema para encontrar un sitio libre. En realidad en su barrio nunca había habido dificultades con eso.

–Pero ¿qué haces, Zbyszek? ¿Por qué aparcas ahí? ¡Esta es nuestra plaza! ¡No lo voy a permitir! ¡Esta es nuestra plaza y se acabó! –Barczewska se había puesto toda colorada–. ¡Y encima es uno de Varsovia! Vienen aquí y se creen los amos. ¿Por qué te ríes, Zbyszek? ¿Acaso he dicho algo gracioso?

Su esposo enseguida controló la risa. Había sido el mejor día de su vida, pero por si acaso prefería no arriesgarse.

–Marek, ¿vas a volver a salir? –gritó Ewelina desde el dormitorio.

Estaba tumbada sobre la cama con una mascarilla verde en la cara y no dejaba que él entrara. No quería que la viera así.

–Sí, aún me queda un asunto por solucionar. Voy a la casa parroquial, a ver al cura joven. Tengo que hacerle unas preguntas –le explicó a través de la puerta–. Volveré dentro de una hora más o menos. Piotr me está esperando.

–De acuerdo –contestó la peluquera.

Marek Zaręba había pensado ir a correr un poco con Piotr y aprovechar entonces para hablar con él. Como al cura le gustaba el deporte, le pareció mejor hacerlo así que con otro interrogatorio formal en la comisaría. Esperaba que de ese modo el sacerdote contestara sin sentirse presionado.

Se dirigió hacia la iglesia corriendo, pero sin forzar. No dejaba de pensar que debería haberle dicho a Daniel lo que le había comentado Malinowski cuando lo había interrogado. Iba a hacerlo justo cuando Kojarski entró en la comisaría. Ahora tendría que esperar hasta el día siguiente.

Tardó apenas unos minutos en llegar a la casa parroquial, que no estaba lejos. El padre Piotr ya lo estaba esperando, haciendo estiramientos antes de empezar. Llevaba puesto un chándal, y solo el inevitable alzacuello revelaba a qué se dedicaba.

–Hay tanta nieve que podemos correr por los campos que están al otro lado del cementerio. Desde allí se ve todo –le propuso Marek Zaręba–. Te voy a enseñar un buen itinerario, porque he visto que sueles ir solo al bosque.

–Sí –reconoció Piotr–. Todavía no conozco bien el terreno.

Se pusieron en marcha charlando animadamente. Resultó que se entendían muy bien. Cuando giraron en el camino que había tras el cementerio, Marek aumentó el ritmo. El cura no tuvo dificultad para seguir a su altura.

Por fin el joven policía decidió que era hora de ir al grano.

–Dijiste que tenéis bastantes problemas en vuestra parroquia –comentó. Quería que sonara natural.

–Algunos, sí. –El padre Piotr no pareció encontrar extraña la pregunta–. Pero no es nada grave. Se trata de una ampliación que queremos construir en la iglesia y de los fondos necesarios para ello. Como suele ocurrir, no tenemos demasiado dinero. Y resulta que continuamente hace falta más y más. Por suerte me he enterado de que nuestros problemas se han solucionado.

–¿Habéis conseguido los fondos?

–Sí. Un donante anónimo –explicó el cura. Su aliento se convertía en vapor–. A veces sucede. Dios nos ayuda a través de las acciones de nuestros fieles.

–¿Crees que sor Monika se preocupaba mucho por ese asunto? –insistió Marek–. Por la falta de dinero y todo eso...

–¿A qué te refieres? –En la voz del sacerdote apareció una pizca de sospecha.

–Me preguntaba si sería posible que hubiera venido aquí para hablar contigo del dinero o sobre algo que hubiera oído al respecto

131

–probó fortuna Marek Zaręba. No había sonado demasiado bien, pero no fue capaz de inventar nada mejor.

–No lo creo. Ya te dije que casi no hablaba con ella. No sé por qué habría de venir aquí para hablar precisamente conmigo. Y mucho menos sobre el dinero para la ampliación de la iglesia. Ella no se ocupaba de eso en absoluto, al menos por lo que yo sé. Otros sacerdotes y yo fuimos los que buscamos patrocinadores. Y ya ves que al final ha aparecido un donante. Me llamó sor Anna para contármelo. Los problemas se han acabado y ya puedo respirar tranquilo.

–¿Quizá sor Monika había encontrado a alguien? Alguien dispuesto a dar dinero –sugirió de nuevo Marek, aunque se daba cuenta de que así no iba a conseguir nada–. A lo mejor quería comentártelo.

–En ese caso habría hablado con alguien en la misma parroquia. Yo no era el único que me ocupaba de eso. ¿Para qué habría de viajar hasta aquí?

Llegaron a un cruce de caminos y dieron la vuelta.

–¿Qué me dices de una carrera? –propuso el padre Piotr sonriendo–. A ver quién llega primero al cementerio. Pero apiádate de mí un poco.

Aceleraron el ritmo.

Sénior Kojarski se peinó el pelo sobre la calva y se miró al espejo. Encendió la luz superior para ver mejor. Tenía un aspecto muy bueno. Y no solo «para su edad». El bronceado también hacía lo suyo. Lo rejuvenecía diez años. ¡Como poco! Si se miraba objetivamente no se echaba más de cuarenta años.

Su cara, por tanto, tenía un aspecto perfecto. Sin embargo, había observado con no poca preocupación que en los últimos tiempos su cuerpo no mostraba la firmeza de antaño. En algunos lugares la piel estaba flácida y lacia. Pero daba igual. Tenía tanto dinero que si quería podía arreglarlo. A fin de cuentas, para eso servían las operaciones. No se avergonzaba de que su cutis terso fuera obra de un conocido cirujano. A Blanka también le había pagado más de una, debía tener buena presencia. Y así era: *sexy* aunque idiota. Mientras habían vivido en la ciudad y él había dirigido personalmente su empresa, no había significado ningún problema. Estaba bien presentarse con semejante muñeca a su lado en las cenas de negocios. Pero ahora eso ya no le bastaba. Desde que había cedido el protagonismo a otros en la empresa, pasaba la mayor parte del tiempo en Lipowo, y allí su estúpida esposa no hacía más que molestar.

Además, en los ojos de aquel bombón rubio había observado cierta repugnancia, sobre todo cuando se quitaba la ropa para que hiciera lo que de ella se esperaba. No parecía entusiasmada con lo que veía.

–Y ni siquiera me ha dado un hijo –murmuró con desprecio Sénior Kojarski mientras se arreglaba otra vez el pelo.

Sabía que el problema no estaba en él. En fin, lo hecho, hecho está. Ya no necesitaba a Blanka. Pronto tendría que deshacerse de ella.

El inspector Daniel Podgórski apagó la luz de la comisaría. Estaba más que satisfecho de cómo había ido el día. El jueves había resultado mucho más fructífero que el miércoles. Se podía decir que el caso había avanzado un poquito, tenían varias pistas. Estaba cansado, pero a la vez lleno de energía. También había pensado mucho en la tarde del día anterior con Weronika. Se sentía bien con ella, a pesar de que acababan de conocerse.

Quizá valga la pena intentarlo, pensó al tiempo que silbaba por lo bajo. No sabía qué debía hacer exactamente. Al final decidió que lo mejor sería ir a hacerle una visita, aunque no estaba seguro de si sería oportuno presentarse sin avisar. Sopesó un momento las posibles justificaciones y todas parecían absurdas. Optó por pasarse por la tienda de Wiera y comprar unos bombones. Sería un buen regalo. Al menos no aparecería con las manos vacías.

Por suerte la luz de la tienda estaba encendida, lo cual significaba que Wiera se había decidido a abrir la tienda. Maria había dicho que por la mañana la había tenido cerrada mucho tiempo. No había nada de extraño en eso, era algo que la tendera hacía a menudo. Aun así, Maria no dejaba de repetir que Wiera parecía enferma. Podría comprobarlo ahora que iba a por los bombones. A Daniel le dio la impresión de que también su madre estaba preocupada por algo y recordó que tenía que hablar con ella sobre ese tema. Quizá esa noche, cuando volviera a casa.

Al entrar en la tienda lo recibió el sonido de la campanilla. No había ningún cliente. Wiera estaba sentada al otro lado del mostrador, haciendo punto abstraída. Sus dedos movían la lana con destreza.

–Buenas tardes, Wiera –saludó cortésmente Daniel–. Quisiera comprar unos bombones para regalar. ¿Tiene algo?

La tendera se limitó a asentir. Estaba despeinada, como de costumbre, y sus largos cabellos negros sobresalían por todas partes. Realmente había en su aspecto algo de bruja. Sin embargo no se había puesto su falda larga favorita, así que el efecto no era el mismo.

–¿Y a quién piensas darle una sorpresa, Daniel? Si no es indiscreción, claro.

A pesar de que en un principio parecía ensimismada, Wiera se mostró tan curiosa como siempre. Podgórski llegó a la conclusión de que no estaba enferma.

–Pues, bueno... –empezó a decir.

No estaba seguro de si quería desvelar sus intenciones. Conociendo a Wiera, un rato después se lo contaría a todos los habitantes del pueblo.

–Para Weronika, ¿verdad? –A la tendera no le costó adivinarlo–. Es una chica guapísima, ¿eh?

Daniel asintió tímidamente.

–Tengo algo especial. –Wiera le dio una caja de bombones. El envase era dorado, muy bonito–. Seguro que le gustan. ¡Ya lo verás!

Él sacó el dinero. Ella negó con la cabeza. Unos cuantos mechones desgreñados le cayeron sobre la frente.

–Invito yo. Pasad una tarde agradable, muchachos.

–Muchas gracias, Wiera, pero no puedo aceptar un regalo así. Quiero pagarlos. –Con un gesto decidido puso el dinero sobre el mostrador. Wiera lo recogió y lo metió en la caja.

–Como quieras, como quieras... –murmuró, y volvió a sumirse en sus pensamientos. Agarró mecánicamente las agujas y sus manos retomaron el baile de antes.

Daniel Podgórski salió de la tienda y cerró con cuidado la puerta. Había caído ya la prematura noche invernal. Por fin había dejado de nevar. El policía subió con brío la cuesta que conducía a la casa de Nowakowska. Una vez tomada la decisión de ir a ver a Weronika, se sintió más ligero. Después de todo no había nada malo en que dos personas adultas se sintieran atraídas. No tenía por qué esforzarse en ocultarlo. No era un motivo de vergüenza.

Tras la curva apareció la vieja casa. Había luz en las ventanas. No tenían cortinas, así que veía sin problemas el interior. Observó que Weronika estaba sentada en el comedor. La acompañaba un hombre. De lejos le pareció que se trataba de Tomek Szulc, que trabajaba en la casa de los Kojarski. Ambos conversaban animadamente. De pronto el hombre se inclinó hacia Weronika y la besó en la boca.

Daniel se detuvo en medio del camino y se quedó mirando a la pareja, que se besaba a lo lejos. Se giró despacio, apretando entre sus manos la caja de bombones. Volvió sobre sus pasos por la carretera nevada, tropezando a veces con la nieve amontonada. Vio las luces parpadeantes del último autobús del día a Brodnica, que arrancó despacio y dejó tras de sí un fuerte olor a gases de combustión.

Podgórski se detuvo como paralizado por una idea repentina. No tenía experiencia en casos criminales, pero aun así no se podía perdonar por no haber pensado en eso antes. Después de todo, la tarde no había sido un fracaso completo. Al menos en el plano profesional.

Aceleró el paso.

Creo que el día de hoy ha sido un éxito. He conseguido enviar otra carta, cosa que no resultaba tan sencilla, pues no podía permitir que alguien viera que me acercaba al buzón a echarla. Por si acaso debería tener preparada una buena excusa. Debería planearlo todo hasta el último detalle. Sé hacerlo.

Plan, plan, plan.

Eso es lo más importante.

El contenido de la carta también era satisfactorio. Ha costado mucho trabajo, sí, pero ha salido bien. Tenía que ser algo en apariencia insignificante e inofensivo. Debía tener la seguridad de que si por casualidad leía la carta otra persona, mis intenciones no resultaran demasiado evidentes. En cambio, para la víctima todo quedará claro. Ya noto su miedo, que va en aumento con cada palabra que lee. Las cartas me han ayudado a anunciar que ya estoy aquí, y solo espero el momento oportuno para atacar.

Cada nueva carta es más breve que la anterior. Y de igual modo la víctima tiene cada vez menos tiempo para escapar. Cuando en la hoja haya una sola palabra habrá llegado la hora de la muerte. Y la víctima lo sabe bien.

Me río y la causa de mi risa es una felicidad pura, casi completa. Siento que merezco un premio. Yo seré la Mariposa.

¡Yo, yo, yo!

Yo seré la Mariposa.

Por fin.

9

Lipowo. Viernes, 18 de enero de 2013, por la mañana

El joven Marek Zaręba abrió los ojos y enseguida se dio cuenta de que era tarde. La tímida luz del día invernal llenaba la habitación de un agradable calor. Sacó la mano para ver qué hora era y descubrió sorprendido que ya pasaban de las ocho.

La carrera vespertina del día anterior con el padre Piotr le había dejado huella. Marek notaba que se había entregado a fondo. Sus músculos palpitaban todavía de manera dolorosa. No le apetecía lo más mínimo apresurarse a pesar de que ya llegaba tarde a trabajar.

La cama de al lado estaba vacía. Por lo general, él siempre se levantaba el primero y se iba al bosque a entrenar, mientras su mujer y su hija seguían durmiendo plácidamente un rato más. Pero esta vez Andżelika entró en la habitación de sus padres alzando los brazos. Saltó sobre la cama y casi le provocó un infarto a Zaręba.

−¡La primera! ¡Me he levantado la primera! −gritó alegre. Los muelles de la cama chirriaban a cada salto que daba−. ¡Has perdido, papá! ¡Me tienes que comprar el libro de *Monster High!* ¡Lo habíamos apostado!

Marek Zaręba recordó de manera vaga que, en efecto, se había apostado algo con su hija Andżelika a que nunca se levantaría antes que él. Hasta entonces siempre había conseguido ganar. Ella era una dormilona y, aunque soñaba con tener ese libro, prefería dormir.

−¡Vale, muy bien! ¡Lo recuerdo! −se rio el joven policía al tiempo que le tiraba un almohadón a su hija−. Cuando vaya a Brodnica te lo compro. Ahora tengo que darme mucha prisa, ya llego tarde al trabajo. Además supongo que tú, señorita mía, también tendrás prisa por llegar a algún sitio, ¿no? ¿A qué hora entras al colegio?

–No entro –replicó Andżelika extrañada. Ella a su vez también le lanzó el almohadón–. ¡Estamos de vacaciones!

–¡Ay, es verdad!

–¿Te acordarás del libro? –insistió la niña.

–Claro –prometió Marek.

Agarró a Andżelika y se la echó al hombro. Ella, como de costumbre, se rio a carcajadas. Marek Zaręba suspiró en voz baja. Se preguntaba cuándo consideraría su hija que ese tipo de juegos eran para críos. Él preferiría que ese momento no llegara nunca, pero Andżelika tenía ya diez años, así que a Marek no le quedaba demasiado tiempo. Tenía que comprenderlo. Bien recordaba que hasta hacía poco él mismo se rebelaba contra sus padres.

Corrió con su hija hasta la cocina. Ewelina estaba tomando su café matutino. Ya estaba maquillada y peinada a la perfección. Siempre es igual, a cualquier hora del día o de la noche, suspiró Marek para sí. En cuanto se levantaba, lo primero que hacía Ewelina era correr a maquillarse, solo después le dejaba tocarla. Zaręba sospechaba que la peluquera se había puesto como objetivo el no permitir que nadie supiera cuál era su aspecto sin pintar, ni siquiera su marido. Le gustaba tener una esposa joven y hermosa, claro, pero a veces, en su fuero interno, soñaba con ver su verdadero rostro.

Dejó a Andżelika en el suelo. Ella dio una patada en el suelo, en broma. Ewelina sonrió al contemplarlo.

–¿Por qué no me has despertado? –le dijo Marek a su esposa.

–Dormías como un bebé. Quería que descansaras.

–Pues he descansado, pero Daniel me va a matar –dijo Marek riendo–. Tenemos una reunión por lo de la monja. Por cierto, que no se me olvide, Daniel me pidió que fueras a la comisaría por la tarde. Quiere charlar contigo sobre... todo esto. ¿Tienes clientas? ¿Podrás pasarte por allí un momento?

–Creo que sí, aunque en realidad ya te lo dije todo a ti. No se me ocurre nada más.

–Lo sé, pero ese es el procedimiento –le explicó a su esposa mientras se hacía un bocadillo–. Y mejor si se hacen grabaciones y demás. Luego todo se incluye en el informe. Debemos preparar una documentación lo más completa posible. Además, quizá recuerdes algo. Daniel dice que suele ocurrir.

–Marek... –empezó a decir Ewelina.

De repente pareció tensa. Se arregló el pelo muy nerviosa.

–¿Qué? –preguntó él entre bocado y bocado.

–Necesito hablar luego contigo, ¿vale?

Dio la impresión de que se trataba de algo importante. Zaręba la miró intranquilo y dejó el bocadillo a medio comer sobre el plato.

–¿Qué sucede, cariño?

Ewelina no contestó, siguió jugueteando con sus cabellos.

De pronto a Marek se le pasó por la cabeza cierta idea. La última vez que ella le había hablado en ese tono ambos tenían dieciocho años y unas semanas antes habían hecho el amor sin tomar precauciones. Fue a comienzos de primavera, los pájaros cantaban. No pensaron en las consecuencias. Eran jóvenes y despreocupados.

Agarró el bocadillo del plato con un gesto mecánico. Los pensamientos se sucedían en su mente a mil por hora. A decir verdad, adoraba ser padre. A muchos de sus amigos les parecía una atadura, él en cambio no lo veía de esa manera. Andżelika nunca había sido una carga para él. Al contrario, le hacía sentirse lleno de fuerza. No pasaría nada por tener otro hijo, pensaba. No lo habían planeado, pero ya no eran unos adolescentes. Quizá pudiera hacer horas extras en el trabajo, sobre todo con la investigación que realizaban ahora. Podría sacar algún dinero suplementario. Y el negocio de Ewelina también marchaba bien. Las finanzas no serían un problema. Saldrían adelante.

–Cariño, ¿estás embarazada?

–No... –Ewelina sonrió fugazmente–. Quisiera hablar contigo sobre otra cosa. Pero más tarde, ahora no tienes tiempo. Me gustaría hacerlo con tranquilidad.

Lo besó y se marchó a trabajar. Marek Zaręba se puso a toda prisa su uniforme y también salió de casa. Ahora sí que debía apresurarse. Se sintió un poco decepcionado: por un momento había pensado que su familia se iba a ampliar.

Tomek Szulc salió de la ducha. Las gotas de agua, aún caliente, resbalaban por su cuerpo. Se sintió agradablemente fresco. Se pasó la mano por el mentón; tenía barba de varios días. Esto es lo que al parecer les gusta a las mujeres, pensó. Y debía de ser cierto, porque a decir verdad con Weronika le había ido bien. No era de extrañar, porque con su pelo rubio claro parecía un joven dios escandinavo.

–Thor, el dios del trueno –se dijo satisfecho.

Secó con la toalla el espejo, que estaba empañado, y miró complacido su cuerpo musculoso. Estaba orgulloso de él. Había dedicado mucho tiempo a moldearlo y ahora daba sus frutos. Weronika había babeado al verlo. Él prefería concentrar sus esfuerzos en Blanka Kojarska, según lo planeado, pero un pequeño alto en el camino no suponía ningún contratiempo. Durante unos segundos hizo malabarismos con ambos nombres, por probar: Weronika Nowakowska, Blanka Kojarska, Weronika Nowakowska, Blanka Kojarska. Blanka.

Por desgracia la mujer de su jefe de momento no se había rendido a sus encantos, cosa que le resultaba extraño. Quizá estuviera demasiado concentrada en Júnior Kojarski.

–Todo a su tiempo –se dijo Tomek Szulc mientras se secaba.

Notaba que se encontraba ya a un paso del éxito. Podría incluso jurar que aquella mañana en que ayudó a Blanka a subir al coche, ella lo miró con deseo.

El inspector Daniel Podgórski no era capaz de librarse de la desagradable sensación de que se comportaba como un colegial. Apenas conocía a Weronika desde el miércoles y acababa de empezar el viernes. Tras unos breves cálculos, Daniel consideró que prácticamente se conocían desde hacía dos días. Y para ser aún más precisos, la verdad era que solo habían pasado juntos una tarde, muy agradable. Ella tenía derecho a besarse con quien quisiera, hasta podía pasar la noche con Tomek. A Podgórski eso no le incumbía. No era su esposa, ni siquiera su novia. Pero a pesar de ello, era una pena que las cosas hubieran salido así...

–¿Qué te pasa, jefe, que estás hoy tan taciturno? –dijo Marek Zaręba desde la puerta, sacando a Daniel de su ensimismamiento.

El joven policía había llegado un poco tarde. Cuando entró en la sala de conferencias, donde todos le estaban esperando, tenía la cara roja de haber ido corriendo al trabajo.

–¿Y tú, Peque, por qué llegas tarde, si puede saberse? –Podgórski contestó con una pregunta. El tono sonó algo más brusco de lo que él había pretendido, pero no tenía ganas de hablar delante de todos sobre lo que lo mortificaba. Quizá más tarde, cuando se quedara a solas con Zaręba–. Te estábamos esperando.

–Bueno, hombre, bueno. Perdón –dijo Marek quitándose el gorro–. Me he dormido porque anoche volví a hablar con el cura.

Echó el abrigo sobre el respaldo de una de las sillas.

–¿Empezamos de una vez? No tengo ganas de perder el puto tiempo –soltó Paweł Kamiński, impaciente. Parecía más nervioso que de costumbre. Miró furioso a Marek de reojo–. ¡Si hubiera sido yo el que llegaba tarde, seguro que no habríais esperado, hostias! ¡No perdamos más tiempo!

–Yo mismo puedo empezar, porque tengo que informaros de un par de cosas –dijo rápidamente Zaręba–. Lo primero es que ayer no me dio tiempo a comentar lo que me dijo Albert Malinowski cuando interrogué a los vecinos. Creo que puede ser importante. Lo segundo que quiero contaros es cómo fue la conversación con el padre Piotr. ¿Te parece bien, Paweł, o es una pérdida del puto tiempo?

–Venga, a ver qué tenía que decir el viejo Malinowski –contestó Kamiński con tono burlón.

Janusz Rosół resopló con disimulo. Parecía contento de que Kamiński no se metiera en esta ocasión con su hijo, sino que se concentrara en Marek. Daniel suspiró una vez más. El comportamiento de Paweł empezaba a influir negativamente en el trabajo de su pequeño equipo.

–Alguien se ha levantado hoy de mal humor, ¿eh? –se rio Marek Zaręba mirando a Paweł.

–¿Por qué no vamos al grano, chicos? Las peleas sí que son una pérdida de tiempo –zanjó Daniel Podgórski–. Que el Peque nos cuente lo que ha averiguado.

–Malinowski fue al bosque... –empezó a decir Marek.

–Seguro que otra vez a cortar árboles de manera ilegal –le interrumpió Paweł Kamiński–. Le tendríamos que poner una puta multa o algo. Me sorprende que Edek Gostyński lo tolere. Como guardabosques que es también debería hacer algo, no solo nosotros. No me importa que el viejo Malinowski no tenga trabajo. Otros tampoco lo tienen y no van al bosque a robar madera. Yo no robo y tengo cinco hijos que alimentar. ¿Por qué coño tiene que ser Malinowski una puta excepción, eh? Quizá yo también empiece a cortar árboles. Al menos así ahorraré en leña.

–No seas así, Paweł. Albert Malinowski no tiene a nadie –comentó Janusz Rosół para justificar al anciano–. No tiene a quién acudir para que le ayude. Ni siquiera tiene familia. Esos pocos leños que corta no le hacen mal a nadie.

–El viejo se está riendo de nosotros, eso es lo que pasa, joder. –Kamiński no daba su brazo a torcer–. Pero haced lo que os dé la puta gana, a mí de todas formas nadie me escucha.

Maria les sirvió pastel sin mirar a Paweł. Ya se había acostumbrado un poco, pero seguían molestándola los tacos que soltaba. Por la sala se extendió un delicioso olor a manzana asada con canela. Todos observaron cómo la mujer dividía el pastel en trozos grandes.

–Probablemente cortó un árbol, es cierto. –Marek Zaręba retomó el relato que había iniciado antes–. Por supuesto, él afirma que había ido al bosque a pasear, pero no insistí demasiado en el tema. Consideré que eso no tenía relevancia para nuestro caso. Es más importante lo que vio.

–¿Y qué es lo que vio nuestro entrañable anciano? –preguntó Paweł Kamiński con la boca llena de pastel de manzana–. ¡Dilo de una vez, Peque!

–Dice que vio a la monja, venía a pie desde la zona de la carretera principal. Eran alrededor de las ocho de la mañana.

Se hizo el silencio durante un instante. Hasta entonces habían sospechado que la mujer había llegado a Lipowo mucho más tarde. A todos les había parecido evidente que había llegado en el autobús de las diez y cuarto.

–O sea, que estaba aquí antes del primer autobús del día –comentó Janusz Rosół retorciéndose el bigote.

–Fue justo lo que yo pensé anoche –dijo Daniel Podgórski sin entrar en detalles–. En invierno los autobuses de Brodnica pasan poco por aquí. Al menos desde ese lado del pueblo.

Era cierto. Los autobuses aumentaban su frecuencia en los meses de verano, cuando los turistas visitaban Lipowo. En invierno, si algún vecino quería viajar a Brodnica, tenía que ir a la parada que había al otro lado del pueblo, en la carretera principal. Allí los autobuses paraban mucho más a menudo.

Podgórski se acercó a la pizarra blanca que había en la pared y escribió con rotulador los intervalos temporales. Quería estar seguro de que a nadie se le escapaba nada.

- 8.00 Malinowski ve a la monja en el bosque (???)
- 10.15 Primer autobús por ese lado del pueblo
- Hacia las 10.30 Ewelina encuentra el cuerpo de la monja

–El primer autobús por ese lado del pueblo llega a las diez y cuarto, es decir, diez minutos antes de que Ewelina encontrara el cadáver. –Daniel continuó su exposición, señalando con el rotulador los sucesivos puntos–. Al principio supusimos que la monja había llegado en ese autobús. Eso habría significado que la monja había muerto durante los quince minutos que mediaron entre el paso del autobús y la aparición de Ewelina a las diez y media. He llamado hoy al forense para intentar confirmar esto, pero no puede establecer con precisión la hora de la muerte debido a que las temperaturas son bajo cero. Sin embargo está convencido de que yació allí durante más de quince minutos. Eso a su vez significa que Malinowski podría decir la verdad, que la monja estaba aquí antes de las diez y cuarto. Pero entonces surge la pregunta de cómo llegó, si es que no lo hizo en autobús.

Podgórski estaba enfadado consigo mismo. Deberían haber comprobado todo aquello de inmediato. Pero nadie pensó que pudiera tener la menor importancia.

–¡Esperad, sigue habiendo algo que no cuadra! –gritó lleno de excitación Marek Zaręba–. Ewelina encontró el cuerpo hacia las diez y media, ¿verdad?

–Así es –asintió Daniel Podgórski.

–El forense dice que debió de yacer allí más de un cuarto de hora, ¿no? –continuó Zaręba cada vez más excitado–. Entonces, si estuvo allí tirada todo ese tiempo, ¿por qué no nos avisó el conductor del autobús? Porque la mujer ya estaría sobre el asfalto cuando el autobús llegó a las diez y cuarto. ¿Pasó a su lado sin más?

Todos los ojos se dirigieron hacia Marek: eso tampoco lo habían tenido en cuenta.

–Hay que ponerse en contacto con el conductor de inmediato –dijo Daniel nervioso. Deberían haber caído en ello mucho antes. Había sido un error de lo más tonto–. Janusz, encárgate tú, sé que conoces a alguien de la empresa, ¿verdad?

Rosół asintió, parco en palabras como de costumbre. Hurgaba con la cucharilla en el pastel de manzana, pero ni siquiera lo había probado.

–Malinowski dice que vio a la monja sobre las ocho, viva. Eso significa que tenemos un intervalo de dos horas y media, durante el que fue asesinada –continuó sus reflexiones en voz alta Daniel Podgórski–. No me gusta esto. Cuesta creer que durante dos horas y media no pasara nadie por allí, ni a pie ni en coche. Alguien tuvo que ver algo. Lo que sea. ¡Quien sea!

–Quizá tiraron allí el cuerpo –sugirió Paweł Kamiński. También él parecía preocupado por el caso, al menos lo suficiente como para olvidarse de sus burlas habituales–. Ya sabéis, la mataron en otro lugar y luego tiraron el cuerpo donde lo encontramos.

Daniel miró a su compañero extrañado, porque últimamente no solía aportar ideas constructivas.

–En teoría pudo ser así –reconoció–. Pero los de criminalística han confirmado que fue atropellada allí, en la carretera, por lo tanto tenemos que descartar esa opción.

–¿Y podemos fiarnos de lo que dice Malinowski? –volvió a preguntar Paweł Kamiński–. Quizá el viejo mienta y en realidad no la vio. O la vio, pero más tarde. Con ese jodido viejo todo es posible.

–¿Por qué habría de mentir? Al cortar árboles está cometiendo un delito. Para él habría sido más fácil no decir nada y no reconocer que estuvo en el bosque –comentó el joven Marek Zaręba–. Al contármelo está declarando su culpa. ¿Por qué habría de hacerlo? No me parece lógico.

Daniel Podgórski asintió dando a entender que estaba de acuerdo. Kamiński se encogió de hombros, como si a él Zaręba no lo hubiera convencido.

–Lo mejor será suponer que fue asesinada poco después de que la viera Malinowski. –Daniel se rascó la barba pensativo–. Porque si sucedió más tarde, por ejemplo cerca de las diez, entonces surgiría una nueva pregunta: ¿qué hizo en el bosque durante dos horas, desde su llegada hasta su muerte?

Se sirvió otro trozo de pastel. Maria miró a su hijo con satisfacción.

–Bueno, observémoslo desde otra perspectiva. ¿De qué otra forma pudo llegar al pueblo? Olvidémonos del autobús de las diez y cuarto.

–¿En coche?

–¿Y si la hermana Monika llegó realmente en autobús? Pero no en el que pasa por el pueblo, sino en el que para en la carretera principal. La monja se baja y viene andando a Lipowo. ¿Cuánto tardaría?

–¿Te refieres a la carretera de Olsztyn? –quiso asegurarse Marek Zaręba–. Yo creo que a pie se tarda como mucho media hora atravesando el bosque. No más.

Podgórski asintió, él también había calculado ese tiempo.

–Mamá, ¿podrías comprobar los horarios de los autobuses que pasan por la carretera principal? Necesitamos saber si hay algún autobús que encaje en el intervalo temporal que hemos establecido. Si Malinowski vio a sor Monika hacia las ocho, entonces tendría que haber algún autobús a eso de las siete y media o así.

Maria se levantó haciendo un esfuerzo y fue hasta el ordenador. Por suerte ya estaba encendido. A Daniel hasta le pareció oír cómo su madre suspiraba aliviada. Permanecieron sentados en silencio, esperando a que ella terminara.

–Hay un autobús a las ocho menos veinte –les informó Maria cuando regresó.

–Eso encajaría. Dependiendo del ritmo de la marcha, la monja podría haber llegado aquí unos minutos después de las ocho, tal como afirma Malinowski. Bien, ahora supongamos que sor Monika no murió de inmediato. ¿Qué pudo hacer en el bosque desde el momento de su llegada hasta su muerte?

–Quizá se encontró con alguien. –La voz de Janusz Rosół sonó ronca. El bigotudo policía carraspeó para aclararse la garganta–. A lo mejor sí tenía familia por la zona.

–O quizá se encontró con su asesino –propuso a su vez Marek Zaręba–. Conversaron, luego esa persona perdió los nervios y atropelló a la monja. ¡O igual el asesino lo había planeado todo antes y esperaba a sor Monika!

Daniel asintió. Todo empezaba a cobrar un cierto sentido.

–Creo que deberíamos vigilar bien al colgado ese de Júnior Kojarski –dijo Paweł Kamiński. En su voz resonaba una seguridad absoluta–. Entró aquí ayer como un energúmeno y se puso a gritar por lo de su coche. Un Land Rover es lo bastante grande como para dejar a la monjita como quedó. Seguro que tuvo una cita con ella en el bosque. No necesitamos imaginar historias absurdas porque el asunto es muy simple. ¡Joder, que tenemos al culpable al alcance de la mano!

–¿A qué te refieres al decir lo de la cita? –preguntó Maria con serenidad–. Podría ser su madre, solo era un poco más joven que yo.

Paweł Kamiński se encogió de hombros.

–Además, parecía que él no sabía que su coche había desaparecido –continuó Maria–. No habría venido aquí si la hubiera atropellado él.

–No podemos dar eso por sentado, mamá. Las razones que le trajeron aquí pueden ser muy diversas. Quizá quiso desviar de él las sospechas, por ejemplo. En cualquier caso, no estaría mal echarle un vistazo a ese Land Rover, si es que se sabe dónde está. Paweł, encárgate tú de seguir esa pista –decidió Daniel–, ya que estás tan interesado. Quiero que localices el Land Rover de los Kojarski.

Paweł Kamiński asintió. Podía llevar a cabo esa tarea. Tenía sentido.

–Yo sigo apostando por el maldito hijo de Janusz, pero si no es él, entonces seguro que lo ha hecho Júnior Kojarski. Para mí es el sospechoso número dos. Así que vale, me puedo encargar yo.

Janusz Rosół se revolvió intranquilo. Las manos le temblaban ligeramente.

–Peque, ¿cómo fue la conversación con el padre Piotr? También tenías que hablarnos de eso –preguntó Podgórski–. ¿Te has enterado de algo más acerca de los problemas en la parroquia?

Aún no se podía descartar la hipótesis de que la monja pudiera haber sido testigo de algún crimen y que por esa razón alguien hubiera decidido eliminarla.

–El padre Piotr sigue insistiendo en que la monja no vino a verlo a él. En ese sentido nada ha cambiado –explicó Marek Zaręba–. De cualquier forma, los problemas de la parroquia eran por motivos de dinero. Están ampliando la iglesia y buscaban patrocinadores. Al final apareció un donante anónimo y al parecer ahí se terminaron los problemas.

–El dinero siempre es un buen móvil –dijo Daniel Podgórski–. A lo mejor estamos ante un caso de blanqueo de dinero o de alguna otra estafa financiera. Quizá la monja lo descubrió. Pero seguimos sin poder contestar a la pregunta de por qué habría tenido que venir aquí con tal información.

–Lo cierto es que el padre Piotr, si bien reconoce que él era quien se encargaba de buscar patrocinadores, afirma que es imposible que sor Monika viniera a verlo para contarle algo al respecto. Cree que más bien habría hablado con alguien en la misma parroquia.

–Quizá no tuviera con quién hacerlo –conjeturó Maria–. Igual alguien de allí estaba implicado en el asunto y decidió que lo más seguro era venir y contárselo en persona al padre Piotr. Alguien se enteró y la asesinó antes de que hablara.

–Esa persona tendría que haber seguido a la monja desde Varsovia, porque ¿cómo iba a saber si no que tomaría el autobús a esa hora y vendría precisamente aquí?

–Pues a lo mejor el curita le robó el coche al otro colgado y atropelló a la monjita porque tenía pruebas contra él –dijo riendo Paweł Kamiński–. Ese sería un desenlace aún mejor.

–El padre Piotr no la atropelló –replicó Maria con firmeza. Estaba enfadada. Daniel sabía muy bien cómo le molestaba cualquier chiste sobre la Iglesia. Era muy religiosa–. Dejando aparte otras razones, él ya estaba en nuestra parroquia cuando ocurrió todo. Llegó un día antes, el lunes por la tarde. Me lo dijo Gienia Solicka. Así que el padre Piotr queda fuera de toda sospecha. Deja de bromear con las cosas serias, Paweł. No tiene ninguna gracia.

–Creo que deberíamos conocer mejor a la hermana Monika –comentó despacio Daniel–. Sea cual sea el móvil, ella, como víctima, es la figura clave. Voy a viajar mañana a Varsovia. Iré a la parroquia y hablaré con los responsables, en especial con sor Anna, que lo dirige todo. Echaré un vistazo por allí y a ver qué informaciones consigo.

Los demás lo miraron sorprendidos.

–¿Un sábado?

–No tengo planes para el fin de semana. Estará bien darse una vuelta por Varsovia, y de paso quizá la investigación avance.

–¿Vas a viajar con este tiempo? –preguntó Maria preocupada–. No creo que las carreteras sean seguras, es fácil que se produzcan accidentes. ¿No puedes llamar por teléfono?

–Me parece que es mejor hablar en persona, así conseguiré más información. Además me gustaría ver cómo están allí las cosas. Para mañana seguro que ya habrán limpiado la nieve, mamá –la tranquilizó Podgórski–. Resumiendo: Paweł, tú te encargas del coche de Júnior Kojarski. Examina el coche e intenta verificar si se atropelló a la monja con él. Si resulta que no, entonces comprueba otras posibilidades. Quizá hayan robado algún todoterreno en la zona, o alguna furgoneta.

–Joder, ¿tengo que trabajar el fin de semana? –dijo Kamiński cabreado.

–A veces no queda más remedio. Además, el día aún no ha acabado, ¿verdad? –replicó Daniel con un tono que no permitía objeciones–. Peque, me gustaría que investigaras con discreción a toda la familia Kojarski, dónde estuvo cada uno de ellos el martes por la mañana. Habrá que comprobar si tienen coartada. A fin de cuentas, todos pudieron haberse llevado el coche sin problemas. En el caso de que su Land Rover fuera... el arma homicida. De momento nada indica que tuvieran ninguna relación con la hermana Monika, pero nunca se sabe. Hay que comprobarlo.

–Claro –dijo Marek Zaręba–. Lo único es que esta noche hay discoteca en el parque de bomberos y...

Parecía que de repente todos habían perdido su entusiasmo por el trabajo.

–Imagino que no tendrás problemas para ir esta noche a la discoteca y mañana por la tarde pasarte por casa de los Kojarski, ¿no, Peque? A todos os viene bien hacer unas horas extras, así que no os quejéis tanto. Janusz, tú comprueba lo de los conductores de los autobuses. Hay que preguntar si alguno trajo a la monja. A ver si puedes hablar con el conductor del autobús que para en la carretera principal a las ocho menos veinte. Sería bueno verificar si llegó así al pueblo. Quizá recuerde a la monja. También habla con el conductor del autobús que viene por el bosque a las diez y cuarto. A esa hora sor Monika ya debía de yacer sobre el asfalto, así que cuando pasó por allí tuvo que verla. Si la monja no estaba en el suelo, entonces el intervalo de tiempo se reduce a quince minutos. Yo voy a seguir la pista varsoviana, trataré de conocer más cosas sobre el pasado de la hermana. A trabajar.

Bartek Rosół despertó de golpe de su sueño intranquilo. Se quedó tumbado durante un rato, inmóvil. Tenía resaca. El día anterior había bebido demasiado sin ninguna necesidad, pero era lo que tocaba, porque de lo contrario habría quedado como un blandengue. También quería olvidar, y para ello nada mejor que pillar una buena cogorza. Pero ahora, además de seguir con el cuerpo dolorido por la paliza que le habían dado los guardaespaldas de Ziętar, tenía dolor de cabeza.

Trató de levantarse, pero le entraron náuseas, así que renunció a hacerlo. Descansar un poco más sería lo mejor. Miró el reloj que había colgado frente a la cama. Las manecillas se movían despacio. Concentró su mirada en la esfera. Habían dado las doce del mediodía. Su padre no lo había despertado. Quizá le había permitido seguir durmiendo, después de todo estaba de vacaciones. Pero lo más probable, pensó el chico, era que simplemente hubiera preferido no hacerlo, por si acaso.

Bartek tenía la impresión de que le había costado demasiado poco conseguir ese respeto del que tanto hablaban sus amigos. Su padre le tenía miedo, sin más. ¿De qué me vale un padre como este?, se le ocurrió pensar. Un padre que tiene miedo de su hijo. No debería ser así, decidió el chico cerrando de nuevo los ojos.

La cuestión era que Rosół, con ese penoso bigote suyo, se había convertido en el hazmerreír del pueblo, mientras que Ewa se tiraba a todo el que se le ponía por delante. Alguien tenía que hacer algo para que su apellido fuera tenido en cuenta en Lipowo. Y, dada la situación, le tocaba a Bartek encargarse de ello. Durante algún tiempo no le había ido nada mal, pero ahora se sentía derrotado. Había fallado. Podía beber alcohol por litros, como su padre, pero ni siquiera así borraría lo que había hecho. O más bien lo que no había hecho. Los pensamientos iban a mil por hora en su dolorida cabeza, y él no era capaz de aguantar tal ritmo.

La puerta de la habitación se entreabrió lentamente y Bartek despegó los párpados con desgana. Por la rendija apareció la cabeza de Ewa. Se había teñido el pelo. Su color natural le quedaba mejor, pensó Bartek mientras intentaba salir de aquel torbellino de ideas perturbadoras.

–¿Duermes? –preguntó ella en voz baja, como si en realidad no quisiera despertarlo. Y después se introdujo en la habitación por el hueco de la puerta entreabierta.

–¿Y tú qué haces aquí? ¿No te has ido de ligoteo? Estás desperdiciando las vacaciones.

Quería que su voz sonara sarcástica, pero estaba demasiado cansado y le salió más bien penosa. Sin embargo, su hermana no aprovechó la ocasión para burlarse de él. Parecía apagada. El colchón se meció de una forma molesta cuando ella se sentó en la cama. A Bartek se le puso mal cuerpo.

–Bartek... –empezó a decir Ewa insegura–. ¿Echas de menos a mamá alguna vez?

A él le extrañó que se pusiera a hablar de eso. A decir verdad, nunca antes habían hablado sobre su madre. Él lo había intentado unas cuantas veces, pero Ewa decía que no la recordaba en absoluto. Sospechaba que mentía. Bartek la recordaba perfectamente.

Miró a su hermana sorprendido. Todo en ella resultaba diferente a como solía ser. De pronto se había convertido en una quinceañera normal. Con su camisón rosa parecía incluso más joven. Bartek sintió un repentino deseo de abrazarla. Gilipolleces, se recriminó en su interior.

–¿Y? ¿La echas de menos o no?

Él calló. No tenía ganas de hablar de su madre. Demasiado tarde. Aquello era ya un capítulo cerrado. Ella no estaba y se acabó. Había que arreglárselas sin su ayuda. Incluso teniendo a un padre que era una auténtica basura.

–Bartek, ¿atropellaste tú a la vieja esa? –susurró Ewa–. A la monja.

El chico creyó haber oído mal.

–¿Qué cojones estás diciendo, Ewa?

–Julka me dijo que te había visto y que se lo ha dicho a Ziętar. ¿Él te hizo eso? –señaló el ojo morado–. ¿Te duele?

–No me apetece hablar ahora, ¿vale? La cabeza me duele de la hostia y tengo ganas de potar.

–¡Contesta! –gritó su hermana–. ¿La atropellaste sí o no? ¡Quiero saberlo! ¡Quiero saber si mi hermano es un asesino!

Tuvo la impresión de que la voz de su hermana le estaba taladrando el cráneo. Bartek se incorporó un poco sobre un codo.

–No atropellé a la vieja. ¿Te vale con eso? –gruñó–. Ahora déjame en paz.

Su voz parecía firme, pero en realidad se sentía sucio. Todo el tiempo tenía ante sus ojos a la monja tirada en el suelo. Sangre por todas partes. Veía perfectamente cada gota, hasta la más pequeña. Tenía la impresión de que la mujer aún se movía cuando él agarró el puñado de billetes.

¿Pudo haber hecho algo por ella? ¿Pudo haber hecho algo por ella? ¿Pudo haber hecho algo por ella?

Gilipolleces, se repitió mentalmente. La vieja ya no vivía. ¡Seguro! ¿Seguro? ¿La había dejado morir por quinientos eslotis? Las preguntas giraban deprisa en el interior de su cabeza. No estaba convencido de si deseaba conocer las respuestas. *¡Vete ya! ¡Llévate de aquí el coche o no recibirás el dinero!* La orden aún resonaba dentro del cráneo de Bartek. Parecía que las palabras se iban a quedar ahí para siempre, que jamás las podría borrar. Metió el dinero en el bolsillo y se marchó en el coche, dejando a la muerta en el charco de su propia sangre.

–¿Entonces quién? –insistió su hermana–. ¿Quién la atropelló, si no fuiste tú?

–¿Y cómo quieres que lo sepa?

Ella siguió mirándolo con obstinación, como si hubiera notado un titubeo en su voz.

–¡Sabes muy bien quién lo hizo! –Ewa no se daba por vencida–. Sé cuándo mientes. ¡Te conozco perfectamente!

–Yo solo me llevé el coche a Brodnica, no atropellé a la vieja –volvió a repetir Bartek, como si quisiera convencerse a sí mismo. Después de todo él no la había matado. Ya no vivía cuando recibió el dinero. ¡Ya no vivía! No podía hacer nada por ella–. Me dieron pasta por el encargo y ya está. Quinientos. Una buena tajada. Dinero fácil.

–¿Quién te lo dio?

–No soy un soplón.

Ewa asintió, como si hubiera comprendido que su hermano ya no le iba a contar nada más.

–¿Tienes mercancía? –preguntó con esperanzas.

–No. Además eres demasiado joven para eso. Largo.

Salió dando un portazo. Él cayó sobre la cama y se tapó los oídos con la almohada. *¡Vete ya! Llévate de aquí el coche o no recibirás el dinero.* No dejaba de oírlo. ¿Pudo haber hecho algo por ella?

10

Varsovia, 1951

Marianna tenía la impresión de que aquel dolor inimaginable duraba ya desde hacía muchas, muchas horas. Gritaba, pero eso no ayudaba. Las breves pausas no le traían el anhelado alivio. Se esforzaba por pensar en lo que vendría después, en la felicidad que la aguardaba, pero no lo lograba. El presente ganaba a las promesas del futuro. El sufrimiento era demasiado grande. Había ayudado a su hermana a dar a luz a tres niños, pero eso no la había preparado para lo que ahora estaba experimentando.

Las dolorosas contracciones se sucedían cada vez con mayor frecuencia. Sabía que en breve habría pasado todo, pero notaba un cansancio generalizado.

–No voy a ser capaz –susurró para sí.

–No se queje, por favor –la reprendió la comadrona, una mujer gorda con una cofia blanca almidonada–. Déjeme hacer mi trabajo. ¿Qué es eso de compadecerse tanto de sí misma? Y encima siendo la esposa de un doctor. Todas pasamos por esto y ninguna nos quejamos. Si el señor Zygmunt estuviera aquí, no se mostraría muy satisfecho. No, desde luego que no.

–Lo siento –balbució Marianna sin fuerzas. No quería defraudar a su marido–. No me quejaré, lo prometo.

De repente algo cambió. Tuvo la sensación de que su cuerpo iba a ser despedazado de un momento a otro. La comadrona la miró entre las piernas. La joven estaba demasiado cansada para sentir vergüenza, a pesar de que la parte más íntima de su cuerpo estaba al descubierto.

–Ahora empuje –le pidió la enfermera con voz potente–. Empuje de una vez o no saldremos nunca de aquí. ¡Venga! Pocas veces me tocan mujeres tan lloricas como usted. Y encima es la mujer de un doctor, quién lo diría. Debería usted parir como una experta, en vez de quejarse.

El sudor le resbalaba a Marianna por la frente. Unas cuantas gotas saladas cayeron en su boca. Empujaba con todas sus fuerzas, apretando los puños. Su cuerpo se estiró hasta los límites de la resistencia. Lloró y maldijo en su interior hasta que oyó el llanto del pequeño. Entonces pareció que el tiempo se había detenido y se serenó por completo.

Lo había conseguido.

—Es un niño —dijo la comadrona con un tono indiferente—. Parece que todo está en orden.

Marianna se echó a llorar, pero esta vez con dulces lágrimas de felicidad. La comadrona la miró con desagrado. No le gustaba que las madres se enternecieran demasiado.

—Zygmunt va a estar muy contento —dijo Marianna entre lágrimas—. ¿Puedo tenerlo en brazos? ¿Puedo abrazar a mi hijo?

—Por supuesto que no. ¡Menuda gracia! Tengo instrucciones precisas del señor Zygmunt. Que él no esté aquí no significa que usted vaya a poder tomar decisiones. No se haga muchas ilusiones.

Marianna se secó las lágrimas. Seguro que Zygmunt sabía lo que hacía. Después de todo él era un médico de fama mundial y ella solo una chica de pueblo normal y corriente que había viajado a la ciudad en busca de la felicidad. Y la había encontrado, se decía a sí misma conteniendo el llanto. Tenía un marido rico y famoso, y acababa de dar a luz a un niño sano. ¿Qué más podía pedir?

—Ahora me lo voy a llevar —dijo la comadrona—. Tendrá usted que arreglarse un poco. No puede mostrar ese aspecto. No siendo una mujer de su posición. En el campo quizá se pasara por alto, pero aquí no. De momento tengo que ponerle una inyección. Al rato se quedará usted dormida y todo habrá acabado.

La enfermera sacó una jeringuilla y la llenó con un líquido transparente. El pequeño lloraba a pleno pulmón envuelto en una mantita. Marianna ni siquiera notó el pinchazo de la aguja. Toda su atención estaba concentrada en la vida que acababa de traer al mundo.

—Muy bien —comentó la comadrona satisfecha—. Ahora me llevo al niño.

Marianna miró con dolor cómo la obesa mujer sacaba de la habitación a su hijo. Deseaba tanto sujetarlo entre sus brazos, aunque fuera por un momento. Escuchaba su llanto al otro lado de la pared. Quería correr a ayudarlo, pero no podía moverse. La medicina se extendía por sus venas cada vez más deprisa. Su cuerpo se volvía pesado, más y más pesado. No podía levantar los brazos ni las piernas, aunque lo intentaba con todas sus fuerzas.

El miedo se apoderó de ella, pero confiaba en Zygmunt. Él sabía qué era lo mejor para ella y para su hijo. Hasta habían elegido ya el nombre: Jakub, como el padre de Zygmunt.

Iban a ser muy felices.

11

El interrogatorio a Ewelina Zaręba no aportó gran cosa. En realidad no les dio ningún dato nuevo. La peluquera había ido a estirar las piernas hasta el bosque, como tenía por costumbre. Vio el cuerpo y salió corriendo de regreso al pueblo. Eran más o menos las diez y media. Lo recordaba bien porque tenía una clienta apuntada para las once. Por el camino se encontró a Wiera, que caminaba en dirección al bosque. Juntas avisaron a la policía. Ewelina no vio a ningún desconocido. En realidad, aparte de Wiera, no había visto a nadie, conocido o no.

Era viernes por la tarde, tercer día de la investigación, y el inspector Daniel Podgórski empezaba a sentirse cansado. Ya había escuchado dos veces la grabación del interrogatorio a Ewelina, pero no sacaba nada nuevo de ella. Miró por la ventana con resignación. Poco a poco iba cayendo la noche invernal.

Marek Zaręba golpeó suavemente con los nudillos la puerta del despacho de Daniel y entró sin esperar a que le dieran permiso.

–¿Qué tal, jefe? Hoy no se te ve muy animado –preguntó el joven policía mientras se sentaba en una silla frente al escritorio. La silla se tambaleó y chirrió. Daniel la tenía que haber cambiado hacía mucho. Marek se levantó de un salto, como si temiera que el mueble se fuera a derrumbar bajo su peso–. ¡Un día se va a matar alguien en esta silla! Hay que arreglarla. Bueno, no importa. Daniel, dime qué te pasa.

–Todo en orden. Solo me duele la cabeza. –Podgórski volvió a evitar el tema–. Además este caso me desespera. Me gustaría que hubiera algún cambio decisivo. Si no, seguro que los de Brodnica nos quitarán la investigación. Quizá fuera mejor que se ocuparan de esto los de criminalística. Ya no sé qué pensar.

–Nos las arreglaremos. El fiscal Czarnecki está de nuestra parte y de él depende a quién se le encarga el caso –le animó Marek Zaręba–. Oye, ¿vienes hoy a la discoteca en el parque de bomberos?

–No creo. No tengo muchas ganas. Me iré a casa y descansaré.

En soledad, pensó Podgórski.

–¡Qué dices, hombre! Si van a ir todos. Tú también tienes que venir. Beberemos un poco, bailaremos. Podrías invitar a esa varsoviana. –Marek le guiñó un ojo en un gesto de complicidad–. ¡Quién sabe lo que puede surgir!

–Ya tiene con quien ir –replicó fríamente Daniel. No quería recordar la decepción del día anterior.

Marek lo miró con interés.

–¿Con quién? No he oído nada.

–Ya hay demasiados chismes en Lipowo. No quiero hablar del tema.

–Da igual, no hay nada perdido. Ve de todas formas. Habrá montones de chicas bonitas para bailar y hacer travesuras –bromeó Zaręba–. Tienes que ir.

–Tú ya te has quedado con la chica más guapa –dijo Daniel riendo. Marek sonrió satisfecho: le gustaba que alabaran a Ewelina–. No tengo ninguna razón para ir.

–No digas tonterías, Daniel. Nos vemos en el parque de bomberos, ¿eh?

Podgórski asintió.

El padre Piotr se puso unas zapatillas de deporte cómodas y un pantalón de abrigo. Tenía pensado ir otra vez a caminar al bosque, pero antes quería pasarse por la tienda. Necesitaba algún medicamento para el dolor de cabeza. Notaba que esta vez no bastaría solo con darse un paseo para que desapareciera la migraña que lo martirizaba.

Cerró la puerta de la casa parroquial sin hacer ruido. Prefería evitar encontrarse con la señora Solicka, no le apetecía escuchar su parloteo. Caminó a paso rápido por el pueblo. Desde que se había enterado del accidente pensaba casi todo el tiempo en sor Monika. Sabía muy bien por qué había viajado ella a Lipowo, pero no iba a mezclar a la policía en aquello. Tener secretos es un derecho para cualquiera. Y los secretos de la hermana Monika debían desaparecer con ella.

Entró en la tienda. En el interior se encontraba aquella mujer pelirroja de largas piernas que al parecer estaba construyendo un establo. Varias personas le habían hablado de ella. Charlaba animadamente con la tendera. Por edad, Wiera podría ser su madre, pero parecía que, a pesar de la diferencia de años, las dos mujeres se entendían bien. El misterio de la amistad entre las mujeres resultaba inescrutable para él, y seguro que así lo seguiría siendo.

–Bienvenido, reverendo padre –dijo la tendera al verlo.

Desde el principio Wiera le había parecido una persona extraña y, a juzgar por las expresiones que usaba, muy pretenciosa. No recordaba que nadie le hubiera llamado nunca «reverendo padre». En fin, siempre ha de haber una primera vez, pensó el sacerdote sin malicia.

–¿Qué le pongo? ¿Qué desea?

–Algo para el dolor de cabeza, si tiene.

El padre Piotr procuró que el tono de su voz fuera lo bastante doliente. A las mujeres mayores les gustaba preocuparse por él. El dolor de cabeza se le estaba pasando y en realidad ya no necesitaba el medicamento, pero no quería echarse atrás. Le valdría para la próxima vez.

Wiera le dio una caja.

–Es sin receta –dijo sin necesidad, ya que era algo evidente. Él asintió–. Intento animar a mi amiga para que vaya a bailar hoy al parque de bomberos, pero no le apetece. ¿Irá usted al menos, padre? Los jóvenes deberían divertirse, en lugar de quedarse solos en casa. Incluso aunque uno se dedique a servir a Dios. Ya se mortificará usted cuando llegue la Cuaresma.

–Veremos –dijo Piotr sonriendo–. Quizá me acerque.

–Tenga usted cuidado con Wiera, padre –le advirtió la mujer pelirroja, y ambas se rieron.

La tendera metió en bolsas la compra de Weronika. Ella las agarró y se dispuso a marcharse.

–Yo la ayudaré –se ofreció de inmediato el padre Piotr–. Tengo intención de darme una vuelta por el bosque, así que vamos en la misma dirección. Me vendrá bien algo de ejercicio adicional, porque en la casa parroquial la señora Solicka me alimenta demasiado bien.

Ella aceptó su ayuda encantada. El cura cargó con la mayoría de las bolsas y salieron. Subieron sin prisa el camino que conducía a casa de Weronika, en lo alto de la loma, junto al bosque.

–¿Hoy ha salido sin el perro? –preguntó el joven sacerdote.

Weronika lo miró extrañada.

–¿Sabe usted que tengo un perro?

–La he visto alguna vez paseando por el bosque –explicó Piotr–. Bonito animal.

–Gracias. –Weronika parecía orgullosa–. Aunque no es muy buen guardián. Más bien se esconde detrás de mí.

Caminaron un momento en silencio. Solo se oían sus pasos sobre la nieve espesa. Piotr se cambió las bolsas de mano.

–He oído que usted también viene de Varsovia –preguntó ella–. ¿De qué parte?

–De Ursynów. Hay allí una iglesia de ladrillo, no sé si conocerá usted esa zona.

–Sí, muy bien. ¡Qué pequeño es el mundo! –gritó Weronika sorprendida–. Vivo..., es decir, vivía muy cerca de allí. A lo mejor nos hemos cruzado alguna vez por la calle. A menudo paseaba con el perro por los alrededores.

Junto a la iglesia habían construido un bonito parque con una fuente. En verano a *Igor* le encantaba observar a los niños jugando en el agua. Él nunca se había atrevido a darse un chapuzón.

–¡Qué casualidad! Entonces se podría decir que éramos vecinos.

–Es verdad –dijo Nowakowska riendo. Parecía que se encontraba a gusto–. ¿Ha venido a ver a la familia?

–Sí, tengo que recomponer un poco mi salud. Pero háblame de tú, por favor. Soy Piotr. Me siento raro con tanto «padre» por aquí y «padre» por allá. Soy una persona, no solo un sacerdote.

Se detuvieron frente a la casa. El perro ladraba con alegría tras la puerta al haber notado que su dueña ya estaba cerca.

–Gracias por ayudarme –dijo Weronika cordialmente, aunque no invitó a Piotr a entrar.

Él esperó hasta que ella hubo cerrado la puerta y continuó su paseo en dirección al bosque. Estaba oscureciendo, pero no le importaba porque ya conocía muy bien el camino.

Júnior Kojarski sopesaba entre sus manos un sobre gris dirigido a Blanka. «Honorable señora Blanka Kojarska», habían escrito en él. No había error posible. Observó una vez más el sobre. Estaba escrito a mano con letra esmerada. Encima de la «j» había un circulito en lugar de un simple punto, y sobre la dirección de su residencia, dieciséis sellos puestos en fila. Júnior Kojarski hacía mucho que no iba a correos, pero aquello le pareció muy extraño. La carta no era pesada, así que quien la mandaba había pagado de más.

Volvió a contar los sellos. No se había equivocado: dieciséis, cada uno de un esloti con sesenta. Fue entonces cuando se fijó en que faltaba el matasellos de correos. Eso sin duda significaba que no la había traído el cartero. Kojarski miró con atención el sobre. Parecía que el remitente había pegado los sellos y después había colocado la carta en el buzón, como temiendo que el servicio postal pudiera fallarle. No tiene sentido, pero la gente a menudo hace cosas raras, se dijo.

Encendió un cigarrillo para pensar mejor. Los puros era mejor dejarlos para ocasiones más importantes. En teoría debía entregarle la carta a aquella idiota, pero por otro lado a saber qué contendría. Júnior tenía derecho a comprobarlo, porque después de todo Blanka era la esposa de su padre. Quizá tuviera un amante, por ejemplo. Bueno, sí, en realidad él era ese amante. O más bien lo había sido, se dijo Júnior. En la práctica deseaba ya terminar con esa incómoda situación. Pero eso no significaba que alguien tuviera que ponerle a él los cuernos, ni siquiera su amante. La lógica de todo aquello era bastante enrevesada, no lo podía negar. Pero no importaba.

Dejó la carta encima de la mesa de billar, se acercó al mueble bar y se sirvió un whisky. A fin de cuentas ya era de noche. El color verde oscuro del tapete hacía que el sobre gris destacara claramente. Bebió un poco y lo volvió a tomar entre las manos. Era muy ligero. Los dieciséis sellos parecían pesar más que la propia carta. Echó un trago más sin poder tomar una decisión.

Finalmente la curiosidad resultó incontrolable. Júnior Kojarski abrió el sobre con un gesto rápido. Ahora ya no tenía más remedio que seguir adelante. Demasiado tarde para lamentarse. Dentro había una hoja blanca tamaño A4. Nada del otro mundo, dijo algo decepcionado y riendo. Por un momento se había dejado llevar por la atmósfera de misterio y se había imaginado que dentro encontraría algo extraño o espantoso. Nada más lejos de la realidad. Allí solo había una vulgar hoja blanca. En ella había escrita una única palabra, en el centro: «Mariposa».

La letra era la misma que la del sobre, clara y con buen trazo. Habían usado un rotulador. La tinta había traspasado levemente la hoja.

–Mariposa –leyó Júnior Kojarski en voz alta.

No entendía nada. ¿Qué significaba aquello? ¿Sería algún código? ¿Un mensaje cifrado para indicar un punto de encuentro? No importa, se dijo finalmente, de todas formas Blanka no recibirá esta carta. Prendió fuego a la hoja y la arrojó a la chimenea. En la casa había chimeneas de estilo antiguo en casi todas las habitaciones. Los despilfarros de su padre le habían venido bien en esta ocasión. Se quedó mirando cómo las voraces llamas engullían la carta.

Weronika Nowakowska estaba sentada sobre la cama con un grueso libro entre las manos. Había dejado encendida solo la pequeña lámpara de la mesilla. La bombilla lucía con una cálida luz amarilla y alrededor reinaba la oscuridad. Estaba leyendo la última novela policíaca de su autora favorita, pero no podía concentrarse en el texto. En los días anteriores habían sucedido demasiadas cosas, reflexionó mientras se tocaba la boca con los dedos. No sabía qué pensar sobre la tarde del día anterior. Estaba hablando con Tomek Szulc y de repente él la había besado. Es atractivo, sin duda, reconoció en su interior. Sin embargo no sabía si se encontraba ya preparada para una nueva relación. Se lo había hecho saber con amabilidad, y le dio la impresión de que él lo comprendía.

Cerró el libro. Además estaba también Daniel Podgórski. El policía parecía el polo opuesto tanto de su exmarido como de Tomek. Aunque, por otro lado, a los hombres por lo visto siempre les interesaba una única cosa. El amor romántico no existía. Con el divorcio ya lo debería haber aprendido.

Igor miró a su dueña como si supiera lo que estaba pensando.

–Y tú desde luego no eres un romántico. –Weronika acarició al perro tras la oreja.

De pronto *Igor* alzó la cabeza inquieto. Un momento después se oyó cómo llamaban a la puerta con fuerza. Weronika se estremeció por el susto. No esperaba a nadie a esas horas. Miró con precaución por la ventana del dormitorio. Ante la puerta estaba Tomek Szulc. Debió de notar su mirada, porque volvió la vista hacia arriba y agitó la mano.

Bajó con rapidez y abrió la puerta.

–He venido a llevarte a la discoteca del parque de bomberos –dijo en lugar de saludar–. No puedes vivir en el pueblo y no tomar parte en las famosas discotecas de Lipowo. Los vecinos no te lo perdonarían. Eres la principal atracción del lugar, no puedes fallarles.

–¿Tú nunca te rindes? –dijo Weronika riendo.

Tuvo que reconocer ante sí misma que el interés del chico la halagaba.

–Nunca –contestó con fingida seriedad Tomek Szulc–. Soy muy testarudo. Y nunca olvido nada. Por ejemplo, tu promesa de que alguna vez saldrías por ahí conmigo. Y ya ves, la ocasión nos viene que ni pintada.

Ella se echó a reír.

–¿Yo prometí eso? ¡No lo recuerdo!

–Vístete y nos vamos –la interrumpió Tomek con su encantadora sonrisa–. Esperaré en la cocina. Y no hace falta que te des prisa, parece que la diversión va a durar hasta el amanecer.

Por lo que recordaba, siempre que algo la preocupaba se ponía a cocinar. Debía de haberlo heredado de su madre, Halina, que hacía exactamente lo mismo. Esta vez Maria Podgórska planeaba preparar un pastel de manzana cubierto con *streusel*. Era su especialidad. A Daniel le encantaban sus pasteles, y este también se lo comería encantado. Al menos así Maria sacaba algún provecho de sus preocupaciones.

Se puso un delantal blanco y empezó a preparar la masa con rapidez. No quería que le saliera demasiado duro. Sus movimientos eran los de una experta. Podría cocinar con los ojos cerrados.

Oyó a Daniel trajinar en su apartamento, en el piso de abajo. Seguramente se preparaba para ir a bailar al parque de bomberos. Maria sonrió. Se alegraba mucho de que vivieran tan cerca. Tal vez fuera un poquitín sobreprotectora, pero quería tanto a su hijo que solo con pensar en separarse de él se llenaba de temores. Lamentaba que Roman no hubiera vivido para ver el éxito de Daniel: jefe de la comisaría. Su marido estaría orgulloso de él.

La masa iba tomando forma poco a poco. Separó la parte que pensaba dejar para el *streusel* y metió el resto en la nevera. Tenía que enfriarse un poco antes de ponerlo en el molde. Se sentó junto a la mesa de la cocina y suspiró. Llevaba varios días atormentándose.

–Si alguien te ha confiado el mayor de sus secretos, ¿puedes revelárselo a otra persona o no? ¿Ni siquiera a tu hijo? –se preguntó Maria Podgórska en voz alta.

A veces eso la ayudaba a concentrarse. Además tenía la impresión de que era como hablar con Roman. Echaba de menos a su marido, sobre todo en situaciones como esta. Él siempre sabía qué hacer.

Se limpió las manos de harina. Todo aquello podía tener relación con la investigación. En especial si resultaba que en efecto el Land Rover había atropellado a la monja. Aunque por otro lado ambos asuntos no tenían por qué estar vinculados. Quizá lo mejor sería esperar un poco hasta ver cómo se desarrollaban los acontecimientos. Lo último que deseaba hacer era revelar sin necesidad un secreto de alguien que había confiado en ella.

La masa ya se había enfriado lo suficiente. Empezó a untar el molde con aceite. Oyó que Daniel cerraba la puerta de su apartamento y miró por la ventana: su hijo caminaba en dirección a la discoteca. Maria se había quedado sola.

Era verdad que en el parque de los Bomberos Voluntarios de Lipowo se había reunido el pueblo entero. Weronika advirtió extrañada que incluso la familia Kojarski había honrado la fiesta con su presencia. La música se oía desde lejos y las luces iluminaban la noche invernal con sus brillantes colores. Delante del edificio se habían formado varios grupos de fumadores que sujetaban botellas de cerveza en la mano. Tomek Szulc saludó a varias personas a su llegada.

En el interior, una multitud bailaba al ritmo de una popular canción pop. Weronika no recordaba el título. Tomek dijo que iba a buscar algo de beber y, sin esperar a que ella contestara, desapareció entre la gente. Weronika se quedó sola en un rincón junto a la pared. No le gustaban esas aglomeraciones. Tenía la sensación de que todos la miraban y la juzgaban. Su exmarido siempre le decía que no exagerara, pero allí sí que ocurría eso. A fin de cuentas, mientras no apareciera otra, ella era la principal atracción del lugar.

Echó un vistazo a su alrededor, insegura, evitando mirar a los ojos de la gente. Al fondo divisó al padre Piotr, que bailaba con una mujer mayor que él de cabellos color violeta y una expresión de entusiasmo en su cara mofletuda. Formaban una pareja de lo más extraña. Weronika sonrió al verlos, le pareció una situación divertida. La tensión inicial se iba diluyendo poco a poco.

–¡Hola, Weronika! –Daniel Podgórski se había acercado a saludarla. Estaba con un grupo de amigos y, aunque no llevaban uniforme, sospechaba que se trataba de policías. Tras varios años casada con Mariusz había aprendido a distinguirlos. Había algo en su postura y en su comportamiento que siempre delataba su profesión–. No sabía que ibas a venir. Qué agradable sorpresa.

–A decir verdad, no tenía pensado venir, pero al final... –De repente Weronika deseó que Tomek no volviera. Sería mejor que se quedara junto a la barra. Las hormonas, de todo tienen la culpa las hormonas, se repetía mentalmente–. Nunca antes había estado en una fiesta como esta. Es... muy alegre.

–Yo por lo general tampoco vengo, pero mis amigos han insistido –se justificó Daniel con una sonrisa–. Normalmente escucho otro tipo de música.

Con tanto ruido ella apenas pudo oír sus palabras. Empezó una canción nueva y la gente gritó entusiasmada al reconocer los primeros acordes del tema. Daniel dijo algo, pero Weronika no lo oyó. El estruendo era ensordecedor. Se señaló el oído negando con la cabeza. Él sonrió y se inclinó hacia ella.

–Ven, te voy a presentar a los demás –le propuso Podórski. Sus rostros se encontraban muy cerca. De pronto ella tuvo la impresión de que estaban ellos dos solos en la sala–. Seguro que aún no conoces a demasiada gente en el pueblo.

–Wiera se encarga de ponerme al día –gritó Weronika.

No estaba segura de si él la había oído. Daniel la agarró de la mano y la llevó hasta donde estaban sus compañeros. Los presentó uno a uno: Marek, Janusz, Paweł. Marek, Janusz, Paweł, repitió ella en su cabeza para no olvidar los nombres. Tal como se había imaginado, eran policías. Marek Zaręba y Paweł Kamiński habían ido con sus esposas. A la peluquera ya la había visto alguna vez en la tienda de Wiera. En cambio con Grażyna nunca se había cruzado. La mujer parecía algo amedrentada.

–Nosotros ya nos conocemos –le recordó alegremente a Weronika el más joven de los hombres. Marek Zaręba, se dijo ella–. Nos vimos en la tienda de Wiera, ¿recuerdas?

Marek tenía las mejillas coloradas y parecía un poco achispado. Sujetaba al mayor de los cuatro policías, que podía preciarse de tener el bigote más poblado que había visto Weronika en su vida.

–Subinssspector Rosół, Janusz –balbució. Apenas se sostenía en pie–. Policíaaa.

–Janusz ya está demasiado alegre –explicó sonriendo Zaręba.

–He oído que planeas abrir aquí un centro hípico. Nunca he montado a caballo –comentó Ewelina Zaręba.

La peluquera era mucho más baja que Weronika, aun llevando zapatos de tacón. Balanceaba sensualmente las caderas al ritmo de la música. Marek la besó en la mejilla sin dejar de dar ligeros saltitos. Ewelina lo empujó en broma.

–No te preocupes por ellos –le dijo a Weronika–. Este es el aspecto de la policía de Lipowo cuando hace horas extras.

–Necesitamos soltar el puto estrésss –comentó Paweł Kamiński–. Venga, Grażyna, vamos a menearnos un poco. Un poquito, ¿eh?

Grażyna lo siguió con desgana hasta la pista de baile. Daniel abrió la boca como si quisiera decir algo, pero al final renunció a hacerlo.

–Mañana traen mi caballo –le dijo Weronika a Ewelina–. Puedes probar a montar, si quieres.

–No sé si me atreveré. Marek, quizá tú...

–Yo soy el mejor jinete de la zona. –El joven policía sacó pecho orgulloso. No hablaba muy claro y todos se rieron–. ¿Qué pasa? ¡Mi tío tiene dos caballos! He montado desde pequeño...

–¿De verdad? –preguntó con interés Weronika.

–Son más bien caballos de tiro... –explicó la peluquera gritando por encima de la música–. A Daniel ni intentes convencerlo, él solo trabaja y trabaja. Fíjate que mañana se va a Varsovia por cuestiones de trabajo, a pesar de que es sábado. ¡Tendrías que relajarte un poco, Daniel! Llega el fin de semana y tú te marchas. A mí me parece una exageración.

–¿Te vas a Varsovia? –quiso saber Weronika–. ¿Y podrías llevarme? Solo a la ida. A mi caballo no le gusta nada viajar y yo me sentiría más tranquila si lo acompañara desde Varsovia.

–No hay problema –sonrió el policía–. Pero quisiera salir bastante temprano. Me gustaría volver por la tarde a Lipowo.

De entre el gentío salió de repente Tomek Szulc, que traía una botella en cada mano. Miró enojado a Daniel. El policía le sacaba unos diez centímetros de altura.

–Saludos a la autoridad –dijo Tomek dirigiéndose al grupo de policías. En su voz se notó una evidente ironía. Janusz Rosół se tambaleó hacia el recién llegado. Daniel sujetó a su compañero, evitando así que se cayera.

–Subinssspector Rosół, Janusz –volvió a presentarse el mayor de los policías con voz titubeante.

Tomek lo miró con repulsión.

–Veo que os habéis ocupado de mi pareja. Siempre se puede confiar en vosotros –comentó con sarcasmo–. Las autoridades nunca nos fallan.

–Me pasaré por tu casa a las siete y media –le dijo Daniel a Weronika–. Voy a llevar a Janusz a casa, creo que ya ha tenido bastante fiesta por hoy.

Pasó el brazo de su amigo por encima de su hombro y lo sacó de la sala sin decir nada más. Janusz protestó a voces. Weronika tenía la esperanza de que Daniel se girara a mirarla al llegar a la puerta, pero no lo hizo.

De pronto deseó estar en casa con su perro. Al parecer todavía no estaba preparada para volver al mundo de las relaciones sentimentales.

La fiesta en el parque de bomberos ha durado más de lo que se podía prever. Ya estoy en casa, pero es muy tarde. Demasiado tarde.

A estas horas tendría que llevar ya mucho tiempo en la cama. Debería haber algún castigo por esto.

Castigo, castigo, castigo.

Por otro lado, no podía dejar de ir. Alguien podría haber sospechado innecesariamente. Toda precaución es poca. Lo más importante es el plan. Teniendo esto en cuenta, quizá por esta vez se pueda prescindir del castigo.

Soy un experto en mezclarme entre la multitud. Hoy en la discoteca también lo he hecho. Me divierte saber que la gente me mira sin siquiera sospechar mi verdadera naturaleza. Nadie se ha dado cuenta de que mi existencia tiene un objetivo superior, que tengo una misión que cumplir. Basta bailar con la misma música que ellos, beber el mismo alcohol, entonces la gente te acepta sin reservas. Es fácil, solo se necesita un poco de práctica. Yo lo he conseguido.

El mundo se balancea levemente a mi alrededor. En el futuro debo controlarme más. El plan no admitía ninguna debilidad, porque las debilidades conducen a los errores. Y hay que evitar los errores como si fueran la peste. Ya casi he alcanzado mi objetivo. Es la recta final, no puedo perder, sobre todo porque en esta carrera no hay nadie a mi altura.

Observar a mi víctima entre el gentío que bailaba ha sido estupendo. El latido de su corazón aterrado era perfectamente audible, a pesar de la música y de las voces.

Pum-pum, pum-pum, pum-pum.

Ella estaba allí, pero no me ha visto. ¿Habrá leído ya mi última carta? Espero que sí. Puedo imaginármela abriendo el sobre, su rostro transformándose en una máscara horrorizada.

Ya falta muy poco. El último sello ya ha sido pegado y la última palabra, escrita.

Ahora hay que guardar silencio antes del golpe final. Un día más, quizá dos.

Después todo acabará.

Desplegaré mis alas de colores. Seré la Mariposa. ¡Yo!

12

Lipowo, Brodnica y Varsovia.
Sábado, 19 de enero de 2013, por la mañana

Weronika Nowakowska se había despertado más tarde de lo previsto, así que se estaba vistiendo a toda prisa. Por suerte Wiera había aceptado pasar por su casa a lo largo del día y sacar a pasear a *Igor*. El perro debía de saber que su dueña se marchaba por algún tiempo, porque estaba tristón tumbado en un rincón de la cocina. Ella lo acarició y le prometió que volvería pronto. No era del todo cierto, pero pareció que sus palabras lo reconfortaban un poco.

A las siete y media en punto escuchó que llamaban a la puerta. Se puso rápidamente el abrigo y el gorro, y dirigió a *Igor* una última mirada de consuelo. El perro ya se había hecho un ovillo y parecía dispuesto a dormir hasta que ella regresara.

Daniel Podgórski la recibió con una sonrisa cuando ella abrió la puerta.

—He traído provisiones —dijo mostrando una bolsa de papel—. No sé si habrás desayunado. Es muy pronto.

—No me ha dado tiempo —reconoció Weronika.

Agarró gustosa la bolsa. Dentro había varios panecillos recién hechos. Aún estaban calientes y olían muy bien.

—Los hace mi madre. Están muy buenos, pruébalos —la animó el policía con una sonrisa.

—¿Has venido en eso? —preguntó Weronika con la boca llena (los panecillos estaban muy ricos, en efecto). Delante de la casa había un viejo Subaru deportivo. Era color azul brillante, pero las llantas eran doradas, aportando contraste al conjunto. Se rio alegremente. Parecía que los policías tenían debilidad por los coches rápidos. Mariusz le había dicho una vez, en secreto, que por las noches echaba carreras con sus compañeros por la ciudad. Al cuerno el

168

límite de velocidad en Varsovia. Estaba claro que en Lipowo ocurría algo similar.

–¿No te gusta? –Daba la impresión de que Daniel estaba algo decepcionado.

–No es eso... Es que pensé que... Bueno, no sé.

–¿Que vendría con un viejo coche de policía? –dijo Podgórski riendo–. Nuestro siempre eficaz Polonez también nos habría llevado hasta Varsovia, pero hoy prefiero ir en mi coche particular. Le vendrá bien un poco de movimiento.

–No me imaginaba que tuvieras un coche como ese –dijo Weronika sonriendo.

–Es un Subaru Impreza –comentó Daniel.

–Ya lo sé. –Weronika se volvió a reír. Había escuchado innumerables explicaciones sobre el mundo del motor por boca de su marido y sus compañeros–. Lo he reconocido.

–Más de doscientos caballos –continuó Daniel orgulloso–. Y aunque es un modelo del año noventa y ocho, sigue en perfecto estado. La tracción a las cuatro ruedas viene de perlas con este tiempo. Si no me imaginabas con este coche, ¿cuál pensabas que tendría?

–No sé. –No quería ofenderlo, pero en realidad lo veía más bien con algún coche familiar, sobrio y que no llamara la atención. ¡Error!–. ¿Corres en *rallies* o algo así?

–A veces. Y también a veces echo carreras con el Peque, es decir, con Marek Zaręba –reconoció Daniel Podgórski–. Pero no le digas nada a nadie. Oficialmente no circulo a más de cincuenta por hora.

Weronika le dirigió una amplia sonrisa. Prefería no preguntarle si también tenía una moto. Ya había pasado por todo aquello con su marido.

Podgórski le abrió la puerta del coche y la invitó a subir. Se pusieron en camino. El coche recorrió sin problemas el trecho nevado que conducía a casa de Weronika y enseguida salieron a la carretera. Ya había dejado de nevar, pero el asfalto seguía cubierto por un grueso manto blanco. Daniel resultó ser muy buen conductor, así que Weronika pronto se relajó y dejó de pensar en los peligros de viajar en invierno. Hablaron de todo y de nada, como la primera vez, evitando a toda costa el tema de la discoteca. Ella tenía la esperanza de que el policía comentara algo acerca de la investigación. Se había acostumbrado a participar en el trabajo de Mariusz. Eso lo echaba de menos.

–¿Conoces bien a los Kojarski? –preguntó finalmente Podgórski, ante lo cual Weronika apenas pudo disimular su satisfacción.

–No mucho. En realidad solo he ido a su casa una vez. El martes, a cenar. Y también hablé con ellos cuando compré la casa, claro. Conozco un poco a Júnior Kojarski, porque es amigo de mi exmarido.

–¿Qué opinas de ellos?

–Creo que ningún miembro de esa familia es lo que parece.

El subinspector Janusz Rosół se despertó a primera hora de la mañana. Seguía llevando la misma ropa que el día anterior. Estaba todo sudado, lo que le resultaba incómodo. Le dolía la cabeza. Recordaba a duras penas que Daniel lo había llevado a casa y lo había tumbado en la cama. Janusz no se avergonzaba de eso. Todo el mundo tenía derecho a divertirse, incluso él. En la casa reinaba el silencio, no esperaba lo contrario. Después de la discoteca del día anterior todos se merecían dormir hasta bien tarde.

Se levantó despacio de la cama. No tenía planes para ese día. Sus hijos no querían nada con él y prácticamente no tenía amigos, solo los compañeros de la comisaría. Pero ellos no contaban. Cada uno tenía su vida y su familia. No podía pedirles que se ocuparan de él. Así que los fines de semana los pasaba solo.

Se lavó y se afeitó. Se arregló el bigote; pronto tendría que recortarlo un poco. Tenía la cara pálida, ojeras y los ojos congestionados. Su aspecto no era muy bueno. No le apetecía desayunar. Podía irse ya a la comisaría. Allí estaría tranquilo, porque todos tenían algo que hacer. Pensaba realizar las llamadas en relación al tema de los autobuses. Tenía que haberlas hecho el día anterior, pero por una cosa u otra no había podido. Más vale tarde que nunca. Quizá si encontrara alguna pista clave sus hijos estarían por fin orgullosos de él. Necesitaba algo de reconocimiento, sobre todo por parte de ellos.

A paso lento llegó hasta la comisaría. Una vez dentro cerró la puerta con llave y se dejó caer en la silla de su despacho. Bajó la persiana, porque el sol le daba en los ojos y le molestaba. Por suerte no había nadie. No tenía ningunas ganas de hablar con sus compañeros. No en ese momento.

Se puso manos a la obra de inmediato. Conseguir los teléfonos de todos los conductores que le interesaban le llevó menos tiempo del que pensaba. Decidió empezar por el conductor del autobús que seguramente había llevado al pueblo a la monja. El hombre contestó después de un buen rato. A juzgar por su voz, se acababa de despertar.

–Soy el subinspector Janusz Rosół, de la comisaría de Lipowo. –El bigotudo policía se presentó con voz clara y potente. Quería estar seguro de que el adormilado conductor comprendiera que el asunto era serio–. Le llamo en relación al accidente que tuvo lugar el martes pasado, quince de enero.

–¿Qué accidente? ¿De qué me está hablando? –farfulló el otro–. ¿Qué hora es? Mire, me levanto a las cinco durante toda la semana, ¿y me despierta usted a estas horas? El único día que puedo dormir hasta tarde. ¡Por favor!

–Escuche, le aconsejo que colabore. Estamos hablando de un asunto muy serio. De un crimen. –De pronto Janusz sintió que empezaba a divertirse. El dolor de cabeza se le pasaba para dejar su lugar a la excitación.

Agarró el auricular inalámbrico y se fue a la sala de descanso a prepararse un café. Estaba solo, tenía todo el espacio que quisiera.

–Bueno, hombre, bueno, si voy a colaborar... –En la voz del conductor apareció un atisbo de inseguridad–. Ha dicho el martes, ¿verdad?

–Exacto. ¿Realizó usted el trayecto de la mañana?

–Por supuesto. Los martes siempre trabajo por la mañana, pero yo no sé nada –añadió el hombre rápidamente–. Nada de nada.

–Tranquilo. Aún no le he hecho ninguna pregunta.

En el hervidor eléctrico el agua ya borboteaba. Janusz Rosół echó café soluble en una taza y después agua hirviendo. Tras pensarlo un momento, miró en el fondo del armario. Paweł Kamiński solía guardar una botella de vodka para las emergencias, y Rosół esperaba que siguiera allí. Daniel se enfadaría si se enterara de aquello, el chico se tomaba su profesión muy en serio. Rosół vertió un poco de alcohol en el café. Al fin y al cabo era sábado.

–Pues pregunte de una vez. –El conductor se estaba impacientando. Parecía que quería acabar la conversación cuanto antes–. ¿De qué se trata?

–¿A qué hora llegó usted a la parada situada a la altura del centro turístico UMK del lago Bachotek?

–Según el horario debo estar allí a las siete cuarenta. No recuerdo ahora cómo fue el martes que usted dice, por lo general llego puntual, aunque puedo retrasarme o adelantarme unos minutos, en invierno es habitual. Lo comprende, ¿verdad? –se defendió el conductor–. ¿Por qué lo pregunta?

–¿Por qué está tan nervioso? –Rosół empezó a notar un impulso de extraña energía. No era él mismo. No sabía si eso era bueno o malo.

–No estoy nervioso. Yo no he hecho nada. ¡Dígame de una vez a dónde quiere ir a parar, joder!

–Le ruego que no utilice ese vocabulario. –Rosół bebió un trago de café. No era muy bueno, pero eso no le molestaba en ese momento. Se sentía cada vez mejor y notaba cómo se iba llenando de energía.

El conductor no replicó nada. Solo se oía su respiración pesada.

–¿Recuerda usted a una monja que se bajó en esa parada? –Rosół fue al grano. No tenía tiempo para charlas innecesarias.

–Sí. Fue la única persona que se bajó allí. Lo recuerdo porque me extrañó. En invierno se baja poca gente a esas horas. Y encima era una monja. En verano es distinto. Muchos vienen al centro turístico, hay mucho movimiento.

–¿Cómo se comportó la monja? –lo interrumpió Janusz–. ¿Advirtió algo en particular?

–No, más bien no. –El conductor se había calmado–. Se comportó con total normalidad.

–¿Llevaba equipaje? ¿Bolsa de mano? ¿Alguna otra cosa?

–No estoy seguro. Maleta no llevaba, desde luego. Es posible que tuviera un bolso, como el que llevan todas las mujeres. Las monjas también, ¿no? No me fijé.

Junto al cuerpo de la fallecida los policías no habían encontrado ni equipaje ni documentos. Sin embargo, el conductor sostenía que la hermana Monika podría haber llevado un bolso. Rosół lo anotó mentalmente para no olvidarlo. Quizá el asesino se llevó sus pertenencias. Lástima que el conductor no recordara más detalles.

–Bien –dijo el policía tras carraspear–. ¿Qué hizo la monja después? ¿Lo recuerda?

–Fue por el camino que cruza el bosque en dirección al centro turístico. Recuerdo que me extrañó, porque no sabía que funcionara en invierno. Pero, bueno, estamos en vacaciones, igual está abierto, eso yo no lo sé.

–¿No recuerda nada más? –quiso asegurarse Janusz Rosół. El conductor contestó que no–. De acuerdo, muchas gracias por responder a las preguntas. Quizá me vuelva a poner en contacto con usted.

Rosół apretó el botón de finalizar la llamada y se puso cómodo en la silla. Bebió un poco más de café. De momento había conseguido confirmar que en efecto la monja se había bajado en la parada de la carretera principal alrededor de las siete y cuarenta de la mañana del martes. Había ido por el camino del bosque en dirección a Lipowo. Ocurrió tal como habían sospechado y por tanto el viejo Malinowski pudo haberla visto a eso de las ocho, según le había contado a Marek Zaręba durante el interrogatorio.

Ahora Rosół tenía intención de llamar al otro conductor. Conocía bastante bien a Robert. Tiempo atrás habían ido alguna vez a pescar juntos. El conductor vivía en Zbiczno, a unos kilómetros de Lipowo. Él era quien conducía normalmente el autobús que llegaba a las diez y cuarto, trayendo a los viajeros desde Brodnica. Su ruta pasaba junto al lugar donde yacía el cuerpo de sor Monika. La peluquera había encontrado a la monja a las diez y media. Si Robert no había visto el cadáver, significaría que la habían asesinado durante los quince minutos que iban de las diez y cuarto a las diez y media, porque de otro modo Robert tendría que haberse cruzado con ella.

Su amigo descolgó tras la primera señal. Se oía el ruido de un motor, así que debía de estar trabajando en ese momento. Rosół miró el reloj: las nueve.

–¡Hola, Janusz! ¡Cuánto tiempo! –gritó el hombre alegremente–. ¡Ya iba a borrar tu número del móvil!

–Hola –dijo Rosół. De pronto se sintió somnoliento. Toda la energía había desaparecido tan rápido como había surgido–. Escucha, Robert, tengo un asunto que comentarte.

–Dispara. Apuesto a que es por lo de la monja, ¿no? Lo vi en *nuestro-lipowo*.

–Sí, se trata de eso. ¿Aquel martes fuiste por esa carretera? Normalmente estás aquí a las diez y cuarto.

–Espera, ¿cuándo fue? –se preguntó el conductor.

Janusz Rosół oyó un claxon de fondo.

–El día quince, el martes pasado –le recordó el policía.

–Ah, sí, ya lo recuerdo –afirmó el conductor–. El día quince ese trayecto no se hizo. Fui por la carretera del bosque pero no giré hacia Lipowo. Tuve que sustituir a un compañero en su trayecto, porque su autobús se había estropeado.

–Entonces, ¿no pasaste en ningún momento por el pueblo? –se aseguró Rosół acariciándose el bigote.

–Ese día no. Espera, ¿no fue ahí donde encontraron a la monja? Claro, claro. Si hubiera pasado, habría sido el primero en verla. Bueno, la próxima vez será. –El conductor se rio de su chiste–. Perdón, quizá no debería bromear con estas cosas.

–Pero me has dicho que fuiste por el bosque. –Janusz ignoró el comentario de su amigo–. Quizá advertiste algo extraño. Algo que normalmente no habrías esperado ver.

–¿Pues sabes que sí? –dijo Robert tras meditar un momento–. Entonces no le di importancia, pero ahora que lo dices sí que me resulta un poco extraño.

Janusz Rosół agarró un bolígrafo y el primer papel que encontró. Le dio la vuelta a la hoja. Una factura. Daba igual. Volvió a sentir un tipo de excitación que hacía mucho que no experimentaba en el trabajo. Escuchó a su amigo en tensión. Todo aquello se volvía cada vez más interesante.

La señora Barczewska colgó el teléfono furiosa. Bebió un poco de café caliente para tranquilizarse. Si alguien hubiera aparcado el coche en su plaza por un rato, aún sería capaz de entenderlo, pero ¿durante tanto tiempo? Por la mañana había salido a comprobarlo y el Land Rover continuaba en el mismo sitio. ¡Qué escándalo! ¡Un verdadero escándalo!

Había hablado ya con todas las personas importantes de la comunidad de vecinos. Todos habían dicho que no la podían ayudar de ninguna forma porque, en rigor, las plazas de aparcamiento no pertenecían a personas concretas y cada cual podía aparcar donde quisiera. Por supuesto, las personas con las que habló se mostraron muy sorprendidas, por no decir indignadas, de que le hubieran hecho algo así. Tampoco sabía nadie quién podía haber aparcado en esa plaza.

—¡Es un escándalo! —repitió varias veces Barczewska mirando llena de ira el auricular—. Primero, porque nadie debería haber aparcado ahí. Y segundo, porque nadie me quiere ayudar. ¡Qué escándalo!

Nadie le contestó. Su marido se había encerrado en su habitación con el pretexto de arreglar una lámpara estropeada. Ella sabía que tampoco su esposo tenía ganas de ayudarla. Normalmente no se comportaba así. Iba a tener que hablar con él en cuanto solucionara el asunto del coche. Un marido debería apoyar a su esposa en cualquier situación. Sobre todo teniendo en cuenta que el tema le afectaba más a él, que era quien aparcaba.

Levantó el auricular. Ya era hora de dirigirse a las más altas instancias. Marcó el número de la policía.

Sor Anna dejó frente a Daniel Podgórski una taza de té humeante. Era una agradable viejecita de cara rechoncha y expresión bondadosa, y llevaba unas grandes gafas. A Podgórski le recordaba a su abuela, fallecida unos años antes. La pequeña habitación en la que se encontraban era su despacho. Alrededor reinaba un caos que difícilmente se podría esperar de una viejecita así. Por todas partes había tirados papeles, libros y folletos acerca de las actividades de la iglesia y del centro de ayuda a la juventud dependiente de ella.

—Perdone el desorden —dijo sor Anna antes de nada, aunque no parecía en absoluto turbada por el caos reinante—. Nunca encuentro tiempo para ordenarlo. ¡Me encargo de organizar el trabajo en esta parroquia, pero soy incapaz de organizar mi propio escritorio! Menuda paradoja.

Mostró una amplia sonrisa. En realidad su rostro parecía creado para transmitir toda clase de alegría. El policía no podía imaginársela triste.

–Ahora, con la edad, cada vez doy menos abasto –siguió explicando sor Anna–. Por eso hay aquí tal barullo. Somos varias hermanas, ayudamos a los sacerdotes a llevar la parroquia y colaboramos en el centro para jóvenes. Se puede decir que yo me ocupo de todos los asuntos organizativos, desde las finanzas hasta la limpieza. Antes de mí estaba sor Scholastyka. Por desgracia la pobre murió hace ocho años. Entonces yo me hice cargo de este desbarajuste. Procuro estar a la altura de mi predecesora, pero no es fácil.

Volvió a reírse.

–¿Conocía usted bien a sor Monika? –preguntó Daniel para empezar.

–En lo que una hermana puede conocer a otra, sí. Llevaba aquí bastante tiempo, varios años más que yo. Vine de Łódź.

–¿Qué me podría decir de ella?

–Bueno, pues me parece que sor Monika era algo más joven que yo –empezó a decir la risueña religiosa–. Llevaba quince o dieciséis años aquí. Ya le he dicho que llegó antes que yo. Se implicaba mucho en la acción en favor de los jóvenes de familias problemáticas. Administramos una organización dependiente de la parroquia.

–Perdone la pregunta, pero ¿tenía sor Monika problemas con el alcohol?

La monja miró sorprendida al policía.

–Nunca observé nada de eso. Entre nosotros siempre vivió de una manera íntegra y moderada. Doy fe de ello. ¿Por qué lo pregunta?

–¿La hermana Monika tenía familia? –preguntó Daniel en lugar de contestar. No deseaba revelarle lo que había descubierto el forense.

–Por lo que yo sé no tenía a nadie. Nunca la visitaba nadie y ella tampoco iba nunca a ningún lado. Se podría decir que nosotros y nuestra parroquia éramos su familia.

Podgórski empezó a sentir calor. Lanzó una mirada melancólica a la ventana cerrada, pero sor Anna no pareció advertirlo. No debía de ventilar nunca su despacho.

–¿Dijo alguna vez algo de un hijo?

–¿A qué se refiere?

Podgórski meditó un momento sobre lo que podía o no revelar a sor Anna. La autopsia había desvelado que la monja fallecida había dado a luz al menos una vez.

–¿Es posible que la hermana Monika tuviera un hijo antes de ingresar en la orden?

Sor Anna miró al policía con los ojos muy abiertos.

–Por supuesto, esas cosas pasan –dijo finalmente–. Pero ¿la hermana Monika? Nunca mostró interés en los hombres. Estaba completamente entregada a servir a Dios. En ello encontraba su satisfacción. No me confesó nada de eso, y me cuesta imaginar que tuviera un hijo. Habría mantenido el contacto con él. A no ser que hubiera muerto antes de ordenarse. ¿Por qué pregunta usted unas cosas tan extrañas?

Daniel notó que empezaba a sudar, a pesar de lo cual bebió un poco de té caliente. Estaba muy dulce, justo lo que necesitaba.

–Le he echado miel al té –le dijo la religiosa mirándolo con mucha atención–. Es una buena forma de evitar los resfriados cuando hace tanto frío.

Sí, sí. ¿Dónde había oído él eso?

–Entonces ¿no sabe nada sobre hijos u otros miembros de su familia? –resumió Podgórski.

–No. En lo que se refiere al entierro, nosotros nos ocuparemos. Seguro que el padre Piotr ya se lo habrá comentado. Es una suerte, dentro de lo que cabe, que él se encuentre allí mismo.

–Sí, ya hemos hablado del tema –le confirmó el policía–. ¿Podría usted facilitarme los datos de sor Monika? Por lo que sé, cuando alguien se ordena adopta un nombre nuevo, ¿verdad?

–En efecto. Por ejemplo, mi nombre lo tomé de santa Ana, la madre de María de Nazaret y abuela de Jesucristo. Santa Ana es la patrona de los panaderos, y mi padre, que Dios tenga en su gloria, tenía precisamente esa profesión. ¡Desde joven siempre fue mi santa favorita! Los jóvenes dirían ahora que era mi ídolo.

Sor Anna se rio divertida.

–Comprendo. ¿Cómo se llamaba la hermana Monika antes de entrar en la orden? –preguntó otra vez Daniel Podgórski.

–Por extraño que parezca, no lo sé. Yo soy la primera sorprendida. A decir verdad nunca me lo he preguntado. Aquí en la iglesia usamos los nombres que adoptamos en la ordenación. Para mí siempre fue simplemente sor Monika. Me siento ahora como una tonta. Debería conocer esos detalles, ya que dirijo este lugar. La única justificación que tengo es que llegó cuando aún estaba sor Scholastyka. Es decir, mi predecesora, como ya le he contado. Ella seguro que lo sabía. Pero la pobre murió.

Podgórski asintió con comprensión.

–¿Y no tendrán aquí un registro donde estén recogidos esos datos? Es algo bastante importante para nuestra investigación.

–¡Pues claro! –gritó sor Anna riendo con fuerza–. ¡Qué idiota soy! Ahora mismo lo compruebo. Seguramente sor Scholastyka lo dejó todo bien anotado. Era conocida por su meticulosidad. Aunque podría llevarme algún tiempo encontrar el anuario correspondiente.

–Mientras tanto quisiera hablar con otros miembros de la parroquia y con los empleados del centro de ayuda, si no le importa. Quizá sepan algo.

–¡Naturalmente! ¡Faltaría más! –dijo la monja con una amplia sonrisa–. Todos deseamos ayudar. La noticia del accidente nos ha conmocionado.

Conversar con todas las personas que conocían a la fallecida le llevó a Daniel más de dos horas. Cuando terminó, se sentía cansado y decepcionado. La hermana Monika resultó ser una persona muy enigmática. Todos repetían que se implicaba mucho en ayudar a los jóvenes del centro y que era una católica ejemplar, pero nadie supo decir nada acerca de su vida antes de tomar los hábitos. Tampoco sabían nada de sus posibles familiares. Daniel le echó un vistazo a la habitación que ocupaba la monja, pero allí tampoco encontró nada de interés.

Regresó al despacho de sor Anna desanimado. Esperaba que al menos el nombre de la religiosa fallecida ayudara a que la investigación saliera del punto muerto en el que se hallaba.

–No sé qué decir, la verdad –comentó la anciana–. De veras que no entiendo nada.

–¿A qué se refiere?

–Con lo meticulosa que era mi predecesora, sor Scholastyka.

Daniel Podgórski se frotó sus ojos cansados. Aquello no presagiaba nada bueno.

—¡He repasado todos los registros! —gritó la hermana Anna—. Incluso me ha ayudado la joven Elwira, por temor a que a mí se me pasara algo. Sor Monika no aparece en ninguno de nuestros registros. Es como si no hubiera vivido aquí. Nunca. Pero ha estado con nosotros más de quince años. ¡Jamás había visto algo así! Resulta increíble.

—¿Cómo es posible? —preguntó Daniel apesadumbrado.

—Ya le he dicho que yo no estaba cuando llegó, la recibió sor Scholastyka. Cuando accedí a este puesto no miré los registros antiguos, no había necesidad. Yo solo fui anotando a las personas que vinieron después. Lo siento mucho, pero no puedo ayudarle de ningún modo. No conozco el nombre secular de la hermana Monika.

—Bueno, dejemos eso de momento. He oído que han tenido ustedes algunas dificultades financieras relacionadas con la ampliación de la iglesia —comentó Daniel, que había decidido que se encargaría más tarde de establecer la identidad secular de sor Monika. Ahora quería indagar los posibles motivos de su asesinato—. El padre Piotr dijo que había aparecido un patrocinador.

—Sí. —En la voz de sor Anna se apreció cierta cautela—. Tenemos ya un donante.

—¿Se ocupaba sor Monika de ese tema?

—No tenía la menor relación con el asunto. ¿Por qué lo pregunta? ¿No deberíamos centrarnos en saber quién la atropelló?

—Quisiera tener una imagen completa de la situación —le explicó el policía en tono tranquilizador.

—El padre Piotr dijo que había sido arrollada por un coche —insistió la monja—. No comprendo cómo pueden estar relacionados los asuntos de la parroquia con su muerte.

—Es cierto, fue arrollada —reconoció Podgórski. No quería revelar nada más. Ni a aquella sonrosada monja ni a Piotr—. Pero debemos investigar diferentes pistas. Es nuestro trabajo.

—Lo comprendo, pero ¿qué relación tiene todo eso con el pasado de sor Monika y con la ampliación de nuestra iglesia? A mí no me queda claro.

—¿Sabe usted por qué sor Monika viajó a Lipowo? —El policía nuevamente contestó a la pregunta con otra pregunta. Se secó unas gotas de sudor de la frente. En aquella habitación hacía demasiado calor. Había interrogado a una quincena de personas durante la mañana y ya no podía concentrarse en la conversación.

—Para ser sincera, ni siquiera supe que se había marchado de Varsovia —explicó sor Anna con gesto de disculpa—. Por la mañana nos despedimos de Piotr y después ya no volví a verla. No vino a comer, pero pensé que había decidido quedarse en su cuarto. Por la tarde salí yo, fui a ayudar a una residencia de ancianos. Volví muy tarde, así que no me enteré de si sor Monika había estado en la cena.

Daniel Podgórski permaneció callado. Sabía por experiencia que a veces esa táctica hacía que el interlocutor se sintiera obligado a decir algo. Tal vez de ese modo obtuviera algo más de información. La mujer volvió a servirle té de una jarra de porcelana.

—Más tarde estuve preguntando y resulta que nadie la vio después del mediodía —continuó sor Anna—. Es extraño que no se marchara con Piotr, si ambos iban al mismo lugar.

De pronto se quedó en silenció y se echó sobre los hombros un jersey marrón.

—Ninguno de nosotros sabe por qué viajó allí —continuó la religiosa, que ahora parecía entristecida. Su radiante sonrisa había desaparecido de su rostro—. Si hubiera hablado conmigo... Quizá tuviera algún problema... No sé si podré perdonarme el no haber hecho nada.

—No es culpa suya —la tranquilizó Daniel Podgórski—. ¿Cómo iba a saber que el viaje terminaría así? Nadie podía preverlo.

La monja no se mostró muy convencida.

—Dice usted que sor Monika podía tener algún problema... —comentó con interés el policía.

—Puede ser, ya que se marchó sin decir una palabra. Es una suposición mía viendo lo que ha sucedido, claro. Pero antes nunca advertí nada. Su actitud fue normal hasta el momento de su misterioso viaje.

—Quizá estuviera preocupada por los problemas financieros de la parroquia —sugirió el policía con cautela. Aún no estaba dispuesto a renunciar por completo a esa pista.

–No lo creo. Conocía nuestros problemas, pero no se preocupaba por ellos en absoluto. Estaba más centrada en servir a Dios. Además, ni siquiera sé si podemos hablar de *problemas* económicos. En realidad no se trataba de nada importante. Si no hubiéramos conseguido el dinero, pues sencillamente habríamos aplazado la reforma del campanario hasta el año próximo. Teníamos interés en que la iglesia tuviera buen aspecto, pero los trabajos de remodelación no eran tan urgentes como para desesperarnos innecesariamente.

–De todas formas, ¿podría echarle un vistazo al libro de contabilidad?

Sor Anna asintió sin decir nada. Salió y volvió al rato con unos gruesos archivadores.

–Vaya al despacho parroquial, estará más tranquilo. Llámeme cuando termine.

–Gracias.

Durante más de veinte minutos, Podgórski se sumergió en un mar de cifras. Parecía que sor Anna decía la verdad en cuanto al tema de las finanzas. Daniel no encontró nada sospechoso. Si fuera necesario, le pediría a un especialista que examinara las cuentas, pero por ahora todo estaba aparentemente en orden.

–Gracias por su ayuda –dijo al despedirse, tras devolverle a la religiosa los libros de contabilidad–. En caso de que haya novedades, me pondré en contacto con usted, ¿de acuerdo?

–Por supuesto –suspiró sor Anna–. ¡Qué pena me da la pobre sor Monika! ¡Qué muerte tan horrorosa! Me siento de veras culpable por no haber podido evitarlo.

–No ha sido culpa suya –volvió a tranquilizarla Daniel Podgórski.

El encuentro con sor Anna terminó con una invitación a comer. Podgórski se disculpó, alegando que aún le quedaban algunos asuntos por resolver en la ciudad. Necesitaba tiempo para pensar en todo aquello.

El subinspector Janusz Rosół estaba exaltado por lo que había averiguado de boca de Robert, el conductor del autobús que debía haber llegado a Lipowo a las diez y cuarto. Aquel día Robert no había pasado junto al lugar en el que yacía el cadáver, pero un poco más adelante había visto algo extraño. Rosół estaba convencido de que guardaba relación con el caso. Llamó varias veces a Daniel para informarle al respecto, pero el jefe tenía el teléfono apagado y de momento no había devuelto la llamada. Sin duda estaba ocupado en Varsovia.

Dada la situación, Janusz decidió volver a casa para la comida. No se había llevado nada a la boca desde el día anterior y, a pesar de las emociones que habían acompañado los descubrimientos hechos durante la mañana, empezaba por fin a tener hambre.

Entró en su casa canturreando en voz baja. Aquel día se sentía una persona totalmente distinta y no sabía con exactitud a qué se debía. Bartek estaba sentado en el sofá del salón. El televisor estaba encendido, pero el chico parecía no prestar atención a las imágenes que aparecían en la pantalla.

—¿Qué ha ocurrido? —preguntó Rosół inseguro.

Bartek farfulló algo ininteligible. El policía prefirió no pedirle a su hijo que lo repitiera. El chico no parecía tener buen aspecto, así que era mejor no empezar una discusión. Últimamente no tenían una relación muy fluida, por no decir otra cosa, pero aun así Bartek era su hijo. Al acercarse más, Janusz vio en sus ojos una expresión extraña, como si algo lo atormentara.

Se sentó a su lado en el sofá, decidido a actuar con tranquilidad y tacto.

—¿Qué ves? —preguntó cauteloso.

—Nada. —Bartek observaba fijamente la pantalla.

El chico evitaba mirar a su padre, pero no estaba provocando una discusión como tenía por costumbre. Rosół consideró que eso ya era una buena señal. Respiró profundamente y lo intentó de nuevo.

—¿Puedo verlo contigo?

Janusz tuvo la sensación de que aquel era un buen momento para reconciliarse. Notaba en su interior una nueva energía que le aportaba seguridad en sí mismo.

Bartek no contestó.

Vieron en silencio un programa sobre compraventa de coches. Janusz no entendía mucho del tema. Ahora se arrepentía de no haber escuchado con más atención a Marek y a Daniel. Ellos podían pasarse horas hablando de coches. ¿Sería ese el camino para llegar al corazón de su hijo?

—¿Crees que deberíamos cambiar nuestro viejo Opel? —preguntó guiado por esa idea.

—Como si tuvieras dinero para hacerlo. —Bartek se rio con sarcasmo. Janusz no sabía qué error había cometido, pero su oportunidad parecía haber pasado irremediablemente—. ¿Qué cojones dices de comprar un coche nuevo si no te lo puedes permitir, joder?

—Nuestro Astra todavía no está tan mal, ¿no? —dijo Janusz tratando de arreglarlo, aunque sabía que era demasiado tarde.

—¿Estás de broma? —Bartek volvió a reírse—. Y aparta, que apestas a alcohol.

—No me ofendas —dijo Rosół despacio.

—Si no le dieras tanto a la botella, no soltarías tantas gilipolleces. —Bartek miró desafiante a su padre.

—No me ofendas —repitió el policía.

Rosół sintió que poco a poco perdía el control sobre la energía que lo llenaba. Aquello no podía acabar bien. Ambos se estaban mirando fijamente, así que no se dieron cuenta de que había entrado Ewa en la habitación. Parecía triste. No llevaba maquillaje, por lo que su rostro transmitía una sensación de candidez. Janusz la miró con ternura. Su hijita. La mala energía desapareció por un momento.

—Tengo que hablar con vosotros —dijo Ewa—. Ahora.

Sus palabras sonaron a problema serio. Ambos la observaron extrañados. Bartek se removió intranquilo.

—Claro, hija —la animó Janusz. No podía creer que aquello estuviera pasando de verdad: estaban los tres juntos e iban a conversar como una familia normal. Apagó el televisor con un gesto rápido. No quería que nada los molestara—. Siéntate con nosotros.

La chica no se movió del sitio.

—Estoy embarazada —dijo en voz baja, y se echó a llorar desconsolada.

A Rosół le empezó a dar vueltas la cabeza. Durante un momento no supo lo que estaba ocurriendo. De improviso, Bartek se levantó del sofá y se acercó a su hermana. La abrazó y empezó a mecerla con delicadeza, como si fuera un bebé. Lo mismo que hacía Bożena con ellos cuando eran pequeños. El cuerpo de Ewa se estremecía por el llanto.

–¿Quién es el padre? ¡Me cago en la hostia! ¿Quién es el padre? –bramó el policía.

Bartek lo miró sorprendido. El propio Janusz se había sobresaltado por su arranque de furia. Se adueñó de él una energía incontrolable, como si hubiera arrancado de sus brazos los grilletes de la apatía que hasta entonces lo mantenían preso.

La chica no contestó. Siguió llorando en los brazos de su hermano.

–¿Sabes al menos quién es el padre? –repitió Rosół muy nervioso.

–Déjala tranquila, papá –dijo Bartek sin levantar la voz.

De repente su tono era completamente diferente. Volvía a ser su hijito. Janusz Rosół no pudo contener las lágrimas. Su ira se fue tan rápido como había aparecido.

–¿Qué vamos a hacer ahora? –preguntó en un susurro, como si Bartek fuera su padre.

–Nos las apañaremos –contestó con firmeza el chico.

13

Varsovia, 1964

Jakub contemplaba la foto de su madre oculto bajo un edredón de plumas, en su habitación, situada en el primer piso. Era consciente de que no se trataba de un escondite muy seguro, pero no había podido contener su deseo de mirar unas cuantas veces la fotografía. La tenía desde hacía poco tiempo. La habían dejado olvidada en un viejo álbum. Si su padre supiera que existía, sin duda la rompería en pedazos. La menor referencia a su esposa le ponía hecho una furia.

El chico observaba ensimismado a la mujer de la foto. Su madre le parecía muy hermosa. La mujer más hermosa. La foto era en blanco y negro, pero una de las criadas le había dicho en secreto que sus ojos eran de un precioso color violeta y que su pelo tenía el color del trigo. Los acariciaba con la esperanza de sentir la suavidad de esos cabellos a través del papel.

Jakub no había conocido a su madre, pero siempre la había echado de menos. No entendía por qué había elegido a Zygmunt como padre para él. Tampoco entendía por qué lo había abandonado. Creía que si ella no hubiera muerto durante el parto, su vida sería ahora totalmente distinta.

Oyó pasos pesados en las escaleras. Su padre. Escondió la fotografía bajo el colchón. Él no podía saber de su existencia. Jakub lo mantenía en secreto. La puerta se abrió de golpe.

–¿Qué haces? –gritó su padre–. Sal de ahí ahora mismo. ¿Qué andas maquinando bajo el edredón? No habrás cometido un pecado, ¿eh? ¿Qué escondes?

–E-estoy de-de-descansa-sando –tartamudeó Jakub.

185

Odiaba tartamudear, pero no podía evitar hacerlo cuando su padre se le acercaba.

–Me has decepcionado, tartaja. –El hombre se rio con sarcasmo–. ¡No está bien pecar! Eres el hijo de un médico. La gente me aprecia. ¿Qué dirían si se enteraran de que tengo un hijo como tú? Sabes que no tengo elección. Lo sabes, ¿verdad?

Jakub asintió despacio mientras su padre se quitaba el cinturón. Procuró pensar en su madre y en la foto que escondía a toda costa de aquel hombre al que odiaba. El dolor atravesaba su cuerpo, pero no podía alcanzar sus pensamientos.

–Voy a ver a una paciente –le dijo su padre cuando todo hubo acabado.

Jakub no contestó, pero se quedó con su vista fija en los ojos de su padre. Sabía que su progenitor odiaba eso.

–¿Qué miras? –gritó. La ira le hizo torcer el gesto–. Tienes unos ojos tan repelentes como los de tu madre.

Golpeó a su hijo en la cara con todas sus fuerzas.

–Ahora ponte a estudiar. Si quieres llegar a ser médico no puedes perder el tiempo con tonterías. Tengo contactos, pero no pienso arreglar todos tus asuntos. No puedes recurrir a mí continuamente. Sé un hombre.

Jakub no deseaba ser médico, en absoluto. Quería dedicarse a la lepidopterología y estudiar a las mariposas. Las adoraba. Eran los seres más hermosos de la Tierra. Su madre era como la más maravillosa de ellas. Sus delicadas alas la habían llevado al cielo prematuramente. Era la Mariposa de Jakub.

Sin embargo, sabía que no podía decirle eso a su padre. Una vez, años atrás, le había mencionado el tema y su padre le había propinado tal paliza que Jakub no pudo caminar durante un mes. Ahora tenía trece años y ya sabía qué cosas era mejor no comentar.

Debía convertirse en médico, igual que su padre. Quizá fuera la única manera de salir de aquella casa. Su progenitor ya había hecho planes para él y no quería ni oír hablar de otras opciones.

14

Lipowo. Sábado, 19 de enero de 2013, por la tarde

El joven Marek Zaręba se hallaba en el salón más grande que había visto en su vida. Miraba a su alrededor con los ojos muy abiertos. Nunca habría podido imaginar semejante lujo, semejante suntuosidad. Estaba convencido de que el sofá en el que se había sentado era más caro que su coche. En las paredes había colgados cuadros de gran tamaño. Zaręba no entendía de arte, pero sospechaba que eran muy caros. En cualquier caso, los marcos seguro que no eran baratos: su primo se dedicaba al enmarcado y le había comentado una vez qué precios se manejaban en ese negocio.

El policía se sentó cómodamente en el mullido sofá. En el salón estaban reunidos todos los miembros de la familia Kojarski salvo Blanka, la esposa del dueño. Sénior Kojarski informó a Marek que su mujer se había quedado en su cuarto porque le dolía la cabeza.

–¿Le gustan mis cuadros? –preguntó el dueño de la casa con cierto desdén, mientras le dirigía al policía una mirada altiva. Al parecer, no se molestaba lo más mínimo por ocultar sus sentimientos.

–No entiendo de arte. –Zaręba decidió amoldarse a lo que se esperaba de él. ¿Tenía que interpretar a un policía idiota de pueblo? Muy bien, lo haría, a lo mejor resultaba ser una buena táctica–. Pero hasta yo sería capaz de pintar unos cuantos circulitos. ¡No parece tan difícil!

Sénior Kojarski arqueó las cejas con incredulidad. Marek Zaręba estaba seguro de que aquel hombre se teñía. En el nacimiento del pelo se podía ver un ligero tono cano. Daba la impresión de que Sénior no aceptaba el paso del tiempo.

El policía carraspeó. Ya era hora de pasar al asunto que lo había llevado allí.

–Seguramente ya sabrán que el martes atropellaron a una monja en el pueblo –empezó diciendo–. A estas alturas, estamos casi convencidos de que el causante viajaba en un todoterreno. Uno como el que poseen ustedes, por ejemplo. Me refiero al Land Rover Discovery perteneciente al señor Júnior Kojarski.

Leyó la matrícula, que llevaba anotada en un papel.

–¿Qué se propone insinuar? –se enervó Júnior Kojarski–. Ya le dije que el tema de mi coche lo tengo controlado. No veo necesidad de continuar esta conversación.

Róża Kojarska lanzó una mirada fugaz a su marido y después se arregló el pelo con su esquelética mano. Marek Zaręba no pudo evitar pensar que su comportamiento resultaba algo teatral.

–No me popro... propongo nada –dijo el policía trastabillando.

Júnior Kojarski se rio como si estuviera tratando con el mayor imbécil de la región. Marek empezaba a enfurecerse, a pesar de que al principio le había divertido interpretar el papel de tonto del pueblo. Le apetecía fumarse un cigarrillo, sin duda eso lo tranquilizaría. Desde hacía varias semanas intentaba dejar el tabaco, y estaba a punto de lograrlo.

–¿Podría ver su coche, ya que está usted seguro de que el causante no viajaba en él? –Zaręba trato de adoptar un tono profesional, juicioso–. Eso no debería suponerle ningún problema.

–Es decir, que usted se *propone* –Sénior Kojarski pronunció esa palabra despacio, como si quisiera que Marek la escuchara bien– insinuar que alguno de nosotros atropelló a la monja, ¿verdad, señor agente? ¿Y con qué fin lo habríamos hecho, si puede saberse?

–¿Podría ver el coche? –preguntó de nuevo Marek Zaręba–. Si están ustedes seguros de que no ha sido nadie de aquí, ¿por qué no puedo echar un vistazo al garaje?

–¿Tiene una orden? –contestó tranquilamente Sénior Kojarski.

En el rostro del hombre se dibujó la confianza de alguien que sabe arreglárselas en cualquier situación.

–Si es necesario, se la traeré con mucho gusto. –Marek trataba de tranquilizarse, pero Kojarski tenía una clara ventaja sobre él–. Pensé que quizá desearían ustedes colaborar conmigo con total normalidad y que no sería necesaria una orden.

–Si quiere usted entrar en mi garaje la va a necesitar, aunque de momento no creo que nadie se la vaya a dar –dijo riendo Sénior–. Para conseguir una orden debería tener usted algo en lo que basar esas *sospechas*. Por el momento no tiene usted ningún motivo para importunarnos. El fiscal no accederá.

–Bien. –El joven policía se dio por vencido. Estaba enfadado consigo mismo. Seguro que Daniel esperaba mucho más de él–. Ya que se niegan ustedes a mostrarme el coche, al menos podrán decirme dónde se encontraba cada uno de los miembros de la familia el martes por la mañana.

–Todos estábamos en casa –comentó con voz conciliadora la esposa de Júnior, Róża–. Mi marido llegó de Varsovia el fin de semana. Es decir, hace una semana. Dentro de poco será el quinto aniversario de la boda de mi suegro con Blanka. Íbamos a organizar una fiesta, yo encargué una tarta...

–Basta –la interrumpió Júnior Kojarski. Ella se calló como le ordenaban, pero por la expresión de su demacrado rostro no parecía muy contenta–. Ya puede ver que todos tenemos coartada o como quiera llamarlo. Creo que la conversación ha terminado. No nos haga perder el tiempo, se lo ruego. No pago la cantidad de impuestos que pago para ser importunado con tal desfachatez.

–¿Podría hablar con Blanka Kojarska? –Marek esperaba que una conversación cara a cara con la mujer del dueño le aportara algo más que los rifirrafes verbales que había tenido con el resto de la familia.

El padre y el hijo se miraron, como si sopesaran la petición.

–Está en su habitación –dijo finalmente Sénior Kojarski, riéndose de un modo desagradable–. Le deseo suerte. Después ya no nos importune más, por favor. No quiero que me molesten. Soy un hombre ya retirado y espero tener la posibilidad de descansar en mi refugio. He trabajado toda mi vida para conseguirlo.

–Yo lo acompaño –se ofreció Róża Kojarska.

Marek Zaręba subió tras ella al primer piso. La mujer no abrió la boca hasta que llegaron.

–Es aquí –comentó, y se alejó apresuradamente ante la extrañada mirada del policía.

Marek suspiró con resignación. Pensó que Blanka sería más locuaz. Ya había tenido ocasión de comprobarlo alguna vez. Volvió a suspirar. Quizá aquello fuera un error y no debería estar allí. A lo mejor tendría que haberle comentado a Daniel la relación que había tenido con Blanka... Pero entonces Podgórski habría enviado a casa de los Kojarski a Paweł o a Janusz. Puede que de ese modo hubiera resultado todo más profesional, pero él no quería perder la oportunidad de participar en la investigación. En cualquier caso, ahora ya era demasiado tarde para las dudas.

Marek llamó a la puerta del dormitorio de Blanka Kojarska. Del interior llegó una respuesta apenas audible. Entró con cautela.

—El oficial Marek Zaręba, de la comisaría de Lipowo —dijo, aunque ella sabía perfectamente quién era. Marek quería que todo se desarrollara de un modo profesional. Hablaría con ella y se marcharía. Sin más. En este caso era preciso emplear un tono neutral.

En el dormitorio había un fuerte olor a perfume dulce. Blanka estaba tumbada en la cama, llevaba puesta una bata de satén rojo. Podía adivinarse alguna lágrima en sus enormes ojos.

—Oh, buenos días, Marek —susurró con voz sensual—. Qué agradable es verte aquí. Hace mucho que no hablamos.

Zaręba miró con disimulo su escote. La bata estaba ligeramente abierta y podía ver la hendidura que se formaba entre sus grandes pechos. No podía dejar de mirar hacia ese punto. Ella debió de advertirlo, porque en su boca apareció una sonrisa de fingida timidez. Pasó lentamente los dedos por su piel desnuda. Sabía muy bien cómo manejar la situación, Marek era consciente de ello. Cuatro años antes se había dejado arrastrar por ella. Aún hoy se arrepentía de aquel error. Por suerte nadie se había enterado.

—Vengo a hablar del accidente que tuvo lugar el martes —dijo con firmeza, y tragó saliva. El perfume dulce casi lo estaba asfixiando—. O sea, el quince de enero.

—¿Ah, sí? —Blanka hizo un gesto de tristeza—. Esperaba que estuvieras aquí por *lo nuestro*.

—No hay nada nuestro —dijo bruscamente Marek Zaręba—. Esa historia se acabó. Y hace mucho, además.

—¿De veras? —La voz de Blanka ya no era dulce ni seductora. Había pasado a ser directa y áspera, como si negociara un contrato de negocios—. ¿Tu mujer y tu jefe opinarán igual? ¿Puede un investigador tener una relación íntima con uno de los testigos? ¿O quizá incluso me consideráis sospechosa? ¿Qué crees que diría el fiscal, Marek? ¿Y qué diría Ewelina?

El corazón de Marek empezó a latir desbocado. Pensaba a toda prisa qué hacer. No podía permitir que aquello saliera a la luz. Ewelina jamás se lo perdonaría. Lo que había pasado cuatro años atrás había sido un error. Una estupidez. Su matrimonio parecía atravesar una crisis y él, como un completo idiota, encontró consuelo en los brazos de Blanka. Desde aquella época no había vuelto a pensar en el tema. Había procurado olvidarlo y no le había ido mal. Hasta ahora.

–¿En qué estás pensando? –preguntó despacio Zaręba.

Blanka se levantó y se acercó a él, sonriendo con malicia. De pronto se inclinó y lo besó en la boca. Marek se quedó rígido.

–Yo te ayudo a ti y tú me ayudas a mí –le susurró al oído–. En caso contrario, esto podría terminar muy mal para ti. Ya sabes que puedo ser dura cuando es preciso.

A pesar de los temores de Weronika, el viaje desde Varsovia transcurrió mucho mejor de lo que esperaba. Aun así, suspiró aliviada cuando por fin pagó al transportista y condujo a *Lancelot* hasta la caseta del viejo establo. El caballo parecía satisfecho con su nuevo alojamiento. Lo olfateó todo y se puso a comer heno.

Tomek Szulc había mantenido su palabra: había traído heno y paja del pueblo y lo había dejado todo colocado en la caseta contigua. Weronika vio un trozo de papel blanco sobre las balas de paja. Al parecer le había dejado una carta.

Agarró la nota y la leyó: «Que aproveche, *Lancelot*». Debajo estaban dibujados *Lancelot*, *Igor* y ella. Al lado, Tomek había escrito: «Solo falto yo. Llámame». No pudo dejar de sonreír. Leyó tantas veces el número de teléfono que se lo aprendió de memoria.

Dio unas palmadas al caballo en el cuello. *Igor* revoloteaba alrededor, husmeando a *Lancelot*. Hacía mucho que no veía al caballo. Weronika no solía llevarlo con ella a las cuadras, ni siquiera en la ciudad. A los dueños de las cuadras no les gustaba que hubiera perros correteando por allí.

–¿Llamo o no? –preguntó Weronika a sus animales, apretujando la nota de Tomek en la mano, sudorosa por la emoción.

Notó el peso del móvil en el bolsillo del pantalón. Tomek era atractivo, la había ayudado con la cuadra, pero...

–Creo que me he enamorado –les dijo a *Lancelot* y a *Igor*. Ambos alzaron las orejas.

Le dio al caballo un terrón de azúcar. No tenía esa costumbre, pero el primer día en un lugar nuevo se podía hacer una excepción.

–Pero qué tonta soy –suspiró Weronika–. Nunca aprenderé.

Ya había caído la noche cuando el inspector Daniel Podgórski pasó por Brodnica al volver de Varsovia. La tranquilidad de esta pequeña ciudad le hizo sentir alivio por haber dejado atrás las calles atestadas de la capital. La nieve helada brillaba a la luz de las farolas con miles de cristalitos.

El policía tenía mucha hambre y estaba cansado por el viaje, así que paró a cenar en el McDonald's situado en el extremo norte de la ciudad. Hizo su pedido y se sentó a una mesa. El local estaba casi vacío. Seguramente a nadie le apetecía salir de casa con ese tiempo.

Aunque era sábado, Podgórski decidió reunir a sus compañeros para comentar los nuevos datos sobre el caso. Le mandó a cada uno un mensaje, convencido de que no les haría mucha gracia. Terminó de comer y continuó el viaje con renovada energía. Cuando llegó a la comisaría no había nadie aún. Encendió la luz y se sirvió un vaso de agua mientras esperaba a los demás.

El primero en aparecer fue Paweł Kamiński. Venía muy irritado, se quejaba de que estaba perdiendo un «puto» día libre. Daniel miró a su compañero con antipatía. No podía entender qué había sido del Paweł de antaño, aquel con el que había pasado casi toda su infancia. Sus padres eran vecinos y excelentes amigos, y ambos habían muerto en acto de servicio. Desde aquel suceso habían transcurrido muchos años, pero quizá su compañero todavía no había aceptado la pérdida de su padre. Daniel prefería esa explicación antes que reconocer que el antiguo Paweł ya no existía.

Janusz Rosół y Marek Zaręba llegaron con pocos minutos de diferencia. Ambos traían un aspecto distinto al habitual. En los ojos de Janusz había un brillo nuevo, parecía lleno de energía, como nunca antes. En cambio Marek no tenía buen aspecto. Daniel decidió que hablaría con Zaręba tras la reunión. Se sentía de alguna manera responsable de su compañero, a pesar de que, aunque era más joven, no los separaban tantos años.

–¡Traigo noticias! –gritó Rosół desde el umbral.

Todos se sentaron en la sala de descanso, excepto Janusz, que empezó a dar vueltas alrededor de la mesa con paso rápido. Tal brío no encajaba nada con él. Sus compañeros lo miraban expectantes. Suponían que esa excitación anormal en él se debía a que traía importantes novedades en el caso de la monja asesinada.

–Empiezo por la noticia más importante –anunció Rosół.

–Sin miedo –le animó Daniel Podgórski.

–Voy a ser abuelo –dijo Janusz orgulloso, retorciéndose el bigote.

Los policías lo miraron sorprendidos. Aunque parecía mucho mayor, Rosół apenas tenía cuarenta años y sus hijos eran adolescentes.

–¿Bartek ha metido el pito donde no debía? –preguntó con cautela Paweł Kamiński. Su tono sarcástico había desaparecido. Se acercó al armario y sacó una botella de agua, de la que bebió a grandes tragos y haciendo mucho ruido.

–No, Ewa es la madre. –Rosół sonrió con ternura.

Kamiński se atragantó.

–¿No es demasiado joven? –preguntó con cierta dificultad. Dejó la botella sobre la mesa dando un golpe. Algunas gotas salpicaron el mueble.

–Al principio yo también me he puesto nervioso. Debo reconocer que aún tengo ganas de desollar al tipo que lo ha hecho. Y lo haré en cuanto me entere de quién es el culpable –advirtió amenazante Janusz Rosół. Su rostro quedó un momento deformado por una mueca, aunque enseguida dejó paso a una sonrisa de radiante felicidad–. Pero ahora... creo que es algo maravilloso. Una nueva vida que mi hija va a traer al mundo. ¡Un milagro!

–En fin, enhorabuena –dijo Daniel titubeando.

Podgórski no sabía bien qué pensar sobre aquello. Si la memoria no le fallaba, Ewa tenía quince años, era todavía una niña. Daniel lamentó que no estuviera allí su madre. Maria habría sabido qué hacer en esa situación. Tendría que haberla avisado para que fuera a la reunión.

–Gracias, gracias –dijo Janusz entusiasmado–. Será estupendo. ¡Ya puedo imaginármelo!

–¿Y no sería mejor... hacer algún apaño? –sugirió Paweł Kamiński.

Daniel notó en su voz un leve temblor. Lo miró extrañado. Aquella tarde ninguno de sus compañeros se comportaba como solía. No los reconocía.

–¿Y lo dices tú, que tienes cinco hijos? ¿El padre de cinco hijos me anima a que mi hija aborte? ¡Esa sí que es buena! –Janusz se rio con ganas–. No, eso ni por asomo. Mi hija dará a luz y punto. Ni hablar de abortos.

–¿Y quién es el afortunado padre? –preguntó Marek Zaręba, que estaba muy apagado.

–Pues ya he dicho que no lo sé. En cuanto me entere, será mejor que huya lo más lejos posible. En Lipowo no hay sitio para los dos.

–Ewa es menor de edad. Deberías indagar en ese asunto –continuó Marek.

–¿Indagar en ese asunto? Ewa tiene quien la cuide. No quiero que la llames «asunto» –dijo con firmeza Rosół–. Nos las arreglaremos.

Sus ojos, por lo general tranquilos, reflejaban fiereza. Su aspecto era muy distinto al del día anterior. Daniel le puso la mano en el hombro para calmarlo.

–Bueno, hombre, ya está –le dijo. Lo mejor era cambiar de tema–. Janusz, he visto que me has llamado varias veces. ¿Te has enterado de algo acerca de la monja?

–Ah, sí. –dijo Rosół serenándose. Se arregló la camisa y se dejó caer en una silla–. He hablado con los dos conductores. El que va por la carretera principal en dirección a Olsztyn me confirmó que trajo a la monja y que ella se bajó en la parada que hay junto al centro turístico UMK a eso de las siete cuarenta, como habíamos sospechado. También pregunté si llevaba equipaje. Me pareció lógico que trajera algo consigo, pues no se va uno de viaje tan lejos sin llevar nada de nada. Entre Varsovia y Lipowo hay unos doscientos kilómetros, que no es poco.

Daniel asintió dándole la razón.

–¿Y qué dijo el conductor?

–Recordaba que no llevaba ni maleta ni ningún otro bulto grande. No estaba seguro de si tenía bolso, pero creía que sí.

La voz de Rosół era firme, pero cuando se volvió en dirección a Daniel, a este le pareció notar que Janusz olía a alcohol. Eso podría explicar su extraño comportamiento.

–Junto al cuerpo no encontramos ningún bolso. Tampoco había documentación.

–Eso mismo pensé yo –comentó Rosół–. Resulta extraño.

–Si el conductor no se equivoca y la monja tenía un bolso, podría significar que el asesino se lo llevó. La pregunta que surge es por qué habría de hacer tal cosa.

–Quizá quiso dificultar la puta identificación –sugirió Paweł Kamiński. Empezó de nuevo a beber agua con tanta ansia que se le derramaba por los lados de la boca–. Es bien sencillo, joder.

–Es posible, pero entonces ¿por qué no le desfiguró la cara? –se preguntó Daniel–. No lo hizo, y gracias a eso, aunque no había documentos, hemos podido identificarla con facilidad. Esto no cuadra.

–De esto ya hemos hablado. A lo mejor no le dio tiempo a hacerlo.

–¿Pero sí a quitarle el bolso?

–Quizá se trate de alguien inexperto y no supo qué hacer en tal situación. –El intercambio de ideas animó un poco a Marek Zaręba, que estaba algo callado–. La quería matar, pero no sabía de qué forma trabaja la policía y solo se llevó la documentación.

–Habrá que echar un vistazo. Es posible que el asesino tirara el bolso por ahí. Llamaré a Edward Gostyński, es el guardabosques y está todo el día dando vueltas. Quizá encuentre el bolso –comentó Daniel–. ¿Y qué ha dicho el segundo conductor?

El rostro de Rosół delataba sorpresa. Parecía como si por un momento se hubiera desconectado y sus pensamientos hubieran seguido por un camino totalmente diferente. Se pasó la mano por la cara y abrió mucho los ojos.

–Janusz, ¿qué ha dicho el segundo conductor? –volvió a preguntar Daniel Podgórski.

–Es verdad, es verdad. No me puedo olvidar de lo más importante. –Rosół se levantó y otra vez empezó a caminar nervioso alrededor de la mesa–. Lo primero es que el martes por la mañana no pasó por allí. Tuvo un cambio de trayecto porque se estropeó otro autobús. Siguió recto por el bosque para sustituirlo. No entró al pueblo.

–A ver, corrígeme si me equivoco: ¿quieres decir que, aunque sor Monika yaciera sobre la carretera desde las ocho, él no pudo verla? –preguntó Podgórski para asegurarse–. Simplemente no siguió esa ruta, ¿verdad?

Janusz asintió.

–Es decir, que nuestro intervalo temporal sigue siendo de dos horas y media. Desde las ocho, cuando la vio Malinowski, hasta las diez y media, cuando la encontró Ewelina –resumió Daniel–. ¿Sabría el asesino que el autobús no iba a pasar por allí ese día? Pudo haberlo planeado todo de manera que tuviera el mayor tiempo posible.

Marek Zaręba también bebió agua.

–No creo que pudiera saberlo, porque la sustitución no estaba planificada. Eso dijo Robert. Fue una casualidad –explicó Janusz Rosół con impaciencia–. Da igual. El caso es que Robert vio algo muy curioso al cruzar el bosque. ¡Os lo quiero contar, pero no hacéis más que interrumpirme!

Marek y Daniel se miraron sorprendidos por el arrebato de su compañero.

–Pasada la curva había un coche parado en el arcén y Wiera lo estaba limpiando –continuó Rosół excitado–. Medio coche estaba dentro de la calzada, Robert dice que tuvo que rodearlo. Por eso se fijó en el vehículo. Alguien lo había dejado muy mal aparcado.

–¿A qué te refieres cuando dices que «lo estaba limpiando»? –se interesó Paweł Kamiński.

–Robert vive en Zbiczno, así que a veces, cuando pasa por Lipowo camino de casa, entra a comprar en la tienda de Wiera. La conoce. No tenía ninguna duda de que se trataba de ella.

–¡No te pregunto si está seguro de que era ella, sino a qué te refieres cuando dices que «estaba limpiando» el coche! Joder, no creo que sea tan difícil de entender, ¿no?

–Wiera tiene una falda negra y larga, ¿sabéis a cuál me refiero? –quiso asegurarse Janusz Rosół–. A Robert le pareció que tenía en la mano justo esa falda y que frotaba el coche con ella. Le resultó un poco extraño, allí en mitad del bosque y eso.

–¿Cómo sabe que era una falda? –insistió Kamiński. Su rostro empezaba a recuperar el color y en su voz volvía a percibirse un tono sarcástico.

–No lo sé. ¡Yo solo repito lo que me dijo! No creo que eso sea tan importante, ¿no?

–Vale, nada de nervios –los tranquilizó Daniel, que empezaba a notar latidos en las sienes–. ¿El conductor vio sangre en el coche?

–Eso mismo le pregunté yo –dijo Rosół con satisfacción–. A Robert le pareció que en el coche no había nada, pero no lo vio bien, estaba concentrado en la carretera. Las condiciones no eran buenas. Solo dijo que tocó el claxon, pero Wiera no reaccionó, como si estuviera demasiado atareada.

–De acuerdo. ¿Y se fijó en qué coche era? Wiera no tiene más vehículo que su escúter.

–Esto es lo mejor –contestó Rosół riendo. Tenía las mejillas coloradas por la emoción. Se acercó a la ventana y la entreabrió, dejando que en la habitación se colara un soplo helado de aire invernal–. A Robert le pareció que se trataba del Land Rover Discovery de los Kojarski.

–¿Está seguro? Porque podría tratarse de cualquier otro todoterreno.

–Venga ya, Daniel –comentó Marek Zaręba–. Cualquiera que viva en esta zona conoce los coches de esa familia. No puede ser casualidad que precisamente el coche de Júnior estuviera tan cerca de la escena del crimen.

–¿A qué hora vio Robert todo eso?

–Afirma que debían de ser sobre las diez. –Janusz se sentó en el pretil de la ventana e inspiró el aire del invierno–. No miró el reloj, pero estaba casi seguro de que como mucho habían pasado un par de minutos de las diez, no más.

–Entonces, ¿Wiera estaba en ese momento en el bosque? –se preguntó Daniel con incredulidad. No entendía por qué no les había avisado o por qué no había dicho nada el miércoles cuando interrogaron a todos los vecinos.

Rosół asintió. Marek Zaręba y Paweł Kamiński permanecieron en silencio. Parecían absortos en sus pensamientos.

–En fin, le pediremos que venga mañana a la comisaría –decidió Podgórski–. Ya sé que es domingo, pero tenemos que hablar con ella sin falta. Parece que no nos lo dijo todo. Me cuesta mucho creer que lo hiciera ella... Y encima con el coche de Júnior Kojarski. ¿Por qué lo tendría Wiera?

–Yo solo repito lo que vio Robert.

–Bueno. Aunque no lo hiciera ella, es muy probable que descubriera el cadáver antes que Ewelina. Para llegar hasta el coche tuvo que pasar junto a la monja, a no ser que atajara por el bosque. Pero, si es inocente, ¿por qué no nos informó de todo eso?

Nadie contestó.

–¿Y cómo te ha ido a ti en Varsovia? –preguntó al cabo de un rato Janusz Rosół.

Podgórski miró intranquilo a Marek. Normalmente habría sido el más joven de los policías el que hiciera esa pregunta. Sin duda algo no marchaba bien.

Rosół miró expectante a Podgórski, que suspiró y, con desgana, les resumió a sus compañeros la conversación con la hermana Anna y con los demás habitantes de la parroquia varsoviana. Comparada con las revelaciones de los conductores, el viaje a Varsovia de repente pareció una pérdida de tiempo. Menos mal que hemos avanzado por otro lado, porque en realidad yo no me he enterado de nada acerca de sor Monika, reconoció en su interior. Por otro lado, la idea de que Wiera se encontrara mezclada en el asesinato no resultaba nada agradable.

–¿Qué os parece? –preguntó Podgórski al terminar su relato.

–Pues que seguimos sin saber nada sobre la hermana Monika –comentó finalmente Marek Zaręba, aunque estaba claro que sus pensamientos estaban en otra parte.

–Así es, por desgracia.

–¿Qué hacemos?

–De momento no tenemos ningún dato al que agarrarnos en lo que se refiere a ella. Resulta muy extraño, pero es lo que hay. En la parroquia nadie conoce su nombre secular.

–¡La monjita ocultaba algo, joder! –dijo Paweł Kamiński–. Pero es solo mi opinión.

–Es posible. En cualquier caso, esta misma noche me pondré en contacto con los editores de los periódicos de alcance nacional –explicó Daniel–. Publicaremos un anuncio con una foto de la fallecida, quizá alguien la reconozca y nos llame. Alguien tenía que conocerla.

Los demás policías asintieron.

–Creo que la pista financiera es un callejón sin salida –continuó Podgórski–. No he encontrado nada interesante en la contabilidad. De momento nos vamos a centrar en aclararlo todo con Wiera y en el coche. ¿Tienes algo, Paweł?

–Todavía no. Es sábado –replicó Kamiński a la defensiva.

Daniel no dijo nada. No tenía ganas de discutir.

–¿Y a ti qué tal te ha ido con los Kojarski, Peque?

–No muy bien –contestó Marek Zaręba con desgana–. Aseguran que el martes por la mañana toda la familia estaba en casa y que nadie utilizó el Land Rover. Era de esperar. ¿Qué otra cosa iban a decir?

–Vale. ¿Han comentado algo más? ¿Lo que sea?

–No –replicó Marek rápidamente. Con demasiada rapidez–. No se mostraron muy dispuestos a colaborar. Todos confirman la coartada de los demás. Y ya está.

–Bueno, por hoy lo dejamos –dijo Daniel resignado. Parecía que todos estaban demasiado cansados para seguir discutiendo sobre el asunto. Ese día ya no iban a descubrir nada nuevo–. Dentro de un momento me pondré en contacto con los periódicos para lo del anuncio con la foto de sor Monika. Mañana a primera hora hablaremos con Wiera. No puedo creer que ella matara a la monja. Sea como sea, seguro que la tendera sabe más de lo que nos dijo y debemos comprobarlo. No podemos esperar al lunes para hacerlo. Paweł, me gustaría que me ayudaras mañana con el interrogatorio a Wiera. El lunes por la mañana nos reuniremos para comentar lo que averigüemos. Marek y Janusz, vosotros tenéis libre mañana. Hoy os habéis dado una buena paliza trabajando.

Marek Zaręba se levantó de la silla como si tuviera que marcharse volando.

–Peque –lo detuvo Podgórski–, espera un momento, tengo que hablar contigo de otro asunto que no es de trabajo.

Zaręba se paró con poco entusiasmo. Daniel aguardó a que salieran los demás. Después cerró la ventana y se volvió hacia Marek.

–¿Va todo bien? –preguntó sin preámbulos–. Me da la impresión de que te ha ocurrido algo. Pareces un poco preocupado.

–No, no, todo va estupendamente –replicó Zaręba sin mirar a su jefe a los ojos–. Hasta el lunes.

Daniel Podgórski sabía que el chico mentía, pero le dejó marcharse sin pedirle más explicaciones. Ya insistiría en otra ocasión. Esperaba que no se tratara de nada grave.

Los Kojarski se presentaron al completo para la cena. Sénior se había sentado en un extremo de la mesa y miraba al resto con desagrado. Eran su familia, pero en realidad no le gustaba ninguno de ellos. Es más, estaba casi convencido de que el sentimiento era mutuo. A pesar de todo, pensaba que, como cabeza de familia, no debía entregarle su dinero a un extraño.

Todos lo contemplaban expectantes. Sénior sonrió. Había llegado la hora de aclararles la situación.

–El quinto aniversario de mi boda con Blanka no es la única razón por la que deseaba que nos reuniéramos –empezó a decir, esforzándose por adoptar el tono adecuado.

Miró fugazmente a su esposa, que lo observaba con sus enormes ojos. Sénior se arrepentía de la decisión que había tomado cinco años atrás, pero ya no podía hacer nada.

–Me lo imaginaba –comentó Júnior Kojarski con malas formas–. No va contigo eso de organizar una cena familiar sin un objetivo concreto.

–Hijo, esas palabras hieren a tu anciano padre. –Sénior se rio con frialdad.

No le importaba lo que pensara ese mocoso. Ya le bajaría los humos. Júnior no iba a recibir ni un céntimo, eso seguro. Que se las apañara él solito con las deudas que había contraído. Sénior sonrió con malicia. Ese chico pensaba que su padre no sabía nada y que podía estar tranquilo. Se equivocaba de cabo a rabo.

–¿Qué más nos has preparado, querido? –preguntó Blanka con su voz cantarina–. La curiosidad me mata.

Sus labios, hinchados por el relleno, dibujaron una sonrisa. El cirujano había hecho un buen trabajo, su forma era ideal. Quizá no fue tan mala inversión después de todo, se dijo Sénior Kojarski.

–Tengo intención de hacer testamento –anunció satisfecho de sí mismo. Seguro que no esperaban oír lo que les iba a decir.

Róża dejó caer el tenedor con estruendo. ¿Para qué lo habrá agarrado con su mano esquelética si de todas formas no come nada?, pensó Sénior.

Todos fijaron su atención en él. Así debería ser siempre, se dijo Sénior Kojarski muy animado.

–El dinero lo recibirá solo una persona –les informó.

Júnior se atragantó con el vino, que hasta entonces estaba bebiendo con fingida indiferencia. Le lanzó a Blanka una mirada de odio. Ayer eran amantes, hoy ya la odiaba. Sénior casi se frotaba las manos de satisfacción. Le encantaba provocar discusiones entre las personas. El pequeño *hobby* de un viejo empresario aburrido de la vida en provincias.

–¿Quién?

Róża también miró fugazmente a Blanka. Durante un instante no fue una famélica ama de casa intimidada por su marido, sino una leona que defiende a su cachorro. Sin el dinero de Sénior, su hijo se quedaría sin nada y eso no lo podía permitir. Aquello cada vez le gustaba más al viejo Kojarski.

–Espero que lo reciba quien lo merezca –dijo la mujer de su hijo apretando los dientes.

–Ya veremos, ya veremos –replicó Sénior con satisfacción.

Sin lugar a dudas había sido una cena muy lograda.

–¡Daniel! ¡Cómo me alegro de que ya estés aquí!

Maria estaba esperando en el umbral del apartamento de su hijo, en el sótano del edificio. Entre las manos sujetaba una fuente cubierta con papel de aluminio. Seguramente le traía un pastel. Daniel sintió remordimientos por no haberla llamado en todo el día. Debía de estar preocupada.

–Tenía que comentar con los chicos las nuevas pistas –explicó Podgórski con tono de disculpa–. Ya sé que debería haberte llamado, mamá.

–Tengo que hablar contigo –dijo Maria de golpe. Parecía turbada.

–Claro. Entremos –propuso el policía.

Se sentaron juntos en el sofá, frente al televisor. Maria seguía sujetando la fuente con fuerza. Ni siquiera prestó atención al desorden reinante en la casa, aunque era algo que la disgustaba.

–¿Qué sucede, mamá? –preguntó Daniel preocupado–. Explícamelo todo poco a poco. Seguro que entre los dos encontramos una solución.

–No sé si hago lo correcto –empezó diciendo Maria, insegura–. Es algo que me han contado en secreto, y los secretos no deberían ser revelados. Me siento dividida. ¡No tengo ni idea de qué hacer!

–Tranquila, mamá. A mí ya me conoces. Sabes que no comentaré con nadie lo que me digas –prometió Podgórski para calmarla.

Daniel suspiró haciendo el menor ruido posible. Se sentía demasiado cansado para afrontar esa conversación. Estaba preocupado por su madre, pero había sido un día muy duro. Lo único que deseaba era tumbarse cómodamente y descansar.

–Lo sé, hijo... La cuestión es que no sé si no estará relacionado con el caso. Seguro que no y por eso no me he decidido a contarlo. –Maria hablaba de manera algo caótica. De momento Daniel no había comprendido nada.

–Mamá, sé que algo te inquieta desde hace unos días. Me he fijado en ti –dijo Daniel con calma, aunque empezaba a impacientarse–. Dímelo y ya está, será más fácil.

–Ese Júnior Kojarski y su coche... me dieron que pensar. Porque Wiera me dijo que ella es la madre de Júnior –soltó por fin Maria.

–¿Cómo? –Daniel no podía creer lo que había escuchado–. ¿Que Wiera es la madre de Júnior Kojarski? ¿Cómo es posible?

–Ya ves... Fue hace mucho... Ella trabajaba en casa de Sénior. Era pobre, no tenía con qué mantener a su hijo. El padre del niño era un minero, también pobre. La señora Kojarska, es decir, la anterior esposa de Sénior, no Blanka –aclaró Maria embrollándose un poco. Daba la sensación de que revelar el secreto la había aliviado. Su voz era ahora más pausada–. Bueno, pues que la anterior señora Kojarska decidió adoptar a Júnior. Pero su madre biológica es Wiera.

A Daniel se le había pasado el cansancio. Agarró la mano de su madre. No sabía cómo reaccionaría ante lo que iba a decirle.

–Mamá... Wiera fue vista en el lugar del crimen junto al coche de Júnior...

Maria se tapó la boca con la mano por el susto.

–¿Crees que ella...? –balbució–. No es posible...

–No lo sé, mamá. Tenemos que llevarla mañana a la comisaría. De momento solo vamos a hablar con ella. Espero que todo se pueda aclarar.

–¿Crees que ella y Júnior asesinaron juntos a la monja? –repitió Maria su pregunta con lágrimas en los ojos–. ¿Por qué? Daniel, ¿por qué habría de hacer eso?

–De veras no lo sé –contestó Podgórski mientras se servía un trozo de pastel.

15

Lipowo. Domingo, 20 de enero de 2013, por la mañana

Paweł Kamiński se despertó malhumorado. Bien pensado, últimamente ese solía ser su único estado de ánimo. Siempre estaba más o menos furioso. Llegó a la conclusión de que no era de extrañar: su vida no se desarrollaba como él la había planeado. Suspiró profundamente al pensar en su destino. A fin de cuentas había nacido para tener algo mejor.

Con un gesto violento tiró al suelo el edredón, que cayó sin apenas hacer ruido. Aquello no lo tranquilizó, necesitaba hacer alguna otra cosa que lo templara. Su mirada se posó en Grażyna, que dormía a su lado.

–¿Qué haces ahí todavía tumbada? –El policía sacudió con rabia el brazo de su esposa–. ¡Me parece a mí que tengo derecho a esperar que me hagan el desayuno! Te pasas el día descansando mientras yo me dejo la piel en el trabajo. ¡No vales para nada! Y encima te gastas el dinero en la peluquería. ¡Como si fuéramos unos putos ricos, joder! Cuando ganes dinero, lo podrás gastar. ¡Pero mientras tanto yo decido!

Grażyna abrió los ojos tras ser arrancada del sueño. Parecía desorientada.

–¡Prepárame el desayuno, hostias! –volvió a gritar el policía–. ¿Te has enterado ya?

Le dio un fuerte empujón a su mujer. Ella saltó de la cama como un muelle y corrió a la cocina. Antes lloraba, ahora se limitaba a apretar los dientes. Eso a él lo ponía nervioso. Lo obligaba a ir cada vez más lejos, cosa que no deseaba. Si se echara a llorar al menos una vez, él podría parar; en cambio, así tenía que recurrir continuamente a aquello. Era culpa suya, se dijo Paweł. Se merecía algo mejor que ella. Sin duda.

Y encima ahora estaba aquella historia con Ewa. Creía haber tomado precauciones, pero quizá no lo hizo... ¿Quizá la última vez se permitió arriesgar más de la cuenta? Esa idea volvía a su cabeza de manera obsesiva, a pesar de que intentaba dejarla olvidada en el fondo de su mente. Esperaba que la chica supiera mantener la boca cerrada. Si todos se enteraran de que él era el *afortunado* padre, la cosa no pintaría bien. Ella era menor. Tenía solo quince años, aunque parecía más mayor (eso cualquiera lo podía ver). Quizá también lo había utilizado, igual que Grażyna, pensó Paweł. Estaba claro que no tenía suerte con las mujeres.

Qué putada que la chica sea menor, se dijo Kamiński. No es que tuviera miedo de Daniel o de nadie de la comisaría, más bien se preguntaba qué sucedería cuando se enterara todo el pueblo. ¿Adónde iría él? ¿En qué posición quedaría? Lo peor era que lo podían obligar a que diera dinero para el sustento del niño, y eso no le hacía ni pizca de gracia. Ya tenía bastante con sus cinco hijos. Incluso podían exigirle legalmente que pagara una pensión.

–¡Joder! –gritó Paweł Kamiński con todas sus fuerzas, asustado por tal idea. No quería reprimir sus emociones, eso podía ser perjudicial para la salud.

De momento solo era la palabra de la chica contra la suya, pensó Paweł tranquilizándose un poco. ¿Quién iba a creer a una menor? Él era un policía. El hijo de un héroe. En otra época el asunto estaría bien claro, pero en estos tiempos... Quién sabe lo que diría un juez.

Quizá debería pagar, continuó meditando. Comprarle un regalo. Podría incluso arreglarle un aborto. Conocía a cierto tipo en Brodnica que seguramente se encargaría del tema. Debía hablar con Ewa. A esa edad no querría tener un hijo. Se le estropearía la figura y todo eso. Paweł se sentó en la cama satisfecho de sí mismo. No era tan preocupante. Por mucho que se negase, la acabaría convenciendo. Ella no tenía nada que decir sobre el tema.

De repente sonó el teléfono. Buscó el móvil entre la ropa. Al final lo encontró bajo la cama. Se habría caído por la noche.

–¡Diga! –gritó Paweł Kamiński al teléfono. Esperaba que aún no hubieran colgado, porque de lo contrario toda la prisa que se había dado para contestar habría sido en vano. Maldijo para sí–. ¡Diga!

–¿Paweł? –preguntó la persona que llamaba.

La voz le resultó familiar, pero no le había dado tiempo a comprobar quién llamaba.

–¿Y quién cojones va a ser? –murmuró irritado. Odiaba ese tipo de preguntas–. ¿Quién habría de contestar con mi teléfono? ¿Papá Noel?

–¿Así saludas a un amigo? –dijo el interlocutor riéndose–. Soy Łukasz.

Łukasz Liszowski trabajaba en la policía de tráfico de Brodnica. Buen colega. Habían ido juntos varias veces de putas. Qué buenos tiempos, se rio Paweł en su interior. Muy buenos.

–Hola, Łukasz, no te había reconocido –comentó Kamiński con una risita. Después se dejó caer en la cama y se rascó la barriga–. ¿Qué tienes para mí?

–Esto te va a gustar –le aseguró su amigo–. Tenemos ese coche que estáis buscando.

–¿El Land Rover de los millonarios?

Paweł no podía creer en su suerte. Se levantó y empezó a ponerse el pantalón a toda prisa.

–Exacto. Un Land Rover Discovery con matrícula de Varsovia. Una tía pesada no dejaba de llamar diciendo que habían ocupado su plaza de aparcamiento. Al final el jefe se hartó y ordenó que se lo llevara la grúa, aunque no había motivo. Estaba bien aparcado, no infringía ninguna norma. La plaza ni siquiera pertenece a la tía esa ni la tiene alquilada. Pero llamaba día y noche. Ya sabes cómo son –se rio Liszowski.

Kamiński lo imitó.

–¡Yo tengo lo mismo en casa! –comentó.

–¿La parienta no deja de quejarse? –siguió riéndose Łukasz.

–Como siempre.

–En cualquier caso ya sabes a lo que me refiero. Y cuando vi que Daniel hacía preguntas sobre ese coche, pues pensé que era mejor llamarte a ti primero. ¿Para qué mezclar en esto al jefe enseguida?

–Has hecho bien, de verdad que has hecho bien. ¡Gracias, colega!

–Me debes una botella –le dijo Liszowski–. No hay nada gratis en este asqueroso mundo, ¿eh?

–No hay problema. Voy a ir a ver ese coche. ¿Qué digo? ¡A lo mejor me doy una vuelta en él! No se puede desperdiciar la ocasión.

Siempre he querido probar uno así y nunca he podido. Después ya nos ocuparemos de recoger pruebas o lo que sea. ¿Lo tienes controlado?

–Claro. Te espero.

Daniel quería que Paweł Kamiński estuviera presente en el interrogatorio a Wiera, pero eso podía esperar. Paweł terminó de vestirse y salió de casa sin decir palabra. Desayunaría en la ciudad. Subió a su coche y le mandó al jefe un mensaje diciendo que no acudiría al interrogatorio. Era todo lo que podía hacer por Daniel.

Ewelina despertó a Marek con un delicado beso en la boca. Por un momento a él le pareció que de nuevo notaba los lascivos labios de silicona de Blanka. Había soñado con ella. Lo mordía dolorosamente hasta quedar cubierto de sangre como la monja muerta. Marek temblaba. Su esposa le acarició la cabeza y le tocó la frente para comprobar si tenía fiebre.

–¿Cómo es que duermes tanto estos últimos días, querido? Nosotras ya nos hemos levantado y tú ahí remoloneando –le dijo con dulzura–. ¿Va todo bien? ¿Estás enfermo? Me parece que tienes algo de fiebre.

No podía mirarla a los ojos. No después de haber vuelto a recordar lo que había ocurrido cuatro años atrás. Por culpa de la conversación con Blanka del día anterior, todo había revivido. Kojarska lo había amenazado claramente. Sentía que iba a tener que solucionar de una vez el asunto, pero necesitaba tiempo para pensar.

Se levantó de la cama y se quitó la camiseta con la que solía dormir. Estaba empapada en sudor.

–Tengo que ir a entrenar –explicó mientras fingía buscar su chándal–. Me he dormido.

Ewelina lo miró preocupada. Su cara ya estaba maquillada, como de costumbre. Quería ser atractiva. Para él. Al pensar en eso a Marek se le puso mal cuerpo. ¿Qué haría ella si se enterara de que unos años antes la había engañado? Notó que de nuevo le sudaba la frente. Salió deprisa al pasillo y la dejó sola.

–¿Ocurre algo, Marek? –preguntó la peluquera corriendo tras él–. ¿He dicho algo inapropiado?

Ewelina lo conocía muy bien. ¿Sí? ¿Estaba seguro? ¿Se conocía él a sí mismo? Ahora ya no estaba tan convencido. El hombre que quería ser, el hombre por el que todos lo tenían en Lipowo, jamás habría engañado a su esposa. Ni siquiera cuatro años atrás, cuando estuvieron a punto de separarse. Ahora Blanka empezaba a imponer exigencias. Él había pensado inocentemente que ella también preferiría olvidar aquella estupidez, pero ahora resultaba que sabía aprovechar la ocasión.

–No ha pasado nada –contestó Marek con sequedad. Sonó como si estuviera enfadado con su esposa, cuando debería ser al contrario–. Perdona. Es que me he dormido y estoy cabreado conmigo. Quiero entrenar con fuerza hoy.

Ewelina no pareció creerle, pero no dijo nada más. Él se lo agradeció, no habría sido capaz de hablar con ella en ese momento. Necesitaba recapacitar sobre el asunto. Se puso la cazadora y salió a la calle.

Corrió por el bosque lo más rápido que pudo. No quiso pararse a calentar, prefería correr hasta que las piernas le fallaran. Quería hacer cualquier cosa con tal de no enfrentarse a lo que había pasado y a las consecuencias que podía traer ahora. Pero nada ayudaba. No podía dejar de pensar en aquello. Ante los ojos se le presentaban todos esos detalles que deseaba olvidar.

Cuando llegó a la playa natural que había al otro lado del lago, se sentó en el suelo, agotado. No le importaban ni el frío ni la nieve. Ligeros temblores sacudían su cuerpo fatigado. Toda esa vida que con tanto cuidado había levantado podía venirse abajo. Ewelina no le perdonaría, la pequeña Andżelika lo odiaría. Quizá también tuviera consecuencias en el trabajo. Y todo por un momento de debilidad y por la larga lengua de Blanka Kojarska. Tenía que hacer algo. Tenía que solucionar el asunto antes de perder todo lo que amaba. Estaba dispuesto a todo, absolutamente a todo, para que su familia no se enterara de la infidelidad.

El inspector Daniel Podgórski estaba ya en la comisaría con Wiera cuando Paweł Kamiński le avisó de que tenía que resolver un asunto urgente. Podgórski no se lo creyó del todo, pero en cierto sentido le alivió. No deseaba exponer a la mujer a las pullas de Kamiński. Aunque, por otro lado, no quería interrogar a la sospechosa solo, así que llamó a Marek. Pero el joven policía no contestó. No le quedaba más remedio que avisar a Janusz Rosół y esperar.

Rosół apareció quince minutos después. No llevaba puesto el uniforme, sino una camisa de franela a cuadros muy raída. Aún se veía en sus ojos un brillo enfermizo, pero Daniel no notó olor a alcohol.

—Gracias por venir, Janusz. Sé que hoy ibas a tener el día libre. Te lo contaré como horas extras —le prometió Podgórski—. No saldrás perdiendo.

—No hay ningún problema —comentó Rosół de camino al despacho vacío que se había convertido en sala de interrogatorios. Otra vez se comportaba de manera diferente a la habitual—. ¡Manos a la obra!

Wiera estaba sentada en una silla de madera, encorvada. Daniel le había permitido llevar agujas de punto y lana. Estaba haciendo un jersey. Tejía muy concentrada y de su expresión no se podía deducir nada: parecía vacía, como una máscara. Los policías permanecieron un momento de pie, mirándola sin hacer ruido. Solo el entrechocar de las agujas metálicas interrumpía el silencio.

Al final Podgórski conectó la grabadora para registrar la conversación. Indicó la fecha y la hora. Después nombró a todas las personas presentes y expuso el objetivo del interrogatorio. Ya había cumplido con las formalidades.

—Señora Wiera —empezó diciendo el policía con desgana. Seguía sin poder creer que la tendera pudiera estar relacionada de algún modo con el caso. Acercó una silla y se sentó junto a ella. No deseaba que se sintiera acosada—. Tenemos que hablar con usted acerca del martes quince de enero. Creo que no nos contó todo lo que sucedió, ¿verdad?

—¿Crees que no lo conté? —replicó la tendera sin levantar la vista de su labor—. ¿Estás seguro o no?

Daniel observó a Wiera desconcertado. Ella debió de advertir que no la había entendido, porque le lanzó una mirada fugaz.

—Has dicho «creo» —dijo ella impasible, volviendo a su tarea—. Por eso pregunto si estás o no seguro de que no os lo dije todo.

Daniel Podgórski suspiró profundamente. No quería retenerla allí. Wiera no parecía capaz de hacerle daño a nadie, a pesar de que medio pueblo la llamaba bruja. Janusz Rosół la miró con suspicacia, pero no dijo nada.

–Sé que limpió usted el coche de Júnior Kojarski. Eso ocurrió poco después de que la monja fuera atropellada justo con ese vehículo, según parece. Es todo lo que sé. Sospechamos que lo hizo para eliminar del vehículo la sangre de la víctima.

Daniel hizo una pausa para tomar aire. El rostro de Wiera temblaba levemente.

–Sé también que el dueño del coche, el señor Júnior Kojarski, es hijo suyo –añadió Podgórski en voz baja. Janusz lo miró sorprendido y Daniel maldijo en su interior. Debería haberle comentado ese dato antes a su compañero–. ¿Podría usted decirme ahora qué ocurrió realmente el martes por la mañana?

Wiera permanecía en silencio sin dejar de tejer. Daba la impresión de que no estaba dispuesta a decir nada más.

–No creo que lo hiciera usted –susurró Daniel llevado por un impulso, como si aquello pudiera animar a la tendera a contar la verdad–. Pero de momento esto pinta muy mal. Le ruego que nos lo diga todo para que podamos continuar con la investigación.

La tendera seguía callada, pero sus párpados temblaban un poco por los nervios. Daniel decidió agarrarse a la única opción que le quedaba.

–Vayamos por partes –propuso–. ¿Qué hizo usted el martes quince de enero por la mañana? Cuéntenos todo paso a paso.

De repente Wiera dejó de tejer. Apartó lentamente las agujas y la labor, se alisó la ropa con un gesto delicado y miró a Podgórski a los ojos. Él advirtió que había tomado una decisión.

–Yo atropellé a la monja –reconoció la tendera con firmeza, acercando la boca a la grabadora, colocada sobre la mesa–. Yo atropellé a la monja. Iba conduciendo el coche, patiné y la arrollé. Me entró el pánico. No quería ir a la cárcel. Limpié el coche. En ese momento apareció Bartek Rosół, que venía del pueblo. Me pareció una buena oportunidad de librarme de las pruebas. Le pagué para que se llevara el coche a Brodnica. Quería esconderlo para que nadie lo relacionara conmigo. Después volví a la tienda y la abrí como de costumbre. Así es como sucedió. Caso resuelto. Podéis dejar de buscar.

Janusz Rosół la miraba con los ojos muy abiertos.

–¿Le pagó usted a mi Bartek? –preguntó amenazante. En su rostro se dibujó la ira–. ¿Lo ha mezclado en un asesinato? ¿A mi hijo?

–Señora Wiera, ¿se da cuenta de lo que acaba de hacer? –intervino Daniel con rapidez.

–Sí, por supuesto que lo sé. Me he declarado culpable. Yo atropellé a la monja –repitió Wiera una vez más. Hablaba alto y claro–. Si no me creéis, basta con preguntarle a Bartek. Confirmará que recibió dinero de mí. También os podrá decir dónde dejó el coche. Yo eso no lo sé.

–Enseguida se lo preguntaremos. –Daniel le indicó a Janusz que trajera a su hijo. Rosół salió de la sala a toda prisa.

Cuando la tendera y Daniel se quedaron a solas, Wiera se puso otra vez a tejer. Podgórski trató de concentrarse. Al cabo de un momento llegó a la conclusión de que nada cuadraba. ¿Estaba mintiendo Wiera?

–¿Cómo entró usted en posesión de ese coche? –preguntó el policía con tono oficial. No se podía olvidar que estaban en un interrogatorio–. ¿Cómo es que conducía el coche de Júnior Kojarski?

–¿Acaso importa? –preguntó Wiera en voz baja–. Ya tienes a la culpable, Daniel. Caso cerrado. ¿Por qué remueves todo esto sin necesidad?

–Señora Wiera, yo decido cuándo se cierra la investigación –contestó Podgórski con firmeza–. Responda a mi pregunta.

La tendera suspiró ruidosamente.

–Fui a casa de los Kojarski. Sénior Kojarski me dio el coche como compensación por no revelar que Júnior es mi hijo –dijo Wiera de un tirón, como si tuviera preparada esa explicación desde hacía mucho. ¿Sería cierta?–. Usted no conoce a Sénior, pero a él le gusta decidir qué sucede y cuándo sucede. Él no quería que yo le contara a Júnior la verdad. El resto ocurrió como ya he dicho antes. Es invierno. No conocía el coche. La monja caminaba casi por el centro de la calzada y la atropellé. Ya está.

Antes de que Daniel pudiera comentar nada, se abrió la puerta y Janusz Rosół y su hijo entraron en la habitación. Bartek parecía

211

desconcertado. Miró a Wiera con gesto interrogativo. Ella se limitó a asentir sin decir palabra.

–En la sala entran el subinspector Janusz Rosół y el testigo Bartek Rosół –dijo Podgórski para que quedara grabado.

Deberían haberlos interrogado por separado, pero ahora era demasiado tarde. Habían cometido ya tantos errores que uno más no importaba, consideró Daniel resignado.

–¿Es cierto que la señora Wiera te pagó para que llevaras a Brodnica un coche marca Land Rover Discovery? –le preguntó al chico–. El día quince por la mañana. Hablamos del martes pasado.

Bartek Rosół miró fijamente a Wiera, como si no supiera qué hacer. No parecía el gamberro con el que Daniel se encontraba en el pueblo. Su imagen era más la de un muchacho asustado. Todo lo que había ocurrido en su vida últimamente parecía haberlo abatido.

Wiera volvió a asentir en dirección al chico.

–Ya pasó todo, di la verdad –susurró para tranquilizarlo–. Ellos ya lo saben, se lo he contado yo. Ahora es tu turno. Todo irá bien, ya verás.

–¡Responde a la pregunta, Bartek! –le gritó Janusz Rosół a su hijo–. No es momento de andarse con evasivas. Es un asunto muy serio, por si no te has dado cuenta. ¡No me puedo creer que se haya llegado a una situación como esta!

–Sí, recibí quinientos eslotis por llevarme el coche –dijo finalmente Bartek con esfuerzo, e hizo un gesto indefinido con la mano–. Creo que aún estaba viva...

El chico lo dijo tan bajito que Daniel no estaba seguro de si había oído bien.

–¿Qué has dicho? –preguntó Janusz Rosół airado.

–Creo que aún se movía... Yo no la ayudé... Agarré... agarré el dinero y me marché... Ella... me miraba... y yo no la ayudé...

La mandíbula le temblaba por las emociones reprimidas.

–Tranquilo, Bartek –volvió a susurrar Wiera–. Ya no estaba viva. No se podía hacer nada. No es culpa tuya. De verdad que no lo es. Ya no estaba viva.

–¿Viste el cadáver? –preguntó Rosół–. ¿Y no has dicho nada durante todo este tiempo? ¡Desde el martes hasta hoy has tenido varios días! ¿No comprendes lo seria que es la situación? Estamos hablando de un asesinato. No es ninguna tontería.

El chico agachó la cabeza. Hacía chasquear las articulaciones de los dedos por los nervios. Daniel Podgórski se estremeció al oír ese sonido.

–Janusz, creo que deberías dejarnos –intervino rápidamente Daniel. No podía permitir que aquello continuara así–. Bartek es tu hijo, no puedes interrogarlo. Yo hablaré con él.

Rosół salió con desgana, sin dejar de mirar a su hijo. Bartek ni siquiera levantó la cabeza. Parecía hundido por completo. El chico se metía en peleas, decía palabrotas, hacía otras cosas peores, seguro, pero no estaba preparado para contemplar la muerte. Daniel le dio unas palmadas en la espalda para calmarlo.

–¿Puedes decirme ahora qué ocurrió? –le animó.

–Fui... Pensé que llegaba a tomar el autobús... Tenía que... Iba al instituto, a Brodnica. Para las clases de refuerzo. Este año tengo el examen de acceso a la universidad.

Bartek se quedó en silencio, con la vista fija en sus uñas. Podgórski advirtió que las tenía todas mordidas.

–¿Qué pasó después?

–La señora Wiera estaba junto al coche. Limpiaba la sangre. Me dio dinero para que me lo llevara a la ciudad... Yo necesitaba el dinero... Yo...

–Tranquilo, Bartek. –Daniel se sintió como un anciano. Wiera miraba la pared, no había vuelto a decir nada–. ¿El coche era el Land Rover Discovery de la familia Kojarski?

El chico asintió, aunque el gesto apenas se notó.

–¿Estás completamente seguro? –Daniel necesitaba tener la respuesta en la grabación.

–Sí.

–¿Dónde dejaste exactamente el coche?

Bartek explicó dónde había aparcado el Land Rover. El inspector Daniel Podgórski anotó la información y miró a Wiera. Ella no lo vio, su rostro se había vuelto a convertir en una máscara. El policía tenía la impresión de que la tendera no decía la verdad. Por desgracia, las pruebas, la declaración de un testigo como era Bartek Rosół y las palabras de la propia mujer apuntaban indiscutiblemente a su culpabilidad. A Podgórski no le quedaba otra opción, debía avisar al fiscal, que con seguridad decidiría poner a Wiera en prisión preventiva. Al menos hasta que se aclararan todas las dudas.

Júnior Kojarski entró en la sala de billar y cerró la puerta con una solemnidad digna de mejor causa. Desde que estaba de visita en la residencia de su padre, la mayor parte del tiempo lo pasaba allí. Sacó el portátil de su bolsa. Encendió un puro y conectó el ordenador. Quería echarle un vistazo a la página *nuestro-lipowo*. Desde que Róża le había enseñado ese blog, lo miraba de vez en cuando. No le gustaban los chismorreos, pero le divertía el estilo histérico del autor, que aparecía aderezado con numerosas exclamaciones. Deseaba relajarse y olvidar por un momento la conversación que había tenido lugar durante la cena del día anterior. Le daba en la nariz que su padre quería quitarle el dinero.

Lo primero que vio cuando se cargó la página fue la foto de la tendera local subiendo a un coche de policía. Se llamaba Wiera, según recordaba. La reconoció porque había entrado en su tienda unas cuantas veces para hacer pequeñas compras. Sus cabellos negros y desgreñados bailaban alrededor de su cara.

¡Hoy en nuestro pueblo ha tenido lugar una AUTÉNTICA detención! ¡¡¡Los coches de policía se han llevado a la cárcel a Wiera, nuestra tendera!!! ¡¡¡¡¡¡¡¡¡¡¡¡Acusada de provocar la muerte de la monja de la que ya hemos hablado aquí!!!!!!!!!!!!!!! ¡¡¡¡Wiera se ha declarado culpable!!!!!

Y por una fuente segura nos hemos enterado de que Wiera no es solo una simple tendera. No, no. ¡¡¡Es la madre de nuestro millonario local, Júnior Kojarski!!! ¿Os esperabais algo así? ¡Porque yo no! Y justamente conducía el coche de su hijo cuando atropelló a la infortunada sierva de Dios.

P.D.: Aquellos que estén temiendo que no se puedan hacer compras, ¡¡¡que duerman tranquilos!!! Sabemos que la señora Solicka ha decidido volver a abrir la tiendecita junto a la iglesia, que tanto hemos echado de menos desde el día en que su dueña decidió cerrar el negocio. ¡¡¡No hay mal que por bien no venga!!!

Júnior Kojarski debió de leer la frase unas cien veces. «Es la madre de nuestro millonario local, Júnior Kojarski», repitió para sí. Apagó el puro con un movimiento rápido.

–Es imposible –se dijo en voz baja.

Su madre se llamaba Stefania Kojarska. Procedía de una familia adinerada y lo había dado a luz a la edad de veintiocho años. Había muerto seis años atrás, bueno, quizá seis y medio, y después su padre se había casado con Blanka. Su madre no podía ser Wiera, esa bruja desgreñada. Su madre era una mujer elegante, aunque tal vez algo desorientada, que vestía trajes de marca. Había fallecido por una sobredosis de somníferos mezclados con alcohol. Todo esto es un terrible error, pensó Júnior.

Se acercó al mueble bar y con mano temblorosa se sirvió un vodka. Se lo tomó de un trago y después hizo una mueca de desagrado.

–Tengo que calmarme –se dijo–. Hay que actuar con prudencia.

Júnior Kojarski era un hombre de negocios experimentado, así que saldría airoso de esa situación. Solo le hacía falta un buen plan.

16

Varsovia, 1970

El aire, cálido y agradable, estaba impregnado de aromas fabulosos ya medio olvidados. O quizá en realidad jamás los había aspirado. Jakub solo podía abrir la ventana cuando su padre se mostraba satisfecho de él, cosa que sucedía muy raras veces. Solo después de cumplir dieciocho años había recibido permiso para dar un paseo por el jardín.

Pero el día siguiente iba a ser un gran día: cumpliría diecinueve años y por primera vez podría salir a la calle. La excitación se mezclaba con el miedo a lo desconocido. Salir a la calle significaba la ansiada libertad.

Se sentó en el banco de madera con el manual de anatomía entre las manos. A través de las barras metálicas de la valla observaba a la gente que pasaba en distintas direcciones. Miraba fascinado sus rostros. Cada uno era diferente, como en las ilustraciones de los libros y en la televisión. Hasta entonces solo había conocido a dos personas –la cocinera y la criada–, que trabajaban en su casa desde siempre. Y a su padre, claro. Su rostro lo conocía demasiado bien.

Jakub palpó con mano temblorosa la foto de su madre, que guardaba en el bolsillo del pecho. Tenía miedo. Al día siguiente iba a comenzar sus estudios superiores. Durante todos aquellos años solo había soñado con abandonar el odioso edificio que se había convertido en su prisión. Pero ahora que por fin iba a llegar el día, el miedo lo dominaba por completo.

Su padre salió de la casa apoyándose en un hermoso bastón de madera.

–Estás preparado –dijo con frialdad–. Te lo he enseñado todo perfectamente. Espero que seas el mejor estudiante de tu promoción. No puedes defraudarme, ¿lo entiendes?

–Ss-sí, pa-padre –contestó Jakub, que sabía muy bien qué se esperaba de él.

–Algún día me estarás agradecido por todo lo que he hecho por ti –continuó el médico, mientras se sentaba junto a su hijo en el banco de madera–. Ya lo verás. En el mundo de hoy es preciso poseer una base sólida, y eso se consigue en la casa familiar.

Durante el último año el médico había envejecido mucho. Su rostro estaba surcado de arrugas y sus manos cubiertas de manchas hepáticas. Jakub no estaba seguro de qué aspecto debía tener un hombre de la edad de su padre. Todos sus conocimientos sobre la vida los había sacado de los libros.

–El mundo exterior no es en absoluto tan maravilloso, tú mismo lo verás. Me echarás de menos –dijo Zygmunt, y se marchó en dirección a la casa sin añadir nada más.

Jakub vio a su padre alejarse. Caminaba muy rígido. Solo cuando entró en el edificio apartó la mirada de él. Advirtió sorprendido que a su lado, sobre el banco, había una llave. Era pequeña, de cobre. El chico enseguida supo que se trataba de la llave del portón exterior. Ni la criada ni la cocinera tenían una igual. Solo su padre. Y ahora él.

Asió la insignificante llave con cautela. Ahora podía atravesar el portón y marcharse. Podía ser libre en ese mismo momento, no necesitaba esperar al día siguiente. Miró a la gente que paseaba por la acera, al otro lado de la valla. No eran conscientes de la lucha que Jakub libraba consigo mismo. Para ellos era solo un chico normal sentado en un banco de madera con un libro en la mano.

Se levantó y se acercó a la valla.

–Qué día tan bonito, ¿verdad? –le dijo uno de los transeúntes y continuó su camino. Su voz sonaba de un modo extraño. Parecía ronca y mucho más grave que la de su padre.

–Sí –contestó en bajo Jakub.

Era su primera conversación con un extraño. Estaba seguro de que recordaría esas palabras y esa voz hasta el fin de sus días. «Qué día tan bonito, ¿verdad?» A la mañana siguiente sería libre.

Se metió la llave en el bolsillo y volvió a casa.

17

Lipowo y Brodnica. Lunes, 20 de enero de 2013,
por la tarde

Weronika dejó salir a *Lancelot* al cercado. El animal echó a correr, feliz de estar al aire libre. Galopó un rato, retozando alegremente, pero pronto se aburrió y empezó a escarbar en la nieve con la pezuña. Esa era la señal de que había llegado la hora de revolcarse. *Lancelot* se tumbó con cuidado sobre la nieve y dejó escapar unos gemidos de satisfacción. Weronika lo observaba complacida. Era estupendo tenerlo allí.

Entró en casa con desgana. Fuera se estaba muy bien a pesar del frío, pero quería terminar de limpiarla. En el piso de arriba ya casi había colocado todo lo que había traído en cajas. Aunque le faltaba poco, le daba mucha pereza ponerse a ello. A cada instante miraba hacia el cercado para ver pasear a *Lancelot*. Vio cómo su caballo alzaba las orejas y se quedaba observando fijamente el bosque. Era probable que hubiera visto un corzo. Weronika sabía que por allí había muchos. De repente le entraron ganas de ensillar a *Lancelot* cuanto antes y dar una vuelta por el bosque. *Igor* podría correr a su lado, también a él le vendría bien moverse un poco.

Durante un momento dudó si debía hacerlo, pero la tentación resultó demasiado fuerte. Se puso sus pantalones de equitación y corrió escaleras abajo. Se calzó unas botas cálidas de montar y salió. *Igor* corrió tras ella, sospechando que se iban de paseo.

Llevó al caballo de vuelta al establo y lo limpió. El animal parecía excitado. Weronika llevaba dos semanas sin montarlo, así que *Lancelot* estaba repleto de energía. Relinchó suavemente al ver la silla y la brida. Le puso también unos protectores largos para que no se dañara las patas sin querer. Todo preparado.

–¡Vamos! –gritó subida ya al caballo.

Igor marchaba delante, moviendo el rabo con satisfacción. *Lancelot* estaba entusiasmado y se puso en marcha de inmediato. Weronika quiso darle un momento para que calentara y así evitar lesiones, por lo que empezaron a paso tranquilo. El caballo levantaba las patas por encima de la nieve alta y miraba con curiosidad a su alrededor. Cuando llegaron al ancho camino forestal le dio la señal de pasar al galope. Weronika se sintió feliz. Los ojos se le llenaron de lágrimas por la velocidad. El caballo retozaba con alegría. Ella le acarició el cuello para tranquilizarlo.

Aflojaron la marcha al llegar al arroyo situado al otro lado del Claro de las Brujas y avanzaron un rato siguiendo su orilla. La corriente era impetuosa y el agua susurraba agradablemente. A Weronika le entraron ganas de detenerse y meter la mano en el arroyo, pero el agua debía de estar helada, así que enseguida desechó tal idea. *Igor* en cambio sí se introdujo en la corriente, sin importarle el frío, aunque al final él también se dio por vencido.

Weronika echó un vistazo alrededor. No había vuelto por allí desde su último paseo, cuando se encontró con Blanka Kojarska. De repente comprendió qué era aquello que había olvidado comentarle a Daniel cuando habló con él por primera vez. Se detuvo y miró pensativa el camino nevado. Blanka le dijo que venía de casa, pero cuanto más pensaba en ello más convencida estaba de que Kojarska había aparecido por el lado contrario. En aquel momento no le había dado importancia y por eso había olvidado comentárselo a Daniel, pero Blanka había llegado justamente por la vereda en la que ella se encontraba ahora.

Siguió adelante. Quería saber adónde conducía ese camino y si la mentira de Kojarska podía tener algún significado.

Poco después *Lancelot* empezó a ponerse nervioso. Weronika oyó pasar un coche y el caballo se asustó. Ella le acarició el cuello y le susurró palabras tranquilizadoras. *Lancelot* se calmó y continuó su marcha. *Igor* prefirió no alejarse mucho. Ante la sorpresa de Weronika, fueron a parar a una carretera limpia de nieve.

Maria Podgórska le había preparado a Daniel su plato favorito: crema de calabaza. Estaba ligeramente dulce y olía a comino y a jengibre. Pero no sirvió de nada. El policía movía la cuchara dentro del plato, sin apetito. Se quedó así, pensativo, hasta que la comida se enfrió por completo. Maria suspiró preocupada. En la nevera guardaba aún su arma secreta: tarta de queso con fresas. Puso la tarta delante de su hijo. Cuando era pequeño, le encantaba empezar comiendo la gelatina de la superficie. A menudo discutían porque a su madre no le gustaba esa costumbre, pero al final siempre se lo permitía.

–Hijo, deberías comer algo –dijo Maria Podgórska intranquila. No era típico de él, nunca se mostraba desganado–. Sé que el asunto de Wiera te ha afectado mucho. A mí también. Nadie se esperaba que fuera ella, con lo simpática que es.

–Mamá, no creo que lo hiciera ella –contestó Daniel Podgórski con tono firme–. Es más, *sé* que no lo hizo ella.

–Sí, Daniel. –La emocionó la seguridad de su hijo–. Eres una buena persona. No conoces la violencia...

El policía la miró y apartó el plato de la tarta con rabia.

–Por favor, mamá. –Por primera vez desde hacía mucho se enfureció con ella. Su voz sonó desagradablemente brusca, como si no fuera él. Maria se quedó petrificada–. No hagas de mí un... Deja de tratarme como si tuviera ocho años. Me he graduado en la academia de policía, soy jefe de comisaría. He visto unas cuantas cosas en mi vida. Y deja de prepararme pasteles, ¿no ves que parezco un gorrino cebado? Déjame vivir. Dentro de poco cumpliré treinta y cinco años y sigo viviendo aquí contigo... Esto no puede seguir así.

Maria Podgórska se quedó desconcertada en medio de la cocina. La mandíbula le empezó a temblar, estaba reprimiendo el llanto. Notó que se iba a echar a llorar. Retiró el plato con el pastel sin decir palabra.

–Lo siento, mamá. Me he dejado llevar por las emociones, lo siento –dijo Daniel calmándose–. Es solo que no estoy convencido de que lo hiciera Wiera. No se trata de que no pueda creerlo porque la considere una persona apacible y tierna incapaz de romper un plato. Creo que sería capaz de hacerlo, pero que no es culpable de este crimen. Me da la sensación de que encubre a alguien. Probablemente a Júnior Kojarski, que es su hijo. En cualquier caso, está mintiendo por alguna razón.

Maria seguía inmóvil. Daniel Podgórski suspiró y estiró la mano en dirección a ella.

–¿Me das un trozo de esa deliciosa tarta de queso? Ya sabes que me encanta.

–Por supuesto, hijo –contestó Maria recobrando el ánimo. De nuevo tenía ante sí a su Daniel.

Por si acaso, Podgórski se sirvió dos trozos de pastel. Ya se preocuparía por el peso más adelante. Ahora deseaba charlar con su madre. Ella se sentó, ya definitivamente tranquila.

–Cuéntamelo todo desde el principio –le pidió Maria con voz decidida–. Seguro que juntos se nos ocurrirá algo.

Majka Bilska se abrigó bien. No era del tipo de chica que quiere tener un aspecto magnífico a costa de perder la salud. Con el frío que hacía prefería ponerse un buen abrigo y un gorro grande, y enrollarse una bufanda de lana alrededor del cuello, incluso si eso suponía parecerse más a un muñeco de nieve que a una esbelta modelo.

Al principio pensó ir hasta Lipowo atajando por el bosque, pero ya había oscurecido casi por completo y prefirió no arriesgar. Por la carretera se andaba más, pero en apariencia resultaba más seguro. Tenía que hablar con Bartek. No deseaba dejarlo solo con todo aquello.

Caminaba a paso rápido. En la oscuridad cualquier ruido parecía presagiar un peligro. De pronto oyó un claxon y se sobresaltó. A esa hora, y además en invierno, pasaban pocos coches por allí, así que no se esperaba un bocinazo.

Majka se giró despacio. No quería que se viera que se había llevado un susto de muerte. Respiró aliviada cuando vio que se trataba de la peluquera de Lipowo. Majka sabía que la mujer se llamaba Ewelina Zaręba. Iba en el Honda de suspensión baja de su marido. Majka conocía bien ese coche. Alguna noche había visto a aquellos dos policías echar carreras en la carretera vacía. Seguramente pensaban que nadie los observaba. Majka sonrió ante esa idea.

–Hola, querida. ¿Vas a Lipowo? ¿Te llevo? –le propuso Ewelina.

La peluquera era muy menuda, un coche tan bajo le iba bien a su figura. Majka se subió al coche sin perder un momento. Un agradable calor la rodeó de inmediato. Puso sus manos heladas sobre la rejilla del aire acondicionado.

–Muchas gracias –dijo.

–De nada, querida. Pero ¿qué haces andando sola por la noche? –le preguntó Ewelina–. Es peligroso. No se sabe quién puede pasar por aquí. Debes tener más cuidado.

Ewelina parecía una de esas personas que necesita hablar sin parar. Al parecer, les ocurría lo mismo a todas las peluqueras, se dijo la chica. Al menos a aquellas a las que conocía. Ella misma estaba pensando en ir a la escuela de peluquería. Era una profesión como cualquier otra. Quizá le sacara algún provecho, porque en su pueblo no había peluquería. ¡No tendría competencia! Había que irse hasta Lipowo o aún más lejos, a Brodnica. Aunque, por supuesto, su padre no quería ni oír hablar del tema. Se imaginaba a su hija convertida en médico, en científica o al menos en profesora, como él. Desde el punto de vista de su padre, no ir a la universidad no constituía una opción plausible. De momento Majka prefería no discutir. Después haría lo que le diera la gana. Como de costumbre.

–Tengo que hablar con mi novio –le aclaró a la peluquera. Bartek Rosół no era exactamente su novio, pero por qué no iba a serlo, pensó la chica.

–¿Y no podías llamar por teléfono? ¿Ha permitido que vengas sola a estas horas? Habría sido mejor que él te visitara, ya se ha hecho de noche.

–¿Y usted por qué va sola? –la interrumpió Majka–. También es peligroso.

La mujer se quedó en silencio, como si sopesara qué podía o no contar. Majka la miró con curiosidad. Aquel gesto parecía ocultar algo. Entendía de esos temas.

–He ido a Brodnica a por un regalo para mi marido –confesó al final Ewelina Zaręba–. Últimamente trabaja mucho y lo noto un poco apático.

Majka aguardó a que siguiera hablando. Le pareció que la peluquera iba a contarle algo más, pero se quedó pensativa. Llegaron a la entrada de Lipowo.

–Puede dejarme aquí –comentó la chica–. Gracias por traerme.

Se bajó del coche y cerró la puerta con cuidado. Después se agachó fingiendo atarse los cordones. Estaba segura de que Ewelina quería ver a qué casa se dirigía. Estaba claro que era una entrometida. Majka esperó a que se marchara, no pensaba darle esa satisfacción. La chica se echó a reír. Ahora la peluquera se devanaría los sesos pensando quién era el novio de Majka. Solo cuando el Honda desapareció tras la curva se encaminó a casa de los Rosół.

Llamó a la puerta con fuerza. No le gustaba usar los timbres. Abrió un hombre con bigote. Majka sabía que era el padre de Bartek, policía de profesión. El hombre se apoyó en el marco de la puerta. Por su expresión se notaba que no esperaba invitados.

–¿Sí? –preguntó extrañado.

–Vengo a ver a Bartek. Tenemos que hablar. Por cierto, soy su novia. –Lo dijo todo del tirón. Majka se sintió satisfecha, le había quedado muy bien.

–¿Tú también estás embarazada? –preguntó el policía sin venir a cuento.

Ella advirtió que el hombre se tenía en pie de milagro. También se dio cuenta de que apestaba a alcohol.

De repente apareció Bartek en la puerta. Su rostro reflejaba furia mezclada con vergüenza.

–¿Majka? ¿Qué coño haces aquí?

El tono hostil no dejaba lugar a dudas: sabía que se alegraba de verla. Ella le sonrió con dulzura. Era capaz de ser coqueta cuando quería. Había practicado mucho hasta lograr la combinación perfecta entre seducción e inocencia. Ahora ya podía reproducir esa expresión sin mirarse al espejo. Estaba segura de que le había salido bien.

–¿Tu novia también está embarazada? –farfulló Janusz–. ¡Vamos a tener una familia maravillosa! ¡Cómo me alegro! De verdad.

–Cállate, papá –le pidió Bartek–. ¿Qué quieres, Majka?

–¿Puedo entrar? –preguntó suplicante. También podía seducirlo mediante la compasión, siempre funcionaba–. Tengo frío. He venido desde Jajkowo.

–¿Has venido andando desde tan lejos? –Por un momento el tono de Bartek se dulcificó.

La dejó pasar. Entró satisfecha de sí misma. De uno u otro modo siempre lograba alcanzar su objetivo. En el salón estaba Ewa, cubierta con una manta. Tenía la cara hinchada de haber llorado. Majka hizo un gesto con la cabeza: comprendía lo que había ocurrido, todo estaba claro. Sacó el teléfono y le hizo una foto a Ewa a escondidas. Miró a los demás, nadie parecía haberse dado cuenta. Bartek estaba ocupado sentando a su padre en el sofá.

–¿Decías algo? –preguntó el chico acercándose a Majka. Ella guardó rápidamente el móvil–. Ven a mi habitación, allí podemos hablar con tranquilidad, aquí es imposible.

Señaló con la mano a su familia. Parecía avergonzado. Ella asintió. Prefería hablar con él cara a cara. Lo que quería decirle era demasiado importante para que alguien les interrumpiera.

Bartek cerró la puerta de su habitación.

–¿Qué quieres? Habla rápido y lárgate.

–Se han llevado a Wiera –dijo Majka.

Bartek alzó los ojos. Ella no sabía cómo empezar y la cosa no había salido muy bien.

–Eso ya lo sé... –murmuró el chico–. Te lo pregunto otra vez porque creo que no te ha quedado claro: ¿qué cojones te importa eso? ¡No es asunto tuyo!

–Sé un poco más amable conmigo... –replicó Majka irritada–. Yo vengo a ayudarte y tú me lo pagas así.

Estaba ya un poco harta de él. Sus gritos no eran nada agradables.

–¿Cómo se supone que vas a ayudarme? ¿Y en qué? No necesito tu ayuda.

–Sé que te gusta Wiera. Lo de tener amoríos con personas mayores debe de ser cosa de familia –comentó Majka riendo.

Quería castigarlo un poco. Vio en sus ojos que había tocado un punto sensible, pero antes de que pudiera decir ninguna otra cosa él la golpeó con fuerza en la cara. El movimiento fue rápido y preciso. A Majka la mejilla le ardía como el fuego.

Bartek se miró un momento la mano, como si no le perteneciera.

–Perdona... Yo... –empezó a balbucir–. Yo no quería...

Majka se levantó y salió de la habitación. Aquello era demasiado. Si la iba a tratar así, entonces no quería ser su novia. ¡Eso sí que no! Ya buscaría la manera de castigarlo. ¡No se puede tratar de esa manera a las mujeres!

–¡Un maltratador, eso es! –gritó como despedida. Dio un portazo al salir a la calle y la puerta rebotó con gran estruendo en el marco.

–¡Espera! –gritó Bartek corriendo descalzo tras ella.

Majka ni siquiera se dio la vuelta. Ahora ya no le diría que Wiera era inocente. No le diría que sabía perfectamente quién había atropellado varias veces a la monja. No y no. No se lo diría.

Ya era bastante tarde, pero el inspector Daniel Podgórski no quería esperar al lunes para inspeccionar el Land Rover que Bartek había llevado a Brodnica. Quizá contuviera huellas que ayudaran a esclarecer el misterio de la muerte de la hermana Monika. Daniel quería demostrar que Wiera era inocente, a pesar de su propia confesión. El verdadero asesino debía ser castigado.

Llamó a Marek Zaręba. Su compañero no había contestado al teléfono en todo el día, así que Daniel tampoco esperaba tener éxito esta vez.

–Hola. –Para su sorpresa, Zaręba contestó.

Le explicó brevemente a su joven colega lo que había ocurrido durante el interrogatorio a Wiera.

–Peque, me voy a Brodnica a ver el coche de Júnior Kojarski –dijo para terminar–. He pensado que a lo mejor quieres acompañarme.

–Vale –contestó Marek, aunque su voz no reflejaba mucho entusiasmo.

–Te recojo en tu casa dentro de un momento. Salgo ya.

–Vale –repitió Zaręba con apatía.

Unos minutos después, Daniel aparcó ante la casa de su compañero. Marek estaba fuera fumando. Apagó la colilla en la nieve y subió al coche dando un portazo. No hizo ninguna broma sobre el Subaru de su jefe, como tenía por costumbre.

–Pensé que habías dejado el tabaco –le preguntó Daniel. Quizá no era la mejor forma de empezar la conversación, pero al menos le haría hablar.

–Pues ya ves que no –replicó Marek, y fijó la vista en la carretera que tenía delante.

–¿Qué tal Ewelina y Andżelika? –probó otra vez Podgórski.

Ese era siempre un tema seguro. Al joven policía le gustaba hablar de su mujer y su hija. Pero esta vez pareció que Zaręba se encerraba más aún en sí mismo. Continuaron el viaje en silencio, algo que resultaba poco agradable. Daniel realizó unos derrapajes controlados y aumentó la velocidad, pero ni siquiera eso calmó a su amigo. Marek, encorvado, jugueteaba con un paquete de tabaco vacío que había aplastado.

–¿Qué te pasa, Peque? –Daniel pensó que lo mejor era poner las cartas sobre la mesa–. Y no digas que nada, porque no estoy ciego. A mí me lo puedes decir, ¿no?

Zaręba pareció titubear un momento. Se pasó la mano por la mejilla. Podgórski se dio cuenta de que su amigo no estaba afeitado. Eso era extraño en él, que siempre iba bien rasurado y se reía de la barba de Daniel. Otro de los temas fijos en su amistad.

–Yo... –empezó Marek, pero enseguida se calló y apretó los labios–. Estoy un poco cansado, eso es todo.

No parecía dispuesto a dejarse sonsacar nada más. Continuaron sin hablar hasta Brodnica. Daniel se detuvo en la dirección indicada por Bartek Rosół. Miraron una y otra vez, pero no encontraron el Land Rover.

–¡Hay que fastidiarse! –dijo Daniel enervado–. Tenía que estar aquí, fue lo que confesó Bartek.

Consultó otra vez sus notas. El chico había descrito con exactitud dónde había dejado el vehículo, pero en la plaza de aparcamiento indicada había otro coche. Un señor mayor lo estaba limpiando.

–Perdone –le preguntó Daniel Podgórski–. Busco un Land Rover Discovery que debería estar aparcado aquí. ¿No sabe usted qué ha ocurrido con él?

–Ha llegado usted tarde –contestó el señor con evidente alegría–. Esta mañana se lo ha llevado la policía. Si es su coche, le aconsejo de todo corazón que huya de aquí. Si mi mujer lo ve, le hará la vida imposible. Desaparezca si aprecia en algo su pellejo.

Daniel había olvidado que no iba de uniforme. Estaba acostumbrado a la idea de que era policía y tenía la sensación de que todo el mundo lo sabía.

–Muchas gracias –dijo, y se marchó sin dar más explicaciones. Tendría que llamar a sus colegas de Brodnica para enterarse de algo más.

Marek quería evitar cualquier conversación, o eso parecía, porque enseguida sacó el teléfono y llamó a la comisaría de Brodnica.

–No te lo vas a creer –comentó Zaręba cuando terminó de hablar. Por un momento desapareció la apatía y volvió el viejo Marek–. ¡Te aseguro que no lo vas a creer, Daniel!

–¿Qué ha ocurrido, Peque?

Podgórski salió a la carretera principal.

–Paweł ha recogido esta mañana el coche. Después se ha ido con él a dar una vuelta por ahí en compañía de uno de la policía de tráfico y ha provocado un accidente. Bueno, un accidente no, pero se ha estampado contra un muro. ¡El morro del coche está hecho trizas!

Daniel soltó un taco. Prefería no pensar en las consecuencias del acto de su compañero.

–Esto ya es demasiado. ¡Incluso para Paweł! –dijo moviendo la cabeza con incredulidad.

–Está en el hospital, pero por lo visto no le ha pasado nada –comentó Marek–. Seguro que Júnior Kojarski se alegrará de lo lindo.

Daniel dio la vuelta en un semáforo y se dirigieron al hospital.

Blanka Kojarska se quitó el maquillaje en el baño de su dormitorio. Sin la crema correctora, las bolsas de los ojos se hicieron muy visibles. Se pasó los dedos por ellas, como si fueran a desaparecer con solo tocarlas. Observó su rostro en silencio. Odiaba esos enormes labios artificiales. Le hacían parecer una caricatura. En la próxima operación pediría que los redujeran un poco. Se dio crema regeneradora con movimientos circulares. La piel quedó muy suave y desapareció la sensación de tirantez.

Las manos le temblaron un poco cuando agarró las cartas. Miró con repugnancia los quince sobres grises. Deseaba destruirlos, pero algo le impedía hacerlo. ¿Quizá el sentimiento de culpa? Por fin había llegado un buen momento. Se acercó a la chimenea y tiró las cartas al fuego. Desde el martes no había vuelto a recibir ninguna.

Esperaba que se acabara ya todo aquello. Era hora de respirar aliviada y olvidarse del tema.

Tenía la impresión de que había conducido bien el asunto de Marek Zaręba. Era bueno tener de su parte a un policía. Por si acaso.

Oyó que se cerraba una puerta. Miró el reloj. Eran las diez de la noche. La hora perfecta para un paseo nocturno. Se oxigenaría y podría por fin dormir tranquila.

SEGUNDA PARTE

18

Lipowo y Brodnica. Lunes, 21 de enero de 2013

Durante todo el día anterior, Weronika Nowakowska había tratado de contactar con Daniel Podgórski. Quería contarle lo que había recordado acerca de su encuentro con Blanka Kojarska el martes. Y, para qué ocultarlo, también deseaba oír su voz, sin más. Sin embargo, el teléfono de Daniel siempre comunicaba o estaba apagado. Incluso le dejó un mensaje para que devolviera la llamada urgentemente, pero hasta el momento no lo había hecho. Empezó a sospechar que el policía la evitaba. Tomó la decisión de que si seguía sin contestar iría a la comisaría y se lo contaría todo en persona.

Después se quedó dormida, reconfortada por la determinación a la que había llegado, pero durante toda la noche tuvo pesadillas. La monja ensangrentada la perseguía por el bosque. El faldón del hábito se agitaba al viento como si fueran las alas de una gigantesca ave de presa. Weronika corrió por el bosque como alma que lleva el diablo, hasta que dejó atrás aquel espectro. Cuando ya pensaba que había logrado escapar, vio en el camino a Blanka Kojarska, que la esperaba con media sonrisa dibujada en su enorme boca.

—Aquí estás —dijo con la voz del exmarido de Weronika—. Te estaba esperando. Vengo de casa. De casa. De casa. De casa.

Weronika se despertó de golpe. Respiraba con rapidez y estaba sudorosa. Permaneció un momento tumbada, tratando de recuperarse. Alrededor reinaba un agradable silencio. Suspiró aliviada. No había ningún peligro. Solo había sido un macabro sueño. Miró el reloj. Las seis. Le pareció que ya no iba a volver a dormirse, aunque pensó que era demasiado temprano para llamar o para ir a la comisaría de Lipowo. Tenía que aguardar por lo menos dos horas más.

Se levantó y se vistió rápidamente. *Igor* se desperezó soñoliento. Él al menos no tenía problemas para descansar. Hasta que no entraron en la cocina para desayunar no se despertó del todo. En contra de su costumbre, Weronika cedió ante las súplicas del perro y le dio un trozo de su bocadillo. Miró distraída cómo el pan desaparecía en la boca de *Igor*.

Sintió que debía entretenerse con algo. No le apetecía esperar sin hacer nada. Decidió dejar salir a *Lancelot* al cercado y después irse a dar un paseo por el bosque. Se llevaría el teléfono y llamaría a Daniel. Si no contestaba, iría directamente a la comisaría con *Igor*. El perro sería su apoyo moral.

–Lástima que no sepas hablar, *Igor*. Podrías confirmar mi versión de los hechos –le dijo Weronika al perro mientras caminaban sobre la nieve pisada en dirección al establo–. Aunque tú parecías enamorado de Blanka, así que seguro que no la delatarías. Ni siquiera si resultara que ella ha matado a la monja. De momento no podemos estar seguros de nada. Quizá solo fuera una mentira inocente. O quizá no era una mentira, sino que lo dijo por decir algo. O quizá yo estoy confundida. Quizá, quizá, quizá. Demasiados «quizá».

La puerta del establo rechinó. Dentro sin duda hacía más calor que fuera, aunque no lo bastante, pues *Lancelot* parecía estar muerto de frío. Si hubiera más caballos, ellos mismos se encargarían de calentar el lugar. Weronika cubrió al animal con una gruesa gualdrapa. De momento se tendría que conformar con eso. Habría que buscarle sin falta un compañero, porque, aparte de la cuestión del frío, a los caballos no les gusta estar solos. Bastaría con una cabra. No se podía permitir comprar otro caballo, de momento.

Weronika dio de comer a *Lancelot* y lo sacó fuera. El animal empezó a escarbar en la nieve en busca de algún manjar oculto. Tenía los pelillos del morro cubiertos de escarcha. Durante un rato *Igor* intentó animar al caballo para que jugara con él, pero el equino prefirió concentrarse en asuntos más importantes. El perro, resignado, miró expectante a su dueña.

–Bueno, vámonos a dar un paseo –anunció Weronika.

Esa era la palabra mágica: «paseo». El perro empezó a ladrar y a saltar como un loco. Se encaminaron al bosque. Weronika llevaba preparada la correa, por si se volvían a encontrar con el barbudo guardabosques. No tenía ninguna gana de enzarzarse en discusiones inútiles sobre normas absurdas. Por suerte no se lo veía por ninguna parte. Quizá no se hubiera levantado aún, o a lo mejor se estaba ocupando de revisar otra parte del bosque.

Weronika escogió la vereda que llevaba al Claro de las Brujas. Quería volver a estar en el lugar en el que el martes se había encontrado con Blanka Kojarska y comprobar si se equivocaba o no. Quizá la última vez, subida al lomo de *Lancelot*, había visto las cosas de manera diferente. Aunque en realidad estaba segura de tener razón. Además, todo encajaba. Blanka tenía acceso al coche. Pudo llevárselo sin ningún problema y atropellar a la monja.

El frío le cortaba la cara y tenía los dedos yertos a pesar de los guantes. Metió las manos en los bolsillos para proporcionarles mayor calor. El día era excepcionalmente hermoso, pero de nuevo gélido. Weronika no veía el momento de que llegara la primavera, cuando la nieve y el frío se convertirían en solo un recuerdo.

De repente *Igor* levantó las orejas. Parecía nervioso y olfateaba inquieto alrededor.

–¿Qué ocurre, *Igor? ¡Igor!*

El perro echó a correr y entró en el claro dando algunos ladridos. Weronika lo siguió todo lo rápido que pudo, pero las botas se le hundían en la nieve. Al final salió jadeando al claro circular.

Entonces la vio.

Yacía en la nieve, como si estuviera sobre un edredón de plumas. Sus cabellos extendidos parecían una aureola angelical alrededor de su cara pálida. Había sangre por todos lados, pero en un primer momento Weronika no la advirtió. Solo veía aquel rostro. Los ojos, muy abiertos, parecían mirar a todas partes a la vez. La boca estaba entreabierta, como si lanzara un grito mudo. Era un rostro humano, pero a la vez resultaba totalmente extraño.

–*Igor*. –De la boca de Weronika solo salió un susurro apenas audible.

El perro dio vueltas alrededor del cuerpo, ladrando, pero no se acercó a él.

Weronika intentó sacar el móvil del bolsillo del abrigo, pero las manos le temblaban demasiado. El teléfono cayó en la nieve. Lo recogió haciendo un esfuerzo. Se quitó un guante de su mano aterida y finalmente logró marcar el número.

Grażyna Kamińska durmió aquella noche en el viejo sofá del salón. Era duro e incómodo, pero la mujer prefería no entrar en el dormitorio. Paweł había vuelto del hospital la noche anterior. Lo habían traído sus compañeros. Entró en casa y sin decir palabra se encerró en su habitación. Daniel Podgórski le explicó a Grażyna lo que había sucedido. Paweł estaba furioso, por supuesto. Ella no sabía exactamente con quién, aunque estaba segura de que no consigo mismo.

Su marido se despertó bastante temprano y gritó a través de la puerta que nadie tenía permiso para salir de casa, en todo el día. Grażyna prefirió no discutir. Estaba harta de palizas. Su marido de momento había sido suspendido de empleo, pero era solo cuestión de tiempo que le aplicaran sanciones más severas. Grażyna temía que aquello acabara en una catástrofe.

Le preparó el desayuno y se lo dejó en una bandeja delante de la puerta del dormitorio. No había salido de la habitación desde el día anterior, así que al final sentiría hambre. Los niños habían aprendido a no acercarse a su padre cuando se encontraba en ese estado. Se habían quedado en su habitación y jugaban sin hacer ruido. Grażyna suspiró aliviada.

En un primer momento no oyó que llamaban a la puerta. Golpeaban con los nudillos con poca fuerza. Debía de ser Irena, que vivía al lado. Grażyna sabía que en casa de su vecina también se empleaba la violencia a menudo, por eso Irena era muy consciente de la importancia de no hacer ruido. Tenían que ser muy silenciosas, de modo que los demás no sospecharan nada. Era una norma que ambas respetaban.

Grażyna abrió un poco la puerta. Formaba parte de un código privado que había surgido entre ellas sin necesidad de ser establecido. La puerta solo se abría del todo cuando no estaban los maridos en casa. Como si de esa forma dijeran: «El camino está despejado, no hay peligro». Ninguna de ellas había pronunciado nunca esa frase en voz alta, porque habría significado confesar que existía un peligro, y eso no lo podían hacer. Ni siquiera entre ellas.

–Sé que Paweł está en casa –susurró Irena con brevedad–. Me he enterado de lo que ha ocurrido.

Grażyna llevaba toda la vida viviendo en el pueblo y ya no se sorprendía de la rapidez con que se propagaban las noticias. Miró expectante a su vecina. Seguramente venía a comentar algo importante.

–Sé que Paweł está en casa –repitió Irena–. Pero en *nuestrolipowo* ha aparecido algo que deberías ver. Cuanto antes.

Cuando alguien empezó a escribir un blog sobre el pueblo, la mayoría de los habitantes se interesaron por Internet. Al menos las mujeres. Incluso las que antes apenas sabían usar un ordenador, ahora visitaban la página a diario con la esperanza de encontrar nuevos rumores. Una de esas mujeres era Irena Gierot.

En la mirada de la vecina se veía insistencia, así que Grażyna se vistió en silencio y cerró la puerta al salir. Nadie se daría cuenta de que se había marchado. Iba a volver enseguida.

El inspector Daniel Podgórski miraba cómo los expertos de criminalística se llevaban el cuerpo. Habían acudido de inmediato. En esta ocasión estaba con ellos el forense Zbigniew Koterski. Nadie tenía la menor duda de que se hallaban ante un asesinato. No, esta vez no había dudas. Después de que le telefoneara Weronika Nowakowska y le contara con voz temblorosa lo que había encontrado en el bosque, todo se había desarrollado con mucha eficacia. Maria había avisado a la policía de Brodnica, Daniel y Marek Zaręba habían ido al bosque y Janusz Rosół se había quedado en la comisaría para recibir al equipo que enviaran desde la ciudad. Paweł Kamiński de momento no participaba en el operativo porque había sido suspendido por destruir posibles pruebas.

Daniel no recordaba haber llegado nunca tan rápido a aquel claro en medio del bosque de abedules. No iba por allí muy a menudo. La última vez debió de ser en verano, cuando la nieve no era más que una creación de la fantasía.

Encontraron a Weronika agachada en el borde del claro. Agarraba con fuerza al perro por el collar. Ambos estaban temblando. Podgórski, sin pensárselo, se había acercado corriendo a ella y la había abrazado para tranquilizarla. Zaręba debió de comprender que tenía que iniciar él solo la inspección, así que, sin mirarlos, fue hasta el cuerpo de Blanka Kojarska.

Desde el lugar en que se encontraba, Daniel solo podía ver que había mucha sangre en la nieve. Después, cuando se aproximó al cadáver, advirtió que la mujer había sido brutalmente acuchillada. Jamás había contemplado algo semejante. Solo había quedado intacta la cara. Recordó que apenas una semana antes se encontraba junto al cuerpo de la monja asesinada, muy cerca de allí, a un kilómetro a lo sumo. Su rostro tampoco había recibido daños. Aquel momento parecía ahora a siglos de distancia en el tiempo.

El forense hizo una señal con la cabeza. Había examinado el cuerpo y los técnicos podían llevarse ya el cadáver en la camilla.

–Últimamente me dais mucho trabajo –bromeó el médico.

Daniel se imaginaba a aquel hombre de un modo muy diferente cuando hablaban por teléfono. Pensaba que sería un científico de pelo fino y canoso, alto y muy delgado; en cambio, ante sí tenía a un gordinflón bajo de ojos alegres y abundantes cabellos castaños.

–No ha pasado ni una semana y ya me entregáis otro cadáver –insistió el médico riendo. Se golpeó las piernas con las manos, como si quisiera así entrar en calor–. No está mal...

Daniel Podgórski asintió. Todo aquello le parecía irreal. Dos crímenes en su tranquilo pueblo. Vio llegar a su madre con un termo y una manta. Se la echó a Weronika sobre los hombros y le ofreció té. Como siempre, Maria se mostró diligente y eficaz. Podgórski advirtió también que Marek Zaręba y Janusz Rosół se marchaban en dirección a la casa de los Kojarski. Alguien tenía que informar a la familia de la tragedia y advertirles de que, por el momento, no podían abandonar el lugar. Los más cercanos se convertían automáticamente en los principales sospechosos. Era un procedimiento estándar y, por lo general, certero.

–De todas formas tenía que hablar con usted –continuó el forense–. ¿Recuerda las heridas sobre las que no quise comentar nada? ¿Las que aparecían en el cuerpo de la monja atropellada?

–Sí. ¿Sabe ya qué son?

–En las costillas y en el esternón vi pequeñas incisiones. Debería haber reconocido enseguida lo que eran. Un descuido muy tonto por mi parte. –El médico se dio unas palmadas en el pecho, como reconociendo su culpabilidad–. Como justificación diré que las demás heridas y las otras características del suceso me oscurecieron la imagen de la situación.

–¿A qué se refiere?

–A la monja la acuchillaron unas cuantas veces en el pecho. De ahí provienen las huellas del esternón y las costillas. Alguien probablemente quiso matarla de ese modo, pero no lo consiguió, porque cuando la atropellaron la mujer aún vivía. Aún había bombeo de sangre. Aquí –el médico señaló el claro del que se acababan de llevar el cuerpo de Blanka Kojarska– también he visto señales de cuchilladas.

–¿Cree que se trata del mismo asesino?

–De momento no creo nada, tengo que hacer la autopsia. Trataré de comparar las heridas. Supongo que este caso tendrá máxima prioridad –continuó el forense–. Así que muy pronto recibirá usted el informe.

–No sé si seguiré encargándome yo del asunto. Seguramente se lo pasarán a alguien de Brodnica, de criminalística. Nosotros aquí no tenemos demasiada experiencia en estos casos –explicó Daniel, aunque el médico era consciente de ello.

–El fiscal Czarnecki tiene buena opinión sobre usted –le animó Koterski, que debía de haber notado un atisbo de desilusión en la voz del policía–. Hablé con él cuando le mandé el informe de la autopsia. Lo alabó a usted. Dice que en su opinión se está echando a perder aquí.

Daniel Podgórski asintió. El halago tendría que consolarlo, siempre había soñado con algo así. Pero ahora, en aquel claro manchado de sangre, tuvo la impresión de que el asunto los había sobrepasado: Paweł Kamiński había destruido pruebas, Wiera había sido arrestada, Marek Zaręba parecía abatido por alguna razón, Janusz Rosół tenía a su hija embarazada. Y en medio de todo eso, él, un policía de pueblo con aspiraciones demasiado altas para sus posibilidades. Ahora tenía dos asesinatos en su comarca. Había que tener cuidado con lo que se desea. Lipowo ya no era un remanso de paz en un mundo de peligros. El mal había llegado también allí.

–Bueno, yo ya me voy. Le enviaré el informe, incluso aunque le den el caso a otro. Seguro que tendrá usted curiosidad por saber qué

237

dice. No debería hacerlo, pero me cae usted bien –comentó con alegría el médico mientras le daba a Daniel palmadas en el hombro. Miró al policía–. ¡Pero qué alto es usted! Un verdadero roble. Dos metros de estatura por lo menos, ¿no?

–Metro noventa y ocho –replicó mecánicamente Daniel. Había contestado a esa pregunta infinidad de veces. Tarde o temprano su estatura siempre llamaba la atención–. Muchas gracias por su ayuda.

–Ya me podría prestar diez centímetros –siguió bromeando el médico–. Y su novia también es alta. ¡Espero que sus hijos lo sobrepasen! Podrían jugar al baloncesto. O al voleibol, que es más popular en Polonia.

Daniel decidió no corregir ese comentario acerca de su relación con Weronika. Aquella conversación tan corriente le parecía fuera de lugar, allí, junto al arroyo por el que aún corría la sangre de la víctima.

El médico hizo un alegre gesto con la mano para despedirse y desapareció entre los árboles. Se notaba que por su trabajo estaba acostumbrado a tales escenas. Parecía que aquella situación no le había afectado lo más mínimo. Todos se fueron marchando poco a poco, solo quedó Daniel, que miraba las manchas de sangre sobre la nieve blanca. Jamás había contemplado un rojo como ese.

De repente sonó el teléfono.

–Inspector Daniel Podgórski –contestó sin mirar la pantalla.

–Soy Jacek Czarnecki, de Brodnica. –El fiscal carraspeó, como si estuviera algo acatarrado–. Quisiera hablar contigo sobre la muerte de Blanka Kojarska. ¿Puedes venir a Brodnica?

–Por supuesto, cuando usted quiera.

–Me gustaría que nos encontráramos en la plaza Mayor, no en mi despacho. Tengo que hablar contigo en un espacio más privado, por así decirlo. Debemos ser discretos, así que no le hables a nadie de nuestra reunión antes de venir.

–Por supuesto –contestó Daniel Podgórski extrañado.

Grażyna entró rápidamente en casa de su vecina. No quería que por casualidad Paweł la viera por la ventana. La casa parecía vacía.

–Roman está en el trabajo –se apresuró a aclarar Irena. Por su voz se la notaba satisfecha–. Tiene trabajo.

–Estupendo –dijo Grażyna con énfasis. Todos sabían que Roman Gierot había pasado la mayor parte de su vida viviendo del subsidio de desempleo.

–No creo que le dure demasiado. –Irena Gierot se encogió de hombros sin darle importancia–. Pero al menos durante unos cuantos días habrá tranquilidad en casa. Yo justo ahora estoy librando y los niños se han quedado con los abuelos, así que tengo la casa para mí sola.

Grażyna miró a su vecina con envidia. Ella también soñaba con tener tranquilidad y tiempo para dedicárselo solo a sí misma. Con cinco hijos y un marido suspendido de empleo, algo así parecía imposible.

Irena Gierot la condujo a la habitación de los niños, donde había un viejo ordenador, y señaló el monitor sin decir nada. En él se veía un salvapantallas de colores. Grażyna se sentó frente al escritorio. La silla estaba un poco alta, así que la reguló para su estatura. No le apetecía nada mirar la página de *nuestro-lipowo*. Le daba miedo lo que pudiera ver en ella.

–Lee –la animó su vecina, y movió el ratón.

Grażyna miró el monitor insegura. Primero vio la fotografía de una quinceañera llorosa. Le pareció que se trataba de Ewa, la hija de Janusz Rosół. Sin su maquillaje y su ropa provocativa de siempre aparentaba los quince años que tenía. El título de la foto era: «Castigo divino». El autor del blog no debía de tener más ideas para los pies de foto. Grażyna recordaba que la foto de la monja asesinada llevaba el mismo título. Bajó con el cursor y leyó:

¡¡¡Tenían razón quienes recomendaban introducir la educación sexual en los colegios!!! ¡Ya lo creo! ¿Habría ayudado al menos a nuestra PUTILLA local? ¿Imagináis qué ha pasado? ¡¡¡¡Pues que el policía, quizá ya EXpolicía, Paweł Kamiński le ha hecho un bombo a Ewa Rosół!!!!

Como todos sabemos, Ewa es hija de otro policía del pueblo, Janusz Rosół. No hace falta añadir que Ewa tiene quince años. ¿¿¿¿¿QUÉ HARÁN AHORA LOS AMANTES?!?!?!?!

Grażyna se levantó sin decir palabra. «¿Qué harán ahora los amantes?» Le dio la impresión de que las mayúsculas empleadas por el autor del texto le gritaban a ella desde la pantalla. «¿Qué harán ahora los amantes?» ¿Por qué nadie preguntaba qué iba a hacer ahora *ella?* ¿Qué haría ahora Grażyna Kamińska?

–¿Grażyna? –le preguntó su vecina–. ¿Va todo bien?

–Nada va bien –contestó con voz apagada Grażyna.

–No es más que una página de Internet, no tiene por qué ser cierto –la consoló Irena.

–Hace mucho que sospecho que Paweł me engaña. Sabía lo de sus viajes a Brodnica, pero no pensé que... –No terminó–. Gracias por la información. Ya estoy harta de esto.

Grażyna se fue a casa con paso decidido, dejando sola a su vecina. Abrió la puerta ruidosamente. Ya no se esforzaba por mantener el silencio. Ya no tenía miedo. Su marido no podía hacerle nada más. Sacó la maleta del armario con gran alboroto y empezó a guardar sus cosas.

–¿Qué hostias estás haciendo? –Paweł apareció en la puerta. Seguía llevando el mismo uniforme arrugado del día anterior y sus ojos estaban inyectados en sangre.

Ella no contestó. Decidió que jamás iba a volver a hablarle.

–¡Responde! –bramó su marido golpeando con la mano el marco de la puerta.

Grażyna echó la ropa en la maleta de cualquier manera, no se preocupaba en doblarla. Era fácil, bastaba con fingir que Paweł no estaba allí.

–Niños, haced las maletas –gritó en dirección al dormitorio de sus hijos. Los cinco se presentaron en la puerta sin entender lo que pasaba–. ¡Dejad de mirar y haced las maletas, rápido! ¡Ya!

–¿Qué se supone que estás haciendo? –dijo Paweł muy despacio. Su voz sonó amenazante.

Grażyna siguió preparando la maleta sin decir nada. Él no estaba allí. Estaba sola con los niños. ¡Él no estaba allí!

–¿Adónde vamos, mamá? –preguntó el mayor.

–Vamos a Brodnica, a casa de la abuela –explicó Grażyna–. Viviremos allí un tiempo. Lo pasaremos bien.

Ocultó como pudo el temblor de su voz haciendo ruido con los objetos que guardaba. No podía dejarse provocar. Se prometió no dar a Paweł esa satisfacción. Y de todas formas él no estaba allí. No estaba. No estaba.

–¿Qué te propones, zorra? –chilló Paweł Kamiński furioso.

La empujó contra la pared. Ella se tambaleó y perdió el equilibrio. Cayó con gran estruendo arrastrando consigo la tabla de planchar y la plancha. Los niños se asustaron y se agacharon en un rincón.

–¡No vas a ninguna parte! –gritó el policía. De la boca le salió un hilo de saliva. Grażyna se echó a reír al verlo. Paweł ya no podía hacerle nada.

La pateó con todas sus fuerzas. Ella seguía sin llorar. Él no dejaba de patearla y ella solo se reía. Ya no podía hacerle nada. Ya no podía hacerle nada. Finalmente Paweł se detuvo, cansado, jadeando y mirándola con expresión de furia.

De pronto Grażyna oyó que se abría la puerta. Notó un soplo de aire frío de la calle. Alguien entró en la habitación. La cabeza le zumbaba por los golpes, así que no estaba segura de si era real o se trataba de un sueño. Notó sangre en la boca, y, justo en ese momento, le pareció ver, como a través de la niebla, a unos hombres revolcándose por el suelo. La imagen se iba difuminando lentamente.

–Acabo de leer una información muy interesante en *nuestrolipowo*. Recientita, ha aparecido hace unos instantes –dijo Janusz Rosół con aparente tranquilidad–. Tienes cinco minutos para esfumarte de Lipowo. ¡Si no, te mato!

Grażyna trató de fijarse en el hombre, porque no podía creer que se tratara de Janusz, pero seguía viéndolo todo borroso y doble.

–Si te mantienes alejado no te denunciaremos –añadió Rosół–. Te recuerdo que Ewa es menor. Supongo que no querrás que las autoridades se enteren de esto, ¿verdad, Paweł?

–Lárgate a tomar por culo de aquí –dijo una tercera persona como para rematar las palabras de Rosół.

Grażyna Kamińska no estaba segura de quién había dicho eso último. Le pareció que Paweł se levantaba titubeante y caminaba hacia la puerta. Después los párpados de Grażyna se hicieron demasiado pesados. Les permitió caer y cerró los ojos con alivio. Alrededor todo quedó en silencio y a oscuras.

Se desmayó.

Ewa Rosół se miró al espejo. Advirtió horrorizada que sin maquillaje su aspecto era peor que espantoso. Agarró de inmediato su bolsa de aseo y esparció el contenido sobre la lavadora. Había que hacer algo con rapidez. En unos minutos se dio la base, el colorete, el rímel y el pintalabios. El mínimo imprescindible de toda mujer elegante, como siempre repetía. De momento con eso debía bastar. Tenía algo muy importante que solucionar, así que su aspecto resultaba fundamental.

Salió de casa y cruzó el pueblo corriendo hasta la casa de Julka. Algunas personas la miraron de manera extraña, pero no le importó, porque de todas formas siempre la estaban criticando. Entró en casa de su amiga sin llamar. Ziętar ya había llegado. Estaba fumando un cigarrillo al que daba largas caladas. La miró con deseo cuando ella apareció en el umbral.

—Así que Kamiński te ha hecho un bombo, ¿eh? —comentó riendo el fortachón como bienvenida.

—¿Cómo sabes que ha sido él? —preguntó extrañada Ewa.

No le había dicho a Julka quién era el padre del bebé. Miró a su amiga, que estaba sentada en silencio en un rincón y que se encogió de hombros.

—Lo he leído en Internet —volvió a reírse Ziętar—. Y ahora quieres que el tío Ziętar se encargue de tu problemita, ¿no?

Le indicó a Ewa que se sentara junto a él en el sofá. Había poco sitio, así que se sentó directamente en sus rodillas. Ziętar asintió satisfecho. Ewa sabía que eso era lo que él esperaba que hiciera; sabía cómo comportarse con los tipos como él.

—Conozco a un médico de Brodnica que se ocupará de todo. Un trabajo limpio, aunque se necesita pasta —continuó el fortachón—. Pero no te lo hará en un granero ni nada de eso, no, no. Ziętar no dejará que hagan daño a su gatita.

A Julka le dio un escalofrío. Ewa le lanzó una mirada rápida. Quería darle a entender a su amiga que después hablarían de aquello. A fin de cuentas, Ziętar era el novio de Julka.

—Entonces qué, ¿tienes la pasta?

—No toda —reconoció Ewa con desgana.

Sabía dónde guardaba su padre el dinero. Se había llevado todo lo que había encontrado. También tenía algo ahorrado por su cuenta. A pesar de lo cual no había conseguido reunir la cantidad completa.

–No importa, no importa. Con mucho gusto te ayudaré a solucionar este pequeño problema que tienes. Pero no gratis, ni mucho menos. –El fortachón volvió a reírse de manera desagradable–. Ziętar tiene que sacar algo a cambio. No soy la madre Teresa.

Ewa empezó a sentirse incómoda. A Ziętar le apestaba la boca. Dio una calada y le echó el humo en la cara. Ella tosió ruidosamente; él se señaló la bragueta.

–Antes tengo que librarme del niño –dijo ella con firmeza. No quería que la estafara.

–Yo decido lo que va antes. –De su voz desapareció la dulzura fingida–. Pero vale, te daré facilidades. Pase por esta vez. Para pagar la deuda estarás a mi servicio durante el próximo mes. Siempre que yo tenga necesidad. Ahora dame el dinero que traigas y vámonos.

–¿Ya? –preguntó Ewa con incredulidad.

No pensaba que todo fuera a ir tan rápido. Se tocó la barriga y no notó nada. Había oído muchas veces que se podían sentir las pataditas del bebé. Quizá todavía fuera demasiado pequeño.

–¿Y cuándo pensabas que sería? También puedes esperar nueve meses y que salga solo, tú eliges.

Aún se seguía riendo cuando se dirigieron al coche. Él caminaba tan deprisa que Ewa tenía que correr para ir a su ritmo.

El inspector Daniel Podgórski aparcó cerca del alcázar de Brodnica. Había quedado con el fiscal Jacek Czarnecki en una pequeña cafetería cercana a la plaza Mayor. No entendía muy bien por qué el fiscal no quería reunirse con él en la Comandancia Provincial de Policía. Por teléfono todo había sonado bastante misterioso. Podgórski tampoco sabía muy bien qué debía esperar de aquella reunión. Czarnecki había sido un amigo íntimo de su padre, pero tras la muerte de este, Daniel apenas lo había tratado. Al principio Maria pareció querer cortar con todos los contactos de su marido. Después eso cambió, pero la relación con Czarnecki nunca llegó a retomarse. Daniel había colaborado varias veces con él, pero nada más. No tenían ningún contacto fuera del trabajo.

Daniel Podgórski entró en la cafetería y dejó atrás con alivio el aire gélido de la tarde invernal. Divisó al instante al fiscal. Jacek Czarnecki era un hombre obeso con un bigote abundante que habría impresionado al propio Janusz Rosół. Su enorme cuerpo apenas cabía en el traje barato de color marrón que llevaba puesto.

Junto al fiscal estaba sentada una mujer menuda. Tenía el pelo canoso y rapado muy corto. Su cara era angulosa y estaba llena de arrugas. Vestía una cazadora de cuero que dejaba a la vista los antebrazos. Daniel miró un instante los brazos de la mujer. Estaban cubiertos por completo de tatuajes ya descoloridos. No resultaba fácil adivinar qué habían representado en su momento.

Daniel Podgórski sabía perfectamente quién era esa mujer: la famosa comisaria Klementyna Kopp. Era difícil confundirla con ninguna otra persona. Por un lado, podía presumir de haber resuelto una cantidad impresionante de casos, pero, por otro, había pocos policías en Brodnica y alrededores que quisieran trabajar con ella.

–¡Daniel, estamos aquí! –le gritó el fiscal Czarnecki.

Daniel se acercó con aire precavido.

–Siéntate, Daniel –le dijo el fiscal arrimando una silla para el policía–. Esta es la comisaria de la policía criminal de nuestra Comandancia Provincial.

La mujer estiró hacia Podgórski un brazo tatuado y estrechó con fuerza su mano, tanto que le dolió. En Brodnica circulaban leyendas acerca de ella. Unos aseguraban que había pasado su juventud al otro lado de las barricadas, en el submundo del crimen. Otros afirmaban que no era una persona del todo normal. Daniel se preguntaba cuánto de verdad había en todo aquello.

Lo quisiera o no, parecía que iba a tener ocasión de comprobarlo en persona.

–Klementyna –se presentó con brevedad la comisaria Kopp.

En su rostro no había ni pizca de maquillaje. Casi no tenía cejas, lo cual le confería un aspecto algo exótico.

–Daniel –replicó Podgórski.

–Tenemos varios temas que tratar, pero antes vamos a pedir –propuso el fiscal, y llamó a la camarera con un gesto de su mano rolliza.

El fiscal Czarnecki pidió café y un trozo de tarta de merengue. Daniel siguió su ejemplo: no le apetecía ponerse a mirar la carta.

Klementyna Kopp sacó de su mochila negra una botella de bebida gaseosa y empezó a echar pequeños tragos. La camarera le lanzó una mirada de desagrado.

–Hay que pedir algo de aquí –dijo en voz baja pero con firmeza.

Klementyna Kopp la ignoró por completo, así que al final la chica se dio por vencida y fue a buscar el pedido de los dos hombres.

–Aquí hacen una tarta de merengue realmente buena –comentó Czarnecki cuando la camarera trajo los platos–. Suelo pedir al menos dos porciones. Dedico mucho esfuerzo a mantener esta imagen.

Se dio unas palmadas en su oronda barriga con cara de satisfacción.

–¿Te gusta la tarta?

–Sí, sí, muy buena –reconoció Daniel, aunque le pareció algo dulzona.

–He leído tu informe sobre el caso de la monja –anunció el fiscal sonriendo con deleite mientras se comía el último bocado de la primera porción de tarta–. Lo habéis hecho muy bien y con rapidez. Confieso que en el fondo era lo que me esperaba. Es probable que algunos opinen que no debería haberte encomendado el caso solo a ti, pero no me he equivocado.

–Señor fiscal... –empezó a decir Daniel.

El policía se sentía un poco intimidado por la presencia de la comisaria Kopp, pero consideró que debía comentar sus dudas acerca de la culpabilidad de la dueña de la tienda.

–Háblame de tú, por favor. A fin de cuentas, te conozco casi desde que naciste. Eras así de pequeñito –el fiscal Czarnecki hizo un gesto indeterminado con sus manos rollizas– cuando te vi por primera vez. Tu padre estaría orgulloso de ti, Daniel. Quiero que lo sepas. Creo que con el tiempo podrás unirte al departamento de policía criminal de la Comandancia Provincial, aquí en Brodnica.

–Gracias... –Podgórski asintió algo turbado y después miró fugazmente a la comisaria Kopp. Su rostro no expresaba ningún sentimiento–. Es cierto que Wiera confesó haber matado a sor Monika, pero yo no estoy completamente seguro de su culpabilidad. A decir verdad, hay muchos indicios de ello... Pero... No sé, quizá se pueda llamar intuición... Sé que no tengo mucha experiencia en estos asuntos, pero...

Daniel no sabía muy bien cómo expresar lo que tenía en mente.

–Stop. Espera. En ese caso, ¿quién lo hizo? –preguntó con interés la comisaria. Hablaba con la rapidez de una ametralladora, uniendo las palabras y haciendo el discurso incomprensible. Daniel se quedó mirando sus brazos tatuados. Le atraían como un imán–. ¿Tienes alguna idea de quién puede ser el autor?

–Exacto, dinos –añadió el fiscal.

Jacek Czarnecki empezó a comer el segundo trozo de tarta. Su abundante bigote se movía rítmicamente al masticar.

Podgórski carraspeó para darse ánimos.

–He llegado a ciertas conclusiones, pero necesito aún algo de tiempo –explicó–. No quiero lanzar acusaciones infundadas. Me da la impresión de que Wiera encubre a alguien o piensa que lo encubre. Por ejemplo, afirma haber atropellado a la monja tras perder el control del coche. Sin embargo, el forense dijo que sor Monika fue primero acuchillada y después atropellada varias veces. Parece que la tendera no tiene conocimiento de estos datos.

Podgórski miró al fiscal y a la comisaria. Después continuó.

–Además no es muy convincente la explicación que ofrece sobre por qué estaba conduciendo ese coche –añadió el policía tras una pausa–. Wiera afirma que el coche se lo entregó Sénior Kojarski a cambio de su silencio. Resulta que el dueño del Land Rover, Júnior Kojarski, es hijo biológico de Wiera. Pero sigue habiendo cosas que no encajan. Sé que de momento suena todo algo caótico, pero puedo asegurar que mis compañeros y yo encontraremos al autor si... si se nos da la oportunidad.

El fiscal Czarnecki asintió pensativo.

–De acuerdo –decidió finalmente–. Tienes todo el tiempo que necesites, muchacho. Confío en ti. Se lo debo a tu padre.

Daniel Podgórski hizo un gesto con la cabeza a modo de agradecimiento. Había sido más sencillo de lo que pensaba y se sintió aliviado.

–En cuanto al segundo asesinato, el de Blanka Kojarska... –El fiscal masticó pensativo otro bocado de tarta–. Lo diré sin tapujos: hay presiones desde las altas esferas. Por eso prefería reunirme en campo neutral. Aquí.

Daniel Podgórski lo observó con nuevo interés. El fiscal miró a su alrededor, como temiendo que alguien estuviera espiando, aunque los demás clientes de la cafetería parecían ocupados en sus asuntos.

–Un momento después de que el equipo de técnicos llegara a Lipowo para encargarse del cuerpo de Blanka Kojarska, recibí una llamada. Hay presiones para que cierre la investigación cuanto antes. Para que encuentre rápido a un culpable, el que sea, y dé carpetazo. Quieren que acabemos en un pispás.

La comisaria Klementyna Kopp asintió, pero no dijo nada. Parecía que el fiscal ya la había puesto al corriente con anterioridad.

–Me están presionando y debo decirte que seguramente hay mucho dinero detrás de todo este asunto –continuó el fiscal Czarnecki–. Pero a mí no me gusta que me obliguen a nada. Y tampoco quiero que la ley se convierta en una farsa. Por eso no tengo intención de doblegarme y quiero que el verdadero culpable pague por esto. *Sea quien sea*. Me da igual si tiene dinero y una posición elevada.

El fiscal bebió café de la taza de porcelana, que entre sus gruesos dedos parecía muy pequeña.

–Haremos lo siguiente. Me propongo encargaros a ti y a la comisaria aquí presente todo el procedimiento preliminar en el caso de la muerte de Blanka Kojarska. Te diré con franqueza que tienes suerte, Daniel. Klementyna es la mejor policía criminal que conozco. De paso también podréis trabajar juntos en el caso de la monja, si queda tiempo. Yo ya soy demasiado viejo para el trabajo de campo, así que os lo curráis vosotros y me mantenéis informado. Todos contentos. ¿Estáis de acuerdo? ¿Qué te parece, Daniel?

El fiscal Jacek Czarnecki se quedó observando al policía esperando la respuesta. Podgórski miró a la comisaria. Ella no se inmutó, su cara arrugada permaneció impasible. ¿Estaría la pequeña comisaría de Lipowo a la altura de la fama de Klementyna Kopp? Daniel sintió de repente que estaba harto de soñar con algo imposible. Se acababa de presentar ante él la oportunidad que siempre había deseado. No se alegraba de la muerte de Blanka Kojarska, por supuesto, pero, ya que había sucedido, *él* podía poner al culpable ante la justicia.

–Sí, claro, me encargaré de llevar el caso –dijo finalmente–. Gracias por su confianza. Trataré de cumplir el encargo lo mejor posible.

El fiscal Czarnecki sonrió satisfecho.

–Bien. Me alegro mucho. Era lo que esperaba. –Miró el reloj–. Debo irme ya, Daniel. No olvides informarme con regularidad.

El fiscal se levantó con dificultad: le costaba cargar con el peso de su enorme cuerpo.

–Saluda a tu madre –dijo al despedirse, y se marchó.

–Vale, muy bien. Nosotros nos vemos mañana –comentó la comisaria Klementyna Kopp con un tono de ligera contrariedad–. Iré por la mañana a vuestra comisaría.

Se levantó con una agilidad que Daniel no se esperaba en una persona de su edad. Después se echó la mochila al hombro y se cubrió el cuello con una inmensa bufanda.

–De acuerdo –contestó Daniel Podgórski mientras ella se alejaba.

Ziętar llevó a Ewa Rosół hasta su casa. La chica salió del coche con cierta dificultad. Se sentía muy cansada, a pesar de lo rápida que había sido la operación. Mucho más rápida de lo que se imaginaba. Estaba aliviada, pero notaba algo más, aunque no sabía precisarlo. Era como si el problema hubiera desaparecido pero en su lugar hubiera quedado un inquietante vacío.

–¡Recuerda que tienes que darme servicio durante un mes! He pagado por ti –le recordó el fortachón en voz baja. No insistió. Hasta él se dio cuenta de que no era el momento adecuado.

Ewa entró en casa sin decir palabra. Se quitó los zapatos y el abrigo. Sus movimientos eran rígidos y mecánicos. Su padre y su hermano estaban sentados en el salón. Trató de pasar desapercibida. No quería hablar con ninguno de ellos. No habrían entendido nada.

–¿Dónde has estado? –le preguntó su padre. Parecía que había vuelto a beber.

Se fue sin hablar a su cuarto y se tumbó en la cama. Quería estar sola. Al rato oyó que se abría la puerta. No giró la cabeza, pero sabía que era Bartek.

–¿Cómo te encuentras? –preguntó su hermano con dulzura.

–No voy a tener el niño –le dijo, y cerró los ojos. No quería ver a su hermano. No quería ver a nadie–. Ya lo he arreglado. No tenéis que preocuparos por el dinero.

–Ewa...

–Quiero estar sola –lo interrumpió con brusquedad.

–Vale –contestó Bartek con suavidad–. Hablaré con papá, no te preocupes. Yo lo arreglaré.

–Vale –murmuró ella. No sentía nada.

Bartek salió de la habitación y cerró la puerta con cuidado.

Por la tarde el frío era más intenso aún. El aire parecía estar congelado. No corría ni la más ligera brisa. El inspector Daniel Podgórski detuvo el coche frente a su casa, pero tardó un buen rato en salir. Los acontecimientos del día iban pasando ante su vista uno a uno. El hallazgo del cadáver de Blanka Kojarska, Weronika aterrada entre sus brazos, la conversación con el fiscal Czarnecki y la incorporación de la policía criminal de Brodnica a la investigación en la persona de la comisaria Klementyna Kopp. Apoyó la cabeza en el asiento y cerró los ojos. Tras haber aceptado llevar la investigación en su totalidad, le aguardaban unas semanas de mucho trabajo. Las dudas habían quedado atrás. Era el momento de mirar al futuro de manera positiva.

Bajó lentamente del Subaru y cerró la puerta. En casa de su madre estaban casi todas las luces encendidas. Seguramente llevaba mucho tiempo esperándolo. Tampoco esta vez había tenido tiempo de telefonear. Decidió pasar un momento a hablar con ella. No quería que sintiera que la dejaba de lado.

Subió por las escaleras exteriores. La barandilla metálica estaba helada. Tuvo la sensación de que la piel de la mano se le quedaba pegada.

Llamó con fuerza a la puerta. Maria abrió de inmediato.

–Hemos oído que llegabas –le dijo su madre muy alegre.

Daniel la miró con gesto interrogativo. No sabía que tenía invitados. Estaba cansado y no le apetecía hablar con la señora Solicka o con alguna otra de las amigas de su madre.

–Solo vengo un momento –dijo él por si acaso–. Acabo de llegar.

–He invitado a Weronika –explicó su madre sin hacerle caso–. He pensado que después de lo ocurrido no debería estar sola. Hemos ido a su casa a meter el caballo en el establo y luego hemos venido aquí. Y te estábamos esperando.

Weronika Nowakowska salió de la cocina sonriendo tímidamente. Llevaba puesto un jersey rojo de Daniel. Le quedaba muy grande.

–¡Bonito jersey! –bromeó él. El cansancio había desaparecido.

Weronika parecía avergonzada.

–No quería que tuviera frío. Y tú ya no te pones ese jersey –comentó Maria–. Además, estabas tan ocupado que no habríamos podido pedir tu consentimiento. ¡Te has pasado medio día en Brodnica!

–Tenía que hablar con el fiscal –explicó brevemente Podgórski–. Estaba trabajando. No podía venirme a casa sin más, lo sabes perfectamente.

–¿Con qué fiscal has hablado? –preguntó Maria–. ¿Con Jacek Czarnecki?

–Sí.

–¿Qué tal está?

–Bien. Te manda recuerdos.

Maria asintió con una sonrisa.

–Hace mucho que no hablo con él. Eso no está bien, era el mejor amigo de tu padre. Tendré que invitarlo algún día. ¿Qué habéis acordado?

–Czarnecki ha decidido que seamos nosotros quienes nos ocupemos del asesinato de Kojarska.

Maria no parecía sorprendida.

–Siempre he creído en ti, hijo. Felicidades. Por fin te valoran.

–Pero el procedimiento preliminar tenemos que realizarlo en colaboración con la policía criminal de Brodnica –aclaró Podgórski–. Mañana vendrá la comisaria Klementyna Kopp.

–He oído opiniones diferentes sobre ella. Pero dejemos eso ahora, ya nos preocuparemos mañana –dijo Maria–. Hemos preparado la cena. Vamos a comer y después llevas a Weronika a su casa. No puede volver sola de noche, y menos ahora que esto se ha vuelto tan peligroso. Ni siquiera sé si deberías volver a esa casa, querida.

–Cerraré bien la puerta, señora Maria. Es mi casa... Todo irá bien –le aseguró Weronika–. Sabré arreglármelas.

Maria no parecía muy convencida, pero no replicó nada.

–Daniel, quítate el abrigo tranquilamente y luego venís a la cocina. Yo mientras pondré la mesa.

Maria los dejó solos. De pronto, la atmósfera en el pequeño recibidor parecía tensa.

–¿Cómo te sientes después de... todo eso?

–Estoy bien –contestó Weronika en voz baja.

Lo miró con sus ojos azules. Daniel titubeó. No quería decir nada que sonara estúpido o trivial.

–¡Todo listo! –gritó Maria desde la cocina. Daniel se supo salvado y respiró con alivio.

Durante la cena hablaron de Lipowo. Weronika se rio mucho con las anécdotas que contó Maria. Todos se esforzaron por evitar el tema de la muerte de Blanka. Habían sido demasiadas emociones para un solo día. Daniel no pudo apartar la mirada de la pelirroja varsoviana ni un momento. Esperaba que ella no lo hubiera notado. No quería ser demasiado descarado.

–Me gustaría volver ya a casa. Muchas gracias por la agradable velada. Hoy lo necesitaba de verdad –dijo finalmente Weronika Nowakowska–. Pero no quiero causaros más problemas. Volveré sola, no queda lejos.

–¡Ni hablar de eso! –gritó Maria–. Daniel, prepara tu coche y lleva a Weronika a casa.

–Tranquila, mamá, que no voy a dejar que vuelva sola. Por supuesto que la voy a acompañar.

A pesar de las protestas iniciales, Weronika al final aceptó que Podgórski la llevara. Cuando subieron al coche y se encontraron solos volvieron a sentirse tensos, como si en el aire flotara una pregunta a la que ambos tenían miedo de contestar. Permanecieron en silencio durante todo el camino.

Cuando unos minutos después se encontraron frente a la casa, escucharon que *Igor* empezaba a ladrar con alegría desde el interior. Daniel sacó las llaves del contacto sin mirar a Weronika.

–Siempre ladra así cuando vuelvo –dijo ella con una sonrisa nerviosa. Abrió la puerta, pero no salió. Su aliento, al contacto con el frío, se transformó en grandes nubes de vapor–. ¿Quieres pasar un momento?

Daniel estaba demasiado tenso como para contestar de inmediato.

–Claro –dijo finalmente con voz temblorosa mientras en su interior maldecía su timidez.

Salió del coche y fue a abrirle la puerta para ayudarla a bajar. Antes de llegar al porche, ella ya estaba en brazos de él y se besaban con gran pasión, como si nunca antes ninguno de los dos hubiera besado a nadie. *Igor* ladraba cada vez con mayor insistencia y Weronika sonrió como disculpándose. Abrió la puerta y el perro salió de casa loco de alegría. Los recibió con tal energía que casi tira al suelo a su dueña.

–Entremos –susurró ella.

Cuando cerraron la puerta, Weronika volvió a abrazarlo. Daniel sintió una ola de deseo que iba en aumento. La mirada de ella le decía que estaba experimentando lo mismo. Hicieron el amor primero en el pasillo, de forma rápida, agresiva; después una segunda vez arriba, en el dormitorio, despacio, deleitándose. Weronika se durmió abrazada al pecho de Daniel, que se quedó un buen rato escuchando su respiración pausada.

Tomek Szulc afinó la nitidez de los prismáticos y vio por la ventana cómo aquel policía alto la penetraba. Se frotó los ojos, no se lo podía creer. ¡Cómo había podido ella hacer eso! No le encontraba explicación. Nada había salido como él había planeado. ¡Nada de nada!

Cuando el policía se desnudó, Tomek se puso enfermo ante lo que vio. A su rival le sobraban por lo menos diez kilos, según su apreciación. Instintivamente, tocó su vientre escultural, como temiendo que su perfecto cuerpo se hubiera vuelto flácido y seboso de pronto.

Estaba furioso y maldijo en voz baja. Todo había salido mal. Blanka Kojarska ya no estaba y Weronika se lo montaba con un policía gordo. No podía soportar que ella lo hubiera rechazado.¡Eso a él no le pasaba! ¡A él nadie lo rechazaba!

Él era perfecto.

Y ella se merecía un castigo.

19

Varsovia, 1981

En el restaurante se habían reunido la mayoría de sus compañeros de curso. El ambiente estaba muy cargado por el humo de los cigarrillos y por las voces de la gente. No le gustaban las aglomeraciones, pero Mariola había insistido en ir. Jakub no podía decirle que no.

–Queridos, lo hemos conseguido –dijo Łukasz alegremente, alzando la copa en un animado brindis–. Somos médicos. Es cierto que no estamos ya en nuestra primera juventud, pero, ¡qué demonios, tenemos toda la vida por delante!

–¡Por nosotros! –gritó Przemek antes de vaciar su copa.

–¡Por nosotros! –lo imitaron los demás.

Jakub apretó con fuerza la mano de Mariola. Ella le dedicó una sonrisa tranquilizadora. ¡Era tan hermosa! Se había ocupado de él desde el primer día de estudios y le había mostrado el mundo. Junto a ella se sentía seguro. Tenía los mismos cabellos dorados que su madre y los mismos ojos de un azul violáceo. Cuando la miraba veía a Marianna. Mariola se había convertido en su Mariposa, en sustitución de su madre.

–¿Y qué va a ser ahora de nosotros? –bromeó Łukasz.

–Jakub ya tiene trabajo, en el departamento de ginecología –lo alabó Mariola.

Jakub asintió. Aún tenía un poco de miedo a tomar la palabra cuando había tanta gente a su alrededor. Lo normal era que Mariola hablara en su lugar. Él se sentía bien así. Con ella se entendían sin necesidad de hablar.

–Qué bien, tío –le felicitó su compañero–. Te envidio. Me parece que a mí me va a tocar ser pediatra. No me gustan los niños, así que no doy saltos de alegría.

–No te quejes tanto que al menos tienes trabajo –dijo Przemek riendo–. A mí me han dado un puesto en Bydgoszcz.

Łukasz lanzó un largo silbido.

–¡Por lo visto allí las mujeres son muy guapas! Me lo ha dicho mi hermano, que vive allí.

En la sala entró un policía alto. Las voces de las alegres conversaciones desaparecieron por un momento.

–¿El camarada Jakub Byczek? –preguntó el recién llegado–. ¿Es alguno de ustedes?

–Soy yyyo –contestó Jakub tartamudeando.

Notó que el sudor empezaba a caerle por la espalda. Mariola le acarició la mano y eso lo tranquilizó de inmediato. No corría ningún peligro cuando ella estaba a su lado. Su Mariposa.

–Soy yo –repitió Jakub con voz más firme–. ¿Ha ocurrido algo?

–Debo hablar con usted un momento –replicó el policía con tranquilidad. Su rostro no expresaba ninguna emoción–. Salgamos.

Jakub sonrió a Mariola y siguió al funcionario.

–Ha habido un accidente –le dijo el policía sin rodeos cuando se encontraron fuera del restaurante. En la calle hacía frío. La lluvia golpeaba de costado empujada por el gélido viento de noviembre–. Su padre ha muerto.

Jakub sonrió de oreja a oreja.

20

Lipowo. Martes, 22 de enero de 2013, por la mañana

Weronika Nowakowska se despertó temprano. Desde que vivía en Lipowo le ocurría con frecuencia. Vio por la ventana cómo la nieve caía despacio. Sentía un agradable calor. Un calor como ese solo podía transmitirlo el cuerpo de otra persona. Se dio la vuelta y vio que Daniel dormía profundamente a su lado. En su rostro se dibujaba una sonrisa. Weronika, feliz, también sonrió.

Todo había ido muy rápido, pero para nada deseaba dar marcha atrás. Hasta su divorcio había desaparecido de sus recuerdos. Por primera vez desde su llegada a Lipowo se había librado de las ideas obsesivas sobre su exmarido. Era como si todas aquellas desagradables experiencias la hubieran conducido hasta ese maravilloso momento. La incomodaba no sentirse más triste por la muerte de Blanka Kojarska, pero no podía hacer nada por remediarlo. Estaba henchida de alegría y energía. Se rio en voz baja. Daniel abrió los ojos poco a poco.

–Hola –dijo Weronika. Él contestó con una sonrisa. A ella la situación le resultó de lo más confortable. No quedaba ni rastro de los nervios del día anterior–. No sabía si despertarte...

Daniel la interrumpió con un beso. Su cara, aún sin afeitar, arañó la de ella. Eso la excitó. No se esperaba que el policía fuera tan buen amante. Parecía que conocía a la perfección todos los recovecos y secretos del cuerpo femenino. En comparación, el sexo con su exmarido le pareció forzado y superficial. Algo que resultaba paradójico, pues Mariusz debía de ser más experimentado en esas lides, teniendo en cuenta el número de amantes que había tenido, que Weronika no conocía con exactitud. No pudo evitar sentir celos de todas las mujeres con las que había estado Daniel hasta entonces.

De repente sonó el móvil de Podgórski. Ambos lo ignoraron, pero al rato el sonido del teléfono volvió a romper el silencio.

–Creo que debería contestar... –dijo el policía suspirando con pesar. Weronika asintió.

–Inspector Daniel Podgórski, de la comisaría de Lipowo.

A Weronika le pareció oír la voz del joven Marek Zaręba en el móvil. Daniel se levantó de la cama de un salto y miró el reloj. Weronika se quedó observando el cuerpo desnudo del policía y sintió que deseaba hacer el amor de nuevo. No se reconocía a sí misma.

–Me voy volando. El Peque, o sea Marek, dice que Klementyna Kopp estará en la comisaría dentro de media hora. No daría buena impresión que yo no estuviera cuando llegue –comentó Daniel riendo–. He de recibirla de manera oficial. A fin de cuentas soy el jefe.

Weronika lo acompañó hasta el coche y después se quedó a ver cómo desaparecía poco a poco tras la cortina de nieve para ir al encuentro con la célebre comisaria de Brodnica. Daniel le había hablado un poco de la señora Kopp: sus tatuajes no encajaban ni con su edad ni con su puesto, llevaba la cabeza rapada y vestía una cazadora de cuero. Muy interesante. En cualquier caso, ahora lo que le apetecía era ir a tumbarse un rato en la cama y pensar en lo que había sucedido entre Daniel y ella. Se sintió feliz por no tener que ir a ninguna parte. Tenía la casa de sus sueños, pronto se encargaría del establo, había conocido a un hombre que...

Al cerrar la puerta, advirtió de repente un leve movimiento entre los arbustos, pero cuando miró en esa dirección todo pareció estar nuevamente en calma y en silencio. ¿Se lo habría imaginado? Quizá, aunque no podía librarse de la sensación de intranquilidad. Ante los ojos volvió a tener el cuerpo ensangrentado de Blanka Kojarska.

Presa del pánico miró hacia la carretera, pero el coche de Daniel estaba ya demasiado lejos. Weronika buscó en el recibidor algo que pudiera servir como arma improvisada. Su mirada se detuvo en un elegante paraguas negro que se había traído de Varsovia. Probablemente perteneciera a su marido y ella se lo había llevado por equivocación. Ahora estaba olvidado en un rincón. Como no vio nada mejor, lo agarró con ambas manos. Ordenó a su perro quedarse en casa y ella se dirigió con cautela hacia el lugar donde había notado que se movían los arbustos.

–¿Hola? ¿Hay alguien ahí? –gritó con prudencia.

Quizá haya una explicación sencilla, pensó. No hay nada que temer. Quizá alguien había pasado por allí. Quizá el barbudo guardabosques había cortado una rama. Quizá se trataba de un corzo. Quizá, quizá, quizá, otra vez.

–¿Hola? –gritó de nuevo acercándose a los árboles.

Nadie contestó.

La nieve entre los árboles estaba aplastada, como si alguien hubiera permanecido allí un buen rato. Se sintió insegura, a pesar de que ya no había nadie en aquel sitio. El intruso se había marchado. Dio media vuelta. Desde ese lugar, oculto entre los árboles, se veían perfectamente las ventanas de su casa. La dominó una desagradable sensación. Era un emplazamiento ideal para espiar.

De pronto le pareció que en el pretil de la ventana de la cocina había algo. Agarró con fuerza el paraguas, como si pudiera protegerla de todo el mal del mundo. Se maldijo por haber dejado a *Igor* encerrado en casa. Era un perro amistoso, pero quizá en una situación crítica pudiera salir en defensa de su dueña. O más bien se escondería detrás de mí, se dijo Weronika tratando de ver el lado gracioso de la situación.

Caminó despacio hacia la casa. En efecto, sobre el pretil de la ventana había algo.

Desde el día anterior Ziętar no se sentía demasiado bien. Había intentado animarse por todos los medios, pero nada había funcionado. Ya se había aburrido de Julka. ¿Cuánto tiempo se puede estar follando a la misma tía? Ewa Rosół de momento quedaba fuera de su alcance, pero ya se cobraría lo suyo, por eso no se preocupaba. Y no tenía ganas de pagar por sexo.

Se pasó la mano por la cabeza. El pelo empezaba a crecer, tendría que volver a afeitarse. Eructó con fuerza. Durante un momento se preguntó si debería ir a hacer ejercicio al gimnasio privado que tenía en el garaje. Los músculos imponían respeto, y él había trabajado duro para conseguirlo. Últimamente se había descuidado un poco. Como podía contar con sus guardaespaldas para defenderse, no necesitaba esforzarse demasiado.

Sí, estaba claro que no se sentía muy bien. Abrió una botella de cerveza con el borde de la mesa. Quizá beber le ayudara. Volvió a eructar. Se negaba a admitir la idea de que todo se debía a lo que había ocurrido el día anterior con Blanka Kojarska.

Ahora encima habían aparecido rumores de que iban a enviar a un madero de Brodnica. De la policía criminal, además. Con los polis locales se las apañaba sin problemas. ¿Cómo sería el nuevo? Por primera vez desde hacía mucho Ziętar tenía miedo.

La comisaria Klementyna Kopp, de la policía criminal de la Comandancia Provincial de Brodnica, apagó el motor de su Skoda Fabia negro. El coche no era de los que causan impresión, pero a ella le gustaba. Era feo, pero no se estropeaba. Como ella misma: fea pero infalible. Miró el reloj del salpicadero. Era pronto y se había acostado bastante tarde, pero no se sentía cansada. No necesitaba dormir mucho. Siempre había sido así. La quincuagésima novena primavera de su vida no había traído ningún cambio al respecto.

El edificio de la comisaría de Lipowo resultó ser excepcionalmente feo, incluso se podría decir que repulsivo. Quizá se tratara de una buena señal. Le recordaba a una caja azul chillón de caramelos dulzones. Esa impresión solo quedaba desmentida por la presencia de sólidas rejas en las ventanas. Frente a la puerta crecía un abeto raquítico que intensificaba más aún la impresión surrealista de abandono. Tenía la esperanza de que los policías que la aguardaban en el interior completaran ese cuadro abstracto como las guindas de un pastel. No le molestaban tales desafíos. Se podría incluso decir que le gustaban.

Se echó por encima su larga bufanda y bajó del coche. El día era muy frío, pero ella no tenía intención de preocuparse por tal cosa. No le agradaban los abrigos de plumas. Klementyna Kopp se vestía como Klementyna Kopp quería, no como la climatología pretendiera obligarla.

Cuando entró en la comisaría, la puerta chirrió de manera estridente. Klementyna sonrió al oírlo. El interior del edificio no tenía mejor aspecto que la fachada. ¡Buen augurio! Se tocó su tatuaje de

258

la suerte, que llevaba en la muñeca. Un pequeño ritual al comienzo de cada nueva investigación.

La recibió una mujer de estatura media y pelo blanco de apariencia bastante agradable. Quizá ambas tenían la misma edad, pero el aspecto de esta parecía mucho más serio. En cambio a Klementyna Kopp no le importaba su propia imagen.

–¿La comisaria Kopp? –quiso asegurarse la señora–. Me alegro muchísimo de que haya llegado sin problemas. Con este tiempo no es difícil tener un accidente. Estaba un poco preocupada. Me llamo Maria Podgórska y digamos que me encargo aquí de los temas organizativos. ¿Le preparo un té caliente? Así entrará usted en calor. Es muy importante con este tiempo.

–No, gracias –contestó Klementyna quitándose la bufanda y la cazadora de cuero. Se rascó uno de sus brazos tatuados–. Siempre llevo conmigo mi refresco de cola. En realidad no bebo otra cosa.

Ambas se observaron perplejas. A María el jersey le quedaba fatal, y la falda a cuadros era bastante fea.

–El jefe de la comisaría es mi hijo. –Tras unos instantes de desconcierto Maria Podgórska se decidió a continuar su recibimiento, como si nada hubiera ocurrido. La comisaria Kopp estaba acostumbrada a ese tipo de reacciones. No la sorprendía. La gente no sabía etiquetarla cuando la conocían, así que se mostraban confundidos. Klementyna no consideraba que se saliera tanto de los esquemas. Era simplemente ella misma–. Aún no ha llegado, pero debería aparecer en cualquier momento. Ya sabe usted lo difícil que es circular con esta nieve...

–Claro. Tranquila –dijo la comisaria Kopp mirando a su alrededor–. Sé cuál es la situación en las carreteras.

Klementyna era puntual por norma, y eso mismo esperaba de sus subordinados. Aún no había decidido si el comisario principal entraba en esa categoría. Para ella era una hoja en blanco que en breve rellenaría. El fiscal Czarnecki parecía tenerle simpatía, así que ella quería darle una oportunidad a Podgórski.

–Aquí en el pueblo las cosas no son como en la ciudad –explicó Maria Podgórska como si le hablara a un niño–. No todas las carreteras están limpias de nieve.

–Tranquila. De verdad.

En ese momento salieron dos policías de la habitación situada al final del pasillo. Los distintivos de sus uniformes indicaban que se trataba de un subinspector y de un oficial. El mayor de los dos, el subinspector, tenía un bigote grande y poblado y el pelo peinado a lo Ziggy Stardust: corto por delante y muy largo por detrás. Por su aspecto parecía sacado de otra época. El más joven tenía unos hombros muy anchos, típicos de alguien que se pasa demasiado tiempo en el gimnasio. No era muy alto, así que su silueta era tirando a cuadrada.

–Subinspector Janusz Rosół –se presentó el mayor de los policías. Su mano, sudorosa, pareció algo insegura cuando estrechó la de Klementyna.

–Oficial Marek Zaręba.

El policía joven se frotó la mejilla con la mano, donde tenía un pequeño rasguño, como si se hubiera cortado al afeitarse. A Klementyna Kopp le hizo gracia la situación. La policía local no parecía acostumbrada a levantarse temprano.

Ambos hombres miraron a la comisaria con evidente desagrado. Klementyna no esperaba otra cosa. Ya había pasado por eso muchas veces. La consideraban una intrusa en su terreno y por tanto no era bienvenida. Se preguntaba si no debería tatuarse esa expresión en la clavícula, donde aún le quedaba algo de sitio. «Mal-venida». Bonito y práctico.

La recepcionista Maria Podgórska invitó a Klementyna a pasar a la habitación del final del pasillo. La llamó «sala de conferencias», pero parecía más bien la sala de descanso o el comedor. En el centro había una mesa bastante grande hecha de algo similar al contrachapado y manchada de café y comida. Junto a la pared había unos armaritos raquíticos. Sobre uno de ellos descansaba un microondas algo oxidado. Detrás, en la pared, también un poco manchada, había colgado un cuadro de dudoso gusto que mostraba un paisaje al atardecer.

Klementyna Kopp volvió a sonreír con disimulo. El cuadro encajaba de manera ideal con el resto. Le gustaban esos ambientes.

–¿Le gusta? –preguntó Maria Podgórska. Parecía que ella también estaba encantada con la pintura, aunque de un modo diferente–.

Es una puesta de sol sobre el lago Bachotek. ¿Ha estado alguna vez en nuestro lago? Es un lugar fantástico, sobre todo en verano.

–Interesante paisaje –comentó Klementyna Kopp mirando su reloj. Parecía que se había vuelto a parar. Se lo quitó de la muñeca y le dio cuerda. Había pertenecido a su abuela. Feo e infalible. Es decir, como a ella le gustaba.

Maria Podgórska dejó sobre la mesa un pastel y tres tazas de té.

–Lo hice ayer –le dijo orgullosa a Klementyna, señalando el pastel–. Pruébelo. Es mucho mejor que uno comprado. No encontrará uno así ni en la mejor confitería. Es un brazo de gitano de masa francesa con manzana. Encontré hace poco la receta en Internet. Últimamente uso cada vez más el ordenador. Es solo la segunda vez que lo hago, pero me ha salido delicioso. Compruébelo usted misma. Debo confesar, aunque peque de inmodestia, que tengo talento para la cocina.

El pastel tenía buen aspecto, pero a Klementyna no le apetecía comer dulce, y mucho menos a una hora tan temprana. Unos cuantos tragos de su refresco cubrirían la necesidad de azúcar de su organismo. Podgórska pareció muy defraudada por tal rechazo. La situación la salvaron los dos policías, que se sirvieron un trozo grande cada uno y se lo empezaron a comer en silencio. La comisaria Kopp volvió a mirar su reloj. Ahora marchaba a la perfección.

De pronto la puerta de la comisaría chirrió con estridencia.

–Debe de ser mi hijo. Iré a buscarlo, porque a lo mejor no sabe que lo esperamos aquí.

Maria Podgórska salió con paso acelerado, algo que sin duda no pegaba con una mujer que llevaba una falda a cuadros. Poco después se oyeron unas voces débiles procedentes del pasillo. Estaba claro que la señora le estaba relatando a su hijo cómo había ido el día hasta ese momento. Los policías seguían masticando el pastel en medio de un elocuente silencio. De sus rostros no había desaparecido la expresión de hostilidad.

Al rato entró en la sala el hombre alto al que Klementyna Kopp había conocido el día anterior durante la reunión con el fiscal Czarnecki. Si hubiera estado a este lado de la acera, le habría parecido incluso atractivo, en cierto modo. Su pelo era color rubio oscuro y lucía una barba corta.

–Buenos días, comisaria –la saludó Daniel Podgórski–. Perdón por el retraso.

Se dieron la mano. Él se mostró un poco menos intimidado que el día anterior. A fin de cuentas, se encontraba en campo propio.

–Me alegra tener la posibilidad de colaborar con usted –continuó Daniel con amabilidad; su discurso sonaba bastante sincero–. Conozco los logros que ha conseguido en su carrera.

–Tranquilo. Seguro que habréis oído muchas cosas acerca de mí, muchachos. Y supongo que pocas buenas. No tengo ni idea de por qué. Lo digo en serio.

–Sus estadísticas de casos resueltos son impresionantes. –Daniel Podgórski no se rendía.

–Hago lo que puedo.

Klementyna decidió jugar con ellos al juego de las conversaciones intrascendentes antes de ir al grano. Los hombres a menudo lo necesitaban. Los llamados juegos preliminares.

–No sea usted tan modesta –insistió Podgórski riendo.

–Stop. ¿Yo modesta? ¿Estás de broma? –La comisaria Klementyna Kopp empezaba a impacientarse. No le iban los cumplidos–. Será mejor que me pongáis al día del caso. O mejor dicho: de los casos. Tenemos a una monja atropellada y a la mujer de un millonario acuchillada, ¿verdad?

–Exacto –contestó Podgórski. No daba la sensación de estar incómodo por la franqueza de la comisaria.

–Vale, perfecto. Daniel, he leído tu informe acerca de la hermana Monika. Estoy de acuerdo en que hay varias contradicciones en el caso. Nos ocuparemos de eso si tenemos tiempo, pero ahora la prioridad es la muerte de Blanka Kojarska. Son las instrucciones que me ha dado el fiscal. Otra cosa es que nos vayamos a ceñir a ellas.

–Me pregunto si ambos casos no estarán relacionados de algún modo –comentó Daniel Podgórski mientras se servía un trozo de pastel. Bajo la camisa del uniforme asomaba una barriga ligeramente abultada. No debía de privarse de los placeres del paladar.

–Stop. Espera. ¿Cómo que relacionados? –preguntó la comisaria. Le interesaba saber si ya tenía alguna teoría.

Podgórski reunió unas cuantas migas de pastel con el dedo.

–Es muy raro que aquí en Lipowo haya asesinatos, o mejor sería decir que nunca los ha habido –explicó brevemente–. Así que imagínese dos seguidos. Porque la monja también fue asesinada, como sabrá usted por el informe.

–Klementyna.

–¿Perdón?

–Ese es mi nombre –le recordó la comisaria Kopp con aire divertido–. No me llamo *usted*.

El policía carraspeó.

–En cualquier caso –continuó–, creo que debe de existir algún vínculo entre ambas muertes, aunque por ahora no sé cuál.

–Vale, perfecto. ¿Tienes algo más? Porque, sí, es cierto, tenemos dos asesinatos y un pueblo donde nunca sucede algo así. Es tentador pensar que ambas muertes están relacionadas. Es tentador y quizá incluso cierto. ¡Pero! No saquemos conclusiones prematuras. El exceso de celo ha dificultado más de una investigación.

–¿Entonces sugiere... sugieres que deberíamos tratarlas por separado?

–Stop. Espera. No sugiero nada, Daniel. Haremos lo siguiente: las estudiaremos en paralelo mientras no encontremos un nexo, ¿de acuerdo?

Los policías se miraron indecisos. La comisaria Kopp suspiró. Daba la impresión de que tendría que guiarlos durante algún tiempo.

–Vale. De momento vamos a centrarnos en el caso de Blanka Kojarska –propuso con voz alta y clara. Quería que tuvieran tiempo de digerirlo–. Al fin y al cabo, para eso estoy aquí. ¿Qué se sabe hasta ahora?

Daniel Podgórski se remangó. Sus antebrazos eran sorprendentemente musculosos para un amante de los pasteles de mamá.

–El cuerpo de Blanka Kojarska fue encontrado ayer por la mañana en el bosque –empezó a exponer el jefe de la comisaría–. Estaba tirado en un claro cercano a la residencia de la familia Kojarski. Yacía sobre la nieve. La víctima estaba vestida con un mono de esquí. El autor del crimen no la desnudó. Por lo que pude ver, le produjo numerosas heridas punzantes en todo el cuerpo. Todavía no disponemos del informe del forense, pero me pareció que también la habían degollado. La cara la dejaron intacta. En ese punto ambos asesinatos son iguales. En los dos casos el autor trató el cuerpo con gran brutalidad, pero no tocó los rostros.

–Stop. Espera –dijo Klementyna levantando los brazos tatuados como si estuviera dirigiendo el tráfico, algo que había hecho al comienzo de su carrera y que por tanto dominaba bien. Además los hombres solían entender bien las metáforas automovilísticas–. Un momento, un momento. En el caso de la monja tenemos dos acciones.

–Así es –reconoció Daniel–. Sor Monika primero fue herida varias veces con un objeto punzante, probablemente un cuchillo. Después el autor la atropelló de forma repetida. Eso fue lo que ocurrió.

–Vale. ¿Y os habéis preguntado por qué lo hizo así?

–La monja no murió a consecuencia del ataque con cuchillo –se atrevió a intervenir el más joven de los policías, el musculoso Marek Zaręba–. Quizá quiso rematarla con el coche.

–No es una manera muy práctica de matar –comentó riendo la comisaria Kopp–. ¿Me equivoco? Imagina que quieres matar a alguien. ¿No sería un poco excesivo incluir un cuchillo y un coche en lo que se conoce como «el equipo del pequeño asesino»?

El oficial Marek Zaręba la miró de reojo. Klementyna se pasó satisfecha una mano por su pelo rapado. Esperaba sacarlos del sueño plácido en el que se encontraban. Necesitaba compañeros de trabajo. De momento, los dejó con esa cuestión.

–Vale. Vamos a ver. Dejar el rostro sin dañar puede ser un nexo, estoy de acuerdo. ¡Pero! Esperemos al informe del forense. En apariencia estamos ante un..., ¿cómo se dice?..., *modus operandi* diferente. Pero ¿podemos estar seguros? Recordad que por lo general el autor se ciñe a un solo método. Por lo general.

El joven Marek Zaręba y el bigotudo Janusz Rosół se miraron.

–Bien, sigamos –dijo Klementyna. Sin duda necesitaban más tiempo para comprenderlo todo bien–. ¿Quién encontró el cuerpo?

–Weronika Nowakowska –informó Daniel Podgórski. En su tono apareció algo interesante.

–Tendremos que hablar con ella detenidamente, ¿eh? Vale. Perfecto. Entonces, tenemos el lugar del crimen y la persona que descubrió el cadáver. ¿Cuál es la situación de la familia de la fallecida? Me refiero a Blanka Kojarska. ¿Me lo podría contar el bigotudo subinspector?

Janusz Rosół no había dicho nada hasta entonces. Klementyna quiso despabilarlo un poco.

–Blanka era la esposa de Sénior Kojarski –explicó mecánicamente el mayor de los policías–. Era mucho más joven que él. Vivía en la hacienda con su marido. También se encuentra estos días allí Júnior Kojarski, el hijo de Sénior. Viene a veces desde Varsovia. La esposa de este, Róża, y su hijo Kostek viven permanentemente en la hacienda.

–Vale. Perfecto. ¿Vive alguien más en esa *hacienda?* ¿Personal de servicio?

–Creo que hay una criada y un chico para todo que se llama Tomek Szulc.

Klementyna Kopp sacó de la mochila su botella de refresco y dio un trago largo.

–Muy bien, avanzamos rápido. Eso me gusta. Vale. Habéis dicho que Blanka Kojarska fue asesinada en el bosque, cerca de su casa. ¿Por qué justo allí? ¿Por qué precisamente allí?

Daniel Podgórski volvió a carraspear.

–Blanka Kojarska tenía la costumbre de pasear por la noche –explicó–. Muchas personas conocían el recorrido que hacía. Bastaba esperar en el lugar elegido y ya está. En ese claro resulta fácil esconderse.

–Vale. Bien, entonces poco podemos sacar de ahí –dijo Klementyna rascándose el cuello en el punto en que varios años antes se había tatuado un fragmento de la partitura de su ópera favorita. Notaba la excitación que experimentaba siempre al iniciar una nueva investigación–. En tal caso creo que debemos seguir el manual. Empezaremos por la familia de la víctima. Si no recuerdo mal, en la residencia esa tenemos a Sénior Kojarski, a Júnior y a su esposa Róża. Para comenzar, tres personas sospechosas. Habrá que interrogarlas a todas una a una. Hemos de pensar en los posibles móviles y comprobar si tienen alguna coartada para el día del asesinato. –Klementyna Kopp dio otro sorbo al refresco–. Después ya ampliaremos nuestro campo de acción. Espero que hoy mismo recibamos el informe de la autopsia y así sabremos a qué atenernos. Si nos da tiempo, trataremos de encontrar posibles conexiones con la monja.

–De acuerdo –dijo Daniel Podgórski conforme con lo expuesto. Su voz volvía a desprender una prudente amabilidad.

La comisaria, una vez más, se tocó disimuladamente su tatuaje de la suerte.

–Pienso que podemos empezar ya mismo –comentó–. No hay por qué esperar para ir a casa de los Kojarski. ¿Quién de vosotros viene conmigo?

–Creo que yo y el Peque..., es decir, Marek Zaręba –contestó Podgórski señalando al policía musculoso–. Janusz, tú quédate en la comisaría y ocúpate de los asuntos del día con Maria.

Janusz Rosół se mostró de acuerdo. A Klementyna su bigote le parecía impresionante.

–Bien, entonces vámonos –dijo mientras aplastaba la botella de refresco vacía–. Nos presentaremos sin avisar.

Tuvo la sensación de que había tardado una eternidad en recorrer esa distancia tan corta, pero al final llegó hasta la pared de la casa. Tenía todos los músculos desagradablemente tensos. Miró nerviosa a su alrededor. Los grandes copos de nieve seguían describiendo un vuelo lento en su caída. Recordó que hacía mucho tiempo, quizá cuando aún iba al colegio, le habían dicho que cada copo de nieve era diferente.

Respiró hondo para tranquilizar su corazón, que latía demasiado deprisa. *Igor*, encerrado en casa, no ladraba, así que a Weronika le pareció que no había peligro. Al menos eso esperaba. Aun así, no se libraba de la sensación de que había alguien oculto entre los arbustos observándola.

Insegura, echó un vistazo mientras se aferraba a su inservible paraguas. No vio a nadie, así que se atrevió a acercarse a la ventana. En efecto, encima del pretil había algo: un guante rosa resaltaba vivamente sobre la nieve blanca. Extrañada pero sin pensárselo dos veces, Weronika agarró el guante. Estaba convencida de que hacía un momento no estaba allí. Aunque seguro que existía alguna explicación lógica. Quizá simplemente no se había dado cuenta y ahí terminaba el misterio.

Weronika volvió a mirar a su alrededor, pero tampoco esta vez vio a nadie. Suspiró aliviada. Ya no tenía miedo. Ahora le parecía imposible que mientras ella había ido hasta el bosque alguien hubiera tenido tiempo de dejar el guante. Apenas había tardado unos minutos. El guante debía de estar allí con anterioridad y ella no se había fijado.

Recuperada la calma, volvió a casa con el guante rosa en la mano. *Igor* la recibió con gran excitación.

–¿Lo reconoces?

Le acercó el guante para que lo olfateara, pero el perro se limitó a mover el rabo con entusiasmo.

–Vaya un ayudante... –dijo Weronika suspirando.

El guante de lana parecía inofensivo, así que Weronika dejó de preocuparse. Debo de haber leído demasiadas novelas policíacas, para que un simple guante me provoque palpitaciones, se dijo sonriendo.

Dejaron a un lado el desvío a Zbiczno. El pequeño Skoda negro de la comisaria Klementyna Kopp dio un bote al pasar por un bache oculto bajo la nieve. En el coche reinó el silencio durante todo el camino. El inspector Daniel Podgórski tuvo la impresión de que no habían empezado la colaboración de la mejor forma. Era consciente de que buena parte de la culpa la tenían él y sus compañeros. Todos mostraban cierta aversión hacia la comisaria, pero, siendo objetivos, había que reconocer que hasta ese momento no había hecho nada que justificara tal actitud. Debían esforzarse más, ya que iban a trabajar juntos en la investigación. La antipatía no les iba a ayudar a encontrar a los asesinos, pensó Daniel.

Giraron por la carretera lateral que conducía hasta la residencia de los Kojarski. La verja estaba abierta de par en par. Grandes montones de nieve mantenían atrancadas las hojas de hierro forjado del portón a ambos lados de la entrada.

–No les preocupa mucho la seguridad –comentó Podgórski sorprendido. Esperaba encontrarse con dispositivos electrónicos de tecnología puntera y una verja cerrada y vigilada por un guardia experimentado, incluso con un arma en la mano. En cambio, nada obstaculizaba la entrada a la hacienda de los Kojarski.

–Cuando estuve aquí el otro día me encontré el mismo panorama –añadió el joven Marek Zarêba desde el asiento trasero–. Por otro lado, si alguien tuviera interés en entrar podría saltar la valla fácilmente. No es muy complicado.

–Blanka Kojarska murió fuera de casa, así que eso de momento no tiene importancia. Si hubiera sido asesinada en la hacienda, lo tendríamos que estudiar con más detenimiento.

Avanzaron por un camino empedrado con adoquines pequeños hasta la misma entrada de la residencia. Las ruedas del coche saltaban rítmicamente sobre la superficie irregular. La comisaria Klementyna Kopp aparcó junto a una fuente, sin actividad en ese momento. En ella, esculpida en piedra, había representada una figura de mujer con un ramo de flores silvestres en la mano.

–¿No es Blanka Kojarska esa de la estatua? –preguntó Daniel, cada vez más sorprendido–. ¿O solo me lo parece?

Klementyna Kopp miró la fuente con expresión crítica.

–Vale. Bueno, pues creo que podemos empezar –dijo con ese estilo directo que recordaba a los disparos de una ametralladora–. La fuente de momento no nos interesa.

La comisaria se enrolló la bufanda alrededor del cuello y salieron del coche. Hasta ese momento Daniel Podgórski había visto la residencia de los Kojarski solo desde lejos. De cerca parecía mucho más grande y con una decoración más recargada. La fachada, pintada en un tono crema claro, albergaba una innumerable cantidad de pequeñas columnas y bajorrelieves. Algunas de las inmensas ventanas estaban tapadas por gruesas cortinas. Parecía que los inquilinos valoraban su intimidad.

–Si yo tuviera unas ventanas tan grandes, nunca echaría las cortinas –murmuró Daniel–. ¡Con lo bonitas que han de ser las vistas!

Nadie dijo nada.

Subieron por las escaleras del amplio porche. Cuando Klementyna llamó a la puerta, el timbre resonó con fuerza en el interior de la casa. Poco después oyeron el ruido de las cerraduras. Abrió una mujer joven vestida de negro. Tenía el pelo castaño recogido en una coleta alta. A Daniel Podgórski su cara le resultó algo familiar. Seguramente sería de los alrededores.

–Buenos días –dijo con amabilidad–. El señor Sénior Kojarski les esperaba hoy. Pasen, por favor.

Una vez dentro, cerró la puerta con todas las llaves.

–Al señor Kojarski no le gusta que la puerta esté abierta. Debo cerrarla bien en todas las ocasiones. En casa hay muchos objetos de valor –explicó la criada con tono de disculpa–. ¿Me permiten sus abrigos? Les rogaría que se limpiaran los zapatos, acabo de fregar el suelo.

Daniel y Marek se quitaron los abrigos. La criada miró a la comisaria Kopp esperando el suyo, pero Klementyna optó por no darle su cazadora de cuero. La sirvienta no pareció sorprendida por ese comportamiento. Seguramente en esa casa había visto de todo.–El señor Sénior Kojarski está trabajando en su despacho –les informó después de colgar los abrigos de los policías–. Síganme.

–Tranquila. Un momento. Primero quisiéramos ver la habitación de la difunta señora Kojarska –la interrumpió Klementyna Kopp–. Después hablaremos con el señor. Supongo que eso también se lo esperaba, ¿no?

–Por supuesto, no hay problema –dijo la sirvienta–. En efecto, el señor Kojarski también se imaginaba que sería así. En cuanto nos enteramos de que la señora Blanka había muerto, ordenó cerrar con llave el dormitorio de su esposa. Me dio la llave a mí, como persona imparcial. Mi jefe quería que todo se hiciera correctamente. En la habitación no ha entrado nadie, al menos que yo sepa.

Los condujo al piso superior. A Daniel la residencia le pareció muy silenciosa. No se oía ninguno de los ruidos típicos de una casa, como un televisor o una radio, ni siquiera el goteo de un grifo. Eso causaba la impresión de que la mansión había sido abandonada. Podgórski se preguntó si siempre reinaría allí esa atmósfera o si estaba causada por el luto debido a la muerte de la señora de la casa.

La puerta del dormitorio de Blanka Kojarska estaba, efectivamente, cerrada con llave. Podgórski se fijó en la cerradura. No parecía difícil forzarla. Solo podían esperar que nadie lo hubiera hecho y que encontraran todo tal como lo había dejado la víctima. Los policías contaban con hallar en el interior alguna pista que condujera al asesino, o que al menos les dijera algo más sobre la fallecida.

–Vale. Bueno, muchas gracias –le dijo Klementyna Kopp a la criada–. Ahora espera fuera, ¿vale?

La sirvienta asintió y salió sin decir nada. No parecía contrariada.

La comisaria sacó de la mochila tres pares de guantes y protectores para los zapatos.

–Vale. En realidad deberíamos llamar a los técnicos antes de entrar, pero me gusta echarle un vistazo a todo primero, con tranquilidad –explicó Klementyna remangándose. Sus descoloridos tatuajes se mostraron en todo su esplendor–. Una pequeña desviación de la norma. ¡Pero! No mováis demasiado las cosas. Los técnicos ya me tienen suficiente tirria, no les demos más motivos para quejarse, ¿eh? Vale, entonces empecemos. No espero un gran resultado, pero nunca se sabe.

Se repartieron por la habitación, que estaba decorada con la misma suntuosidad que el resto de la casa. Las paredes estaban adornadas con estucados y en las ventanas colgaban cortinas doradas. En la parte derecha había una enorme cama con un vistoso baldaquín. Junto a la pared destacaba un tocador blanco esmaltado con un gran espejo muy lustroso. Daniel decidió empezar por ese mueble.

El tocador estaba abarrotado de todo tipo de cosméticos en recipientes de colores. El policía vio también muchas cajas de medicamentos esparcidas de cualquier manera. Algunas estaban abiertas, como si alguien acabara de tomar unas pastillas y hubiera salido de la habitación por un momento. A Podgórski se le ocurrió que quizá había sucedido justo eso. Quizá Blanka Kojarska pensó que recogería todo aquello cuando volviera a su dormitorio.

Daniel leyó en voz alta los nombres de los medicamentos.

–Junto a la cama también veo esas pastillas –comentó el joven Marek Zaręba, que estaba examinando la mesilla de noche–. Exactamente las mismas.

–Son somníferos –explicó Klementyna Kopp, que se ocupaba de inspeccionar la chimenea de mármol situada al fondo de la habitación–. Estoy casi segura de que solo se venden con receta.

–Debemos comprobar eso –apuntó Daniel–. Si esas pastillas son con receta, es bastante extraño que Blanka tuviera tantas. La mayoría de las cajas del tocador están llenas. No soy un experto, pero es bien sabido que los somníferos causan adicción.

–Habrá que preguntar discretamente a la familia –dijo Marek Zaręba–. Quizá Blanka las consiguió de forma ilegal. Lástima que no esté aquí Paweł, él tiene contactos. A lo mejor se enteraba de algo.

Podgórski asintió pensativo. Se preguntaba cómo habrían sido los últimos momentos de Blanka Kojarska en ese dormitorio. ¿En qué pensó? ¿Qué planes tenía? ¿Sabría que iba al encuentro con la muerte? ¿Sospechaba algo?

–¡Alto! En la chimenea han quemado algo últimamente –advirtió la comisaria Klementyna Kopp escupiendo de nuevo las palabras como una metralleta.

Marek se encogió de hombros, como si aquel descubrimiento no lo impresionara.

–Con este frío, seguro que lo hacen a menudo.

–Vale. ¡Pero! Me parecen cartas. Creo ver ahí un sello. –Klementyna se agachó frente a la chimenea y miró con atención–. Es difícil saberlo. No voy a tocarlo, quizá los técnicos consigan sacar algo de esto. Ya veremos.

Daniel Podgórski y Marek Zaręba se acercaron intrigados a la chimenea. En efecto, entre las cenizas se veían unos pedazos de papel carbonizados.

–Poco ha quedado –suspiró Podgórski decepcionado.

–No se pierde nada por probar –le animó Klementyna Kopp.

Daniel asintió. Seguía sin saber qué pensar de ella exactamente. La comisaria tenía una apariencia sorprendente y hablaba con la rapidez de una ametralladora, pero hasta entonces no había hecho nada que justificara la mala fama de la que gozaba entre los policías de Brodnica y alrededores.

Examinaron el resto de la habitación con minuciosidad, pero aparte de la gran cantidad de medicamentos y de los documentos quemados, no había nada que pareciera digno de atención. Tal como se esperaban, los armarios estaban llenos hasta los topes de ropa cara. Daniel comprobó el interior de los cajones y observó con cierto rubor diversas prendas interiores tiradas dentro de cualquier manera. Ninguna podía ser calificada de modesta.

–No tenemos mucho. –En la voz de Marek Zaręba se notaba un atisbo de desilusión. Daniel lo comprendía muy bien.

–Al contrario –dijo Klementyna Kopp–. Ya tenemos algo por donde empezar. Para todo hace falta tiempo, Peque. ¡Paciencia, paciencia y más paciencia! Es lo más importante en el trabajo de un investigador. No siempre es necesario ser espectacular para ser efectivo.

Marek Zaręba miró a Daniel, pero él tampoco había entendido del todo a qué se refería la comisaria.

–Vale. Bueno, pues ahora vamos a interrogar uno a uno a los miembros de la familia. Quizá se vayan de la lengua. El asesino siempre deja huellas. Ahora nuestra tarea es encontrarlas y unirlas en un todo.

La señora Solicka estaba preparando la comida para el anciano padre Józef y para su joven invitado, el padre Piotr. La asistenta de la casa parroquial tenía prisa, porque aquel día estaba especialmente atareada. La cocina estaba llena de vapor y hacía un calor desagradable. La señora Solicka abrió un poco la ventana para que entrara algo de aire fresco.

–¡Wiera detenida! ¡Quién lo iba a pensar, quién lo iba a pensar! –murmuraba mientras se secaba el sudor–. Aunque en el fondo era algo que se podía esperar. Parece una bruja y seguro que lo es. Se podría asustar a los niños con ella. Y además, ¿qué clase de nombre es ese? ¡Wiera! En cualquier caso no es polaco, ¡eso seguro!

La señora Solicka opinaba que el resto del mundo no tenía gran cosa que ofrecer. Removió la sopa caliente con un gesto de rabia. Ya le había comentado varias veces al viejo Józef que dijera algo sobre los extranjeros durante el sermón. ¡Sobre los extranjeros, que no eran ni mucho menos bien vistos en su tranquilo pueblo! La señora Solicka estaba convencida de ello. Pero el viejo sacerdote empezaba poco a poco a chochear y no atendía a argumentos. Estaba claro que lo había alcanzado la demencia senil. Tenía problemas para leer, no charlaba con la misma brillantez de antes y apenas reconocía a su pariente, el padre Piotr. Solicka se temía que pronto le iba a llegar la hora al viejo Józef. El pueblo necesitaba a alguien más joven.

–¿Puedo ayudar? –preguntó el padre Piotr asomando la cabeza por la puerta entreabierta de la cocina.

La señora Solicka se fijó en que el cura mostraba por fin unas mejillas bien sonrosadas. Era evidente que acababa de volver de uno de sus paseos. Ella estaba segura de que si el padre Piotr lucía mejor aspecto era gracias a que llevaba ya varios días bajo sus cuidados. La cara la tenía más redondeada y la ropa ya no le quedaba tan holgada.

Era todo un éxito. También parecía habérsele pasado un poco la tristeza por la muerte de sor Monika. Todo iba a mejor. Bueno, sin contar la repentina muerte de Blanka Kojarska, se dijo Solicka. Quizá habría que hablar de ello en el sermón. Tendría que sugerírselo al viejo Józef, porque igual a él no se le ocurría. Cada vez le interesaban menos los asuntos terrenales.

—¡Qué amable! Gracias, Piotr. Vigila la sopa, por favor. Ya está casi hecha. Hoy no tengo la cabeza para esto. Mañana abro de nuevo mi tienda, ya que Wiera está detenida. ¡Espero que responda por sus pecados! —añadió enfurecida.

Miró fugazmente al joven sacerdote. Quizá no debería haber dicho eso. No quería ofenderlo. Aún no sabía qué cosas se podía permitir comentar en su presencia.

—No deberíamos guardarle rencor al prójimo, pero reconozco que hasta yo desearía que respondiera por su infame acto —aseguró el padre Piotr con una sonrisa de disculpa. Era un joven encantador—. Creo que los dos vamos a tener que confesarnos.

—Así es, sí... —La señora Solicka no estaba para reflexiones teológicas en ese momento. Después de tantos años trabajando en la casa parroquial, dudaba de que el viejo Józef pudiera aún absolverla—. Piotr, ¿podrías ayudarme mañana cuando abra la tienda? En verano vienen mis hijos a echarme una mano, pero ahora estoy sola con todo esto. Me gustaría abrir a lo grande. Que la gente se entere de lo que se han perdido durante este tiempo por comprar donde Wiera.

—Por supuesto. La ayudaré con mucho gusto —contestó el padre Piotr—. No hay problema.

La señora Solicka sonrió satisfecha. Todo iba a mejor.

Empezaron los interrogatorios por Sénior Kojarski. Tenía el aspecto de un anciano que trata a toda costa de conservar una juventud que se ha escapado demasiado rápido. El inspector Daniel Podgórski sospechaba que el millonario se había sometido a unas cuantas operaciones plásticas, porque su rostro se parecía peligrosamente a una máscara inmutable con una tersura artificial. Sobre esa base, el bronceado de solárium daba una impresión aún más caricaturesca.

Sénior Kojarski los dejó entrar con desgana en su despacho y les pidió que se sentaran en el sofá de piel. Él se quedó tras su enorme escritorio de madera oscura. Cerró la tapa de su moderno portátil y empezó a recolocar los objetos de latón que adornaban la mesa. Durante un instante nadie dijo nada. Daniel observó como hechizado los lentos movimientos de las manos del hombre.

Al fin Sénior Kojarski los miró y carraspeó.

—Así pues, como todos sabemos, mi esposa ha muerto —empezó a decir con indiferencia—. No voy a fingir que la quería. Siento decepcionaros si era lo que esperabais, pero no hay necesidad de disimular. No la amaba. Al menos ya no. Todos sabían cómo era. Sin embargo, me guste o no, también era mi esposa y por eso merece que ponga algo de mi parte. Así que quiero resultados. Tenéis que encerrar a alguien cuanto antes. Después podré olvidarme de este lamentable incidente y seguir viviendo tranquilo.

Daniel Podgórski y Marek Zaręba se miraron sorprendidos.

—¿Califica usted como «lamentable incidente» la muerte de su esposa, o mejor dicho, el brutal asesinato del que ha sido víctima? —preguntó indignado el más joven de los policías.

El anfitrión lo miró alzando sus cejas bien cuidadas. En sus ojos apareció un visible desprecio.

—¿Debo entender que era usted uno de los admiradores de mi esposa?

Marek apretó los labios irritado, pero no dijo nada.

—Creo que debería telefonear al fiscal encargado de este caso —afirmó despacio Sénior Kojarski—. Lo último que necesito ahora es que por mi casa se paseen unos paletos y una vieja tatuada. Aquí se precisan profesionales.

—Tranquilo. Siempre puedes intentarlo —replicó Klementyna Kopp—. ¡Pero! No tenemos tiempo que perder, ¿verdad? Pues vayamos al grano y dejémonos de tonterías. Que nuestro equipo de investigación sea o no de su agrado no es ahora tan importante.

Sacó de la mochila una nueva botella de refresco y dio un trago largo.

—Claro que no es de mi agrado —murmuró Sénior Kojarski—. Es ridículo cómo me están tratando. ¡Soy un hombre con una determinada posición! ¡Han asesinado a mi esposa y el fiscal me envía a alguien así! ¡Es ridículo, lo repito!

–Klementyna Kopp es una comisaria criminal muy experimentada –dijo Daniel Podgórski, que pensó que no debía permitir que el anciano tratara así a la mujer.

–Daniel, aprecio tu caballerosidad, pero vayamos ya al grano –comentó la comisaria, ignorando las buenas intenciones del policía.

Sénior Kojarski miró fijamente a Daniel mientras en su boca se dibujaba una sonrisa sarcástica, que en su rostro impasible pareció una mueca macabra. Podgórski no reaccionó ante aquel gesto del dueño de la casa. Al fin y al cabo, estaba trabajando y debía cumplir con sus obligaciones de la manera más profesional posible.

–Ha dicho usted que no amaba a su esposa –dijo poniéndose cómodo en el sofá, lo que hizo que la tapicería de piel crujiese bajo su peso–. En ese caso, ¿podría precisar cómo era la relación entre ustedes?

–Ya veo. Soy consciente de que el marido es siempre el primer sospechoso –comentó riendo Sénior–. No hace falta que me lo insinúe.

–No estoy insinuando nada –replicó tranquilamente Daniel; él también sabía ser paciente–. Me gustaría que nos hablara de su relación con su esposa. O mejor dicho, quisiera que nos aclarara cómo era –repitió–. Entonces podremos seguir adelante.

El anfitrión se puso de nuevo a ordenar su escritorio. Jugó un rato con un tintero antiguo. Parecía que no tenía intención de contestar; sin embargo, al final suspiró profundamente y dijo furioso:

–¿Y qué cree usted? Ya vio cómo era. Cuando la conocí se apoderó de mí un deseo salvaje. Lo puedo decir con sinceridad. Sencillamente *necesitaba* poseerla. Y estoy acostumbrado a que cuando quiero algo, lo consigo. No creo que haya nada malo en eso. Y en esta ocasión también ocurrió así. Nada nuevo. Tomé la decisión de casarme y le hice saber a Blanka cuál era la situación. Ella obtenía un beneficio inmenso con la boda. A cambio debía tener un aspecto atractivo y servirme como lo haría cualquier esposa. Al principio con eso me conformaba, pero después me quité la venda de los ojos. Resultó ser la mujer más tonta que ha parido madre. Me sacaba de quicio. ¡Porque era insoportable! Lo puede confirmar cualquiera que haya pasado media hora con ella. Su muerte me ha venido como caída del cielo.

Tras decir esto, Sénior Kojarski soltó una sonora risotada. La carcajada se transformó poco a poco en risita y, finalmente, en silencio.

–Por fin me he librado del problema –terminó de contar el reciente viudo–. Lo cual no significa que la matara yo. Si lo creéis así, os equivocáis de cabo a rabo. Perdemos el tiempo.

–Si su presencia le molestaba tanto –preguntó Daniel–, ¿por qué no tomó la decisión de divorciarse? En la actualidad no supone ningún problema. Ni siquiera aquí, en un pueblo –añadió el policía tratando de disimular un poco la ironía que había aparecido en su voz.

–Había invertido mucho dinero en ella para que tuviera el aspecto que tenía –señaló Sénior Kojarski riéndose de nuevo con descaro–. A pesar de los pesares, resultaba agradable mirarla de vez en cuando. Además pensé que me daría un hijo, pero al parecer era estéril. Es decir, se quedaba preñada, pero todos los embarazos acababan en aborto. Estaba bastante harto de eso. No tengo ya veinte años y quería que me diera tiempo a educar a mi hijo.

–O sea, que trataban de tener un hijo, ¿no?

Sénior miró a Daniel con ira.

–¿Está usted sordo o qué? Ya se lo he dicho. Me la follaba y ella no podía parir. –El vulgarismo permaneció un momento flotando en el aire de la elegante habitación–. Era una inútil incluso en esa cuestión. En realidad, lo mejor hubiera sido disecarla para poder observarla sin estorbos. Para eso sí que hubiera valido.

Los policías se volvieron a mirar sorprendidos. Esta vez incluso en el rostro de la comisaria, por lo general imperturbable, apareció una expresión de ligera incredulidad. El interrogado debió de darse cuenta de que había ido demasiado lejos, porque al cabo de un rato añadió:

–Además, mi maldito hijo también sabe algo del tema. ¡Se creía que no me había enterado! ¡Es ridículo!

–¿Sugiere que su hijo tenía una aventura con Blanka?

–Sí, mi hijo tenía una aventura con Blanka –repitió Sénior Kojarski alto y claro–. Ya lo creo que la tenía.

Su cara volvió a mostrar una expresión burlona.

–Espera. Vale. Tranquilidad. Solo tratamos de establecer los hechos –intervino Klementyna de manera embarullada. Como de costumbre, hablaba demasiado deprisa–. Por lo que he entendido, tú mismo quieres que encontremos al culpable cuanto antes, ¿no? Pues tu actitud no nos lo pone fácil, tío. No mucho. Me gustaría que hicieras un esfuerzo, ¿eh? De momento no estamos sacando nada en claro.

El anfitrión miró de reojo a la arrugada mujer. Esta se dirigió a Podgórski.

–Daniel, perdona que te haya interrumpido. Dentro de un momento volveremos al tema de la aventura, es muy interesante –aseguró la comisaria–. Pero antes tengo una pregunta. Una preguntita, se podría decir.

Daniel se mostró de acuerdo y asintió. Apreciaba el hecho de que Klementyna Kopp le dejara conducir el interrogatorio. A fin de cuentas, ella era la experta.

–¿Habíais firmado capitulaciones? –preguntó la comisaria mirando fijamente a Sénior Kojarski.

–¿A qué se refiere *usted*? –murmuró el interrogado con fastidio.

–Vale. Bien, precisémoslo un poco. Me refiero ni más ni menos a lo que he dicho: si firmasteis un contrato antes del enlace matrimonial. Separación de bienes, esas cosas. Lo normal. Una previsión de lo que ocurrirá con el dinero si se llega al divorcio.

–¿Eso qué tiene que ver? Es un asunto privado.

–Stop. Espera. En este momento ya no lo es –dijo Klementyna Kopp. Se levantó y empezó a pasearse por la habitación–. Bueno, planteemos el asunto así: ¿cómo sería la separación de bienes en caso de divorcio? Te aconsejo no mentir. Lo podemos comprobar.

–Es decir, que seguís pensando que soy culpable, ¿no? –gritó enfurecido Sénior Kojarski–. Esto es absurdo. Lo que pensaba: no estoy ante profesionales. Es un escándalo. Voy a hablar con el comandante provincial.

–Adelante. ¡Pero! Preferiría que contestaras a mi pregunta –insistió la comisaria Kopp acercándose a la ventana–. ¡Mirad aquí! Qué hermosa vista. Ese laberinto de seto es impresionante. ¡De verdad! Me encantan estas cosas. Yo, por desgracia, podría tener como mucho una flor en una maceta. Mi piso es pequeño.

–Está bien, *no* hicimos capitulaciones. ¿Satisfecha? –se desahogó Sénior Kojarski–. Si nos hubiéramos divorciado, me habría podido desplumar a base de bien. ¿Era lo que queríais escuchar? ¿Vamos a dejar ya de perder el tiempo en tonterías?

Klementyna le hizo una señal a Daniel para indicarle que no tenía más preguntas sobre esa cuestión.

–Volvamos entonces al tema de la aventura de su hijo con Blanka... –tomó de nuevo la palabra Podgórski.

–Como sabéis, y ahora también el pueblo entero, Júnior no es mi hijo –puntualizó Kojarski algo más calmado–. Es hijo de la tendera, la Wiera esa, y de un minero o un marinero, no recuerdo ya los detalles. En algún sitio guardo los documentos.

–¿Júnior Kojarski tenía conocimiento de esto con anterioridad?

–No, de eso estoy seguro. Solo lo sabíamos yo y mi difunta esposa, Stefania –declaró Sénior–. Y Wiera, por supuesto, eso es evidente. No lo divulgamos. En aquella época en mis círculos era mejor no hablar de ello. Hasta hace poco no se han puesto de moda las adopciones para demostrar que se tiene un corazón de oro. Pero entonces era diferente. Así que, ya digo, nadie lo sabía.

–¿Nos puede hablar de eso? De cómo se llegó a la adopción.

–¿Acaso tiene relación con la muerte de mi esposa? –volvió a impacientarse el millonario.

–Permítanos que seamos nosotros los que decidamos qué tiene relación o no. De momento debemos reunir todos los datos posibles –explicó Daniel Podgórski con calma–. Entonces, ¿cuál es la historia de la adopción?

El policía se sentía cada vez más seguro. Sénior Kojarski suspiró profundamente.

–Hace treinta y tantos años Wiera trabajaba en nuestra casa. Era criada o empleada de hogar, o como se diga para que suene políticamente correcto. Creo que aún vivíamos en Cracovia. Se quedó embarazada. Mi anterior esposa, Stefania, no quería tener hijos porque le preocupaba su figura, pero por otro lado había empezado a obsesionarla el llamado instinto maternal. Se presentó la ocasión y adoptamos al hijo de Wiera, es decir, a Júnior. Después, durante mucho tiempo, no volví a ver a Wiera. Para ser sincero, pensé que

278

ya me había librado de ella. Le pagué muy bien para que aceptara entregarnos al niño y desaparecer. Creí que el asunto estaba solucionado –repitió Sénior–. Luego nos instalamos en Lipowo y resulta que ella abre una tienda en el pueblo unos meses después. No creo en las casualidades. Debió de perseguirnos desde el principio. Menos mal que la habéis encerrado. Está loca. Estoy convencido de que es una perturbada.

Daniel decidió pasar a contrastar las declaraciones de Wiera acerca del Land Rover, que a él le resultaban tan poco verosímiles.

–¿Confirma usted haberle entregado a la tendera un coche a cambio de su silencio en el tema de Júnior y su procedencia?

–¿Eso ha dicho ella? ¡Ridículo! ¡Que yo le he dado un coche! –Sénior Kojarski soltó una carcajada–. Sencillamente absurdo. En primer lugar, es el coche de mi hijo, y en segundo, ya le di suficiente en su momento. Si ahora empezara a exigir más... Opino que con los chantajistas hay que tener mano dura. No habría llegado donde estoy si hubiera cedido ante los intentos de intimidarme. Además, ahora ya me da todo igual. Le podía haber dicho a Júnior lo que quisiera. ¿Para qué iba a querer silenciarla? Tonterías.

–Entonces, ¿no ha hablado con ella en los últimos días? –quiso asegurarse Daniel Podgórski.

–¿Es que no hablo claro? No he hablado con ella desde hace unos treinta años. Y no hacemos compras en su tienda.

–Bien. ¿Duró mucho la relación de su hijo con Blanka? –preguntó Daniel retomando el hilo anterior.

–No recuerdo con exactitud cuándo advertí los primeros indicios. Al principio Júnior se mostró muy contrario a mi matrimonio. Seguro que tenía miedo de perder parte del dinero. Pero después de algún tiempo sucumbió a los encantos de mi pequeña rubia. Ni siquiera tuvo que esforzarse mucho. De todas formas, me parece que últimamente mi hijo estaba tan harto de ella como yo. Daba la impresión de que trataba de terminar la relación. Sospecho que temía que al final yo lo descubriera y le cerrara el grifo del dinero. –El hombre se rio a pleno pulmón–. Resultaba divertido verlo reñir con ella. Recibió su merecido. Y, en cualquier caso, se va a quedar sin el dinero. Lo sabe de sobra.

–¿Qué relación tenían con Blanka las demás personas de la casa?

–Júnior había aleccionado bien a su Róża, así que ella no tenía nada que decir. –Sénior volvió a reírse, dejando que sus dientes perfectos brillaran con una blancura nívea.

–¿Hay alguien más que viva de forma permanente en la casa?

–Creo que sabe usted muy bien que tenemos una asistenta doméstica, es decir, una mujer para todo. Es una chica de aquí, Agnieszka Mróz. Trabaja con nosotros desde el principio, o sea, desde que vivimos aquí. También tenemos un chico para todo que se encarga de las reparaciones, el jardín y lo que sea necesario. Tomek no sé qué, no recuerdo el apellido. Szulc creo. Lleva aquí medio año. Antes se encargaba un señor de Lipowo, pero era ya demasiado viejo y no daba abasto. Me libré de él en cuanto pude. Apestaba a viejo y eso es algo que no soporto.

–Stop. Espera. Entonces, ¿el servicio vive aquí permanentemente? –preguntó Klementyna Kopp.

–Los dos viven en la casa, sí. Tienen unos pequeños apartamentos en la parte de atrás, junto al garaje. Cada uno dispone de una habitación, cocina y baño. Creo que los he acomodado muy bien. No queremos que se paseen demasiado por nuestra parte de la residencia, por eso viven en la zona de atrás. Me parece a mí que tengo derecho a un poco de intimidad.

–¿Cómo eran las relaciones de su esposa con el servicio?

–Nada especial. No tenía demasiado contacto con ellos. El mínimo imprescindible.

–Bien. Con ellos también necesitaremos hablar más tarde –le informó Daniel Podgórski–. Debo hacerle a usted una pregunta acerca de la noche del domingo. Díganos, por favor, dónde se encontraba exactamente.

–¿Que dónde estuve? Pensé que ya habíamos terminado de hablar sobre mi posible culpabilidad. –Sénior Kojarski se rio una vez más, también de un modo desagradable. Daniel advirtió que Marek daba un respingo–. Estuve aquí, en casa, en mi dormitorio.

–¿Alguien puede confirmarlo?

–No. Estaba solo.

Daniel Podgórski apuntó la información, más de cara a la galería que porque fuera necesario.

–¿Blanka siempre paseaba por la noche o era algo infrecuente?

–No dormía muy bien. Tomaba somníferos, pero no funcionaban. Por esa razón paseaba a menudo antes de acostarse, la ayudaba a dormir. Si es lo que quiere saber, le diré que sí, todos lo sabían y casi todos conocían la ruta que seguía. Hablaba continuamente de ello. Hasta la saciedad.

Daniel cambió de postura. Empezaba a dolerle la espalda.

–¿No le extrañó que Blanka no volviera esa noche?

–No. A decir verdad, ni siquiera supe que no había vuelto –explicó Kojarski–. Desde el comienzo de nuestro matrimonio dormimos en habitaciones separadas. Por la noche me gusta tener tranquilidad para descansar bien. El descanso nocturno es imprescindible para la regeneración del organismo y para el buen aspecto de la piel. A mi edad es algo muy importante. En todo caso, si deseaba que viniera, simplemente la llamaba.

Daniel sacó del bolsillo una foto de la monja asesinada. Seguían sin conocer la identidad secular de la hermana Monika. Ya había enviado la fotografía a los periódicos nacionales, pero quería también probar en casa de los Kojarski. Aún era de la opinión de que ambas muertes estaban relacionadas de alguna manera. Tenía la esperanza de que alguno de los Kojarski la reconociera.

–¿Reconoce a esta mujer?

Sénior Kojarski se puso las gafas y miró la foto.

–Es la primera vez que la veo –afirmó–. ¿No es la monja asesinada? ¿Ni siquiera habéis descubierto quién era? Todo esto es un escándalo. ¡De veras!

–Por mi parte es todo –concluyó Daniel Podgórski–. ¿Quieres preguntar algo más, Klementyna?

La comisaria asintió lentamente.

–Vale. Solo una preguntita –comentó como desinteresadamente–. ¿Blanka recibía cartas?

Sénior Kojarski pareció sorprendido.

–¿Quién escribe cartas hoy en día? No sé nada de eso. Si tuviera que dar una opinión, diría que no creo que recibiera nada. ¿Para qué? Ella no escribía a nadie.

–Perfecto.

Klementyna hizo una señal a Daniel.

–Le damos las gracias –dijo Podgórski para finalizar–. De momento es todo, pero quizá tengamos que hacerle preguntas más adelante, según avance la investigación. Debe estar preparado para tal eventualidad.

–No necesitáis buscar muy lejos –comentó Sénior Kojarski. Parecía indignado, pero su rostro continuó inmóvil de una forma poco natural–. El asesino está en esta casa y quiero que sea castigado.

–¿Está pensando en alguien concreto? –preguntó Daniel extrañado.

–Pues sepa que sí estoy pensando en alguien concreto. Toda esta conversación me ha hecho llegar a la conclusión de que la mató Júnior. No quiero perder más tiempo en discusiones vanas. La explicación es simple: a mi hijo le asustó que Blanka fuera a recibir el dinero. En su totalidad. Tenía intención de hacer testamento y se lo dije. Se lo dije a todos, dicho sea de paso. Róża también estaba presente. Vi cómo miraban a Blanka. Júnior no va a recibir nada –sentenció para finalizar–. A vosotros solo os resta detener a mi mal llamado hijo. Y asunto zanjado. Todos contentos.

Abrió la tapa del portátil con un movimiento rápido y encendió el ordenador.

–Estoy ocupado. Dejad ya de molestarme. Ocupaos de detener a ese degenerado.

–Claro. ¡Pero! Todo a su debido tiempo. Todo a su debido tiempo –le aseguró la comisaria Klementyna Kopp.

El secador armaba mucho ruido. Ewelina Zaręba moldeaba en silencio el pelo de Grażyna Kamińska, que parecía haber renacido. Su cara estaba cubierta de moratones, pero ella mantenía la cabeza alta sin ningún temor. La peluquera no podía creer que su amiga hubiera experimentado tal cambio en tan poco tiempo. Había bastado con que su marido se encontrara fuera de los límites de Lipowo para que Grażyna respirara a pleno pulmón.

–Quiero tener un aspecto estupendo –pidió la clienta–. Déjame de fábula o como quieras decirlo. Mis hijos no volverán a ver a su madre desaliñada. Quizá hasta tenga la oportunidad de conocer a alguien...

Se calló como sorprendida por esa posibilidad.

–Paweł acaba de... abandonar el hogar y yo ya pienso en eso –comentó riendo nerviosa. En su voz volvió a aparecer un tono de disculpa–. He pensado en ello. Me he encontrado con todo esto –hizo un movimiento con la mano para señalar su cara– porque en su momento no escogí al hijo de héroe adecuado... Si me hubiera casado con Daniel habría sido diferente. En fin, ahora debo ser fuerte por los niños, y creo que tengo que empezar por mi imagen. En cuanto me desprenda de este aspecto gris me sentiré mejor. Seguro. Hasta he pensado en buscar trabajo. No quiero continuar dependiendo económicamente de Paweł. Quiero tener mi propio dinero.

Ewelina Zaręba no contestó. Se alegraba de la transformación de su clienta, pero no tenía ganas de hablar. Estaba intranquila por el comportamiento de Marek.

Grażyna debió de darse cuenta de que algo no iba bien.

–¿Ha ocurrido algo? –preguntó–. Estás hoy muy callada. No hago más que hablar de mí. Dime qué te anda preocupando.

–Bah, no es nada... –dijo Ewelina para eludir el tema, a pesar de lo cual esperaba que Grażyna insistiera. Necesitaba compartir con alguien sus dudas.

–Venga ya. Está claro que pasa algo. Tú me has ayudado, así que yo también puedo ayudarte. Dime qué te preocupa.

La peluquera desenchufó el secador y empezó a juguetear con el cable, pensativa.

–No sé qué ocurre con Marek –reconoció.

Dejó el secador y se sentó en una silla junto a su clienta.

–¿A qué te refieres?

–Se comporta de un modo diferente al normal. Sucede algo. A todas horas parece que su mente está en otro lugar. No pasa nada de tiempo con Andżelika. No quiere acercarse a mí. No sé qué ocurre..., pero me da miedo que algo se haya terminado en nuestra relación. Ya tuvimos el mismo problema hace unos años. Entonces pensé que íbamos a acabar divorciándonos, pero conseguimos solucionarlo. Ahora no quiero ni pensar en que pueda tener a otra.

–Quizá se sienta estresado por el trabajo, con todo lo que sucede estos días en el pueblo... Primero Wiera atropelló a esa monja y después ese... ese asesinato...

–A lo mejor tienes razón –suspiró la peluquera.

–Fíjate que apenas hace unos días estábamos sentadas aquí con Blanka Kojarska –comentó Grażyna impresionada–. ¡Y ahora está muerta! No me lo puedo creer. Parece todo tan irreal...

–Y por lo visto fue brutalmente acuchillada. Marek dice que había sangre por todas partes. Esas cosas solo pasan en las películas. Desde luego no aquí, en Lipowo.

–¿Sabes? –empezó despacio Grażyna–. A mí me parece que también le pegaban... Cuando estuvimos aquí sentadas lo vi en sus ojos. Creo que ella sabía cómo es eso, me entendía. Las víctimas nos reconocemos. Siempre.

Grażyna se rio con amargura.

–Yo nunca vi que tuviera marcas –dijo Ewelina–. Al menos no en la cara.

–Bueno, hay muchas formas de hacerlo. Quizá a ella no le daban en la cara.

Permanecieron en silencio pensando en eso.

–Se puede tener más o menos dinero, pero las personas son iguales en todos lados –dijo finalmente Grażyna, y su voz sonó triste–. *Los hombres* son iguales en todas partes.

Júnior Kojarski aguardaba a los policías en la sala de billar situada en el enorme sótano de la residencia de su padre. El aire estaba lleno de humo de tabaco, lo que dificultaba la respiración. El hombre bebía whisky en un vaso de cristal grueso y parecía nervioso. Estaba despeinado y llevaba puesta una camisa blanca arrugada. Jugueteaba inquieto con una bola negra.

–Hace un momento hemos hablado con su padre –le informó el inspector tras saludarlo–. Ahora quisiéramos preguntarle a usted algunas cosas.

–¿Qué os ha estado contando mi papaíto? –gritó Júnior–. ¿Por qué venís a molestarme?

–Tranquilidad –se apresuró a aconsejarle la comisaria Klementyna Kopp–. No tienes nada que temer... Si no eres culpable, claro; un detalle sin importancia.

Júnior Kojarski se bebió la copa de un trago. El rostro se le descompuso por una mueca.

–¡Pues entonces disparad! Estoy preparado. Y os aseguro que le voy a pagar a mi padre con la misma moneda.

Klementyna Kopp hizo una señal a Daniel para que empezara.

–En primer lugar debemos establecer dónde estuvo usted el domingo por la noche.

–Directo al grano, ¿eh? Estuve en casa. En mi habitación. Es decir, durante una parte de la tarde estuve aquí, en esta sala. Últimamente paso mucho tiempo en este lugar. –Júnior señaló el mueble bar–. Estuve primero un rato aquí, después me fui a mi dormitorio y me acosté.

–¿Puede confirmarlo alguien?

–Estuve solo. –Una gota de sudor le cayó a Júnior por la frente–. Estuve completamente solo y nadie puede confirmar mis palabras. ¡Pero yo no maté a Blanka! ¿Por qué iba a hacerlo? Decidme: ¿por qué? Yo no veo ningún motivo. ¡Ni el más mínimo!

–¿Su esposa no estaba con usted en el dormitorio? –quiso saber Daniel.

–No dormimos juntos.

Júnior Kojarski se secó el sudor de la frente. Sus movimientos eran nerviosos. Lanzó la bola negra, que rodó por la mesa y rebotó con fuerza en una banda. El joven Marek Zaręba la atrapó antes de que cayera al suelo.

–¿Conocía usted el itinerario de los paseos nocturnos de Blanka? –continuó Podgórski con el interrogatorio.

–Lo conocía, por supuesto que lo conocía –dijo Júnior presa de la histeria. Los policías lo miraron asombrados–. ¡En casa todos lo conocían! ¡No me extrañaría que el puto pueblo entero lo conociera! ¡No soy la única persona que sabía por dónde paseaba Blanka! ¿Por qué la tomáis precisamente conmigo?

Se echó más whisky en el vaso. La mano le temblaba cuando dejó la botella.

–Señor Kojarski, procure mantener la calma. De momento no tenemos ninguna sospecha contra usted. He de hacerle algunas preguntas, es lo habitual durante el procedimiento preliminar.

Júnior no pareció tranquilizarse con esas palabras. La barbilla le temblaba ligeramente, como si fuera a romper a llorar.

–Unos días antes, sobre esta mesa... yo... ella... pensé que la odiaba. Pero que alguien la haya matado... Estoy desolado. –Las palabras salían de su boca como en un torrente–. ¡No me lo puedo creer!

Marek Zaręba se acercó al mueble bar y llenó un vaso con agua de sifón. Se lo dio a Kojarski. Daniel miró a su joven colega con un gesto cómplice. Tenían que pasar juntos por todo aquello.

Júnior se bebió el agua con ansia.

–¿Nos podría hablar de cómo era su relación con Blanka?

–¿A... a... a qué se refiere? ¡Amo a mi esposa! –gritó el hombre atragantándose con el agua–. ¡Amo a mi esposa! Podéis estar seguros de ello. Repito: ¡amo a mi esposa! Róża lo es todo para mí.

Daniel Podgórski decidió abordar el tema con cautela, porque parecía que Júnior Kojarski estaba perdiendo el control sobre sí mismo. Los músculos de su cara palpitaban movidos por tics nerviosos.

–Su padre nos ha informado de que desde hacía algún tiempo tenía con su... madrastra una relación algo más íntima.

–¡Sí, joder, sí! Pero ya había terminado con eso. Os digo que había terminado –les aseguró Júnior a los policías–. Había terminado antes de que... de que la mataran. ¿Quién lo ha hecho? ¡Yo no! ¡Tenéis que creerme! ¡Esto es una locura! Soy una persona tranquila. No le haría daño a nadie. Me ocupo de mis negocios. Amo a mi esposa. No soy un asesino.

–Stop. Espera. Una preguntita de mi parte –intervino la comisaria Kopp–. Tu esposa... ¿Róża? ¿Róża sabía algo de esa aventura?

Júnior Kojarski respiró agitadamente.

–Mucha calma, de veras tienes que dominarte –le aconsejó Klementyna–. Hablemos con tranquilidad. No convirtamos esta charla en una farsa. Es un favor que te pido.

Kojarski paseó la mirada por la habitación con ojos nerviosos, como si buscara apoyo entre los demás policías.

–¿Sabía Róża lo de tu aventura con Blanka? –volvió a preguntar Klementyna.

–Por supuesto que no. ¿Cómo iba a saberlo? Blanka y yo éramos discretos, al menos hasta hace poco. Últimamente Blanka quizá exageraba un poco, pero nadie estaba al tanto, lo aseguro.

–Su padre lo sabía –lo interrumpió Daniel.

–Róża se ocupa del niño, es lo único que le interesa. No ha querido practicar sexo conmigo desde que se quedó embarazada. A ella eso no le va, pero yo tengo mis necesidades. Ella quería un niño y se lo di. Pensé que por qué no... Pero después me sentí rechazado. Desde que está Kostek, mi esposa solo se ocupa de él. Entenderéis que en tales circunstancias no tuve elección. Blanka era tan atractiva que un hombre no podía resistirse a sus encantos. Tú me entiendes –dijo dirigiéndose a Marek–. ¿Verdad que tú me entiendes?

Daniel y Klementyna miraron extrañados al joven policía. Parecía que a Marek Zaręba lo hubieran golpeado en la cabeza con algo contundente. Apartó la mirada rápidamente.

–¡Tú la viste cuando estuviste aquí hace poco! –continuó Júnior Kojarski–. Sabes cómo era su físico. ¡No lo niegues! Y usted también la vio –se giró de nuevo hacia Daniel–. Por su aspecto parecía la mujer ideal. Mi padre invirtió mucho dinero para que así fuera. Os sorprenderíais si vierais cómo era antes. Quizá tenga por ahí una foto.

Empezó a revisar nervioso el contenido del mueble bar. El cristal de las botellas resonaba levemente.

–No sé dónde la he metido... Estaba por aquí...

Júnior empezó otra vez a sudar. Miró nervioso a los allí presentes.

Klementyna Kopp lo observó sin la menor emoción. En su boca, rodeada de pequeñas arrugas, apareció una delicada sonrisa.

–No la busque ahora, por favor. Ya la veremos en otro momento. –Daniel trató de calmar al hombre, que estaba fuera de sí–. Dígame, ¿cómo definiría las relaciones de los demás miembros de la familia con Blanka?

–El viejo la odiaba. ¡Quería librarse de ella! Lo antes posible.

–¿A qué se refiere?

Júnior balbució algo incomprensible.

–¿Por qué en tal caso no se divorció de ella? –Podgórski repitió la misma pregunta que le había hecho a Sénior. Tenía interés por conocer la opinión del hijo.

–¿Qué se cree, que Blanka se lo habría permitido? Pues se equivoca. Aunque él le pagara toda una fortuna, no le habría dado esa satisfacción. Era obstinada y valiente como pocos. ¡Mi padre acabó con ella!

Una idea iluminó el rostro de Júnior.

–¿Qué insinúa? –preguntó nuevamente Podgórski.

–¡Mató a Blanka! ¡Pero si de eso estamos hablando todo el rato!

Júnior Kojarski se quedó un momento con la cabeza agachada, como si de pronto le hubiera abandonado toda la energía. Parecía exhausto. Un hilo de saliva espesa le cayó por la barbilla. Usó la manga de la camisa para secarlo. Parecía como ausente.

–¿Se dio cuenta de que Blanka no había vuelto a casa después de su paseo el domingo por la noche?

–No. Ya le he dicho que estaba en mi habitación. No hablé con nadie.

–¿Ni siquiera con su esposa? –preguntó Daniel para asegurarse.

–No, ya se lo he dicho. A ella solo le interesa el niño. Finge ser una mujer afligida, pero no es así. Es fría y... y escurridiza..., solo se casó conmigo para que le diera un hijo y dinero. Y ahora Róża se va a quedar sin un céntimo, como yo. ¿Sabíais que estoy en la ruina?

Daniel y Marek lo miraron sorprendidos.

–Sí, sí. Unas cuantas inversiones fallidas y estoy más cerca del abismo que cualquiera de vosotros con vuestros sueldecillos de policía. –Júnior Kojarski empezó a reírse histéricamente–. Y ahora mi papaíto no me va a dar nada... Contaba con ese dinero... De todas formas, quizá eso ya no tenga ninguna importancia, puesto que mi padre os ha pagado para que me encerréis. Le vendrá bien una cabeza de turco.

–Stop. Espera. Esto empieza otra vez a parecerse a una farsa. Me encantan las farsas, pero no en el trabajo –comentó Klementyna Kopp–. ¿Eres consciente de ello? Vamos a centrarnos y a seguir. Acabemos con esos ataques de histeria.

–¡Hostia puta! ¡Dejadme en paz de una vez!

–¿Sabía usted que no era hijo biológico de Sénior Kojarski? –preguntó Daniel Podgórski para cambiar de tema.

–¡Me enteré por una puta página web de cotilleos! Por una *página web*, ¿podéis creerlo? –dijo Júnior apretando los dientes–.

Creo que me merecía algo más. Maravilloso, de verdad. Vaya una familia.

–Tengo aún una pregunta al respecto del primer incidente. Me refiero al atropello de la monja –añadió Daniel de inmediato–. ¿Reconoce a esta mujer?

Júnior miró la fotografía de sor Monika. Podgórski observó su rostro, pero no advirtió ninguna reacción especial. Kojarski negó con la cabeza y devolvió la foto al policía.

–¿Sabía usted que su coche había abandonado el garaje? Estamos hablando del Land Rover Discovery.

–Por supuesto que no lo sabía.

–Wiera, la dueña de la tienda, sostiene que Sénior Kojarski le dio el Land Rover.

–Tonterías. No me lo creo. En primer lugar, porque el coche era mío y, por tanto, no se lo podía dar a nadie. Y en segundo lugar... ¿darle un coche a la tendera?, ¿mi padre? De risa. Eso es imposible, el viejo es demasiado tacaño.

–Entonces, ¿no cree que su madre sea culpable? –quiso saber Daniel.

–No la llame así, para mí no es más que una vieja de pueblo. ¿Qué más da que me pariera? ¿Acaso me educó? ¿Estuvo a mi lado cuando crecí? No es mi madre. Y no sé si ha atropellado a una monja. La verdad es que me da lo mismo. Pudo ser ella o no.

–En tal caso, ¿cómo cree usted que pudo hacerse con su Land Rover Discovery?

–No sé, quizá lo robó. O Agnieszka, nuestra criada, le daría las llaves, o si no sería el Tomek ese. ¡Cualquiera pudo llevárselas del armarito! Y además guardamos llaves de repuesto en el garaje. Es de lo más fácil. ¡Y parecía que la casa estaba bien protegida! Pero, de todas formas, yo creo que tuvo que ayudarla alguien de dentro. Probablemente alguien del servicio, porque ¿quién si no? Desde luego, Róża no y mi padre tampoco.

–¿Presta usted a menudo su coche?

–¿A qué se refiere?

–¿Lo conduce alguien más aparte de usted? –insistió Podgórski–. Alguien de la familia, por ejemplo.

Júnior Kojarski se rio con ganas.

–¿Está de broma? Eso es ridículo. Es *mi* coche. ¿Sabe usted cuánto cuesta esa maravilla?

Daniel Podgórski recordó que el hombre había hecho esa misma pregunta unos días antes, cuando se presentó en la comisaría de Lipowo.

–Y Róża, su esposa, ¿lo utiliza?

–¡Sé lo que está insinuando! Róża no atropelló a esa monja, téngalo por seguro. Mi mujer raramente conduce.

–Pero cuando conduce, ¿usa su coche? –Podgórski no se daba por vencido.

–A veces, pero lo normal es que utilice el BMW. Escuche, mi esposa no tiene nada que ver con esto. Me habéis destrozado el coche. Uno de vosotros. No voy a presentar ninguna reclamación. No voy a ir a los tribunales ni nada. Pero haced el favor de dejar en paz a mi esposa –dijo Júnior en tono de súplica–. La quiero mucho.

Daniel sintió cierta pena por Júnior Kojarski. Si fingía, era muy convincente.

–Por hoy ya no vamos a incomodarlo más. Trate de descansar un poco. Es posible que tengamos que volver a hablar con usted más adelante.

–¿Y no vais a preguntar nada más sobre mi madre? –gritó Júnior Kojarski, y echó un trago de whisky directamente de la botella.

–¿Se refiere a Wiera? La investigación sobre ese asunto aún está en curso...

–Me refiero a Stefania Kojarska, mi verdadera madre... Quizá mi papaíto también acabó con ella...

–¿Está hablando de la anterior esposa de Sénior Kojarski?

–Sí, de ella. Murió y la investigación se cerró a los pocos días. Dijeron que la causa de la muerte había sido el suicidio. Pero yo pregunto: ¿qué pasa si no fue un suicidio? Estoy convencido de que mi madre no se suicidó... No habría sido capaz de algo así.

21

Lipowo. Martes, 22 de enero de 2013, por la tarde

La noche caía poco a poco. Los colores se iban volviendo grises. Bartek Rosół oyó una bandada de grajos que pasaba volando entre las nubes. Sus graznidos le infundieron cierta inquietud, como si los pájaros le presagiaran alguna desgracia. Sacó un paquete de tabaco. Solo le quedaba un cigarrillo, tendría que comprar más. Lo encendió y dio una calada larga. Su padre seguramente se enfadaría si se enterara de que fumaba en la habitación. Antes Bartek no se habría preocupado por eso en absoluto, pero ahora... Algo le había pasado a su padre en los últimos días. Tan pronto era el mismo tipo desastroso e indolente de costumbre, como se transformaba en un extraño dominado por una agresividad incontrolada.

Bartek abrió la ventana y se sentó en el pretil. Le apetecía respirar el aire fresco del invierno, y así podía echar el humo fuera. Tenía que reconocer que no se esperaba semejante furia por parte de su padre. Si no lo hubiera contenido, quien sabe si Paweł Kamiński no se habría convertido en la siguiente víctima de Lipowo. En los ojos de su padre había aparecido algo que nunca antes había estado ahí. Bartek tuvo que emplear toda su fuerza para evitar que matara a Kamiński. Jamás había visto nada parecido, y eso que ya había presenciado lo suyo. Bartek llevaba mucho tiempo deseando que su padre cambiara, pero ahora que por fin había llegado aquel cambio no sabía si sentirse contento.

Empezaba a tener frío, pero no cerró la ventana, solo se puso la capucha de la sudadera. Se acordaba de Majka, que unos días antes había estado allí, en su reino. Le había pegado una bofetada. Él nunca antes había pegado a una chica. No tendría que haberlo hecho bajo ninguna circunstancia.

Dio una larga calada y notó cómo la nicotina llenaba su cuerpo, célula a célula. Esperaba que la locura de su padre no le afectara también a él. Quizá era algo genético. Al fin y al cabo, toda esa furia que él mismo sentía debía de venir de algún sitio.

Empezó a temblar de frío. Tiró la colilla y cerró la ventana con un gesto rápido. De pronto tuvo el deseo de pedirle perdón a Majka. Le daba la impresión de que sería la solución a todos sus problemas. Si ella lo perdonaba, quizá su furia desaparecería. Quizá todo volviera a ser como antes, cuando era más joven. Ya estaba harto de sí mismo. De la persona que era ahora.

Salió de su cuarto y atravesó la casa a paso rápido. Se puso el plumas y salió a la calle. Por un momento pensó si ir en el coche de su padre, pero lo descartó. De todos modos, seguro que el viejo Astra se escacharraría a mitad de camino. Ya tenía sus años, casi la edad de Bartek. Ni lo iba a intentar, para qué. Caminaría hasta Jajkowo. Si Majka había sido capaz, por qué no habría de poder hacerlo él.

Nevaba sin parar. Los copos se deshacían sobre su cara, dejando una desagradable humedad. No habían despejado los arcenes, así que sus pies se hundían profundamente en la nieve. Se alegraba de haberse puesto sus botas amarillas nuevas, porque las deportivas ya se habrían empapado. Respiraba con dificultad, cansado por las duras condiciones de la caminata. Decidió que en el futuro fumaría menos. A pesar de ser tan joven, su estado físico no era el mejor. Se rio de sus propias meditaciones.

Se puso los auriculares y enseguida resonó la música en sus oídos.

Porque yo soy Dios
convéncete de ello.
Estás oyendo palabras
que ponen de punta los pelos.
Ya te digo, ya te digo,
nadie puede conmigo.

El grupo Paktofonika. Hip-hop, lo único digno de ser escuchado. Siguió el ritmo de la letra moviendo ligeramente la mano. Le gustaría ser alguna vez tan bueno como Magik.

–¡Bartek! –Una voz había atravesado el muro que creaba la música y había llegado atenuada a sus oídos.

Se detuvo y se quitó los auriculares con calma. Miró alrededor, pero no vio a nadie. Todo estaba ya a oscuras. A la derecha de la carretera, entre los campos, había un pequeño bosque que ocultaba un viejo cementerio alemán. Cuando Bartek era pequeño, se mantenía lo más alejado posible de aquel lugar. Ningún niño se atrevía a jugar allí. Contaban que el cementerio estaba poseído por las almas de los soldados muertos.

Sintió un escalofrío.

–Estoy aquí –oyó que decían.

Ahora sí la vio. Majka Bilska estaba entre los árboles. Tras ella, en la penumbra, percibió las siluetas de las cruces de madera colocadas para honrar a los alemanes muertos.

–¿Qué haces ahí? –En la voz de Bartek volvió a aparecer la rabia. No podía controlarla. Y parecía que el recuerdo del miedo que antaño le provocaba el pequeño bosque la había aumentado–. ¿Estás escondida o qué?

–¿Y a ti qué te importa? –replicó Majka ofendida–. ¿Que haces dando vueltas por aquí? Es tarde.

–Iba a verte, si es que tanto te interesa saberlo –explicó Bartek–. ¿Qué haces aquí sola?

–No es asunto tuyo –contestó Majka torciendo el gesto.

–Bueno, no te enfades. Perdona por haberte golpeado. De verdad –dijo el chico en voz baja–. ¿Me perdonas?

Majka lo miró indecisa. Al final salió a la carretera.

–De todas formas, ya volvía a casa, así que podemos ir juntos. Acompáñame –decidió–. Eso es lo que debe hacer un chico con su novia, acompañarla a casa.

Bartek la miró extrañado. Ya se encargaría de arreglar ese asunto. Al parecer, a la niña se le había metido en la cabeza que estaban juntos. Majka se acercó a él y le agarró la mano. Se dio cuenta, sorprendido, de que aquello no le molestaba en absoluto.

–¿Andas a menudo por el bosque con este tiempo? –preguntó cuando se pusieron a caminar a través de la nieve en dirección al pueblo vecino.

–Sí, sobre todo por los alrededores de Lipowo. En vuestro pueblo ocurren más cosas interesantes que en el nuestro. Nosotros solo tenemos este pequeño bosque y los campos. En el vuestro se concentran todos los sucesos.

–¡Qué va! En el nuestro en realidad tampoco pasa nada.

La última persona con la que iban a hablar aquel día era Róża, la esposa de Júnior Kojarski. El inspector Podgórski se sentía cansado y desagradablemente hambriento. Desde por la mañana no había comido nada. Ya solo deseaba terminar cuanto antes los interrogatorios a los Kojarski y volver a casa.

Róża Kojarska los recibió en su apartamento, situado en la planta superior de la mansión. Se componía de un salón y dos habitaciones que daban a él, seguramente el dormitorio de la señora y el cuarto de su hijo, Kostek.

–Vaya, qué bien acomodada está usted –comentó la comisaria Kopp.

–Necesito un poco de intimidad, así que no me quejo –explicó Róża sonriendo con amabilidad–. Mi marido viaja a menudo a Varsovia, que es donde está la sede central de la empresa, y yo me quedo aquí sola con mi suegro y su esposa..., es decir, cuando Blanka vivía. Quería tener una especie de zona privada.

La esposa de Júnior Kojarski llevaba un impecable peinado al estilo de Cleopatra. Aquel día se había puesto un vestido de tirantes ligero que no le pegaba demasiado. Róża estaba alarmantemente delgada. Podgórski se fijó en que los huesos se le marcaban bajo la piel, seca como un pergamino. No tenía un aspecto muy agradable. A Daniel le dio un escalofrío.

–Podemos sentarnos aquí, junto a la mesa –propuso Róża Kojarska. Con un gesto de su esquelética mano señaló un juego de muebles colocados cerca de la ventana. Se sentaron. Las sillas resultaron ser duras e incómodas. Podgórski no podía encontrar una posición confortable y parecía que los demás también tenían el mismo problema.

–Este es Kostek, mi hijo. –Señaló orgullosa al niño, que la seguía como una sombra. El parecido entre el pequeño y su madre era realmente sorprendente.

Kojarska encendió un cigarrillo muy fino. Nadie dijo nada. Daniel echó un vistazo al salón. En un rincón había un espejo grande. La anfitriona se miraba en él de tanto en tanto, cuando pensaba que nadie la veía. En determinado momento, los ojos de Daniel y Róża se encontraron en el reflejo del espejo. La mujer apartó la vista de inmediato.

–Kostek, ve a jugar a tu habitación –le pidió a su hijo. El niño salió del salón sin rechistar–. Estoy lista. Podemos comenzar.

A Daniel Podgórski la delgadez extrema de Róża le impedía concentrarse.

–¿Nos podría decir dónde se encontraba usted el domingo por la noche?

–¿Se refiere a dónde estaba cuando asesinaron a mi suegra..., es decir, a Blanka?

–Exacto.

–Estaba con nuestra criada, Agnieszka. Pasamos un rato cosiendo. Últimamente tengo esa afición. A ella se le da muy bien, me mostró unos patrones. Me interesa la moda.

Daniel apuntó la coartada de Róża. Era la primera persona de la familia que la tenía.

–¿Cómo era su relación con Blanka Kojarska?

–Buena. No digo que tuviéramos un trato especialmente cordial, pero nos llevábamos bien. A pesar de que las dos vivíamos aquí, no pasaba demasiado tiempo con ella. Se podría decir que nuestros caracteres no coincidían.

–¿En qué sentido?

–No teníamos gustos comunes –contestó Róża con brevedad.

Se colocó el tirante del vestido. No hacía más que caerse, dejando a la vista su torso enjuto.

–Nos han insinuado que Blanka tenía una aventura –empezó a decir despacio Podgórski. Quería abordar el asunto de la manera más delicada posible. Aunque, por otro lado, debían enterarse de si Róża sabía que Júnior la engañaba.

Róża apagó el cigarrillo en un elegante cenicero colocado en el centro de la mesa que estaba lleno hasta los bordes de colillas.

–¿De veras? –comentó la señora Kojarska al cabo de un rato–. En realidad eso no tendría nada de extraño. Era atractiva y sabía muy bien cómo sacarle provecho a su físico. Los hombres comían de su mano, como se suele decir. En cierto sentido no me sorprendió que acabara como acabó.

–¿A qué se refiere?

–Un hombre primero la amó, después la odió y quiso librarse de ella.

Podgórski asintió.

–Stop. Espera –intervino Klementyna Kopp. La comisaria de nuevo había dejado que Daniel condujera el interrogatorio. A él cada vez le gustaba más aquella excéntrica mujer–. Piensas en alguien concreto, ¿no?

–Vi, por ejemplo, cómo la miraba Tomek Szulc. Es nuestro chico para todo, un sirviente. Creo que esperaba conseguir de ella algo más que unos besos en el jardín. Quizá sí que lo consiguiera, aunque no tengo constancia.

–Vale. Bien. Comprendo. Continuemos.

–¿Dice usted que Blanka flirteaba también con Tomek? –quiso saber Podgórski. Se trataba de una información nueva. Ni Sénior ni Júnior habían comentado nada al respecto.

–Ya lo creo –afirmó Róża arreglándose su pelo negro. Parecía satisfecha del efecto que habían causado sus palabras.

–¿Cómo lo sabe?

–Mis ventanas dan al jardín. A menudo miro por ellas, justo hacia el lugar en el que Blanka y Tomek solían encontrarse. Tomek Szulc es un chico más bien musculoso. Cuando empezó a trabajar con nosotros, creo que allá por agosto, y regaba las plantas en el jardín, sin camiseta..., vi cómo Blanka se lo comía con los ojos. Le gustaba ese tipo de hombres.

–Vale. Entonces, ¿basas tus afirmaciones en la observación? –preguntó con rapidez la comisaria Kopp.

–Se podría decir así.

Daniel miró a Klementyna, pero la mujer no añadió nada más.

–¿Sénior Kojarski estaba al tanto de las aventuras de su esposa? –preguntó Podgórski.

–Eso deberíais preguntárselo a él –sugirió tranquilamente Róża Kojarska–. Conmigo nunca ha hablado de ese tema. No tenemos tanta confianza.

–¿Se sorprendió usted al enterarse de que su marido no es hijo de Sénior Kojarski? Al menos no biológico.

–¿Qué cree usted? Me sorprendió muchísimo. Mi marido nunca me había comentado nada, porque ni siquiera él lo sabía, claro. Mi suegro prefirió no compartir con él esa información.

Daniel decidió pasar a comprobar las explicaciones de Wiera.

–¿Sabía usted que Sénior Kojarski le dio a la tendera un coche a cambio de su silencio? Debía mantener en secreto que es la madre biológica de Júnior.

–Tonterías –replicó Róża Kojarska sin pensarlo dos veces–. Es absurdo.

Daniel asintió. Tal como se esperaba, ningún miembro de la familia había confirmado la versión de Wiera. Por alguna razón la tendera los había engañado.

–¿Quién utiliza normalmente el Land Rover de su marido?

–Me parece evidente que solo él.

–Stop. Espera. ¿Y tú, por ejemplo, no usabas esa maravilla? –preguntó Klementyna Kopp–. Supongo que en invierno la tracción a las cuatro ruedas viene de perlas, ¿no?

–¿Yo? –se extrañó Róża Kojarska–. No, la verdad es que no. Alguna vez, pero muy de vez en cuando. A mi marido no le gusta prestar su coche, así que no quería preocuparlo innecesariamente. Ya tiene suficiente estrés en el trabajo. Júnior es muy sensible con todo lo que se refiere a su Land Rover. Siempre quiso tener uno. Un sueño que lo ha acompañado desde la infancia y que hace poco pudo realizar. Tenemos la suerte de ser bastante pudientes, la verdad, pero el dinero siempre se empleaba para otros asuntos. Al final decidimos que ya era hora de que hiciera algo para sí mismo, no solo para la familia. Así que ya se lo pueden imaginar. Además, yo tengo mi coche, no me hace falta tomar prestado el de mi marido.

–¿Y los demás miembros de la familia? –preguntó Marek Zaręba.

Kojarska dio un respingo, como si hubiera olvidado por completo que había un policía más en el salón.

–¿Sénior y Blanka? Quizá alguna vez. Todos tienen acceso a cualquiera de los coches, pues las llaves están a disposición de todos.

–Me gustaría enseñarle la foto de la monja que fue atropellada el martes pasado en el pueblo. –Daniel sacó la fotografía–. ¿La reconoce?

–Ya he visto esa foto en *nuestro-lipowo*. Pero no, no la conozco. ¿Está insinuando otra vez que uno de nosotros la atropelló?

–Una cuestión más –dijo Daniel Podgórski en lugar de contestar–. Los paseos nocturnos de Blanka Kojarska.

Róża volvió a recolocarse su vestido. Sus movimientos parecían ahora más nerviosos.

–Por lo que sé, era adicta a los somníferos. Sufría de insomnio desde hacía mucho y desde hacía mucho los tomaba. Ya no le causaban el mismo efecto que al principio. En determinado momento empezó a dar paseos nocturnos para ver si la ayudaban. Comentó varias veces que quería disminuir la cantidad de pastillas que tomaba. La terapia de los paseos no debía de ser demasiado efectiva, porque Blanka seguía quejándose de que no podía dormir.

–Vale. Bien. Y según tú, ¿quién mató a Blanka? –preguntó Klementyna Kopp sin ambages.

Róża miró sorprendida a la comisaria.

–No me he parado a pensarlo. ¿Quizá Tomek Szulc? La explicación más probable que se me ocurre para la muerte de Blanka es la ira del amante.

Julka no podía esperar más, tenía que hablar cuanto antes con Ewa Rosół. ¡Lo antes posible! Seguramente ya se habría recuperado de lo del aborto. Había tenido tiempo y además no había sido para tanto, se decía Julka.

Corrió campo a través para atajar. No había sido una buena idea, porque enseguida se le empaparon los zapatos con la nieve, pero no le había quedado más remedio: no quería cruzarse con Ziętar en el pueblo.

Cuando llegó, la casa de los Rosół parecía vacía. Aun así, Julka estaba segura de que su amiga se encontraba dentro. Se ocultaba. ¿Dónde si no iba a estar? Fue derecha a la ventana de su habitación y llamó con los nudillos. Tenían su propia contraseña desde hacía mucho: dos golpes breves, uno largo y otros dos breves.

Volvió a llamar. Le pareció oír un ruido dentro. Pensaba esperar hasta que se abriera la cortina.

–¡Ewa, soy yo! –gritó Julka dejándose de contraseñas–. ¡Abre!

Empezó a golpear el cristal con el puño, pero seguía sin recibir respuesta.

–¡Abre! –gritó de nuevo Julka sin dejar de aporrear la ventana.

–No tengo ganas de hablar –dijo una voz apagada.

–¡Escucha, tengo algo que decirte! ¡Yo también salgo con un adulto!

–Eso ya lo sé. Con Ziętar. Vaya novedad.

–No me refiero a Ziętar –dijo Julka dándose importancia. Estaba segura de que sus palabras habían causado la impresión debida en Ewa–. Ziętar es ya cosa del pasado.

La ventana se abrió poco a poco. Julka entró a duras penas. Después Ewa Rosół cerró y corrió la cortina con rapidez.

–Han venido algunas personas a fisgonear, a mirarme por la ventana. Todo por culpa de *nuestro-lipowo*. Ahora soy como Jennifer López o Lady Gaga. No tengo tranquilidad. –En la voz de Ewa se notó una pizca de orgullo. Julka miraba a su amiga con envidia–. Quizá deba realizar alguna declaración diciendo que ya no tendré el niño. Pero de momento no sé cómo hacerlo.

–¿De qué hablas? ¡Si lo que has hecho es ilegal! No deberías comentárselo a nadie. ¡Ziętar podría tener problemas por tu culpa!

–¿Qué te importa ese degenerado asqueroso? Me acabas de decir que has roto con él.

Julka se encogió de hombros. Estado de su relación con Ziętar: complicado. Por supuesto, en el Facebook no podía escribir eso. No quería que lo leyera Ziętar.

–Ahora eres famosa –dijo Julka suspirando, en lugar de contestar a la pregunta.

Ewa Rosół asintió, satisfecha de sí misma.

–Estoy preparando la ropa que me voy a poner para salir al pueblo. Solo faltaría que me hicieran fotos para la página. Ya sabes, igual que le ocurrió a Jennifer Aniston. Querían comprobar si tenía barriga o no. Todo el mundo se lo preguntaba.

Julka movió la cabeza, la comprendía. Ewa ahora era conocida, así que parte de su fama recaía también sobre ella, que por algo eran amigas. ¡Las mejores! Esto no está tan mal, se dijo Julka. Debía permanecer al lado de Ewa y así, a lo mejor, su foto aparecía también en *nuestro-lipowo*. Además, ya había dado algunos pasos por su cuenta para salir en la página cuanto antes.

–¿Qué decías? –preguntó Ewa, que demostraba así su generosidad al dedicarle un momento a los asuntos de su amiga–. Hace un rato, cuando golpeabas la ventana.

–Yo también salgo con un adulto –repitió Julka rápidamente–. Bueno, aún no, pero falta poco.

–¿Con quién? –Ewa no pudo contener la curiosidad.

–No puedo decirlo, es un secreto. Él no quiere que lo diga. Ya sabes cómo es esto... Pero no le comentes nada a Ziętar.

–Has dicho que habías cortado con Ziętar –repitió Ewa.

–Sí, está terminado. Pero, sabes, aún no se lo he dicho.

–Estás cagada, ¿eh? –se rio su amiga.

–¿Yo? ¿Por qué?

–Pues por Ziętar...

–No, ¿Por qué iba a tener miedo?

Paweł Kamiński se quedó unos días en casa del policía de Brodnica amigo suyo. Después de todo, joder, Łukasz Liszowski estaba en deuda con él por el asunto del accidente con el coche de los Kojarski. Por su culpa se habían estrellado contra aquel puto muro, se dijo Paweł. De no ser por eso, no se habría montado ningún escándalo. Aunque de todas formas se sentía tranquilo. Era imposible que le hicieran algo. Su padre había sido un héroe de la policía, así que no perdería el trabajo. A pesar de aquel pequeño incidente, estaba seguro de ello.

Sí, no debía preocuparse por el coche de los Kojarski, pero tras la pelea con Janusz Rosół y su hijo le dolía todo el cuerpo. Y lo peor era que se sentía humillado. Probablemente en Brodnica y sus alrededores no había nadie que no estuviera al corriente. Se habría convertido en el centro de las burlas y eso no lo podía soportar. Pero en cuanto se lamiera las heridas se iban a enterar todos. De momento esperaría un poco, se ocultaría por algún tiempo. Dejaría que aquel maldito asunto se calmara.

Había intentado comer algo, pero le dolía demasiado la mandíbula. No sabía si estaba rota, pero no tenía intención de ir al hospital. No les daría esa satisfacción. Eso sí, le habían dado una buena paliza. Tenía que reconocer que no se esperaba eso. Los acontecimientos se habían precipitado, todo había sucedido demasiado deprisa.

–¿Salimos? –le preguntó Łukasz Liszowski–. Ya es hora de divertirse un poco. Y conozco a un par de señoritas bien dispuestas. ¿Qué me dices, Paweł?

–¿Por qué no? Siempre es una distracción. Vámonos –dijo Paweł Kamiński.

Se levantó del sofá con gran esfuerzo. Menuda paliza le habían dado, sí señor.

Abandonaron la residencia de los Kojarski nada más hablar con la escuálida Róża. No se despidieron de nadie. Fuera ya había oscurecido por completo. Las estrellas parpadeaban en el cielo sin nubes. Subieron en silencio al Skoda de la comisaria Klementyna Kopp. Todos estaban cansados.

De repente sonó el teléfono de Daniel Podgórski. El policía contestó presentándose mecánicamente.

–Hola, Daniel. Soy Edek Gostyński. –La voz del guardabosques se oía entrecortada. En el bosque los teléfonos móviles tenían dificultad para encontrar cobertura–. Hace algún tiempo hablamos de que podrían haber dejado un bolso de mujer en el bosque...

Por el altavoz salieron diversos chasquidos.

–Sí. –Daniel se olvidó por un momento del cansancio. A lo mejor llegaba la pista decisiva en el caso de la misteriosa hermana Monika–. ¿Has encontrado algo?

–Sí. Es un bolso negro normal. No entiendo de moda. Estaba entre los arbustos, muy cerca de la carretera. Me pasaré por la comisaría a llevarlo.

–Escucha, Edek, estamos ahora mismo muy cerca de tu casa. Estamos saliendo de la hacienda de los Kojarski. Nos podemos acercar y recogemos el bolso, ¿vale? ¿Estás en tu casa?

–Sí, pero... –La voz del guardabosques se volvió a perder entre los ruidos de las interferencias.

–¡No he oído lo que has dicho! –gritó Daniel al teléfono.

Salieron a la carretera principal y dejaron atrás la mansión, toda iluminada. Podgórski le indicó a Klementyna Kopp por dónde debía ir.

–Llegaremos en unos minutos –dijo el policía.

–Está bien –convino el guardabosques Gostyński–. Os estaré esperando.

Salieron de la carretera y entraron en una pista de gravilla que conducía a la casa del guardabosques. Los neumáticos del pequeño Skoda rebotaban sobre la superficie irregular. Daniel sintió una creciente excitación. Era evidente que el asesino habría registrado el bolso. Quizá no había sido lo bastante cuidadoso y había dejado huellas.

–A lo mejor por fin tenemos suerte –comentó Marek Zaręba desde el asiento trasero.

Se detuvieron frente a la casa. Se trataba de un edificio bastante grande construido con maderos sobre una base de hormigón. De la chimenea salía humo blanquecino. El barbudo guardabosques Edek Gostyński aguardaba en el umbral de su casa sujetando entre las manos un bulto negro.

Fueron los tres juntos a su encuentro. El frío les quemaba la cara.

–¿Qué tal? –saludó el guardabosques mientras les estrechaba la mano uno a uno. Tenía una voz bastante grave y agradable.

–Klementyna Kopp –se presentó la comisaria, sin esperar a que lo hicieran Daniel o Marek.

Dentro de la casa se cayó algo.

–El gato –dijo el guardabosques a modo de disculpa–. Vagaba por el bosque, así que me lo he traído aquí. En verano se podrá encargar de los ratones.

Los policías asintieron. En Lipowo mucha gente tenía problemas con los ratones de campo.

–Vale. Muy bien. ¿Dónde está el bolso? –preguntó Klementyna, yendo al grano con su habitual rapidez–. ¿Has hurgado mucho?

–No. Pensé que ni siquiera debía echar un vistazo a su interior. Veo películas policíacas, como todos. Sé que podría borrar huellas.

Solo lo he tocado por fuera, aunque no ha sido fácil contenerse. –El guardabosques se rio con brevedad.

–Claro. Los civiles a menudo se olvidan de eso. Esperad un momento. –La comisaria fue hasta el Skoda con paso decidido. Sacó la mochila del maletero y agarró una bolsa grande para pruebas y unos guantes.

–¿No tiene frío con esa cazadora tan fina? –preguntó Gostyński mirando la chupa de cuero.

–¿Y tú no tienes calor con esa barba tan espesa?

Al guardabosques le hizo mucha gracia la respuesta y miró con complicidad a Daniel y a Marek. Podgórski correspondió con una sonrisa y se encogió de hombros.

–No me quejo –dijo Gostyński.

–Perfecto. Vamos a mirar dentro –decidió la comisaria Kopp poniéndose los guantes de goma–. Veamos si hay algo interesante.

–¿No tenemos que enviarlo al laboratorio? –preguntó con precaución Marek Zaręba.

–Vale. Claro que lo enviaremos. ¡Pero! A su tiempo, a su debido tiempo. Ya he dicho que me gusta primero ver por mí misma lo que hay.

Klementyna se agachó y puso el bolso sobre el porche de hormigón. Empezó a registrar el contenido con movimientos bruscos. Los hombres observaban la escena con atención. La comisaria Kopp sacó pañuelos, un paquete de caramelos de menta y un monedero. Miró dentro de nuevo. Aparte de varios billetes de diez eslotis, había también una pequeña hoja, seguramente arrancada de un bloc.

–Iza Cieślak –leyó Klementyna–. ¿Os dice algo?

–Es la primera vez que oigo ese nombre –comentó Marek Zaręba.

Daniel Podgórski y el guardabosques Gostyński asintieron, compartían las palabras de Marek.

–Bueno. Seguro que no es de aquí. Bien, ya nos encargaremos de esto más tarde. En cualquier caso no hay ningún documento. Cero.

Daniel Podgórski suspiró decepcionado.

–Aunque tenemos un hilo del que tirar –dijo pensando en el nombre que había en el monedero. Iza Cieślak. Era el primer dato concreto en el caso de sor Monika–. Gracias por la ayuda, Edek.

El guardabosques asintió.

–Conducid con cuidado –dijo señalando la pista de gravilla que conducía de vuelta a la carretera–. Bajo la nieve no se ven los agujeros. Cuando llegue la primavera tendré que allanar el camino.

Klementyna Kopp guardó el bolso en la bolsa para pruebas y se dirigió al coche sin despedirse.

–Qué tía más rara –comentó Gostyński.

–No tanto –le aseguró Daniel Podgórski–. Nos las apañamos.

Me lavo con esmero. Dos veces, como me enseñó mi padre. Tengo el cuerpo enrojecido por el agua caliente y el jabón. Me siento muy bien. Me deleito con esta sensación. Aguanto unos momentos, pero no puedo perder la sensibilidad durante más tiempo. Lo más importante es dominarse, porque aún no ha terminado todo. No quiero dejar nada a la suerte.

Reboso de orgullo. Ha habido que esperar mucho, ha habido que madurar la decisión. También era importante conseguir el entorno adecuado para su cuerpo. Tenía que ser blanco. La blancura era clave.

Sonrío de oreja a oreja. Lo conseguí. Blanka llegó por la vereda en esa noche de invierno, como de costumbre. Después todo fue fácil. El cuchillo satisfizo las esperanzas puestas en él.

¿Ahora soy yo la Mariposa? ¡¿Soy la Mariposa?!

Me recrimino por tener esas ideas. Todavía no es momento de celebraciones. Tengo que llevar a buen puerto este asunto, hacer que cada hilo encuentre su final. Todo ha de estar realizado a la perfección.

Me seco bien con la toalla. Nadie me va a descubrir, estoy seguro. Interpreto mi papel de manera ideal. No existe nadie mejor que yo en esto. Llevo toda la vida perfeccionando este arte.

–¿Tengo que esperar mucho aún?

–Ya voy –contesto rápidamente a través de la puerta del baño–. Ya salgo.

Esta tarde tengo intención de mirar nuestro-lipowo*. Espero que mi creación haya sido descrita con exactitud. Quiero sentirme importante. Si no me gusta lo que han escrito, quizá hable con el autor. Sé de sobra quién es, no como los demás. Noto un delicado hormigueo en todo el cuerpo con solo pensarlo. Resulta paradójico que arrebatar una vida me dé fuerzas.*

–No –me digo en voz baja.

No puedo perder el dominio. Debo actuar según el plan. No puedo cometer el menor error o lo podría pagar caro.

Salgo del baño.

–¡Por fin! ¡Ya me estaba cansando de esperar! ¡Mi Mariposa no me habría tenido esperando tanto tiempo!

–Ahora me ocupo de todo –prometo, a pesar de que los músculos me tiemblan por la rabia contenida.

La Mariposa ya no está. ¡Yo soy la Mariposa!

Yo. Yo. Yo. Yo. Yo.

A pesar de que ya había caído la noche, parecía que en el exterior seguía habiendo claridad. Había luna llena y la luz plateada de la gran esfera se reflejaba en la nieve. Weronika Nowakowska observaba cómo *Lancelot* galopaba por el cercado. A pesar de su tamaño se movía con una excepcional gracia. *Igor* daba algunos ladridos desafiantes, pero se mantenía cerca de su dueña. El caballo trató de cocearlo en varias ocasiones: no le gustaba que el perro se acercara demasiado.

Weronika Nowakowska se giró en dirección a la casa. Había dejado las luces encendidas y ahora se daba cuenta de que desde fuera se veía perfectamente lo que ocurría en el interior. La volvió a dominar la misma sensación desagradable que por la mañana. Podían haberla observado sin dificultad. Pensó de nuevo en el guante rosa. Pensó en Blanka Kojarska con su mono de esquí rosa. Era posible que la rubia hubiera dejado allí sin querer los guantes antes de... antes de que todo ocurriera. Parecía probable, trataba de animarse Weronika, aunque no podía librarse de la impresión de que el guante había aparecido aquella mañana. No era una *impresión*, más bien una certeza absoluta.

Se fijó en que uno de los maderos de la valla del cercado había quedado mal puesto. Tendría que pedirle ayuda a alguien. A Tomek Szulc no lo había vuelto a ver desde aquella noche en el parque de bomberos. Parecía que había renunciado a sus intentos de seducirla, quizá porque ella no había contestado a la nota que envió. Weronika tenía remordimientos de conciencia. No quería que Tomek pensara que se había aprovechado de él. No quería que sufriera por su culpa.

De pronto, *Igor* alzó las orejas. Ella también oyó que se acercaba un coche. El corazón le latió con fuerza. Deseaba que se tratara de Daniel. Y en efecto, al cabo de un momento salió de la curva su Subaru azul.

Podgórski se bajó del coche. Parecía cansado. Se saludaron tímidamente. Weronika no estaba segura de qué había cambiado desde la mañana, pero de nuevo tenía miedo de mostrarse cariñosa con él. No quería que todo terminara igual que con Mariusz.

—He preparado la cena —comentó animosa, tratando de recuperar la seguridad en sí misma.

—Estupendo. Me muero de hambre.

Llevaron a *Lancelot* al establo y regresaron a la casa.

Le sirvió unos macarrones algo pasados de cocción y un poco de salsa requemada. El policía se lo agradeció poniéndola al corriente de los avances en la investigación. No comentó nada sobre el sabor de la comida.

—¿Te quedas a dormir? —preguntó cuando hubieron fregado los platos.

—Por desgracia hoy no puedo —dijo Daniel con una sonrisa triste—. Tengo que volver a casa y trabajar un rato más. Klementyna impone un ritmo muy alto. Me gustaría dar buena imagen ante ella. Me juego mucho.

—Claro, lo entiendo —comentó ella fingiendo no darle importancia. No le importaba en absoluto, ¿verdad? No estaba enamorada ni mucho menos—. Estáis pasando unos momentos difíciles.

Se despidieron en el porche. Daniel la besó cariñosamente, susurró una breve disculpa y, un momento después, Weronika ya solo veía las luces traseras del Subaru que se alejaba.

Maldijo en voz baja. No significaba nada, ¿verdad? Solo que Daniel tenía que trabajar. Pero a pesar de sus esfuerzos no podía evitar sentirse rechazada. Un poco, al menos. Entró en casa y cerró la puerta. Tiritaba de frío. Tendría que hacer algo de una vez con la dichosa calefacción. Quizá podría encender las viejas chimeneas.

Miraba la casa de Weronika a través de los prismáticos. Tenía que buscar un nuevo punto de observación. Temía que lo descubrieran si seguía en el mismo sitio. La pelirroja había encontrado el guante que con tanta habilidad le había dejado él por la mañana. Quizá era una chiquillada, pero le había gustado la idea.

Recogió sus cosas, ya era suficiente por ese día. Caminó por el bosque. La nieve seguía cayendo. Sonrió satisfecho. La nieve era su aliado: borraba todas las huellas.

La comisaria Klementyna Kopp regresó a su piso vacío. Cerró la puerta y arrojó su vieja mochila al suelo del microscópico recibidor. Ni siquiera le apetecía encender la luz. Caminó por la casa a oscuras hasta la cocina, que también estaba vacía.

Durante todo el día se había aferrado a la estúpida esperanza de que Teresa estuviera esperándola. No cabía duda de que Klementyna era «malvenida», como siempre. Qué se le va a hacer.

Calentó agua en el viejo y sucio hervidor eléctrico y se preparó una sopa instantánea. No era muy sana, cierto, pero a quién le importaba. Desde luego a ella no. Era demasiado vieja para preocuparse por esas cosas.

Se desnudó y se metió en la ducha. Hacía mucho que su cuerpo había perdido la firmeza. Los tatuajes, que se había hecho hacía siglos, estaban descoloridos. Las arrugas atravesaban su rostro. Por lo menos, todavía le quedaba su trabajo.

La noche aún era joven, así que decidió ir a la comandancia. Vendría bien entregarles ya a los técnicos el bolso de la monja para que lo analizaran. Los policías de Lipowo todavía no habían logrado establecer la identidad secular de sor Monika. Klementyna Kopp esperaba que los técnicos pudieran sacar las huellas dactilares de la monja. Si las encontraban en la base de datos, todo se aclararía. Le extrañaba que Daniel Podgórski no hubiera comprobado hasta entonces las huellas dactilares de la religiosa. Podría haber encontrado muchas en su habitación de Varsovia. Pero Klementyna había decidido ahorrarle a Podgórski aquella merecida reprimenda. No tendría sentido. Ya se daría cuenta él solo y a su debido tiempo de que había cometido un error.

No contaba con que hallaran huellas dactilares del asesino. Por lo general, las personas eran conscientes de que merecía la pena usar guantes si no deseaban acabar en la cárcel. ¡Pero! Ya se vería, de cuando en cuando se topaban con idiotas. De paso, Klementyna quería investigar el nombre que había aparecido en el monedero de la monja, Iza Cieślak.

Se echó la mochila al hombro y se dirigió a la Comandancia Provincial a pie. La calle Zamkowa no quedaba muy lejos. Notó que el aire parecía más caliente. Quizá incluso hubiera deshielo al día siguiente. Sus pesadas botas con refuerzos metálicos en las suelas chapoteaban en la nieve derretida por la sal.

Entró en la Comandancia Provincial con paso firme. Nadie le preguntó nada. Ya la conocían todos. A esa hora en el edificio solo quedaban los desdichados a los que les había tocado estar de guardia. Pasó de saludar; otro juego preliminar al que no le apetecía lo más mínimo jugar. Envió a los técnicos el bolso de la hermana Monika con instrucciones sobre lo que debían buscar primero. Una vez solucionado ese asunto, se sentó en su escritorio. Alrededor reinaba el silencio. A Klementyna le gustaba mucho la Comandancia Provincial a esas horas.

Encendió el ordenador y buscó en el sistema el nombre hallado en el bolso.

Izabela Cieślak, nacida el catorce de abril de mil novecientos noventa y ocho, domiciliada en la calle Pięciolinia de Varsovia. Hija de Aneta Cieślak y Cezary Cieślak.

La comisaria Kopp realizó algunas averiguaciones más. El padre de Iza estaba fichado por hurtos menores. Al parecer también lo habían detenido a menudo por embriaguez. La madre tenía antecedentes similares. Menuda familia.

Klementyna buscó en el mapa la dirección de la chica. Interesante: la quinceañera Izabela Cieślak vivía a quinientos metros de la parroquia del barrio de Ursynów en la que había estado destinada la misteriosa sor Monika. La comisaria Kopp volvió a repasar el informe que le había entregado Daniel Podgórski.

Interesante.

22

Varsovia, 1981

Jakub la esperaba frente al altar vestido con un elegante traje a rayas. Las bodas por la iglesia no eran muy populares, pero Mariola se había empeñado y se había salido con la suya. Como de costumbre. Nunca se daba por vencida ante las dificultades. En eso era diferente a él. La mujer más maravillosa y más hermosa del mundo. Su Mariposa.

En la iglesia no había casi nadie. Jakub no quería muchas personas, aunque ya apenas le atemorizaban. Simplemente no los necesitaba. Los amigos más cercanos y la familia de Mariola ocupaban las dos primeras filas. El eco de sus voces resonaba en el interior vacío de la iglesia.

Nadie representaba a la familia del novio.

El sacerdote comenzó la misa. Jakub pronunció mecánicamente las fórmulas de rigor. No se paró a pensar en lo que decía, tan solo miró a Mariola y se sintió como si allí nada más estuvieran ellos dos. Era para él su dicha, el sentido de su existencia. Sin ella no sería nadie.

«Jamás permitiré que sufras ningún daño», le prometió a Mariola mentalmente, mirándola a sus ojos violáceos. «Mi Mariposa, serás feliz pase lo que pase. Lo prometo por esta iglesia y por mi vida.»

Quien osara herirla se convertiría en su mayor enemigo. Jakub sabía que por Mariola sería capaz hasta de matar.

En los ojos de Mariola aparecieron lágrimas cuando juró amarlo hasta la muerte. Ahora era su esposa. Él rebosaba de alegría. Hasta entonces no había conocido ese sentimiento. Durante un momento se quedó algo desconcertado, pero en el rostro de ella encontró la calma que necesitaba. Todo irá bien, parecía decirle.

Antes de la boda ya habían decidido vender la casa de su padre y vivir en otro lugar. No podía volver allí de ningún modo. No después de todo lo ocurrido. Nunca. ¡Nunca! Había sido su prisión. ¡Durante tanto tiempo!

Únicamente conservó la llave de la verja. Como si fuera un símbolo. La llevaba colgada del cuello con una cadena de plata. Si Mariola le daba un hijo, el niño nunca sufriría como lo había hecho él. Le proporcionaría una infancia maravillosa.

Los invitados empezaron a levantarse. La misa había llegado a su fin. En todos los rostros se veían amplias sonrisas. El padre de Mariola asintió satisfecho. Parecía una persona afable. Muy diferente de Zygmunt.

El dinero obtenido de la venta de la casa era más que suficiente, pensó Jakub mientras atravesaban lentamente la nave de la iglesia. Ni siquiera sabía que su familia fuera tan rica. Se alegraba, porque no deseaba que a Mariola le faltara nunca nada. Su trabajo como ginecólogo también marchaba muy bien. No podría ir mejor, se repetía a sí mismo. No podría ir mejor.

Cuando salieron de la iglesia, los pájaros cantaban. Ahora todo será estupendo.

No podría ir mejor.

23

Lipowo y Olsztyn. Miércoles, 23 de enero de 2013,
por la mañana

El miércoles por la mañana se produjo una considerable subida de la temperatura. El ambiente parecía casi primaveral. Resultaba agradable respirar a pleno pulmón. El inspector Daniel Podgórski se dirigió al trabajo con paso vivo. El día anterior había pasado una velada agradable con Weronika, habían encontrado una pista nueva en el caso de sor Monika y la colaboración con la célebre –o quizá más bien la *impopular*– comisaria Klementyna Kopp era de lo más llevadera. Daniel esperaba que el miércoles trajera también buenas nuevas.

Klementyna lo esperaba frente el edificio de la comisaría. Le daba tragos a su bebida gaseosa envuelta en su enorme bufanda, de la que no se separaba.

–Hola –le dijo a Podgórski.

–Buenos días.

–Habrá que viajar a Varsovia –soltó sin preámbulos innecesarios–. ¿Vale?

Daniel la miró extrañado. Ella le explicó en pocas palabras quién había resultado ser Iza Cieślak.

–¿Crees que asistía al centro de ayuda para jóvenes que dirigía sor Monika en la iglesia? –preguntó el policía. Parecía coherente–. Hoy tenemos que hacer el resto de los interrogatorios. ¿Vamos mañana a Varsovia?

La comisaria Kopp no se dignó contestar. Aplastó la botella vacía y la tiró a la papelera que había junto a la entrada. Daniel se encogió de hombros con gesto divertido. Klementyna tenía un humor muy variable.

Cuando entraron en la sala de conferencias, el joven Marek Zaręba y el bigotudo Janusz Rosół hablaban precisamente de la mejoría del tiempo. Ambos esperaban que los grandes montones de nieve se derritieran pronto.

–¿Quién quiere pastel? –preguntó Maria.

Como de costumbre muchos pidieron una porción y como de costumbre solo la comisaria Kopp renunció a darse ese placer.

–He trabajado un poco esta noche –comentó Daniel Podgórski–. He preparado un pequeño resumen de las conversaciones de ayer con los Kojarski. Quizá ahora nos resulte más sencillo reflexionar sobre todo esto.

Repartió el material que había fotocopiado. Klementyna Kopp miró con curiosidad su ejemplar.

–Avisadme cuando terminéis de leer –les pidió Daniel.

Sénior Kojarski, marido de la víctima, Blanka

Coartada para la noche de la muerte de Blanka: dice que estuvo en su habitación (nadie puede confirmarlo).

Móvil: quería divorciarse de su mujer (Júnior insinúa que Blanka no habría accedido al divorcio, no hay capitulaciones). Sénior estaba al tanto de la aventura de su hijo con Blanka.

Relación de Sénior con Blanka: reconoce que ya no amaba a su esposa y que ella lo había defraudado al no darle ningún descendiente.

Observaciones:
- «compró» a Wiera la posibilidad de adoptar al hijo biológico de esta, Júnior Kojarski; lo hizo presionado por su anterior esposa, Stefania;
- cree que fue su hijo, Júnior Kojarski, quien asesinó a Blanka;
- el hijo acusa a Sénior de matar a su primera esposa (Stefania Kojarska).

Júnior Kojarski, hijo de Sénior

Coartada para la noche de la muerte de Blanka: estuvo solo en su habitación (nadie lo puede confirmar).

Móvil:
- Júnior tenía miedo de que su padre le legara todo su dinero a Blanka, no a él (al menos es lo que insinúa Sénior);

- deseaba finalizar su aventura con Blanka.

Relación de Júnior con Blanka: al principio tenían una aventura, después quiso terminarla.

Observaciones:
- se mostró inusualmente estresado por la situación;
- problemas financieros;
- acusa a su esposa, Róża, de no estar interesada en él en estos momentos;
- acusa a su padre de haber matado a su anterior esposa, Stefania, a la que Júnior considera su «verdadera» madre;
- no es hijo biológico de Sénior Kojarski.

Róża Kojarska, esposa de Júnior

Coartada para la noche de la muerte de Blanka: afirma que pasó la tarde cosiendo (con Agnieszka, su criada).

Móvil:
- ¿conocía la aventura de su marido?
- Júnior afirma que para ella solo importan el dinero y su hijo Kostek. Quizá temiera que todo el dinero de Sénior Kojarski se lo llevara Blanka.

Relación de Róża con Blanka: ella misma la califica de normal.

Observaciones:
- ¿trastornos alimenticios?
- insinúa que a Blanka la mató algún hombre, por ejemplo, Tomek Szulc.

–No es gran cosa, pero quería que tuviéramos algún punto de partida –explicó Podgórski cuando advirtió que todos habían leído ya su breve informe.

La comisaria Klementyna Kopp asintió.

–Vale. No está nada mal, pero veremos si esto nos sirve para algo. No hay nada nuevo.

–Claro. Bueno, en cualquier caso me parece que deberíamos fijar nuestra atención en algunos hechos –continuó Podgórski sin desalentarse–. Primero, sabemos que prácticamente todo el mundo conocía las costumbres de Blanka. Me refiero a que la familia Kojarski entera sabía que Blanka paseaba antes de acostarse, y además

313

Júnior Kojarski insinúa que no solo lo sabían ellos, sino también la gente del pueblo.

–Eso puede ser verdad –intervino Marek Zaręba–. Ewelina... Ewelina es mi esposa, es la peluquera de Lipowo –le explicó a Klementyna–. Pues Ewelina sin duda lo sabía. A lo mejor alguien lo comentó en alguna ocasión. Y creo que la propia Blanka no lo ocultaba.

Daniel casi esperaba que Paweł Kamiński hiciera algún comentario sobre Ewelina y su inclinación a cotillear. Comprobó asombrado que echaba de menos a Paweł, a pesar de lo mucho que lo irritaba su compañero. Kamiński, a pesar de sus defectos, también formaba parte de su pequeño equipo.

–La siguiente cuestión interesante es que *nadie* advirtió que Blanka no volvió a casa a dormir –dijo Podgórski, dejando a un lado sus meditaciones acerca de Paweł Kamiński–. En la residencia de los Kojarski todos tienen dormitorios independientes.

–Eso es muy triste –comentó Maria inesperadamente–. Es como si vivieran por separado, a pesar de que comparten el mismo techo. No debería pasar eso en una familia. ¡Deberían darse cuenta de que ya nunca volverá! ¡Es terrible!

–No te lo tomes tan a pecho. Cada cual tiene el destino que se merece –dijo Klementyna Kopp como si afirmara algo evidente–. Una preguntita: ¿tiene algún significado eso para vosotros?

–¿A qué te refieres? –preguntó Marek Zaręba.

–A lo que he dicho, ni más ni menos: ¿lo sabía el asesino y contaba con ello?

–A mí me parece que no tenía importancia. El cuerpo de Blanka fue literalmente masacrado a cuchilladas –apuntó Marek Zaręba algo contrariado–. Nadie pudo hacer nada por ella. Así que en ese sentido no tiene importancia.

–Stop. Espera. Lo que dices es cierto, por supuesto. Claro. ¡Pero! El asesino pudo suponer que el cuerpo de Blanka no sería encontrado hasta el día siguiente –afirmó Klementyna Kopp lanzando las palabras como si fueran balas y rascándose su cabeza rapada–. ¿Tenía eso para él, o para ella, alguna importancia? De momento no lo sabemos.

–Es cierto. Siguiente cosa. Encontramos en el dormitorio de Blanka muchos medicamentos. –Daniel miró la libreta para leer los nombres–. Janusz, me gustaría que hablaras con su médico y comprobaras si le recetó esos somníferos. Por la cantidad que había parece poco probable. También quiero que te informes sobre los propios medicamentos, si pueden provocar adicción, si tienen efectos secundarios. De momento no sabemos si tienen alguna relación con la muerte de Blanka, pero deberíamos comprobarlo. Si no se los recetaba el médico, ¿de dónde los sacaba?

–De alguna fuente ilegal, seguro –afirmó Marek Zaręba encogiéndose de hombros–. Parece evidente.

–Peque, así te llaman, ¿no? –se aseguró la comisaria Kopp–. ¿Conocéis aquí a alguien que se ocupe de eso?

–Lo comprobaremos –prometió Marek.

–¿Por qué Blanka sufría de insomnio? –preguntó Maria mientras se servía otro trozo de pastel y le daba enseguida un bocado con apetito–. ¿Una chica tan joven y ya tenía esos problemas? Eso nos ocurre más bien a nosotros, los mayores.

Klementyna hizo un gesto indefinido con la mano.

–Más bien me parece que tenía poca necesidad de sueño –explicó–. ¡Pero! Observémoslo desde una perspectiva científica. A veces el insomnio puede estar causado por un fuerte estrés o incluso por una depresión. Naturalmente, tales problemas no surgen de la nada. Tuvo que haber algún factor decisivo. Quizá esté relacionado con su muerte o quizá no. Ya veremos.

–A lo mejor era infeliz en casa –sugirió inseguro Janusz Rosół, que había permanecido sentado en silencio en un rincón de la sala.

Daniel miró fugazmente a su compañero.

–Puede ser. Igual hubo otras cosas que le causaron estrés –comentó Podgórski–. O quizá sucedió algo nuevo, algo que la desequilibró. Algo que tuvo lugar hace poco.

–¿Por ejemplo el atropello de la monja? –sugirió Janusz en voz baja.

Durante un momento reinó el silencio, como si todos sopesaran esa idea.

–No olvidemos lo que confesó Róża Kojarska. Dijo que Blanka tomaba las pastillas desde hacía mucho –discrepó al fin Marek Zaręba–. Así que no puede ser eso, creo yo.

–De momento no tenemos pruebas de que fuera Blanka la que atropellara a sor Monika –dijo Daniel con calma. Tuvo que reconocer que no había pensado antes en ello–. Pero desde luego es una posibilidad.

A pesar de la ausencia de nexos evidentes, Podgórski seguía negándose a descartar la idea de que ambos asuntos estuvieran relacionados de algún modo. Un presentimiento que no hallaba una confirmación real. Era como cuando se experimenta un picor irritante en un lugar al que uno no logra llegar con los dedos.

–Bueno, pasemos al siguiente asunto. Ayer, a última hora de la tarde, me llamó el jefe de los técnicos criminalistas –informó Daniel–. ¿También habló contigo, Klementyna?

La comisaria asintió sin entusiasmo, pero no dijo nada.

–Han examinado a fondo el coche de Júnior Kojarski –les explicó Podgórski a los demás–. Resulta interesante que en el volante solo aparezcan las huellas dactilares de Bartek Rosół, que llevó el Land Rover a Brodnica a petición de Wiera. También se han encontrado las huellas de Paweł Kamiński. Todos recordamos el disparate que cometió. Y *no había* más huellas.

–¿Limpiaron el volante? –preguntó Marek. En su voz se notaba cierta excitación.

Daniel respiró aliviado. El más joven de los policías de nuevo empezaba a ser el que era. Lo que fuera que lo tenía alterado desde hacía días parecía haber desaparecido.

–Se podría decir así, Peque. Significa que alguien estaba interesado en que su presencia en el coche no fuera descubierta. También han buscado restos de sangre con luminol.

–¡Pero si el Land Rover estaba destrozado! –se extrañó Maria.

–Sí, mamá, pero eso no impide que se pueda llevar a cabo una inspección. Aún se puede comprobar sin problemas si había sangre.

–¿Y qué? ¿Había?

–Sí –confirmó Podgórski–. La había en los neumáticos, en el chasis y en el parachoques delantero. En parte había sido eliminada por Wiera y en parte borrada por la nieve durante el viaje hasta Brodnica, pero el luminol es infalible. También se han hallado trazas de sangre en la palanca de cambios. El coche va a ser examinado aún más a fondo y también se compararán las muestras de sangre de la monja con las encontradas en el coche. Por desgracia llevará algo de tiempo. ¿Qué hay del bolso?

–El bolso todavía no lo han examinado –contestó la comisaria Kopp–. Los chicos necesitan algo más de tiempo. Dejémosles respirar. No hace ni un día que encontramos el bolso.

–Blanka tenía fácil acceso al Land Rover –dijo Janusz Rosół volviendo a la teoría ya expuesta por él. Parecía que le había gustado la idea de que por algún motivo hubiera sido la señora Kojarska la que atropellara a la misteriosa hermana Monika.

–Supongamos por un momento que, en efecto, Blanka atropelló a la monja –accedió Daniel mirando fugazmente a Klementyna Kopp. La comisaria asintió para indicar que estaba de acuerdo–. Mata a sor Monika y unos días después ella misma muere. ¿Por qué? ¿Qué vínculo hay entre ellas? ¿Qué es lo que no vemos?

Se hizo el silencio, interrumpido solo por los ruidos de las bocas al masticar. Maria señaló el pastel y enarcó las cejas con gesto interrogativo. Podgórski luchó un momento consigo mismo, pero al final se sirvió otra porción.

–Hay un asunto más –recordó Daniel–, los papeles quemados en la chimenea que descubrió Klementyna.

–Quizá Blanka simplemente quiso deshacerse de unos papeles que ya no necesitaba –sugirió Marek Zaręba, que también se sirvió un trozo de pastel–. Igual no hay nada misterioso en ello.

–¿Tú qué harías si quisieras deshacerte de papeles innecesarios? –preguntó Maria–. A mí no me encaja. Podría haberlos tirado, sin más. Yo solo quemaría algo que quisiera ocultar a toda costa.

–Stop. Espera. Los técnicos van a inspeccionar la habitación. Espero su llamada –explicó Klementyna–. ¡Pero! Acaban de terminar con el coche, así que tengamos paciencia. No espero que encuentren gran cosa, porque todo estaba muy quemado. Los sellos postales pueden indicar que se trataba de cartas. O al menos sobres.

–Sénior Kojarski dijo que Blanka no recibía cartas –recordó Marek. En su voz de nuevo había un tono de duda.

Klementyna Kopp sonrió de oreja a oreja, lo que hizo que su rostro sin maquillar se cubriera de pequeñas arrugas.

–Que él lo afirme no significa nada, Peque. Deberías saberlo. Ya no estás en la academia de policía, trabajas sobre el terreno.

–¿Por qué habría de mentir en ese tema? –Marek Zaręba, que no se daba por vencido, ignoró el leve sarcasmo que se notaba en la voz de la comisaria.

–¿Y si le escribía él mismo? –sugirió Maria Podgórska muy seria–. Quizá se trataba de anónimos para asustarla. Habéis dicho que no quería concederle el divorcio. A lo mejor planeó algo para obligarla a firmar los documentos.

Durante un momento reflexionaron sobre esta idea.

–También tenemos muchas acusaciones cruzadas –recordó Daniel cambiando de tema–. Resulta interesante lo que dijo Júnior Kojarski sobre su madre. Me refiero a la anterior esposa de Sénior, Stefania. Comentó que su muerte pudo no ser lo que parecía. Quizá vendría bien comprobar ese asunto. A fin de cuentas estamos ante dos esposas muertas, hace unos años Stefania y ahora Blanka.

Marek asintió enérgicamente.

–Peque, me gustaría que lo investigaras –le pidió Podgórski–. No podemos descartar a Sénior Kojarski. Su comportamiento me parece extraño. El fiscal Czarnecki insinuó que alguien trata de cerrar la investigación. Alguien con dinero. No dijo que se tratara de Sénior, pero es el único que dispone de una fortuna enorme. Por eso quiero que indagues un poco en el pasado de Kojarski. Veamos si tiene alguna mancha sobre su conciencia. Echa un vistazo al caso de la muerte de su primera esposa.

Zaręba volvió a asentir con entusiasmo.

–Miro estas hojas que nos has dado, Daniel –tomó de nuevo la palabra María–, y llego a la conclusión de que en realidad todos los Kojarski tenían un motivo para matar a esa pobre chica. Eso resulta muy inquietante.

La comisaria Kopp asintió.

–Tienes razón, Maria. Yo también me he fijado en eso. Hoy hablaremos con Agnieszka, la criada, y con Tomek, el chico para todo. Iremos tú y yo, Daniel, ¿vale? Veremos qué tienen que decir.

–Claro. Ella tiene que confirmar la coartada de Róża Kojarska. A su vez Róża señaló a Tomek como posible culpable. Puede ser interesante.

La comisaria Kopp se subió las mangas, dejando a la vista sus viejos tatuajes. Componían un complejo mapa en sus antebrazos.

–He hecho unas pequeñas indagaciones y resulta que Tomek Szulc es un personaje muy curioso –comentó lacónica.

–¿Qué quieres decir?

Klementyna no contestó, tan solo se encogió de hombros de forma teatral. Daniel Podgórski suspiró significativamente. Tendría que esperar un poco para conocer la respuesta.

–También debemos tener en cuenta que el asesino podría ser alguien de fuera. Hasta ahora no lo hemos considerado.

–Esta parece una tarea imposible –dijo Maria preocupada–. ¡Tanta gente! No podremos encontrar al culpable...

–Stop. No perdamos la fe. Antes o después todos los asesinos cometen un error. Todos –dijo Klementyna Kopp sentenciosamente–. Este seguro que no es una excepción. Aún no tenemos los resultados de la autopsia. Esperemos a ver qué dicen los técnicos. Todo esto necesita su tiempo y nosotros acabamos de empezar. El trabajo del investigador no siempre es excitante. A veces es necesario armarse de paciencia.

–Quisiera volver un momento al caso de sor Monika –comentó Daniel Podgórski–. Ninguno de los Kojarski la ha reconocido, o al menos eso es lo que afirman. No observé nada sospechoso en sus reacciones al ver la foto. Hemos vuelto a publicar nuestro anuncio en los periódicos, pero nadie ha contestado. Me gustaría saber ya algo sobre este tema. En cualquier caso, la comisaria Kopp y yo vamos a viajar a Varsovia.

–¿Otra vez? –se quejó Maria.

–Sí, probablemente mañana. Queremos hablar con Iza Cieślak. La monja asesinada escribió su nombre en un papel. Estaría bien conocer el motivo. Quizá de paso nos enteremos por fin de algo acerca de sor Monika. ¡Ya va siendo hora!

–Pero ¿tienes que irte otra vez tan lejos, Daniel?

Daniel Podgórski ignoró las dudas de su madre.

–En cuanto al Land Rover –continuó–, todos, incluido el propio Sénior Kojarski, afirman que es imposible que este le entregara el coche a Wiera. En tal caso, ¿por qué mintió la tendera? Y lo más importante: si Wiera no mató a la monja, ¿quién lo hizo? ¿Y de qué forma está implicada Wiera en todo esto? Sabemos que fue un asesinato con premeditación. Alguien primero acuchilló a sor Monika y después la atropelló varias veces. Wiera no sabía nada de eso. Creo que debería hablar con ella sobre el tema.

Klementyna Kopp asintió.

—El fiscal Czarnecki seguro que la deja en libertad —dijo la comisaria—. De momento no hay pruebas sólidas de que fuera ella. Sobre todo si Wiera cambia su declaración.

—Eso sería estupendo —se alegró Maria—. Desde el principio supe que no había sido ella.

—Pero entonces ¿quién lo hizo? —preguntó de nuevo Daniel—. Y otra pregunta: ¿sabe Wiera quién es el asesino?

Podgórski soltó un suspiro.

—Bueno, resumamos. Klementyna y yo vamos ahora a casa de los Kojarski a hablar con Tomek y con Agnieszka. Después yo hablaré con Wiera. Mientras tanto Janusz comprobará lo del médico de Blanka Kojarska y los somníferos, y Marek indagará en el pasado de Sénior Kojarski, en especial en lo relativo a la muerte de su anterior esposa. Esperamos los resultados de la autopsia de Blanka y el examen de su dormitorio y del bolso de sor Monika. Mañana iremos a Varsovia para hablar con Iza Cieślak...

—Stop. Espera. Tengo una preguntita más —lo interrumpió la comisaria Kopp—. En tus informes aparece cada dos por tres la página web *nuestro-lipowo*. ¿De qué se trata?

—En realidad no es nada importante. En determinado momento alguien empezó a escribir ese blog y todos los habitantes del pueblo se engancharon a él. Nadie sabe quién es el responsable de la página. —Daniel carraspeó por lo bajo. No era del todo cierto, porque Podgórski tenía sus sospechas sobre esa cuestión—. Nuestro caso también ha aparecido allí. Salió la foto de la monja, pero aparte de eso... He pensado que de momento no es necesario investigar al autor. Al menos mientras no cuelgue en la página nada importante desde nuestro punto de vista. En ese caso podremos localizarlo sin problemas.

La comisaria Klementyna Kopp murmuró algo ininteligible como respuesta.

Ziętar temblaba por los nervios. Todo le picaba muchísimo. En algunos lugares se había rascado hasta hacerse sangre. Había empezado a sospechar que esa zorra de Julka lo engañaba o que al menos tenía intención de hacerlo. Se había aburrido de ella, pero eso no significaba que fuera a permitir que le pusiera los cuernos.

Le extrañaba que en Lipowo hubiera alguien que se atreviera a enfrentarse así con él. En fin, ya se encargaría de eso más tarde, cuando terminara sus reflexiones. Mejor hacerlo en compañía de los chicos, para que pareciera más profesional. Si empleaban la persuasión adecuada con Julka, confesaría con quién había follado y después él tomaría las medidas adecuadas. Y ella también tendría su merecido. Se iba a arrepentir de haber mirado a otro. *Se iba a arrepentir*.

Pero de momento tenía que ocuparse de algo totalmente diferente. Se rascó el antebrazo hasta que notó sangre. La piel seca cedía con facilidad. Tenía que esconder todo aquello sin falta, no resultaba seguro tenerlo consigo. Si la policía hacía un registro, lo más probable era que acabara en la cárcel. Y ningún abogado podría hacer que se librara.

No había por qué arriesgar. Lo ocultaría todo y esperaría. Las cosas se arreglarían de un modo u otro.

Esta vez fueron hasta la mansión de los Kojarski en un viejo coche que pertenecía a la comisaría de Lipowo. Desde hacía algún tiempo la policía estaba cambiando la flota automovilística, pero aún no les había llegado su turno y seguían disponiendo solo del viejo Polonez.

–Feo, pero infalible –murmuró Klementyna Kopp subiendo al coche.

El inspector Daniel Podgórski prefirió no preguntar a qué se refería en concreto la comisaria. Aquel coche de ninguna manera podía ser calificado de infalible.

Se detuvieron junto a la misma fuente que la primera vez. Al policía le dio la impresión de ver cómo la nieve se derretía alrededor. Llamaron a la elegante puerta y, como la otra vez, abrió la criada, Agnieszka Mróz. En esta ocasión llevaba el pelo suelto y estaba muy guapa.

De repente Podgórski recordó que se trataba de la nieta del hermano mayor del padre Józef. La había visto muchas veces en la casa parroquial. Allí, vestida con su uniforme negro, su aspecto era completamente distinto. Antes de entrar a trabajar con los Kojarski vivía en Zbiczno, se acordó Daniel.

–Perdona por no haberte reconocido ayer, Agnieszka –explicó Podgórski al verla–. Tendría que haberme dado cuenta de que eras tú.

–No pasa nada –dijo la sirvienta sonriendo. El tono de su voz resultaba menos oficial–. Fue lo que me imaginé. Normalmente asociamos a la gente con un lugar, o eso creo yo. Nosotros nos hemos visto casi siempre donde el tío Józef. En cualquier caso, llegáis demasiado tarde. Los Kojarski no están.

Daniel la miró desconcertado.

–¿Y dónde están? No podían marcharse.

–Solo han ido a Brodnica –informó la sirvienta con evidente alegría–. Toda la bendita familia. Tengo la casa para mí sola hasta el mediodía.

–Bueno, quizá sea incluso mejor –comentó la comisaria Klementyna Kopp–. De todos modos veníamos a hablar contigo.

La muchacha no pareció sorprenderse.

–En ese caso vayamos al salón. Allí estaremos más cómodos. ¿Traigo algo de beber o de comer? –les propuso, como si estuviera en su propia casa.

Daniel Podgórski pidió una taza de café con leche, pero Klementyna, como de costumbre, no quiso nada y se conformó con su provisión de bebidas gaseosas.

–Vale. Bien –empezó la comisaria criminal Kopp cuando volvió la sirvienta–. ¿Qué opinas de los Kojarski estos?

–¿Con sinceridad? –preguntó la chica con una sonrisa–. ¿O tengo que comedirme un poco?

–Tranquila, ¡somos de los tuyos!

Agnieszka Mróz se encogió de hombros.

–Trabajo aquí solo porque me pagan bien. En ningún otro lugar de los alrededores cobraría tanto como aquí. Eso está claro. Pero toda esta familia es... ¿cómo decirlo? Bueno, mejor no andarse con rodeos. Todo lo que ocurre aquí es-de-lo-cos. No sé si todos los ricos son así, pero estos... –La chica movió la cabeza con gesto de reprobación–. Sénior es un tipo raro. A Blanka la obligó a hacerse operaciones estéticas. Absurdo. Júnior y Blanka tenían un lío de lo más tórrido. Róża lo sabía todo pero no decía nada. ¿Qué más se puede añadir? En realidad nadie siente cariño por nadie. Y ahora resulta que Júnior no es el hijo natural de Sénior. Una auténtica telenovela. Ya no me hace falta verlas en la televisión, tengo lo mismo a diario en el trabajo.

Bebió un trago de su taza sin dejar de mover la cabeza descontenta.

–Agnieszka, ¿dónde estabas el domingo por la noche? –preguntó Daniel Podgórski aludiendo al momento en que había muerto Blanka.

–¿Soy sospechosa? –replicó la muchacha con calma. No parecía asustada. Su voz reflejaba más bien curiosidad–. ¿De verdad?

–Se lo preguntamos a todos –le aclaró el policía.

La criada lo miró sonriendo. Parecía segura de sí misma.

–Por la tarde me ocupé de la casa y por la noche estuve cosiendo con Róża Kojarska. Se ha inventado una nueva afición, ahora quiere ser costurera. Con ese cuerpo tan escuálido que tiene todo le queda bien, así que quizá sea buena idea.

–¿Hasta qué hora estuvisteis atareadas?

–Hasta medianoche o así, creo.

–¿Y después?

–Estuve con Tomek. Vivimos en casas contiguas, en la parte trasera de la casa. Últimamente... hemos intimado un poco.

Daniel se atragantó con el café. Estaba amargo, no le gustó mucho. Tosió durante un rato. Parecía que en esa casa todos se liaban con todos. Agnieszka Mróz mostró una sonrisa radiante.

–¿Te refieres a que estáis enrollados? –preguntó Podgórski para establecer con claridad los hechos.

–Ya lo creo. Sin duda *estamos* enrollados. Y el resto de aquella noche la pasamos juntos, como de costumbre.

–Está bien. Volvamos a Blanka Kojarska. ¿Notaste que se comportara de manera diferente a la habitual en los últimos días?

Agnieszka lo meditó un momento. Al final volvió a encogerse de hombros con indiferencia.

–Pues ahora que lo pienso, un poco sí –reconoció.

–Cuéntanos algo más, por favor –le pidió Podgórski.

–Estaba muy pesada con Júnior, más de lo normal. Él quería terminar la relación, pero ella se negaba. Creo que no aceptaba la idea de que alguien la dejara. Era como si pensara que no existía ninguna mujer más atractiva que ella.

–Vale. Muy bien. ¿Y sabes si Blanka Kojarska recibía últimamente cartas? –preguntó la comisaria Kopp–. ¿Se escribía con alguien?

–Creo que sí recibía correspondencia. A veces la veía con sobres. Supongo que serían pedidos. Compraba muchísimos cosméticos, así que le enviaban folletos sobre nuevos productos para el cuidado de la piel y esas cosas –explicó la criada–. A menudo me daba sus cremas viejas. Aún estaban en perfecto estado, pero Blanka compraba sin parar otras nuevas, para las arrugas, hidratantes, regeneradoras, rejuvenecedoras. Supuestamente las mejores, hasta que llegaba un folleto nuevo. Tenía pánico a envejecer. Sacaba toda su fuerza del hecho de ser atractiva. A lo mejor suena extraño, pero en cierto modo ha sido mejor para ella morir tan joven. No me la imagino como una señora mayor. Igual se suicidó, eso encajaría.

Daniel Podgórski no comentó nada. De momento no quería desvelar ningún detalle. Pero dudaba mucho que Blanka Kojarska primero hubiera acuchillado de forma horrible su cuerpo y después se hubiera degollado. Y todo ello en medio de un claro del bosque en una oscura noche invernal.

–Tengo una pregunta más. –Sacó la foto de sor Monika–. ¿Has visto alguna vez a esta mujer?

–Es la monja atropellada, ¿no? La he visto en *nuestro-lipowo*, pero en persona no, nunca.

–Entiendo. ¿Y recuerdas si la mañana en que atropellaron a esta monja todos los Kojarski estaban en casa? ¿No salió nadie?

–Entonces ¿no lo hizo Wiera? –preguntó de inmediato la criada. Los ojos le brillaban por la curiosidad.

–¿A qué te refieres?

–En *nuestro-lipowo* escribieron que se había declarado culpable, pero si preguntáis por los Kojarski significa que no fue ella.

–La investigación no ha terminado –dijo el inspector Daniel Podgórski para zanjar el tema–. ¿Recuerdas entonces aquella mañana?

–Claro que la recuerdo, pero no tengo ni idea de si los Kojarski estaban en casa o no. Yo tenía el día libre. Debéis preguntarle a Tomek, él sí trabajó.

Daniel miró a Klementyna por si quería añadir algo. La comisaria Kopp negó con la cabeza.

–De momento no tenemos más preguntas. –El policía dio por terminado el interrogatorio–. ¿Podrías avisar a Tomek Szulc?

Marek Zaręba pensó que sería mejor hablar en persona con el policía que había dirigido la instrucción en el caso de la muerte de Stefania, la anterior esposa de Sénior Kojarski. Por teléfono se le habría podido pasar algo importante. Daniel estuvo de acuerdo.

Se subió a su Honda Prelude. Desde la muerte de Blanka se sentía mucho mejor. Si ella no se lo había contado a nadie antes, era imposible que saliera a la luz el error que él había cometido unos años antes. Encendió la radio. Le aguardaban unos cien kilómetros de carretera, así que quería relajarse con música. Un conocido tema pop inundó el coche. Cambió de emisora. Tenía ganas de escuchar algo más fuerte. No pudo encontrar nada adecuado y empezó a buscar algún CD en la guantera. Puso su disco favorito.

Llegan las vacaciones y los niños se han marchado.
Sin los hijos en casa somos unos chicos malos.

Marek sonrió alegremente. A Ewelina y a él les encantaba esa canción de Kult. Hasta Andżelika se divertía escuchándola, aunque era una niña.

Marek estaba muy contento por haber recibido aquel encargo. Por fin le esperaba una verdadera tarea policial. Stefania, la anterior esposa de Sénior, había muerto cuando el matrimonio Kojarski vivía en Olsztyn. Por lo que el joven policía había averiguado, se mudaban a menudo de ciudad. Cracovia, Varsovia, Wrocław, Olsztyn, Toruń, eran solo algunos de los lugares donde habían vivido.

Marek Zaręba había pasado toda su vida en Lipowo, sin contar la época de la academia de policía. No se imaginaba la vida en ningún otro lugar. No se sentía atraído por la gran ciudad, al contrario que Daniel. Le gustaba la sensación de pertenecer a aquel pequeño pueblo suyo, fuera este como fuese. La idea de que Andżelika tuviera que ir sola a la escuela por las calles de una gran ciudad lo aterrorizaba. ¡Cuántos peligros podrían acechar en ellas!

Paweł Kamiński ya había terminado de hablar con su superior de Brodnica. Todo había ido como la seda. Era lo que se imaginaba: tener un padre héroe le había venido bien. Le habían insinuado que iban a hacer la vista gorda con el pequeño incidente del coche de los Kojarski. Sería lo mejor para todos, más teniendo en cuenta que el dueño del vehículo no había presentado ninguna denuncia. Paweł podría volver a la comisaría de Lipowo, aunque lo del ascenso se iba a alargar.

De momento lo habían suspendido de trabajo y sueldo por unos días, seguramente para que los ánimos se calmaran. Mejor. El propio Paweł tenía que reconocer que no se esperaba la reacción de Janusz Rosół. Algo así lo habría sorprendido menos si hubiera procedido de su mocoso. Estaba claro que no había valorado de manera adecuada al jodido Janusz. Quizá todavía se pudiera hacer de él algo digno.

Se sentía un poco mejor. Descansaría unos días y volvería a Lipowo. Se había enterado por una fuente fiable de que Ewa Rosół se había librado por sí misma del niño. Paweł pensó que quizá podría incluso pasarle algo de dinero. El raspado no habría sido barato, desde luego, sobre todo tratándose de una menor. Pero tenía que acabar con aquello. Las putas eran una cosa y Ewa, otra muy distinta. Había sido totalmente innecesario meterse en aquello. Solo le había traído problemas.

Llamó varias veces a Grażyna, pero su esposa no contestó. Decidió comprarle unas flores y unos bombones. Otras veces había funcionado. ¡Él había cambiado! Así se lo diría. Debía creerlo, porque era verdad. Estaba casada con el hijo de un héroe y eso para ella era un honor.

El médico que atendía a Blanka Kojarska tenía la consulta en Brodnica, por lo que, en teoría, Janusz Rosół debía viajar a la ciudad. Se lo pensó un momento. Al fin y al cabo, Daniel no había precisado qué debía hacer, así que al final llegó a la conclusión de que bastaría con una llamada telefónica. No quería irse de Lipowo, ni siquiera por poco tiempo. No ahora que en su familia estaban ocurriendo tantas cosas. Quería estar cerca para tomar las medidas adecuadas en caso de necesidad. Por ejemplo, si volviera Paweł Kamiński.

Ewa probablemente había abortado, eso al menos había entendido por el confuso relato de Bartek. Rosół aún no sabía qué pensar de eso. Tenía demasiadas cosas en la cabeza en ese momento. Pero, por otro lado, empezaba a sentir que estaba vivo. Una extraña energía se había apoderado de él, y si bien tenía la sensación de que no lo iba a conducir a nada bueno, de momento quería aprovecharla lo mejor posible.

Se sentó cómodamente junto a su escritorio y marcó el número del médico de Blanka Kojarska. Comunicaba. Rosół colgó el teléfono dando un golpe. En la calle había cada vez menos nieve. Buena señal. Incluso le pareció oír el canto primaveral de los pájaros. Eso lo tranquilizó un poco.

Lo intentó de nuevo. Esta vez no tuvo que esperar demasiado.

—Consulta del doctor Sielski, dígame —dijo la voz agradable de una joven recepcionista.

Janusz se imaginó que estaría sentada tras un escritorio, con una sonrisa amplia y un poco forzada en su boca.

—Soy el subinspector Janusz Rosół, de la comisaría de Lipowo —se presentó con sequedad. Pensó que un tono frío y profesional causaría en la recepcionista la impresión adecuada.

—Buenos días —dijo ella, inmutable ante los esfuerzos de Rosół. Por su voz se notaba que seguía sonriendo. Se imaginó que llevaba la sonrisa pegada a su rostro permanentemente—. ¿En qué puedo ayudarlo?

—Quisiera hablar con el doctor Sielski. Es un asunto muy importante —recalcó Janusz Rosół—. Se trata de un asesinato, así que ya puede imaginarse que no es moco de pavo.

Al otro lado de la ventana revoloteaban los rayos del sol. Janusz deseó salir fuera y disfrutar del inesperado deshielo.

—Lo siento mucho, pero el doctor Sielski está atendiendo a un paciente, no puede ponerse. ¿Desea usted pedir hora para una cita?

—No quiero pedir una cita, hostias. Quiero hablar con él sobre un caso. ¡Ya!

Janusz volvió a sentir que no controlaba su nueva energía. No debería haber soltado un taco. Se giró turbado hacia la puerta, pero por suerte estaba cerrada. Esperaba que Maria no lo hubiera escuchado. A veces era un poco fisgona y no quería que se lo dijera a su hijo. Quién sabe cómo reaccionaría ahora que tenían encima a la tipa esa de Brodnica.

Rosół respiró despacio para calmarse.

La recepcionista del doctor Sielski callaba sorprendida. Su sonrisa por fin habría desaparecido. Janusz esperaba que dejara de actuar con el piloto automático y pensara por ella misma.

–Perdone que me haya alterado. –Decidió que una disculpa era la mejor salida a la situación–. Pero debe comprender que estamos ante un brutal asesinato. Es una cuestión de vida o muerte. Póngame con el doctor, por favor. No le robaré mucho tiempo, lo prometo.

–De acuerdo –contestó la chica, de cuya voz había desaparecido la amabilidad ensayada de antes–. Ahora le paso. Pero podría ser usted un poco más educado, no le haría mal.

Durante un momento Janusz Rosół estuvo escuchando una encantadora melodía que, al menos según algunos, tenía como objetivo amenizar la espera a los pacientes hasta que los atendieran. La música le resultaba extrañamente familiar, pero no podía recordar dónde la había escuchado, cosa que lo irritaba. Se atusó nervioso el bigote.

–¿Diga? –se escuchó por fin la voz grave y sonora del doctor Sielski.

Rosół se presentó y explicó en pocas palabras el motivo de su llamada.

–Tiene usted que entender, señor... señor agente...

–Subinspector Rosół –lo interrumpió Janusz sin pensarlo.

–Es cierto, subinspector Rosół, lo siento –rectificó el médico–. Tiene usted que entender que me lo impide el secreto profesional. No puedo decirle qué medicamentos le receté a la señora Kojarska. En teoría ni siquiera podría decirle que es mi paciente.

–*Era*. Era su paciente. ¿No comprende que estamos hablando de un asesinato? –Janusz notó que la energía se acumulaba de nuevo en su interior. Respiró despacio otra vez para controlarla antes de que fuera demasiado tarde–. Sabemos por el marido de la fallecida que usted era su médico. Sénior Kojarski ha pedido que nos lo cuente todo.

No era verdad, pero Rosół esperaba que funcionara. En realidad ni siquiera estaba seguro de si Sénior sabía que la policía estaba contactando con el médico de su esposa. Aunque, por otro lado, tenía interés en que se encontrara al culpable cuanto antes.

–Debe traerme un consentimiento por escrito o una orden judicial –le espetó el doctor.

Sonó como si fuera un cantante de ópera. Janusz nunca había estado en la ópera, pero así era como se lo imaginaba: una voz grave, profunda y atronadora, y una buena dicción. Como el doctor no había mordido el anzuelo, el policía decidió emplear otra estrategia.

–En la habitación de la víctima encontramos muchas cajas de las siguientes medicinas. –Sacó una hoja con sus notas y leyó los nombres–. ¿Confirma que estos medicamentos se venden con receta?

–Sí –dijo el médico dubitativo–. ¿Puede decirme adónde quiere llegar?

–Entonces, según usted, ¿cómo es posible que la fallecida se encontrara en posesión de tal cantidad de fármacos que se venden con receta? –Rosół contestó al doctor con una pregunta–. Se podría suponer que los consiguió por medio de su médico, que, como sabemos, era usted.

–No puedo... –empezó a decir Sielski nervioso.

–Sí, lo entiendo, no puede usted confirmar ni negar que fuera su médico. –Janusz terminó la frase por él–. ¿Es eso?

La nueva energía hacía que Rosół se animara cada vez más. Se sentía como un detective americano de alguna película de acción. Se enderezó sentado en su destartalada silla. Era hora de cambiarla. Esa antigualla no encajaba ya con él.

–Muy bien, usted gana –accedió resignado el doctor–. Yo era su médico, lo reconozco.

–Perfecto. –Rosół sonrió satisfecho de sí mismo. Se las había apañado muy bien con aquel medicucho–. Ya que nos va tan bien, quizá podría ahora decirme si le recetó esos medicamentos.

–Le receté solo uno de ellos. –El médico mencionó el nombre y Janusz lo anotó rápidamente–. Sufría insomnio y este fármaco ayuda a conciliar el sueño.

–¿Las demás pastillas también se las facilitó usted?

–De esas otras no sé nada –indicó de inmediato el médico–. Se las recetaría otro o bien las compró de forma ilegal.

–¿Es eso posible? –quiso saber Janusz.

–¿Está de broma? –En la voz del médico se percibía desconcierto.

–Bueno. –Rosół ignoró el comentario–. Sigamos. ¿Estos medicamentos pueden provocar adicción?

–Sí, sin duda. No se deben tomar durante un período demasiado largo.

–Pero los testigos afirman que Blanka Kojarska era adicta y tomaba las pastillas desde hacía mucho.

–Es cierto –suspiró Sielski–. Intentamos disminuir la dosis, pero si dice usted que tenía todos esos fármacos está claro que encontró la forma de obtenerlos por su cuenta. La lucha contra la adicción suele ser muy dura.

–¿Qué causaba el insomnio de la señora Kojarska?

–El insomnio a menudo acompaña estados de ansiedad o depresión. Esos medicamentos mitigan la ansiedad. Pero hay que tener cuidado porque, como le he dicho, causan adicción. Además pueden aparecer diversos efectos secundarios si se toman durante mucho tiempo.

–¿Se refiere a efectos secundarios aparte de la adicción?

–La adicción siempre implica la influencia perjudicial de una sustancia en el organismo –explicó el médico sin perder la calma–. Pero yo hablo de cuestiones prácticas, por ejemplo, que no se debería conducir después de tomar determinados fármacos. Entorpecen las aptitudes psicofísicas.

–Pero la señora Kojarska solía conducir –comentó Rosół.

–Traté de disuadirla de ello, pero no me hizo caso. No podía prohibírselo –se justificó nervioso el doctor Sielski–. Soy solo un médico. Le pedí muchas veces que no condujera. No es culpa mía. ¿Murió en un accidente de tráfico?

–Ya le he dicho que fue asesinada.

–Ajá. Es de veras terrible. Cuánto lo lamento –dijo el médico, aunque por su voz se notó el alivio que sentía al conocer ese dato.

–¿Qué otros efectos secundarios puede provocar el uso de estos fármacos? –continuó Rosół. El tema le parecía interesante.

–Insisto en que los efectos secundarios no tienen por qué aparecer siempre –repitió el doctor.

–Lo entiendo perfectamente, pero le ruego que me los especifique.

–Por ejemplo, se pueden presentar pesadillas durante el sueño, puede aparecer agresividad o irritación general. Al paciente le cuesta dormirse, pero cuando por fin lo consigue, sueña las peores cosas que uno pueda imaginar. También puede tener alucinaciones, así como mareos, trastornos de memoria, debilidad muscular o problemas respiratorios. Ese tipo de cosas.

–¿Y lo dice tan tranquilo? –espetó Janusz indignado. De nuevo no era capaz de controlar su energía–. ¿Recetáis esos fármacos a la gente? ¡Es un escándalo! ¡Como para confiar en los médicos!

–Hable usted con alguien que sufra de insomnio desde hace mucho y veremos qué le cuenta. Además, no he dicho que siempre aparezcan síntomas adversos. Es una posibilidad, pero no tienen por qué presentarse. Le hablo de ello porque usted me ha preguntado.

–¡Cuentos!

–¿Desea saber algo más? –preguntó Sielski–. Le recuerdo que tengo un paciente esperando. Además, no comprendo muy bien por qué me pregunta todo eso, es una información que puede encontrar en los prospectos e incluso en Internet, basta con escribir el nombre de los medicamentos en el buscador. Estoy perdiendo el tiempo. ¿Qué tiene que ver con el asesinato?

–De momento es todo –contestó Janusz Rosół–. Es posible que vuelva a contactar con usted.

El doctor cortó la comunicación sin despedirse.

–Gracias por su ayuda –dijo Janusz en voz baja, pero ya no oyó más respuesta que la señal telefónica.

No sabía si con el guante bastaría. Lo había dejado con mucha habilidad y vio que Weronika lo había encontrado, pero desconocía si le había contado algo a la policía. Estaba convencido de que la pelirroja debía ser castigada, aunque fuera con un objeto tan corriente como un guante. El miedo podía ser un castigo perfecto.

Que estuviera asustada. Durante un rato se deleitó con ese pensamiento. Que estuviera asustada.

Agnieszka Mróz, la criada de los Kojarski, salió de la habitación y cerró la puerta sin hacer ruido. Daniel Podgórski y Klementyna Kopp esperaban la llegada de Tomek Szulc. Era el único habitante de la casa con el que aún no habían hablado.

Klementyna bebía su refresco en silencio. No estaba muy comunicativa.

Poco después entró en el salón Tomek, «el chico para todo», como solían llamarlo los de la casa. Llevaba puesta una camisa ajustada que resaltaba su cuerpo escultural, moldeado con esmero. A Daniel le pareció que el chico tenía especial interés en que los policías se fijaran en su belleza.

–Tome asiento. –Podgórski señaló la silla colocada junto al sofá en el que estaban sentados.

Tomek Szulc miró a Daniel con desagrado. Podgórski se sintió incómodo, en contra de lo que él mismo esperaba. Se arregló la camisa y se enderezó, con la esperanza de que su aspecto pareciera un poco mejor, sobre todo en la problemática zona de la tripa.

–¿Sospecháis de mí? –preguntó Szulc de inmediato.

–Un momento, un momento, no vayamos tan deprisa, ¿eh? –dijo Daniel. Sonó más agresivo de lo que esperaba.

–¿Entonces a qué viene este interrogatorio?

–Mejor empecemos por el principio. ¿Serías tan amable de hablarnos de tus conquistas amorosas en esta casa? –preguntó Klementyna con el tono de una conversación normal y corriente–. ¿Eh?

–¿A qué se refiere? –replicó el chico.

Klementyna Kopp cerró la botella de refresco y miró fijamente a Tomek, que correspondió con una mirada similar. Pretendía dar la impresión de encontrarse muy relajado, pero en uno de sus párpados se apreciaba un leve temblor. Una pequeña grieta en su fachada de tranquilidad.

–Vale. Muy bien. Te diré que he tenido ocasión de echar un vistazo a tu interesante currículum. Conozco bien a los que son como tú, ¿sabes?

Daniel miró a Klementyna sorprendido. Ya había mencionado antes que sabía algo acerca de Tomek, pero Daniel no estaba al corriente de lo que pretendía su compañera. A Podgórski lo invadió una repentina ola de rabia. Ahora que empezaba a sentir que su colaboración con la comisaria Kopp iba cada vez mejor, resultaba que ella no había considerado oportuno compartir con él aquella información.

–Así que me gustaría escuchar datos concretos –le instó a Tomek la comisaria Kopp.

Daniel volvió a mirar extrañado a Klementyna.

–No sé de qué me está hablando –replicó furioso Szulc.

–No se puede decir que seas un santo, ¿verdad? Espera, ¿cómo se llamaba eso? ¿Acoso e intento de violación? –comentó Klementyna Kopp poniendo cara pensativa–. Sospecho que esos fueron los cargos que escuchaste en el tribunal. ¿O me equivoco?

–Fui eximido –murmuró Tomek apretando los dientes–. Soy inocente.

–No sé, no sé. Depende de cómo se mire. Yo más bien diría que cumpliste condena. ¡Pero! Volvamos a mi pregunta. Ya sabemos que has entablado relaciones íntimas con la encantadora Agnieszka. También probaste suerte con la señora Blanka Kojarska, ¿verdad?

–No solo con ellas dos... –comentó despacio Daniel Podgórski.

Klementyna le lanzó una mirada fugaz. Esta vez era ella la sorprendida.

–¡Todas lo quisieron! ¡Ninguna se me resiste! –gritó Tomek Szulc. La fachada de tranquilidad se vino abajo y fue sustituida por una sonrisa llena de satisfacción–. Ninguna se me resiste. Ni siquiera ese bomboncito de Weronika.

–Vale. Bien. Entiendo que tenéis un interés común en la persona de la hermosa Weronika –dijo Klementyna sin detenerse en el tema–. ¡Pero! Lo pregunto otra vez: ¿cuál es tu papel en este asunto?

–¡Me queréis enredar en todo esto! ¡Sé perfectamente cuál es vuestro plan! Pero yo no soy culpable –replicó Tomek fuera de sí, con el rostro congestionado–. Si no recuerdo mal este es un país libre. Todas esas tías vinieron a mí porque quisieron, yo no tuve que hacer nada. No maté a la rubia Kojarska. ¡A mí no me metáis en eso! Yo ya pagué por lo que hice. ¡Pensadlo bien! ¡Eso iría en contra de mis intereses! La han matado, y eso significa que no podré sacarle dinero. ¿Por qué iba yo a matarla? La necesitaba viva. ¡A mí dejadme al margen!

La comisaria Kopp miro a Szulc de reojo y después le hizo una señal a Daniel para que continuara con el interrogatorio.

–Trata de recordar la noche en que asesinaron a Blanka Kojarska –le pidió Daniel escondiendo aún más la tripa–. Fue hace tres días, el domingo. ¿Viste algo sospechoso?

–¡No vi nada! Estuve en mi habitación con Agnieszka. Me la estaba follando, por si queréis saberlo. Bueno, primero la agasajé con palabras tiernas y luego pasé a la acción. Siempre funciona, me cago en la puta.

–Absténgase de utilizar vulgarismos, por favor –le pidió Podgórski.

Tomek se encogió de hombros.

Daniel miró sus notas. Un momento antes, Agnieszka Mróz había confirmado la coartada de Róża Kojarska al decir que había estado con ella hasta la medianoche. Al parecer habían estado cosiendo.

–¿A qué hora fue, más o menos? ¿Puedes recordarlo?

–Estuvimos juntos desde las ocho o así. Había terminado de trabajar y me apetecía un poco de fiesta.

Podgórski miró a Klementyna. Las declaraciones de Tomek y Agnieszka eran contradictorias.

–Es decir, que estuvisteis juntos desde las ocho y después os echasteis a dormir –se aseguró Daniel.

–¡Lo acabo de decir, joder!

–Stop. Espera. Te aconsejo de todo corazón que no faltes a la verdad en tu declaración. Sobre todo teniendo en cuenta que tu situación no está muy clara.

–¡Pero si digo la verdad! ¿Qué más queréis? Podéis preguntarle a Agnieszka, ella lo confirmará todo.

Klementyna Kopp murmuró algo. Tomek miró a Daniel Podgórski con gesto interrogativo. Daniel carraspeó, él tampoco había entendido lo que había dicho la comisaria.

–¿Y cuando atropellaron a la monja? Fue el martes por la mañana, ¿lo recuerdas? –preguntó el policía–. ¿Viste algo extraño?

–Pero si ya tenéis a la culpable, lo vi en *nuestro-lipowo*.

–Me gustaría que te lo pensaras bien –añadió Podgórski.

Pareció que Tomek Szulc en efecto sopesaba durante unos momentos la pregunta del policía.

–Solo sé que fue Blanka la que se llevó el coche por la mañana –dijo al final el chico–. De eso estoy más que seguro.

–¿Blanka se llevó el Land Rover Discovery de Júnior Kojarski? –quiso asegurarse Daniel. A lo mejor la teoría de Janusz Rosół de que Blanka había atropellado a sor Monika resultaba ser correcta.

Tomek asintió sin vacilar.

–Sí. Recuerdo que la ayudé a subir, porque la puerta de ese coche está muy alta y yo quise ser *galante*. Estaba preparando el terreno. Recuerdo cómo me miró Blanka, con deseo –dijo Szulc dejándose llevar por su fantasía–. Solo me faltaban unos pocos días para lograr mi objetivo. Esperaba recibir regalos caros. Una amante rica siempre viene bien. Sobre todo una que se siente infravalorada por su esposo.

–¿A qué hora fue? –preguntó Daniel expectante.

–¿A qué hora fue qué?

–¿A qué hora ayudaste a la señora Kojarska a subir al coche el martes?

–No sé, quizá eran las ocho o quizá las nueve... En cualquier caso era a primera hora de la mañana, lo recuerdo. Yo tenía algunas cosas que hacer después.

–¿Dijo adónde iba?

–No. Aunque... –Tomek titubeó un instante–. Comentó algo sobre que tenía que solucionar unos asuntos, creo, pero no recuerdo si dijo exactamente qué. Para ser sincero, no me interesaba demasiado, como os podéis imaginar.

–¿Viste si trajo el coche de vuelta?

–No, eso no. La vi después charlando con Weronika en el bosque. Yo estaba limpiando de nieve el jardín. No sé de qué hablaban, pero hablaban de algo. Luego llegó Júnior Kojarski. Y ahí se quedaron charlando los tres. Encantador.

Se echó a reír.

–No sé de qué hablaban porque estaban demasiado lejos –repitió Tomek como si se hubiera quedado frustrado por ese hecho.

Daniel apuntó mentalmente que debía hablar de aquello con Weronika. ¿Habría sido Blanka la que atropelló a la monja? ¿Por qué? Nada encajaba. Esperaba que Wiera se decidiera a hablar y que se aclarara al menos una parte de las incógnitas.

Maria Podgórska se había quedado sola en la comisaría con Janusz Rosół. Todo estaba tranquilo y en silencio, como a ella le gustaba. Únicamente se oía el delicado susurro del ventilador del techo, que estaba conectado a pesar del frío que hacía fuera. En la comisaría no había buena ventilación, así que siempre lo ponían en marcha.

Se preguntó si podría salir un momento a la calle. Los teléfonos de momento no sonaban y Janusz no advertiría su ausencia. Calculó que estaría fuera a lo sumo una hora. La oferta que había recibido era muy tentadora y ella necesitaba el dinero. Sabía que Daniel se lo daría si se lo pidiera, pero no quería hacerlo. Se sentía culpable, pero no tenía otra salida. A fin de cuentas se trataba solo de una conversación. Solo una conversación, se dijo para consolarse.

Se puso el abrigo lo más disimuladamente que pudo y salió de la comisaría en silencio. Procuró caminar con normalidad, no quería parecer sospechosa. Miró hacia atrás, pensó que igual Janusz Rosół estaría asomado a una ventana de la comisaría observándola con expresión de reproche. Pero las ventanas estaban vacías, como ojos abiertos en la fachada azul de la comisaría. No se veía a Rosół por ninguna parte.

Maria aceleró el paso. Debía llegar cuanto antes al lugar del encuentro.

El viaje hasta Olsztyn duró más de lo que Marek Zaręba había imaginado. No todas las carreteras estaban limpias de nieve, y aunque en un momento determinado se desvió por un atajo, finalmente tuvo que dar media vuelta y continuar por el camino largo.

Cuando por fin llegó a su destino, frente a la puerta de la comisaría de Olsztyn lo esperaba ya Jan Mielczarek, que casi seis años antes se había encargado de las investigaciones en el caso de la muerte de Stefania Kojarska, la anterior esposa de Sénior Kojarski. Mielczarek resultó ser bajo y rechoncho. Su pelo era canoso por completo, a pesar de que su rostro aún parecía joven. Quizá hubiera encanecido prematuramente. Marek había escuchado algo a ese respecto.

–Hola. Soy el oficial Marek Zaręba –se presentó el joven policía estrechándole la mano–. Vengo de la comisaría de Lipowo. Gracias por acceder a dedicarme unos minutos.

–No hay problema. ¿Damos una vuelta? El tiempo acompaña y por hoy ya me he hartado de estar sentado. Te lo agradecería.

Marek también tenía el cuerpo algo agarrotado por el viaje, así que aceptó con gusto la propuesta de Mielczarek. Caminaron sin prisa por la calle.

–Te he preparado unas fotocopias de las actas del caso.

El policía le dio a Zaręba una carpeta fina.

–No hay mucho, como puedes ver. Cerramos la investigación con bastante rapidez –le aclaró–. Incluso podríamos decir que *muy deprisa*.

–¿Por qué? –quiso saber Zaręba.

–Por varias razones. Primero, todo apuntaba al suicidio. Segundo, Sénior Kojarski no deseaba que le molestaran demasiado. Sospecho que pagó a quien fuera necesario para que todo se desarrollara con mayor celeridad de lo habitual. –Mielczarek carraspeó, como si se hubiera dado cuenta de que había revelado más de la cuenta–. Fue hace varios años, supongo que ya puedo hablar de ello abiertamente, aunque no te voy a facilitar ningún nombre. Esto es más bien una conversación entre compañeros, espero que lo entiendas.

Marek asintió. No tenía intención de causarle problemas a nadie. Jan Mielczarek pareció algo más tranquilo tras la promesa de guardar discreción hecha por Zaręba.

–¿De qué modo falleció la señora Kojarska?

–Por una sobredosis de somníferos. Además, según el forense los mezcló con alcohol. Los testigos afirmaron que la mujer era adicta a esas pastillas, con que... Lo diré así: es bastante probable que se tratara de un suicidio.

–¿Recuerdas los nombres de los medicamentos?

–Todo está en el informe. Reconozco que no se me dan bien esas cosas. Ahora tengo tanto trabajo que a veces olvido hasta cómo me llamo –bromeó.

Marek Zaręba sonrió comprensivo y echó un vistazo rápido al informe. Los nombres de los fármacos le sonaban familiares, pero no estaba seguro de si eran los mismos que había en el dormitorio de Blanka.

–¿Fue Sénior Kojarski el que os informó de que su esposa era adicta?

–Creo que no. Debió de ser su hijo –contestó Mielczarek tras pensarlo un momento–. Si no me equivoco se llamaba Júnior. Sénior mencionó que su esposa tomaba somníferos, pero no habló de dependencia, al menos no de manera clara. Su hijo era más propenso a hacer confidencias.

–¿Estaba todo claro? ¿No tuvisteis ninguna sospecha de que no se tratara de un suicidio?

–No tuvimos ninguna sospecha. Todo apuntaba a que Stefania había tomado demasiadas pastillas y después había bebido alcohol. Por lo visto tenía estados depresivos y tendencia a ese tipo de comportamiento. Quizá lo hizo a propósito o quizá fuera un accidente. El forense tampoco observó nada sospechoso. Me refiero a que no encontró en el cuerpo ninguna huella no identificada ni nada por el estilo.

–¿Dejó una nota? –preguntó Marek.

–Ya veo adónde quieres llegar. Es cierto que la mayoría de los suicidas deja una nota de despedida, incluso hay estudios y estadísticas sobre el tema, pero no siempre es así. Los suicidas no necesariamente dejan notas –explicó Jan, y sonó como si repitiera las palabras de otro–. Stefania Kojarska no la dejó. Por eso yo creo que más bien se trató de un accidente. Recuerdo que el forense comentó entonces que ese medicamento no debía mezclarse con alcohol porque intensifica su efecto. Y se ve que ella lo hizo y pasó lo que pasó.

–Pero ¿no resultó sospechoso que Sénior Kojarski... pagara?

Mielczarek miró a Marek de reojo y aceleró el paso. Zaręba se dio cuenta de que había dicho una inconveniencia, pero era demasiado tarde para retirar las palabras.

–No me pagó a mí. En realidad no sé si pagó a alguien. Solo he comentado mis sospechas. –Mielczarek se puso a la defensiva–. Mis superiores me sugirieron que debía cerrar el caso con rapidez y declarar que había sido un suicidio. Como el asunto parecía claro no puse ninguna objeción. No necesitábamos añadir más burocracia a la que ya teníamos.

–¿Y es posible que alguien la... ayudara?

–Siempre existe esa posibilidad –reconoció el canoso policía–. Aquí hay un restaurante barato y bastante bueno. ¿Te apetece? Me ha entrado hambre y después no voy a tener tiempo para comer.

Mielczarek señaló un local situado al otro lado de la calle. A Marek le sonaron las tripas; últimamente comía poco. Eso más el estrés habían hecho que ahora toda su ropa pareciera demasiado grande. De repente sintió mucha hambre, así que aceptó encantado la propuesta. Al entrar, los aromas que flotaban en el ambiente provocaron que Zaręba ya no pudiera concentrarse en ninguna otra cosa.

Les atendió una camarera bajita con el pelo recogido en dos gruesas coletas.

–Como te decía –continuó Jan Mielczarek mientras esperaban sus platos–, existe por supuesto la posibilidad de que alguien ayudara a Stefania Kojarska. Alguien pudo administrarle una dosis extra de medicamento, por ejemplo en la comida o en la bebida, y después ella tomó su dosis habitual y bebió alcohol. Y ya tenemos la tragedia servida.

–¿El marido no advirtió que ocurriera algo? ¿Que se sentía indispuesta, por ejemplo?

–No. Tenían dormitorios separados –explicó Jan–, así que no la encontraron hasta la mañana siguiente. En realidad no fue por la mañana, sino a mediodía. No tenía la costumbre de levantarse temprano. Por esa razón nadie se preocupó cuando no fue a desayunar.

La camarera puso ante ellos los platos con la comida humeante mientras sonreía con amabilidad. Marek estaba encantado y probó enseguida la sopa. Hacía mucho que no comía una sopa de tomate tan buena. La mejor era la que preparaba su abuela, pero esta otra estaba casi a su altura.

–Ya te he dicho que aquí cocinan bien –comentó Jan Mielczarek.

Sin dejar de devorar el contenido del plato, Marek emitió un murmullo de satisfacción.

–¿Quién encontró a la víctima? –preguntó al cabo de un instante, con la boca llena.

–El hijo. Es decir, Júnior Kojarski. Su madre tardaba mucho en bajar y al final fue a buscarla a su habitación. Sénior no había querido molestarla, al menos es lo que dijo.

–¿Y eso no pareció sospechoso?

–Esa familia no está muy bien avenida, como ya habrás advertido. Tuve la impresión de que simplemente no se interesaba demasiado por su esposa. No pasaban mucho tiempo juntos. Al parecer ya le había echado el ojo a una mujer más joven.

Marek dejó la cuchara y suspiró con gran placer. Había saciado el hambre, al menos en parte, y ya podía dedicarle más atención a lo que estaban hablando.

–¿Recuerdas cómo se llamaba esa persona? –preguntó con interés, aunque estaba casi seguro de conocer la respuesta.

–Creo que se llamaba Blanka, pero en este momento no recuerdo el apellido –dijo Mielczarek sonriendo–. Una chica encantadora, eso no se me olvida. En fin, como ya he dicho, la gente hacía comentarios, así que supuse que Sénior Kojarski no estaba interesado en su mujer y no tenía ganas de verla. Por eso no fue él a buscar a Stefania a la habitación, sino su hijo.

–¿Recuerdas quién se encontraba en ese momento en la casa, aparte de Sénior y Júnior Kojarski?

–Estaba también la mujer de Júnior. ¿Cómo se llamaba? Llevaba un peinado estilo Cleopatra. Ya sé, Róża Kojarska. Creo que estaba embarazada.

–Sí, ahora tiene un hijo.

La camarera se llevó los platos de la sopa y trajo el segundo. Todo el tiempo mostraba su amplia sonrisa. Marek Zaręba apartó la mirada y clavó el tenedor en la chuleta. Era una comida tradicional y sencilla, pero él estaba disfrutando como si se tratara del mejor banquete. Hacía mucho que no comía tan bien.

Pagaron y se dirigieron de nuevo a la comisaría. El camino de vuelta pareció más corto. Unos minutos después ya se encontraban junto al Honda de Marek.

–Gracias otra vez –dijo Marek Zaręba, y se estrecharon la mano para despedirse.

–No hay de qué. Espero haber sido de alguna ayuda.

–Ya lo creo. Gracias.

–¿Sospecháis de Sénior Kojarski? –preguntó Mielczarek.

–Digamos que no lo descartamos.

–Prudente respuesta –comentó Mielczarek asintiendo–. Recuerda pedir el ticket en la gasolinera, no vayan a hacértelo pagar de tu bolsillo. No ganamos tanto.

24

Weronika Nowakowska estaba limpiando a *Lancelot* con una bruza de plástico. No era una tarea sencilla porque, a pesar de que el invierno aún no había acabado, el caballo había empezado a perder su pelaje. Los largos pelos de invierno se desprendían a puñados y debajo, reluciente, ya se veía la nueva capa, de un intenso color grafito. Weronika agarró otro cepillo.

–¿No es demasiado pronto para cambiar el pelo? –le preguntó al caballo–. ¡Todavía es invierno!

Lancelot resolló y siguió masticando heno como si tal cosa. Weronika usó una bruza metálica para limpiar el cepillo. Le daba la impresión de tener la cara llena de pelos del caballo. Un pelo se le pegó a los labios y se quitó los guantes para apartarlo de su boca. *Igor* entró en la caseta y se tumbó sobre un montón de paja.

–¿Están a gusto los señores? –preguntó Nowakowska riendo, y continuó limpiando a *Lancelot*.

Todo el día anterior lo había pasado meditando sobre su relación con Daniel, pero ahora le apetecía darse una vuelta por el bosque para vaciar su mente de temores innecesarios. Mientras hubiera nieve no tenía que preocuparse de que la tierra estuviera demasiado dura. Cuando ahorrara dinero se plantearía construir un picadero cubierto. Con el clima de Polonia, en invierno resultaba prácticamente imprescindible.

Le puso al caballo las bridas y lo ensilló. *Lancelot* la miró de reojo descontento: le gustaba mucho más la idea de seguir comiendo heno sin más complicaciones. *Igor* comprendió que iba a dar unas carreritas junto al caballo, así que se levantó y empezó a menear el rabo con alegría. Weronika se subió al caballo y se dirigieron al bosque.

En esta ocasión fue en dirección contraria a la del último paseo. Después de encontrar el cadáver de su vecina en el Claro de las Brujas, tendría que pasar mucho tiempo antes de que volviera a sentirse con ánimos para volver allí. Sus pensamientos se centraron de nuevo en Blanka Kojarska. Ahora estaba completamente segura de que, cuando se encontraron aquel martes, la rubia venía de la carretera, no de casa como ella dijo. Para ser más precisos, venía justo del lugar donde habían atropellado a la monja. Por otra parte, Weronika estaba también convencida de la inocencia de Wiera, a pesar de que la propia tendera había confesado ser la autora del atropello de sor Monika.

Nowakowska acortó las riendas y *Lancelot,* listo para correr, levantó las orejas. A pesar de que continuaron al trote, Weronika no prestaba demasiada atención al camino. Tenía que pensar. Según sus reflexiones, Blanka era quien había atropellado a la monja. Solo quedaba preguntarse si eso tenía alguna importancia, ahora que ya no vivía. Para Wiera sí que la tiene, se dijo. No puedo permitir que la encierren en la cárcel por algo que no ha hecho.

Sin embargo, era consciente de que necesitaba algo más concreto que unas simples conjeturas. Estaba segura de que ninguno de los policías haría caso de sus presentimientos y su intuición femenina. Debía conseguir pruebas sólidas. Detuvo el caballo y siguieron al paso, porque quería analizar una vez más todo con detenimiento.

Según ella, Blanka Kojarska se había comportado de manera extraña desde un principio. Es cierto que no la conocía demasiado bien, pero todo lo que decía, su comportamiento en general, resultaba sospechoso. Al menos no era lo que se podía esperar de ella. Weronika recordó los repentinos cambios de ánimo de Blanka. ¿Qué más había comentado? Weronika no podía acordarse de lo que habían hablado entonces en el bosque. Tenía la impresión de que en algún punto de la conversación se hallaba la clave. O al menos una de las pistas.

Lancelot se resbaló con la nieve derretida. Por un momento, Weronika pensó que se iban a caer, pero el caballo consiguió mantener el equilibrio. El corazón le latía deprisa. Al caballo también. Le dio unas palmadas tranquilizadoras en el cuello. Ese paseo no había sido buena idea. Al llegar a un cruce de caminos emprendieron el regreso.

Igor no parecía muy contento, quería seguir corriendo. Su pelaje dorado se había vuelto marrón por el barro.

Mientras atravesaban despacio el bosque, Weronika siguió reflexionando. Recordó la velada que pasó en casa de los Kojarski, cuando Róża les enseñó la página web de *nuestro-lipowo*. Al pensar en ello ahora, le pareció que Blanka Kojarska había reconocido el rostro de la monja y se le ocurrió que podía deberse a dos razones: o bien a que Blanka la hubiera atropellado unas horas antes, o bien a que la conociera de antes por algún motivo. O a lo mejor era por ambas cosas. A juzgar por lo que Daniel le había dicho, la policía seguía sin conocer la identidad secular de la hermana Monika. ¿Tenían algo en común esas dos mujeres?

Ya se encontraban cerca de casa. Entre los árboles podían verse las tejas rojas llenas de musgo que cubrían el tejado del viejo edificio. Se acordó del guante rosa. Cuanto más pensaba en él, más intensa y desagradable era la sensación de que sabía a quién pertenecía. No quería ni imaginárselo. Era posible que Blanka se lo dejara sin darse cuenta la última vez que estuvo allí, pero eso no parecía muy probable. Habían pasado varios días y alguien lo habría echado ya en falta.

La otra posibilidad era poco agradable. Muy poco agradable.

Weronika tuvo un escalofrío.

Wiera estaba sentada en una silla metálica en la sala de interrogatorios de la Comandancia Provincial de Policía, en Brodnica. El inspector Daniel Podgórski se fijó en que, por primera vez desde hacía mucho, la tendera llevaba el pelo bien peinado. Esto hacía que su aspecto fuera totalmente distinto. Casi no la reconoció. Su exótica belleza había palidecido. Ya no era una bruja, solo una mujer mayor cansada, normal y corriente.

En el informe que le entregaron sus compañeros de Brodnica ponía que la sospechosa se llamaba en realidad Alicja Kowalska. La magia y el misterio que rodeaban la figura de la tendera se esfumó de golpe. Wiera Roslonska había construido un mito en torno a su identidad. Alicja Kowalska no tenía raíces ucranianas, como a ella le gustaba contar. Sus padres procedían de Katowice. Su madre se llamaba Dorota y su padre Przemysław. Ninguno de ellos había sido multado ni habían destacado por nada en particular. Alicja sí contaba en su historial con varios delitos cometidos durante su juventud, pero no se trataba de nada importante.

Daniel cerró la carpeta y suspiró. Se sentía desorientado y, en cierto modo, decepcionado. Ya no estaba en absoluto seguro de si debía confiar en aquella mujer.

−¿Cómo se encuentra usted, Wiera? −A pesar de todo, se esforzó por ser amable. Decidió seguir usando el nombre que ella misma, por alguna razón, había elegido.

−Déjalo, Daniel −dijo la tendera con voz apagada, en tono de resignación−. Sabes muy bien que no me llamo así. Podemos enfrentarnos a la verdad cara a cara.

−Siempre la he llamado así, estoy acostumbrado, pero puedo llamarla como usted quiera, no hay problema −comentó Podgórski con tranquilidad, intentando que se relajara. Ella asintió.

−Entonces llámame Wiera. He usado ese nombre durante tanto tiempo que yo misma casi he llegado a creer que es el mío.

−Wiera, cuénteme la verdad −le pidió Daniel−. ¿Qué ocurrió con la monja hace una semana?

−Ya lo dije −contestó Wiera con firmeza−. Fui yo quien...

−Sabemos que Sénior Kojarski no le dio el Land Rover −la interrumpió Daniel. Ninguno de los testigos interrogados había confirmado la versión de la tendera en lo referente al coche. Podgórski había notado desde el principio que Wiera no decía la verdad, pero necesitaba demostrarlo de manera irrefutable−. Me engañó en ese extremo y me gustaría saber por qué.

La tendera siguió sentada en silencio, con los labios muy apretados. Su boca parecía una fina línea roja sobre el rostro pálido como la cera. A Daniel Podgórski le dio lástima, pero estaba allí para enterarse de la verdad. No podía enternecerse, debía hacer su trabajo.

−También sabemos que su hijo tiene coartada para el momento en que atropellaron a la monja −afirmó con calma.

Se había decidido a utilizar esa pequeña artimaña porque sospechaba que la tendera estaba encubriendo a Júnior. Quería eliminar el motivo por el que mentía. En realidad ninguno de los Kojarski tenía una coartada válida para el momento de los hechos. La afirmación de que todos estaban en casa prácticamente carecía de valor, teniendo en cuenta el carácter de la relación entre ellos. Vivían aislados entre sí y ninguno sabía lo que hacían los demás. Todos los miembros de la familia Kojarski pudieron abandonar en cualquier instante la residencia sin ser vistos.

La tendera miró fijamente al policía.

–Wiera, dígame la verdad, por favor –repitió Daniel con serenidad. No quería presionarla demasiado para que no se encerrara en sí misma, ocultándose de nuevo tras un muro de inútiles engaños–. Necesito su ayuda para castigar al *verdadero* autor. Dígame lo que ocurrió, por favor.

Wiera titubeó durante unos segundos. Daniel la miró con amabilidad. El tiempo se alargaba inmisericorde mientras mantenían aquella lucha silenciosa con sus miradas.

–Está bien –dijo finalmente la tendera–. Diré lo que pasó, ya que mi hijo es inocente.

Daniel Podgórski sonrió con intención de animarla. Esta vez esperaba escuchar la verdadera versión de los acontecimientos y así poder avanzar en la búsqueda del asesino de sor Monika.

–Fui a dar un paseo al bosque, como suelo hacer. El coche estaba abandonado en la cuneta. La monja yacía un poco más adelante. No consigo quitármela de la cabeza...

Se calló. Parecía que ya no iba a decir nada más. Se tapó los ojos con las manos, como si quisiera borrar la imagen de la muerta.

–¿Le traigo un vaso de agua? –preguntó Daniel–. ¿Wiera?

Ella negó con la cabeza.

–Continúe, por favor –le pidió Daniel en voz baja.

–Reconocí el coche de Júnior de inmediato. Lo había visto muchas veces, siempre conducía él. Supuse que había atropellado a esa mujer y que después había huido a través del bosque y había dejado el coche abandonado. A cualquiera le puede ocurrir. En un momento de pánico hacemos cosas sin pensar, ¿verdad?

Estaba conteniendo las lágrimas, tenía los ojos vidriosos.

–No quería que encerraran en la cárcel a mi hijo, así que me puse a limpiar el coche. Quería eliminar la sangre que había en gran parte del parachoques delantero. Un momento más tarde apareció Bartek

Rosół. Creo que iba a la parada de autobús, eso pensé entonces... Decidí aprovechar la situación. Sé que no debí involucrarlo en este asunto, es muy joven, pero en ese momento no pensaba con lógica. Le pagué para que llevara el coche a Brodnica, lejos del lugar del accidente. Esperaba poder ponerme en contacto con mi hijo para contarle dónde estaba el coche y lo que había hecho por él. Quería decirle que no debía preocuparse, pero resultó imposible. No me lo permitieron. Rechazaban mis llamadas, y cuando fui a la mansión esa ordenaron a Tomek que no me dejara pasar. Tomek Szulc es un buen chico, pero tuvo que hacer lo que le ordenaron. Lo comprendo y no se lo reprocho.

A pesar de sus palabras, su voz reflejó cierta amargura.

–He cometido muchos errores en mi vida, Daniel, pero el peor ha sido entregarles mi hijo a los Kojarski.

–Usted pensó que hacía lo que debía –la consoló Daniel–, que de esa manera le aseguraba una vida mejor. Es comprensible.

–Tonterías. No tienes que fingir. Sé perfectamente lo que piensas de esto. Sabía de sobra que actuaba mal. Los conocía, trabajaba en su casa. Eran iguales que ahora. No es el mejor ambiente para un niño –insistió Wiera–. A decir verdad, entregarlo era lo que me resultaba más cómodo. Era joven y no quería cargarme con la responsabilidad de cuidar a un niño. Era la época de los *hippies,* y yo deseaba ser libre. Además, me pagaron mucho dinero, durante varios años no tuve que preocuparme de nada.

Al final, las lágrimas contenidas se desbordaron y corrieron por su cara.

–Daniel, no sabes lo que es vivir durante tantos años con remordimientos de conciencia. Y quise compensarle por todo eso, quise cargar con su culpa.

–Entonces, ¿se retracta de su anterior declaración, cuando dijo que usted había atropellado a la monja? –preguntó Daniel por pura formalidad. Quería tenerlo grabado, para que a nadie le quedaran dudas después.

–Sí. Yo no lo hice. Y si dices que mi hijo tampoco, entonces no sé quién pudo hacerlo. El coche estaba vacío cuando lo encontré.

De pronto Podgórski recordó algo.

–Muchas gracias por su ayuda, Wiera. Creo que el fiscal no la retendrá aquí por más tiempo. Espero que vuelva usted pronto a Lipowo. Se la echa de menos allí.

–Allí se echa de menos a la misteriosa Wiera, pero no sé si habrá sitio para una Kowalska vulgar y corriente. –La tendera parecía otra vez amargada–. Seguro que Solicka ya tendrá la tienda abierta, ¿no?

–Sí, está en ello –reconoció Daniel Podgórski–. Por lo que sé, planea una inauguración por todo lo alto para esta tarde.

–Lo imaginaba, lo imaginaba.

–Pero usted tiene una clientela fiel –trató de consolarla el policía.

–Por mí no te preocupes, Daniel. Wiera siempre cae de pie.

Julka estaba orgullosa de sí misma. Ahora ella también tenía un amante adulto. Bueno, casi… Ya faltaba poco. ¡Y no era un cualquiera! Era prácticamente igual de bueno que el de Ewa, si no mejor, pensaba la chica muy satisfecha. Igual de prestigioso. Lástima que él no quisiera dar a conocer su relación. En fin, los secretos también tenían su encanto.

Se vistió con la ropa más *sexy* que tenía. A él le gustaría, seguro. Salió de casa con sigilo, sin que sus padres se dieran cuenta. Tenía sus métodos para hacerlo, ya no era una niña. A pesar de que había subido la temperatura, temblaba de frío: una falda corta y unas medias de encaje no eran el mejor atuendo invernal. Pero merecía la pena sufrir un poco por su amante, se dijo. Y echó a andar por la nieve mojada.

El subinspector Janusz Rosół se tomó un mar de café más un pequeño suplemento y se sintió inesperadamente activo. La energía desconocida que había notado en los últimos días aparecía y desaparecía de buenas a primeras, pero era algo que ya no lo molestaba.

Llamó a casa varias veces, pero ninguno de los chicos contestaba. Esto lo intranquilizó un poco, así que se fue a por otra taza de café. El corazón le latía deprisa. Demasiado deprisa. Decidió que lo mejor sería ir a casa y comprobar qué ocurría. No estaba del todo seguro de lo que haría si no encontraba a nadie, aunque a decir verdad tampoco estaba seguro de qué haría si su hija y su hijo se hallaban en casa. Ya se preocuparía por eso más tarde.

Al atravesar el pasillo se fijó en que no se veía a Maria por ninguna parte. ¿Sería posible que hubiera salido sin decirle nada? No era típico de ella. Le tendría que haber informado. Más aún: tendría que haberle pedido permiso. En ausencia de Daniel Podgórski, él era el funcionario de más alta graduación. De repente se dio cuenta de que en realidad él siempre había tenido la graduación más alta. La energía le empezó a sugerir que él debería haberse convertido en jefe de la comisaría. Había sido un error renunciar al puesto, resultaba evidente que era el mejor preparado para ocuparlo. Daniel aún estaba muy verde, no poseía ninguna experiencia, ninguna.

De pronto sonó de manera estridente el teléfono del despacho de Podgórski. Janusz se agarró la cabeza, le parecía que le iba a estallar. Por suerte, al cabo de un momento, el timbre le pareció ya menos insoportable.

Rosół miró a su alrededor. Maria seguía sin aparecer por ninguna parte. El fax de la recepción empezó a expulsar hojas. El teléfono seguía sonando. Janusz tomó una decisión sin pensarlo más: abrió la puerta del despacho con ímpetu y levantó el auricular.

–¡Diga! –gritó con un tono que él consideró autoritario. Así tenía que sonar la voz del jefe de la comisaría.

–¿El señor Daniel? –El hombre que había al otro lado de la línea parecía sorprendido.

–Daniel no está. En su ausencia estoy yo al mando –dijo Rosół con altivez–. ¿Con quién hablo?

–Soy Zbigniew Koterski, el forense. Ya he realizado la autopsia al cuerpo de Blanka Kojarska. Os acabo de enviar el informe por fax. –En la voz del médico aún se notaba cierta extrañeza–. Siempre he hablado con el señor Podgórski de estos temas. ¿Con quién tengo el gusto?

–¡Es *usted* quien debería presentarse! –replicó Janusz Rosół enfadado. ¡Iba a tener que enseñarle modales a aquel caballero!

–Pero si lo he hecho hace un momento. No comprendo su nerviosismo. ¿Con quién hablo exactamente?

La voz de Koterski le resultó a Janusz muy irritante. Notó que volvía a perder el control sobre sí mismo. Quizá necesitara unas vacaciones. En cuanto se cerrara el caso tendría que descansar. Se podría llevar a los chicos a algún sitio, a lo mejor al extranjero. Nunca habían salido del país. Costaría bastante dinero, pero solo se vive una vez. Sonrió satisfecho pensando en sus planes.

–¿Me oye usted? –El médico se estaba impacientando–. ¡Oiga! ¡Oiga!

Janusz salió de su ensimismamiento, y la realidad volvió con redobladas fuerzas. Los colores se le antojaron vivos y hermosos. Ziętar le había dicho que esas pastillas podían producir efectos de ese tipo. Si le iban a ayudar a dejar el alcohol, mucho mejor, pensó el policía. Se había tomado algunas más de las que le había dicho ese matón. A fin de cuentas, Ziętar no era médico, ¿qué podía saber del tema?

–Bueno, vale. Gracias –murmuró Rosół–. Adiós.

Colgó el teléfono sin esperar respuesta. Fue corriendo al fax, quería ser el primero en leer el informe. Agarró las hojas y se sumergió en la lectura. Ni siquiera se dio cuenta de que Maria había vuelto.

–¿Qué tienes ahí, Janusz? –preguntó.

Parecía fatigada. Su respiración pesada resonaba amplificada en la cabeza de Rosół. El policía tenía la impresión de que su oído había mejorado. Aquellas pastillas hacían milagros.

–Es el informe del forense sobre la muerte de Blanka Kojarska.

–¿Qué dice? –preguntó ella con curiosidad.

–Blanka murió degollada, pero todas las heridas que presentaba su cuerpo se las provocaron cuando aún vivía. –Janusz se estremeció al pensar en aquella mujer y en sus últimos momentos de vida–. El médico ha encontrado unas cincuenta heridas punzantes, además de cortes por todo el cuerpo. Las heridas más grandes se ubican en la espalda, a la altura de los omóplatos, donde recortaron fragmentos grandes de piel. Todas las heridas fueron hechas con un cuchillo afilado o con un arma similar. Aquí pone que se trata de un arma distinta a la utilizada para matar a la monja. Lástima. Yo también pensaba que ambos casos estaban relacionados de algún modo.

–¡Dios mío! –Maria se dejó caer en la silla–. Es increíble. ¡En mi vida había oído nada tan horrible! ¡Cuánto debió de sufrir esa pobre mujer!

349

–Y eso no es lo peor. –Rosół no sabía si decírselo. Le resultaba un poco embarazoso–. El asesino le clavó el cuchillo también en la vagina. Maria sintió que un escalofrío recorría su cuerpo.

–¿Y aún... aún vivía cuando le hicieron eso?

–El forense dice que lo más probable es que primero le causaran las heridas del cuerpo, después la degollaran y por último le clavaran el cuchillo. Posiblemente aún vivía. Todo tuvo lugar en aquel claro del bosque, por eso había tanta sangre allí. Usted misma lo vio.

Maria permaneció en silencio. Por un momento, Janusz Rosół pensó que la mujer se iba a desmayar. Su mente acelerada sopesó varias opciones. Una parte de él quería tirar al suelo a aquella gorda desconocida. Pero enseguida apartó ese pensamiento. ¡Era la señora Maria! Tenía que mantener la calma. Respiró hondo y funcionó. Se sintió mucho mejor.

–Daniel, Marek y tú tenéis que encontrar al que lo hizo. –La voz de Maria sonó algo más firme–. Ese monstruo no puede quedar en libertad. No podemos permitirlo.

–Por supuesto que lo encontraremos –le aseguró Rosół, aunque él mismo no estaba convencido de que fuera posible.

Pasó las hojas del informe y el ruido del papel le resultó insoportable. Lo dejó sobre la mesa. Maria lo agarró y empezó a leerlo. Rosół apenas pudo contenerse para no taparse los oídos.

–¿Crees que ella se defendió?

–En la sangre de la víctima había restos de una sustancia que se llama temazepam. Ya estoy un poco familiarizado con este tema –dijo Janusz Rosół orgulloso. A lo mejor la conversación con el médico no había sido una pérdida de tiempo, después de todo–. Es un componente de los somníferos. La víctima quizá estuviera bajo sus efectos. Pudo provocar que sus reacciones fueran más lentas y es posible que por eso no se defendiera con mayor efectividad.

Maria negó con la cabeza, no daba crédito a lo que oía.

–¿Qué está ocurriendo en el mundo? –preguntó.

Ewa Rosół estaba furiosa. Se había dado una vuelta por el pueblo y nadie se había fijado en ella. Mierda. Mierda. Mierda. ¡Mierda! Tantos esfuerzos para nada, ni una mirada. Y encima lo de Julka.

¿Con quién estaba liada? ¿Qué podía ver en ella un tío mayor? Ni siquiera tenía buenas tetas. Ewa estaba muy orgullosa de las suyas. De repente vio a Julka. Parecía que trataba de pasar desapercibida. Iba por el campo con medias negras de encaje. Resultaba patética, pensó Ewa sonriendo con desdén. Su amiga no tenía en absoluto el aspecto de una mujer refinada como ella.

–¿Adónde irá? –murmuró. A pesar de todo se moría de curiosidad. Entonces comprendió lo que pasaba y se frotó las manos. Julka no quería decirle quién era su amante, pero lo descubriría igualmente. Seguiría a su amiga; también ella sabía ocultarse muy bien.

La comisaria Klementyna Kopp se comió un tentempié tardío en el interior de su pequeño Skoda. No estaba de buen humor y no le apetecía almorzar con los policías locales. En realidad no le gustaba comer en compañía. Desde pequeña odiaba las fiestas y las reuniones familiares. Sentarse a la mesa y hablar la aburría profundamente.

Se comió una chocolatina demasiado dulce. Se sacudió los restos, que cayeron al suelo del coche, y llamó a la Comandancia Provincial. Ordenó que comprobaran el registro de llamadas de Blanka Kojarska. Esperaba encontrar algo interesante. Había que reconocer que resultaba frustrante lo poco que habían conseguido hasta entonces. El asesino no les había dado la posibilidad de demostrar sus dotes. De momento no había cometido ningún error, y ese tipo de situaciones no eran frecuentes. Normalmente se enfrentaban a casos de homicidio emocional, en los que uno de los miembros de la familia mataba a otro. En tales ocasiones todo estaba más o menos claro. Pero ¿este caso? A lo mejor de ahí le venía su mal humor. O quizá fuera por Teresa. Klementyna prefería no pensar en ello, pero quizá fuera realmente el final... Teresa.

De pronto sonó el teléfono. Sacó el móvil del bolsillo y miró la pantalla. Era pequeña y en ella no se leía bien. Fea pero infalible. A duras penas descifró que llamaba el jefe de los técnicos de criminalística. Al final tendría que encargar unas gafas para ver de cerca. Era lo que tocaba.

–Hola –dijo la comisaria con cierta sequedad–. ¿Tenéis ya algo sobre el bolso?

–Aún no, señora Kopp –contestó el técnico, pronunciando su apellido de esa manera que tan poco le gustaba a ella, aunque esta vez decidió no comentar nada al respecto.

–¿Y?

–Hemos examinado la casa de los Kojarski –informó el técnico–. Quería hablarle de los datos más importantes antes de enviarle el informe.

Klementyna quedó a la espera. El técnico carraspeó indeciso.

–¿Me lo vas a contar o qué? No tengo todo el día.

–En la habitación de Blanka Kojarska no había nada fuera de lo común –explicó el técnico–. No sé si será importante, pero hemos encontrado allí huellas dactilares de todos los habitantes de la casa menos de Tomek Szulc. O no ha entrado nunca o usó guantes. Las huellas dactilares de Róża Kojarska estaban solo en el baño, en ningún otro sitio. Las demás personas tocaron diferentes objetos en diferentes lugares del dormitorio. Las huellas más abundantes eran las de Agnieszka Mróz, la criada que trabaja en la mansión. Es comprensible, puesto que se encargaba de limpiar el cuarto. Lo ha tocado prácticamente todo. Hemos encontrado también un conjunto de huellas dactilares que no pertenecen a ninguna de las personas de la casa. No es que sea algo extraño, pudo dejarlas cualquiera. Eran más bien antiguas, estaban borrosas. Yo no le daría demasiada relevancia a eso.

–Stop. Espera. ¿Dónde habéis encontrado esas huellas no identificadas? –Klementyna todavía no sabía si ese detalle tenía importancia, aunque era de la opinión de que todo se debía tener en cuenta.

–En la parte baja del picaporte exterior de la puerta –informó el técnico–. Un sitio bastante popular, por así decirlo. Muchas personas tocan el picaporte. Incluso me extraña que hubiera allí tan pocas huellas.

–Vale. Bien. ¿Y qué hay de los papeles de la chimenea?

Klementyna Kopp miró la hora. Faltaba poco para empezar la reunión vespertina en la comisaría de Lipowo.

–Lo único que puedo decir es que todas esas hojas fueron quemadas a la vez. Había muchos sellos postales. En uno de los sobres encontré hasta diez. Ese fragmento se había quemado poco. El resto en realidad estaba carbonizado, así que poco puedo decir en lo referente al contenido. Sin embargo, los sellos sugieren que se trataba de cartas, tal como usted dijo, señora Kopp. –Klementyna sospechaba que el técnico la llamaba así a propósito, para irritarla. A pocos les caía bien, después de todo era «malvenida»–. Es posible que la misma Blanka las escribiera, porque no he visto matasellos por ninguna parte. Al menos en el sobre mejor conservado no los había. Quizá no le diera tiempo a enviarlas o, por alguna razón, renunció a hacerlo.

–Está bien. No ha ido nada mal. No pensé que pudierais hacer gran cosa con esas cartas. No tenían muy buena pinta cuando miré en la chimenea.

–Encontramos otra hoja quemada más cuando registramos el resto de la casa. Estaba en la sala del sótano, donde tienen la mesa de billar. En ella aparece escrita la palabra «Mariposa». No sé si había más texto, es lo único que no se quemó.

–¿Mariposa? –comentó extrañada Klementyna Kopp.

–Sí. Es posible que tenga relación con el caso, porque también hallamos un sobre quemado. En él había dieciséis sellos.

La sala del sótano era el reino de Júnior Kojarski. Klementyna Kopp decidió que iba a hablar otra vez con él. Era probable que supiera algo más acerca de las cartas. A lo mejor el propio Júnior tenía algo que ver con ellas.

–Vale. Bien. Una preguntita más: ¿algo interesante sobre el lugar del crimen? ¿Algo nuevo?

–Seguro que el forense ya le ha practicado la autopsia al cuerpo de Blanka Kojarska, pero nosotros no tenemos nada de particular. El crimen fue cometido sin duda en el claro, pero las huellas de pisadas, si es que las había, quedaron borradas por las pisadas posteriores –dijo el técnico en tono de reproche–. Cuando llegamos nosotros ya había allí un montón de gente. No es necesario decir que así no se hacen las cosas, señora Kopp. El lugar del crimen debe permanecer lo más intacto posible hasta nuestra llegada. Se podrían haber destruido pruebas importantes.

–Hmm... –murmuró tan solo la comisaria. No tenía ganas de entrar en discusiones ni de explicar que ella no estaba allí en aquel momento, cosa que el técnico sabía perfectamente.

–En fin... Espero que valoren la rapidez con la que estamos actuando en este caso. Si no, les habría tocado esperar en la cola. He adelantado el trabajo especialmente para usted, señora Kopp.

Estaba claro que el técnico esperaba algún elogio.

La comisaria Kopp cortó la comunicación. No tenía sentido continuar hablando.

Se enrolló su gran bufanda alrededor del cuello y salió del coche. Saltó por encima de un charco de nieve derretida y entró en la comisaría. Los policías ya la estaban esperando. La recepcionista Maria Podgórska había vuelto a preparar un pastel. ¿Sería tarta de queso? Parecía tratarse de una costumbre local. Klementyna nunca había aprendido a hacer pasteles.

–Acabo de hablar con los técnicos –comentó la comisaria sin disculparse por el retraso. Después resumió en pocas palabras su conversación.

–¿Mariposa? –preguntó Daniel Podgórski extrañado.

–Como has oído –afirmó Klementyna Kopp sentándose junto a la mesa. Marek Zaręba se apartó un poco de ella–. En la sala de billar suele estar Júnior Kojarski, así que habrá que hablar con él del tema.

–De acuerdo. Sigamos adelante –dijo Daniel Podgórski–. Para empezar os voy a contar lo que sacamos en claro de los interrogatorios a Agnieszka Mróz y a Tomek Szulc.

Daniel relató brevemente las declaraciones de los empleados de la mansión.

–¡Entonces uno de ellos nos ha engañado! –gritó Marek–. ¿Quién? ¿Y por qué?

–En teoría, Agnieszka Mróz parece la más creíble –dijo Podgórski–. Tomek tiene antecedentes penales. Pero en mi opinión, en este caso es Tomek el que dice la verdad. Al menos es la sensación que me ha dado. ¿Tú qué piensas, Klementyna?

La comisaria Kopp asintió.

–Si Tomek ha dicho la verdad y la criada pasó con él toda la tarde, entonces seguimos sin saber dónde estuvo Róża Kojarska cuando asesinaron a Blanka el domingo por la tarde –argumentó Marek Zaręba.

–Exacto, Peque –convino Klementyna–. Volveré a hablar con Róża esta tarde. Es mejor comprobarlo que lamentarse después. No me gusta que me engañen.

–¿Quieres que vaya contigo? –preguntó Daniel Podgórski. En su voz se notó un leve titubeo.

–Tranqui, ya voy sola –contestó la comisaria.

Recordó que el policía había dicho algo de una celebración en el pueblo esa tarde. La apertura de una tienda o algo similar. Quería darle un poco de vidilla al chico, que se divirtiera mientras fuera joven.

El rostro de Daniel se iluminó con una amplia sonrisa.

–Gracias. Le prometí a Weronika que iríamos a la inauguración de la tienda de la señora Solicka –reconoció Podgórski.

Klementyna Kopp se encogió de hombros. Le envidiaba un poco por tener a alguien con quien ir a algún sitio, al contrario que ella. Teresa...

–Pero vayamos al grano –continuó Daniel–. El siguiente asunto es el propio Tomek Szulc. Klementyna ha descubierto que fue condenado por acoso e intento de violación.

–¡Toma ya! Eso nos podría facilitar las cosas. Al parecer es habitual que alguien así vuelva a intentarlo, ¿no? –preguntó Marek Zaręba entusiasmado–. Quizá el caso resulte más sencillo de lo que creíamos.

Klementyna salió de su ensimismamiento. No era momento para perderse en los recuerdos.

–Stop. Espera. Puede ser así. ¡Pero! No corramos demasiado. A mí me interesa mucho más lo que Tomek Szulc dijo acerca de Blanka. Insinuó, y no con mucha sutileza, que era Blanka la que conducía el Land Rover de los Kojarski. Fue así, ¿verdad, Daniel?

–Es cierto, eso afirmó –contestó Podgórski–. Quizá al final resulte que las muertes de sor Monika y Blanka sí están conectadas. Ya no sé qué pensar de todo esto. Pero ¿por qué habría de matar Blanka Kojarska a sor Monika? ¿Por qué habría de acuchillarla y después atropellarla varias veces de manera tan brutal? ¿Se encontraron por casualidad o se habían citado? ¿Tenían algún vínculo común?

Daniel Podgórski abrió los brazos en señal de desesperación. Las preguntas se multiplicaban sin fin, al contrario que las respuestas. Todos se quedaron callados, sumidos en sus pensamientos.

–Yo también tengo noticias interesantes. –Marek Zaręba rompió el silencio y resumió su conversación con Jan Mielczarek, el policía de Olsztyn.

–Es decir, que, igual que Blanka, la anterior esposa de Sénior también era adicta a los somníferos –comentó Daniel–. Resulta un poco extraño que las dos esposas de Sénior tuvieran el mismo problema. El mismo marido, el mismo problema... En este caso empieza a haber demasiadas coincidencias y similitudes. No me gusta.

–Tras la muerte de su anterior esposa debería estar sensibilizado con ese tema –intervino Maria–. ¿Por qué no reaccionó cuando vio que su actual esposa tomaba esas pastillas? Cualquier marido normal se habría alarmado y habría intentado acabar con eso. Al menos es lo que yo creo.

Maria miró con cautela a Klementyna Kopp. La comisaria estaba bebiendo su refresco.

–A mí también me parece sospechoso –volvió a intervenir Marek Zaręba–. Sobre todo el hecho de que la esposa de Sénior muriera cuando ya había empezado a tontear con Blanka. A lo mejor quiso librarse de Stefania para hacerle sitio a Blanka, ¿no? Además, al parecer entonces pagó para que se cerrara el caso, y ahora trata de hacer lo mismo.

Nadie comentó nada tampoco esta vez.

–¿Qué nos puedes decir de los somníferos, Janusz? –preguntó Daniel Podgórski.

Janusz Rosół dio un respingo, como si lo hubieran despertado en medio de un sueño.

–En realidad poca cosa, aparte de que producen adicción y de que tienen un montón de efectos secundarios –contestó Janusz balbuciendo y algo nervioso. Carraspeó y se atusó el bigote–. Ahora que lo pienso, el médico dijo que no se debería conducir después de tomar esos fármacos. ¿Y si Blanka se durmió al volante y atropelló a la monja? Tendríamos solucionado el primer caso.

–Eso habría sido posible si a la monja la hubieran atropellado solo una vez –dijo Daniel en desacuerdo–. Si Blanka se hubiera quedado dormida, no hubiera atropellado varias veces a sor Monika. Y no olvidemos que primero la monja fue herida con un cuchillo.

–Quizá Blanka estaba nerviosa y reaccionó con demasiada violencia –insistió Janusz. Todos lo miraron extrañados. Klementyna sonrió de oreja a oreja–. ¿Qué pasa? Cualquiera puede perder el control sobre sí mismo a veces, es algo normal. A lo mejor la puso nerviosa su marido, por ejemplo. O no, tengo una idea mejor. Quizá estaba enfadada con Júnior Kojarski porque quería cortar con ella, por eso se montó en su coche y atropelló adrede a la monja para que las culpas recayeran sobre él.

Rosół sonrió satisfecho de su idea, pero los demás no parecían muy convencidos.

–Pero ¿cómo iba a saber que la monja pasaría precisamente por allí? Eso no tiene sentido.

–¡Pues a lo mejor no lo sabía y fue una casualidad! ¡Suele ocurrir! –gritó Janusz.

–Stop. Espera. ¿Sugieres que Blanka salió de casa con la esperanza de conseguir atropellar a alguien para echarle la culpa a Júnior Kojarski? –preguntó la comisaria Kopp lentamente. Se esforzó para que el tono sarcástico quedara bien patente. Dudaba que de otro modo Janusz Rosół pillara la indirecta. Había visto más de una vez unos ojos como los suyos...

–Bueno, no sé –contestó Rosół desdiciéndose–. En cualquier caso, esos medicamentos por lo visto pueden provocar una gran agresividad... Así que quizá se puso nerviosa, como he dicho.

–¿El médico le recetó esas pastillas? –quiso saber Daniel.

–Sí... Es decir, solo uno de los medicamentos. Niega haber recetado el resto.

–O sea, que todavía tenemos que esclarecer de dónde los sacaba.

Janusz Rosół asintió levemente.

–Tengo ciertas sospechas... Ah, sí, y hemos recibido el informe del forense –añadió–. He hecho copias para todos.

Janusz repartió las hojas y resumió en pocas palabras lo que decía el informe. Cuando acabó parecía orgulloso de sí mismo. Todos habían escuchado horrorizados su relato de lo que había llevado a cabo el asesino.

–¿Heridas en la espalda? –murmuró Klementyna Kopp–. ¿Se llevó la piel?

–¿Perdón?

–Pues eso, que si se la llevó. Dices que en la espalda, a la altura de los omóplatos, recortaron la piel y dejaron dos heridas abiertas. Me pregunto si el autor se llevaría la piel.

Klementyna repasó rápidamente el informe. El forense mencionaba que en el lugar del crimen no se habían hallado los fragmentos de piel de la espalda. Aquellas piezas conformaban un elegante conjunto. Eso al menos opinaba la comisaria Kopp.

–Es horrible –comentó Marek–. Ese tío está enfermo. ¡Un hombre normal jamás haría eso!

–Stop. Espera. Primero, no sabemos si se trata de un asesino o de una asesina. Segundo, define lo que es normal, Peque. No cabe duda de que tal comportamiento es enfermizo, pero con toda probabilidad esta persona parece totalmente corriente, quizá tenga una familia y una vida normal. Fijaos en que hasta el momento no ha cometido errores. No se trata de un demente. Al menos no en el sentido de alguien que corre por ahí con un hacha o de un loco baboso. Seguro que todo lo que hace tiene para él una explicación lógica. No lo olvidemos, ¿eh?

–Estoy de acuerdo –dijo Daniel Podgórski–. Deberíamos analizar con detenimiento todo lo que le hizo a Blanca. Quizá esa sea la clave para comprender quién es el asesino. ¿Por qué hizo cortes en su cuerpo, clavó el cuchillo en la vagina y extrajo la piel de la espalda? Y si hizo todo eso, ¿por qué no le destrozó la cara?

–Da la impresión de que alguien la odiaba y quiso infligirle un castigo definitivo –sugirió Marek–. El cuchillo en la vagina puede simbolizar una relación sexual. Ya sabemos que Blanca Kojarska llevaba una vida bastante licenciosa. Aunque por otro lado, no se han encontrado restos de esperma, así que quizá no se trataba de eso.

–Vale. No se han encontrado restos de esperma –dijo la comisaria Kopp asintiendo. Los policías sacaban conclusiones demasiado deprisa y en cambio no veían cosas más evidentes–. Pero eso no significa nada. El autor pudo masturbarse más tarde. A veces es así, ¿no?

Los hombres se miraron algo turbados. Klementyna se rio por lo bajo.

–Es decir, que quizá fue castigada por tener relaciones demasiado a menudo –retomó al cabo de unos segundos su argumento Marek Zaręba–. A lo mejor alguien quiso castigarla porque ella lo engañaba. Entonces pudo ser... Sénior, Júnior o Tomek.

–¿Y qué pensáis del arma homicida? –preguntó Daniel–. Al parecer tenemos dos cuchillos diferentes, uno con el que apuñalaron a la hermana Monika y otro con el que hirieron a Blanka Kojarska. ¿Significa eso que estamos ante dos asesinos distintos? ¿O quizá sea solo uno, pero que dispone de varios cuchillos?

De nuevo se hizo el silencio. Klementyna Kopp sacó de la mochila otra chocolatina y la desenvolvió ruidosamente. Maria le ofreció una vez más su tarta, pero la comisaria la rechazó. No se esforzó por ser amable al hacerlo.

–¿Qué hay de Wiera? –preguntó algo desencantada Maria al cabo de un rato, rompiendo así el silencio.

–Se encuentra bien, mamá. Seguramente el fiscal Czarnecki decida ponerla en libertad. Ha rectificado su anterior declaración y ahora no hay nada que la señale como culpable. Afirma que encontró el coche abandonado en el bosque, el Land Rover de Júnior Kojarski, y que quiso ayudar a su hijo. Suena bastante coherente. En todo caso, mucho más verosímil que su anterior versión. ¿Alguien tiene algo más que añadir?

Nadie dijo una palabra.

–En ese caso creo que por hoy hemos terminado –comentó Daniel Podgórski mirando a sus compañeros–. Todos estamos cansados y ya no se nos va a ocurrir nada nuevo. Klementyna, tú vas a ir a casa de los Kojarski, ¿no?

–Sí. Aclararé el tema de la falsa coartada de Róża Kojarska y charlaré un rato con Júnior. Lo de las cartas me tiene mosqueada.

–De acuerdo. Entonces mañana nos vemos.

–Por cierto –dijo Maria en ese momento–. Los periodistas se han pasado el día entero llamando. Parece que se han enterado de todo por lo que han leído en *nuestro-lipowo*. Me refiero a lo de la muerte de la señora Kojarska. No sé qué debo decirles...

–Stop. Espera. Yo me encargo, ¿vale? –la interrumpió Klementyna Kopp. No quería que se ocupara de ello ninguno de los policías locales. Había que andarse con cuidado al hablar con los periodistas–.

Tal vez habrá que organizar una pequeña rueda de prensa. Tenemos que llevarlo a cabo con habilidad.

El joven padre Piotr recibía a los invitados junto a la señora Solicka. La anfitriona había decidido preparar una especie de convite para todos los habitantes del pueblo. El cura advirtió divertido que, en efecto, parecían estar todos. En la casa parroquial –que esa tarde se había convertido en sala de fiestas– no cabía un alfiler. Los vecinos debían de estar deseosos de diversiones que les hicieran olvidar el hastío invernal.

El padre Piotr repartía los aperitivos en grandes bandejas y lanzaba a su alrededor sonrisas afables. Después de todo se podía decir que él era uno de los anfitriones de la fiesta, así que ese era su papel. El viejo padre Józef apenas podía participar debido a su avanzada edad, de modo que se limitaba a hacer indicaciones sentado en su sillón. Piotr ya estaba un poco cansado de aquello. Era hora de volver a Varsovia.

–Hola, Piotr –lo saludó el alto policía Daniel Podgórski, con el que ya había hablado otras veces. A su lado estaba la pelirroja varsoviana. Una mujer digna de pecado, pensó fugazmente el sacerdote.

–¿Qué tal, Daniel? Me alegra que hayáis podido venir –contestó sonriendo.

–¡Lo habéis organizado todo de maravilla! –comentó Podgórski con admiración mirando a su alrededor.

–Muchas gracias, aunque yo solo he echado una mano. La señora Solicka es quien se merece los elogios –replicó Piotr con modestia–. Veo que estáis juntos.

Weronika Nowakowska se ruborizó ligeramente, algo que resaltó su encanto.

–Digamos que sí –comentó Daniel abrazándola con cariño.

Se acercó a ellos una rubia pálida. El padre Piotr recordó a duras penas que se trataba de la esposa de otro de los policías de Lipowo. La había conocido en el baile del parque de bomberos.

–Magnífica fiesta –dijo la mujer–. Soy Grażyna Kamińska. No sé si me recuerda, padre. Me confesé con usted hace unos días, cuando sustituyó por un momento al padre Józef.

–Claro que me acuerdo. –A Piotr le vino a la memoria el relato que le había hecho. Muy interesante–. Naturalmente que sí.

–Pero no se olvide del secreto de confesión. –Soltó una risita y parpadeó con rapidez moviendo sus cortas pestañas. Parecía que trataba de flirtear. Piotr prefirió no pensar en ello.

–A propósito de confesiones, ¿se confesó con usted por un casual sor Monika alguna vez? –preguntó de repente Weronika Nowakowska–. ¿No le dijo algo que pudiera ayudar a resolver el caso de su muerte?

–No puedo revelar eso. Tal como dice la señora Grażyna, hay que respetar el secreto de confesión.

–Entonces, ¿sí que la confesó? Supongo que eso sí lo podrá decir... –siguió insistiendo Weronika–. ¿Dijo alguna cosa que pudiera tener relación con su muerte?

–Weronika, no es el momento... –la recriminó en voz baja Daniel Podgórski.

El policía le sonrió a Piotr como disculpándose y agarró a Nowakowska de la mano. Se alejaron un poco, dejando al sacerdote en compañía de su indeseada admiradora. Piotr observó que conversaban acaloradamente y sospechó que no solo acerca de las impertinentes preguntas de Weronika. Escuchó varias veces la palabra «guante», pero eso no tenía sentido, porque los guantes no eran motivo de discusión.

–¿Y qué opina usted? –preguntó Grażyna Kamińska.

Piotr la miró sorprendido. Por un momento había olvidado por completo que la tenía al lado, como si fuera invisible.

–¿Podría usted repetirlo? Hay mucho ruido y no he oído lo que me ha dicho –mintió el padre Piotr. No quería ofenderla, sabía que las mujeres como ella necesitaban atención.

–¿Cree que es muy pronto para que empiece a buscar a otro hombre? Hace muchos años que no amo a mi marido, pero tenía miedo de marcharme. Ahora ya no siento ese temor. ¿Tengo derecho a estar con otro? –preguntó Grażyna Kamińska llena de inquietud.

–Debe usted hacer lo que le dicte el corazón... –balbució Piotr, y se marchó con la excusa de seguir repartiendo los aperitivos. ¿Por qué siempre le tocaba a él?

La comisaria Kopp llegó en su coche hasta la mansión de los Kojarski. Otra vez. Apagó el motor y suspiró profundamente. Había aceptado ir a hablar con los Kojarski, pero ahora ya no tenía muchas ganas de hacerlo. Sus pensamientos se dirigían constantemente al lugar equivocado, pero por otro lado tenía la impresión de que debía solucionar el asunto ese mismo día. Se arropó con la bufanda y salió del Skoda resignada.

Llamó a la puerta. Pasó un buen rato y nadie abrió, así que llamó otra vez dejando el dedo en el timbre durante más tiempo. Que sufran un poco, pensó.

Un momento después oyó pasos que se acercaban. La cerradura de la puerta hizo un gran ruido cuando la abrieron. En el umbral apareció Róża Kojarska. A Klementyna le gustaba su increíble delgadez. Solo piel y huesos. Coqueto y práctico.

–¡Hola! No sabía que hoy aún tenía que venir alguien de la policía. Es un poco tarde –dijo Róża mirando el reloj.

–Bueno. Yo duermo poco, no hay problema.

La señora Kojarska miró de un modo extraño a Klementyna.

–Estamos cenando en este momento –explicó–. Yo misma he tenido que prepararlo todo. Nuestra criada tiene hoy la tarde libre, así que recaen sobre mí las obligaciones del ama de casa.

Róża parecía satisfecha de sí misma.

–Vale. Todo maravilloso. ¡Pero! Hay algunas cosas que discutir –le informó Klementyna Kopp–. Empezaremos por ti.

–No recuerdo que nos tuteáramos.

Klementyna Kopp la ignoró y entró en el amplio recibidor de la mansión de los Kojarski. Sacudió la nieve de sus pesadas botas bajo la impaciente mirada de Róża. Al final debió de comprender que no iba a ganar esa absurda disputa, así que dijo:

–Pasemos al despacho, allí estaremos tranquilas. Sígame.

Una vez estuvieron en la habitación, Róża Kojarska cerró la puerta con gran precisión. La llave, de estilo antiguo y vistoso, la giró tres veces en una dirección y luego tres veces en la otra. Después la sacó y la asió con fuerza. La cerradura parecía antigua, seguramente la habría escogido el diseñador de interiores y la habrían comprado en un anticuario para que encajara a la perfección en ese despacho.

–Trastorno obsesivo-compulsivo, ¿eh? –comentó la comisaria Kopp.

–¿Está insinuando que soy una enferma?

–Al contrario. Además, no me interesa lo más mínimo –contestó Klementyna acomodándose en un sillón.

Róża Kojarska se quedó mirando a la comisaria con inquietud. Klementyna decidió darle un poco más de tiempo para que se hiciera a la idea de que la iba a interrogar.

–Pues dígame de qué se trata, si puedo preguntarlo –dijo al final Róża. Su voz era ahora gélida.

–Vale. Bien. Digámoslo así: la última vez que hablamos creo que nos mentiste un poquito, ¿no? ¿Puedo saber por qué?

–No sé a qué se refiere.

–No merece la pena perder tu tiempo y el mío fingiendo.

Róża no dijo nada. Se notaba que era buena en esas lides. La comisaria estaba ya harta de esperar, así que decidió poner las cartas boca arriba.

–¿Dónde estuviste el domingo por la noche, cuando asesinaron a Blanka?

–Ya dije que estuve con nuestra criada, Agnieszka. Cosiendo. Supongo que habréis hablado con ella, puede corroborar lo que digo.

–Claro. Hemos hablado con ella, sí. –Klementyna consideró que en ese momento vendría bien una pequeña mentira, muy inocente–. Nos contó que estuvo con Tomek y él confirmó su versión. En tal caso no pudo estar contigo.

Róża Kojarska pareció sorprendida. La vena de su sien palpitaba muy deprisa.

–¿Agnieszka ha dicho eso? –siseó Kojarska.

La comisaria Kopp asintió tranquilamente. Buena actuación.

–Ya va siendo hora de que digas dónde estuviste en realidad, ¿no?

La famélica mujer vaciló un instante sin saber qué hacer.

–Bien, de acuerdo. Estuve en Brodnica –dijo por fin–. Pagué a esa zorra de Agnieszka para que me encubriera. No quería que Júnior se enterara. Me gustaría que también usted fuera discreta en este asunto. Esto no guarda relación con la muerte de mi suegra.

–Vale. Bueno. Veo que hacemos progresos. –Klementyna asintió satisfecha–. Ahora dime qué hiciste en nuestra hermosa ciudad y te dejaré en paz, ¿vale?

Róża carraspeó.

–Participé en una partida de cartas. Es otra de mis aficiones. Perdí cierta suma de dinero y no quiero que Júnior se entere –explicó la mujer–. No es el mejor momento.

–Claro. Veremos qué se puede hacer. ¿Puede confirmarlo alguien?

Róża Kojarska le dio a la comisaria varios nombres. Klementyna sacó de la mochila una libreta y los anotó en una hoja suelta. Cada vez había menos hojas, tendría que comprar una libreta nueva. Lástima, aquella se la había dado Teresa. Teresa...

–Vale. Vayamos a ver ahora al resto de tu honorable familia.

–Estamos cenando –le recordó Róża enfadada.

–Encantador, realmente encantador.

Róża Kojarska soltó un elocuente gemido y se dirigió a la puerta, donde repitió todo el proceso de apertura y cierre. Ya en el enorme recibidor, el rostro de Róża tenía una expresión obstinada, como si hubiera decidido no decir ni una palabra más. Condujo a Klementyna por un pasillo lateral hasta el comedor. Esa parte de la casa estaba decorada con una suntuosidad exagerada. Vaya sorpresa.

–Bonitos cuadros –dijo Klementyna con el tono de alguien que quiere dar conversación–. Interesantes, de verdad. ¿Dónde los comprasteis?

Róża no contestó. Su silencio resultó mucho más elocuente que cualquier palabra. La comisaria Kopp se encogió de hombros. Ella solo pretendía ser amable.

Entraron en el comedor. Sénior y Júnior Kojarski estaban enfrascados en una conversación y miraron sorprendidos a las dos mujeres.

–¿Cómo se atreve a molestarnos a estas horas? –bramó Sénior soltando de golpe la copa de vino tinto–. Ya estoy más que harto de esto. Voy a hacer ahora mismo unas cuantas llamadas. Esto no puede seguir así.

–Vale. Claro. ¡Pero! Solo me quedaré unos minutos, así que de momento no lo hagas. No hay razón para ponerse nervioso. He venido a hablar sobre las cartas. Lo preguntaré una vez más: ¿alguno de vosotros sabe algo de este asunto? Blanka recibía cartas, ¿verdad?

—¡Ya dije que no recibía cartas! —gritó Sénior. Su rostro enrojeció bajo el bronceado artificial—. Haga el favor de salir de mi casa y deje en paz de una vez a mi familia.

—¿Eran cartas del asesino? —Júnior Kojarski pareció de repente interesado en el tema—. Eso significaría que ninguno de nosotros es sospechoso. Es alguien de fuera. ¡La persona que le mandó la carta!

Sénior y Róża lo miraron desconcertados. Klementyna decidió no intervenir, esperaba poder escuchar más explicaciones.

—Leí una de las cartas que recibió Blanka —aclaró Júnior rápidamente.

—¿A qué te refieres? —preguntó Róża conmocionada, como si abrir la correspondencia ajena fuera un delito peor que el asesinato—. ¿Cómo que *leíste* una carta dirigida a ella?

—Pues eso. Recibió una carta. Estaba en un sobre gris, con muchos sellos pero sin matasellos, así que deduje que alguien la había echado al buzón personalmente. Ya veis que no se me da nada mal deducir —afirmó Júnior satisfecho de sí mismo—. No es difícil echar cartas a nuestro buzón, basta con acercarse a la verja de entrada y ya está. Cualquiera de los habitantes del pueblo pudo hacerlo sin problemas.

—¿Por qué abriste una carta dirigida a Blanka? —le preguntó su esposa despacio.

—Pensé... pensé que... Da igual. Tuve la corazonada de que podía tratarse de algo importante —contestó Júnior Kojarski muy embarullado—. La carta en realidad no era una carta. Habían escrito una sola palabra en una hoja: «Mariposa». No entendí nada, así que quemé la carta. Creo que me equivoqué, porque ahora tendríamos una prueba.

Klementyna Kopp asintió. Todo eso ya lo sabía.

—¿Cómo que «mariposa»? ¿Qué mariposa? —gritó Sénior—. No dices más que tonterías. No comprendo nada.

—Es que es todo lo que había escrito, «Mariposa» —repitió Júnior—. Nada más. No tengo ni idea de qué podía significar.

—Stop. Espera. ¿En la hoja no había nada más escrito? —quiso asegurarse la comisaria—. ¿Solo esa palabra?

–Nada más. Eso era todo. Lo que más me extrañó fue lo de los sellos. Eran dieciséis, de un esloti con sesenta cada uno. Lo recuerdo muy bien. Me pareció una exageración. ¿Para qué pondrían tantos?

–Bueno. Ahora cada uno de vosotros me va a escribir en una hoja la palabra «mariposa» –dijo Klementyna en lugar de contestar–. Después le echará un vistazo el grafólogo. Compararemos vuestra letra con la escritura de la carta.

–¿Cómo? ¡Pero si...! –dijo extrañado Júnior mientras agarraba el bolígrafo.

–Sí, la quemaste. Aunque mejor sería decir que *creíste* que la habías quemado. Quedó casi entera. Hoy día la técnica hace milagros, ¿eh?

–Es ridículo –volvió a comentar Sénior Kojarski–. Pero si eso ha de demostrar que soy inocente, pues traiga aquí ese papel. Milagros de la grafología, acusaciones a diestro y siniestro... Es un escándalo.

–¿Yo también? –preguntó Róża.

Klementyna asintió. Los tres cumplieron con la orden de la comisaria.

–Vale. Gracias. Ya me voy.

Agarró el papel y salió de la residencia de los Kojarski sin despedirse.

Estiro bien la sábana y me tumbo boca abajo. Tengo sus alas en la espalda. Tocarlas no resulta muy agradable, pero lo deseo más que nunca. No apago la luz. No quiero que ahora me rodee la oscuridad. No en este momento. Eso es debilidad, lo sé, pero creo que ahora mismo me la puedo permitir.

Quiero sonreír, pero mi boca permanece inmóvil. No ocurre nada... Sigo sin ser la Mariposa.

Busco en mi memoria algún error.

No encuentro nada.

Con desgana trato también de recordar lo que dijo él.

¿No saldrá bien? ¿No saldrá bien?

Me quito con cuidado las alas y las vuelvo a meter en la nevera.

–¿Dónde estás? –me llama balbuciendo–. Ven inmediatamente. ¡Mi Mariposa nunca me habría hecho esperar tanto!

Hago lo que me dice. Es posible que me hagan falta unos días más...

Klementyna Kopp decidió no irse a casa. ¿Para qué? Su apartamento estaba vacío y en silencio. No tenía ganas de oír cómo goteaba el grifo de la cocina, que nunca tenía tiempo para arreglar. Ya no estaba Teresa, que le habría dado la tabarra con el tema. Arregla el grifo, cambia la bombilla, saca la basura. No volvería a decirle nada de eso. Teresa...

Se fue al trabajo. El trabajo siempre estaba allí... En el edificio de la Comandancia Provincial de Policía de Brodnica no había nadie, como de costumbre a esas horas. Nada nuevo. Una noche más entre aquellas paredes. Feas, pero fiables. Igual que la comisaria.

Se sentó junto al escritorio y bebió un trago de su refresco. Le dolía un poco la tripa. A lo mejor debía contenerse. Teresa siempre se lo repetía. Klementyna se encogió de hombros. Era hora de ponerse a trabajar.

Lo primero que hizo fue llamar a las personas cuyos nombres le había dado Róża Kojarska. Cuando terminó, Klementyna colgó el teléfono algo decepcionada. Parecía que la raquítica Cleopatra en efecto había estado jugando intensamente al póquer y no había asesinado a su suegra. Un sospechoso menos. En teoría.

La comisaria Kopp se levantó e hizo caer la silla sin querer. Maldijo en voz baja. Cada vez era más torpe.

—¿Usted por aquí a estas horas, comisaria?

Klementyna se giró rápidamente. No solo era más torpe, sino también demasiado vieja para este trabajo. Antes nadie la habría sorprendido de esa manera. En el pasillo estaba el jefe de los técnicos de criminalística. Era un hombre calvo de complexión indefinida. A Klementyna nunca le había caído muy bien. El sentimiento era recíproco.

—Ya ves —comentó la comisaria Kopp, procurando no levantar la voz a pesar de su enfado por haberse dejado sorprender así—. ¿Y tú qué haces aquí?

El técnico la miró de reojo.

—Trabajo —contestó con una sonrisa—. Tengo turno de noche. Si no, seguro que no estaría aquí. De eso que no le quepa la menor duda. Iba a llamarla mañana, señora Kopp, aunque ya que nos hemos encontrado... Hemos inspeccionado el bolso que nos dejó. Di por descontado que por fuera podría haber huellas dactilares de cualquiera, así que me he concentrado en el interior, que lo normal es que lo haya tocado solo la dueña o alguien que haya registrado el bolso.

Klementyna asintió. Parecía sensato lo que contaba.

–Vale. ¿Y qué?

–Lo que usted sospechaba, señora Kopp. Solo había huellas de una persona, probablemente la monja. He llegado incluso a introducir las huellas en nuestra base de datos, pero sin resultados. Da la impresión de que a la monja nunca le tomaron las huellas dactilares.

La comisaria Kopp golpeó con la mano en la mesa. Ya estaba harta de esa investigación. Estaba harta de todo... Y para colmo de males al día siguiente la esperaba una conferencia de prensa en Lipowo. Casi se arrepentía de haber llamado a todos aquellos periodistas de pacotilla, aunque por otra parte era mejor tenerlo controlado antes de que ellos olfatearan el rastro por su cuenta. Después tenía que viajar con Daniel Podgórski a Varsovia para hablar con Iza Cieślak. La aguardaba un día agotador, pero quizá fuera mejor porque así no le quedaría tiempo para pensar en asuntos que de todas formas no podía cambiar. Teresa, por ejemplo.

Klementyna suspiró ruidosamente.

–¿Ocurre algo, señora Kopp?

–Tranqui.

25

Varsovia, 1982

Alrededor de Jakub, el mundo se había detenido. Oía alto y claro su propia respiración, como si fuera el único sonido del planeta. Inspiración, espiración; inspiración, espiración. Sorprendentemente tranquila y acompasada.

Como si nada hubiera ocurrido.

Como si no hubiera ocurrido *nada* en absoluto.

–¿Se encuentra bien, doctor? –le preguntó la enfermera. Su rostro reflejaba preocupación–. ¿Doctor?

Todo en torno a él era blanco. Iba a odiar ese color mientras viviera. Ya no oía su respiración. Había dejado de existir. Se había sumergido en la blancura de las paredes y había desaparecido. Jakub ya no estaba, solo había quedado una sombra blanca. Un espectro de otro mundo.

–Lo siento mucho –dijo la enfermera. Se llamaba Helena o algo así, Jakub no lo recordaba con exactitud–. De veras que lo siento. Hemos hecho todo lo que estaba en nuestras manos para salvar a su esposa.

Conocía a Helena desde el primer día de trabajo. Siempre lo había tratado con amabilidad, igual que ahora. Tenía una voz agradable. Otra voz para la colección. Aunque a partir de ese momento solo podría asociarla al sufrimiento. Lástima, porque era una voz muy hermosa.

–Su esposa ha muerto, pero tiene usted un hijo sano –continuó diciendo al tiempo que se inclinaba hacia él.

Jakub notó su perfume. Era agradable, olía como a flores. Parecía querer consolarlo. Él aún no comprendía bien las intenciones de los demás. Tenía demasiada poca experiencia.

La enfermera lo miró expectante.

No contestó. No pudo. Mariola había muerto, su Mariposa había muerto. Había hablado con ella hacía apenas unas horas. Antes de que empezara el parto. Ella no quería que Jakub fuera su médico.

–Estás demasiado unido a nosotros –le había explicado Mariola mientras se acariciaba la barriga–. No quiero que te pongas nervioso, sé lo mucho que te afecta todo esto. Pero saldrá bien, ya lo verás. Cuando lo recordemos nos hará mucha gracia. Estoy en buenas manos. Eugeniusz es el mejor médico que conozco.

Jakub había puesto las manos sobre la barriga de Mariola. Pronto iban a ser tres: ella, él y su hijo. Iban a ser una familia. Así lo había prometido ella, y Jakub la había creído. Ella era la razón de su existencia. Iban a ser felices. Felices para siempre.

–¿Jakub? –La voz del doctor Żywiecki lo sacó de sus pensamientos–. Sé que lo estás pasando mal. Por desgracia surgieron complicaciones y tuvimos que elegir. Optamos por salvar al niño porque ese era el deseo de Mariola. Ella tenía la última palabra. Debes comprender que se guió por el amor hacia vuestro hijo. Ahora tú tendrás que cuidar de él en su nombre.

Jakub tampoco respondió esta vez. No le salían las palabras. Igual que cuando su padre se acercaba a él.

A su alrededor solo había blancura y silencio. Las voces humanas parecían llegar desde muy lejos.

–¿Te gustaría ver a tu hijo?

Jakub no contestó. Debieron de interpretarlo como un sí, porque la enfermera lo tomó de la mano con delicadeza y lo acompañó como si se tratara de una persona sin voluntad propia a la cual hay que dedicar muchos cuidados.

–Este es tu hijo –susurró la mujer señalando a un niño envuelto en pañales blancos.

Jakub lo miró fijamente. El bebé tenía la cara colorada y arrugada. Su padre no vio que se pareciera a él ni tampoco a Mariola. Era repugnante.

–Mariola dijo que quería llamarlo Kacper. ¿Así debemos inscribirlo? –preguntó la enfermera–. ¿Como Kacper?

No respondió. Kacper. Ahora ya conocía su nombre. El odio hacia aquella pequeña criatura llenaba todo su ser. Kacper. Él había matado a Mariola. Él había matado a su Mariposa. ¡Él! Jakub quiso gritar, pero seguía sin poder articular palabra.

Se acordó del juramento que había hecho el día de su boda. Recordó exactamente lo que había pensado entonces, a pesar de que había pasado algún tiempo. Quien osara herir a Mariola se convertiría en su mayor enemigo.

¡Kacper!

–¿No es maravilloso el pequeño Kacper? –dijo la enfermera con voz dulce–. Cómo se parece a su padre. Debes de estar muy orgulloso, ¿verdad, Jakub?

Jakub tuvo la impresión de que el niño sonreía con malicia. A mí no me engañas, pensó. Despreciable asesino. Llegará el día en que ajustemos cuentas. Pagarás por la muerte de Mariola. ¡Pagarás por la muerte de mi Mariposa!

26

Lipowo. Jueves, 24 de enero de 2013, por la mañana

El inspector Daniel Podgórski miró al grupo de periodistas que se apretujaban en la pequeña sala de conferencias de la comisaría de Lipowo. Los reporteros apenas cabían allí, a pesar de que los policías habían sacado casi todos los muebles. Hasta entonces nunca habían tenido una conferencia de prensa en Lipowo. A Daniel le parecía increíble que la comisaria Kopp lo hubiera organizado todo tan rápido, porque no hacía ni veinticuatro horas que habían hablado del tema.

Daniel y Klementyna, que estaban al frente de la investigación, eran los encargados de contestar a las preguntas de los periodistas. Para tal ocasión, Podgórski se puso un uniforme recién lavado y planchado con esmero. La comisaria, como de costumbre, llevaba puesta su cazadora de cuero, que dejaba al descubierto sus antebrazos tatuados. Al parecer no le preocupaba mucho lo que pensaran de ella los demás.

Podgórski echó un vistazo a los reunidos. Sus rostros reflejaban expectación, aunque también determinación. Se empezó a sentir agobiado. Por suerte, la comisaria Kopp estaba allí. A Daniel no le habría apetecido lo más mínimo hablar él solo con los reporteros. Confiaba en la experiencia de su compañera. El policía entornó los ojos cuando el *flash* de una cámara resplandeció inesperadamente. El bullicio de las voces llenaba por completo la pequeña sala.

–Podemos empezar –dijo Podgórski después de presentarse. Procuró que en su voz no se notara el nerviosismo–. Estoy seguro de que tendrán ustedes muchas preguntas.

Todos los periodistas empezaron a hablar a la vez. Klementyna Kopp dirigió una mirada fugaz a Daniel. Debió de percibir que Podgórski se sentía perdido, porque con buen criterio decidió tomar la iniciativa. Golpeteó con el boli sobre la mesa con fuerza. Casi de inmediato se hizo el silencio.

–Vale. Gracias. Hagan el favor de tranquilizarse un poco y de pedir la palabra en orden. De otro modo no llegaremos a ninguna parte. Levanten la mano, como en la escuela. Yo iré señalando a las personas por turnos. De esta forma evitaremos un caos innecesario. Los métodos sencillos a menudo son los mejores.

Todas las manos se alzaron al mismo tiempo.

–Vale. Por ejemplo, la mujer del jersey rojo que está al fondo –señaló Klementyna.

–¿Nos encontramos ante un asesino en serie? –preguntó la periodista. Tenía el pelo corto y una mirada penetrante–. ¿El Vampiro de Lipowo?

–Stop. Espera. De momento no hay nada que apunte en esa dirección –contestó la comisaria Kopp, escupiendo las palabras como una ametralladora, según su costumbre.

–¡Pero si ya van dos asesinatos! –insistió la reportera–. Ya sé que hablamos de asesino en serie cuando comete al menos tres crímenes, pero por otro lado estamos en una localidad pequeña, así que el porcentaje de asesinatos resulta elevado. Inquietantemente alto, se podría decir. A mis lectores les gustaría saber si hay razones para preocuparse.

La periodista del jersey rojo miró expectante a Klementyna. Daniel Podgórski tuvo la sensación de que la mujer también dirigía la mirada hacia él cada cierto tiempo, por lo que decidió apartar la vista.

–De momento nada indica que ambas muertes estuvieran en modo alguno relacionadas –murmuró la comisaria Kopp, a lo que Daniel asintió. Antes de la conferencia habían acordado no revelar a la prensa demasiados detalles–. Deben recordar que la hermana Monika fue atropellada, no asesinada, que sí es el caso de Blanka Kojarska. No tiene el menor sentido hablar de un asesino en serie. No sé por qué lo insinúa usted. Es la primera persona que ha sido asesinada.

Podgórski advirtió que la voz de Klementyna estaba cambiando poco a poco. Resultaba ahora más elegante y tranquila, como si la comisaria estuviera interpretando un papel durante la conversación con la reportera.

–¿La primera persona? –se indignó la periodista–. ¿Debo entender que va a haber más?

–Quizá me haya expresado mal. Nada indica que vaya a morir nadie más –contestó Klementyna con inesperada calma, y señaló a la siguiente persona.

–Entonces, ¿puede usted confirmar con plena responsabilidad que los habitantes de Lipowo y de los pueblos vecinos no tienen de qué preocuparse? –preguntó un hombre de pelo moreno sentado a la izquierda.

–No hay que dejarse llevar por la histeria, eso por descontado. Desde luego, hay que recordar que el asesino sigue en libertad, así que es mejor actuar con cautela. Recomiendo cerrar bien las puertas y no pasear a solas por lugares poco frecuentados. Esto va dirigido en especial a las mujeres.

Todos empezaron a gritar de nuevo.

–Les ruego silencio. –Klementyna Kopp volvió a golpetear con el boli en la mesa–. El señor de la derecha.

–¿Hay ya algún sospechoso? –preguntó el reportero–. ¿En qué fase de la investigación se encuentran?

–Como bien saben, no puedo desvelar detalles de la investigación. La señorita de delante.

–¿Cómo murió exactamente Blanka Kojarska?

–No puedo revelar los detalles por el bien de la investigación –repitió la comisaria Kopp–. Aunque les puedo asegurar que vamos por buen camino.

–Pero ¿puede confirmar que se trató de un asesinato con premeditación?

–Sí, en efecto. Puedo decirles que fue un asesinato de brutalidad extrema –comentó Klementyna asintiendo. No había necesidad de ocultar eso.

–¿Cómo de brutal en una escala del uno al diez? –gritó alguien desde el centro de la sala.

Todos los periodistas se echaron a reír.

–Lo bastante como para que bromear sobre el tema esté de más –dijo con frialdad Klementyna Kopp.

La reportera del pelo corto y el jersey rojo volvió a levantar la mano. La comisaria asintió con desgana en dirección a ella.

–¿Es normal que de este tipo de asesinatos se encargue la policía local? ¿Por qué no se ha llamado a la policía criminal de Brodnica?

–El fiscal me ha asignado a mí la dirección del procedimiento preliminar –replicó la comisaria Kopp–. Soy especialista en este tipo de casos y, como quizá sepa usted, trabajo en la policía criminal de Brodnica, en la Comandancia Provincial. Por eso no entiendo muy bien su pregunta.

–Sí, ya he leído su currículum. Aquí todos la conocen, señora comisaria, pero dígame con sinceridad: ¿hay alguien intentando influenciar en el curso de la investigación?

Se hizo el silencio. Todas las miradas se volvieron hacia Klementyna Kopp.

–No sé nada de ese tema –respondió Klementyna sin el menor titubeo.

–Perdóneme, pero no me convence. Hay algo aquí que no me gusta nada. Sé gracias a un informador que hay mucho dinero en juego.

Todos los periodistas se quedaron mirando fijamente a la comisaria Kopp, expectantes. Sus rostros reflejaban satisfacción: el tema del dinero y de la posible corrupción siempre vende.

–Le aseguro, señora redactora, que actuamos con objetividad y profesionalidad –contestó finalmente Klementyna, adoptando un tono extremadamente formal–. Pronto detendremos al culpable. Entonces podrá usted convencerse.

–Dice usted «pronto» –insistió la periodista–. ¿Cuándo exactamente podemos esperar que haya resultados? ¿Cuándo será ese «pronto»?

En la sala se oyó un murmullo de aprobación.

–Trabajamos de manera intensa en torno a varias pistas. Más no puedo decir por el bien de la investigación.

–Sé por mi informador que la monja también fue asesinada, no atropellada como trata usted de hacernos creer. ¿Es eso cierto? –siguió preguntando la periodista de pelo corto y jersey rojo.

–¿En qué basa sus afirmaciones? –La voz de la comisaria Kopp aún sonaba tranquila, pero Daniel observó que esta vez su compañera había titubeado un instante. Después de todo, no le había revelado a nadie la información sobre la verdadera causa de la muerte de sor Monika–. ¿En qué se basa usted para decir que la monja fue asesinada?

–Como le he dicho, lo sé gracias a una fuente propia –dijo con cierta sorna la reportera–. Seguro que entiende que no puedo revelar el nombre de mi confidente. ¿Y qué nos puede comentar sobre el tema el inspector Podgórski?

Daniel miró a Klementyna con gesto interrogativo.

–La monja fue atropellada por un coche. Eso es todo lo que podemos decir por el momento –intervino la comisaria antes de que Podgórski pudiera decir algo.

–¿Hay alguien más en peligro? –preguntó otro de los periodistas.

En la sala se oyeron susurros de inquietud.

–Como ya he dicho, nada apunta a que así sea, pero al mismo tiempo es algo que no debemos descartar. Muchas gracias, señores. –Klementyna dio por finalizada la rueda de prensa y le hizo una señal a Daniel para que la acompañara fuera de la sala. Janusz Rosół y Marek Zaręba pidieron a los periodistas que fueran abandonando el edificio. Los reporteros no estaban muy satisfechos y se dirigieron hacia la salida a regañadientes.

–¡No nos habéis dicho casi nada! –se quejó a voces uno de ellos–. Todo perogrulladas. Dadnos hechos concretos.

–Para nosotros lo más importante es el bien de la investigación y la seguridad de los habitantes de la zona. Quizá en unos días os podamos decir más cosas. De momento es suficiente. Y os recuerdo que esto no es un juego –añadió Klementyna Kopp en tono amenazador.

–¡Ya ha pasado más de una semana desde el primer asesinato! ¿Cuándo habrá algún resultado? –gritó la pertinaz reportera del jersey rojo–. Sé que la sospechosa que se confesó culpable va a ser puesta en libertad. Entonces, ¿quién atropelló a la monja y por qué? ¿Está relacionado con el segundo crimen?

–Sin comentarios –replicó la comisaria Kopp, y salió de la sala a toda prisa.

Daniel la siguió.

–Vale. Muy bien –le dijo Klementyna cuando se encontraron fuera del alcance de los oídos fisgones de los periodistas. El tono de su voz anunciaba tormenta–. ¿Cómo cojones lo sabía todo la de rojo? ¿Quién coño ha hablado con ella? Ha tenido que ser alguien de tu equipo. ¿Es que no os dais cuenta de que no se deben revelar a la prensa los detalles de la investigación? ¡Joder!

Daniel Podgórski notó que todos sus músculos se le tensaban. No le había gustado ese ataque.

–Un momentito, calmémonos un poco –comentó con frialdad–. Estoy seguro de que nadie de mi equipo ha hablado con ellos, así que ese tono sobra, Klementyna. Respondo de ellos.

–¿De veras? –La voz de la comisaria Kopp revelaba su enfado–. Hostia puta. Pensé que se podría trabajar con vosotros, pero no entendéis nada, joder. ¡Reunión dentro de media hora!

Se marchó por el pasillo, dejando a Daniel solo.

Ewa Rosół se estaba maquillando. En esta ocasión no bastaba con una capa de base. Le habían salido varios granos en la frente. Mierda. Mierda. Mierda. Mierda. Se puso más corrector. Quedaba mejor, pero no perfecto. Alguien llamó a la puerta.

–¿Qué pasa? –bramó. No tenía tiempo para charlar, y mucho menos con su padre. Menudo pardillo.

–Soy yo.

–Pensé que era papá. Entra. ¿Qué quieres? Parece que últimamente te has convertido en un adorable hermanito –se burló Ewa.

–Solo quería ver qué tal estabas después de... todo eso... –dijo con timidez Bartek.

–Después del raspado. Puedes hablar sin rodeos, a mí me importa un pimiento –dijo Ewa orgullosa de sí misma. Aunque era más joven ya sabía más que él sobre la vida–. Se dice «después del raspado».

–Bueno, joder, pues como tú quieras –replicó él irritado, aunque no levantó la voz–. Uno intenta ser amable y así se lo pagan. Pues eso, que qué tal estás después del raspado.

Ewa se encogió de hombros. Un gesto universal. Puede significar todo y nada. Así era como se sentía: no sabía precisarlo bien.

–Y a ver si le das una oportunidad a papá –añadió su hermano–. No es tan malo.

–¿Qué pasa, que de repente también te has convertido en un adorable hijito?

Ewa se echó a reír a pleno pulmón.

–Tú no tienes ni idea de cómo es –dijo con calma Bartek.

–Habló el que quiere a su papaíto por encima de todas las cosas.

–No he sabido apreciarlo –reconoció el chico mientras se sentaba en la cama de su hermana–. Tú también deberías intentar conocerlo mejor.

–Sí, claro. Mira la prisa que me doy. –Encendió un cigarrillo–. No me apetece, ¿te enteras?

–Dame eso –dijó Bartek quitándole el paquete de tabaco de la mano y el cigarrillo de la boca–. No vas a fumar aquí.

–Vale, papi –replicó ella con burla. Se levantó y se dirigió a la puerta. No tenía tiempo para esa conversación.

–¿Adónde vas? –preguntó Bartek.

–Eso no te importa.

–¿Ya vas a ver a algún pardillo?

–¿Y a ti qué más te da? Bah, paso, te lo voy a decir porque no tengo tiempo para discusiones estúpidas: voy a espiar a Julka.

Bartek la miró extrañado.

–¿Para qué?

–Tiene un nuevo amiguito.

–¿Ya no está con Ziętar?

Ewa negó con la cabeza.

–¿Y Ziętar lo sabe? –preguntó Bartek con recelo.

De nuevo negó con la cabeza.

–¿Con quién está liada?

Ewa se lo dijo.

La reunión empezó con retraso. Los últimos periodistas habían tardado mucho en abandonar la comisaría de Lipowo. Después se habían quedado un buen rato ante el edificio, expectantes, dando saltitos para combatir el frío. Cada cierto tiempo centelleaba algún *flash*.

Daniel Podgórski estaba enfadado y no podía hacer nada para remediarlo. Comprendía la irritación de Klementyna, él mismo estaba disgustado por lo ocurrido, pero las palabras que ella le había dicho en el pasillo tras la rueda de prensa habían sido demasiado fuertes. Tanto Marek Zaręba como Janusz Rosół habían negado haber hablado con la prensa. Podgórski confiaba en ellos plenamente, a pesar de que Rosół se había comportado de manera extraña en los últimos días.

La filtración tenía que haberles llegado a los periodistas por otra vía, no a través de los policías de Lipowo. Quizá por medio de la fiscalía, pensó Daniel, a su oficina también habían llegado los informes de ambos crímenes. En realidad no creía que Jacek Czarnecki fuera a revelar a la prensa una información tan importante, pero podría haberlo hecho uno de sus empleados. Nunca se sabe.

–¿Traemos otra vez los muebles? –preguntó Marek Zaręba.

La acogedora sala de conferencias parecía haber sufrido las consecuencias del paso de un tifón.

–Sí. De todas formas tenemos que esperar a Klementyna.

–A saber cuándo se presenta su excelencia –comentó Janusz Rosół, cargando con un par de sillas.

La comisaria Kopp entró en la habitación cuando todos los muebles ya estaban en su sitio. Su rostro tenía una expresión de disgusto y de determinación. Miró furiosa el pastel preparado por Maria, parecía que fuera a tirarlo al suelo. Daniel sujetó la fuente con la tarta en un acto reflejo.

La comisaria respiró profundamente varias veces. Eso debió de calmarla, porque en su rostro apareció de nuevo la expresión neutra de siempre.

–Vale. Muy bien. Os propongo lo siguiente –empezó a decir Klementyna mientras se pasaba la mano por su cabeza rapada–: no volvamos a hablar del asunto. ¡Pero! Esto no se puede repetir, ¿vale?

Todos sabían de qué se trataba, no necesitaba explicarlo. Daniel decidió no insistir en el tema, no merecía la pena. De todos modos, seguro que Klementyna ya los consideraba culpables de la filtración y nada de lo que hiciera o dijera Podgórski la haría cambiar de opinión. Otra discusión no conduciría a ninguna parte, consideró el policía. Janusz Rosół se levantó irritado. Al parecer no pensaba igual que Daniel, pero este le puso una mano en el hombro para calmarlo.

–No vale la pena –le dijo susurrando lo más bajo que pudo.

–Zorra –comentó Rosół con odio refiriéndose a la comisaria Kopp.

–Vale. Estuve ayer en casa de los Kojarski –expuso Klementyna ignorando el comentario ofensivo del policía–. El primer asunto del que quisiera hablaros es el de las cartas.

Les contó lo de la carta que había encontrado Júnior Kojarski y les informó de su contenido.

–Eso ya lo sabíamos –intervino Marek Zaręba mirando con aversión a la comisaria Kopp. Él también parecía ofendido por las acusaciones–. No es nada nuevo.

Klementyna asintió.

–Es cierto, el asunto de las cartas no es nuevo. De todas formas, tomé muestras de escritura de todos los miembros de la familia y se las envié anoche al grafólogo. No sé si servirá para algo, pero por probar no se pierde nada.

–No va a aportar nada –volvió a decir Marek con un tono agresivo.

El joven policía estaba muy enfadado. Daniel lo comprendía bien. Él también se sentía atacado y ofendido, pero a fin de cuentas era el jefe de la comisaría y no podía perder los nervios. Aunque le resultara difícil debía mantener la profesionalidad. Aun así, decidió no detener a Marek.

–Aunque las hubiera escrito uno de ellos, eso no significa que la matara. «No saquemos conclusiones demasiado precipitadas.» Creo que alguien dijo algo parecido.

La imitación del extravagante tono de Klementyna le salió muy bien a Marek. Rosół soltó una sonora carcajada. Daniel también se rio, no pudo evitarlo.

–Claro, tienes razón, Peque. No sabemos si las cartas están relacionadas con la muerte de Blanka, pero conviene investigar todas las pistas, ¿no? –El rostro de Klementyna no expresaba nada concreto–. Bueno. En cuanto a la falsa coartada de Róża Kojarska, también está todo aclarado. He confirmado que estaba jugando a las cartas en el momento en que asesinaron a Blanka. Con dinero. Parece que no le fue bien y no desea que se entere su marido. No he informado a Júnior, no vale la pena, es asunto suyo. En todo caso, creo que podemos excluir a Róża. También tengo información sobre las llamadas telefónicas de Blanka Kojarska.

La comisaria Kopp se quedó callada, como si quisiera crear mayor tensión. Y lo consiguió, a juzgar por la atención con que la miraron los policías.

–¿Había algo interesante? –preguntó Marek Zaręba como con desgana, aunque sus ojos reflejaban una gran curiosidad.

–El domingo trece de enero alguien llamó a Blanka Kojarska desde la parroquia varsoviana en la que vivía sor Monika –explicó Klementyna Kopp con mucha seriedad.

–¿La monja?

–Eso no lo sabemos. ¡Pero! He hecho comprobaciones y resulta que el teléfono se encuentra en el centro de ayuda para jóvenes. Es de libre acceso, una especie de, digamos, cabina telefónica interna para que cualquier chico pueda llamar si lo necesita.

–¿La monja? –preguntó de nuevo Marek.

Klementyna miró a los policías uno a uno.

–Vale. Yo también creo que llamó la hermana Monika –confesó–. Por desgracia no nos sirve de mucho, porque no sabemos de qué hablaron.

–A mí lo que me extraña es que nadie haya contestado a nuestro anuncio en los periódicos –intervino Maria. Se refería a la petición que habían hecho para recabar datos acerca de sor Monika–. ¿En toda Polonia no la conocía nadie?

–Stop. Espera. ¿Cómo era exactamente el anuncio?

–Pedíamos que contactara con nosotros cualquier persona que pudiera aportar alguna información sobre la mujer de la fotografía. Algo parecido –explicó Marek–. Incluimos la foto de la monja.

–Vale. Muy bien. ¿Y en qué periódicos se publicó?

–En los más importantes –aclaró Daniel Podgórski–. Para que llegara a todo el país. No he querido limitarlo a Varsovia y a nuestra zona. Nunca se sabe.

–¿Y qué hay de los periódicos sensacionalistas? –preguntó la comisaria Kopp.

–A esos no lo hemos enviado...

–Quizá nos venga bien. Tened en cuenta que no conocemos gran cosa del pasado de la monja. Solo sabemos que mientras vivió en la parroquia de Ursynów se comportó de modo correcto. ¡Pero! ¿Qué ocurrió antes? Recordad que el forense afirma que su cuerpo estaba muy deteriorado, sobre todo por el alcohol. Quizá las personas que la conocieron en su vida anterior no lean periódicos serios. Merece la pena probar, ¿no?

Daniel asintió. Era una buena idea. Se enfadó consigo mismo por no haber pensado en ello. Otro error estúpido.

–Encárgate tú, mamá, ¿vale?

Le pareció que una breve mueca atravesaba el rostro de Maria, pero al final la mujer asintió.

–Espero que esos periódicos no inflen el asunto hasta límites insoportables. Solo nos interesa el anuncio, no un artículo sobre la monja. De momento el caso no va demasiado bien –comentó Daniel Podgórski–. No estaría de más que el interrogatorio a Iza Cieślak nos aportara algo. Marek y Janusz, vosotros os quedáis aquí con Maria. Klementyna y yo nos vamos a Varsovia a hablar con esa chica. Si hay alguna novedad me llamáis, estaré localizable.

Ewelina Zaręba se tomó el día libre. Andżelika se había ido a casa de una amiga y Marek estaba en el trabajo. La peluquera decidió preparar una buena comida. Últimamente no había puesto demasiado empeño en ese tema. Comerían los tres juntos, jugarían un rato con Andżelika y, por la noche, quizá ella y Marek hicieran el amor. Parecía que por fin él volvía a ser el mismo. Tenía mucho miedo de que su matrimonio pudiera atravesar otra crisis. Nunca había estado con otro hombre. Ni siquiera se le pasaba por la cabeza, a pesar de tener tantos admiradores. Era la esposa de Marek, y no podía imaginarse otra cosa. Se habían casado diez años atrás, justo después de enterarse de que ella se había quedado embarazada. Fue una boda por lo civil, muy modesta. Desde entonces, siempre había soñado en secreto con una gran ceremonia en la que ella llevaba un elegante vestido blanco. Ahora que habían pasado diez años, podía ser una buena ocasión para cumplir su sueño. Andżelika podría ir tras ella esparciendo florecitas. Todo el pueblo acudiría a la iglesia. Sería maravilloso, pensó Ewelina entusiasmada.

Encendió el ordenador. Le habían entrado ganas de ver las pocas fotos que tenían de su boda civil. Llevaba puesto un vestido color crema de su madre y la barriga empezaba a sobresalir. Sonrió al ver a Marek. Era muy delgado y parecía desconcertado. En las mejillas lucía unas grandes rosetas coloradas. Era solo un jovenzuelo asustado al que le gustaba divertirse y al que se le había ido de las manos una noche de fiesta. Durante aquellos años se había convertido en un verdadero hombre. Estaba orgullosa del cambio que había dado. Nunca la había defraudado.

Aprovechando que el ordenador estaba encendido decidió echar un vistazo a *nuestro-lipowo*. Los cotilleos nunca están de más, pensó la peluquera con una sonrisa. Le gustaban y no se avergonzaba en absoluto. La página se abrió de inmediato.

¡¡¡¡¡¡¡¡¡¡¡¡Querido asesino, esta vez me dirijo directamente a ti!!!!!!!!!!!!!!! (¡Pido perdón a los demás lectores por mi egoísmo!) Pues sí, querido asesino, SÉ quién eres. Es más: ¡¡¡¡¡¡¡¡¡¡¡¡¡tengo pruebas irrefutables de ello!!!!!!!!!!!!!!! Por ejemplo: ¡sé lo que ocultas en el sótano con tanto cuidado! Sí, sí. Llevas mucho tiempo entre nosotros y pensabas que no iba a salir a la luz, ¿verdad? Cómo te equivocabas.

Me he permitido escribirte un pequeño poema, porque este asunto me ha llenado de inspiración. ¡¡¡Espero que te guste mucho!!! Aquí lo tienes:

> *entre las hojas te has camuflado,*
> *con ese odio que sientes, desmesurado;*
> *todos te conocen y te aprecian,*
> *¡pero no cambiarán tu naturaleza!*

Bonito, ¿eh? Igual esta es mi verdadera vocación. ¡¡¡Quizá en el futuro haga un blog sobre poesía!!!

¡¡¡Bueno, vayamos al grano!!! Si lo considero oportuno AYUDARÉ a la policía. ¡¡¡¡¡¡¡¡¡¡¡De momento te vas a quedar con la INCERTIDUMBRE!!!!!!!!!!!!

No saldrás impune de esta si YO no lo quiero.

TÚ sabes que YO lo sé. Recuerda que te observo, y además con mucha ATENCIÓN.

¡Saludos!

P.D. al resto de mis lectores: os aseguro que estoy preparando nuevos y sabrosos cotilleos. ¡¡¡Próximamente!!!

Ewelina Zaręba leyó dos veces el texto y, con mano temblorosa, levantó el teléfono. Tenía que avisar cuanto antes a Marek. Aquello no podía terminar bien.

27

Lipowo, Varsovia y Brodnica. Jueves,
24 de enero de 2013, por la tarde

El inspector Daniel Podgórski aparcó su Subaru cerca de la iglesia del distrito varsoviano de Ursynów. Había estado allí una semana antes y nada había cambiado. La comisaria Klementyna Kopp no había dicho una palabra durante todo el trayecto. Había permanecido en silencio, mirando fijamente la carretera que tenían delante. Daniel no estaba seguro de si se debía a la filtración a la prensa –Klementyna sospechaba de los policías de Lipowo– o a alguna otra causa.

Habían quedado para hablar con Iza Cieślak en su casa, donde vivía con sus padres, que debían estar presentes porque la chica era menor de edad. La comisaria Kopp salió del coche y cerró de un portazo, ante lo cual Daniel se encogió de hombros: ya se había acostumbrado a sus cambios de humor. Unas veces Klementyna era de lo más agradable y otras no había manera de entenderse con ella.

Encontraron la dirección sin problemas. Iza Cieślak vivía en un bloque de seis pisos, hecho de grandes paneles prefabricados, situado a poco más de medio kilómetro de la iglesia de Ursynów. Daniel pudo oír con claridad el sonido de las campanas, que en ese momento marcaban una hora en punto.

Podgórski apretó el botón del portero automático. No hubo respuesta. Klementyna tiró del picaporte, pero la puerta estaba cerrada. Se quedaron un momento sin saber qué hacer, pero poco después la puerta se abrió y apareció una adolescente delgaducha con un pendiente en la nariz. Un pequeño diamante brilló a la luz de la bombilla que alumbraba el portal.

–¿Vienen a verme a mí? –preguntó la chica mirando el uniforme de Daniel.

–¿Eres Iza Cieślak? –quiso asegurarse Podgórski.

La muchacha asintió y fijó la vista en los brazos tatuados de Klementyna, que sobresalían de las mangas demasiado cortas de su cazadora de cuero.

–Mi padre se ha vuelto a emborrachar y mi madre no quiere escenitas en casa. Y mucho menos con la participación de la policía –explicó Iza en un tono inesperadamente sensato–. Salgamos a la calle para hablar.

Daniel miró a Klementyna. No parecía tener nada en contra. Sacó su botella de refresco y bebió un poco. La chica la miró como si tuviera sed.

–¿Quieres un trago? –le preguntó. Iza dijo que no con la cabeza–. Entonces vamos –replicó la comisaria mientras se abrigaba bien con la bufanda.

Caminaron entre los bloques. El barrio parecía tranquilo y agradable. Entre los edificios había muchos árboles. En verano debía de estar todo muy verde.

–Es bonito esto –comentó Daniel por romper el hielo.

–Hum –murmuró la chica, que saludó con la cabeza a una mujer que pasaba con un carrito de la compra–. ¿Podemos acabar con esto cuanto antes? No quiero estar mucho tiempo fuera de casa. Luego puedo tener problemas.

–Tranqui. ¿Conocías a la hermana Monika? De la iglesia esa. –La comisaria Kopp hizo un gesto indefinido con la mano–. La conocías, ¿verdad?

–Hum.

–¿Cómo os conocisteis?

–Voy al centro de ayuda que hay junto a la iglesia. Ella trabajaba allí –explicó la chica brevemente. De vez en cuando miraba hacia su bloque–. Vamos un poco más allá. No quiero que por un casual me vea mi padre hablando con la policía.

–¿No le has dicho que veníamos? –preguntó Daniel–. Tenías que haberle advertido.

–Por supuesto que no se lo he dicho, ¿se ha vuelto loco? Si se lo hubiera dicho entonces sí que no habríamos podido hablar. Lo que les interesaba era verme, ¿no? Pues no me venga con historias.

–Vale. Venga. Olvidemos eso –murmuró en tono conciliador Klementyna Kopp–. Escucha, supongo que sabes que sor Monika ha muerto, ¿verdad?

–Hum.

La chica se arregló el pelo. En la oreja izquierda llevaba un pendiente de madera muy grande. Daniel Podgórski lo observó con curiosidad. De momento procuraba hablar poco. Parecía que la chica había conectado mejor con la comisaria Kopp.

–¿Te caía bien? –preguntó Klementyna mirando con interés el pendiente de Iza.

–Hum –volvió a murmurar la adolescente.

Por un momento pareció que la chica quería decir algo más. Klementyna Kopp le dio un poco de tiempo.

–Sor Monika era legal –dijo finalmente Iza–. Ahora no sé cómo va a ir todo este asunto sin ella.

–Stop. Espera –dijo la comisaria. Su voz había perdido su habitual velocidad de ametralladora. Ahora de repente era suave y amable–. ¿A qué te refieres con eso de «todo este asunto»?

La adolescente se encogió de hombros.

–¿Podemos alejarnos un poco más?

Pasaron junto al pequeño edificio de una escuela privada y junto a una frutería. En la puerta de esta había un grupo de mujeres envueltas en gruesos abrigos charlando animadamente. Por la acera cruzó corriendo un hombre que iba acompañado por un perro de raza desconocida.

–A sor Monika la asesinaron, ¿verdad? –preguntó Iza con lágrimas en los ojos, que llevaba pintados con lápiz negro–. Si no, no habríais venido a hacerme preguntas, ¿no? Temo que haya sido por mi culpa.

Klementyna la abrazó y dejó que llorara en silencio durante un rato. Después Iza se secó las lágrimas y se apartó de la comisaria, en cuya mejilla quedó una pequeña mancha de lápiz de ojos negro.

Podgórski notó en su bolsillo la vibración del teléfono. Por suerte le había quitado el sonido. Tenía la impresión de que la chica estaba a punto de decir algo importante.

–¿Qué ocurrió exactamente? –Se decidió a intervenir en la conversación, procurando que su voz fuera tan amable como la de Klementyna. Tenían que ser muy cuidadosos.

–Es que quizá sea por lo del cura ese –balbució Iza Cieślak en voz muy baja–. No debí haberle hablado del tema.

Del tema. ¿De qué tema? A Daniel empezó a latirle deprisa el corazón. El rostro de Klementyna permanecía impasible, así que no sabía si la comisaria estaba tan emocionada como él.

–Cuéntanoslo todo paso por paso –le pidió la comisaria Kopp.

La chica titubeó un instante, pero finalmente pareció tomar una decisión.

–Se trata del padre Piotr, que también trabaja en el centro –dijo con voz temblorosa. A Daniel le vino a la cabeza el rostro sonriente del joven sacerdote, que estaba de visita en la casa parroquial de Lipowo–. Me violó.

Durante un momento se quedaron en silencio. La adolescente hablaba de nuevo con ese tono de voz de quien ha tenido que madurar prematuramente.

–Se lo conté a sor Monika –siguió hablando Iza Cieślak–. Era muy amable y yo confiaba en ella. Ayudaba a todas las chicas que tenían problemas con los chicos o en casa. A ninguna la dejaba tirada. Así que me decidí a confesárselo. No podría habérselo dicho a ninguna otra persona, solo a ella. Y ahora está muerta. Por mi culpa...

Una lágrima cayó por su mejilla.

–No es culpa tuya, Iza –le dijo Klementyna con afecto mientras le ponía una mano en el hombro con intención de tranquilizarla–. Haya pasado lo que haya pasado, no ha sido por tu culpa, eso seguro. Continúa.

La adolescente volvió a echarse el pelo por encima de la oreja, dejando a la vista el pendiente.

–La hermana Monika se puso muy nerviosa. Por lo que sé, nunca antes había ocurrido nada parecido en nuestro centro de ayuda. Al menos a mí ninguna chica me comentó que tuviera cuidado con ese cura. Sor Monika dijo que debía recibir un castigo, pero yo no quería avisar a la policía. Ya les he dicho cómo son mis padres. No les gustan mucho los maderos. Aunque usted parece legal.

Iza Cieślak miró a Klementyna con gesto de aprobación.

–Así que le pedí a sor Monika que no hiciera nada. Le dije que solo quería contárselo, desahogarme. Pero ella se empeñó en que la cosa no podía quedar así. Me prometió no decírselo a nadie, sobre todo a la policía, y me aseguró que ella se encargaría de solucionarlo. Me dijo que no me preocupara por nada, que no permitiría que el padre Piotr volviera a hacerle daño a nadie.

Iza se limpió la nariz con la manga de su abrigo violeta.

–¿A qué te refieres cuando dices que ella se encargaría de solucionarlo? –preguntó Daniel con cautela.

–Él tenía que irse a no sé dónde. Sor Monika pensó en seguirlo y hablar con él sobre el asunto para no hacerlo aquí. Quería prohibirle que regresara. ¡Todo por mi culpa! Lo siguió y él la mató. ¡Si no le hubiera dicho nada aún estaría viva!

–Stop. Iza, nada de esto es culpa tuya. Recuérdalo siempre.

El teléfono de Daniel volvió a vibrar en su bolsillo.

Estaba muy orgullosa de su última entrada en el blog. ¡Era supermagnífica! Seguro que el criminal estaría aterrado. Ella tenía todos los ases en la manga, se decía regocijándose. Lo de las pruebas había sido un pequeño farol. Solo tenía las fotos de las víctimas, pero sabía muy bien quién era el asesino. En cambio, él no sabía quién era ella. En realidad no lo sabía ningún vecino de Lipowo. Daniel Podgórski, el jefe de la comisaría, se debía de oler algo, pero de momento no se había ido de la lengua. Eso a ella la alegraba.

Por supuesto, no tenía intención de avisar a la policía. Sería mucho mejor que fuera ella la que desvelara en *nuestro-lipowo* la solución al misterio. Quería ser una heroína. Tuvo mucha suerte cuando le cayó entre las manos aquel regalito. Había sido la persona adecuada en el lugar y el momento oportunos. Estaba muy satisfecha de haberse adelantado a los policías. Era ella quien conocía la solución del caso, no ellos.

Decidió ir a Lipowo andando, como de costumbre. Ya había empezado a caer la noche, pero los días eran ahora claramente más largos. El invierno daba paso poco a poco a la primavera. Aún tendrían que pasar muchos días antes de que la hierba reverdeciera, pero ya se veía una lucecita al final del túnel, se dijo alegremente la autora del blog. Aunque la lucecita estuviera todavía muy lejana.

De repente notó un dolor penetrante. Jamás había experimentado nada tan terrible. Tuvo la sensación de que su espalda se rompía en dos. Trató de luchar con todas sus fuerzas, pero en lo más profundo sabía que ya era demasiado tarde.

Lo último que vio fue la amplia sonrisa de la persona que le quitaba la vida.

Después se hizo la oscuridad.

Maria Podgórska colgó despacio el teléfono. Esta vez solo se trataba del anuncio en el que pedían información acerca de la monja, pero Maria también ahora se sentía sucia. Era una traidora y nada lo iba a cambiar. A su alrededor había mucho alboroto, pero ella se sentía como si estuviera sola tras una pared de cristal aislante del ruido. Como si viera a Jakub Rosół y a Marek Zaręba dando vueltas por allí, pero no escuchara sus voces. ¿La perdonaría alguna vez Daniel por lo que había hecho? Era la primera vez que no consultaba con él sus planes. Estaba segura de que no habría dado su consentimiento. ¿La perdonaría alguna vez Daniel?

Se fue al baño, entró en una cabina, cerró la puerta y se sentó en el váter sin levantarse la falda. Tenía que pensar.

–¿Todo en orden, señora Maria? –oyó que decía el joven Marek Zaręba.

–¡Sí! Todo en orden, Marek –mintió conteniendo la emoción que la embargaba.

Daniel y Klementyna Kopp se habían ido a Varsovia a interrogar a la adolescente cuyo nombre había aparecido en el bolso de la monja asesinada. Maria, Marek y Janusz se habían quedado solos en la comisaría. Pensaban que iban a pasar una tarde tranquila aguardando el regreso de Podgórski con la esperanza de que trajera algún dato clave para el caso, pero todo había cambiado desde que Ewelina había avisado a su marido del texto aparecido en *nuestro-lipowo*. El autor del blog había desafiado al asesino. Todos estaban de acuerdo en que eso no iba a terminar bien. Tenían que reaccionar lo más rápido posible.

–El informático de la Comandancia Provincial de Brodnica ya ha obtenido la IP del ordenador desde el que publican *nuestro-lipowo* –le explicó Marek Zaręba a través de la puerta del baño. Estaba preocupado, pero su voz también reflejaba excitación. Al estar ausente Daniel, Marek tenía que apañárselas solo con la situación que se había producido y parecía que eso le gustaba–. Ya sabemos quién escribe la página. También he conseguido hablar por fin con Daniel. Ya están de camino y no tardarán en llegar. Menos mal que se ha llevado el Subaru en vez de nuestro Polonez. Yo voy a reunirme con ellos, usted se queda aquí con Janusz, ¿de acuerdo?

–Sí, por supuesto –contestó Maria Podgórska a través de la puerta de la cabina–. Daos prisa. ¡No quiero que vuelva a pasar algo!

Weronika Nowakowska se sentó ante su ordenador en su recién arreglado despacho. Tras la ventana se oía el goteo de los carámbanos al deshelarse. Daba la impresión de que por fin llegaba la anhelada primavera.

–Falsas esperanzas –le dijo Weronika a *Igor,* que levantó las orejas–. ¡Estamos aún en enero, así que de momento nada!

Ya empezaba a oscurecer y Weronika encendió la pequeña lámpara del escritorio. Por la mañana había leído el nuevo texto que habían escrito en *nuestro-lipowo.* La tenía intranquila. Daniel había viajado a Varsovia para un interrogatorio, así que no podía hablar con él sobre el tema. De todos modos, él no habría querido que ella se mezclara demasiado en la investigación, más aún después de lo que le había contado sobre el guante rosa que había encontrado en la ventana y sobre las sospechas que tenía al respecto. Daniel se había puesto un poco nervioso por el asunto. Weronika lo consideró una buena señal: parecía que se preocupaba por ella.

Pero aunque a Daniel no le pareciera bien, Weronika no pensaba renunciar a involucrarse un poco en la investigación. Se sentía muy concernida por el caso. Conocía a la víctima. Quizá no fueran grandes amigas, pero eso no cambiaba nada. Además siempre había sido muy curiosa, no podía negarlo.

Volvió a abrir la página de *nuestro-lipowo.* No habían hecho ningún cambio en la entrada. Por si acaso la copió en un documento de texto, era posible que en breve la policía obligara al autor a eliminarla. Mejor dicho, era muy probable. El bloguero, fuera quien fuese, estaba actuando de forma inconsciente. Afirmaba que sabía perfectamente quién era el asesino. Weronika podía empezar por ahí.

–Supongamos por un momento que el autor sabe de lo que habla –dijo en voz alta–. ¿Se podría adivinar quién es el asesino gracias a lo que dice la entrada?

Permaneció unos instantes pensando en el contenido del texto. El autor, como de costumbre, había utilizado un estilo y un vocabulario muy particulares, pero quizá conviniera olvidarse ahora de eso y centrarse en el mensaje. Weronika sacó una hoja de papel y tomó un boli. Quería anotar sus observaciones. Eso no se lo podía prohibir Daniel. No se estaba mezclando en la investigación policial, solo estaba haciendo su propio análisis, totalmente inofensivo.

–En primer lugar –continuó hablando para ella misma–, estamos ante dos casos y un solo asesino. Una misma persona mató a la monja y a Blanka Kojarska.

El autor del blog se había dirigido a una sola persona. Durante mucho tiempo Nowakowska había sospechado que la propia Blanka Kojarska había atropellado a la monja de Varsovia. Pero eso fue antes de que Blanka fuera también asesinada. Ahora tenía que descartar esa hipótesis, al menos si daba crédito a lo que decía el bloguero.

Weronika tomó un trago del té caliente que se había preparado. Se quemó la lengua y resopló de dolor.

–En segundo lugar, el asesino debe de ser un hombre –dijo entre dientes mientras volvía a dejar la taza humeante.

No lo decía de una manera explícita, pero el autor del blog había escrito «querido asesino», no «querida asesina». Ciertamente, podía deberse a una cuestión de estilo, y además el resto de la nota no contenía ninguna otra referencia al sexo del autor de las muertes. Aun así, Weronika estaba convencida de que no se trataba de una mujer.

–En tercer lugar –dijo dirigiéndose al perro y al mundo en general–, tenemos tres fragmentos de texto muy interesantes.

En el primero de ellos se decía que el asesino ocultaba algo en el sótano. ¿Qué podía ser? ¿Se referiría al arma utilizada para matar a las víctimas? Daniel había comentado que habían empleado un cuchillo, así que había que descartar esa idea, porque un cuchillo se podía esconder en cualquier parte. El mejor sitio era entre otros cuchillos, por ejemplo, en la cocina, para no despertar sospechas. En tal caso, ¿de qué otra cosa podía tratarse?

Los otros dos fragmentos que le interesaban a Weronika hacían referencia a la identidad del criminal. El bloguero había escrito: «llevas mucho tiempo entre nosotros» y «todos te conocen y te aprecian». Weronika jugueteó un momento con el boli, abriéndolo y cerrándolo. Según ella, esa descripción solo podía significar una cosa: que el asesino llevaba viviendo algún tiempo en Lipowo y cumplía una función muy determinada en la pequeña comunidad, quizá de cierta importancia o incluso en un puesto oficial, pensó. Era posible que nadie hubiera sospechado de él precisamente por la función que cumplía. ¿Quién podía ser?

Abrió una nueva pestaña en el navegador y encontró un mapa de Lipowo. Quería señalar en él puntos importantes que quizá la ayudaran a establecer la identidad del asesino. Amplió el mapa hasta el máximo. Su mirada de inmediato se detuvo en la comisaría de policía. Sintió un desagradable hormigueo en los dedos. Así no podía hacerlo. Suspiró profundamente, tratando de mantener la objetividad. Estaba siguiendo una pista y no podía permitir que los sentimientos cegaran su opinión. A fin de cuentas, un policía encajaba muy bien con la descripción aportada por el bloguero.

Otro punto importante en el mapa de Lipowo era la iglesia. Weronika añadió a su lista al cura. Después de meditarlo un momento, decidió incluir también al alcalde, la personalidad más importante de cualquier pueblo.

Los policías, el cura y el alcalde. Todas esas personas respondían a la descripción del asesino ofrecida por el autor del blog. Quizá la lista de sospechosos no era demasiado larga, pero por algo había que empezar. Le entró un escalofrío. En la casa volvía a notarse el frío, a pesar de que en el exterior el tiempo había mejorado. Como siempre, la calefacción funcionaba de manera caprichosa.

–Ya, bueno, pero ¿qué hago yo ahora con todo esto? –suspiró Weronika desconcertada.

Se apoyó sobre un codo y empezó a enrollar un mechón de pelo alrededor de un dedo. Tomó otro trago de té. Ya no estaba tan caliente. Weronika tenía la lista de los posibles sospechosos. De momento no le interesaban sus eventuales motivos. Su intención era enfocar el asunto desde otro ángulo, apoyándose únicamente en la descripción publicada en el blog. Ahora había que inspeccionar las casas de las personas de la lista para descubrir los hipotéticos secretos ocultos en ellas, sobre todo en sus sótanos.

Bartek Rosół no se podía creer que Majka no hubiera llegado. Se lo había prometido y él llevaba esperando varias horas. Así que esto es el amor, pensó con amargura. En otro tiempo se habría burlado de algo así, pero esta vez le había tocado a él. Inesperadamente, se sentía muy bien con aquella situación. También tenía sus necesidades, claro, pero todo a su debido momento.

–Quizá incluso hoy –murmuró mientras arreglaba su habitación. No podía estar desordenada cuando llegara Majka. Todo hacía pensar que venía con ganas de hacerlo, pero ya se sabe que las chicas se pueden desanimar si ven calzoncillos sucios por ahí tirados o restos de comida.

Se rio. Rebosaba de alegría.

De repente su móvil vibró. Un mensaje de texto. Seguro que de Majka. Ya habían intercambiado una docena. Bueno, quizá hubieran sido varias docenas, no los había contado. Esperaba que este fuera tan picante como los anteriores.

Miró rápidamente la pantalla. ¡Era de Majka! Justo como pensaba.

–«Ya te llamaré en otra ocasión» –leyó en voz alta.

¿De qué iba esto? ¿Pasaba de él? Se sintió herido, pero al mismo tiempo le pareció que algo no cuadraba. Sobre todo después de lo que se habían escrito antes. ¿Le habrían prohibido sus padres salir de casa? El mensaje era corto y no tenía su estilo. Quizá lo hubiera escrito su viejo, pensó Bartek enfurecido. Por lo visto lo hacía a veces. Si había leído sus mensajes anteriores igual estaba cabreado.

Bartek Rosół decidió esperar hasta el día siguiente. Iría a Jajkowo y hablaría con Majka en persona para aclarar la situación.

Julka llegó a la casa parroquial de un modo casi ostentoso. La señora Solicka estaba en su tienda y el viejo padre Józef ni oía ni veía bien, así que no debía preocuparse de que la sorprendieran. En cambio sí tenía grandes esperanzas de que la viera la persona que escribía *nuestro-lipowo*. Se quedó un momento parada en la puerta esperando que brillara un *flash*. Pero no ocurrió nada parecido. No estaba de suerte.

Entró sin hacer ruido. Ewa quizá estuviera con un policía, ¡pero ella estaba con un cura! Bueno, *casi*. En realidad todavía no había pasado nada, aunque intuía que esa misma tarde conseguiría que pasase algo. Aquello podía provocar un escándalo enorme. Solo de pensarlo ya se emocionaba.

Porque ella también se merecía ser famosa.

El inspector Daniel Podgórski detuvo su Subaru dando un frenazo. Había recorrido el camino desde Varsovia en un tiempo récord. Tenían dos cosas por hacer. Primero, garantizar cuanto antes la seguridad del autor del blog, que de una forma tan irresponsable había desafiado al asesino. Segundo, detener e interrogar al padre Piotr. El fiscal Czarnecki ya había dado el visto bueno. La confesión de Iza Cieślak había resultado clave. El cura tenía un motivo de mucho peso para querer librarse de la hermana Monika. Su relación con Blanka Kojarska no estaba del todo clara, pero eso ya lo desentrañarían durante el interrogatorio. Quizá se habían equivocado al pensar que había sido la monja la que había llamado a Blanka. Igualmente pudo haberlo hecho el padre Piotr. Para él resultaba tan fácil acceder al teléfono del centro de ayuda como para sor Monika.

El joven Marek Zaręba ya los estaba esperando frente a la casa de Majka Bilska, que, tal como sospechaba Daniel desde hacía algún tiempo, había resultado ser la autora del blog *nuestro-lipowo*. Podgórski rezaba en su interior para que la chica estuviera en casa, sana y salva. Esperaba que el criminal no hubiera tenido tiempo de hacerle nada. Janusz Rosół, que llevaba una hora vigilando la casa parroquial, afirmaba que el cura seguía dentro, así que quizá no fuera demasiado tarde.

Alrededor de la casa todo parecía tranquilo y asombrosamente normal. No encajaba con el ánimo de ninguno de los policías en ese momento. La comisaria Kopp murmuraba algo incomprensible y Marek Zaręba se mostraba intranquilo.

El timbre de la verja de entrada no funcionaba, así que pasaron al jardín sin perder tiempo. Daniel observó que la cortina de una ventana de la planta baja se movía ligeramente. Era evidente que alguien los observaba desde dentro. En efecto, antes de que llegaran al edificio se abrió la puerta y en el umbral apareció el padre de Majka. Daniel no lo conocía en persona, pero sabía que era profesor de polaco en el instituto de Brodnica.

−¿Ha ocurrido algo? −preguntó el hombre con mucha flema−. ¿A qué viene tanto alboroto? ¿Sirenas de policía a la puerta de mi casa?

−Nos gustaría hablar con su hija −anunció Daniel Podgórski sin dar más explicaciones. Quería tener la certeza de que la chica estaba segura.

−Pero ¿por qué, si puedo saberlo?

La manera calmada de hablar del profesor irritaba a Daniel. Quería comprobar de inmediato si Majka estaba a salvo o no, no podían permitirse perder más tiempo con el padre. Podgórski vio que Marek estaba igual de preocupado que él. Klementyna Kopp también parecía inquieta, a pesar de que su rostro, como de costumbre, no revelaba ninguna emoción.

−Vale. Muy bien. Enfoquemos el asunto de este modo −dijo la comisaria en voz alta y con exagerada claridad−: tenemos que hablar inmediatamente con tu hija.

−Vaya, qué hermosa dicción tiene usted −comentó Bilski alabando a Klementyna. Daniel lo miró sorprendido, olvidando por un instante el asunto que los había llevado allí. Jamás habría calificado la manera de hablar de la comisaria Kopp como hermosa. Original quizá sí, pero seguro que no *hermosa*−. ¡Fabulosa! Por aquí no es habitual. ¿Es usted de la zona?

−Nací en Gdansk −explicó Klementyna con calma−. ¡Pero! Tenemos que hablar con tu hija. ¿Serías tan amable de llamarla?

−No puedo hacerlo −contestó el profesor con la misma apatía que al principio. Parecía que había perdido por completo el interés en la conversación.

−¿Por qué? −preguntaron Marek y Daniel casi al mismo tiempo.

−Porque mi hija no está en casa, por eso. Si estuviera, con mucho gusto la habría llamado.

Los policías se miraron temiéndose lo peor, aunque el padre no parecía preocupado lo más mínimo.

–¿Es todo? –preguntó poniendo la mano en el picaporte. Parecía que pensaba cerrarles la puerta en las narices.

–¿Dónde la podemos encontrar? –Daniel Podgórski no se daba por vencido–. ¿Dónde está Majka?

–Por desgracia no se lo puedo decir.

–¿Por qué? –se extrañó Daniel.

–Porque yo mismo no sé dónde se encuentra mi hija. ¿Ha ocurrido algo? ¿Por qué están ustedes tan nerviosos? ¿Majka ha hecho algo malo? Para serles sincero, debo decir que no lo creo posible. Está muy bien educada. ¡De veras! Me he preocupado de que así fuera. Soy una persona muy apreciada en la comunidad y no puedo permitirme que mi hija no me represente dignamente.

Bilski trató de cerrar la puerta.

–¿Podríamos entrar? –le pidió Daniel agarrando el picaporte por el otro lado. ¡Tenía que hacer entrar en razón a aquel flemático hombre!

Bilski miró a Podgórski enojado, pero los dejó acceder con desgana. Se quedaron en el recibidor. Parecía que el profesor no quería dejarlos pasar de ahí.

–¿Cómo debo entender esta intrusión? –En su voz apareció de repente una pizca de agresividad.

Klementyna Kopp le explicó de qué se trataba. Daniel observó a Bilski, pero siguió sin apreciar en su rostro la menor inquietud. Más bien reflejaba impaciencia e irritación.

–¿Mi hija la autora de ese estúpido blog de cotilleos? Eso es absurdo –exclamó Bilski indignado–. No sé qué es eso de la IP, pero no me interesa en absoluto. ¿Me comprenden? No me interesa. Mi hija no escribe eso. ¿Han leído ustedes ese... ese...? Ni siquiera sé cómo llamar a *eso*. Faltas de ortografía, un estilo horrendo. No, está claro que mi hija no ha podido llevar a cabo algo así. Le he inculcado todas las reglas del idioma polaco desde que era pequeña. Siempre ha sido una alumna ejemplar en esa materia. Escribe hermosos ensayos. Les digo que ella no ha escrito esa barbaridad. Se trata de un error. Toda esta situación resulta de lo más ridícula.

–De todas formas, ¿podríamos ver su ordenador? –le pidió Daniel–. Es muy importante, de verdad. Le ruego que lo entienda.

Pero la súplica de Podgórski no convenció al profesor.

–¡Por supuesto que no! –gritó indignado–. Creo que para eso necesitan una orden del fiscal, ¿verdad? Mi hija tiene derecho a un poco de privacidad. No voy a permitir que invadan su intimidad innecesariamente. Ya no vivimos en un estado policial. ¡Habrase visto!

–¿Es que no comprende usted que Majka puede estar en peligro? –El joven Marek Zaręba al final no pudo contenerse.

Daniel miró a su compañero. Como padre, Marek no podía comprender que aquel hombre tratara la seguridad de su propia hija de una manera tan despreocupada.

–Les repito que mi hija no corre ningún peligro –dijo Bilski alto y claro–. Además, hace un momento me ha escrito un mensaje de texto en el que dice que seguramente volverá mañana.

–¿Podemos ver ese mensaje?

–No, por supuesto que no. Ya les he dicho que sin una orden no les voy a mostrar nada.

Los policías se miraron desconcertados.

–Escuche, tiene que decirnos dónde está Majka. Solo queremos hablar con ella –le pidió una vez más Daniel, que notó que su voz empezaba a sonar desesperada–. No la estamos acusando de nada. Solo queremos asegurarnos de que todo está bien. ¿Es que a usted no le importa? Reconozco que no acabo de entender su postura.

–Os conozco. ¡Ahora o en la época comunista la policía siempre ha sido igual! –gritó el padre de Majka con la cara roja de ira–. Si mi hija dice que vuelve mañana, pues vuelve mañana. No lo pongo en duda. Confío en ella plenamente, nunca me va a defraudar, estoy seguro.

–¡Quizá no por su propia voluntad! –gritó Marek nervioso–. ¿Es que no le preocupa lo que pueda pasarle? ¿Cómo es posible? ¿Qué clase de padre es usted?

–Su dicción sí que deja mucho que desear –le recriminó a Zaręba el padre de Majka–. Debería usted trabajar más las terminaciones de las palabras.

Daniel tuvo que controlarse para no decirle cuatro palabras al profesor.

–Stop. Espera. Hablas de un mensaje de texto –intervino rápidamente Klementyna Kopp–. ¿Y has intentado llamarla?

–Por supuesto que no. Majka me pidió que no la molestara. Sé que tiene sus asuntos y confío en ella, como ya he comentado antes.

–¿No le parece extraño que su hija se marche toda la noche? –Marek Zaręba de nuevo no pudo contenerse.

–No –contestó Bilski con brevedad–. Es algo que ocurre con frecuencia. Cada pocos días, para ser exacto. Ahora déjenme en paz, por favor. A mí y a mi familia. No deseo que sigan incomodándome.

A los policías no les quedó más remedio que despedirse.

–Cuando Majka vuelva, dígale que contacte con nosotros lo antes posible, por favor –le pidió Daniel Podgórski mientras salía–. Le dejo mi tarjeta. De veras necesitamos hablar con su hija. Es muy, muy importante.

El profesor agarró la tarjeta, la estrujó hasta hacer con ella una bola y se la metió en el bolsillo sin darle mayor importancia.

–Lo tendré en cuenta.

Cerró de un portazo en cuanto salieron.

–Increíble –comentó Marek Zaręba nervioso.

–No pinta bien –admitió Daniel Podgórski–. Siempre queda la esperanza de que la chica esté en casa de una amiga... Pero algo me dice que esto va a acabar mal.

–En cualquier caso, de momento no podemos hacer nada –dijo la comisaria Kopp–. Si es necesario, el fiscal firmará la maldita orden y registraremos la casa. Ahora vayamos a por el padre Piotr sin perder tiempo.

Weronika decidió empezar por inspeccionar la casa del alcalde. Ya era tarde y él era el que vivía más cerca de entre las personas que había anotado en su lista de sospechosos. Además no conocía a aquel hombre y pensó que lo más sencillo era empezar justo por él. Sin emociones, de manera neutral. Sospechar de Daniel y de sus compañeros parecía de momento fuera de sus posibilidades.

Llamó a la puerta. Le llevaba una botella de vino. El alcalde no tardó en abrir. Era bastante grueso y de sus escasos cabellos le caían partículas de caspa.

–Hola –dijo el hombre con tono jovial–. Es usted la señora Nowakowska, ¿verdad? La que vive junto al bosque.

Weronika contestó con su sonrisa más amable e irresistible.

–Sí. Perdón por molestarle a estas horas.

–No es ninguna molestia. ¡Ninguna molestia! Mi esposa no está, ha ido a ver a su madre –explicó el alcalde–. ¡Es una lástima! Deseaba conocerla a usted. Después han ocurrido todas esas atrocidades y ya no ha habido ocasión. ¡Pase, por favor!

Weronika entró y miró a su alrededor con curiosidad. El piso estaba arreglado con un estilo algo recargado, pero el dueño parecía muy orgulloso de ello.

Caminaron por un estrecho pasillo hasta el salón. Por todas partes había los más diversos adornos, que para la persona que había decorado la casa debían de aportar un toque de buen gusto.

–¡Y ya que hablamos de esas atrocidades! Yo mismo estuve en el lugar del primer incidente, el de la monja. Vi el cuerpo con mis propios ojos –comentó el alcalde con un brillo de entusiasmo en su mirada–. Resulta imposible describirlo. ¡Como se lo digo! ¿Quiere un café, un té?

La observó fijamente. De pronto Weronika se sintió incómoda. No le gustaba la idea de que estuvieran completamente solos en aquella casa. Pero, por otro lado, estaba decidida a descubrir al asesino. Debía asumir que eso conllevaba cierto riesgo. Ya era tarde para echarse atrás. Optó por aprovechar la oportunidad que se le presentaba.

–No se preocupe, por favor. Pero ¿podría ir al baño? –Esperaba que ese pretexto le permitiera echar un vistazo a la casa. Le interesaba sobre todo encontrar el sótano–. Vuelvo enseguida.

–Por supuesto, por supuesto –dijo el alcalde observándola con patente interés.

Weronika salió al pasillo y miró a su alrededor sin perder un segundo. Quería estar segura de que en la casa, en efecto, no había nadie más. Reinaba un silencio absoluto en todas partes. Nowakowska empezó a abrir, una a una, todas las puertas del lado izquierdo del largo pasillo, con la esperanza de dar con la que conducía al sótano.

–Pensaba que iba usted al baño –oyó que le decía de pronto el alcalde–. No es ahí.

La detención del padre Piotr se llevó a cabo sin sobresaltos. Un factor añadido que empeoraba la situación legal del religioso fue la presencia en su habitación de Julka Ratajska, menor de edad. En realidad no parecía que el cura le hubiera hecho nada a la chica, pero la declaración de la varsoviana Iza Cieślak acerca de los abusos sexuales que había sufrido resultó suficiente para el fiscal.

El joven padre Piotr se encontraba en la sala de interrogatorios de la Comandancia Provincial de Brodnica. Estaba fuera de sí. Las manos le temblaban ligeramente y por la cara le caían lágrimas. La comisaria criminal Klementyna Kopp miró con severidad al sacerdote. No iba a mostrar compasión por alguien así. De eso nada. Era un malnacido. Sin lugar a dudas, el religioso tendría que responder ante la justicia por abusar de la chica. Ahora había que demostrar que era el autor de los asesinatos.

Klementyna recitó la fórmula con que se iniciaban los interrogatorios y miró al fiscal Czarnecki. Este le hizo una señal con la cabeza para que comenzara. El abogado de oficio que representaba al acusado también dio su aprobación. La comisaria Kopp sonrió levemente, porque era el peor defensor que le podía haber tocado al cura. Sin la menor experiencia, con los estudios casi recién terminados. Iba a resultar fácil.

–Vale. Entonces empezamos –dijo la comisaria. Pensó que lo mejor sería ir al grano cuanto antes, no quería andarse con rodeos. No con aquel malnacido–. Violó usted a Iza Cieślak, de quince años, ¿verdad? Según su declaración, los hechos tuvieron lugar a finales de diciembre del año pasado en el centro de ayuda para jóvenes de familias disfuncionales. ¿Es cierto?

Procuró darle a su voz el tono más duro posible. Odiaba a los hombres como ese. Le hizo recordar su propia infancia y frotó su tatuaje de la suerte para tranquilizarse.

–Sí –gritó el sacerdote lloriqueando–. Lo siento, ¡lo siento mucho!

Dio la impresión de que su voz angustiada se extendía por toda la comandancia.

–¡Perdóname, Señor, por haber cometido semejante pecado! –exclamó el cura.

El abogado intentó calmarlo, pero el joven sacerdote le hizo un gesto con la mano para que le dejara continuar.

–Me gustaría confesarlo todo. Ya estoy harto de ocultar lo que hice. Me doy asco. Quiero pagar por mi acto. Es cierto, me aproveché de esa pobre chica. ¡Cuánto lo siento, Dios mío! Me gustaría dar marcha atrás en el tiempo. ¡Si pudiera expiar mi culpa de algún modo…!

–Stop. Espere. ¿Lo sabía la hermana Monika? –preguntó Klementyna Kopp–. Lo sabía, ¿no?

El cura miró a la comisaria entre lágrimas. Sus ojos expresaban una total perplejidad.

–Nadie lo sabía –contestó por fin–. Solo Iza y yo. ¡Cómo pude hacer eso! Sufrirá durante toda su vida, que ya de por sí no es nada fácil. Fue solo un momento. Mi cuerpo actuaba como por cuenta propia. No podré perdonármelo. ¡Aceptaré cualquier penitencia! La he defraudado a ella, a Nuestro Señor y a mí mismo.

El abogado de oficó trató de intervenir, pero el sacerdote se lo impidió de nuevo.

–Tranqui –comentó la comisaria Kopp–. ¡Pero! Quiero entenderlo bien todo. Entonces, ¿afirma usted que no sabe por qué sor Monika viajó a Lipowo?

El joven padre Piotr negó con la cabeza y se secó las lágrimas.

–Bueno, en tal caso, ¿dónde estuvo el martes quince de enero durante toda la mañana? Me refiero a cuando asesinaron a sor Monika.

De pronto el sacerdote comprendió cuál era el objeto del interrogatorio. Inspiró bruscamente y se agarró los brazos, como si eso pudiera ayudarlo de algún modo.

–¿Estoy acusado de la muerte de Monika? –preguntó con voz apagada.

–Ya lo creo. Tenía un móvil perfecto. Quiso usted silenciarla para que su despreciable capullada no saliera a la luz, ¿eh? –soltó Klementyna Kopp enfurecida. Tenía ganas de golpearlo. Le asqueaban los tipos como él–. Vale, muy bien. Vamos a tomárnoslo con calma. ¿Dónde estuvo el martes por la mañana?

–Estuve en la casa parroquial de Lipowo. –El padre Piotr empezaba a tranquilizarse poco a poco–. Con la señora Solicka, que trabaja allí, y con el padre Józef, que es familiar mío. Llegué el lunes por la noche y no tuve tiempo de cenar con ellos. Józef se acuesta temprano debido a su avanzada edad. Por eso desayunamos juntos al día siguiente. Dos personas pueden confirmar que estuve con ellas en ese momento. No maté a Monika.

Klementyna suspiró irritada. Parecía que el cura decía la verdad. El fiscal hizo una seña a los policías que aguardaban tras el espejo polarizado de la sala de interrogatorios. Debían confirmar de inmediato la veracidad de las palabras del sacerdote. Si la señora Solicka y el padre Józef corroboraban lo dicho por Piotr, entonces no podrían acusarlo del asesinato de sor Monika.

–Stop. ¡Espere! ¿A qué hora comenzó ese desayuno común? –preguntó la comisaria Kopp mientras esperaba a que sus compañeros obtuvieran la información–. ¿A qué hora se sentaron a la mesa?

–Serían alrededor de las ocho. Quizá unos minutos antes. Tras el desayuno ayudé a la señora Solicka a fregar. Después estuve charlando con el padre Józef en la sala de estar –explicó Piotr con un tono cada vez más seguro–. Yo no maté a sor Monika. Le hice daño a Iza Cieślak y quiero responder de ello ante Dios, ante la justicia y ante ella. Pero a la hermana Monika no la maté. No miento.

En su voz se notaba una seguridad absoluta. Klementyna maldijo con furia para sus adentros. Aunque no lo quisiera, empezaba a creer al religioso.

–Bueno. ¿Y cómo explica su relación con Blanka Kojarska?

–No la conocía –contestó con igual firmeza el padre Piotr–. Sé que la han matado, por supuesto, porque ahora mismo no se habla de otra cosa en Lipowo. Pero yo no la conocía, al menos no personalmente.

–¿Y entonces qué nos puede decir de la llamada que le hizo? –le preguntó la comisaria Kopp. Era una pequeña trampa, porque en verdad no sabían quién había llamado a Blanka desde la parroquia de Ursynów, pero decidió arriesgarse–. La llamó el domingo anterior.

–No fui yo, eso seguro. Ya he dicho que no la conocía. ¿Cuándo fue hecha la llamada? –preguntó el cura con curiosidad.

Klementyna le informó de la hora y la fecha exactas. Ya empezaba a estar harta del interrogatorio. Al parecer habían apresado a la persona equivocada. El sacerdote respondería por la violación de la chica, pero no sería Klementyna la que se encargara del asunto. Todo indicaba que el asesino continuaba en libertad.

–¡En ese momento estaba celebrando misa! –gritó el cura–. ¡Varias decenas de personas lo pueden confirmar! No pude llamar a nadie a esa hora.

Uno de los policías asomó la cabeza por la puerta y el fiscal Czarnecki salió de la sala de interrogatorios. Regresó al cabo de un rato y le hizo un gesto con la cabeza a Klementyna Kopp. El sacerdote no mentía, era cierto que no pudo asesinar a la monja. Tampoco parecía que tuviera la menor relación con Blanka Kojarska. La comisaria suspiró sin hacer apenas ruido.

–Bueno. ¿Y dónde estuvo la noche del veinte al veintiuno de enero, es decir, el domingo pasado? –preguntó por si acaso Klementyna Kopp, refiriéndose a la noche en que murió Blanka Kojarska.

–También en la casa parroquial y con las mismas personas.

La comisaria Kopp se levantó con brusquedad. Que el fiscal se entretuviera en finalizar aquella representación, ella no tenía ya ganas de permanecer allí sentada. La policía de Varsovia se llevaría al sacerdote para que respondiera de la agresión sexual a una menor. Klementyna, por desgracia, aún tenía pendiente encontrar al asesino.

Wiera entró en su silencioso piso, encima de la tienda que regentaba en Lipowo. Dentro el ambiente era desagradablemente sofocante. Nadie había abierto las ventanas en su ausencia. Se sintió sola. Durante toda su vida había dado una imagen de mujer fuerte y autosuficiente, pero ahora deseó por un momento que alguien se ocupara de ella.

Pero no tenía a nadie.

Abrió la ventana y se sentó en el pretil. Inspiró el aire fresco del campo y notó que sus pulmones se llenaban de oxígeno. Lo había echado de menos en la celda en la que había estado detenida durante unos días. Por suerte todo había acabado bien. Solo ahora comprendía que no estaba en absoluto preparada para sacrificarse así por su hijo. Júnior Kojarski era importante para ella, pero quizá no tanto. Quería vivir para sí misma. En realidad Júnior era una persona extraña para ella. Wiera vivía para Wiera. La tendera sonrió con amargura. El sentimiento de soledad casi había desaparecido.

Se puso el abrigo y se fue a dar un paseo por el bosque. Adoraba la noche entre los árboles y el ulular de las lechuzas. Ese era su medio natural. Fue hasta el claro donde habían encontrado a Blanka. Necesitaba ver una vez más ese lugar. Quería sentir su singular energía.

La nieve se estaba deshaciendo. La luna se había ocultado tras unas nubes grises y por eso el bosque parecía aún más oscuro que de costumbre. Entró en el claro con paso firme. Cerró los ojos y escuchó con atención las vibraciones del lugar. Casi podía oír el grito que había acompañado a la muerte de la rubia.

De repente notó que algo se movía al otro lado del claro. No es que escuchara nada, fue más bien una sensación. Miró hacia allí. Había un hombre, y parecía que él también había advertido la presencia de Wiera. Su cuerpo daba la impresión de haberse puesto en tensión, como si la tendera lo hubiera sorprendido in fraganti.

–Imaginaba que serías tú –dijo ella con calma.

No tenía miedo.

28

Varsovia, 1986

Jakub volvía a casa tambaleándose. Se equivocó de camino varias veces, pero al final dio con su calle. Intentaba concentrarse, pero no resultaba sencillo. Había ocurrido lo que tenía que ocurrir: había perdido su trabajo. Su única fuente de sustento. Peor aún: le habían retirado el permiso para ejercer su profesión. Todo por un poquito de sangre. Un poco de sangre y ya nunca volvería a ser médico. Recordaba vagamente que Eugeniusz Żywiecki había reanimado a la paciente, aunque Jakub no estaba seguro de si había sobrevivido. Debió de ser entonces cuando se largó de allí.

Tropezó y se dio contra la pared del edificio. Se apoyó en ella y se quedó así un momento, respirando con dificultad. Ya casi estaba en casa. Llevaba unos cuantos días sin ir. Lo devoraba la curiosidad por saber cómo se las había apañado el monstruo. Jakub tenía la esperanza de que no hubiera sobrevivido. Eso facilitaría mucho las cosas. No tenía valor para matarlo con sus manos, a pesar de que lo había intentado varias veces.

De momento el monstruo había sido más fuerte. De momento ganaba.

Del portal salió el vecino del cuarto, un abogado, que llevaba puesto su elegante traje y su corbata, como siempre. Tiempo atrás Jakub también se vestía así. Ahora le daba todo igual.

—Buuenosss díasss —farfulló dirigiéndose a su vecino, aunque en realidad no estaba seguro de si era de día o de noche.

El hombre lo miró con lástima. Quizá incluso con repugnancia. Últimamente lo miraban solo así. Desde que había muerto Mariola. Sin ella nada tenía sentido. El antiguo Jakub había desaparecido, se había desvanecido entre la blancura del hospital en aquel fatídico momento.

Se echó mano al bolsillo presa del pánico. Su madre seguía allí. A decir verdad, la fotografía estaba ya un poco descolorida. Desde hacía poco llevaba también una de Mariola. De esa forma sus dos Mariposas cuidaban de él. Ambas de cabellos rubios y ojos violáceos.

—¡Me han echado del trabajoooooooooo! —gritó desesperado a pleno pulmón.

El vecino se alejó deprisa; sus pasos resonaron en la calle vacía. Jakub se inclinó y vomitó. Después se dejó resbalar hasta quedar sentado sobre la acera y permaneció así un rato, encorvado. No tenía fuerzas para seguir adelante.

—¿Se encuentra bien, doctor? —le preguntó el portero. Parecía que el hombre hubiera surgido de la nada. O quizá Jakub se había dormido unos instantes—. No puede quedarse aquí tirado, lo siento.

Su voz reflejaba verdadera preocupación. Quizá era el único que lo comprendía.

—¿E-eres m-mi am-migo? —preguntó Jakub despacio.

—Sí, doctor —contestó el portero ayudándole a levantarse—. Hace varios días que no lo veo. ¿Dónde está el pequeño Kacper? Mi mujer y yo estamos un poco preocupados. Oímos que lloraba, pero no quise molestarlo a usted.

—Ya no voy a examinar coños —comentó Jakub como si quisiera dar una explicación. Su carrera como ginecólogo había terminado—. ¿Lo sabe usted?

—¿Dónde está el pequeño Kacper? —preguntó de nuevo el portero haciendo caso omiso de la confesión de Jakub.

Jakub agitó la mano a modo de evasiva. Kacper. Aquel pequeño asesino debía morir. Ese era el plan, al menos de manera indirecta. El mundo sería mucho mejor sin él. La mala suerte había querido que los padres de Mariola falleciesen poco después de la boda de su hija. Si no, Jakub habría podido encasquetarles al niño y no volver a verlo nunca. Eso no habría sido suficiente, rectificó para sí de inmediato. A Kacper había que *castigarlo,* no asegurarle un hogar cálido con sus adorados abuelos. Y era justamente Jakub quien debía aceptar esa responsabilidad, no otro. Él y nadie más debía vengar a Mariola.

–Lo acompañaré a su piso y veremos cómo se encuentra el crío, ¿vale? –le propuso el portero, que seguía preocupado.

Subir por las escaleras no resultaba sencillo, pero el viejo ascensor no funcionaba y no había más opciones. Tuvieron que detenerse varias veces, porque las piernas de Jakub se doblegaban todo el rato. Cuando llegaron arriba, el portero sacó su copia de la llave y abrió la puerta. Al pasillo salió una peste nauseabunda. Hasta Jakub la notó. Esperaba haberlo conseguido.

–Yo no entro –dijo tranquilamente.

–¿Dónde está Kacper? –gritó el portero, y entró corriendo tapándose la nariz con la mano.

–Espero que haya muerto –replicó Jakub con franqueza dejándose caer al suelo sin fuerzas–. ¡Espero que haya muerto!

Debió de volver a quedarse dormido. Cuando abrió los ojos se hallaba en una cama limpia y no sobre el suelo de piedra del pasillo. A su lado estaba tumbado Kacper. El niño observaba a Jakub con sus grandes ojos.

–¿Tú qué miras, montón de basura? –gritó Jakub. La barbilla del chico tembló por el sobresalto–. ¡Te has vuelto a mear! ¡Me cago en la puta! ¡Te has vuelto a mear!

Las sábanas ya no estaban limpias, sino pegajosas y asquerosas. Tiró al niño de la cama y él mismo se levantó de inmediato.

–¿Qué te tengo dicho?

–Que eso está mal –contestó en voz baja Kacper.

Jakub golpeó a su hijo con todas sus fuerzas.

–¿Qué ocurre aquí? –Una mujer entró corriendo a la habitación–. ¿Qué hace usted? ¿Qué ocurre aquí?

En la puerta apareció también el portero.

–No pasa nada –replicó Jakub con calma. No quería que nadie se inmiscuyera en la vida de su familia–. ¿Dónde estoy?

–Los he traído a mi casa –explicó el portero–. Su piso... pensé que no era en este momento un lugar muy agradable. Habrá que limpiarlo.

Su esposa miraba a Jakub con evidente desagrado.

–No es asunto vuestro –gritó–. No vais a decirme vosotros lo que tengo que hacer.

–Doctor, ¿no cree usted que el niño necesita un poco de...? –empezó a decir el portero sin mucha convicción.

–Yo decidiré lo que necesita y lo que no. Soy médico –bramó Jakub, que sintió que tenía que beber algo cuanto antes–. Ya estoy harto de todo esto.

Agarró a su hijo de la mano y tiró de él. El niño se echó a llorar desconsolado.

–No berrees, estúpido. ¿Mataste a tu madre y ahora lloras? Haberlo pensado antes. De no ser por ti, Mariola y yo tendríamos una vida feliz. Enormemente feliz. ¡Y no la vida que tengo ahora!

El portero y su esposa lo miraron asombrados. A Jakub le dio igual.

–Por su culpa mi mujer murió. Él la ma-mató –tartamudeó entre dientes.

Después debió de desmayarse.

29

Lipowo. Viernes, 25 de enero de 2013, por la mañana

Su hija no había vuelto en toda la noche. Alicja Bilska sujetaba el móvil entre sus manos temblorosas. Cuando se apagaba la pantalla, apretaba alguna tecla para que volviera a encenderse y así tener la certeza de que no se le había pasado ninguna llamada de Majka. Había consultado mil veces las llamadas perdidas con la esperanza de descubrir que su hija había intentado contactar. Desesperada, subió el volumen del teléfono al máximo. Pero nada, seguía sin recibir noticias. Ni llamadas ni mensajes de texto.

Alicja tuvo la impresión de que algo no marchaba como debía. Era cierto que Majka vivía a su aire, pero la señora Bilska no compartía el optimismo de su esposo y no pensaba que la chica se hubiera ido a dar uno de sus paseos. No comprendía por qué él no había aceptado la ayuda de la policía. Sospechaba que quizá no había querido reconocer ante sí mismo que Majka pudiera estar en peligro. La clásica negación.

«No me llaméis; estoy ocupada; volveré mañana.»

Alicja Bilska había leído ese mensaje más o menos un millón de veces, o esa era la sensación que tenía. Los ojos le escocían de no dormir, como si bajo los párpados tuviera granos de arena afilados. Estaba cada vez más convencida de que su hija no había escrito ese lacónico mensaje. Hasta entonces Majka siempre había llamado cuando no iba a volver a dormir; no quería que sus padres se preocuparan. Pero seguía quedando una pregunta sin responder: si Majka no había escrito el mensaje de texto, ¿quién lo había hecho entonces? Porque había sido enviado desde su teléfono, de eso no había duda.

Alicja volvió a marcar el número de su hija. Nada. Oyó la señal telefónica, pero no hubo ninguna respuesta. Una vez más grabó un mensaje en el buzón de voz.

—¡Soy mamá, llama, Majka! Estoy muy preocupada. Te quiero. —Se le quebró la voz.

No era capaz de pensar que su hija hubiera podido desaparecer. En las últimas dos semanas habían muerto dos personas de manera trágica en la zona. La noche anterior había estado la policía en su casa. Debían de tener algún tipo de temor, de otro modo no se habrían presentado allí. No era difícil imaginar que sospechaban lo peor.

Alicja Bilska se acercó a la puerta de la habitación de su hija. Inconscientemente levantó la mano para llamar con los nudillos. Aquel era el reino de Majka y habían acordado no entrar nunca sin llamar. Dio un profundo suspiro. Ahora eso no tenía importancia, lo único que la tenía era saber si su querida hija iba a volver a casa.

La policía había dicho que Majka era la autora del blog *nuestrolipowo*. En tal caso, la clave para solucionar aquel asunto quizá estuviera en el ordenador de su hija. La señora Bilska decidió echarle un vistazo. No se le ocurría qué otra cosa podía hacer. Por algo hay que empezar, pensó. Ya no podía seguir esperando con la mirada fija en la pantalla vacía del teléfono.

Resultó que el ordenador de Majka estaba protegido por una contraseña. Era fácil de imaginar, porque a su hija le gustaba tener sus secretos. Alicja Bilska probó con diversas combinaciones del nombre y la fecha de nacimiento. No hubo resultados. Al final el ordenador mostró una pista que su hija había anotado en la memoria del aparato por si alguna vez se le olvidaba la contraseña.

Ella.

Alicja Bilska empezó a caminar por la habitación. ¿Ella? Ella. Ella. ¿Quién era esa misteriosa «ella»? Trató de pensar como Majka, como una quinceañera. ¿Quién era «ella»? ¿Una actriz? ¿Una cantante? ¿Quién? La señora Bilska notó que el pánico la iba a superar. Volvió a marcar el número de su hija, sin resultados.

Golpeó con rabia el teclado. Su marido se había marchado a Brodnica y la había dejado sola con todo aquello.

–¿Qué me había pensado? –gritó con todas sus fuerzas. Tenía la impresión de que la habían oído en toda la provincia. En sus ojos aparecieron lágrimas de impotencia–. ¿Con qué iba a conseguir entrar en su ordenador?

Ella.

Escribió a la desesperada esas cuatro letras y se secó las lágrimas. A veces las soluciones más simples eran justo las correctas.

Enter.

La pantalla cambió de repente y apareció la fotografía de un popular grupo musical. Alicja Bilska contempló enmudecida el escritorio virtual que a diario miraba su hija.

–¡Lo conseguí! –gritó excitada. Notó que una ola de calor inundaba su rostro–. ¡Lo conseguí!

En la esquina superior derecha vio una carpeta llamada «Lipowo». Dentro había otras tres carpetas: «Textos», «Ideas» y «Fotos». Parecía que la policía tenía razón, su hija era la autora de la página que Alicja leía entusiasmada con sus compañeras de trabajo. Tantas veces se había preguntado quién la escribiría… ¡Y resultaba que el blog lo creaban bajo su propio techo!

Abrió la carpeta de las fotos. Ante sus ojos aparecieron filas de miniaturas llenas de color. Aumentó una de ellas. Miró la pantalla horrorizada.

Ziętar colgó el teléfono. Su interlocutor parecía nervioso. No era lo habitual. Además nunca llamaba tan temprano. Pensándolo bien, en general llamaba muy poco. La última vez fue el día en que murió Blanka Kojarska.

Volvía a tener trabajo que hacer. Ziętar se puso con desgana su abrigo y salió a la calle. Fue al viejo granero que había detrás de la casa. Allí tenía todo lo que necesitaba, bien oculto de la policía y de ojos indiscretos.

Los rayos del sol despertaron al inspector Daniel Podgórski poco antes de las ocho. El policía saltó de la cama. Había olvidado poner el despertador. Con alivio, recordó que ese día la reunión no iba a empezar hasta las nueve. Así habían quedado.

Suspiró. En el exterior, el deshielo continuaba a buen ritmo. En algunos lugares, la nieve se había deshecho por completo dejando a la vista zonas de hierba amarillenta. Los grandes montones de nieve eran ya solo un recuerdo. Se sentía bien, a pesar de los temores por Majka y una confusa añoranza por Weronika. A la luz del día todo tenía mucho mejor aspecto. Quizá no hubiera de qué preocuparse.

Desayunó tranquilo y decidió ir al quiosco a comprar el periódico. Tenía curiosidad por saber si la rueda de prensa del día anterior había tenido algún eco. No sabía muy bien con qué rapidez reaccionaba la prensa. El quiosco estaba en un cruce, junto a un estanque medio seco que el agua de la nieve derretida estaba convirtiendo poco a poco en un lodazal.

–Buenos días, Daniel –lo saludó amablemente la quiosquera–. Seguro que viene usted a buscar las últimas noticias. Hoy escriben mucho sobre Lipowo. ¡Quién iba a pensar que pudieran ocurrir aquí tantas cosas! Voy a guardar unos ejemplares de recuerdo.

–Es cierto que ahora somos bastante populares. Pero es una lástima que haya tenido que ser por esto –dijo Daniel–. Deme todos los periódicos en los que hablen sobre nosotros.

La quiosquera juntó una pila de periódicos bastante grande.

–¿Quiere una bolsa?

–Sí, por favor. Son muchos –contestó el policía sorprendido.

–Ya se lo había dicho –comentó la quiosquera sonriendo–. Hasta luego.

Daniel se despidió con educación y caminó deprisa hacia la comisaría. Marek Zaręba ya lo estaba aguardando en la puerta. Parecía alarmado.

–Hola –dijo el joven policía intranquilo–. ¿Has visto los periódicos? A Klementyna le va a dar algo otra vez. Me apuesto lo que sea.

–Aún no me ha dado tiempo a leerlos. ¿Qué ha pasado?

–Va a ser verdad que alguien se ha ido de la lengua –explicó Marek–. Viene descrito literalmente todo, incluso cosas que ayer no les dijisteis.

Entraron en el edificio y se sentaron en la sala de descanso.

–¿Qué dices, Peque? –Daniel empezó a hojear de manera febril el primer periódico que agarró al azar–. ¿Qué han escrito?

Marek Zaręba tenía razón. Un artículo exponía una a una prácticamente todas las informaciones que tenían, incluidas aquellas que habían decidido no revelar de momento a la prensa.

–¡No entiendo quién les facilita todas esas informaciones! –comentó nervioso Podgórski–. ¡Quién sabe a qué puede conducir esto!

–Yo no sé nada –replicó Marek Zaręba a la defensiva.

–No he dicho que hayas sido tú, Peque.

–He sido yo.

Maria había entrado en la sala con tanto sigilo que ninguno de los policías lo había advertido.

–¿Qué? –gritaron al unísono.

Maria no contestó. Parecía hundida.

–Pero ¿por qué? –preguntó finalmente Daniel Podgórski–. Mamá, ¿cómo has podido hacer algo así? ¡No lo entiendo!

No podía creer que su madre fuera el origen de las filtraciones a la prensa. Ella, que siempre hablaba de la ética del policía y que era la esposa de un hombre que había sacrificado su vida por cumplir con su deber.

Maria no llegó a decir nada porque sonó el teléfono de la recepción. Salió rápidamente murmurando que debía contestar. Los policías se miraron sin entender nada. Ninguno de ellos podía creer lo que acababa de escuchar.

En ese momento entró en la sala Janusz Rosół. Parecía que había vuelto a su personalidad silenciosa de costumbre. Saludó con una leve inclinación de cabeza y se atusó el bigote.

–He visto que nuestra comisaria favorita ya viene –les informó con brevedad, y se sentó sin demasiado entusiasmo–. ¿Y a vosotros qué os ha pasado? Ni que hubierais visto un fantasma. ¿Ocurre algo conmigo?

–No, solo que... Te lo digo luego –le prometió Marek. Se acercaba alguien.

Maria volvió a la sala en compañía de Klementyna Kopp. La comisaria se había afeitado la cabeza casi al cero. Daniel pensó que ahora su aspecto era aún más extravagante.

–Ha llamado la señora Bilska –explicó Maria, dejando en suspenso la anterior conversación.

Daniel sabía que tendría que hablar con su madre más tarde, no quería hacerlo en presencia de Klementyna. Lo más importante era que Maria no dijera nada más a la prensa. Lo hecho, hecho estaba.

–Está asustada porque su hija no ha vuelto. Quiere denunciar la desaparición –continuó Maria–. Además ha encontrado en su ordenador una carpeta con fotografías. Entre otras estaban las de los cuerpos de la monja y de Blanka. Parece que la chica sabe realmente quién es el asesino. Tal como escribió.

Los policías se levantaron sin decir palabra. Había que empezar a trabajar. Cuanto antes.

Wiera se despertó en una cama mullida y entre unas sábanas que olían muy bien. Miró a su alrededor. No estaba en su casa, pero tampoco en la cárcel. Por un momento se sintió desorientada, pero los recuerdos de la noche anterior empezaron a volver con rapidez.

Había ido al bosque para ver el lugar del crimen. Allí esperó a su hijo, Júnior Kojarski. Charlaron durante un buen rato mientras contemplaban unas huellas de sangre que ya deberían haber desaparecido. Y sin embargo estaban allí. O quizá solo estaban en la imaginación de ella.

Júnior le contó todo lo referente a su vida y a Blanka. Lo escuchó, a pesar de que tenía sentimientos confusos hacia su hijo. Al final, la invitó a la residencia y le permitió pernoctar en el lujoso dormitorio para invitados. Es posible que estuviera tratando de congraciarse con ella. Después de todo era su madre.

Miles de pensamientos cruzaron la mente cansada de Wiera.

Weronika Nowakowska estaba limpiando la cuadra. *Lancelot* relinchaba alegremente en el cercado. Los pensamientos de ella volvían sin parar a la visita que le había hecho al alcalde el día anterior. La había descubierto cuando intentaba echar un vistazo a la casa en busca del sótano, así que no podía calificar de satisfactoria su misión de reconocimiento.

Sin embargo, Weronika sentía que no podía dejar así las cosas. No le cabía duda de que el alcalde era un poco raro. Había algo en la manera en que la había mirado la tarde anterior que, por momentos, le había causado escalofríos. No estaba segura de si tenía ganas de volver sola a aquella casa. Por otro lado, quería descubrir quién era el asesino, y por alguna razón veía claro que el texto del blog señalaba acusadoramente al alcalde. Pero no creía que ninguno de los policías quisiera perder el tiempo con sus sospechas, todavía menos si recaían sobre un personaje tan destacado de Lipowo. No disponía de pruebas concretas contra él, solo la entrada del blog y sus propias reflexiones.

Echó heno fresco en la caseta de *Lancelot*. Olía muy bien y le recordaba al verano, que tan lejos parecía aún. Weronika comprendió que en breve tendría que intentar entrar de nuevo en la casa del alcalde. Necesitaba pruebas.

Ante el edificio color azul caramelo de la comisaría de Lipowo se había reunido mucha gente. Esta es la ventaja de las localidades pequeñas, pensó la comisaria Kopp. Todos querían ayudar. Klementyna provenía de una ciudad grande y estaba convencida de que allí no habría sido posible organizar una búsqueda con tantos voluntarios. En Lipowo eso no constituía un problema. En menos de veinte minutos una gran parte de los habitantes del pueblo habían acudido a ayudar. Se habían presentado de todas las edades, jóvenes y viejos.

La comisaria volvió a observar todo aquel gentío. Quizá no fueran profesionales, pero confiaba en la buena intención que tenían. Para contar con un grupo numeroso de policías habrían tenido que esperar, pues teniendo en cuenta que Majka solo llevaba una noche desaparecida, nadie habría ordenado la búsqueda tan pronto. Y Klementyna creía que había que actuar cuanto antes. No había tiempo que perder.

El novio de Majka, Bartek Rosół, había confirmado que iba a encontrarse con ella la tarde anterior. Igual que el matrimonio Bilski —los padres de la chica—, Bartek también había recibido un mensaje de texto enviado desde su teléfono. Y, como los Bilski, estaba casi seguro de que no lo había escrito Majka. Esto solo podía querer decir una cosa: que el asesino había usado el teléfono de la chica para retrasar un poco la acción de la policía. Y había que reconocer que lo había logrado.

Klementyna tenía un mal presentimiento respecto a la suerte que había corrido la autora del blog. A pesar de desearlo con todas sus fuerzas, no era capaz de extraer de su interior ni una pizca de optimismo. Majka tenía en su ordenador fotos de los cuerpos de ambas víctimas, aunque no se había encontrado ninguna foto del posible asesino. ¿Acaso la chica se estaba marcando un farol? ¿O quizá algunas fotos las había borrado o las tenía guardadas en otra parte? No era muy probable que el propio asesino hubiera destruido las pruebas. Tendría que haber entrado en casa de Majka sin ser visto, y allí solía haber siempre alguien de su familia. Eso en caso de que el criminal no fuera el padre o la madre. No sería la primera vez que Klementyna se topaba con algo así en su carrera.

La comisaria agarró el megáfono y suspiró con disimulo. Para colmo de males, aquel era *el día*. Teresa se había ido y jamás volvería. La nostalgia le impedía respirar con normalidad. Frotó su tatuaje de la suerte con la ilusoria esperanza de que la ayudara.

–Vale. Muy bien. Vamos a crear grupos para inspeccionar el bosque y sus alrededores –les explicó finalmente a los reunidos. Su voz, amplificada por el megáfono, llegaba a todos los rincones–. El primer grupo marchará bajo la dirección del guardabosques Gostyński, el segundo lo encabezará Daniel Podgórski, el tercero Marek Zaręba y el cuarto el señor alcalde.

El voluminoso alcalde asintió enérgicamente, satisfecho del papel que le habían asignado.

–Vale. Los encargados de cada grupo les dirán qué terreno van a cubrir y les explicarán con detalle cómo hacerlo. Solo añadiré que me gustaría que avanzaran en hileras rectas y que cada uno se colocara a un brazo de distancia de los compañeros que tenga a los lados. De ese modo tendremos la seguridad de que hasta el más mínimo fragmento de terreno será inspeccionado. Si Majka está... –Klementyna dudó un momento. No era bueno quitarles las esperanzas, lo sabía por experiencia–. Si ha ocurrido lo peor, encontraremos su cuerpo, pero de momento seamos positivos. Hemos de confiar en que la chica esté sana y salva. Todos han recibido un silbato. Si alguien encuentra algo, que pite con todas sus fuerzas.

Era un método antiguo, pero seguía siendo efectivo. Feo, pero infalible. Klementyna Kopp había traído silbatos de la Comandancia Provincial de Brodnica. No le había pedido permiso a nadie, pero tampoco le importaba demasiado lo que pudieran decir sus jefes. En el peor de los casos, se lo descontarían del sueldo. Qué se le va a hacer.

Klementyna observó cómo se alejaba hacia el bosque el grupo del guardabosques y el del joven Marek Zaręba. El alcalde debía ir por los campos en dirección a Jajkowo, y Daniel por la carretera de Zbiczno. ¿Yacería el cuerpo de la chica entre los árboles? ¿O el asesino se lo habría llevado lejos y no tenían posibilidad de encontrarlo? O, a lo mejor, la muchacha todavía estaba con vida.

Los bosques alrededor de Lipowo ocupaban muchas hectáreas y podían haber dejado el cuerpo en cualquier sitio. La comisaria Kopp confiaba en que al menos el guardabosques conociera bien la zona. Marek y Daniel seguro que también se sabían mover con destreza por esos terrenos. Decidió no incomodarlos. Además, aquel era *el día*. Por ese motivo se había rapado el pelo casi al cero. Tenía frío en la cabeza, pero no quería ponerse el gorro. No podía dejar de pensar en Teresa. Klementyna sacó de la mochila su botella de refresco. El azúcar le daría fuerzas. Debía concentrarse en el trabajo.

Cuando todos los grupos de búsqueda se alejaron, Klementyna volvió a la comisaría acompañada del bigotudo Janusz Rosół y la recepcionista Maria Podgórska. Una compañía selecta.

–No lo entiendo –dijo Maria compungida–. ¿Cómo sabía ese monstruo que era Majka la que escribía el blog? Si ni siquiera nosotros lo sabíamos. Para eso son necesarios medios informáticos.

–¿Y si ha sido su padre? –se preguntó Janusz Rosół. Todos habían comentado el extraño comportamiento del señor Bilski–. Quizá sabía que su hija era la autora de *nuestro-lipowo*.

–Stop. Espera. Todo eso está muy bien, pero ¿por qué habría de matar a una monja de Varsovia y a Blanka Kojarska?

Nadie supo contestar a esa pregunta.

De repente sonó el móvil de Klementyna. Lo sacó rápidamente de su mochila. Tenía que cambiar el tono del teléfono, le hacía recordar a Teresa. Suponía un tormento innecesario.

–¿Señora Kopp?

–Klementyna –murmuró la comisaria–. ¡Pero! ¿Qué tienes para mí?

–Hemos localizado el móvil de la chica, señora Kopp. Sigue encendido.

–¿Dónde? –preguntó al instante Klementyna.

El técnico vaciló un momento.

–Parece que tienen ahí a un chico muy bromista –dijo al final–. Según las coordenadas, el teléfono se encuentra justamente donde está la comisaría de Lipowo.

–¿Aquí?

–Exacto.

Klementyna cortó sin despedirse. Se levantó de la silla y corrió al pasillo. El asesino había iniciado un juego alocado con ellos y había pasado a la siguiente partida. ¿Quería demostrarles que él llevaba las riendas y que no los temía? ¿Se estaba riendo de ellos? Aquello significaba que se sentía fuerte e inmune. Era algo nuevo. Hasta entonces había actuado con cautela y sin perder el control. Había evitado las fanfarronerías innecesarias. Ahora había cambiado su esquema de comportamiento. Klementyna esperaba que eso lo condujera a cometer al fin un error.

–Vale. Pongamos las cosas claras –dijo la comisaria Kopp a Maria y Janusz–. Necesito vuestra ayuda. Ahora. De inmediato.

Les explicó lo que buscaban. Lo primero que hicieron fue llamar al número de Majka, pero no dio ningún resultado. A pesar de que debía estar allí, no oyeron el timbre del teléfono por ningún lado. Y estaba encendido, ya que de otra forma no habrían podido localizarlo.

–Es posible que hayan quitado el volumen –murmuró Janusz Rosół.

El bigotudo policía parecía agitado. Era perfectamente comprensible, ya que su hijo era el novio de la chica desaparecida. Klementyna había visto solo de pasada a Bartek Rosół, un chico alto de venas marcadas. Le estaban saliendo los primeros pelos del bigote. El quinceañero daba la impresión de estar estremecido por la desaparición de Majka. La comisaria Kopp lo entendía muy bien.

–Lo tengo –gritó triunfal Maria Podgórska.

–Stop. Espera. No toques el teléfono. *¡Huellas!*

–No se preocupe. –Maria se hallaba junto a la papelera situada al lado de la entrada a la comisaría. El viejo Nokia de Majka estaba sobre la basura acumulada–. ¿Creéis que lo acaba de dejar ahí? ¿Hace un momento?

–Bueno. Es posible. ¡Pero! Estaba aquí el pueblo entero. Además, también ha podido hacerlo por la noche. Ha podido hacerlo en cualquier puto momento. –A Klementyna la dominó la ira. Quería acabar ya con aquello.

Guardó con cuidado el teléfono en una bolsita para pruebas. Existía alguna posibilidad de que contuviera las huellas dactilares del asesino. Sin embargo, Klementyna lo dudaba. Teniendo en cuenta que hasta entonces no había cometido ningún error, resultaba poco probable que al asesino se le hubiera pasado por alto un detalle tan importante.

Tomek Szulc hizo a toda prisa la maleta, que no era muy grande. Ya no seguiría siendo el talentoso «chico para todo». Esa etapa se había terminado.

Solo quería recoger las cosas imprescindibles y esfumarse de allí. En Lipowo el ambiente estaba demasiado cargado. ¡Demasiado cargado! Había oído a los Kojarski hablando sobre la búsqueda de la chica. También había visto un artículo en el periódico acerca de la investigación. Aquello ya era demasiado.

Salió con cuidado al pasillo. No se veía a nadie. Bastaba con superar un pequeño trecho, hacerse con las llaves del coche, abrir el garaje y huir. Lo más lejos posible.

Nada había ido según el plan original, pensó mientras se alejaba de la casa en la que había puesto tantas esperanzas. Y eso que lo había organizado todo con mucha precisión. Pero las cosas habían ocurrido así. Pisó a fondo el acelerador y giró en una carretera secundaria. Debía evitar atravesar el pueblo, allí alguien podría advertir su presencia. El Mercedes rojo de Blanka no pasaba desapercibido. Podía haber escogido algún otro coche, pero en su opinión se merecía ese.

Era hora de poner en marcha el plan B.

30

Varsovia, 1990

¡Los habían desahuciado! Los habían echado del elegante edificio del centro de la ciudad en el que vivían. Bueno, ¿y qué? De todas formas, Jakub ya tenía ganas de irse de ese piso. En él ya no quedaba nada de la felicidad perdida. Vendió hasta la última cosa de valor.

Ahora vivían en un miserable edificio en la orilla derecha del Vístula. Encajaba mejor con su actual estado de ánimo. Era una casa sucia, gris y dejada de la mano de Dios, exactamente igual que él.

Al menos eso pensaba al principio.

Después conoció a su vecina. Era un poco más joven que él y también estaba sola con su hija. Vivían puerta con puerta, pero se conocieron cuando él estaba vomitando junto a una alcantarilla. Ella no se encontraba en mejor estado. A Jakub le pareció que ninguno de los dos era como el resto de la chusma que vivía en aquel viejo edificio. No pensaba que nadie pudiera comprender lo que él sentía, pero Roksana Homczyk sabía lo que era la desesperación más negra y profunda. Hacía poco que había perdido a su marido y se había quedado sola con su hija.

Jakub sintió que el destino los había unido.

—Pp-papá —dijo Kacper tartamudeando.

Jakub miró al niño con ira. Lo odiaba por su tartamudez aún más que por haber matado a Mariola. Le recordaba cómo era él mismo de pequeño, una época a la que no deseaba volver. Su hijo le daba asco. El chico era como una repugnante cucaracha que Jakub no se atrevía a aplastar.

—¿Pp-papá?

No contestó. No le apetecía. El gordo debía saber cuál era su sitio.

—¿Pp-papá?

Jakub pensó que llevaba demasiado tiempo metido en el piso. Debía salir a la calle a estirar las piernas. Seguro que Roksana lo estaba esperando. Sí. Había creído que ella sería ahora su alma gemela. Hasta que conoció a su hija. Una Mariposa rubia de ojos azules. El mundo pareció detenerse cuando la vio.

–Pp-papá –dijo de nuevo Kacper–. Y-ya he l-limpiad-do t-tu habbit-tación.

–¡Cállate, gordo! –gritó Jakub–. Y no me llames papá, no te lo mereces. Para mí solo cuenta la Mariposa. ¿Cuándo lo vas a entender de una vez?

El niño empezó a llorar en voz baja.

–¿Te has vuelto a mear esta noche?

Kacper asintió tímidamente mientras se secaba las lágrimas.

–Vamos a la habitación –le ordenó su padre–. ¡Tienes que recibir tu castigo!

El chico fue tras él. Su obeso cuerpo temblaba con cada movimiento.

–¡Lámelo! ¡Te digo que lo lamas!

Hacía mucho que el niño no intentaba escaparse en esas situaciones. Jakub ni siquiera necesitaba sujetarlo.

–Algún día me agradecerás todo esto. Ya lo verás –le dijo cuando finalizó el castigo–. Alégrate de que te dedique tanto tiempo. Tendría que haberme librado de ti hace mucho, pero soy una buena persona. ¡Y eso que mataste a tu propia madre, asesino! De no haber sido por ti, Mariola y yo viviríamos felices. Todo por tu culpa. ¿Lo entiendes?

Kacper asintió.

–¡Repítelo!

El sudor le caía por la frente y sintió que necesitaba beber algo. Roksana ya lo estaría esperando con una botella abierta. Pero lo más importante era la Mariposa. Ahora solo ella contaba.

–T-tod-do est-to es c-culp-pa m-mía –dijo Kacper a duras penas.

–Bien, muy bien –comentó Jakub satisfecho.

El niño sonrió de oreja a oreja al oír el elogio.

–Ahora vete a la cocina y zámpate todo lo que haya –le dijo Jakub casi con amabilidad–. Si te dejas algo, te reviento.

Quería que su hijo fuera gordo y repugnante.

Así nadie lo amaría jamás.

31

Lipowo. Viernes, 25 de enero de 2013, por la tarde

Grażyna Kamińska iba en el grupo de Edek Gostyński, el guardabosques. Se alegraba de que le hubiera tocado con él, porque era quien mejor conocía cada rincón del bosque. No quería perderse. Sentía una especie de respeto primitivo por aquellas espesuras. No se debe jugar con las fuerzas de la naturaleza.

Había empezado el deshielo, pero Grażyna temblaba de frío. Tenía miedo de lo que pudieran encontrar. A su lado marchaba la madre de la chica desaparecida. Grażyna veía que Alicja Bilska apenas se tenía en pie. Su rostro no expresaba nada, parecía sin vida. Era mucho peor que si la mujer llorara y gritara. El silencio de su desesperación resultaba aún más desgarrador. Grażyna también era madre y prefería no imaginarse por lo que estaba pasando Bilska en esos momentos: estaba buscando el cuerpo de su hija muerta. La policía calva de Brodnica había asegurado por el megáfono que aún había esperanzas. Daniel Podgórski y Marek Zaręba, que dirigían los otros dos grupos, también habían tratado de animarlos a todos, pero Grażyna conocía bien ese tono. Ninguno de ellos creía que fueran a encontrar viva a Majka.

Grażyna miró a su alrededor, pero no vio por ninguna parte al padre de Majka. Quizá el profesor estaba en otro grupo de búsqueda. Debería estar aquí con su esposa, pensó Kamińska conmovida. Alicja Bilska se tropezó con una raíz que sobresalía del suelo y Grażyna se apresuró a ayudarla. Notó cómo los escalofríos sacudían el cuerpo de la angustiada mujer.

—Espera, que te ayudo —le susurró Grażyna—. Que continúen ellos, nosotras vamos a sentarnos aquí un momento. Tienes que descansar.

La otra mujer asintió sin decir nada. Todo su ser transmitía una infinita impotencia. Kamińska la acompañó hasta una enorme roca que había junto a una vereda. Estaba fría, pero no encontró nada mejor. Sentó en ella a aquella madre desesperanzada. Las voces de los miembros del grupo se oían ya a cierta distancia. Grażyna agarró el silbato que había recibido cada participante en la búsqueda. Debían usarlo para avisar al resto del grupo en caso de encontrar el cuerpo o si se producía alguna otra situación inesperada. Pensó en tocarlo para que los demás se detuvieran, pero decidió dejar que la señora Bilska reposara un rato más.

–¿Me pregunto de dónde habrán sacado todos estos silbatos? –dijo Grażyna con tono amigable. Quería descargar el ambiente de algún modo, pero Alicja Bilska no reaccionó. Estaba inmóvil sobre la roca, como si ella misma se hubiera transformado en piedra–. Quizá los hayan traído de Brodnica, ¿no crees?

Alicja Bilska permanecía con la mirada perdida. A Grażyna no se le había pasado por la cabeza que algún día añoraría a Paweł, pero lo cierto era que ahora empezaba a echarlo de menos. Él seguro que habría sabido qué hacer en esa situación. Paweł había cometido varios errores en su vida, ella lo sabía de sobra, pero después de todo era policía.

Grażyna empezó a caminar de aquí para allá mientras esperaba a que la señora Bilska se encontrara mejor. No parecía que eso fuera a ocurrir nunca. Kamińska describía círculos cada vez más grandes. De repente advirtió que en un lugar los arbustos estaban aplastados. Sobre la nieve a medio derretir vio un pequeño punto rojo.

Tragó saliva ruidosamente y avanzó entre los matorrales. Ahora no tenían hojas, pero las finas ramas le arañaban la cara mientras se abría paso entre la espesura.

Ni siquiera se dio cuenta de cuándo sacó el silbato y empezó a soplar con todas sus fuerzas. Al principio el sonido era apenas audible, porque el miedo le impedía llenar los pulmones de aire. Calmó su respiración y probó otra vez.

Maria Podgórska, la comisaria Kopp y Janusz Rosół se encontraban en la comisaría, cada uno concentrado en sus propios pensamientos.

Maria no se podía perdonar haber traicionado a los policías por dinero. Dudaba que alguna vez dejara de sentir remordimientos, pero ¡deseaba tantísimo renovar la tumba de su marido! Y siempre andaba tan justa de dinero...

De repente empezó a sonar el teléfono de la recepción. Maria se levantó con desgana y fue a contestar.

—Comisaría de Lipowo —dijo al auricular.

—Yo... hum... Llamo por lo del anuncio del periódico —contestó una voz suave de hombre—. No sé si será importante..., pero llamo... He visto ese anuncio y... Bueno, ponía que había que llamar si alguien sabía algo sobre la mujer de la foto. Yo no es que sepa nada, pero...

El hombre se quedó callado un rato. En el auricular solo se oía su respiración profunda y sibilante.

—Siga, por favor —lo animó Maria, que por si acaso agarró un papel y un bolígrafo. Quizá la llamada resultara importante. En realidad, después de poner el anuncio sobre la hermana Monika en la prensa sensacionalista, ya habían tenido varias llamadas, pero todos los que se habían puesto en contacto con ellos habían sido más bien fanfarrones ávidos de sensaciones, no testigos fiables—. Cualquier información es importante para nosotros.

—Se trata solo de que... ponía que se llamara si se sabía algo sobre ella... —repitió el hombre indeciso—. Bueno, yo a decir verdad no sé nada, pero creo que ella era mi vecina. Fue hace varios años. Vivía dos pisos más arriba, en el mismo edificio que yo, ¿sabe usted? Porque yo es que vivo en el bajo.

—¿Conoce usted su nombre? —preguntó Maria exaltada.

En la recepción apareció la comisaria Klementyna Kopp, como si hubiera presentido que ocurría algo importante. El fluorescente lanzaba una luz mortecina sobre su cabeza rapada. Maria conectó el altavoz del teléfono para que la comisaria también pudiera escuchar la conversación.

—Ya le digo que no la conocía. No sé ni el nombre ni nada. Solo que vivía con su hija, una rubita muy mona. Debieron de mudarse antes del dos mil, pero he reconocido la cara de esa mujer y por eso llamo.

Maria miró a Klementyna.

—Mañana le visitaremos —susurró en voz baja la comisaria Kopp.

–Ha hecho usted muy bien –le dijo Maria al hombre–. ¿Podría darme sus datos y su dirección? Mañana por la mañana lo visitará alguien de aquí para hablar con usted, ¿de acuerdo?

–Pueden venir, si quieren, yo de todas formas no salgo de casa. ¡Pero no sé nada más! Ya lo he dicho todo.

Marek Zaręba examinaba con atención el suelo del bosque. Estaba cubierto de hojas viejas. Caminaban en hilera, tal como había dicho la comisaria Kopp. Así era como se hacía ese tipo de búsqueda. A su izquierda estaba Ewelina, que se había negado a quedarse en casa. Creía que debía ayudar. Al otro lado, a su derecha, andaba con grandes esfuerzos el padre Józef, que se apoyaba en el brazo de la señora Solicka. Ambos estaban abatidos por lo que había sucedido el día anterior. No podían creer que el joven padre Piotr, tan agradable como era, hubiera abusado de una chica. Daba la impresión de que querían expiar parte de la culpa del joven sacerdote ayudando en la búsqueda. Marek apreciaba sus buenas intenciones, pero el anciano Józef ralentizaba la marcha y Zaręba quería registrar el bosque cuanto antes.

De repente oyó que hacia el este alguien tocaba el silbato de manera insistente. Todos se quedaron parados al mismo tiempo y miraron en aquella dirección. Inconscientemente esperaban ese sonido desde el comienzo de la búsqueda. No debía de ser muy lejos. Marek echó a correr campo a través. Le pareció que tantos años de entrenamiento lo habían conducido justo a ese momento. El móvil empezó a vibrar en su bolsillo, pero lo ignoró. No había tiempo para hablar. Notó que las ramas le arañaban la cara, pero no le importaba. En el fondo había tenido la esperanza de que Majka estuviera a salvo en algún sitio, de que quizá se hubiera ido de fiesta a la ciudad. Pero el sonido del silbato, que rasgaba el silencio del bosque, había hecho que esas ingenuas esperanzas desaparecieran.

Cuando llegaron al lugar, ya se encontraba allí el guardabosques Edek Gostyński con su grupo. El guardabosques trataba de calmar a Grażyna Kamińska, que no dejaba de tocar el silbato, como si no viera a la gente que tenía a su alrededor. El resto de las personas se había reunido en torno a Alicja Bilska. Al parecer, la mujer se había desmayado.

Gostyński señaló con un gesto de la cabeza en dirección a los arbustos.

–¿Es Majka? –susurró Marek Zaręba.

El guardabosques asintió con tristeza.

–¿Alguien ha tocado algo? –preguntó Marek mientras sacaba el teléfono. Tenía que avisar a los demás rápidamente.

La búsqueda había terminado.

Sénior Kojarski estaba muy enfadado. Le acababa de comentar por teléfono un policía de Olsztyn amigo suyo que alguien de Lipowo había estado husmeando en el caso de la muerte de Stefania. Aquello podía resultar verdaderamente perjudicial, debía reaccionar cuanto antes.

Se puso un cómodo traje de *tweed* con el que parecía un auténtico lord inglés y se dirigió con paso firme al garaje. Quería ir en persona a la comisaría de Lipowo y solucionar el asunto de una vez por todas. Nadie tenía derecho a hurgar en su pasado, sobre todo porque ya había hecho él todo lo necesario para dejarlo bien limpio. Si hablar con los idiotas de Lipowo no surtía efecto, siempre podía recurrir al jefe provincial de policía.

En el recibidor había un alboroto atípico. Júnior hablaba a gritos con Róża. Entre ambos se encontraba la criada, Agnieszka, deshecha en lágrimas.

–¿Qué ocurre aquí? –preguntó Sénior con tono autoritario.

–Tomek me ha dejado. Se ha marchado sin decir palabra. –La sirvienta lloraba desconsolada–. Pensé que había algo entre nosotros. Decía que me amaba. Teníamos muchos planes, pero se ha marchado sin más.

Sus hombros temblaban de manera descontrolada y los cabellos, siempre tan bien peinados, los tenía ahora pegados a la cara, roja por el llanto.

–¿Alguien puede explicarme qué sucede? –preguntó Sénior con frialdad. Parecía que iba a tener que librarse de esa criada. No quería en casa a alguien con tan poco dominio de sí mismo.

–Me da la impresión de que ya no tenemos chico para todo, *papaíto* –dijo Júnior Kojarski. Su voz sonaba despectiva. Sénior le lanzó una mirada penetrante–. Tomek Szulc se largó anoche.

La criada seguía llorando. Róża la rodeó con su escuchimizado brazo. Solidaridad femenina o algo así, pensó Sénior.

–Pero eso no es lo peor –continuó Júnior.

–¿A qué te refieres?

–Hay un coche menos en el garaje. Parece que Tomek se ha llevado prestado el Mercedes de Blanka.

Sénior Kojarski acabó estallando de ira.

–¿Tú lo sabías? –le gritó a la criada–. ¡Habla!

Agnieszka balbució algo ininteligible.

–¿Qué dices, zorra?

–Déjala en paz, Sénior. ¿No ves que no lo sabía? –intervino Róża.

–¿Me estáis intentando decir...? –Sénior Kojarski habló muy despacio–. ¿Me estáis intentando decir que Tomek Szulc me ha robado un Mercedes que me costó más de un millón de eslotis?

Sénior sintió una fuerte presión en el pecho. Comprarle aquel coche a Blanka había sido un grave error, pero al principio estaba terriblemente enamorado de ella. Ahora había perdido un millón de eslotis por su culpa. No había nada que amara más que el dinero.

–¿Va todo bien, Sénior? –preguntó Róża.

Sénior observó que el rostro de su nuera reflejaba preocupación.

–Avisad de inmediato a la policía. Quiero que lo atrapen y me devuelvan mi coche. Es ahora lo más importante.

Sénior no podía tomar aire. El dolor en el pecho iba en aumento. Júnior y Róża se acercaron a él. Hasta Agnieszka dejó de llorar por un momento.

–Llamad a una ambulancia –bramó Júnior–. ¡Creo que mi padre está sufriendo un infarto!

Weronika Nowakowska se separó de su grupo de búsqueda bastante pronto. Al principio deseaba ayudar a socorrer a Majka, pero al final decidió que ese era un momento ideal para actuar. Ya había suficientes personas buscando a la autora del blog, una menos no cambiaría nada. En cambio, ella podía ser decisiva a la hora de encontrar al asesino. El alcalde le seguía pareciendo sospechoso y quería examinar mejor su casa. Y esa era la oportunidad perfecta, pues el alcalde dirigía uno de los grupos de búsqueda y no podría molestarla.

Weronika cruzó aprisa el pueblo vacío. Aún no tenía un plan concreto sobre cómo entrar en casa del alcalde, pero se dijo que eso ya lo solucionaría sobre la marcha. Llegó a su destino y miró por los alrededores. No se veía a nadie. Decidió llamar primero a la puerta. Quería asegurarse de que la esposa del alcalde no hubiera regresado ya de visitar a su madre. En caso de que estuviera en casa, inventaría un pretexto.

En la casa no había nadie.

Weronika giró el picaporte con la esperanza de que el alcalde fuera una persona olvidadiza, pero por desgracia la puerta estaba cerrada con llave. Dio la vuelta alrededor del edificio buscando alguna ventana que diera al sótano. Sin embargo, por cómo era la construcción del edificio, daba la impresión de que la casa no tenía sótano.

Weronika echó un vistazo al jardín. En la parte trasera vio que había una pequeña cabaña como las que se usan en los pueblos para guardar las patatas en invierno. El corazón le latía con fuerza. Quizá a eso se refería Majka, se dijo mientras avanzaba rápidamente hacia la puerta de madera. Estaba atrancada con un pequeño cerrojo, pero no tenía candado.

La puerta chirrió cuando Weronika la abrió.

Paweł Kamiński entró en un supermercado de Brodnica. Ya se había hecho de noche y las colas en las cajas eran largas. Maldijo para sí. ¿Qué hace aquí tanta gente?, se preguntó furioso. ¿Es que todo el mundo tenía que ir allí justo cuando él había decidido comprar un jodido regalo para Grażyna? Aquel fin de semana era el mejor momento para pedirle perdón, pero todos esos estúpidos le impedirían hacer la compra tranquilamente.

Miró furioso a su alrededor y después se fue directamente al pasillo de los dulces. Su mujer siempre había sido muy golosa, así que esperaba que aquello funcionara. En los estantes había un gran surtido de bombones en elegantes envases. Buscó algo cuyo precio se ajustara a sus deseos. No quería comprar nada demasiado caro, porque después de todo no había gran cosa por la que pedir perdón.

Y cuanto más pensaba en ello, más claro veía que en realidad era Grażyna la que tenía que disculparse ante él.

–¿Me podría usted alcanzar esa caja? –Una anciana bajita interrumpió sus pensamientos; él la miró con repulsión–. Esa de ahí. Es que no llego.

–¡Apáñeselas usted sola! ¿Qué soy yo?, ¿su criado?

Agarró los primeros bombones que le parecieron adecuados y se marchó. En la vida hay que ser fuerte, se dijo a sí mismo.

Weronika regresó a casa muy avergonzada. Todo el asunto de su investigación privada había resultado ser una idea de lo más absurda. ¡Qué se me habrá pasado por la cabeza!, se decía nerviosa. Meterse en las casas ajenas y fisgonear en sus cosas era lo último que debía hacer. Si su exmarido se enterara de aquello, se reiría a carcajadas de ella.

La cabaña del alcalde estaba limpia como una patena. En las baldas de madera había diversas conservas de frutas. No vio nada sospechoso por ninguna parte.

–Qué tontería –dijo Weronika en voz alta, y decidió abandonar su investigación. Era mejor dejársela a los profesionales–. Qué idiota soy.

Subió la cuesta que conducía a su vieja casa. Ante la puerta vio aparcado el coche de Daniel. Podgórski estaba sentado en el porche. Parecía cansado. Tenía ojeras, los ojos rojos y la cara pálida.

Weronika corrió hacia él, olvidando la vergüenza que había sentido en casa del alcalde.

–¿Qué ha ocurrido? –le preguntó al policía.

–Hemos encontrado a Majka –dijo Daniel, y seguidamente relató en pocas palabras lo que había ocurrido–. Estoy muy cansado –dijo al final con tono de resignación–. Tengo la impresión de que hemos fracasado. Y de una manera estrepitosa.

–Habéis hecho todo lo que estaba en vuestras manos –lo consoló Weronika–. Vamos dentro, aquí hace frío.

Preparó la cena, que consistió en unos huevos revueltos –su especialidad– y té bien caliente. Daniel comió sin ganas. Weronika pudo enterarse de que en la investigación habían aparecido dos nuevas pistas. Por un lado, Tomek Szulc, que le había ayudado a construir el establo, había desaparecido de repente, cosa que quizá apuntara a su culpabilidad; la policía ya lo estaba buscando. Por otro, había llamado de Varsovia un hombre que afirmaba conocer a sor Monika.

—Mañana iremos a hablar con él —dijo Podgórski para finalizar su relato.

Weronika solo asintió. Decidió no confesar que ella también había estado investigando. Seguía un poco avergonzada.

Me encierro en mi habitación y me siento en la cama. Estoy cansado. Ni siquiera tengo ganas de ponerme las alas. Todavía no soy la Mariposa...

Noto que mi corazón late demasiado deprisa, así que procuro regular mi respiración. Tengo que normalizar el pulso. ¿Habré cometido algún error?

Me tumbo y me quedo así unos minutos. A mi alrededor reina el silencio. Espero que no quiera nada de mí durante unos cuantos minutos. Necesito tiempo para pensar y tengo que calmarme. Miro al techo con los ojos muy abiertos. En algunos puntos el revoque está agrietado. Tendré que arreglarlo algún día. Quizá mañana. No me gusta que algo no esté perfecto.

Eso me lo enseñó bien mi padre.

Cuando pienso en mi padre, el corazón me late más deprisa. Mi cuerpo lucha inútilmente contra la inquietud, sabedor de que al final perderá. Noto entre las piernas un calor desagradable. La orina se extiende sobre la sábana limpia.

Mi padre tenía razón.

No soy perfecto. Por eso no puedo convertirme en la Mariposa, a pesar de que le haya quitado a Blanka las alas.

Me merezco un castigo. Le arrebaté a mi padre lo que más quería.

Y yo jamás seré la Mariposa...

32

Varsovia, 1997

Jakub no daba crédito. A medida que pasaban los años, Blanka Homczyk se parecía cada vez menos a Roksana y cada vez más a Marianna y a Mariola. Como si fuera la reencarnación de sus dos mujeres más importantes. Era su nueva Mariposa. Tenía finos cabellos rubios y unos maravillosos ojos violáceos. Podría hundirse en ellos. Por primera vez en muchos años sentía que quizá todavía podría ser feliz. Todas las desgracias lo habían conducido a aquel edificio destartalado para que fuera vecino de la familia Homczyk. Todo para que Jakub y la Mariposa pudieran estar por fin juntos.

Roksana parecía aceptar que Jakub se encerrara en su habitación con su hija. No preguntaba qué hacían. La mayor parte del tiempo estaba demasiado borracha para darse cuenta. Mientras tanto, la Mariposa miraba a Jakub con sus ojos violáceos. De momento la mirada era inexpresiva, pero seguro que pronto exteriorizaría su amor. Jakub estaba convencido de ello. Estaban hechos el uno para el otro.

Jakub salió de la tienda de bebidas alcohólicas que había en la esquina. Por suerte estaba abierta las veinticuatro horas. Intentó mirar la hora en su reloj, pero lo veía todo borroso. No estaba seguro de si era de día o de noche, pero por la poca gente que había por las calles debía de ser lo segundo. Se dirigió a casa tambaleándose.

—Esto va a ser muy fácil —se dijo.

Sus pensamientos volvieron a centrarse en la Mariposa. Su piel era muy delicada y su cuerpo juvenil y hermoso. Se tropezó con una baldosa que sobresalía de la acera. Durante un momento trató de mantener el equilibrio.

Al final lo consiguió.

Siguió adelante, muy lentamente. A su lado pasaron varios coches con sus luces brillantes. Jakub se rio en la oscuridad. Estuvo a punto de caerse a la calzada. Poco había faltado para tener un percance, pero era capaz de evitarlo, no resultaba tan difícil.

Estaban en verano y, por eso, las baldosas de la acera conservaban el calor del sol incluso en mitad de la noche. A Jakub le gustaba el verano. Recordó aquel día, años atrás, en que su padre dejó sobre el banco la llave de la verja. Jakub seguía llevándola colgada al cuello con una cadena. Aquel día el aire olía igual que esa noche. Respiró profundamente y volvió a balancearse.

De repente le pareció oír unos pasos y miró a su alrededor. A esas horas las calles estaban vacías y en las ventanas de las casas no había luz. Todo el mundo dormía, a excepción de algunos conductores que iban no se sabía adónde.

De nuevo se oyeron los pasos. Esta vez con mayor claridad.

—¿Hay alguien ahí? —gritó Jakub por si acaso.

Ella salió a la acera con paso firme. Jakub nunca la había visto así.

—¿Mariposa? —preguntó extrañado—. ¿Qué haces aquí con lo tarde que es?

Sus cabellos dorados resplandecieron a la luz de las estrellas. Ella lo miraba a los ojos. Esta vez su mirada no era inexpresiva. Era más bien vengativa. Jakub no entendía nada. Después de todo se amaban, eran felices juntos.

—¿Qué ocurre? —balbució—. ¿Mariposa?

Se acercaba otro coche, pero Jakub no le prestó atención. Ella dio un paso hacia él.

—¿Mariposa?

Blanka se puso a su lado y lo empujó con todas sus fuerzas hacia la calzada. Él trató de mantener el equilibrio, pero fue demasiado tarde. El coche apareció por un lado y lo cegó con la luz de sus faros. El cuerpo de Jakub se golpeó contra la carrocería de metal.

Se oyó un prolongado frenazo.

—Bonito día, ¿verdad? —Jakub escuchó la voz ronca de un transeúnte que estaba oculto en lo más profundo de su memoria. La primera conversación con una persona desconocida. Había tenido lugar aquel día en que su padre le dejó la llave del mundo exterior. Aquel momento parecía ahora a siglos de distancia. Quizá incluso a *milenios.*

—Sí —contestó Jakub, y todo quedó en silencio.

La chica de los cabellos dorados desapareció asustada en la negritud de la noche estival, sin saber que entre las sombras había alguien oculto.

Alguien que había visto muy bien lo que había sucedido.

33

Lipowo y Varsovia. Sábado, 26 de enero de 2013

Se pusieron en camino hacia Varsovia muy temprano. Esta vez viajaron en el pequeño Skoda negro de la comisaria Klementyna Kopp. El inspector Daniel Podgórski se sentía cansado, así que se apoyó en el reposacabezas y cerró un momento los ojos. Tuvo un sueño extraordinariamente agradable. Era verano, él y Weronika nadaban en el lago mientras en la orilla jugaban sus hijos.

–Ya hemos llegado –le dijo Klementyna con brusquedad, sacándolo de sus ensoñaciones.

Daniel abrió los ojos sorprendido. No se podía creer que hubiera dormido durante todo el viaje. La tensión de los últimos días le había pasado factura. Cruzaron un puente para llegar a la otra orilla del Vístula y, callejeando por el viejo barrio de Praga*, llegaron al edificio en el que, al parecer, había vivido sor Monika con su hija tiempo atrás.

El edificio no se encontraba en las mejores condiciones. El revoque de las paredes se estaba cayendo, dejando a la vista los viejísimos ladrillos. Los balcones estaban demasiado inclinados y la pintura amarillenta se desprendía de las sucias ventanas. En la fachada habían colocado una especie de andamio que protegía a los viandantes ante la posible caída del revoque o de fragmentos mayores del edificio. Una puerta ruinosa conducía a un patio lleno de basura. Por todas partes había un fuerte olor a orina.

–No tiene muy buen aspecto –murmuró Daniel echando un vistazo a su alrededor.

---

* Praga es el nombre genérico con que se conoce la parte este de Varsovia, en la orilla derecha del Vístula. La zona más antigua se encuentra en el distrito que actualmente se denomina Praga-Norte. *(N. del T.)*

Había allí unos cuantos hombres de cierta edad bebiendo latas de cerveza que los miraron de reojo. Podgórski se alegró de haber ido de paisano, porque seguramente en aquella zona los policías no eran bien vistos.

Klementyna Kopp no parecía preocuparse por lo que la rodeaba. Cruzó con paso decidido el patio y abrió la puerta del portal, de la que se había desprendido la pintura. El interior estaba iluminado por una solitaria bombilla que parpadeaba débilmente. Las paredes estaban cubiertas de inscripciones soeces y de iniciales. Subieron un tramo de escaleras hasta los bajos, que en ese edificio estaban situados por encima del nivel de la calle. Allí vivía el testigo.

Klementyna llamó con fuerza a la puerta. Al otro lado se oyeron unos pasos.

–¿Quién es?

–Somos de la policía de Lipowo –explicó Daniel Podgórski–. Habíamos quedado con usted. Venimos por lo del anuncio del periódico. Nos llamó ayer.

La puerta se abrió y apareció un anciano de baja estatura con unas cejas grandes y pobladas. Sus mejillas estaban mal afeitadas y aún se veían fragmentos de barba. Llevaba puesta una camiseta blanca agujereada.

–Entren –dijo–. Pero les recuerdo que yo no sé nada.

Pasaron al recibidor. El piso tenía una decoración muy modesta. En realidad estaba casi desprovisto de muebles. Daniel se estremeció ante aquella deprimente imagen.

–Vale –comentó Klementyna Kopp sacando una foto de la monja. Querían tener la seguridad de que el hombre la conocía–. Reconoce usted a esta mujer, ¿no?

–Sí, ya lo dije. No recuerdo su nombre, pero vivía con su hija en el segundo piso. Hace tiempo, ahora ya no viven ahí.

–¿Cuándo más o menos se mudaron? –quiso saber Daniel Podgórski.

–No lo recuerdo exactamente. Creo que debió de ser antes del dos mil. –El hombre repitió lo mismo que le había dicho a Maria el día anterior por teléfono–. Ya han pasado unos cuantos años desde la última vez que las vi, unos quince o así.

–Stop. Espere. ¿Y a esta la conoce? –preguntó Klementyna enseñándole la foto de Blanka Kojarska.

Por teléfono el hombre había dicho que la hija de sor Monika era rubia, así que decidió probar suerte. Quizá por fin habían encontrado la conexión entre las dos mujeres asesinadas.

El hombre agarró la fotografía y la miró con atención.

–¡Ay, la leche! –gritó–. ¡Mírala qué pintadita y qué mona! La recuerdo cuando se paseaba por el patio con sus leotardos agujereados.

Daniel miró a la comisaria Kopp.

–¿La reconoce? –preguntó Klementyna. La excitación hizo que su pronunciación fuera casi ininteligible.

–Pues claro, ya le digo que si la reconozco. Es la hija. Solo que con más años. Ha pasado mucho tiempo desde que la vi por última vez, pero la reconozco. Recuerdo muy bien las caras.

El hombre se rascó la espalda.

–¿Y dice usted que se mudaron? –Podgórski retomó el tema anterior.

–Pues sí.

–¿Y sabe usted adónde y cuándo?

–Si lo supiera lo diría. A mí no me comentaron nada. Un día estaban aquí, al siguiente ya no estaban y se acabó. Ahora viven unos estudiantes en su piso. Hacen un ruido del demonio. No sé qué se piensan que son.

De la habitación de al lado salió un gato. Tenía el pelo sorprendentemente brillante y cuidado. Empezó a frotarse contra la pierna del anciano.

–Es mi *Princesita* –explicó el hombre, orgulloso del animal.

–¿Hay alguien que pueda decirnos más cosas acerca de esa mujer y su hija? –preguntó Daniel Podgórski. Había algo que le tenía intranquilo, pero procuró dejar a un lado esa desagradable sensación.

El hombre se rio con fuerza.

–Supongo que la señora Łysiakowa, la del tercero. Mete en todas partes esa enorme nariz suya. En los demás pisos, o no vive nadie o vive algún artista. Esta ya no es la misma casa que entonces. Ahora por lo visto está de moda vivir aquí. Pintan o hacen no sé qué prodigios, en vez de ponerse a trabajar como Dios manda.

–Vale, gracias –comentó Klementyna Kopp, que abandonó el piso sin dar más explicaciones. Daniel oyó sus pasos en las escaleras.

–Bueno, pues muchas gracias –le dijo el policía al hombre, que se había quedado sorprendido ante el comportamiento de la comisaria–. Nos ha ayudado mucho.

–¿Y la recompensa? –preguntó el otro mirando con irritación a Podgórski.

En el anuncio no decía nada de una recompensa, pero estaba claro que el hombre esperaba recibir algo por las molestias. El policía suspiró y abrió su cartera. Sacó un billete de cincuenta eslotis arrugado y se lo dio al anciano, que pareció satisfecho.

–Gracias otra vez –dijo Daniel Podgórski, y subió por las escaleras tras Klementyna.

El subinspector Janusz Rosół entró en la habitación de Bartek haciendo el menor ruido posible. No era fácil. Había dejado de tomar las pastillas de Ziętar y procuraba no beber. Ahora tenía que ser fuerte. Por su hijo. Sentía que quizá esta vez lo conseguiría.

Le llevaba el desayuno. No era nada especial, un bocadillo de jamón y queso de pan reciente. También una taza de cacao caliente, como años atrás, cuando su hijo era pequeño y aún vivía Bożena.

Bartek estaba tumbado en la cama y miraba al techo como ausente. No reaccionó de ninguna manera ante la llegada de su padre.

–Te he traído el desayuno –anunció Janusz en voz baja.

Dejó la bandeja sobre la mesa que había junto a la cama y acercó una silla. Se sentó lo más cerca que pudo de su hijo. El chico estaba pálido y tenía la mirada perdida. Janusz le tomó la mano con delicadeza. Bartek no se lo impidió. Se quedaron en silencio. Rosół recordó cómo se sintió él cuando murió Bożena. Sabía que a su hijo no le ayudarían las palabras de ánimo tras la pérdida de Majka. Lo único que podía ayudar era el tiempo.

Hasta entonces Janusz había pensado que aquel joven podía afrontar cualquier cosa, pero de pronto se dio cuenta de que en realidad seguía siendo un niño. Su niño. Necesitaba a su padre, y Janusz Rosół no tenía intención de abandonarlo ese día. Aunque el mundo se fuera a venir abajo. Apagó el móvil. Ese día no era un policía. Era un padre. Acarició la cabeza de su hijo. Bartek cerró los ojos y de entre sus párpados surgieron grandes lágrimas saladas.

A la comisaria Kopp ya le había dado tiempo a subir casi dos pisos. Daniel avanzaba por las empinadas escaleras respirando con dificultad. No estaba en forma, tendría que mejorarla cuando todo aquello terminara. En cambio Klementyna parecía estar en muy buena condición física para su edad.

Por fin llegaron ante la puerta del piso que les había indicado el hombre. La comisaria llamó con los nudillos enérgicamente. En el piso de al lado se oía una fuerte discusión.

La puerta se abrió al cabo de un rato y apareció una mujer mayor muy bien vestida. Su elegante ropa no encajaba con la miseria de alrededor.

–¿En qué les puedo ayudar? –preguntó con el tono distinguido de una aristócrata de los años veinte.

Daniel se fijó mejor en ella y vio que los puños de su chaqueta estaban deshilachados y los botones sueltos.

–Venimos para preguntar por una mujer que vivió hace varios años en el piso de abajo, en el segundo –explicó Daniel Podgórski.

La mujer asintió.

–Supongo que se refieren a Roksana, ¿no? –replicó la mujer.

A Daniel de nuevo le latió deprisa el corazón. ¿Sería ese el nombre secular de la hermana Monika? Klementyna sacó una foto de la monja y se la enseñó a la mujer. Esta miró la imagen y asintió.

–Sí, es Roksana Homczyk. ¿Qué es de ella? No la he visto desde..., pues creo que desde mil novecientos noventa y ocho. Tendría que comprobar mis notas. ¿Quieren entrar?

Klementyna movió afirmativamente su cabeza afeitada. Daniel apuntó de inmediato el nombre: Roksana Homczyk. El rostro que hasta entonces había estado rodeado de misterio tenía por fin un nombre y una historia.

–Pasen al salón.

A Grażyna Kamińska la llamaron varias veces por teléfono, pero nadie hablaba cuando ella contestaba. Gritaba al auricular, pero no había respuesta. Se sintió amenazada. Lipowo se había convertido de repente en un lugar peligroso. A cada momento comprobaba si la puerta estaba bien cerrada y si todos los niños se encontraban en casa. Uno, dos, tres, cuatro, cinco. Estaban todos. Respiró aliviada. Ni hablar de ir a jugar a la nieve.

El teléfono volvió a sonar. Oyó la respiración de alguien al otro lado del teléfono.

–¿Quién es? –preguntó a voces–. ¡Te estoy oyendo! Escucha, capullo, mi marido es policía, así que has tenido mala suerte. Si no dejas de molestarme, vas a tener problemas.

Dudaba de que Paweł hubiera hecho algo de haberse encontrado allí, pero la frase le había parecido adecuada.

La señora Łysiakowa condujo a los policías hasta una habitación grande llena de muebles viejos. Tiempo atrás debían de haber sido caros y elegantes, pero ahora, en aquella habitación polvorienta, solo constituían el recuerdo de un antiguo esplendor.

Se sentaron junto a una mesita redonda. La mujer empezó a rebuscar entre papeles colocados de cualquier manera en una estantería, que parecía el único mueble con menos de tres décadas.

–Aquí está –dijo triunfal sacando una gruesa agenda con tapas negras–. Aquí tengo lo de finales de los años noventa. Todo lo anoto cuidadosamente. Me gusta poder comprobar después lo que haga falta. Porque la memoria ya me falla un poco, ¿saben ustedes?

Hojeó el grueso cuaderno, pasando de vez en cuando un dedo nudoso por lo escrito en las hojas.

–Como les he dicho, Roksana Homczyk se fue de aquí en mil novecientos noventa y ocho. Es decir, las dos, ella y su hija.

–¿Sabe usted dónde vivieron después? –preguntó Daniel Podgórski.

–No, no tengo ni idea. Nunca se puso en contacto conmigo después de mudarse. Tampoco es extraño, porque no teníamos una relación demasiado cercana.

–Vale. ¿Qué nos puedes decir de ella? –soltó Klementyna. La señora Łysiakowa miró los tatuajes descoloridos que cubrían los brazos de la comisaria.

En la calle gritó un niño. Se oía una pelota golpeando contra la pared, a pesar de que aún era invierno. El patio era interior, así que el ruido rebotaba en las fachadas y les llegaba como un eco.

–Pues veamos. Al principio Roksana vivía aquí con su marido. Entonces aún se las apañaban. Después el marido murió, lo mató no sé qué enfermedad, no lo recuerdo bien. Roksana se quedó sola con la niña y se dio a la bebida. Después llegó el nuevo vecino, ¿cómo se llamaba? –La mujer volvió a mirar sus apuntes–. ¡Ah, claro! El vecino se llamaba Jakub Byczek. Vivían puerta con puerta.

A la señora le entró la tos. Durante un momento no pudo decir nada.

–Lo siento. Estos fríos no me sientan nada bien –comentó cuando se le pasó el ataque de tos–. Bueno, en cualquier caso creo que Roksana se enamoró del vecino. Es decir, por lo que yo sé, lo que hacían sobre todo era beber juntos. Pero había rumores.

–Stop. Espere. ¿A qué se refiere? ¿Qué rumores?

–Pues la gente decía que él se traía algo entre manos con la hija de Roksana. O sea, que se aprovechaba de ella. Creo que se dice así –afirmó la anciana, y carraspeó satisfecha–. Yo no lo sé, pero todo es posible. Era un poco raro el vecino ese.

–¿Dice usted que se llamaba Jakub Byczek? –se aseguró Daniel Podgórski. Un nuevo apellido para la colección–. ¿Qué edad tenía?

–Más o menos la misma que Roksana. Después de que Jakub tuviera el accidente ya no se volvieron a juntar. Debió de ser allá por el noventa y siete. –La mujer volvió a hojear el cuaderno–. Sí, eso es, tuvo el accidente en mil novecientos noventa y siete. Lo atropelló un coche y lo dejó paralítico. El destino.

Daniel miró a la comisaria Kopp y esta asintió dando a entender que siguiera preguntando. Podgórski notó que por fin habían llegado al punto importante de la historia.

–¿Puede decirnos algo más de ese accidente?

–Ya les digo que el hombre era, como se suele decir, un borrachuzo –explicó la señora, que volvió a carraspear como si quisiera borrar la palabra que acababa de pronunciar–. Entonces había en la esquina una tienda de bebidas y allí se juntaban muchos como él. La tienda estaba abierta todo el día y toda la noche. Tenía un neón azul que nunca funcionaba. Una noche Jakub volvía borracho de la tienda y se tropezó en la calle. Suele ocurrir. Cayó delante de un coche y el conductor no tuvo tiempo de frenar. Jakub sobrevivió, pero ya nunca pudo caminar.

–Stop. Espere. ¿Estaba en ese momento con él Roksana o Blanka? –preguntó Klementyna Kopp excitada–. ¿Cuándo ocurrió eso?

En el patio se oyeron risas.

–Pues no, pero... –La mujer titubeó y se calló.

–Siga hablando, por favor –le pidió Daniel.

–El hijo de Jakub Byczek anduvo contando cosas después.

–¿El hijo?

–¿No lo había dicho? ¡Ya ven qué memoria tengo! Pues sí, Jakub Byczek tenía un hijo. Se llamaba Kacper. Ahora lo recuerdo todo con exactitud. El chico era aún más extraño que su padre. Pero después del accidente cambió mucho. Él se ocupaba de su padre, que dependía de Kacper para todo.

Daniel apuntó los nombres: Jakub Byczek y Kacper Byczek. ¿Estaría alguno de esos dos hombres tras los asesinatos que habían tenido lugar últimamente en Lipowo? ¿Se trataba de una venganza por algún suceso acaecido años atrás?

Ya que el padre había quedado paralítico a consecuencia del accidente, Podgórski pensó que más bien habría sido el hijo, Kacper. ¿Se trataría de Tomek, que había huido de Lipowo tras robar un coche a los Kojarski? Todo empezaba a cuadrar. La excitación se apoderó de Podgórski.

Tomek Szulc se maldecía por su estupidez. Le gustaba demasiado el Mercedes rojo de Blanka como para deshacerse de él. Además, contaba con poder vendérselo a alguien más adelante. Ese juguete debía de costar una fortuna.

Pero se había pasado de listo.

Cambiar la matrícula no fue suficiente. No había valorado en su justa medida a la policía. Parecía que en todo el voivodato, y quizá también en los voivodatos colindantes, la policía de carreteras buscaba el Mercedes rojo de Blanka Kojarska. Y un coche así no era fácil que pasase desapercibido.

Y lo atraparon.

Tomek volvió a maldecir en voz alta cuando un policía lo esposó y lo metió en el coche oficial poniéndole una mano en la cabeza. Quedarse en aquel motel también había sido una tontería, pero necesitaba descansar. Y así había terminado la historia: esposado y de regreso a Brodnica. Temía que tuviera que responder también por el tema del guante rosa. Otra idiotez. Aunque solo pretendía asustar un poco a Weronika, tampoco había nada terrible en ello.

El policía que lo detuvo parecía encantado.

–Quisiera hablar con el oficial Marek Zaręba –dijo por teléfono, y esperó un momento–. ¡Marek! ¡Lo tenemos! Ahora lo llevo a Brodnica. ¿Vienes tú? ¡Estupendo!

El policía colgó e informó por radio a las otras unidades que llevaba en el coche al fugado. Seguro que esperaban impacientes.

Tomek Szulc sintió que para él todo había terminado.

La señora Łysiakowa volvió a tener un ataque de tos. Sacó un pañuelo bordado y se limpió la nariz discretamente.

–Vale. ¿Y qué comentaba el hijo de Jakub Byczek sobre el accidente de su padre? –preguntó la comisaria Kopp–. ¿Qué dijo el tal Kacper?

–Pues Kacper afirmaba que la culpa de todo la había tenido Blanka –explicó la anciana–. Ese fue el chisme que propagó. Nadie le hizo demasiado caso, porque el chico era un poco raro, como ya he comentado. Algunos decían que era retrasado, pero yo no lo creo. Era más bien un inadaptado, como se dice ahora. En cualquier caso, él pensaba que el accidente había sido culpa de Blanka. Creo que se vengó un poco y quizá por eso Roksana y su hija se mudaron.

–¿A qué se refiere al decir que se vengó un poco?

–Recuerdo que una vez les dejó un pájaro muerto delante de la puerta. Y cosas así. O la esperaba en el portal. Creció mucho, así que daba miedo. Cuando quería sabía ser amable, pero cuando no, ¡uf!, entonces hasta a mí me daba miedo. Bueno, eso fue así hasta que Roksana y Blanka se mudaron. Después el chico empezó a ser más normal. Creo que incluso terminó una carrera.

–¿Sigue viviendo aquí? –preguntó deprisa Klementyna.

–No. Jakub y Kacper también se mudaron, hace unos cuatro o cinco años. Creo que vendieron su piso. Era suyo, porque Jakub Byczek había sido médico o algo así. Al parecer antes tenía dinero y vivían en el centro de la ciudad. Después Jakub se vino abajo y se instaló aquí. Compró un piso en esta ruina de edificio, que en aquel entonces era lo más barato que uno podía encontrar. Luego lo vendieron y Kacper se llevó a su padre a otro sitio, pero no sé adónde.

Daniel maldijo en su interior por no tener una foto de Tomek. Se la podrían enseñar a la mujer y de inmediato se enterarían de si él era aquel Kacper Byczek que acusaba a Blanka del accidente de su padre.

–¿Podría describirnos qué aspecto tenía el hijo de Jakub? –preguntó Daniel.

La anciana miró a Podgórski con una sonrisa.

–No –contestó sin dejar de sonreír–, pero puedo enseñarles qué aspecto tenía. Guardo algunas fotos de las personas que han vivido aquí. Durante mucho tiempo fue mi *hobby,* como se dice ahora. Mi marido fue fotógrafo justo después de la guerra. Lo único que me queda de él es esta vieja cámara. Tiene ya un montón de años. Hago fotos y tomo notas. De esa forma ayudo a mi memoria.

Se levantó y volvió a rebuscar entre los papeles de la estantería.

–¿Dónde la habré metido?

Miró en varios álbumes, pero ninguno era el que buscaba. Al final, cuando Daniel y Klementyna ya habían perdido la esperanza, la señora sacó un viejo archivador envuelto en un periódico.

–Miren, aquí tengo la foto de Kacper de pequeño –dijo la anciana.

Daniel miró con curiosidad la fotografía. En ella salía un quinceañero monstruosamente gordo. Sus rasgos parecían deformados por los pliegues de grasa que le colgaban de la cara. Jamás había visto a nadie tan obeso.

–Como ya les había dicho, al principio Kacper no estaba en buena forma –explicó la mujer al ver las caras de extrañeza de los policías–. Pero después cambió mucho, tras el accidente de su padre y la marcha de Roksana. Adelgazó y empezó a parecer una persona. Creo que tengo por aquí una foto suya más reciente.

El largo proceso de buscar la fotografía volvió a repetirse.

–Aquí la tengo, estaba ya en la universidad. Ahora recuerdo que estudió en la Escuela Superior de Administración Rural. Tenía que cruzarse toda Varsovia para ir a clase.

Les enseñó la foto. El joven que sonreía a la cámara no se parecía en nada al obeso quinceañero que había sido unos años antes.

–¡Sorprendente cambio! –dijo Daniel mientras le devolvía el álbum a la señora–. ¡Nunca habría dicho que se trata de la misma persona!

No era Tomek Szulc, aunque el rostro del joven estudiante le resultaba inquietantemente familiar. Pero el policía no era capaz de ubicarlo.

–Ya les había dicho que el chico cambió mucho. Pero eso ocurrió después de que Roksana y Blanka se marcharan. Dejó de recordar el accidente y empezó a comportarse como una persona. Si hubieran esperado un poco, si no se hubieran ido, quizá habrían olvidado todas aquellas acusaciones de los años anteriores y se habrían llevado bien. Es imposible que Blanka empujara al padre de Kacper para que cayera delante del coche. Jakub bebía demasiado y solo él fue culpable.

–¿Tiene alguna foto más reciente de Kacper?

–Tengo una de hace unos ocho años. Más recientes no las tengo porque la cámara empezó a atascarse y ya no hice más fotos. Además ya no me quedaban fuerzas. La vejez también me ha alcanzado a mí. Ahora se la enseño. –La mujer fue pasando las hojas del álbum–. Esta es.

Daniel miró la foto con los ojos muy abiertos. Conocía perfectamente esa cara. Se había cruzado varias veces con aquel hombre desde hacía cuatro años y nunca había imaginado que ocultara un secreto así.

Sacó a toda prisa el teléfono del bolsillo. Tenía que avisar a sus compañeros de Lipowo y de Brodnica para que detuvieran de inmediato al asesino. No podían dejar pasar más tiempo.

Weronika decidió olvidarse de realizar una investigación por su propia cuenta. Estaba claro que no valía para eso. Había tenido suerte de que el alcalde no la hubiera sorprendido hurgando en su cabaña. Entonces sí que habría tenido problemas.

–El misterio de la mermelada de frambuesa. Así podrían titularse mis aventuras –le explicó a *Igor* suspirando profundamente. El perro meneó entusiasmado la cola.

Weronika temblaba de frío bajo su gruesa bata. La calefacción volvía a jugarle una mala pasada.

–Ya es hora de ocuparse de asuntos más importantes –decidió con firmeza–. Por ejemplo, de la casa.

Una manera provisional, aunque sencilla, de calentar la vieja casa era encender las chimeneas. El guardabosques debía de ser un experto en tales lides, así que Weronika decidió hacerle una visita. Se puso el gorro y el abrigo, porque la temperatura en el exterior de nuevo empezaba a bajar. Cerró la puerta y se encaminó hacia la casa del guardabosques. Le daba un poco de apuro encontrarse con el barbudo Gostyński. Dos semanas antes la había sorprendido paseando a *Igor* sin la correa y la situación había sido un poco incómoda. Pero pensó que ya era hora de sobreponerse. No podía evitarlo eternamente.

La casa del guardabosques se encontraba en medio de un gran claro nevado. Hasta allí solo llegaban una pista de gravilla que salía de la carretera principal y un camino que atravesaba el bosque y que era el que ahora recorría Weronika. Alrededor reinaba la calma y un increíble silencio. Ella nunca habría sido capaz de vivir tan retirada, pero debía reconocer que el lugar tenía su encanto.

Llegó finalmente hasta la casa, hecha de gruesos maderos sobre una alta base de piedra. Llamó a la puerta con los nudillos de su mano, yerta de frío, pero nadie contestó. Quizá no había golpeado con suficiente fuerza o quizá no hubiera nadie en casa. Aun así, le pareció oír voces apagadas procedentes de la parte trasera.

Rodeó la casa. Allí las voces resultaban más claras. Seguía sin poder distinguir las palabras, pero estaba segura de que alguien conversaba con otra persona. Volvió a mirar a su alrededor. Su vista se posó en una pequeña ventana, situada junto al suelo, que parecía dar a un sótano. Se acercó y miró a través del sucio cristal.

El sótano resultó ser una habitación bastante grande llena de muebles de diferentes estilos. Pegada a una de las paredes había una cama de madera. En ella estaba tumbado un hombre mayor tapado con una manta de piel.

–¿Qué haces? Me metes la cuchara casi hasta la garganta. ¿Es que quieres matarme? –balbució el anciano con voz chillona–. La Mariposa nunca habría hecho eso, ¿lo entiendes? Eres un negado.

–L-lo s-si-sient-to, papá –replicó el barbudo guardabosques–. Trataré de no volver a hacerlo.

–¿Cuándo me vas a traer a mi Mariposa? Llevas años prometiéndolo. ¿Cuándo? ¿Cuándo? ¿Cuándo? Hace demasiado tiempo que nos separamos. Blanka y yo nos amamos. Tenemos que estar juntos, ¿no lo comprendes?

–Ahora lo entiendo perfectamente. Estoy haciendo todo lo posible, papá –contestó el guardabosques con una extraña tristeza en la voz–. Te prometo que será dentro de poco. Tenéis que aguantar un poco más y volveréis a estar juntos. Ya nada os separará.

Weronika se sintió muy acalorada a pesar de la baja temperatura. Todo empezaba a encajar. La autora del blog tenía razón. Nowakowska había adivinado en parte su intención. «Llevas mucho tiempo entre nosotros», «sé lo que ocultas en el sótano», «todos te conocen y te aprecian»: aquello describía a la perfección al guardabosques Gostyński. Sin embargo, Weronika había pasado por alto otra de las pistas: «Entre las hojas te has camuflado, con ese odio que sientes». En un principio lo había considerado solo una mala poesía; en cambio, aquellas pocas palabras podían haberla ayudado a adivinar la identidad del asesino. Entre las hojas te has camuflado. En el bosque. En aquel claro apartado.

Weronika no sabía qué hacer. Metió la mano en el bolsillo con la esperanza de encontrar el teléfono. Por desgracia lo había dejado en casa, justo cuando más falta le habría hecho. Un sudor frío empezó a caerle por la espalda. Tenía miedo de hacer cualquier movimiento.

De repente el guardabosques levantó la mirada y la descubrió. En el rostro de Gostyński apareció una mueca inhumana. Si hasta entonces Weronika había tenido dudas de su culpabilidad, se esfumaron en un instante. No había tiempo para quedarse pensando. Se levantó del suelo. Los pies se le hundían en la nieve cuando rodeó la casa y entró corriendo en el bosque. Tras ella oyó un portazo. El guardabosques había salido a perseguirla.

Paweł Kamiński se había puesto el uniforme. Quería parecer la persona adecuada en el lugar adecuado. Entró con paso firme en el aparcamiento de la Comandancia Provincial de Policía, en Brodnica. Extrañamente, había mucho movimiento por allí. Debía de haber pasado algo. Se alegró, porque en tal situación nadie le haría preguntas innecesarias. Desde luego no pensaba ir a Lipowo en autobús, ni mucho menos. Grażyna no se merecía tal sacrificio. Ninguna mujer lo merecía.

Pasó junto a varios coches de policía. Estaba de suerte: junto a la entrada del aparcamiento había un Kia cee'd nuevecito y con las llaves puestas. Algún jodido idiota lo había dejado para que se lo llevara el primer ladrón que apareciera. Por fortuna Kamiński estaba allí. Tomaría prestado el coche y después lo devolvería. No se podría hablar de robo.

Se subió al coche como si le perteneciera. El hombre adecuado en el lugar adecuado. Lo principal era mantener la sangre fría. Nadie le prestó atención, todos estaban ocupados en sus asuntos. Algunos corrían como locos de aquí para allá. Sin duda había ocurrido algo. Enseguida escucharía por la radio del coche de qué se trataba. No porque a Kamiński le importara, él ahora tenía unos días libres.

Salió del aparcamiento y se dirigió hacia Lipowo por la carretera de Olsztyn. Conectó la radio. Después de todo valía la pena estar informado.

No sé de dónde ha salido, pero ha visto a mi padre.

Nadie debería verlo, al menos hasta que yo no termine mi tarea y mi padre se una a la Mariposa. Estoy dispuesto a entregarle las alas de Blanka, aunque de esa manera yo me quede solo.

Es el sacrificio definitivo y estoy preparado para hacerlo. Me quedaré solo.

He comprendido que yo nunca ocuparé el lugar de la Mariposa. Eso no funcionaría. No puedo permitir que siga sufriendo sin Blanka.

Veo a Weronika delante de mí, oigo su respiración mientras corre por los prados nevados. Sus cabellos pelirrojos contrastan con la blancura de la nieve. Se tropieza varias veces, pero se levanta y sigue corriendo. Casi puedo sentir cómo su corazón bombea sangre, aterrado.

Se despierta en mí el inmemorial instinto del cazador.

Mis músculos trabajan a buen ritmo. Ya no soy la misma persona que fui una vez. Ahora puedo correr deprisa a gran distancia sin esfuerzo. Empiezo a notar la excitación en todo mi cuerpo. Yo soy el cazador y ella mi presa.

Me lleva algo de ventaja, pero pronto la alcanzaré.

No hay quien huya de mí. ¡Yo puedo con todo!

El fortachón Ziętar destruyó con gran pena toda la provisión de medicamentos ilegales. Una lástima. Una lástima, pero el doctorcito estaba convencido de que sería lo mejor. Ahora no podían vender nada, al menos de momento, porque la policía estaba demasiado activa. ¡De momento! Cuando pasara la tormenta volverían al negocio, al mes siguiente, quizá a los dos meses. Además el doctorcito había prometido pagarle de todas formas. Y si no pagaba, lo lamentaría mucho. Así de simple.

—¿Te has deshecho de todo? —resonó la voz grave del médico en el auricular.

—De todo. No ha quedado nada —contestó Ziętar—. Ni una pastilla.

—Bien. Te llamaré en febrero.

El doctorcito colgó. Casi mejor, se dijo Ziętar. Todo el mundo necesita un descanso. Incluso él.

Ya estoy cerca.

Muy cerca.

La pelirroja grita con todas sus fuerzas. Me hace gracia, porque aquí nadie la puede oír. Las casas más cercanas se encuentran al otro lado del bosque. Estamos solos.

La agarro del abrigo. Se tropieza y cae de bruces. De su sien empieza a salir sangre. Debía de haber una piedra escondida bajo la nieve. Parece que ha perdido el conocimiento. Mejor para mí. No quiero matarla, pero no tengo elección. Ahora lo que más importa es mi padre.

Por mis venas corre excitación en lugar de sangre. ¡Puedo con todo! ¡Puedo con todo!

Saco el cuchillo que siempre llevo encima. Normalmente me sirve para cortar pequeñas ramas. También me valió para matar a

Roksana Homczyk. Apareció de repente, preguntando por el camino a Lipowo. No estaba seguro de si me había reconocido, pero tenía que actuar. No podía destruir mis planes. No me podía arriesgar. Roksana tenía que morir.

Miro a la pelirroja Weronika, que está inconsciente. Me agrada el contraste con los cabellos claros de Blanka. Quizá me guarde de recuerdo un mechón pelirrojo suyo. Me vendrá bien cuando me quede solo, cuando mi padre se vaya con su Mariposa.

—Ahora este cuchillo me servirá también para matarte a ti —le informo a Weronika, aunque no me oye.

Mi voz tiembla un poco, pero ya no tartamudeo. Ahora que todo se acerca al final empiezo a encontrar en mi interior un acopio de fuerzas que no sabía que tenía.

—No te va a servir para nada, me cago en la hostia —oigo que dicen detrás de mí.

Me doy la vuelta despacio. Maldigo en mi interior mi excitación. Me he despistado y he cometido un error. A diez metros de mí, en el campo nevado, está Paweł Kamiński, de la comisaría de Lipowo. Veo que hay aparcado junto a mi casa un coche de policía. Por la pista de gravilla llegan más.

—¡Suelta el puto cuchillo! —grita Paweł.

El pánico se apodera de mí. ¡No pueden encontrar a mi padre antes de que se reúna con la Mariposa! Es lo único que cuenta ahora. ¡Yo puedo con todo! Y nunca dejo sin acabar lo que empiezo. Me vuelvo hacia Weronika dispuesto a dar el último golpe. Quiero distraerlos, concentrar en mí su atención. Weronika tiene que morir para que mi padre pueda reunirse tranquilamente con su Mariposa. Es lo único que cuenta ahora.

Levanto la mano para asestar el golpe definitivo.

En los límites de mi conciencia escucho disparos. Espero que mi padre haya tenido tiempo y así yo habré podido cumplir mi tarea.

Me gustaría que estuviera satisfecho de mí.

Por fin.

34

Brodnica y Lipowo. Domingo, 27 de enero de 2013

Weronika Nowakowska se despertó en una habitación blanca. Sobre una mesa situada al lado habían colocado un precioso ramo de flores en un jarrón de cristal. Se incorporó con torpeza, como si se despertara de un largo sueño. Notaba un ligero mareo.

Al otro lado de la ventana solo se veía niebla, o quizá fuera nieve cayendo. Eso aumentaba la sensación de blancura de la habitación. En la cama contigua dormía Daniel Podgórski. Weronika sonrió. El hombre debió de oír que ella se había despertado, porque abrió los ojos despacio. Sus labios también dibujaron una sonrisa. Parecía cansado. Tenía ojeras y el rostro como hundido.

–Supongo que me he quedado dormido –explicó el policía con tono de disculpa–. ¿Cómo te encuentras?

–¿Dónde estoy? –preguntó Weronika desorientada.

Lo último que recordaba era una conversación con su perro en la fría cocina de su vieja casa. Ahora se hallaba de repente en esa habitación blanca y extraña. Parecía un poco surrealista.

–Estás en el hospital de Brodnica. Ya no hay ningún peligro. Has sufrido una leve conmoción cerebral, pero ya está todo controlado –contestó Daniel Podgórski tranquilizándola–. El médico ha dicho que quizá no te sientas del todo bien ahora, pero que pronto se te pasará.

–No recuerdo nada –se lamentó Weronika.

Volvió a apoyar la cabeza en la almohada.

–Esa puede ser una de las secuelas de la conmoción cerebral –le aclaró el policía–. Todo irá bien.

–Quizá sí, pero a mí me gustaría saber qué ha ocurrido exactamente –replicó Weronika con obstinación.

Daniel respiró hondo.

–Fuiste atacada por el guardabosques, Edek Gostyński. En realidad debería decir Kacper Byczek.

–Pero ¿por qué? No recuerdo nada.

–El guardabosques nos engañó a todos. Vivía en Lipowo desde hacía cuatro años. Se cambió el nombre antes de empezar sus estudios de Ingeniería Forestal. Todo lo hizo legalmente. Después trabajó en un distrito forestal cercano a Varsovia. Ya he hablado con la gente de allí, a todos les parecía el hombre más normal del mundo, como pasaba aquí. Parecía uno de los nuestros, pero en realidad todo el tiempo planeaba su venganza contra Blanka Kojarska.

Daniel le relató brevemente a Weronika la trágica historia de Kacper Byczek, de Blanka Kojarska y de la madre de esta, Roksana.

–Al parecer Kacper Byczek, es decir, nuestro guardabosques, seguía a Blanka y a Roksana desde mil novecientos noventa y siete. Culpaba a Blanka del accidente de su padre –explicó Podgórski–. Nunca se demostró su culpabilidad. Probablemente ya entonces Kacper era un enfermo mental y se lo imaginó todo. Empezó con incidentes pequeños, pero su agresividad iba en aumento. Es posible que al final Roksana y Blanka decidieran alejarse de él. Se ocultaron en la parroquia de Ursynów, donde Roksana se convirtió en la misteriosa sor Monika. Seguimos sin saber cómo lo consiguió. Quizá la ayudara la anterior encargada de la parroquia, sor Scholastyka. En cualquier caso, la hermana Monika no figuraba como tal en los registros parroquiales, a pesar de que llevaba varios años viviendo y trabajando en Ursynów.

–¿Y cómo las encontró él, si se habían ocultado tan bien?

–Eso tampoco lo sabremos jamás, pero yo tengo mis teorías –dijo Daniel Podgórski–. Registramos su casa y, aparte de las armas usadas en los crímenes, encontramos muchas fotos de Blanka y un recorte de periódico enmarcado. Hace cinco años Blanka se casó con Sénior Kojarski. Algunos periódicos incluyeron informaciones sobre esa unión matrimonial. Uno de ellos debió de caer en manos de Kacper Byczek, es decir, nuestro guardabosques, que al ver una foto de Blanka con su marido la habría reconocido y habría sabido al fin dónde buscarla. Y así, hace cuatro años, empezó a trabajar en nuestro distrito forestal. Todo legalmente. Nadie podía sospechar de él. Tenía los estudios adecuados y experiencia profesional.

—¿Cómo es que Blanka nunca lo reconoció? Vivían muy cerca.

Daniel lanzó un largo suspiro. Weronika tenía la impresión de que, aparte de ellos dos, no había nadie más en todo el edificio. Del otro lado de la puerta no llegaba ningún ruido de la vida en el hospital.

—Creo que en esto hay varios elementos importantes. En primer lugar, el propio guardabosques había cambiado mucho. Vi sus fotos de la época en que Kacper y Blanka eran vecinos. Entonces tenían unos quince años y Kacper era monstruosamente gordo. Sus rasgos eran irreconocibles. Empezó a cambiar cuando Roksana y Blanka se marcharon. Se convirtió en un hombre alto y delgado, y además se dejó una barba larga, como tú misma viste. Creo que Blanka no podía reconocerlo. Tampoco olvidemos el contexto en el que ella lo veía. Llevaba el uniforme de guardabosques y todos en Lipowo lo consideraban como tal. No parecía sospechoso en absoluto.

—¿Y por qué mató a sor Monika?

—Seguramente Kacper la reconoció cuando ella llegó a Lipowo. Quizá pensó que había venido a pararle los pies.

—¿Y ella por qué vino? —quiso saber Weronika.

—Según la declaración de una testigo parece que vino a discutir cierto tema con el padre Piotr, pero esa es una historia distinta. Sor Monika, es decir, Roksana Homczyk, telefoneó a Blanka antes de venir a Lipowo. Tenemos la lista de llamadas. Al parecer mantenían el contacto. A lo mejor quería encontrarse con ella antes de solucionar el asunto con el padre Piotr. No sé qué ocurrió con exactitud aquel día en el bosque, pero me lo imagino así...

Daniel hizo una pausa para tomar aliento. Weronika lo observaba expectante. Tenía unas leves náuseas, pero deseaba enterarse de todo.

—Me lo imagino así: Blanka tenía que encontrarse con su madre en el bosque —continuó Podgórski—. Se montó en el Land Rover de Júnior Kojarski y fue al lugar de encuentro. Mientras tanto, sor Monika se topó con el guardabosques y, sin sospechar nada, le preguntó algo, quizá por el camino para ir al pueblo. Al fin y al cabo iba por unos terrenos que no conocía. Kacper se asustó pensando que estaba allí buscándolo a él y la mató con el cuchillo que usaba para su trabajo en el bosque. Después se ocultó al oír que se acercaba un coche. Blanka detuvo el Land Rover y vio a su madre muerta. Es posible que le entrara el pánico y abandonara el coche en el arcén.

–Se marchó a casa –dijo Weronika pensativa. Todo tenía sentido. Por eso se habían encontrado en aquel lugar durante su paseo matutino del martes, y por eso Blanka se había comportado de manera tan extraña.

–Es posible –comentó el policía–. Entonces el guardabosques decidió aprovechar la situación. Pasó con el coche por encima de la monja para que su muerte pareciera resultado de un atropello. De ese modo quiso enmascarar las heridas que él había provocado con el cuchillo, y también desviar las sospechas hacia otra persona. Él no era sospechoso en absoluto. Mientras nosotros buscábamos al culpable, él se estaba preparando para su tarea principal: matar a Blanka. Lo cual al final consiguió...

Daniel miró a Weronika con atención.

–No sé si debería decirte esto.

–Tranquilo, quiero saberlo todo –contestó Weronika.

–Mató a Blanka con una extrema brutalidad. Además le recortó grandes fragmentos de piel de la espalda, a la altura de los omóplatos, y se los llevó.

–¿Por qué lo hizo?

–Desde hacía algún tiempo el guardabosques enviaba cartas a Blanka. Al parecer quería aterrorizarla. Solo se ha conservado la última misiva. En ella había escrito la palabra «Mariposa». Klementyna Kopp cree que así llamaba el asesino a Blanka y que los fragmentos de piel simbolizan las alas que le arrebató. No sabemos qué lógica se esconde tras todo eso. Y quizá jamás lo descubramos...

–Todo el rato dices lo mismo.

Podgórski miró unos instantes a Weronika.

–¿De verdad no recuerdas nada?

Nowakowska negó con la cabeza.

–El guardabosques Gostyński, es decir, Kacper Byczek, está muerto. Le disparó Paweł Kamiński cuando intentaba matarte. Tú habías perdido el conocimiento porque te habías golpeado con una piedra. Paweł es como es, pero jamás olvidaré que te salvó la vida –añadió Daniel con firmeza.

Weronika se quedó un momento en silencio. En su dolorida cabeza aparecían poco a poco retazos de recuerdos.

–Creo recordar a un anciano tumbado en una cama... –dijo lentamente.

Daniel asintió.

–Era Jakub Byczek, el padre paralítico del guardabosques. Ninguno de nosotros sabía que vivía con él. La casa está muy apartada, quizá por eso. Además el guardabosques no recibía visitas. No nos pareció sospechoso, pensábamos que era huraño. –El policía volvió a suspirar–. ¡A buenas horas, mangas verdes! Lo digo porque ahora recuerdo la tarde que fuimos a su casa a recoger el bolso de la monja. Eso ya debió darnos qué pensar. ¿Cómo podía haber encontrado tan pronto el bolso? La explicación es sencilla: lo tenía en casa. En cualquier caso, en aquel momento oímos un ruido en el interior de su vivienda. A nadie le llamó la atención. El guardabosques explicó que era un gato que acababa de recoger. Lo más probable es que se tratara del padre, que habría tirado algo. No había ningún gato, o al menos nosotros no lo encontramos cuando registramos la casa.

–Al principio has dicho que *era* el padre del guardabosques. ¿Es que él también...? –Weronika no terminó la frase.

–Sí, también está muerto. No nos dio tiempo a salvarlo. El hijo le había echado un veneno en la sopa. Jakub Byczek murió de camino al hospital. No se pudo hacer nada. El resto de la sopa aún se encontraba junto a la cama cuando entramos. Ya la hemos mandado al laboratorio. Pronto sabremos con qué envenenó el guardabosques a su padre. Aunque eso ahora carece de importancia, el daño ya está hecho...

De nuevo se quedaron en silencio. Daniel tomó a Weronika de la mano. A ella se le derramaron las lágrimas. Tantas tragedias innecesarias… Podgórski la besó con cariño en la frente.

–El guardabosques mató a Majka, ¿verdad? –preguntó Weronika.

–Aún no tenemos los resultados de la autopsia, pero seguro que el forense lo confirmará en breve. Procura no pensar más en eso. El médico dice que ahora necesitas descansar mucho para recuperar la salud cuanto antes.

Weronika se movió incómoda sobre la cama.

–Odio los hospitales –se lamentó–. ¿Cuándo podré salir? Puedo descansar en casa.

–Ahora hablaré con el médico. Por suerte tu conmoción cerebral no fue grave.

Justo en ese momento apareció en la puerta una médica con una bata blanca.

–Tengo que examinar a la paciente –dijo–. Espere fuera, por favor.

Daniel Podgórski sonrió a Weronika y salió al pasillo como le pedían.

El subinspector Janusz Rosół estaba sentado junto a su escritorio en la comisaría de Lipowo, pensativo. A pesar de todo el jaleo montado por las detenciones, Marek Zaręba había encontrado un momento para preguntar cómo se encontraba Ewa. Janusz había logrado hacer creer que todo había sido una falsa alarma y que su hija nunca había estado embarazada. Los compañeros lo habían creído. No podía permitir que la chica fuera castigada por algo de lo que en realidad no era culpable.

Encendió el ordenador. Llevaba varios días sin tomar las pastillas de Ziętar y se sentía cada vez mejor. Ahora tenía algunos asuntos que solucionar. Empezó a mirar ofertas de viajes. Les vendría bien hacer una excursión familiar. Nunca habían hecho juntos un viaje así. Merecía la pena gastarse incluso todos los ahorros. Estaba harto de guardar cada céntimo. Quería divertirse. Ahora todo iría bien.

Túnez, Marruecos, Egipto, Grecia, España, Italia... Había mucho donde elegir. Se lo pensaría. Poco a poco iría madurando la decisión.

A Rosół no le gustaba actuar a la ligera.

Wiera estaba en el salón con Júnior Kojarski. Jugaba con su nieto Kostek. Róża la observaba con cierto recelo, pero también ella había acabado aceptando a la tendera. Wiera no era una mujer muy hogareña, pero tenía la sensación de que quizá podría salir algo bueno de todo aquello.

Júnior se mostraba desolado por el leve ataque al corazón sufrido por Sénior. Ya no corría peligro inmediato, pero había aparecido una grieta en su imagen de indestructibilidad. Júnior parecía incapaz de decidir si amaba a su padre o si lo odiaba.

Necesita tiempo para madurar esa decisión, pensó Wiera. Y ella no tenía intención de inmiscuirse.

Paweł Kamiński se encontraba ante la puerta de su casa con una caja arrugada de bombones baratos en la mano. El día anterior no había podido presentarse allí. Mejor así, porque ya habían corrido por todo el pueblo las noticias sobre su valerosa intervención en la casa del guardabosques. Él había salvado a Weronika. Había arriesgado su vida, como hiciera su padre. Ahora él también era un héroe.

Se arregló el uniforme y llamó a la puerta, a pesar de que en realidad no tendría por qué hacerlo. Aquella era su puta casa. No tuvo que esperar mucho. Grażyna abrió enseguida y se echó en sus brazos. Él, sorprendido, dejó caer los bombones. No se esperaba tal recibimiento. Aunque por otro lado era un héroe, así que se lo merecía.

Sus cinco hijos aparecieron en el recibidor. Sujetaban unos cartelitos con unas inscripciones torcidas que decían «Para papá». Agarró cada uno de los cartelitos, aunque lo más seguro era que se deshiciera de ellos a la menor oportunidad. Para qué guardar basura.

Se secó los ojos con disimulo. Se le habría metido algo en ellos.

—¿Por qué no has hecho café? —murmuró—. No será mucho pedir, ¿verdad?

Grażyna se fue a la cocina sin rechistar.

Había vuelto a casa.

Ewa y Julka estaban sentadas detrás del viejo granero fumando un cigarrillo a medias. Al día siguiente se terminaban las vacaciones. Demasiado pronto, como siempre. Las aguardaba otro largo y aburrido semestre de clases.

—¿Sabes lo que he pensado? —comentó Julka dando una larga calada. Tosió ruidosamente y le pasó el cigarrillo a Ewa.

—¿Qué?

–Ahora que no está Majka podríamos crear nuestro propio blog sobre Lipowo –dijo Julka del tirón–. Sería muy aburrido que no hubiera noticias. Y nosotras hemos estado en el centro de todo este asunto. Tú eras la amante del héroe y yo la de uno de los sospechosos. Bueno, casi, pero también cuenta. Sabes... En cierto sentido nadie conoce la historia mejor que nosotras dos.

–Sí, es cierto –se mostró de acuerdo Ewa expulsando el humo–. La verdad es que se nos va a dar muy bien. No hay nadie mejor.

Honorata venía por el camino desde los prados. Traía una cesta llena de huevos. Seguramente volvía de la finca de sus abuelos, en el pueblo vecino. Las saludó con un gesto de la mano. Iba hacia ellas con paso ágil.

–Tengo una idea sobre cómo llamar a la página y cómo hacerla.

–Ya hablaremos luego, mejor que no lo oiga Honorata –susurró Ewa–. Que luego se lo cuenta a todos.

–Hola, chicas, ¿qué tal las vacaciones?

–En realidad no ha ocurrido nada interesante –replicó Julka sin mucho énfasis.

Maria Podgórska bebía té en el saloncito de la casa parroquial mientras la señora Solicka, asistenta del padre Józef, limpiaba el polvo. Parecía querer borrar la presencia del joven padre Piotr y de su pecado de todos los rincones de la casa. Pero Maria dudaba que eso llegara a ser posible algún día.

El viejo padre Józef se había retirado a su habitación diciendo que quería rezar, pero ambas sabían bien que se había ido a acostar. El anciano tenía cada vez menos fuerzas. Maria incluso dudaba de que hubiera comprendido del todo lo que había sucedido. Había preguntado varias veces por Piotr. Le dijeron que el joven sacerdote ya se había marchado a Varsovia. No querían preocupar innecesariamente al anciano.

–Escucha, Gienia –le dijo Maria. Necesitaba hablar con alguien de lo que la martirizaba. Tenía la secreta esperanza de que Daniel se hubiera olvidado del asunto de las filtraciones a la prensa. Durante los últimos días habían soportado muchas emociones–.

Escucha, he hecho algo... malo... y he conseguido dinero por ello. Quería arreglar la tumba de Roman. Pero ahora siento remordimientos y me pregunto si no debería donar el dinero a la Iglesia. ¿Tú qué opinas?

La señora Solicka la miró de manera fugaz y volvió a limpiar el polvo.

–Querida, ¿cómo vas a haber hecho algo malo tú? No me lo creo. No me lo creo. Tú nunca harías nada malo. No serías capaz. Eres la mejor persona que conozco. Lo digo sinceramente, sabes que yo no te engañaría.

–Sin embargo así ha sido, por desgracia –insistió Maria.

–Da lo mismo –replicó Solicka con firmeza–. Te aconsejo que arregles la tumba. No te lo pienses. Ya sabes lo que suele ocurrir con el dinero que se da a la Iglesia. Y Roman bien puede tener una lápida bonita. Se lo merece, todos lo saben. O mejor aún, gástatelo en ti. ¿Cuándo fue la última vez que te compraste algo? ¡Una mujer tiene derecho a un poquito de lujo!

Maria bebió un trago de té caliente. Se sentía mucho mejor.

–¿Y qué va a ser de tu tienda, ahora que Wiera ha vuelto?

–La dejaré abierta, ¡ya te digo! Que la rusa esa no se piense que va a tener el negocio para ella sola. –La voz de la señora sonó amenazadora–. Aunque por lo visto es polaca de pura cepa. Y encima se apellida Kowalska*.

Maria Podgórska se rio de los comentarios de su amiga. Todo regresaba a la normalidad. Esperaba que su tranquilo pueblo volviera pronto a quedar cubierto por un manto de nieve. Allí no necesitaban tantas aventuras. La guerra entre las dos tiendas era tema de sobra para las conversaciones.

El joven Marek Zaręba decidió invitar a Ewelina a cenar a Brodnica. Llevaba mucho tiempo sin hacerlo, demasiado. Debería mimarla más. Andżelika les había asegurado que se las apañaría perfectamente sola en casa. Ya tenía diez años, pero aun así Marek estaba

---

* El apellido Kowalski (Kowalska) es uno de los más típicos de Polonia, como González o López en España. *(N. del T.)*

un poco preocupado. Le había dado instrucciones a su hija para que no le abriera la puerta a nadie y tuviera el teléfono siempre a mano. Andżelika se rio de él.

–Tranquilízate, querido, que ya ha estado sola en casa varias veces –le dijo Ewelina mientras él le abría la puerta del coche.

Marek se sentó al volante de su Honda y ella le acarició cariñosamente la mejilla. Él sintió que había llegado el momento de confesarle lo que había ocurrido años atrás con Blanka Kojarska. No podía seguir mintiendo. Tenía que solucionar el tema de una vez por todas.

–Te quiero mucho –empezó diciendo en voz baja.

–Lo sé –le dijo Ewelina sonriendo.

Salieron a la carretera. No estaba aún limpia de nieve y el coche patinó ligeramente.

–Yo... –No podía encontrar las palabras adecuadas. Todas le parecían erróneas.

–Shhh... –Su esposa le puso un dedo en los labios–. No necesitas decir nada.

–Pero...

–Lo sé todo –susurró–. Sé lo de Blanka desde hace mucho.

–¿Cómo? –En un primer momento solo se sintió sorprendido. Ella negó con la cabeza–. ¿Podrás perdonarme?

–Creo que ya no tengo elección –contestó Ewelina sonriendo y tocando la mano de su esposo.

–¿Y eso? –Marek no entendía a qué se refería.

–Me da la sensación de que hemos vuelto a tener un descuido –le confesó ella riendo alegremente.

Marek detuvo el coche en el arcén y la miró lleno de felicidad.

–¿Vamos a tener...? –No terminó la frase.

Ella asintió con una sonrisa y empezó a besarlo en la boca. Lágrimas de emoción corrieron por las mejillas del policía.

La comisaria criminal Klementyna Kopp se arregló su larga bufanda y su chaqueta de cuero. Frotó su tatuaje de la suerte y entró con paso indeciso en el cementerio. En las manos llevaba un pequeño ramo de flores. Margaritas, las preferidas por Teresa. No le había sido fácil conseguirlas.

Caminó con cuidado entre las tumbas cubiertas por la nieve recién caída. «Teresa Przybylska (14.08.1975 – 25.01.2012).» Klementyna dejó suavemente las flores sobre la tumba gris.

–Cuídate –dijo la comisaria, y se alejó deprisa.

Antes de decir alguna estupidez.

Weronika Nowakowska se bajó del Subaru de Daniel. La vieja casa y el establo estaban cubiertos por una gruesa capa de nieve. Daniel abrió la puerta de la casa. *Igor* dio saltos de alegría para recibir a su dueña. Podgórski agarró a Weronika de la mano y la ayudó a entrar.

Ella sonrió para sí. Estaba segura de que, a pesar de los dramáticos acontecimientos de las últimas semanas, lo que la unía a Daniel sería el comienzo de un nuevo y maravilloso capítulo en su vida.

Nota de la autora

Varsovia, 2013

Para finalizar este relato quisiera dar las gracias a todas las personas que me han ayudado a escribirlo, a darle la forma que el lector tiene ahora ante sí. En primer lugar le doy las gracias a mi madre, que siempre ha estado dispuesta a escuchar mis preguntas y a ayudarme en los momentos más problemáticos. ¡Sin ti seguro que me habría quedado atascada en algún sitio y no habría sabido salir! También quisiera dar las gracias a mi marido, que siempre se ha preocupado por que los acontecimientos aquí descritos no se alejaran demasiado de los límites de la lógica. Doy las gracias de corazón a Agata Pieniążek, de la editorial Prószyński i Spółka, que me hizo muchas y muy valiosas sugerencias. También doy las gracias a Anna Derengowska y a todo el equipo de la editorial Prószyński i Spółka que trabajó en la edición de mi libro.

Doy las gracias a toda mi familia, en especial a mi esposo, a mis padres y a mis abuelos, por el gran apoyo que me han transmitido sin cesar. También le doy las gracias a mi mejor amiga, Magda, por sus mensajes de texto nocturnos y porque sé que siempre puedo contar con ella.

Y finalmente te doy las gracias a ti, estimado lector, por acompañar a mis personajes a lo largo de todo este relato.

Todos los errores de contenido son míos. A veces son producto de la propia inventiva, pero en definitiva ese es mi papel aquí. Quisiera aprovechar para subrayar que los acontecimientos relatados en este libro, así como todos los personajes, son ficticios y han salido única y exclusivamente de mi imaginación según las necesidades de la historia. Cualquier similitud con personas vivas o con hechos reales sería tan solo fruto de una caprichosa casualidad.

También es ficticio el lugar en que se desarrolla la acción, Lipowo, aunque un investigador atento quizá adivine qué población me ha servido de modelo, a pesar de que me he tomado bastantes libertades con su geografía. A los habitantes de dicha población les doy las gracias por prestármela para que sirviera de fondo a este relato.

Saludos y hasta pronto,

KATARZYNA PUZYŃSKA

Descubre a Viveca Sten, otra autora de MAEVA | N◉IR que ha conquistado a los lectores

Los círculos selectos también esconden terribles secretos

El asesinato de un miembro de la élite en la isla de Sandhamn destapará los secretos de una minoría privilegiada y excluyente.

Muerte y corrupción en la isla de Sandhamn, el primer caso para Thomas Andreasson y Nora Linde

En una isla paradisíaca, y enclave predilecto para los amantes de la vela, el descubrimiento de un cadáver amenaza con convertir el verano en una pesadilla.

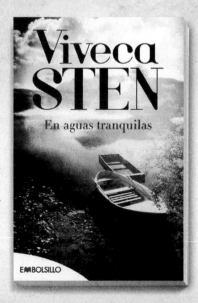